GOLDMANN

Buch

Auf einem abgeschirmten Forschungsgelände ist den Wissenschaftlern und Technikern der US Air Force eine revolutionäre Neuentwicklung gelungen: der Jäger Dream Star, der mit dem hochkomplexen Navigationssystem Antares ausgerüstet ist, das ihn allen anderen Maschinen der Welt weit überlegen macht. Die Besonderheit dieses Navigationssystems ist, daß es vom Piloten nur in einer Art Hypnosezustand aktiviert werden kann. Ist dieser Zustand erreicht, kann er über Gedankenverbindung mit dem Computer Befehle geben und wichtige Informationen von Antares empfangen. Nur ein Pilot auf dem Testgelände ist zu dieser außerordentlichen Leistung fähig: Flugkapitän Kenneth Francis James. Als er jedoch eines Tages von einem Testflug nicht mehr zurückkehrt, müssen die Amerikaner erkennen, daß James ein „Maulwurf" der Sowjets war und ihre sensationelle Neuentwicklung nun in deren Hände zu fallen droht.

Fast schon scheint das Spiel verloren, da startet Patrick McLanahan, der Held des Romans *Höllenfracht,* mit seiner F-15E, einem Jäger herkömmlicher Bauart, zur Verfolgung der Dream Star...

Autor

Dale Brown wurde 1956 in Buffalo, New York, geboren und nahm bereits Flugstunden, bevor er seinen Führerschein machte. Er studierte an der Penn State University und startete dann eine Offizierslaufbahn als Navigator in der US Air Force. 1986 verließ Dale Brown die Air Force, um sich hauptsächlich dem Schreiben zu widmen.

Von Dale Brown sind im Goldmann Verlag außerdem erschienen:

»Die silberne Festung« Roman (Paperback/32516)
»Höllenfracht« Roman (9636)

Dale Brown

ANTARES

ROMAN

Aus dem Amerikanischen
von W. M. Riegel

GOLDMANN VERLAG

Die Originalausgabe erschien unter dem Titel
»Day of the Cheetah«
bei Donald I. Fine, Inc., New York

Der Goldmann Verlag
ist ein Unternehmen der Verlagsgruppe Bertelsmann

Made in Germany · 9/91 · 1.Auflage
Genehmigte Taschenbuchausgabe

Umschlaggestaltung: Design Team München
Umschlagfoto: Bach Superbild / Schmidbauer, Grünwald
Druck: Elsnerdruck, Berlin
Verlagsnummer: 41060
GE · Herstellung: Sebastian Strohmaier
ISBN 3-442-41060-6

Dies ist ein Roman, kein Tatsachenbericht. Alle Namen, Orte und Geschehnisse sind fiktiv oder in fiktivem Zusammenhang erwähnt. Ähnlichkeiten mit tatsächlichen Ereignissen, Örtlichkeiten, Firmen oder lebenden oder toten Personen sind in diesem Sinnzusammenhang zufällig und unbeabsichtigt.

Prolog

Connecticut Academy, UdSSR
Samstag, 2. Mai, 07.48 Uhr OEZ

Ken James stampfte mit den Füßen auf den halbgefrorenen Schlamm, rieb sich heftig die Hände und schloß sie dann fest um den Schaft eines großen Baseballschlägers.

»Mach schon, verdammt«, rief er dem großen, schlaksigen Jungen auf dem Werfer-Hügel zu.

»Du wirst's erwarten können!« schrie Tony Scorcelli, der *Pitcher*, zurück.

James schwang den Schläger einige Male durch die Luft und schob sich die Jackenärmel bis zu den Ellbogen hoch. Scorcelli hieb sich den Baseball noch ein paarmal in seinen Handschuh und schleuderte ihn dann vorsichtig, als versuche er einen Ring über eine Colaflasche zu werfen, aus der Unterhand zur *Home Plate*.

Der Ball segelte über Kens Kopf hinweg.

»Was sollte das denn darstellen?« James trat von der *Plate* zurück, stützte sich auf seinen Schläger und schüttelte demonstrativ den Kopf.

Der *Catcher* namens Tom Bell ging nach hinten, um den Ball aufzuheben, der in einen Grasrand hinter dem *Backstop* gefallen war. Er warf einen kurzen Blick zur Bank hinüber. Der unzufriedene Gesichtsausdruck des Schuldirektors, Mr. Roberts, war unübersehbar. Er notierte sich etwas auf sein Klemmbrett. Was das bedeutete, war klar – Ärger.

Alle Studenten der *Academy* nahmen ihr wöchentliches Baseballspiel sehr ernst. Hier hatten sie schon vor der *Perestroika* gelernt, daß Wettstreit etwas Notwendiges war, ja sogar wünschenswert. Siegen war alles, verlieren bedeutete versagen. Jede Gelegenheit, seine eigene hervorragende Führungsstärke zu beweisen – durch körperliche Fitneß und Leistung ebenso wie durch intellektuelle Fähigkeiten –, mußte wahrgenommen werden und wurde genau registriert und vermerkt.

»So«, sagte James, während Bell Scorcelli den Ball zurückwarf, »und jetzt mach gefälligst beim nächsten Wurf die Augen auf, ja?«

Doch Scorcellis zweiter Wurf war nicht viel besser als der erste: ein hoher Bogen. Der Ball fiel fast senkrecht wie ein Stein auf die *Home Plate* herunter. Doch auch James lieferte keine Glanzleistung. Er nahm den Ball an, holte mit dem Schläger mächtig aus – und drosch daneben.

»Lieber Gott, Junge, der Ball ist dazu da, daß man ihn trifft...!«

Beim nächsten Schlag nahm sich James zusammen, holte noch weiter aus, aber er brachte nur einen *foul ball* zustande, der über den Maschendrahtzaun hinter dem Backstop flog.

»Noch ein *foul ball,* und du bist draußen!« rief der Mann am ersten Mal, genannt Kelly Rogers, im üblichen Schrei-Singsang. »Unsere Campusregeln hier...«

»Du kannst dir deine Campusregeln in den Hintern stecken!« schrie ihn James wütend an.

Rogers war völlig verblüfft über diesen unerwarteten Zornesausbruch und schwieg. Direktor Roberts machte sich wieder eine Notiz. Scorcelli bereitete sich auf seinen nächsten Wurf vor.

Dieser kam ganz niedrig. James reckte sich hoch, knirschte mit den Zähnen, unterbrach dann mitten im Schwung, faßte auch das andere Ende des Schlägers und hielt ihn dem heranfliegenden Ball entgegen. Der Ball tropfte vom Schläger wie ein Stein, der zu Boden fällt, direkt vor die *Home Plate,* und rollte noch ein Stückchen in Richtung auf den Werferhügel zurück, ehe er liegenblieb. James war bereits zum *First Base* unterwegs. *Catcher* Bell richtete sich verwundert aus seiner Hockstellung auf, starrte erst auf den Ball, dann auf James, dann wieder auf den Ball und schließlich auf Scorcelli, ob der nicht vielleicht die Güte... aber Scorcelli starrte genauso mit offenem Mund wie er selbst. Inzwischen war James längst am *First Base* und sogar schon auf dem Weg zum zweiten, ehe endlich einer auf die Idee kam, nach dem Ball zu schreien.

Nun rannten Bell und Scorcelli beide gleichzeitig los und stießen fast zusammen, als sie nach dem Ball griffen. Scorcelli bekam ihn als erster zu fassen und warf ihn im Herumdrehen dem Mann am zweiten Base zu. Aber statt ein direkter Schuß wurde es ein weiter Bogen, und statt des noch knappen Aus für James fiel der Ball kurz vor dem zweiten Base-Mann ins Gras, ohne noch einmal zu springen, und kugelte nur seitlich weg. Und Ken James sauste bereits zum dritten Base. Der *Rightfielder* schnappte sich schließlich den rollenden Ball im Laufen, überlegte eine Sekunde, ob er ihn mit einem direkten Wurf hinüber zum dritten Base schaffen würde, und warf ihn dann kurz entschlossen Johnston zu, der dort stand. Johnston fing ihn sicher mit beiden Händen auf und stand. Perfekter Wurf. James war noch nicht einmal halb beim dritten Base.

Johnston stellte den Fuß triumphierend auf sein drittes Base und warf den Ball mit Seitendrall zum zweiten Base zurück. Er hielt zwei Finger in die Höhe. Doch James war inzwischen weitergerannt. Johnston klopfte ihm mit der Hand auf die Schulter, als er bei ihm landete. »Na, du möchtest wohl Eindruck bei Mr. Roberts machen, was?«

Doch da brüllte ihn bereits Bell zornig an. »Du blöder Hund, Mensch! Mit dem Ball muß er ausgemacht werden!«

Der zweite Base-Mann begriff sofort und warf den Ball zu Bell an der *Home Plate*.

James war nun der gejagte Hase. Der Wurf kam genau, und Bell fing ihn, als James noch gute vier Meter von der *Home Plate* entfernt war. Er streckte seinen Handschuh vor, duckte sich und wartete, daß James auf die *Home Plate* rutschte, wie er das zu tun liebte, selbst wenn es überflüssig war. Einmal hatte er es sogar in theatralischer Weise getan, als er einen *Home Run* geschlagen hatte.

Doch diesmal rutschte er nicht. Er rannte Bell mit voller Wucht, Arme hoch, Ellbogen ausgestellt, um wie eine Dampfwalze. Ball, Schutzpanzer, Mütze und Bell selbst, alles flog durch die Luft.

Scorcelli warf seinen Handschuh zu Boden, rannte auf James zu, packte ihn am Genick und schleuderte ihn gegen den Maschendrahtzaun. »Hast du sie nicht mehr alle, oder was?« Auch alle anderen, einschließlich Bell, dem noch der Kopf schwirrte, drängten sich um ihn. Scorcelli packte ihn noch einmal und zwang ihn zu Boden. *»Wi bolschoi swjnena...«*

Alle anderen, die herumstanden, schienen ebenso wie Scorcelli selbst gar nicht mehr bewußt wahrzunehmen, daß er ihn an der Kehle gepackt hatte.

»Genug!«

Mr. Roberts kam durch die sich rasch teilende Menge herbeigeeilt und stand vor den beiden am Boden Ringenden.

Scorcelli ließ los und stand auf. Er nahm fast stramme Haltung an, mit den Händen an der Hosennaht und hochgerecktem Kinn. Auch James kam schwer atmend auf die Füße.

Roberts war ein kleiner, untersetzter Mann mit dunklen Brauen und noch dunkleren, tiefliegenden Augen. Seine scharfe Kommandostimme erzwang augenblickliche Aufmerksamkeit.

»James hat Bell mit Absicht umgerannt«, protestierte Scorcelli, »damit dieser den Ball verliert.«

»Keine Regel verbietet das, du Blödian!«

»Er ist direkt in ihn hineingerannt«, fuhr Scorcelli unbeirrt fort. »Er hat nicht einmal den Versuch gemacht, abzubremsen oder auszuweichen. James ist ein Betrüger –«

»Keiner nennt mich Betrüger!«

»Genug jetzt!« donnerte Roberts dazwischen.

Doch James ignorierte selbst das. »Ich kämpfe schon für mich selbst. Wenn du die Regeln kennen würdest, Scorcelli, dann wüßtest du, daß ich das gleiche Recht habe wie der *Catcher,* die *Home Plate* zu besetzen. Wenn er sich vor sie hinstellt, habe ich das Recht, ihn umzurennen. Und wenn er dabei den Ball fallen läßt, bin ich *safe,* selbst wenn er mich schon damit berührt hat. Der Lauf zählt!«

»Und wie ist das mit der Art, wie du den Ball geschlagen

hast?« gab Scorcelli nicht minder hitzig zurück. »Wolltest du dich etwa vom Ball treffen lassen? Der Schläger muß geschwungen werden und nicht –«

»Das nennt man einen *bunt*, aber du hast ja keine Ahnung!«

Diese Erklärung löste allgemeine Verblüffung aus.

Alle Augen wandten sich Mr. Roberts zu, der seinerseits Ken James anstarrte und dann abrupt verkündete, das Spiel sei beendet und alle hätten sich zu ihrer nächsten Unterrichtsstunde zu begeben.

Ken James und Anthony Scorcelli standen vor dem Schreibtisch ihres Direktors. Jeffrey Baines Roberts saß aufrecht dahinter. Seine Sekretärin brachte ihm zwei Akten und legte sie ihm hin. Sie würdigte Scorcelli keines Blickes, James jedoch schenkte sie die Andeutung eines Lächelns, während sie hinausging.

»Mr. Scorcelli«, begann der Direktor, »wenn Sie mir vielleicht etwas über Ihren Bruder Roger erzählen möchten.«

Scorcelli hielt den Blick starr auf einen Punkt leicht oberhalb des Kopfes des Direktors gerichtet. »Wir sind vier Geschwister, Sir. Ich habe zwei Brüder und eine Schwester. Sie heißen –«

»Mr. Scorcelli, ich habe Sie nicht nach allen Ihren Geschwistern gefragt, sondern lediglich nach Ihrem Bruder Roger.«

»Ja, Sir... Kevin und Roger...« Er schien leise mit sich selbst zu sprechen, ehe er laut fortfuhr: »Roger ist zwei Jahre älter als ich, *Freshman* an der Cornell University. Er –«

»Woher stammt Ihre Mutter?«

»Meine... Mutter... Ja, Sir. Sie stammt aus Syracuse, New York. Sie hat zwei Schwestern und –«

»Ich habe nicht nach ihren Schwestern gefragt.« Mr. Roberts fuhr sich einigermaßen ungeduldig über die Stirn. »Sind Sie mit den Baseballregeln nicht vertraut, Mr. Scorcelli?«

»Ich war in der Tat der Meinung, Sir, daß Mr. James nicht das Recht hatte, seine Freunde und Mitspieler tätlich anzugreifen...«

»Was Sie meinen, heißt *Körperattacke*, Mr. Scorcelli. *Tätlicher Angriff* ist etwas anderes – das ist eine Bedrohung mit dem

Ziel, dem Gegner körperlichen Schaden zuzufügen. Ist es eine Bedrohung, wenn die Handlungsweise von Mr. James nach den Regeln des Spiels zulässig ist?«

»Es mag keine eigentliche Bedrohung sein, Sir, aber ich glaube dennoch, daß Mr. James die Gelegenheit ausgesprochen gern genützt hat, Mr. Bell umzurennen und –«

»So ein Blödsinn«, sagte James.

»Und ich bin auch davon überzeugt, Sir, daß Mr. James, wenn er nur eine zulässige Möglichkeit dafür sähe, mir einen dieser idiotischen Schläger über den Schädel hauen würde, und zwar mit der gleichen Begeisterung und –«

»Richtig, du Arschloch!«

»Das genügt jetzt«, sagte Mr. Roberts ganz ruhig. Tatsächlich mußte er sich beherrschen, um nicht zu lächeln. Scorcelli würde sich in jedem Vorstandsbüro einer großen Firma oder in jedem Gerichtssaal vortrefflich machen, James dagegen war der geborene agile Macher. Ein recht gefährlicher Bursche sogar, mit viel Courage und strotzend vor Vitalität – und einer beachtlichen Anpassungsfähigkeit. Aber er war kein Teamspieler. Er war entweder Anführer oder Einzelgänger. Und er konnte ziemlich rücksichtslos sein…

»Ich werde nicht dulden«, sagte er, »daß der Sport hier zum Austragungsort privater Auseinandersetzungen der Studenten wird. Mr. Scorcelli.«

Scorcelli zögerte zuerst, dann wandte er sich James zu und streckte ihm die Hand hin.

»Entschuldigung akzeptiert, Mr. Scorcelli«, sagte James mit seinem Siegerlächeln, das Scorcelli gleich wieder auf die Palme brachte.

»Was Sie betrifft«, sagte nun Roberts zu James, »so nehme ich an, daß Sie nicht die Absicht haben, Ihre Spielgewohnheiten zu ändern, und daß Sie auch weiterhin jede Gelegenheit wahrnehmen wollen, Ihre Landsleute zu provozieren, selbst in einem Baseballspiel.«

Ken James sah ihn verwirrt an. Scorcelli mochte vielleicht glauben, James befinde sich in einem moralischen Dilemma. Roberts freilich wußte es besser, war aber trotzdem überrascht von der Antwort. »Sir, ich werde immer jeden Regelvorteil wahrnehmen und jede zulässige Gelegenheit zum Gewinnen ausnützen.«

»Ungeachtet möglicher Folgen?«

»Natürlich, Sir.«

Nichts anderes erwartete und wünschte sich Roberts. »Mr. Scorcelli, Sie können sich entfernen. Mr. James, Sie bleiben noch... und Mr. Scorcelli –«

»Ja, Sir?«

»Wi bolschoi swjnena!«

Scorcelli aber war keineswegs so verblüfft wie erwartet. Allenfalls leicht beunruhigt.

»Raus!« sagte Roberts, und Scorcelli beeilte sich, die Tür hinter sich zuzumachen. So sanft und vorsichtig übrigens, als sei sie aus feinem Porzellan...

Ken James wartete gelassen. Roberts deutete auf einen Stuhl und beobachtete, wie er sich setzte. »Sogar fluchen tun Sie wie einer von denen, Mr. James.«

Keine Antwort.

»Halten Sie sich selbst schon für die Abschlußprüfung reif?«

»Ja.«

»Mr. James, auf welcher Seite stehen Sie eigentlich? Manchmal meint man, lediglich auf Ihrer eigenen.«

»Aber das ist doch amerikanisch, oder? Wissen ist Macht, beim Baseball wie im Geschäftsleben. Ich will alles erreichbare Wissen erlangen. Ich habe mich schon sehr dafür angestrengt, selbst bei Dingen, die andere für nebensächlich halten. Und das nicht zu nützen wäre Verschwendung –«

»Hüten Sie sich vor der Annahme, Sie wüßten schon alles über Amerika und darüber, wie man dort lebt. Hier in der *Academy* haben Sie buchstäblich hinter einem abgeschirmten Zaun gelebt. Aber die wirkliche Welt draußen frißt viele junge Leute wie Sie, die allzu selbstsicher sind, mit Haut und Haar.«

James antwortete nicht, blieb aber ganz entspannt auf seinem Stuhl mit der harten, geraden Holzlehne sitzen.

Roberts musterte ihn eine Weile, ehe er sagte: »Erzählen Sie mir etwas über Ihren Vater, Kenneth.«

»Ach, nicht schon wieder, Sir! Also schön. Mein Vater war ein Trunkenbold, Sir. Und krimineller Abschaum obendrein. Er brachte meinen jüngeren Bruder um, wurde aber für nicht schuldfähig erklärt und in eine Heilanstalt eingewiesen. Es hieß, er leide an einem verzögerten Schocksyndrom von seinen drei Dienstzeitverträgen als Kompanieführer bei den *Green Berets* in Vietnam. Als er nach einigen Jahren wieder entlassen wurde, verließ er seine Familie und verschwand irgendwohin auf Nimmerwiedersehen. In irgendein Gefängnis vielleicht oder in eine andere Nervenheilanstalt. Er hieß ebenfalls Kenneth, aber ich weigere mich, zu meinem Vornamen das ›junior‹ hinzuzusetzen. Ich habe sogar bereits daran gedacht, meinen ganzen Namen ändern zu lassen.«

Roberts sah überrascht aus, und das amüsierte James. »Keine Sorge, Sir. Ich werde es natürlich nicht tun. Es ist zwar keine so schillernde Familiengeschichte wie die von Scorcelli mit seinen reichen Jet-Set-Eltern, und nicht so bieder wie die von Bell mit seinen Tantchen im Mittelwesten. Aber es ist nun mal meine. Ich habe gelernt, Sir, sie zu verbergen, ja überhaupt aus meinem Bewußtsein zu verdrängen. Ich behalte sie lediglich im Gedächtnis, um mich immer daran zu erinnern, was aus mir werden könnte, wenn ich nicht hart arbeite und lerne.«

»Wissen Sie«, antwortete Roberts, »Ihre Meinung über Ihren Vater interessiert mich eigentlich wenig. Und Sie wären überhaupt gut beraten, dergleichen Ansichten für sich zu behalten.«

James' Antwort bestand darin, ihn mit seinem verdammten angedeuteten Grinsen anzulächeln. Es schien ziemlich klar zu sein, daß er keine Absicht hatte, diesen Rat zu beherzigen.

Er war ein Problemfall. Die *Connecticut Academy* hatte sich in den nur dreißig Jahren ihrer Existenz einen soliden Ruf für die hervorragenden Eigenschaften ihrer Absolventen erworben. Nur die besten schafften den Abschluß, und sie kamen an die besten Colleges und Universitäten. Alle übrigen wurden dahin zurückgeschickt, woher sie gekommen waren, ohne jede weitere Bindung an die Academy, und sie durften in ihren Lebensläufen und Personalakten auch nicht erwähnen, daß sie einmal dort gewesen waren. Die Academy hatte ihren Ruf zu wahren.

Wie aber paßte dieser Kenneth Francis James in diese Eliteschule?

Seine Noten waren nicht das Problem. Er hatte die Tests auf wissenschaftliche Fähigkeiten in der absoluten Spitzengruppe absolviert und seine Examina in Mathematik und Biologie ebenso, das würde ihm erlauben, Kurse des College-Grads zu belegen, ohne ein College-Campus bis dahin auch nur gesehen zu haben. Er hatte sogar bereits mehrere juristische Universitäts-Zulassungsprüfungen bestanden, und zwar als der mit Abstand Beste. Und dabei hatte er von sich aus schon die besten Fakultäten dafür ausgewählt – Columbia, Harvard, Georgetown, Oxford. Sein Ziel war, bei Leuten mit Namen wie Kissinger, Kirkpatrick, Brzezinski zu studieren und dann eine Karriere im Auswärtigen Dienst oder direkt in der Politik einzuschlagen.

Es ging ihm in erster Linie um Unabhängigkeit. Unabhängigkeit und Selbstbestimmung. Bedenklich war nur sein Hang zum Extremen. Er konnte ihn zu Fall bringen, und damit konnte er dem Ruf der Academy schaden. Im Auswärtigen Dienst und in der Regierung mußte man ein Teamspieler sein. Und das war Kenneth James nun einmal nicht.

Andererseits versuchte die Academy niemals, Studenten einfach abzuschieben, nur weil sie nicht ins Muster paßten. Besonders nicht, wenn sie ihre hohe Intelligenz bewiesen hatten. Das Problem bestand also darin, für James eine Nische zu finden, die seiner Persönlichkeit und seinen speziellen Talenten entsprach und in der sich seine Energie und Begabung sinnvoll nutzen ließen.

Roberts begann die Akten auf seinem Schreibtisch aufeinanderzustapeln und drückte den Summer für seine Sekretärin. »Sie können sich entfernen, Mr. James.«

James war von dieser abrupten Mitteilung überrascht, versuchte es aber nicht zu zeigen. Er stand schweigend auf und ging zur Tür.

»Doswidanja, Towarischnij Maraklow«, rief ihm Roberts nach und blickte auf, während er auf seine Reaktion wartete.

Doch es kam keine. James drehte sich vielmehr ganz ruhig um, die Hand am Türknopf. »Verzeihung, Sir?«

Roberts verzog keine Miene, war aber im stillen sehr zufrieden. Sehr gut, Mr. James, lobte er stumm. Nicht das geringste Zeichen. Und noch wichtiger: Man merkte nicht einmal, daß er eine Reaktion verbarg. Sie haben Ihre Lektion gut gelernt. Ich glaube auch, daß Sie reif sind für die Abschlußprüfung...

»Schon gut, Mr. James.«

»Mein Name ist Janet.«

Ken James näherte sich der Frau und starrte in ihre hellgrünen Augen.

Janet Larson war dreißig, einszweiundfünfzig groß und hatte langes, weiches braunes Haar. Sie trug ausgebleichte Jeans und ein rotes Flanellhemd mit aufgerollten Ärmeln. Die oberen drei Knöpfe waren offen. Der Spätfrühlingstag war warm. Ken saß in ihrer Wohnung und ließ ungeniert seine Augen wandern, von ihren glänzenden Augen über den weißen Hals hinab bis in das sich vertiefende Tal zwischen ihren Brüsten. Als sein Blick wieder zu ihrem Gesicht zurückkehrte, entdeckte er, daß sie ihn unverblümt ansah.

»Der Augenkontakt«, sagte er und rückte etwas näher. »Wenn sich Fremde begegnen, wird der Augenkontakt üblicherweise sofort abgebrochen. Wir haben hier gelernt, jedem in die Augen zu sehen und daß der Blickkontakt wichtig ist. Tatsache ist, daß der direkte Blick einer Frau viele Männer unsicher macht.«

Sie nickte. Sie war die Verwaltungssekretärin der Academy. Sie trat langsam so nahe an ihn heran, daß ihre Brüste sein baumwollenes Rugbyhemd berührten. Er ließ sie einige Augenblicke so und faßte sie erst dann an den Schultern und schob sie ein wenig von sich.

»Perfekt«, sagte er und ließ seine Augen ganz offen ihren Körper entlangwandern. Sie hob ihm die Lippen entgegen, und das unterbrach die kleine Unterrichtsstunde erst einmal.

Sie war sehr gut ausgebildet. Sie begann ganz langsam. Aufreizend langsam. Das Entkleiden war Teil des Vorspiels. Sie hielt ihn fest unter Kontrolle, wurde langsam, wenn sie spürte, daß er es eilig hatte, und lebhafter, wenn er ungeduldig zu werden schien. Sie wußte ganz genau, wann und wo sie ihn berühren, was sie sagen oder tun mußte, um ihrer beider sexuelle Spannung zu perfekter Übereinstimmung zu bringen.

Aber dann entglitt ihnen beiden doch rasch die Kontrolle, und sie ließen ihrer aufgestauten Energie freien Lauf. Sie kam zuerst, genau wie sie es gelernt hatte, um damit seinen Höhepunkt zu steigern. Sie benützte ihre Muskeln, um ihm auch den letzten Tropfen abzupressen, und entzog sich ihm sofort danach. Sie hatte gelernt, daß Amerikaner sich immer unmittelbar danach aus ihrer Partnerin zurückzuziehen pflegten, ja manchmal nicht einmal neben ihr liegenbleiben wollten. Nur, dieser Student hier, wie gut ausgebildet er auch immer sein mochte, war, jedenfalls was dies betraf, doch nicht so amerikanisch... Er blieb noch eine ganze Weile in ihr und wollte auch, daß sie sich auf ihn legte, damit er ihren Hals und ihre Brüste liebkosen konnte und sich von ihrer Wärme eingehüllt fühlte. Sie rollte sich sanft neben ihn und hob den Kopf etwas, um ihm in die Augen sehen zu können, während er seine Finger ihren Körper entlanggleiten ließ.

Auch sie war eine ehemalige Studentin der Connecticut Academy. Nur war sie auf einem ganz anderen Gebiet geschult worden als er. Sie hatte gegen ihre Ausbildung zur Kurtisane nichts einzuwenden gehabt und war bereits für die Abschlußprüfung qualifiziert gewesen, als sie sich dafür entschied, als Verwaltungssekretärin in der Academy zu bleiben. Seitdem war es ihr Hauptvergnügen, die jungen Studenten zu verführen. Die Befriedigung, die ihr dies verschaffte, war weniger erotischer Natur als vielmehr das Vergnügen daran, ihre außergewöhnlichen Fähigkeiten auf diesem Gebiet demonstrieren zu können.

Und ganz besonders gefiel ihr der Beweis ihres Könnens an diesem jungen Studenten hier – Kontrollname Ken James, alias Andrej Iwanschischin Maraklow aus Leningrad, Sohn eines Parteifunktionärs und Krankenhausverwalters, bester Student der streng geheimen Connecticut Academy in Noworossisk in der Nähe des Kaukasus am Schwarzen Meer, wo junge sowjetische Männer und Frauen zu Auslandsagenten des KGB ausgebildet wurden.

Die Connecticut Academy war eine höchst ungewöhnliche

High School und zog deshalb auch die ungewöhnlichsten Männer und Frauen an. Die meisten von ihnen wurden schon in sehr frühem Alter auf eine spätere Agententätigkeit vorbereitet, indem sie Fremdsprachen und die Sitten und Gebräuche vieler anderer Länder erlernten. Es gab »Kurtisanen« wie Janet Larson, aber für den Einsatz von Sex zur Spionage wurden nicht nur weibliche Studenten geschult, sondern auch männliche. Andere Spezialausbildungen galten gewaltsamen Anschlägen und Attentaten sowie sonstigen Formen von Terrorismus. Und dann gab es noch ein ganz neues Gebiet der Spionage, für das Leute wie Kenneth James alias Maraklow geschult wurden.

Sorgfältig ausgewählte junge Leute in verschiedenen Ländern, die wegen ihrer Herkunft späteren großen Einfluß und sozialen Status erwarten ließen – Söhne und Töchter von Politikern, Geschäftsleuten, Vorständen großer Industriekonzerne –, wurden schon von früher Jugend an genau im Auge behalten, sobald klar war, daß sie einmal die sozialen oder wirtschaftlichen Positionen und Schlüsselstellungen ihrer Väter übernehmen würden oder sonst große Karrieren zu machen versprachen. Aufs genaueste wurden ihre Gewohnheiten, ihre ganze Persönlichkeit und ihr Umgang registriert: Waren sie seriöse Charaktere, entwickelten sie sich zu gefestigten Persönlichkeiten oder verplemperten sie Zeit und Geld und nahmen Drogen oder waren Stammgäste aller Partys? Wenn abzusehen war, daß aus ihnen etwas werden könnte, begann die zweite Phase des Plans.

Ein junger Russe oder eine junge Russin, der oder die äußerlich wie auch charakterlich Ähnlichkeit mit einer solchen »Zielperson« hatte, vollzog deren exakten Bildungsweg nach. Zusätzlich zum perfekten Erlernen der Sprache war das Ziel, praktisch identische Doppelgänger heranzuziehen, die nach jahrelanger Schulung schließlich wie geklonte Ebenbilder waren.

Als nächstes dann wurden die Doppelgänger bei passender Gelegenheit gegen die Zielpersonen ausgetauscht und übernahmen nahtlos deren Existenz. Da es den Agenten natürlich nicht möglich war, jede kleinste Nuance oder Stimmung nachzuempfinden oder jedes einzelne Lebensdetail des Originals kennenzulernen, wurden sie auch besonders darauf trainiert, sich laufend anzupassen und ihre Kenntnis über das Original zu erweitern sowie kritische Situationen gelassen zu meistern. Gelang es ihnen nicht, restlos und problemlos in die andere Existenz zu schlüpfen, dann waren sie gehalten, das Umfeld behutsam so zu manipulieren, daß sie besser hineinpaßten. Dann mußte eben der »Klon« neue Normen schaffen und auf diese Weise die komplette Identität herstellen.

Nach einer angemessenen Eingewöhnungsfrist nahm Moskau dann mit dem Maulwurf Kontakt auf und begann ihn zur Beschaffung von Informationen einzusetzen. Man manövrierte ihn näher an die politischen und wirtschaftlichen Macht- und Schaltzentren heran; natürlich mit dem Endzweck, den Lauf der Dinge und Entscheidungen im Sinne und zugunsten der Sowjetunion oder ihrer Verbündeten zu beeinflussen. In Notfällen konnte der Maulwurf dazu benützt werden, anderen Agenten zu helfen, Geldmittel zu beschaffen und selbst Anschläge oder Attentate auszukundschaften oder sogar persönlich auszuführen. Im Gegensatz zu Zuträgern, Landesverrätern, Bestochenen oder sogar Botschaftsangehörigen waren solche »einheimischen Bürger« praktisch niemals einem Verdacht oder Mißtrauen ausgesetzt. Auch die eingehendsten Ermittlungen und Erhebungen bestanden sie mühelos – bis hin zu den Fingerabdrücken, die man imitieren, notfalls sogar chirurgisch angleichen konnte.

Natürlich ging höchstens eine Handvoll solcher Super-Maulwürfe pro Jahr von der Academy ab. Ihre Schulung war für Ausgebildete und Ausbilder gleichermaßen strapaziös, und es gab überhaupt nur wenige, die wirklich geeignet waren. Auch wenn sie sich hervorragende Sprachkenntnisse aneigneten und eine Menge über Amerika und die Amerikaner lernten, so kamen doch die meisten nicht mühelos genug mit dieser seltsamen amerikanischen Mentalität zurecht. Nicht einmal der anscheinend perfekte Anwärter bot eine absolute Gewähr; zu viele unbekannte Größen waren bei dieser Aufgabe im Spiel. Die Zielpersonen waren nicht allein nach ihrem potentiellen künftigen

Wert ausgesucht, sondern auch die Zugänglichkeit und Erreichbarkeit spielten eine Rolle. Und in dem jahrelangen Vorbereitungsprozeß gab es keine Garantie, daß alles nach Plan und Wunsch – und ursprünglicher Absicht verlief. Zielvorstellungen änderten sich auch, Gelegenheiten kamen und gingen, Denkweisen wechselten, Lebenswege kreuzten sich.

Die Zielperson Ken James (der echte amerikanische Ken James) wäre noch vor einigen Jahren niemals als Kandidat in Frage gekommen. Er war der Sohn eines in Depressionen verfallenen Vietnam-Veteranen und in von einer Tragödie überschatteten und zerstörten Familienverhältnissen aufgewachsen. Der Junge wurde ein Einzelgänger und war kontaktarm.

Doch dann veränderte sich plötzlich alles. Der Junge entpuppte sich als Genie. Der Vater verschwand von der Bildfläche und galt als tot. Die Mutter heiratete den reichen Präsidenten eines multinationalen Konzerns, und sowohl dieser Stiefvater wie die Mutter wurden durch Wahl oder Ernennung Kandidaten für hohe politische Ämter. Aus dem bedeutungslosen Jungen wurde so mit einem Mal ein Vorzugskandidat. Er war zwar nach wie vor ein Einzelgänger, der sich selbst überlassen war. Aber immerhin sorgten seine reichen Eltern dafür, daß er eine exklusive Ausbildung erhielt, die ihn auf eine spätere Karriere bei der Regierung vorbereitete. Eine perfekte Zielperson.

Und dann fand sich auch noch ein russischer junger Mann, der als Auswechselperson genau auf ihn paßte… Andrej Iwanschischin Maraklow besaß eine einzigartige Begabung – eine Mischung aus schriftstellerischem Einfallsreichtum und wissenschaftlicher Sachintelligenz; das war genau die richtige Voraussetzung, um der intellektuelle und charakterliche Zwilling von Ken James zu werden…

Janet Larson lächelte, als sie seinen abwesenden Blick bemerkte. Sie stützte sich auf die Ellbogen, um ihn noch genauer betrachten zu können. »Wo hast du denn deinen Kopf, Kenneth?«

Er lächelte über die Frage. Das war das übliche Spiel zwischen ihnen, wenn sie zusammen waren. Als Chefsekretärin beim Direktor der Academy wußte Janet Larson natürlich alles über Ken James: warum er hier war und wofür er nach seinem Abschlußexamen vorgesehen war. Aber manche Studenten, ganz speziell eben solche von der Art Maraklow/James, fügten den Eigenarten ihrer Alter egos selbst noch eine ganze Menge eigener Würze hinzu. Es war den Studenten allgemein untersagt, untereinander über ihre »Leben« zu sprechen, aber das galt natürlich nicht für Janet und ganz besonders nicht für sie und den Studenten Kenneth James...

»Ich bin unterwegs nach Hawaii«, sagte er. »Noch ein letzter kleiner Ausflug vor dem College. Meine Mam und mein Stiefvater sind geschäftlich in Europa. Sie haben mir die Reise nach Hawaii für den bestandenen Schulabschluß geschenkt. Das war letzte Woche, erinnerst du dich?«

»Wie waren denn deine Noten?«

»Lauter glatte Einsen. Es war allerdings auch ein leichtes Semester. Ich hatte alles so geplant. Ich hätte ja schon nach meinem Juniorjahr das Examen machen und aufs College wechseln können, nachdem ich im Sommer ein paar Kurse vorzeitig absolviert hatte. Aber mein Stiefdaddy riet mir ab. Versäume auf keinen Fall das Seniorenjahr der High School, sagte er. Weil man daran später die meisten und schönsten Erinnerungen behält. Das ist zwar Quatsch, aber ich habe es gemacht und mich gemütlich durch dieses Jahr geschaukelt.«

»Und hat es sich nun gelohnt oder nicht?«

»Na ja«, sagte er und fuhr mit der Hand ihren Rücken hinauf und hinunter, während sich langsam ein Lächeln über sein Gesicht ausbreitete, als sehe er seine Erlebnisse wieder sehr plastisch vor sich...

»Ich bin eine ziemliche Sportskanone«, fuhr er fort. »Fußball im Herbst, Basketball und Baseball im Frühling. Ich hatte ja sämtliche Prüfungen schon hinter mir, und so konnte ich mich dem Sport widmen. Es war toll.«

»Und sonst hast du nichts gemacht? Nur Sport?«

»Nein, nein, ich hatte auch jede Menge Verabredungen. Jeden Freitag und Samstag war ich aus. Weil meine Eltern von fünf Wochen höchstens eine zu Hause sind, hatte ich sturmfreie Bude. Vom Hausmädchen mal abgesehen, natürlich.«

»Erzähl doch mal was von deinen Verabredungen.«

Er lächelte wieder auf seine besondere Weise. »Meistens war ich mit Cathy Sawyer aus. Nichts Besonderes... Kino, oder mal in einem Restaurant. Sonst habe ich ihr bei ihren Hausaufgaben geholfen. Sie kommt mit Mathe nicht zurecht, obwohl ich mir Mühe gegeben habe, es ihr zu erklären.«

Ihm so zuzuhören und ihn dabei zu beobachten, war, als würde sich tatsächlich ein ganz anderes Leben direkt vor einem abspielen. Sie hatten sichtlich ganze Arbeit geleistet mit Andrej Maraklow. Er war jetzt wirklich Ken James. »Und – war sonst nichts mit ihr, Kenneth?«

Sein Blick verdüsterte sich sofort.

»Ken?«

»Sie will das nicht.« Seine Stimme war ganz tief und rauh geworden.

Janet faßte ihn an der Schulter an. Er schien wie vereist zu sein.

»Sie will mich nicht«, wiederholte er mit tonloser Stimme. »Niemand will mich. Mein Dad ist ein verrückter Alkoholiker. Und alle glauben, daß ich in meinen Genen davon etwas abbekommen habe und andere infizieren könnte, wenn ich ihnen zu nahe komme. Alle fürchten, ich könnte anfangen gewalttätig zu werden, so wie mein Dad gegen seine Familie.«

»Ken...«

»Alles, was sie von mir wollen, ist mein Hirn und mein Geld.« Er war jetzt richtig ärgerlich, seine Stimme klang angespannt, und seine Augen funkelten. »Hilfst du mir bei meinen Hausaufgaben, Ken?... Ach, James, könnten Sie uns beim Geldsammeln behilflich sein?... Wir könnten dich gut im Team brauchen, Ken!... Alle wollen pausenlos etwas von mir. Aber wenn ich mal was will, rennen sie weg.«

»Weil du besser bist als sie, Kenneth –«

»Ach, wen kümmert das schon?« Das war wie ein Aufschrei. Janet bekam fast Angst vor dem Zorn, der aus ihm sprach. »Wann bekomme ich endlich, was ich möchte? Wann kann ich einmal das Gefühl haben, akzeptiert zu werden?« Er packte sie an der rechten Hand und drückte sie heftig. »Wann, he?«

Sie entwand ihm ihre Hand, stand auf und wickelte sich ein Laken um.

»... ich war froh, als sie mich baten, die Abschlußrede zu halten, weil es mir Gelegenheit gab, abzulehnen. Warum hätte ich es auch tun sollen? Meine Mam mußte unbedingt nach Neuseeland oder weiß Gott wohin – es war jedenfalls wichtiger, als beim Abschlußfest ihres einzigen verbliebenen Sohnes dabeizusein. Und mein Dad ist tot oder liegt irgendwo in der Gosse... Niemand, auf den es mir angekommen wäre, hätte meine Rede angehört. Da habe ich mir mein Diplom lieber gleich mit der Post schicken lassen. Meine Mam war nicht mal wütend darüber. Statt dessen hat sie mir das Erste-Klasse-Ticket nach Oahu samt fünftausend Bucks geschickt. Und ich habe mich beeilt, aus dieser Schule rauszukommen.«

Janet saß auf der Bettkante und beobachtete Ken James unverwandt. Da war etwas Furchterregendes an ihm. Es war seltsam, ihn so reden zu hören. Er war ja noch nicht wirklich und völlig Ken James; aber jetzt wurde er es plötzlich tatsächlich und erzählte in der ersten Person... Natürlich versuchten sich alle Studenten hier ihr Alter ego möglichst gut anzueignen. Aber Andrej tat nicht nur so – er übernahm das Leben seines Doppelgängers wirklich, mit allen Gefühlsempfindungen, jeder Verletzung, jedem Triumph, jeder Trauer: vollständig und total. Sein Blick machte ihr angst und ließ Janet – alias Katrina Litkowa, Tochter eines Obersten der Roten Armee – nicht los.

»Und was ist mit dem College?« fragte sie.

»Ein Dutzend haben mich angenommen«, erwiderte er in seinem perfekten Mittelwesten-Amerikanisch. »Ich habe mich noch nicht entschieden, wohin ich gehe. Ich habe schon überlegt, ein Semester einfach auszulassen, damit ich für eine Weile von allem wegkomme. Ich habe sogar mit dem Gedanken gespielt, zu den *Marines* zu gehen. Darüber habe ich schon mal mit meinem Stiefvater geredet. Er meinte damals, das wäre gar nicht so schlecht und könnte sich später, zum Beispiel bei der Kandidatur für einen Senatssitz, sehr gut machen. Das habe ich nie vergessen.«

Janet war verwundert und beeindruckt von seiner Entschlossenheit, der Klarheit und Präzision seiner Gedanken und von all den Einzelheiten seiner Geschichte. Es kam wirklich selten vor, daß ein Student so perfekt in seine Rolle schlüpfte...

Er stand auf und wandte ihr den Rücken zu. Sie betrachtete seinen hochgewachsenen, jugendlich athletischen Körper – die breiten Schultern, die schmalen Hüften, die festen Gesäßbakken.

Andrej Maraklow hatte sich offensichtlich so in das Leben von Kenneth James hineinversetzt, daß er nicht nur dessen äußere Identität vollständig übernommen hatte, sondern auch seine emotionale! Er war bereits Ken James mit Haut und Haaren! Wie sonst wäre es möglich, daß er sich in dessen Leben so vollständig bewegte; so... natürlich? Dieser Junge war ganz und gar außergewöhnlich. Und zumindest an einem bestand nicht der mindeste Zweifel: kein Verhöroffizier, kein Lügendetektor und nicht einmal Hypnose oder Wahrheitsdrogen hatten gegen diesen Mann auch nur den Hauch einer Chance!

»Aber jetzt bin ich auf dem Weg nach Hawaii«, fuhr das Doppelwesen James/Maraklow fort. »Ich lasse es mir ein Weilchen gutgehen. Vielleicht stelle ich dort den Laden auf den Kopf. Oder ich male ein wenig. Ich weiß noch nicht...«

Er drehte sich wieder um, aber Janet war zu hypnotisiert von dieser irrwitzigen Transformation, daß sie gar nicht daran denken konnte, noch einmal mit ihm zu schlafen. Sie merkte, daß er ihr wirklich angst machte. Er war jetzt ein völlig Fremder. Ganz unwillkürlich und gegen ihre Gewohnheit preßte sie sich das Laken vor die Brust.

Er sah sie an und sagte mit einem dünnen Lächeln: »Cathy Sawyer wird jedesmal sofort feucht, wenn sie mich nur sieht. Ich weiß es ganz genau. Aber wenn wir dann allein sind, will sie mich nicht mal anfassen.« Er kam auf sie zu. Sie wich instinktiv zurück.

Sein Lächeln verschwand, und seine Augen wurden schmal. »Schon gut, schon gut. Verdammt. Du bist wie alle andern.«

Er atmete schwer, und sie hielt sich krampfhaft das Bettlaken vor den Körper. Und als sie an ihm vorbei wollte, packte er sie am Arm.

»Kenneth –«

»O nein, ich gehe nicht. Und du auch nicht. Noch nicht.« Er faßte sie hart an beiden Armen. Das Laken fiel zu Boden. Er hob ihre Arme hoch und zog sie so an sich, daß sie kaum noch den Boden berührte. »Ich zeige dir, was ich mit diesem Luder Cathy Sawyer an dem Abend, bevor ich wegfuhr, gemacht habe. Nicht einmal zur Abschlußfeier kam sie, habe ich dir das schon erzählt? Die arme Cathy... ich möchte wissen, was aus ihr geworden ist...«

Er bringt mich um, dachte Janet. Er ist verrückt, er wird mich...

Und dann machte das erschreckende Grinsen ganz plötzlich einem breiten gutmütigen Lachen Platz. Er entspannte sich und ließ sie wieder los. Er küßte sie dabei spielerisch auf die Nase.

»Drangekriegt, wie?«

»Was?« Ihre Stimme war schrill und noch immer voller Angst. »Was, zum Teufel, soll das alles?« Und das hatte sie nun auf russisch gesagt.

Er drohte tadelnd mit dem Zeigefinger. »Nein, nein, nein, Geliebte, hier an dieser Academy wird ausschließlich englisch gesprochen!«

»Ich dachte... ich glaubte...«

»...daß ich übergeschnappt bin?« Sein überhebliches Lächeln machte sie nur noch zorniger. »Ich weiß schon, was du denkst. Immer, wenn wir zusammen sind, möchtest du so kleine Geschichten über meinen Amerikaner hören. Na, und ich erzähle eben, wie ich ihn mir denke, was er alles durchgemacht hat und was für ein Leben er führt.«

»Aber du hast mich zu Tode erschreckt! Warum tust du das?«

»Weil du es so haben wolltest! Ich habe doch nur getan, was du...«

»Du bist wirklich verrückt«, sagte sie. Sie nahm ihre Kleider, schlüpfte in die Jeans und zog sich das Hemd über. »Hau ab, Mann.«

»Janet, so warte doch...«

»Ich will dich nicht mehr sehen. Nie mehr.« Sie riß ihre Schlafzimmertür auf. »Zieh dich an und hau ab hier!«

Sein Lächeln blieb, aber er zog gehorsam seine Jeans und sein Sweatshirt an. Seine Unterwäsche und die Schuhe nahm er unter den Arm. Ehe er ging, blieb er noch einmal an der Tür stehen.

»Ich werde dir fehlen«, sagte er. »Schön, den Sex kannst du von jedem kriegen. Aber was dir wirklich fehlen wird, ist das aufregende Gefühl, einen echten Amerikaner zu haben. Das macht dich *high.* Weil es das schlimmste Vergehen einer KGB-Agentin ist. Aber genau danach bist du wild.«

»Andrej Iwanschischin Maraklow –«

»Mein Name ist Ken James.«

»Du wirst diese Academy niemals verlassen dürfen. Außer in deiner Phantasie kommst du nie nach Amerika! Das schwöre ich dir!«

Sein Lächeln erstarb, und sie konnte nicht mehr aufhören.

»Ich werde Mr. Roberts vorschlagen, daß du niemals zur Abschlußprüfung zugelassen wirst! Du bist imstande, das gesamte Programm zu gefährden.«

Es bereitete ihr Genugtuung, daß der bisher gelassene Ausdruck in seinem Gesicht nun offener Panik wich.

»Was willst du ihm sagen, Janet? Daß ich dich, während wir miteinander im Bett waren, ein wenig erschreckt habe und du mich für übergeschnappt hältst? Wer, denkst du, glaubt dir? Eine dreißigjährige Ex-Hure, die es mit einem siebzehnjährigen Schüler treibt, ist bestimmt eine glaubwürdige Zeugin!« Er kam auf sie zu, aber seine Miene war schon wieder ruhig. »Du würdest doch nicht nur mir schaden, sondern auch dir selbst! Tu das nicht. Ich verspreche dir, daß ich dich nie wieder erschrecke. Janet…«

Sie stieß ihn weg. »Ich brauche keinen, der mir glaubt oder nicht. Ich kann dich ganz allein fertigmachen und sogar so, daß nie jemand erfährt, wer es war. Eine Bemerkung da und dort, ein Gerücht, eine veränderte Note oder ein negativer Eintrag in deinem Personalbogen, und du sitzt als Wachtposten an irgendeiner Grenzstation, wo sich Fuchs und Hase gute Nacht sagen, bevor du noch weißt, was los ist. Zum letzten Mal, hau ab.«

»Tu's nicht«, sagte er noch einmal, als sie ihm schon die Tür vor der Nase zuwarf. »Oder du wirst es bereuen…«

Sein Tagesbeginn war seit fünf Jahren stets der gleiche. Wecken um fünf, Frühsport und drei Meilen joggen. Frühstück um halb sieben. Die Academy brachte einen sogar dazu, das typische amerikanische Frühstück zu lieben.

Der Unterricht begann um acht. Meistens blieb noch ein wenig freie Zeit vor der ersten Stunde – die heutige war über Aktien und amerikanische Wirtschaft –, die er damit verbrachte, sich die neuesten Informationen über seine »Zielperson«, den echten Ken James, zu Gemüte zu führen.

Er fragte sich immer wieder, wie sich jemand in einer so privilegierten Situation so verhalten konnte wie dieser James. In dem Bericht stand, daß er in jedem Fach seines letzten Semesters der High School absolute Spitze war und sogar mehrere vorgezogene Kurse auf College-Niveau mit Bravour abgeschlossen hatte. Und gleichzeitig gab es einen Polizeibericht, daß er mit einem Tütchen Marihuana erwischt worden war. Er war mit einer Verwarnung davongekommen, ohne formell angeklagt zu werden. Sein Stiefvater war ziemlich einflußreich und konnte in der Kleinstadt, in der sie lebten, manches regeln. Aber immerhin – James hatte seine ganze Karriere aufs Spiel gesetzt. Wegen eines Tütchens getrockneten Grases! Idiotisch.

Diesem letzten Bericht lag kein Foto bei, aber von früheren kannte er ihn gut. Groß, gutaussehend. Er kaufte in den tollsten Geschäften ein, fuhr sündteure Wagen, war jedes Wochenende auf irgendeiner schicken Party. Immer hatte er ausgesehen wie ein ganz normaler, gut angepaßter Teenager. Gut, da war seine unglückliche Vergangenheit. Aber das waren doch alte Kamellen. Die häßliche Episode war doch sicher längst vergessen.

Er setzte sich zurück und dachte wieder darüber nach, wie es wohl sein würde: Ken James' Identität zu übernehmen...

Ich habe alles, was ich wollte. Intelligenz, Geld, alles was ich haben möchte. Was fehlt mir? Was noch könnte ich mir wünschen? Aus welchem Grund mußte ich dieses blöde Marihuana rauchen und Ärger mit der Polizei bekommen? Ich habe eine ordentliche Familie, der allenfalls mein Bruder fehlt. Mein leiblicher Vater hat ihn im Suff umgebracht. Richtig: Einen Vater habe ich nicht. Keinen wirklichen, echten Vater. Er ist tot oder im Irrenhaus, das kommt auf dasselbe heraus. Meine Mam habe ich seit Monaten nicht mehr gesehen. Die einzigen Erwachsenen um mich herum sind die Haushälterin und der Gärtner, der einmal in der Woche kommt. Und dann und wann irgendwelche Verwandte meines Stiefvaters, die immer ganz plötzlich auftauchen und sagen, daß er nichts dagegen hat, wenn sie sich seinen Jaguar ausborgen, oder jemanden mitbringen – für eine schnelle Mittagsnummer.

Es ist ziemlich einsam abends, das große Haus. Meine sogenannten Freunde kommen gelegentlich mal, aber meistens müssen sie ja büffeln, nicht jeder lernt so leicht wie ich; und so besonders beliebt bin ich ohnehin nicht... Überall sind Alarmanlagen. Ich muß aufpassen, daß ich sie jedesmal abstelle, selbst wenn ich nur ein wenig Luft schnappen oder kurz ins Schwimmbassin springen möchte. Auch Cathy Sawyer macht sich neuerdings ziemlich rar. Möchte wissen, wo sie bleibt...

Die Sprechanlage im Zimmer riß ihn aus seinen Gedanken. »Mr. James, melden Sie sich bitte sofort beim Direktor.«

Auf dem Weg zu Roberts' Büro verwünschte er Janet Larson. Der Teufel soll sie holen. Sie hatte es also wirklich getan und ihn verpfiffen. Aber dafür würde sie büßen, das stand fest.

Er zog seine Krawatte zurecht. Büßen mußte sie.

Aber Janet Larson war kaum weniger überrascht und verängstigt, als er das Büro betrat. Sie sprachen kein Wort miteinander und tauschten lediglich nervöse Blicke aus, während er an Roberts' Tür klopfte. Roberts öffnete ihm persönlich und bat ihn herein, ließ ihn aber dann mitten im Zimmer stehen.

»Die Frage, ob Sie zur Abschlußprüfung zugelassen werden«, begann Roberts, »ist offensichtlich beantwortet.« Er deutete auf ein Formular. »Ein Bericht von unseren Agenten vor Ort in Washington. Sieht so aus, als ob Ihr Mr. Kenneth Francis James sich für ein College entschieden hätte.«

Maraklow lächelte. Washington, D. C. Das bedeutete dann ja wohl Georgetown. Ken James hatte sich also für –

»Er hat alle überrascht«, fuhr Roberts indessen fort. »Wir hatten nicht mal eine Ahnung, daß er sich bei der Air Force Academy beworben hat.«

Auch Maraklow war perplex. »Die Air Force Academy?«

»Er hat sogar ein Stipendium vom Senat bekommen«, bestätigte Roberts. »Offensichtlich über die Verbindungen seines Stiefvaters. Wir hatten Glück. Wir erfuhren, daß er seinen geplanten Hawaii-Urlaub um zwei Monate verkürzt, und einer unserer Agenten hat sich für die Gründe interessiert. In sechs Wochen soll er seine Sommer-Grundausbildung beginnen.«

Maraklow begriff allmählich. »Mein Vater«, murmelte er und blickte Roberts voll an, »...ich meine, sein Vater war ein hochdekorierter Vietnam-Veteran. Selbst ohne Beziehungen zum Senat hätte er ein Stipendium bekommen können – als Sohn eines verdienstvollen Kriegsveteranen... Und Mitleid kann eine Rolle gespielt haben. Ich hätte es mir denken können. Die Möglichkeit der Militärakademie war doch immer vorhanden...«

»Wie auch immer, diese neue Entwicklung ändert natürlich auch unsere Pläne für Ihr Abschlußexamen, Kenneth James.« Er sprach bewußt vage.

»Sir?«

»Ihre Zielperson wird also in die Air Force Academy eintreten. Wir können es nicht riskieren, dort einen Agenten einzuschleusen. Er wird auf Pilotentauglichkeit getestet. Er wird vier Jahre bei der US Air Force sein –«

»Acht, Sir«, korrigierte ihn Maraklow, dessen Augen bereits erwartungsvoll leuchteten. »Pilotenanwärter müssen sich nach der Grundausbildung für acht Jahre verpflichten.«

»Sie haben Ihre Daten gut gelernt, Mr. James. Aber darum geht es gar nicht. Wir haben bisher noch niemals einen Agenten in der US Air Force gehabt. Er hätte wenig Chancen, die Sicherheitsüberprüfung zu überstehen. Sie ist verdammt scharf, ganz besonders für angehende Piloten. Die checken buchstäblich alles, von heute bis zurück zum Tag der Geburt, samt Eltern, Verwandten, Nachbarn –«

»Und Kenneth James besteht mit Glanz und Gloria!« sagte Maraklow aufgeregt.

»Jeder Kandidat im Sicherheitscheck«, erklärte Roberts und war sichtlich nervös, »eröffnet das Verfahren mit einem detaillierten Bericht über sein ganzes Leben, einschließlich Familie,

Adressen und hundert anderer Sachen. Sie müßten jedes Detail aus seinem Leben aus dem Gedächtnis hersagen können. Sie dürften nicht riskieren, mit einem Dossier über sich selbst konfrontiert zu werden. Und obendrein wird das Spielchen alle fünf Jahre wiederholt, solange man dabei ist. Trauen Sie sich das vielleicht zu?«

»Selbstverständlich, Sir!«

Roberts zögerte, aber nur einen Augenblick. Jeden anderen Schüler, der das so selbstsicher erklärt hätte, hätte er als Angeber angesehen und hinausgeworfen. Bei Maraklow war das etwas anderes. Der Junge kannte seine Zielperson so gut, daß es fast angsterregend war.

»Sie werden sich einer kosmetischen Operation unterziehen müssen«, sagte Roberts. »Und falls die Schnitte nicht rechtzeitig heilen sollten, sind Sie gleich von vornherein geliefert.«

»Ich nehme an, James wird bis Juli auf Hawaii bleiben«, sagte Maraklow. »Der Sommer-Grundausbildungskurs beginnt Mitte Juli, soviel ich weiß. Das gibt uns fünf Wochen Zeit. In fünf Wochen heilen die Schnitte auf jeden Fall. Außerdem muß ja nicht viel geändert werden, Sir. Meine... seine Eltern kommen mit Sicherheit nicht oft zu Besuch. Und sonstige Besuche sind vor Thanksgiving überhaupt nicht erlaubt. Bis dahin hat sich sein Leben genügend verändert, so daß man die kleinen Unterschiede erklären kann...« Seine Stimme klang nun etwas gepreßt. »...sofern meine Eltern sie überhaupt wahrnehmen.«

Roberts fiel seine düstere Stimmung gar nicht auf, und er merkte nicht, wie der falsche Kenneth James bereits wieder in die Identität des echten hinüberglitt, mit diesem wilden Blick in die Ferne. Er hatte genug zu tun, sich darüber zu wundern, wie eingehend Maraklow tatsächlich selbst mit den winzigsten Details vertraut war.

»Auf jeden Fall muß erst die Zustimmung Moskaus vorliegen«, sagte er und klang jetzt mindestens so erregt wie Maraklow anfangs. »Aber die Chance, daß wir es durchbekommen, besteht. Das wird der Spionagecoup des Jahrhunderts.«

»Ja, Sir«, pflichtete James bei, obgleich er überhaupt nicht an Spionagecoups, Erfolge oder Fehlschläge dachte.

Er dachte vielmehr: Ich werde endlich… vollständig sein. Ja, das war das Wort: vollständig. Zum ersten Mal in meinem Leben werde ich die Chance haben, ein vollständiger Mensch zu sein; dank Ken James…

Mittwoch, 1. Juli
21.03 Uhr OEZ

Es war spät geworden. Katrina Litkowka, bekannt als Janet Larson, war wie üblich noch mit einem Berg Arbeit beschäftigt, räumte dann ihren Schreibtisch auf und legte für den Direktor die Papiere bereit, die er am nächsten Morgen bearbeiten sollte.

Sie hörte die äußere Bürotür aufgehen. Ehe sie noch aufblikken konnte, war Maraklow bei ihr und hatte die Tür hinter sich zugeworfen.

Sie wußte sofort, daß nur er es sein konnte, brauchte aber trotzdem einige Augenblicke, um den Schock zu verkraften. Es war ja auch erst ein paar Wochen her, seit Andrej Maraklow sein neues Gesicht hatte. Sein jetziges war schmaler, die Stirn höher, die Kiefer stärker, eckiger. Der Chirurg hatte Hervorragendes geleistet. Die Narben waren kaum noch sichtbar, und die operationsbedingten Schwellungen waren so gut wie abgeklungen. Dieser Ken James konnte ohne weiteres als gutaussehend bezeichnet werden. Ausgenommen vielleicht jetzt im Augenblick, wo er eher zum Fürchten aussah. Falls überhaupt noch als dieser erkennbar, war Maraklow jetzt sehr viel fremder und genauso unberechenbar wie jeder beliebige Eindringling.

Sie bezwang ihre Unsicherheit und Furcht, und es gelang ihr sogar ein autoritärer Ton, als sie äußerlich ruhig erklärte: »Mr. James, nach Dienstschluß haben Sie keine Berechtigung, sich hier aufzuhalten.«

Maraklow sagte kein Wort. Er überflog nur mit einem Blick ihren Schreibtisch, bis er das Blatt näher in Augenschein nahm, das sie noch in der Schreibmaschine eingespannt hatte. Ehe sie noch reagieren konnte, hatte er es bereits herausgerissen und las es. Sein Gesicht wurde zornrot. »Also, du tust es doch«, sagte er finster. »Du versuchst, meinen Einsatz in Amerika doch zu verhindern!«

»Das ist ein Bericht des Hauspsychologen«, entgegnete sie. »Er hat überhaupt nichts mit mir zu tun –«

»Außer, daß du auch mit ihm ins Bett gehst.«

»Das dürfte dir ja nicht neu sein.« Sie stand auf und riß ihm das Blatt aus der Hand. »Er – nicht ich – sagt, daß er sich deiner emotionalen Stabilität nicht sicher ist. Er – nicht ich – sagt, daß du vielleicht der Aufgabe, in die Air Force Academy einzutreten, nicht gewachsen bist. Und meine Pflicht ist es, dafür zu sorgen, daß Mr. Roberts diese Meinung auch erfährt –«

»Tu mir das nicht an«, sagte Maraklow. »Ich bin sogar der perfekte Kandidat für diese Aufgabe. Ich bin ihr gewachsen. Jahrelang habe ich mich darauf vorbereitet, und ich bin dafür ausgebildet worden. Ich weiß sehr genau, was ich –«

»Du redest wie ein Schizophrener am Rande der Psychose«, sagte sie mit leichtem Lächeln. »Wenn du deinen Abschluß machst und dann versagst, sind wir alle gefährdet. Ich kann es nicht zulassen, daß –«

Maraklow schlug auf den Schreibtisch und bemühte sich gleich darauf, die Kontrolle über sich wiederzuerlangen. Er zwang sich die Andeutung eines Lächelns ab und griff in seine Jacke. Janets Augen weiteten sich vor Angst, doch was er dann zum Vorschein brachte, war lediglich eine kleine Halbliterflasche mit einer bernsteinfarbenen Flüssigkeit.

»Für dich, Janet«, sagte er. »Ich weiß, daß es deine Lieblingsmarke ist.« Er stellte die Flasche auf den Tisch.

»Scotch Whisky?« sagte sie überrascht. »Wo hast du den her?«

»Kümmere dich nicht darum, Janet. Er ist für dich. Nimm ihn, bitte.«

»Aber Andrej! Das ist doch Schmuggelware!«

»Ich heiße Ken James.«

Er schien tatsächlich übergeschnappt zu sein... Sicher, er war natürlich auf diese totale Identifikation mit seiner Zielperson jahrelang trainiert worden. Aber trotzdem... Er schien aber dabei jedes Maß und Ziel verloren zu haben, und das konnte seinen Auftrag gefährden. Es war vielleicht ganz gut, daß sie über die Art, wie er sie behandelte, so zornig war, weil ihr das erst ermöglichte, objektiv darüber nachzudenken.

»Der Besitz von Schmuggelware ist ein schwerwiegendes Vergehen. Ich schlage vor, Sie entfernen sich aus meinem Büro und entledigen sich dieser Flasche unverzüglich, andernfalls sehe ich mich gezwungen, den Direktor zu rufen.«

»Nein, tu das nicht. Bitte!« Sein Ton wurde ganz unvermittelt unterwürfig. »Ich werde –«

Dann nahm er die Flasche, steckte sie ein und ging ohne ein weiteres Wort.

Zugegeben, dachte sie, sie hatte ihre wohlbekannten Talente dazu benützt, den Hauspsychologen zum Verfassen eines weitaus kritischeren Gutachtens, als er es sonst getan hätte, zu veranlassen. Aber war nicht alles letztlich eine Frage des Standpunktes? Es bestand kein Zweifel, daß Maraklow alles tun würde, um nach Amerika zu kommen. Seine Motive waren ebenso persönlich wie patriotisch. Warum das so war, entzog sich ihrer Kenntnis. Sie wußte jedenfalls, daß Andrej Maraklow gefährlich sein konnte. Nun, jedenfalls hatte er jetzt die Situation offensichtlich akzeptiert. Zumindest schien es so...

Sie blieb noch bis nach zehn im Büro. Sperrstunde für alle Schüler war zehn Uhr und kurz danach auch offizielle Schlafenszeit. Sie würde also jetzt, wenn sie ging, vor Maraklow sicher sein, falls er irgend etwas Verrücktes im Sinn hatte. Sie stopfte seine Personalpapiere in ihre Aktenmappe. Wenn er es fertigbrachte, eine Flasche schottischen Whiskys zu beschaffen, war es ihm auch ein leichtes, seine Papiere zu stehlen, wenn sie sie hier im Büro ließ. Sie machte sich auf den Weg zu ihrem Wagen auf dem Parkplatz.

Sie inspizierte ihr Auto eingehend, bis ein Streifenwagen der Wache vorbeikam. Sie zwang sich zu einem Lächeln. »Sie benehmen sich aber reichlich sonderbar, Katrina«, sagte sie zu sich selbst. »Fahren Sie heim, und schlafen Sie sich aus. Denken Sie nicht mehr an Maraklow.«

Sie fuhr aus dem Haupttor auf der unasphaltierten Straße und bog dann auf die Autostraße ab. Dort schaltete sie das Fernlicht an und drückte aufs Gas, um rasch zu ihrem Wohnblock zu gelangen, der einige Kilometer vom Gelände der Academy entfernt war. Die Straße war an einigen Stellen ziemlich kurvig, aber breit und sicher, und Katrina fuhr mit hundert Stundenkilometern.

An einer weiten Kurve tauchte dann plötzlich eine Gestalt vor ihr im Scheinwerferlicht auf, direkt vor ihr mitten auf der Fahrbahn. Sie riß das Steuer nach links und trat heftig auf die Bremse. Ihr Sil schleuderte, drehte sich halb und kam erst außerhalb der Gegenfahrbahn zum Stehen. Sie war zwar angeschnallt, aber nur mit einem Leib-, keinem Schultergurt. Ihr Kopf knallte gegen das Steuerrad, dann ans Seitenfenster. Die Reifen des Autos sanken in den Schlamm neben der asphaltierten Fahrbahn.

Sie war noch immer nicht wieder ganz klar, als die Tür des Beifahrersitzes aufschwang. Sie sah auf und mußte blinzeln, als das Innenlicht anging. Ein Mann in einem dicken Mantel und mit Handschuhen setzte sich auf den Beifahrersitz, schloß die Tür. Das Innenlicht ging wieder aus.

»Hilf mir, bitte. *Pamaghetje...*«

Jemand riß ihren Kopf an den Haaren zurück. Ehe sie noch Atem holen konnte, wurde ihr etwas Scharfes eingeflößt. Sie hustete und versuchte es auszuspucken. Die Flüssigkeit brannte in der Kehle. Eine kräftige Hand drückte ihr nun die Nase zu und zwang sie, noch mehr zu schlucken. Sie hatte keine Widerstandskraft mehr und konnte sich nur noch ein paarmal aufbäumen. Doch dann war sie still.

Der Mann prüfte, ob sie noch ein Lebenszeichen von sich gab, leerte ihre Aktentasche aus und durchsuchte den Inhalt im Licht einer Taschenlampe. Als er gefunden hatte, wonach er suchte, steckte er es ein, ließ die Whiskyflasche auf dem Sitz neben Janet liegen und entfernte sich eiligst.

Honolulu, Hawaii
Montag, 6. Juli,
20.17 Uhr PDT

Ken James richtete an seinem Hawaii-Hemd den Kragen, als es an der Tür klopfte.

»Zimmermädchen«, ertönte eine Stimme von draußen. »Kann ich Ihr Bett richten, Sir?«

Einige der Zimmermächen dieses Hotels, hatte er bemerkt, waren sehr appetitlich. Junge Polynesierinnen vom College, die hier jobbten. Und diese klang besonders vielversprechend. Endlich mal wieder keine der älteren Matronen, die in letzter Zeit meistens dagewesen waren. Er wollte eigentlich ausgehen, fand aber, es könne sich zumindest lohnen, sie erst mal anzusehen. Wer weiß, vielleicht ergab sich nach ihrem Dienst etwas, das seinen letzten Abend in Oahu zu etwas Speziellem machte...?

»Kommen Sie rein«, sagte er und blieb vor dem Spiegel stehen, in dem er sich wohlgefällig musterte. Die Tür ging auf –

Und plötzlich lag eine Hand auf seinem Mund. Als er reflexartig nach oben griff, um sich zu befreien, verspürte er einen scharfen Stich an der Schulter. Er drehte sich, so rasch er konnte, herum, hörte ein unterdrücktes Knurren, und dann wurde ihm der Kopf nach unten und seitwärts gedreht. Die Hand lag wieder fest um sein Gesicht und seine Kehle. Je mehr er sich zu befreien versuchte, desto schwächer wurde er. Seine Muskeln verweigerten ihm den Dienst. Er merkte, daß er losgelassen wurde, aber er hatte überhaupt keine Kraft mehr. Er fühlte sich unglaublich schwach, taumelte vorwärts bis zum Schreibtisch, versuchte das Gleichgewicht zu halten und mußte sich mit Gewalt gegen die Ohnmacht wehren, die er kommen spürte... Wie in Zeitlupe drehte er sich um.

...Oder glaubte er nur, daß er sich umdrehte? Als er endlich wieder imstande war, klar zu sehen, sah er... sich selbst vor sich. Sich selbst?

Gleichzeitig starrte auch Andrej Maraklow auf sein Gegenüber. Er stand vor seiner Zielperson! Auf diesen Moment hin war er viele Monate lang trainiert worden! Er stand ihm von Angesicht zu Angesicht gegenüber – dem echten Kenneth Francis James...!

Doch so groß die Ähnlichkeit auch war, er registrierte dennoch mit sachlichem Blick, daß das Haar des echten James dünner war als seines. James hatte vermutlich in höchstens fünf Jahren eine Glatze. Er hingegen hätte dergleichen überhaupt nicht zu befürchten. Er war auch ein paar Zentimeter größer und insgesamt etwas muskulöser. Zweifellos eine Folge des Alkohols und der Drogen... Solche Details konnte auch alle KGB-Sorgfalt nicht künstlich angleichen... Immerhin, im ganzen war die Ähnlichkeit verblüffend.

Ken James seinerseits musterte das Gesicht, das ihn anstarrte, ebenfalls eingehend. Könnte ein Zwillingsbruder sein... aber das war natürlich unmöglich. Irgendeine Art Halluzination... Er mußte vielleicht doch etwas weniger von diesem Zeug konsumieren. Alkohol, Gras...

»Bist du echt?« fragte er wie geistesabwesend und versuchte, Herr seiner Sinne zu werden.

»Ganz echt, ja...«

Seine Augen weiteten sich, und er streckte die Hand aus, um die Erscheinung zu berühren. Halluzination? Nein, ein wahrgewordener Alptraum...

»Matthew... Matthew?« Er versuchte, das Gesicht seines Gegenübers zu berühren. »Matthew...«

»Nein, nicht Matthew«, entgegnete Maraklow. »Dein Bruder ist tot. Unser Vater hat ihn umgebracht.«

James blinzelte verwundert. Auch die beiden KGB-Leute, in deren Begleitung Maraklow gekommen war, machten große Augen. Maraklows Stimme hatte plötzlich einen ganz weichen, angenehmen, intimen Klang. »Unser« Vater, hatte er gesagt. Sie waren völlig perplex; obwohl sie auf diesen ungewöhnlichen jungen Agenten vorbereitet worden waren.

James starrte Maraklow an. »Wer... sind Sie dann?«

»Ich bin du, Kenneth. Ich bin Kenneth James. Ich komme, um dir zu helfen.«

James spürte, daß ihm rasch die Sinne zu schwinden begannen. Er versuchte sich an Maraklow festzuhalten, um nicht hinzufallen. Maraklow hielt ihn mit sicherem Griff.

»Geben Sie ihn her, *Towarisch*«, sagte einer der beiden Begleiter. »Wir haben nicht die ganze Nacht Zeit.«

»Halten Sie den Mund«, herrschte ihn Maraklow an. »Und kein Russisch! Die Hotelzimmerwände sind dünn wie Papier.«

»Entschuldigung«, erwiderte der andere. Er hatte einen Wäschewagen mit ins Zimmer gerollt. »Legen Sie ihn da hinein und dann –«

»Ich sagte, Sie sollen ruhig sein. Sie bekommen ihn schon, wenn ich soweit bin.«

James hatte das Gespräch der drei Russen verfolgen können. Als sich Maraklow ihm wieder zuwandte, fragte er sich, was sie mit ihm vorhatten.

Maraklow setzte zu einer Erklärung an, um seinem halb besinnungslosen Alter ego eine fromme Lüge zu erzählen, brachte es aber einfach nicht fertig. Dieser Amerikaner, den er erst seit einigen Augenblicken kannte und der ihm doch schon fast sein ganzes Leben lang vertraut war, war tatsächlich der ihm nächststehende Mensch; seit er vor acht Jahren von zu Hause weg und auf die Connecticut Academy gekommen war... Er versuchte, seine Stimme in die Gewalt zu bekommen und fest und sicher zu sprechen. »Mach dir keine Sorgen. Alles ist in Ordnung. Du mußt dir um nichts Sorgen machen, um Dad nicht, um Mam, um Matthew, um Cathy, um die Schule nicht... ich werde mich um alles kümmern, Ken. Alles wird bestens sein. Ich bin stark und intelligent. Ich regle alle unsre Probleme. Mach dir keine Sorgen. Geh einfach mit den beiden mit und vergiß alles andere.«

James schien zu nicken und sogar leicht zu lächeln. Andrej schob ihn seinen Begleitern zu.

»Augenblick, he, he... Wer, zum Teufel, sind Sie?«

Andrej lächelte freundlich – brüderlich. »Ich bin du, Ken, wie ich dir schon sagte. Ich bin du und kann mich um alles kümmern. Geh jetzt einfach...«

James merkte, daß er das Bewußtsein verlor. Doch noch hatte

er ein wenig Kraft. Er wandte sich noch einmal an Maraklow. »Ken...«

Maraklow ließ diese Anrede fast erstarren. Zum ersten Mal sprach ihn ein Amerikaner – sein, *der* Amerikaner – so an; mit dem Namen, den ihm der KGB vor Jahren gegeben hatte...

»Ja... was?«

»Liebst du Vater?«

Die beiden Begleiter verwirrte dieses merkwürdige Gespräch ziemlich, aber Maraklow ignorierte sie. Sie existierten für ihn gar nicht mehr. Nur sie beide gab es noch. Die... Brüder. Das verstanden die anderen beiden nicht.

Was konnte er sagen, um dem Mann die Dinge leichter zu machen? Kenneth James sen. war, wie er gelernt hatte, ein Kriegsveteran, fertig und am Ende. Er hatte seine Frustrationen und sein Versagen im Zivilleben an seiner Familie abreagiert. Im Suff hatte er seinen jüngeren Sohn Matthew umgebracht. Wie konnte ein Sohn so einem Mann vergeben? Doch offensichtlich konnte Ken James jun. das. Oder er wollte es wenigstens.

»Gewiß, Ken«, sagte er ruhig. »Klar. Er war schließlich unser Vater, nicht? Ein Kriegsheld. Er... hat es ja nicht mit Absicht getan...«

Aber diese Bemerkung schien genau die falsche gewesen zu sein. Im Gesicht von Ken James zeigten sich Elend und Schrekken. »Er hat es nicht mit Absicht getan...«, wiederholte Maraklow, um ihn zu beruhigen. Doch James begann sichtbar zu zittern; er schüttelte den Kopf. »Nein, das stimmt nicht... weil ich es getan habe... Ich...«

Maraklow starrte ihn an und begriff erst nach einigen Augenblicken, was der Amerikaner gesagt hatte.

»Ich habe es nicht tun wollen«, schrie James. Maraklow bedeutete seinen Begleitern, ihn aufs Bett zu legen. »Ich habe ihn nicht gehaßt«, wimmerte James, »ich habe ihn wirklich nicht gehaßt. Aber die ganze Zeit hat er Vater mit Beschlag belegt, nur mit ihm hat Vater sich abgegeben. Gar nicht mehr wie früher, als wir beide so viel zusammen waren. Ich habe mich allein gelassen gefühlt. Und das war Matthews Schuld...«

Allein gelassen... Davon konnte Maraklow auch ein Lied singen.

»Hast du Matthew erschossen?«

»Es war ein Unfall. Ich wollte ihm nur ein wenig Angst einjagen. Ich holte Vaters Pistole und ging zu Matthew und sagte ihm, er solle damit aufhören... und dann ging der Schuß plötzlich los.«

»Erzähl weiter, Ken.«

»Und dann kam Vater dazu und sagte: Mach dir keine Sorgen. Grade so wie Sie jetzt.« Seine Augenlider wurden schwer. »Und er rief die Polizei und die Ambulanz, und sie holten ihn weg. Ich habe ihn nur noch einmal gesehen, als er aus der Heilanstalt kam. Ich mußte ihm hoch und heilig versprechen, keinem Menschen jemals davon zu erzählen. Es ist unser Geheimnis, sagte er... Ich habe Mutter gehaßt, weil sie Frank heiratete. Ich hasse sie. Und Frank auch. Und mich selbst. Aber Vater nicht. Verstehst du?«

Maraklow starrte James an und versuchte, die ganze Geschichte zu rekapitulieren. Ken hatte also seinen Bruder erschossen. Um ihn zu schützen, hatte der Vater die Schuld auf sich genommen. Es war also gar keine Tat im Suff, wie Kens Mutter behauptet hatte. Und sein Vater hatte Jahre in der Nervenheilanstalt erduldet, nur um seinen Sohn zu retten. Kein Wunder, wenn er am Ende wirklich verrückt geworden war.

Und da kam ihm noch ein Gedanke. Er beugte sich zu James hinunter. »Kenneth?«

Der Amerikaner öffnete mühsam die Augen.

»Wo ist Cathy? Cathy Swayer?«

»Weg.«

Draußen im Korridor waren Schritte zu hören. Einer der beiden KGB-Agenten zerrte Maraklow am Ärmel. »Hören Sie auf damit, wir müssen weg!«

Maraklow schüttelte ihn einfach ab und beugte sich noch näher zu James.

»Was heißt weg? Wohin weg?«

»Sie hat mich nie geliebt. Sie hat gesagt, sie will mich nie wiedersehen. Als ich ihr sagte, daß ich sie liebe, hat sie mich einfach ausgelacht...« Er unterbrach sich und tastete mit der Hand nach Maraklows Gesicht, wie um sich zu überzeugen, daß es wirklich existierte, dieses Gesicht, das seinem eigenen zum Verwechseln glich. Genau an der Stelle, wo eine der frisch verheilten Narben war, sank die Hand kraftlos herab. »Danke...« Und seine Augen fielen zum letzten Mal zu.

»Hat länger gedauert, als es sollte«, murmelte einer der Agenten. Er schob nun Maraklow entschlossen beiseite und begann James auszuziehen und ihm seine Schmuck- und Wertgegenstände abzunehmen.

»Er hat seinen Bruder und sein Mädchen umgebracht!« murmelte Maraklow vor sich hin. Es war ihm klar, daß dies auch ihn persönlich betraf. Er rieb sich die Augen und die Schläfen.

»Ziehen Sie sich aus, Maraklow!«

»James«, sagte Maraklow wie in Trance. »Ich heiße Ken James.«

»Von mir aus, wie Sie wollen, Sir, aber beeilen Sie sich, und ziehen Sie seine Sachen endlich an.«

Als James in Maraklows Kleidern dalag, sah Maraklow an sich hinunter und schüttelte den Kopf. »Ich kann diese Sachen nicht tragen.«

»Wir haben jetzt keine Zeit für –«

»Ich sagte, ich kann es nicht.« Noch nicht, jedenfalls. Nicht, ehe er den Exorzismus vollendet hatte... oder sich diese neuen Bilder zu eigen gemacht...

Das Bild von Matthew. Der KGB hatte ein Foto von Matthew wenige Wochen vor seinem Tod... er sah fröhlich aus und lachte... Das Bild von Kenneth, wie er den großen 45er-Colt hielt... Er konnte das Gewicht förmlich in seiner Hand spüren... der Kolben fast zu groß für seine Finger, der Spannhahn, der fast, aber eben nur fast zu schwer zu ziehen war. Der Rückstoß. Das Gefühl der heißen und lebendigen Waffe. Der Knall, der den Aufschrei des jungen Bruders übertönte... Dann das Gesicht des Vaters mit dem Ausdruck von Leid und Mitgefühl. Er selbst, wie er ihn um Vergebung anflehte und um Verständnis bettelte. Und alles hatte der Vater gewährt... Er hatte ihm sein eigenes Leben geopfert.

Er bemühte sich, seine Haltung wiederzugewinnen. Es war gerade erst ein paar Wochen her, daß er das Spiel mit Janet Larson gespielt und Geschichten über Ken James erfunden hatte. Je intimer, desto besser. Was sie alles hatte wissen wollen... ob er schon viele Mädchen gehabt hatte. Ob er masturbierte. Ob er ältere Frauen mochte. Und immer hatte er sich eine neue Geschichte für sie ausgedacht. Einschließlich der, wie seine Zielperson Ken James seine Freundin Cathy Sawyer umbrachte. Er hatte immer geglaubt, nur ausgeschmückt zu haben, was aus den KGB-Berichten hervorging. Und jetzt... Er hatte geglaubt, einen zwingenden Grund gehabt zu haben, Janet Larson umzubringen. Und er hatte recht gehabt. Wenn auch nicht nur aus logischen Erwägungen – um die Bedrohung seiner Mission in Amerika abzuwenden. Doch jetzt stellte sich heraus, daß er mit Janet Larson das gleiche getan hatte wie Ken James mit Cathy Sawyer... Er war seiner Zielperson schon ähnlicher, als er es sich jemals hätte träumen lassen...! Cathy Sawyer war zweimal umgebracht worden. Einmal hier in Amerika und einmal in der Academy in der Sowjetunion...

Er bemühte sich noch immer, einen klaren Kopf zu bekommen. Seine Begleiter waren nicht mehr da. Auch Ken James war weg. Er ging zur Tür, öffnete sie und sah sich um. Nichts.

Und dann hörte er Stimmen: »Tolles Hotel hier.« Eine weibliche Stimme. »Und Peep-Shows gratis.«

Er fuhr herum. Am Aufzug standen drei junge Frauen im College-Alter; sie starrten ihn an. Erst jetzt merkte er, daß er nur mit einer knappen Unterhose bekleidet im Flur stand.

»*Prastiti*... ...ähm, Entschuldigung...«

»Keine Ursache, Süßer«, sagte die eine und reckte den Hals, als wolle sie noch besser sehen. »Sieht so aus, als bräuchtest du dich für nichts zu entschuldigen.«

Er hastete zurück ins Zimmer.

Verdammt, er mußte sich zusammennehmen. Schließlich war er jahrelang ausgebildet worden und überzeugt davon, alles problemlos zu meistern, und dann war das erste Wort, das er in Amerika als Kenneth Francis James anderen Amerikanern gegenüber äußerte, ein russisches...!

Er ließ sich aufs Bett fallen. Einige Goldkettchen, Armbänder und eine große schwere Rolex lagen darauf – und eine Brieftasche, einige Geldscheine, von einem silbernen Klemmklip zusammengehalten, der Hotelschlüssel, Papiere, Rezepte. Die beiden Agenten hatten Kens Kleider mitgenommen. Aber in seinem offenen Koffer auf der Ablage in der Ecke waren noch genug andere.

Er brauchte etwas zu trinken. Die kleine Minibar im Zimmer war leer bis auf die Eisschale mit einem halben Dutzend Würfeln. Er überlegte, ob er den Zimmerservice rufen sollte. Aber es war wohl besser, wenn niemand hereinkam, ehe er nicht genau kontrolliert hatte, ob keine Kampfspuren sichtbar waren. Der Drink lief ihm nicht davon.

Er suchte sich eine Hose und ein rotes Sweatshirt aus dem Koffer, dazu ein Paar Slipper – sie paßten ihm wie angegossen –, streifte sich die Rolex und die Goldkettchen über, steckte den Zimmerschlüssel ein, das Geld und die Brieftasche, und bürstete sich die Haare. Dann betrachtete er sich kritisch im Spiegel. Das Hemd spannte über der Brust ein wenig, ebenso die Hose an den Oberschenkeln. Die Operationsnarben waren noch erkennbar, wenn man genau hinsah und wußte, daß es sich um solche handelte. Wenn schon. Er mußte aus diesem Zimmer, in dem Ken James gestorben war…

Und wiedergeboren?

Er ging in die Polynesische Bar und setzte sich so, daß er alle Ausgänge und Fenster im Blick hatte; genau wie er es an der Connecticut Academy immer gelernt hatte.

»Guten Abend, Mr. James.«

Er zwang sich, sich den Schock nicht anmerken zu lassen. Ein Barmädchen in einem engen Sarong mit Seitenschlitzen fast bis zur Hüfte war zu ihm gekommen und legte eine Cocktailserviette vor ihn hin. »Mr. James, das übliche?«

Maraklow nickte stumm.

»Ich muß Sie leider noch mal um Ihre Karte bitten. Entschuldigen Sie.«

Karte. Ausweis. Er zog langsam die Brieftasche heraus, klappte sie auf und hielt sie ihr hin.

»Die doch nicht, Dummchen.« Sie griff hinter das Fach mit dem Führerschein und holte eine genauso aussehende Plastik-Karte heraus. »Vielen Dank, Mr. James. Kommt sofort.«

Verdammt. Es war doch ein Unterschied, Ken James in der Academy zu spielen und in der amerikanischen Wirklichkeit Ken James zu sein. Er sah sich die Karte an. Das Geburtsdatum war gefälscht. Sehr gekonnt. Aber eben falsch. Altersgrenze für Alkoholausschank. Die Hotelbediensteten kannten die Vorschriften offenbar besser als dieser Ken James. Das Mädchen war schon wieder da und stellte ein riesiges gefrostetes Champagnerglas auf die Serviette.

Maraklow sah sie an. »Das ist das übliche...?« Und sogleich biß er sich auf die Zunge. Verdammt noch mal, jetzt war es genug mit den Fehlern.

»Heute nicht«, sagte das Mädchen jedoch sofort ganz unbefangen und nickte zur Bar hinüber. »Champagnercocktail, Spende der Damen da drüben.« Er drehte sich um. Die drei vom Aufzug. Sie hoben ihm ihre Gläser entgegen und lächelten.

»Na, Romeo«, sagte die Serviererin, »worauf warten Sie noch?«

Maraklow stand langsam und vorsichtig auf. Zu seiner Überraschung gaben seine Knie nicht nach. Ohne richtig nachzudenken, griff er in die Tasche, holte den ersten Geldschein, den er zu fassen bekam, heraus und reichte ihn dem Mädchen, während er mit der anderen Hand nach seinem Glas griff. Er hatte einen Zwanzigdollarschein erwischt.

»Oh, vielen Dank, Mr. James«, sagte das Mädchen. »Der vollendete Gentleman, wie immer.« Und sie senkte vertraulich die Stimme. »Wenn es mit den Wahilis da nicht klappen sollte, Mr. James, brauchen Sie nur eine Nachricht für mich am Empfang zu hinterlassen.«

Er fühlte, wie er innerlich zitterte. Aber er ging lächelnd, als ob nichts wäre, auf die Bar zu. Andrej Iwanschisch Maraklow sah der Erfahrung seiner ersten Nacht als Amerikaner namens Kenneth James entgegen.

Jetzt war er wirklich Ken James. Der echte. Und einzige.

McConnell Air Force Base, Kansas
August, neun Jahre später

»Folgende SATCOM-Meldungen sind vorgeschrieben«, sagte Air Force Captain Ken James. Er deutete auf eine mit der Hand beschriftete Mappe neben sich, behielt aber dabei, ohne sich ihr weiter zu widmen, den leeren Hörsaal im Auge und fuhr mit seinem Vortrag fort. Als er endete, sah er sich im Saal um. »Damit wäre meine jährliche Einsatz-Überprüfung beendet, Colonel Adams. Sind noch Fragen, Sir?«

»Nicht schlecht. Gar nicht schlecht – für einen Piloten«, kam eine Stimme von ganz hinten. Kenneth blickte stirnrunzelnd auf den Mann, der nun nach vorn kam und die Karten und Diagramme zusammenpackte.

»Sie können mich gefälligst mal, Murphy«, sagte er. »Es war ein perfekter Vortrag – selbst für einen Navigator.«

Captain Brian Murphy, sein Offensivsystem-Offizier in der B1-Besatzung, mußte das zugeben. »Ja, ja, stimmt ja, Ken. Kein Zweifel. Aber warum verschwenden Sie so viel Zeit auf diesen Quatsch? In einer Ernstfall-Lagebesprechung macht das alles der Radar-Nav oder der Operator Abwehrsysteme. Aber doch nicht der Pilot.«

»Ich habe jedenfalls gehört, daß Adams seine Einsatz-Besatzungen gelegentlich gern mit solchen kleinen Überraschungen schockiert«, sagte Ken. »Und am liebsten prüft er die Routine. Damit will er erreichen, daß jeder einzelne Mann auch gleichzeitig über die Aufgaben der anderen Bescheid weiß. Er stellt Pilotenfragen an Navs und umgekehrt. Wieviel wissen Sie beispielsweise über Einsatzabbruchsprozeduren?«

Murphy sagte achselzuckend: »Gott, das schaue ich mir bis zur Besprechung noch an. Das ist doch sowieso alles Käse. Wie ist es, kommen Sie mit uns essen in den Club?«

»Bißchen später. Ist ja erst halb zwölf. Treffen wir uns dort um zwölf.«

»Mann, sind Sie pflichtbewußt.«

»Ach, hauen Sie doch ab.«

»Nein, wirklich, das meine ich ernst«, sagte der Navigator. »Sie sind sehr emsig. Sie lernen das Zeug auswendig, was, und können es rückwärts und vorwärts hersagen? Und nicht nur Ihren eigenen Kram, sondern auch den der anderen. EWO-Kommunikationsprozedur, Sicherheit, Flugtechnik, Computer, Zielberechnung und was noch alles; um was kümmern Sie sich eigentlich nicht?«

»Murph, das ist schließlich mein Job!«

»Na ja, immerhin zahlt es sich für Sie auch aus. Daß es einer in nicht einmal zwei Jahren zum Kommandanten einer B1-*Excalibur* bringt, galt vor Ihnen als Ding der Unmöglichkeit. Jetzt heißt es schon, Sie würden es in ein paar Wochen zum Flight Commander bringen. Sie sind vielleicht ein Senkrechtstarter.«

James warf lächelnd seinen Bleistift auf den Tisch. »Ist ja gut, Mann, okay, okay, ich bezahle das Mittagessen. Aber lassen Sie mich wenigstens noch hier fertig machen.«

»Mein Gott, seien Sie doch nicht so empfindlich. Das war wirklich nur ein Kompliment. Ich weiß doch, wie rar Burschen wie Sie sind.«

James hob die Hände und kapitulierte. »Okay. Vielen Dank, Murph, aber ich vollbringe ja gar nichts Besonderes. Ich erledige nach besten Kräften meinen Job, der mich wirklich interessiert. Und ich lerne, weil ich auf die Schnauze falle, wenn ich diesen ganzen Kram nicht bis morgen früh intus habe.«

»Verstanden, Ende, bin schon raus.« Murphy stand auf und ging zur Tür, blieb aber noch einmal stehen. »Sie waren auf der Academy, nicht?«

»Ja.«

»Und Klassenbester, was man so hört.«

James sah ihn an. »Zur Sache, Murph. Worum geht's?«

»Ich möchte wissen, wieso Sie sich dann für die B1 entschieden haben. Sie hätten sich die beste Rosine rauspicken können. Sie hatten doch freie Wahl? Den tollsten und neuesten Jet hätten Sie sich nehmen können. Nein, die B1 nehmen Sie.«

»Hat mir eben gefallen – immer schon. Mächtiger Kerl, und verdammt sexy… genau wie Ihre Frau.«

»Arschloch.«

»... und trotzdem habe ich in ihr noch einen Knüppel in der Hand und Nachbrenner und Mach 1 wie bei einem Jäger. Ich war sauer, als man ihn damals aus dem Verkehr gezogen hat. Sie sollten lieber noch hundert neue bauen. Mindestens. Beantwortet das Ihre Frage?«

Murphy nickte. »Trotzdem, Sie wirken so ein bißchen, ich weiß nicht, fehl am Platze.«

»Fehl am Platz?« Kens Magen zog sich ein wenig zusammen. Er musterte seinen Radar-Nav scharf.

»Ja! So, als ob die B1 für Sie eben nur ein Sprungbrett wäre. Ich meine, Sie gehen zwar nicht damit hausieren oder so, aber irgendwie, oller Kumpel, kriegt man einfach das Gefühl nicht los, daß es noch hoch hinausgeht mit Ihnen. Oder wie ist das?«

Ken James zwang sich zu einem Lächeln. Dieser lange Ire kam der Wahrheit schon verdammt nahe. »Sie meinen, ganz unter uns Pfarrerstöchtern?«

»Genau.«

»Es ist tatsächlich was im Busch, glaube ich. Als ich meinen letzten Wunsch-Fragebogen ausfüllte, habe ich... na ja, wirklich ein wenig geträumt. Ist ja eigentlich nur logisch, nicht? Na, jedenfalls, ich habe hingeschrieben, daß ich mich für das *High Technology Advances Weapons Center* interessiere.«

»HAWC? Sie sind ins *Traumland* versetzt worden? Das darf ja wohl nicht wahr sein! Kann man sich dafür tatsächlich bewerben?«

»Hab' ich auch nicht gedacht. Ich sagte doch, das war mehr nur so ein Wunschtraum. Und noch bin ich ja nicht wirklich dort. Aber einen Brief habe ich bekommen – vom stellvertretenden Kommandeur. Ein gewisser Brigadier-General Ormack schreibt, daß sie interessiert wären und so. So diese Art Brief: Wir melden uns wieder bei Ihnen, unternehmen Sie nichts. Aber immerhin, es war eine Antwort.«

»Mann«, staunte Murphy, »das haut mich um. Das *Traumland!* Ist Ihnen klar, daß alles, was in den letzten dreißig Jahren an Jets und Waffen neu rauskam, von dort stammt oder dort erprobt wurde? Die Kerle fliegen Mühlen und testen Waffensysteme, die allem, was es in der wirklichen Welt gibt, um Jahre voraus sind! Und da kommen Sie hin? Mann!«

»Ich sagte doch gerade, noch ist es nicht soweit, Murph! Also behalten Sie das, um Gottes willen, für sich, ja? Wieso übrigens wissen Sie so viel über *Traumland?*«

»Weiß ich ja gar nicht. Aber jeder von uns, der *Traumland* irrtümlich überfliegt, geht sofort in unsere hiesige Version von Archipel Gulag! Und man hört Geschichten von irgendeinem Ex-Flugsicherer von Los Angeles – von Jägern, die Mach 6 fliegen und 50 000 Fuß hoch senkrecht starten und all solche Sachen. Da hinzukommen ist der Glücksfall fürs Leben!«

»Behalten Sie's für sich, ja?« bat James noch einmal. »Und jetzt Schluß damit. Ich muß noch für unseren Trockenflug heute nachmittag ein wenig büffeln.«

Nachdem Murphy weg war, stand James auf, ging zur Tür, sperrte sie zu und stellte einen Stuhl davor. Er ging zur Stirnseite des Konferenzraums, wo auf einem Tisch ein kleiner Stapel rot eingebundener Bücher und Leitfäden lag. Er nahm einen mit dem Titel ANLEITUNGEN FÜR DIE KOMMUNIKATIONS-PROZEDUREN FÜR KAMPFEINHEITEN IM KRIEGSFALL / STRENG GEHEIM / NOFORN / SIOP / WIVNS. Es handelte sich um die Basisanleitung für sämtliche strategischen US-Einsatzkräfte auf der ganzen Welt, vom Flugzeug bis zum U-Boot und von der Abschußbasis für Interkontinentalraketen bis zu den Kommandostäben. Sie regelte jede Einzelheit: Kommunikationsmittel und -methoden, Prozeduren, Frequenzen, zeitliche Abläufe, Standorte, alles sowohl im In- wie im Ausland. Die Zusatzvermerke hinter dem Titel besagten außer der strengsten Geheimhaltung, daß das Dokument nicht an Ausländer weitergegeben werden durfte und SIOP betraf, jenen Plan, der festlegte, wie die Vereinigten Staaten zusammen mit ihren Verbündeten den »nächsten Weltkrieg« zu führen gedachten. Das Exemplar, das James hier in Händen hielt, trug das Datum des 1. Oktober dieses Jahres, war also um zwei Monate vordatiert. Es war die revidierte SIOP-Fassung, die zu diesem Zeitpunkt in Kraft treten sollte und weltweit für die nächsten zwölf Monate galt.

Er fand es sehr günstig – für ihn selbst und für den KGB –, daß er dem Geschwaderkommandeur diesen jährlichen Lagebericht zu erstatten hatte. Der Kommandant jedes SAC-Standorts mit atomarer Bestückung hatte einmal im Jahr dem SAC-Hauptquartier, und dessen Chef seinerseits dem Präsidenten der Vereinigten Staaten, direkt zu bestätigen, daß jeder einzelne Mann genauestens über seine Aufgaben Bescheid wußte, wenn der SIOP-Fall »eintrat« – ein Euphemismus für das sogenannte Undenkbare, nämlich der dritte Weltkrieg. Üblicherweise wurden die Leute einmal informiert, nämlich dann, wenn sie ihre Einsatzbereitschaft erlangten. Nachdem aber SIOP jedes Jahr revidiert wurde und neue Regeln und neue Taktiken enthielt, mußte sich jeder SAC-Angehörige jedes Jahr das neue Handbuch vornehmen und studieren und seinen Geschwaderkommandeur über die neuen Bestimmungen informieren. Die streng geheimen Handbücher waren lediglich eine Woche verfügbar und wurden dann wieder weggeschlossen. Normalerweise bekam sie niemand je wieder zu Gesicht, es sei denn, eine Übung für den gesamten Standort oder eine Inspektion standen bevor. Er mußte deshalb rasch handeln.

Er schlug Abschnitt vier auf, FREQUENZEN UND SENDEZEITEN FÜR SATCOM/SIOP AUF ELF, LF UND HF, und suchte in einigen anderen Büchern die richtige Stelle. Sie enthielten einzeln aufgeführt sämtliche von Flugzeugen und U-Booten benutzten Frequenzen zur Übermittlung und zum Empfang kodierter Nachrichten von SAC und den Vereinten Stäben und dazu die exakten vorgesehenen Übermittlungszeiten. Wer diese Daten besaß, konnte die Übermittlung entweder stören oder die Botschaften abfangen und dechiffrieren. Die Tabellen für die einzelnen Besatzungen enthielten nur jeweils die für sie zutreffende Frequenz. In diesem Handbuch jedoch waren sämtliche Frequenzen der nuklearen Streitkräfte der Vereinigten Staaten zusammengefaßt.

Er zog den Reißverschluß einer Tasche am Hosenbein seines Fliegeranzugs auf und holte eine Kamera, die wie ein Markierstift aussah, heraus. Er stellte sich so vor das Buch, daß nicht sein eigener Schatten auf die Seiten fiel, zog die Kappe des Stifts ab und begann zu fotografieren.

Murphy war der Sache verdammt nahe gekommen, dachte er, während er Seite um Seite knipste. Er wäre in der Tat gern zu den F-15 oder F-16 gegangen, ganz zu schweigen von der neuen F-117 *Stealth*-Einheit. Aber er befolgte die Befehle aus Moskau, und hier konnte er am meisten über die nukleare Einsatzstrategie der Amerikaner mit ihrer neuen B1 erfahren. *Traumland* war der geheimste Standort im ganzen Land. Die B1-*Calibur*-Bomber waren schon sehr gut. Aber natürlich hätte er alles gegeben, um an die allerneuesten Jäger der Amerikaner heranzukommen.

Er brauchte nicht länger als zwei Minuten, um mit seiner hochmodernen Mikrodisk-Kamera den ganzen Abschnitt zu fotografieren. Er wickelte sie anschließend zum Schutz in ein Tuch und schob sie wieder in die Hosenbeintasche, damit niemand sie zufällig bemerken konnte.

Dann packte er seine Sachen – die Karten, Graphiken und Bücher – zusammen und brachte sie dem Safeverwalter zurück. Die Kamera verstaute er außerhalb der Sicherheitszone in seinem Wagen. Der Kommandeur veranstaltete häufig unangekündigte Spindkontrollen. Nach Ablauf von James' siebentägigem Bereitschaftsdienst konnte er den »Stift« dann an einer verabredeten Stelle hinterlegen, wo ihn sein KGB-Kontaktmann aus St. Louis abholen würde.

Traumland, Nevada
Montag, 3. Dezember,
07.30 Uhr PDT (10.20 Uhr EDT)

Ken James war an den Hand- und Fußgelenken und um die Brust mit braunen Ledergurten an einen harten, unbequemen Stahlsitz geschnallt. Ein stählernes Band um die Stirn hielt seinen Kopf unbeweglich. Der Raum war nur schwach beleuchtet, aber überall blitzten und summten Transformatoren, und es roch nach Ozon. Zwei Männer in blauen Air Force-Dienstanzügen überprüften noch ein letztes Mal, ob seine Gurte auch fest genug saßen, und einer, ein Sergeant, richtete einen Lichtstrahl direkt auf Kens rechtes Auge. Er lächelte, als James blinzeln mußte.

James saß schon fast eine Stunde, immer die beiden wuseligen Techniker um sich herum, in seinem stählernen Sitz und schwitzte. Jetzt erst kam noch ein dritter Mann dazu. Er war groß und schlaksig und sah erheblich älter aus, als er war. Er war fünfunddreißig und hatte bereits eine Glatze, um die ein schmaler, angegrauter Haarkranz stehengeblieben war. Er sprach kurz mit den beiden Technikern und kam dann zum Prüfstand, um sich zu vergewissern, ob alles stimmte. Er lächelte James betont freundlich an. »Na, Captain James, ich frage Sie jetzt noch einmal: Wo waren Sie am Nachmittag des elften August?«

Tatsächlich hatte Ken James zu diesem Zeitpunkt in einem Safe der McConnell Air Force Base in Kansas strenggeheime Dokumente fotografiert. Er verdrehte jetzt in gespielter Verzweiflung die Augen. »Sehr komisch, Dr. Carmichael, aber können wir jetzt vielleicht endlich anfangen?«

»Ich konnte mir das einfach nicht verkneifen, Ken«, sagte Alan Carmichael. »Wie Sie in diesen Sitz gegurtet sind – das sieht wirklich aus wie in einem futuristischen Verhörzentrum.«

Exakt denselben Eindruck hatte Maraklow selbst schon die ganze Zeit gehabt. Er hatte einen schweren Metallfaseranzug an, in den allerlei Kabel und Leitungen eingewebt waren, die bis in seine Arme, Beine, Füße, Hände und zu seinem Hals liefen. Ein Metallrückgrat lief an seiner Wirbelsäule entlang. Es war so dick, daß man es in eine Vertiefung in die Rückenlehne seines Sitzes hatte einbetten müssen. Ein ebenfalls eingewobenes Schlauchsystem in seinem Anzug sorgte für Luftkühlung; wenn es auch bei weitem nicht ausreichte, die Hitze und Beklemmung auszugleichen, die ihm dieser Panzer verursachte.

»Haben Sie auch ordentlich das tief Durchatmen praktiziert?« fragte Carmichael.

»Was sonst? Entweder atmet man in dieser Ritterrüstung tief durch, oder man erstickt! Wollen Sie mir vielleicht nicht endlich erklären, was das Ganze eigentlich soll?«

»Bleiben Sie ganz entspannt, ich sage es Ihnen schon.« Carmichael regelte die Lautstärke eines Gerätes, das wie ein Oszillograph aussah und nun in scheinbar zufälligen Tonfolgen zu piepen begann. Er deutete auf eine der fünfundzwanzig Linien auf dem Bildschirm des Oszillographen. »Ihre fünfundzwanzig cps-Beta-Kurven tanzen noch immer wie wild. Entspannen Sie sich, Ken. Locker, bleiben Sie locker!«

»Warum?«

Carmichael antwortete nicht. Ken James begann tiefer durchzuatmen und versuchte den Schweiß zu ignorieren, den er seinen Rücken hinunterlaufen spürte, ebenso den beginnenden Krampf in seiner rechten Wade. Nach einiger Zeit nahm das Piepen ab. War es schon besser?

»Sehr schön«, sagte Carmichael tatsächlich. »Beta ist schon gut runter. Und Ihre Hertz-Kurven steigen. Gut. Okzipital-Alpha zunehmend. Gut. Bleiben Sie so.« Mit der Assistenz eines der Techniker hob er nun ein ziemlich großes Gerät von einem Rollwagen.

»Was ist das?« fragte Ken James, als sie etwas über ihn stülpten. Es war sechseckig und hatte vorne zwei Sehschlitze. Eine Menge Kabelanschlüsse führten zu seinem Anzug und zu den Kontrollgeräten vorne.

»Ihr neuer Flughelm«, sagte Carmichael. »Das letzte noch fehlende Stück zu Ihrem Panzer. Nachdem das Projekt so gut vorangeht, haben wir beschlossen, daß wir einen kompletten Ernstfalltest machen.«

»Was für einen Test??«

»Warten Sie doch ab.« Er setzte ihm den Helm auf.

»He, meine Ohren, passen Sie doch auf!«

»Passen Sie lieber auf Ihre Beta auf. Die steigen schon wieder!«

Der Helm wurde justiert und am Halsring seines Anzugs verschraubt. Die Kopfstützen des Sitzes trugen das Gewicht des Helms zum Teil, aber trotzdem schmerzten Ken schon nach kurzem die Schultern.

Es klickte in seinem Kopfhörer. »Können Sie mich hören?«

»Ja, aber ich glaube, Sie haben mir das linke Ohr gebrochen!«

»Sie werden's überleben. Ganz locker bleiben. Ich erkläre Ihnen jetzt alles.« Seine Stimme fiel in den fast monotonen tiefen Tonfall ab, den James nun schon seit Wochen von den Testvorbereitungen her kannte. Es war eine Art Hypnose, wenn auch nicht mit einer blitzenden Taschenuhr oder einem Pendel, sondern eben nur mit Carmichaels Stimme. Ken James hatte sich wegen seiner leichten Hypnotisierbarkeit als besonders gute Testperson für dieses Projekt erwiesen.

»Wie Sie wissen«, begann Carmichael nun, »arbeiten wir hier in Traumland an verschiedenen Projekten, die alle unter dem gemeinsamen Stichwort ›Super-Cockpit‹ laufen, nämlich an der Konstruktion einer Flugzeugkanzel mit Verbesserungen und Erleichterungen für den Piloten bei großer Geschwindigkeit und hoher Kampfbelastung. Sie und einige Ihrer Kollegen haben ja schon Flugerfahrungen mit dem Prototyp der F-15, dem sogenannten *Gepard*, einem hochmodernen Jagdflugzeug, das dem letzten Stand der Technik entspricht. In den nächsten Jahren soll seine Ausrüstung sukzessive in die normalen Maschinen der Air Force eingebaut werden. Der Gepard nutzt in großem Umfang die neuesten multifunktionellen Computermöglichkeiten mit Bildschirmdarstellung, Stimm-Erkennung und künstlicher Intelligenz sowie die modernste Technik höchster Manövrierfähigkeit... Also, wir arbeiten aber schon an der nächsten Generation nach dem *Gepard*, mit verbesserter Technik – wie nach vorn gewinkelten Tragflächen, Hyperstart-Triebwerken und supraleitendem Radar. Und das Faszinierendste an dieser neuen Generation von Jagdflugzeugen ist ANTARES. Das ist ein Kürzel für *Advanced Neural Transfer and Response*, die hochentwickelte neurale Übermittlung und Beantwortung von Nervenreizen an einen Computer und umgekehrt.«

»Neurale Übermittlung? Das klingt wie nach Buck Rodgers und Gedankenkontrolle.«

»Das ist es tatsächlich«, sagte Carmichael ruhig.

Innerlich vibrierte Maraklow vor Aufregung. Carmichaels Elektroenzephalograph-Geräteanzeiger mußten wie verrückt ausschlagen, dachte er. Sie arbeiteten wirklich und tatsächlich an dem *gedankenkontrollierten Flugzeug...?*

»Bleiben Sie ruhig. Locker!« mahnte Carmichael auch sofort. »Sicher, das klingt wie Science-fiction. Aber im Ansatz sind die Grundlagen für ANTARES schon vor einigen Jahren gelegt worden.«

»Ja, aber kann das überhaupt funktionieren?«

»Das wissen wir bis jetzt auch noch nicht genau. Aber ich hoffe und schließe sogar Wetten darauf ab, daß wir es bald herausfinden.«

»Wie kann man ein Flugzeug nur per Gedanken fliegen?«

»Im Prinzip ist es ganz einfach. Was Probleme macht, ist die Mechanik.« Carmichael wartete wieder eine Weile, während seine Testperson sich nach Kräften bemühte, ihren wilden Herzschlag zu bezähmen. »Schon besser«, sagte er dann mit seiner sanften Stimme. »So, also fangen wir an. Erinnern Sie sich daran, was Sie über Physiologie gelernt haben. Das menschliche Nervensystem besteht aus Nervenzellen, den Neuronen. Sie transportieren die Nervenreize aus dem peripheren Nervensystem von einem Rezeptor zum anderen und ins zentrale Nervensystem, nämlich zum Gehirn und in die Wirbelsäule. Physiologisch gesprochen, handelt es sich dabei um chemische und elektrische Reaktionen und Entladungen zwischen den Neuronen. Empfängt ein Neuron einen ausreichend starken Reiz, der seine ionische Balance verändert, dann gibt es in die Synapse – also in den Zwischenraum zwischen den einzelnen Neuronen – eine chemische Substanz ab, die wiederum ein anderes Neuron stimuliert.«

»In der Art, wie Strom sich durch Leitungen bewegt.«

»Richtig, wenn man davon absieht, daß sich einige Entladungen rein elektrisch vollziehen – beispielsweise, wenn Neuronen aneinanderstoßen. Der Großteil der Kontakte ist jedoch chemischer Natur. Alle diese elektrochemischen und ionischen Aktivitäten lassen sich nun ohne weiteres feststellen und durch Enzephalographen auch sichtbar machen und aufzeichnen – in den vergangenen Wochen sind Sie ja gerade damit ausreichend vertraut gemacht worden.«

Ken James hätte, falls es ihm möglich gewesen wäre, genickt.

»Bisher konnten EEGs elektrische Vorgänge lediglich messen, nicht aber auch analysieren und dechiffrieren. Wir wissen vieles über unser Nervensystem noch nicht.« Carmichael regulierte seinen Oszillographen nach. »Vor ein paar Jahren haben wir nun ein EEG gebaut, der einiges verstehen konnte. Man hob einen Finger oder die ganze Hand, und der EEG meldete: Finger gehoben, Hand gehoben. Und auch der Gegenverkehr funktionierte. Man dachte sich: Ich hebe jetzt die Hand, und das Gerät konnte diesen Gedanken auffangen und lesen. Im Klartext: Die Gedanken wurden lesbar.

Klar, daß sich die Militärs auf der Stelle damit befaßt haben. Dieses neue EEG, das den Spitznamen Geisterpfahl hat, war der perfekte Lügendetektor. Im Geisterpfahl steckte natürlich eine Menge mehr als nur die Vervollkommnung des Polygraphen. Wir kannten den generellen Nerven-Schaltplan ja bereits und wußten, welche Teile des Gehirns für welche Gedanken oder Aktivitäten zuständig sind. Eine Menge davon wurde damals in Deutschland in der Nazizeit durch Experimente an menschlichen Versuchskaninchen festgestellt – durch operative Entfernung bestimmter Gehirnteile beispielsweise, aus deren Fehlen dann sichtbar wurde, welche Aktivitäten nun nicht mehr möglich waren. Die neue Idee war: Gut, wir können also lesen, wie die Informationen sich durch das Nervensystem bewegen; aber gibt es auch eine Möglichkeit, sich von außen einzuschalten oder externe Stimulantien einzuspeisen? Angenommen, man möchte, statt über die direkten Rezeptoren in den Fingern, einen entsprechenden Nervenreiz über einen Computer auslösen. Könnte man dann beobachten, wie das Gehirn darauf reagiert? Und ist es auch andersherum möglich? Können wir, sagen wir mal, denken: Finger, beweg dich! und der Computer versteht das und führt dieses Gedankenkommando auf seine elektronische Art auch aus?«

Je mehr er davon hörte, desto aufgeregter wurde Ken James. Mittlerweile war es jedoch eine rein intellektuelle Aufregung. Seine Oszillographenlinien blieben ganz normal. Man stelle sich das vor: Ein Computer konnte Gedanken lesen, weitergeben und einem Menschen über dessen eigenes Nervensystem Anweisungen erteilen…! Eine Weile überlegte er, daß es vielleicht doch besser wäre, wenn er seine Zeit auch weiterhin mit dem verhältnismäßig einfachen Anfertigen von Zeichnungen und Fotos des hochentwickelten taktischen Jagdflugzeugs F-15 verbringen würde. Aber andererseits... nun, immerhin, an irgend etwas dergleichen hatte die Academy natürlich gedacht, als sie ihn nach Amerika schickte. Aber niemand hatte tatsächlich so etwas voraus...

»Soweit alles verstanden?« fragte Carmichael.

»Ich glaube ja... Sie wollen also versuchen, mit Hilfe dieses... was immer es ist... meine Gedanken zu lesen?«

»In gewisser Weise, ja.«

»Wie stark sind denn die elektrochemischen Entladungen in dem Synapsennetz? Müssen Sie mir da nicht so ein paar Elektroden an den Kopf kleben?«

»Ja, so hat man das bisher mit den EKGs gemacht. Weil jeder menschliche Körper ein gewisses elektrisches Potential besitzt, eine elektrische Aura sozusagen, und dieses Potential vom Nervensystem beeinflußt wird. Einfache Elektroden konnten die winzigen Impulse, die vom Gehirn und vom Nervensystem ausgehen, registrieren, aber eben nicht mehr als lediglich in der Form der Veränderungen des elektrischen Potentials. Jetzt haben wir zwei neue Techniken, die unsere Fähigkeit, diese elektrischen Impulse zu ›lesen‹, beträchtlich erhöht haben, nämlich die integrierten Hochgeschwindigkeitskreise und NRTS, *Near Room Temperature Superconductors,* Supraleiter von annähernd Raumtemperatur.

Ihr Helm und dieses große künstliche Rückgrat hinter Ihrer Wirbelsäule sind riesige supraleitende Antennen. Sie sind so stark, daß sie Ihre Nervenaktivität nicht nur messen können, sondern sie auch verstehen, analysieren und die Bewegungsrichtung der Impulse durch Ihr peripheres Nervensystem erkennen. Und noch während sie dies tun, gibt der Computer Anweisungen an Ihren Metallfaseranzug, der nichts anderes ist als ein integrierter Schaltkreis. Er verfolgt den Weg jedes einzelnen Nervenreizes und registriert ihn. Wenn die einzelnen Wege sich erst einige Male wiederholt haben, lernt der Computer mit seiner künstlichen Intelligenz sie sozusagen auswendig, einschließlich der Zeitabläufe und Intervalle bestimmter Impulse von bestimmten Arealen des zentralen Nervensystems aus.«

Das klang alles hochinteressant, aber es schien auch ein langes passives Training zu erfordern. Er, Maraklow, bevorzugte indessen schon seit jeher aktives Handeln. Würde er dem hier also gewachsen sein...? »Sie meinen also, Sie legen sozusagen eine Landkarte von jedem Muskelzucken, jeder kleinsten sonstigen Bewegung und jedem meiner Atemzüge an?«

»Ganz im Gegenteil«, sagte Carmichael. »Würden wir, wie Sie vermuten, jedes kleinste Muskelzucken archivieren, würden wir in kürzester Zeit in Material ertrinken. Nein, Sie sollen möglichst gar keinen Muskel rühren. Wenn wir erst einmal alle Aktivitäten Ihres peripheren Nervensystems dargestellt haben, wissen wir automatisch, welche Impulse nötig sind, um beispielsweise bestimmte Muskeln zu bewegen. Sie sollten also möglichst locker und mehr als nur oberflächlich entspannt sein. Wir haben ja schon bisher Biofeedback-Techniken praktiziert, um Sie in den Zustand zu bringen, den wir mangels besserer Benennung als Alphastatus bezeichnen. Wie Sie wissen, bedeutet das einfach die Förderung der Alpha-Gehirnwellen bei gleichzeitiger Unterdrückung der Beta-Wellen, die bekanntlich auf bewußte Gehirntätigkeit hindeuten. Nun hat aber auch der Alphastatus mehrere Stufen – neun bekannte, genau gesagt. Sie haben bisher vielleicht die zweite oder dritte erreicht – den Zustand, in dem man völlig entspannt und locker ist, bei völlig entspannter Muskulatur, und in dem man sogar in gewisser Weise die unwillkürlichen Körperfunktionen beeinflussen kann: Herzschlag, Atmung, Blutdruck. Wunderbar, aber wir brauchen noch mehr.«

Carmichaels Stimme wurde nun noch tiefer und monotoner. Sie signalisierte die Abwesenheit jeglicher Anspannung, jeden emotionalen Staus, jeder Ablenkung. Irgendwie schien er es sogar fertiggebracht zu haben, die gesamten Hintergrundgeräusche des Labors wegzufiltern. Oder war das etwa schon die erste Stufe des hypnotisierten Zustandes, in den Ken als Testperson zunehmend versank?

»Eine Stufe der Aktivität«, fuhr Carmichaels Stimme fort, die jetzt so melodisch und eindringlich war, daß sie direkt in sein Gehirn zu dringen schien, »heißt Theta-Alpha. Sie bezeichnet den Zustand, in dem das zentrale Nervensystem das periphere praktisch abschaltet. In den höheren Lebensformen stellt sie einen Verteidigungsmechanismus dar; es ist schlicht eine Methode, das zentrale Nervensystem vor Überbeanspruchung zu schützen.

Von der Aufgabe entlastet, die peripheren Funktionen zu überwachen, kann das Gehirn seine volle Fähigkeit entfalten. Gehirnbereiche, die sonst nicht beschäftigt werden, werden nun plötzlich in Betrieb gesetzt, um die automatischen Funktionen zu kontrollieren. Der Durchschnittsmensch nützt nicht mehr als dreißig Prozent seiner Gehirnkapazität. Unter Theta-Alpha-Bedingungen werden jedoch plötzlich auch die anderen siebzig Prozent aktiviert. Und sie besitzen das Gedächtnis und die Fähigkeiten sämtlicher Computer, die sich hier in diesem Gebäude befinden. Kein Strom ist erforderlich, keine Klimaanlage, keine Konsole und kein Bedienungs- und Wartungsaufwand. Aber wie ein von Menschen gebauter Computer sind sie programmierbar und auch wieder löschbar, nämlich mit Hilfe ihres eigenen eingebauten Gebrauchssystems.«

Ken James fand es zunehmend schwieriger, sich zu konzentrieren. Als er etwas zu sagen versuchte, brachte er nicht einmal den Mund auf. Er fühlte sich in diesem seltsam schwebenden, unwirklichen Zustand von Halbschlaf, in dem man durchaus noch alles hört und wahrnimmt, was um einen herum vor sich geht, aber nicht mehr imstande ist, zu reagieren oder auch nur ein Glied zu bewegen. Es war ihm sehr warm, aber er schwitzte nicht mehr. Der Sauerstoff, der ihm in seinen Kopfhelm zugeführt wurde, war kühl und glitt sanft und weich in seine Lungen. Es war, als befinde er sich neben seinem Körper.

Und dann kam dieses plötzliche Gefühl, zu explodieren und in Flammen zu stehen. Jede Pore, jede Körperzelle, jedes Molekül seines Leibes spie glühende Lava. Er schreckte schreiend aus seinem Halbschlaf hoch.

»Ruhig, ganz ruhig, Ken«, sagte Carmichael. Reiner Sauerstoff flutete in seinen Helm. Die Sehschlitze öffneten sich, und er sah draußen Carmichael und einen der medizinischen Techniker prüfend in seine Augen blicken.

»Was... war das?«

»Es hat funktioniert«, sagte Carmichael. Er nickte dem Techniker zu, und beide verschwanden wieder aus seinem Blickfeld. Ken James versuchte den Kopf zu drehen, aber er saß nach wie vor in seinem Schraubstock fest.

»Laßt mich raus!«

»Nein, Ken. Bleiben Sie ruhig, entspannen Sie sich wieder«, sagte Carmichael.

Die Raumgeräusche schienen jetzt lauter denn je zu sein. Ken verdrehte die Augen und versuchte das Hämmern in seinem Kopf zu verdrängen.

»Alles in Ordnung. Entspannen Sie sich, locker, locker...«

»Das war wie... wie...«

»Ein elektrischer Schlag, meinen Sie? Sie haben es geschafft, Ken!«

»Was geschafft, verdammt?«

»Sie haben Theta-Alpha erreicht! Die letzte Stufe des Alpha-Zustandes. Sie waren so entspannt – entspannt in einem tiefen neurologischen Sinn –, daß Ihr Gehirn sich seiner maximalen Kapazität öffnete.«

»Ja, aber was war dann dieser Stromschlag, wie Sie sagten?«

»Das war ANTARES! Das System stellt selbsttätig fest, wenn man Theta-Alpha erreicht, und beginnt alsbald mit der integrierenden Datenverarbeitung. Der elektrische Schlag, den Sie bekamen, war die Aktivierung des ANTARES-Systems. Zum erstenmal, Ken! Zum erstenmal, soviel wir wissen, daß ein Computer und ein menschliches Gehirn in Verbindung traten, wenn es auch erst den Bruchteil einer Sekunde gedauert hat. Mann, Sie haben eben Geschichte gemacht, ist Ihnen das klar? Am dritten Dezember, um 7.38 Uhr morgens, hat zum erstenmal ein menschliches Gehirn direkten Kontakt mit einem Computer aufgenommen, genauer gesagt: Sie haben sich miteinander verbunden – zum allerersten Mal!«

»Ach, lassen Sie mal das historische Ereignis sein, Carmichael. Ich will viel lieber wissen, was das genau war.«

»Nun ja... also, um die Verfolgung Ihrer neuralen Impulse zu erleichtern, haben wir Ihnen ein eigenes leichtes elektrisches Feld in Ihrem Raumanzug geschaffen. Wir haben ihn also aufgeladen, mit ganz winzigen...«

»Ganz winzigen? Sie haben Nerven! Das nennen Sie ganz winzig? Ich habe gedacht, daß Sie mich braten!«

»Ich schwöre Ihnen, es waren lediglich Milliampere«, antwortete Carmichael jovial. »Nicht mehr als in einer 9-Volt-Spielzeugbatterie. Sie haben keinerlei Schaden verursacht, soviel wir hier sehen...«

»Das ist aber wirklich sehr beruhigend, Doc!«

»Sie unterliegen lediglich den gleichen Irritationen wie jemand, der abrupt aus dem REM-Tiefschlaf geweckt wird«, sagte Carmichael. »Versuchen Sie sich wieder zu entspannen. Ganz zu lockern. Wir möchten noch einen Versuch machen.«

»Und mir Elektroschocks verpassen wie einem Affen? Nicht mit mir!« Es gab eine Grenze für alles.

»Ken, wir stehen hier an einer Schwelle...!« Carmichael sprach inzwischen wieder über sein Mikrophon und hatte die Sehschlitze wieder geschlossen. »Wir haben eben bewiesen, daß unser System funktioniert und unser Gerät mit einem ganz spezifischen und bisher unerforschten neurologischen Zustand korrespondieren kann! Wenn wir das noch vollenden können, können wir vielleicht bald einen wirklichen Kontakt zwischen einer Maschine und einem menschlichen Gehirn herstellen. Ich möchte nicht übermäßig melodramatisch werden, aber das scheint mir dem Durchbruch gleichzukommen, den die Entdekkung der Halbleiter darstellt. Wir müssen es noch einmal versuchen. Diesmal müssen Sie versuchen, den Stromschlag, wenn er sich ereignet, einfach zu ignorieren.«

»So? Sonst nichts? Wie soll ich das denn machen, bitte?«

»Dafür gibt es natürlich kein Training und keine Regel. Sie müssen einfach Theta-Alpha auch durch den Verbindungsprozeß durchhalten. Ich weiß auch nicht, wie Sie das im einzelnen bewerkstelligen sollen. Denken Sie an etwas anderes, versuchen Sie den Schmerz gar nicht zu registrieren. Nach einer Weile wird Ihnen das System dann helfen. Aber die erste

Schockwelle müssen Sie allein überstehen, bis das System weiß, wie es Ihnen helfen kann.«

»Wie wäre es mit Drogen?«

»Sie würden nur mit den Nervenreizen Ihres Organismus ins Gehege kommen. Außerdem basiert dieses Programm ja darauf, ein Flugzeug zu bauen, das auf Gedankenkommandos reagiert. Wir können schließlich nicht gut alle Piloten unter Drogen setzen, ehe wir sie in den Kampf schicken.«

Jetzt endlich begriff Ken James die ganze Tragweite dessen, was sich hier abspielte. »Also Sie wollen dieses System in Kampfflugzeuge einbauen? Und Sie sagen, man kann so ein Flugzeug dann allein per Gedanken fliegen?«

»Richtig. Wir benützen doch jetzt schon hochentwickelte Computer zum Fliegen von Jets. Mit ANTARES haben wir dann den fähigsten Computer, den es je gab – unser menschliches Gehirn: tausendmal fähiger, hundertmal schneller, eine Million mal zuverlässiger als jeder künstlich geschaffene oder jemals konstruierbare Computer.

Sie haben doch Captain McLanahans F-15 ATF geflogen. Stellen Sie sich vor, daß ihre gesamte Ausrüstung in einem Gepard ist. Sie haben ja die Pläne für ihn gesehen; X-34, wie er offiziell heißt. Nun stellen Sie sich mal die Macht und Schnelligkeit ihres Gehirns als Bordcomputer für die X-34 vor! Sie würde schlechthin unbesiegbar und stärker als eine ganze Staffel F-15! Die gesamte Geschichte der Jagdflugzeuge müßte neu geschrieben werden.«

Carmichael machte eine Pause, ehe er sagte: »Und Sie wären ihr erster Pilot!«

Maraklow blieb der Mund offen. Das war Meilen jenseits seiner kühnsten Erwartungen oder Hoffnungen. Und dabei meinte Carmichael dies alles offensichtlich völlig ernst. Sie waren tatsächlich bereits dabei, alle diese Pläne zu realisieren!

»Wie wollen Sie aber so eine Menge Gerät in einem einzigen Flugzeug unterbringen?«

»Ken, dies hier ist ein Labor. Hier realisieren wir alles auf großem Maßstab, allein schon deswegen, weil wir mit Raum ja nicht zu geizen brauchen. Später für den Gebrauch wird das alles verkleinert. Das ist heute mit all den Mikrochips und Supraleitern überhaupt kein Problem mehr. Alles, was hier drinsteht, läßt sich in eine kleine Schatulle von der Größe eines Toasters packen. Und bis zum Ende des Jahrhunderts sind wir so weit, daß wir alles in einer Walnuß unterbringen können.«

Ken James entspannte sich und lächelte zum erstenmal, seit er hier hereingekommen war – in die »Schreckenskammer des Dr. Carmichael«, wie er es bei sich nannte. Tatsache war wohl, daß sie kurz vor einem technischen Durchbruch standen. Und wenn das der Fall war, dann war er, Captain Ken James alias Andrej Maraklow, seit kurzem KBG-Infanteriemajor, die Schlüsselfigur auf diesem bemerkenswerten wissenschaftlichen Neuland; der erste...!

»Gut«, sagte er. »Fangen Sie an.«

Carmichael gab seinen Technikern Zeichen.

Kreml, Moskau

Donnerstag, 6. Dezember,
14.51 Uhr OEZ (05.51 Uhr EDT)

»Zusammengefaßt also, Genosse Generalsekretär«, schloß General Boris Tscherkow, Stabschef der Streitkräfte der Sowjetunion, »besitzen wir nach wie vor eine Überlegenheit sowohl in konventionellen wie nuklearen Waffen in Europa und Asien, und wir sollten auch imstande sein, sie für den Rest des Jahrhunderts zu wahren. Für Fragen stehe ich gerne zur Verfügung.«

Er wandte sich jetzt an Wladimir Kalinin, den Chef des KGB: »Haben Sie etwas anzumerken?«

»Nur einen Punkt. Wie ist es eigentlich möglich, daß wir so überlegen sind? Mit allem Respekt, Genosse, aber ich muß die Schlußfolgerungen in Zweifel ziehen, die hier heute nachmittag gezogen worden sind. Seit Jahren haben die Amerikaner doch mit einer stetigen Erhöhung ihres konventionellen Militärpotentials in der ganzen Welt, nicht zuletzt auch in Westeuropa, begonnen. Wir wissen, daß sie ein Weltraum-Strategisches Verteidigungssystem haben, das wirksamer ist als unser bodenstationiertes. Die Mittelstrecken-Atomwaffen sind abgeschafft worden, unsere strategische Atomstreitmacht ist halbiert, und die biologischen Waffen wurden ebenfalls eliminiert. Wegen der Haushaltssparmaßnahmen und der *Perestroika* sind wir sogar gezwungen worden, unser gesamtes Streitkräftepotential auf die Hälfte zu reduzieren. Wieso ist es unter diesen Umständen möglich, daß wir dennoch nach wie vor eine so große Überlegenheit über die Vereinigten Staaten und die NATO besitzen?«

»Weil unser numerischer 5:1-Vorteil nach wie vor weiterbesteht und außerdem wegen unserer steigenden technischen Leistungsfähigkeit«, antwortete ihm Stabschef Tscherkow sofort. »Zum erstenmal haben wir ein Flugzeugträgerpotential, das es mit dem der Amerikaner aufnehmen kann –«.

»Was? Genau drei Flugzeugträger haben wir. Die Amerikaner haben siebzehn. Selbst die Engländer haben mehr als wir.«

»Aber wir haben eine konkurrenzlose weltweite Frachttransport-Kapazität.«

»Und selbst wenn wir jeden zivilen Fluglinienjet von der Aeroflot einrechnen«, unterbrach ihn KGB-Chef Kalinin, »und jeden sonstigen Ziviltransporter, haben die Amerikaner unter dem Strich immer noch mehr Flugzeugkapazität als wir. Wir können ja hier Zahlenspielereien betreiben, aber Tatsache ist doch, daß wir unseren Vorsprung verloren haben. Die Amerikaner haben in den letzten zehn Jahren in Europa zwei neue Jagdflugzeugtypen eingeführt, wir nur einen. Die Amerikaner haben zwei neue Flugzeugträger vom Stapel gelassen und mit den neuen Jägern F-31 bestückt. Wir haben immer noch nur einen einzigen, der vergleichbare Seegefechtsstärke hat, aber fünfzehn Jahre alte Jäger an Bord hat. Auf jedem einzelnen Gebiet, ausgenommen einmal Bestückung und Mannschaftsstärken, haben wir entweder unseren Vorsprung ganz verloren, oder er ist jedenfalls kräftig geschrumpft.«

»Die Zeiten haben sich geändert«, mischte sich nun Verteidigungsminister Andrej Toworin ein. »Unser Sicherheitskonzept beruht nicht mehr allein auf militärischer Stärke. Wir haben Verträge und Vereinbarungen mit zahlreichen Ländern. Und es gibt den gegenseitigen und kontrollierten Abbau strategischer und nuklearer Waffen.«

»Aber das heißt doch nicht, daß wir uns vom Westen überfahren und dominieren lassen«, sagte Kalinin. »Genosse Generalsekretär, Sie werden in einer Stunde auf den amerikanischen Fernsehschirmen erscheinen und in die Kameras lächeln und versichern, wie hocherfreut Sie über den Fortschritt sind, der in den letzten Jahren erzielt wurde. Aber der Frieden und die Sicherheit der ganzen Nation beruhen doch trotzdem nach wie vor mehr auf unseren starken Waffen und auf der Kampfbereitschaft unserer Menschen als auf irgendwelchen Verträgen. In einem wirklichen größeren Konflikt sind diese doch das Papier nicht wert, auf das sie geschrieben sind.«

»Soll das etwa heißen, daß das Land in Gefahr ist, weil wir einer Reduzierung der auf uns gerichteten Nuklearwaffen zugestimmt haben?« fragte jetzt der Generalsekretär. »Wollen Sie behaupten, daß wir heute in größerer Gefahr sind, zerstört zu werden, als vor zehn Jahren?«

»Ich glaube in der Tat, daß unsere Sicherheit vor zehn Jahren größer war«, erklärte Kalinin. »Damals wußte ich, daß wir die militärische Kapazität und die nationale Entschlossenheit haben, uns gegen jeden Angriff zu verteidigen. Heute aber frage ich mich zum ersten Mal in meiner politischen Laufbahn, ob wir zu einer Invasion Westeuropas oder der Abwehr eines NATO-Angriffs auf die westliche Sowjetunion noch imstande wären! Außerdem faßt die amerikanische Industrie in der Sowjetunion immer mehr Fuß. Wohin soll das alles noch führen?«

»In die Zukunft!« antwortete ihm General Tscherkow. »Tatsache ist, daß wir heute reicher und sicherer sind denn je. Und wir sind ein Mitglied der Weltgemeinschaft und schon längst nicht mehr der häßliche russische Bär.«

Kalinin schwieg. Der Generalsekretär, vermutlich der populärste Sowjetführer, den es je gegeben hatte, war ein nicht zu unterschätzender Gegner in der Regierung. Freilich, Tscherkow, wie verdient als Veteran Afghanistans und Afrikas auch immer, war nicht gerade eine überwältigende Opposition.

»Die Sitzung ist geschlossen«, erklärte der Generalsekretär und nahm das huldigende Händeschütteln und die Glückwünsche vieler Mitglieder des *Kollegija* entgegen. Kalinin hielt sich im Hintergrund, bis alle gegangen waren und nur noch Tscherkow anwesend war.

»Tut mir leid, wenn ich die Stimmung der Sitzung ein wenig verdorben habe«, sagte er. »Aber ich hielt es für meine Pflicht, meine Meinung offen –«

»Aber gewiß doch«, unterbrach ihn der Generalsekretär, »ich bin nicht gegen offene Diskussionen dieser Art, ganz im Gegenteil, wie Sie ja auch wissen.«

Kalinin deutete eine leichte Verbeugung der Bestätigung an. Der Generalsekretär wandte sich zum Gehen. Die Pressekonferenz im neuen Pressesaal des Kreml erwartete ihn. Doch Kalinin meldete sich noch einmal zu Wort. »Genosse... ich brauche Ihre Zustimmung für zusätzliches Personal zu einem Projekt... zehn weitere Leute für fünfjährigen Überseeeinsatz.«

Der Generalsekretär sah von seinen Papieren auf. »In Übersee?«

»In den USA. Agenteneinschleusung auf einem militärischen Forschungsstandort.«

Der Generalsekretär sah nachdenklich erst ihn, dann Tscherkow an und schüttelte schließlich den Kopf. »Das hört sich nach kräftiger Eskalation an. Zehn Leute auf einem einzigen Stützpunkt?«

Kalinin versuchte seine Gereiztheit zu verbergen. Der Generalsekretär hatte sich offenbar bereits zur Ablehnung entschlossen, wollte ihn, den KGB-Chef, aber erst noch weiter aushorchen, ehe er endgültig nein sagte. »In einer Stadt, genau gesagt«, erklärte Kalinin. »Nur vielleicht zwei oder drei auf dem Stützpunkt selbst, und einer oder zwei weitere in einem nahe gelegenen Forschungszentrum.«

»Sprechen Sie etwa von *Traumland*?« fragte jetzt General Tscherkow. »Noch mehr Betrieb dort?«

»Es handelt sich in der Tat um *Traumland*«, gestand Kalinin.

Der alte Mann war ziemlich gut informiert! Die kleine, aber feine Truppe des umtriebigen Stabschefs spionierte also auch weiterhin für den Generalsekretär seinen KGB aus! »Wir haben Nachrichten über ein ganz neues Projekt der Amerikaner erhalten, das meiner Meinung nach von sehr großem Interesse für uns ist.«

»Offensichtlich«, bemerkte der Generalsekretär trocken. »Wenn Sie gleich zehn zusätzliche Leute dafür haben wollen. Das ist eine Menge für einen einzigen Ort. Haben Sie denn keine Angst, daß das zu auffällig ist?«

»Ein Risiko besteht natürlich immer. Aber es handelt sich wirklich um eine so wichtige Sache, daß ich den zusätzlichen Personaleinsatz für absolut unerläßlich halte.«

»Haben wir nicht diesen jungen Piloten nach *Traumland* geschickt?« fragte Tscherkow. »Diesen eingeschleusten Agenten?«

»Richtig. Major Andrej Maraklow. Und von ihm selbst stammt auch der Bericht über das neue Projekt, über das wir unbedingt genauestens Bescheid wissen müssen.«

»Worum geht es denn?«

Kalinin zögerte. Es behagte ihm gar nicht, so ausgefragt zu werden. Nach den Berichten, die ihm bisher vorlagen, war das Projekt so ungewöhnlich, daß es sehr schwierig war, es dem Generalsekretär begreiflich zu machen.

»Es handelt sich um ein Projekt aus dem gleichen Forschungszentrum, aus dem wir auch schon die Unterlagen über die verkürzten Start- und Landestrecken bekommen haben«, sagte er schließlich. »Maraklow ist einem Projekt zugeteilt worden, das sich mit... gedankengelenkten Flugzeugen beschäftigt.«

»Wie bitte?« fragte der Generalsekretär entgeistert. »Gedankengesteuerte Flugzeuge?« Er sah auf seine Papiere, um seine Ungläubigkeit nicht allzu offen zu demonstrieren.

»Den Berichten Maraklows zufolge«, beharrte Kalinin, »haben sie bei diesem Projekt bereits deutliche Fortschritte erzielt. Ich finde es wirklich sehr wichtig, daß –«

Doch der Generalsekretär schüttelte den Kopf. »Tut mir leid, aber zehn Leute für ein solches Projekt sind einfach zuviel. Ich kann zwei zusätzliche Leute für das Konsulat in Los Angeles vertreten, aber auch nur, wenn es mit dem Außenministerium abgesprochen wird.«

»Ja, aber allein zwei Mann wären als Verbindungsleute zu Maraklow nötig. Die Verbindungsleute sind sehr wichtig. Jede Bewegung von Maraklow wird peinlich genau überwacht, und es ist von ausschlaggebender Bedeutung, daß er mehr als eine Kontaktmöglichkeit hat. Wenn ich insgesamt nur zwei Leute bekomme, habe ich keinen mehr für Aktivitäten in dem Forschungszentrum selbst. Ich –«

»Entschuldigen Sie, Kalinin«, unterbrach ihn der Generalsekretär, »aber ich habe noch zwei weitere Konferenzen.« Er schloß seine Aktenmappe. »In einem Monat bin ich in Los Angeles. Ich wäre dort in einer ziemlich peinlichen Situation, wenn eben dann unsere Spionagetätigkeit auffliegen würde. Nein, das kann ich nicht riskieren. Zwei Mann, Kalinin, mehr nicht. Ich bin aber bereit, noch einmal darüber nachzudenken, falls detaillierte Informationen einlaufen. Aber jetzt muß ich gehen.«

Als er sich erhob und um den Schreibtisch herumkam, vertrat ihm Kalinin zwar nicht eigentlich den Weg, machte aber doch klar, daß er trotz allem noch etwas sagen wollte: »Genosse Generalsekretär, ich versichere Ihnen, daß dies wirklich von ganz außerordentlicher Dringlichkeit ist.«

Der Generalsekretär strahlte, wie sie sich so gegenüberstanden, eine Autorität und Stärke aus, die erheblich mehr als nur physischer Natur war.

»Genosse, der KGB ist von dieser Regierung immer unterstützt worden. Und auch von mir persönlich. Selbst, als das Politbüro der Meinung war, ich hätte einen Fehler gemacht, als ich Sie an seine Spitze stellte. Aber ich war der Meinung, daß er eben eine starke und junge Persönlichkeit mit Perspektiven für die Zukunft brauchte, und genau deshalb fiel meine Wahl auf Sie. Ich weiß, daß Sie noch höher hinauswollen und vielleicht Verteidigungsminister oder sogar einmal Generalsekretär werden möchten. Aber Ihr Ehrgeiz ist Ihre persönliche Angelegenheit. Es steht Ihnen aber nicht zu, mich zu beschuldigen oder anzuklagen. Ich tue, was für das Land am besten ist und für seine Regierung – einschließlich des KGB.«

Kalinin bemerkte den härter gewordenen, wenn auch noch sichtlich zurückhaltenden Blick sehr wohl. Nach acht Jahren an der Macht galt der Generalsekretär vielen noch immer als einer der einflußreichsten Männer auf der politischen Weltbühne. Konfrontation mit ihm hatte keinen Sinn und konnte sogar gefährlich sein.

Der Generalsekretär musterte ihn noch einmal, ehe er zur Tür ging. Tscherkow folgte ihm.

Mochte ja sein, daß der Generalsekretär, wie manche meinten, ein Visionär war, dachte Kalinin. Jetzt im Augenblick aber bewies er eine gefährliche Kurzsichtigkeit, soviel stand fest. Hier ging es um eine KGB-Sache. Und wenn denn diese seltsame neue Technik der Amerikaner dazu führte, daß sie seine Stellung innerhalb der Regierung stärkte, dann hatte Kalinin nichts dagegen.

Erstes Kapitel

Air Force High Technology Advanced Weapons Center (HAWC)
Mittwoch, 10. Juni, zwei Jahre später,
04.30 Uhr PDT (07.30 Uhr OEZ)

Air Force Lieutenant Colonel Patrick S. McLanahan beobachtete, wie Captain Kenneth Francis James sich auf den Einstieg in seinen »Renner« vorbereitete. James hatte einen steifen Fluganzug aus mit Metallfäden verstärktem Nylon an – besser mußte man sagen: Er war in ihn verpackt. Er mußte zusätzlich ein kleines Klimaanlagekästchen mit sich herumschleppen, damit es in seinem Panzer erträglich blieb, der so steif war, daß man ihn mit einem hydraulischen Lift auf seinen Sitz heben mußte. Ein ganzes Gefolge von militärischen und zivilen Wissenschaftlern und Technikern, angeführt vom zweiten – zivilen – Projektdirektor Doctor Alan Carmichael, begleitete ihn.

Sowohl McLanahans eigenes Flugzeug wie das von James standen in einem großen, vorn offenen Hangar, der mehr dazu diente, die Jagdflugzeuge vor den ultra-vergrößernden sowjetischen Aufklärungssatelliten zu schützen als vor dem Wetter.

Es war erst halb fünf Uhr morgens, aber das Thermometer begann bereits zu steigen. Dem Testgelände in der hohen Wüste von Nevada nördlich von Las Vegas, bekannt als *Traumland*, stand ein in jeder Hinsicht heißer Tag bevor.

Es war weniger die Hitze, die Patrick McLanahan im Moment beschäftigte. Sein Blick ruhte vielmehr unverwandt auf der schlanken Rumpflinie des Jet-Jägers vor ihm.

Dream Star...

Air Force Master Sergeant Ray Butler, leitender Verantwortlicher des Dream-Star-Projekts, kam zu ihm.

»Ich weiß, wie Ihnen jetzt zumute ist, Sir«, sagte er mit seiner tiefen, heiseren Stimme, während er sich mit der Hand über seinen geschorenen Kahlschädel fuhr. »Mir läuft es auch jedesmal eiskalt den Rücken runter, wenn ich das Ding sehe.«

Der *Dream Star* war das Kind des ersten verbesserten Prototyps des neuen Jägers X-29. Er war lang, geduckt, schlank und eine tödliche Waffe – das einzige Jagdflugzeug der Welt mit vorwärts gestellten Tragflächen, die fast direkt am Cockpit angesetzt waren und nahezu bis zum Heck reichten. Durch ihre Vorwärtsstellung haftete der Luftstrom besser an den Tragflächen, und sie ermöglichte dem Flugzeug, schnellere und wildere Manöver zu vollziehen, als man früher je für möglich gehalten hatte. Die Maschine war derart wendig und schnell, daß allein drei voneinander unabhängige Computer nötig waren, sie zu steuern und zu kontrollieren.

»Wissen Sie, Chief«, sagte McLanahan, während sie ihren letzten Inspektionsgang rund um das Flugzeug begannen, »das ist wahr. Das Ding ist ein Stück Hardware, das verdammt sexy ist. Verdammt sexy.«

Butler nickte. »Besser kann man's nicht ausdrücken.«

Das Cockpit schien an dem langen, spitz zulaufenden Rumpf mitten in der Luft angehängt zu sein. Es saß hoch über dem blankpolierten Betonboden des Satelliten-Tarn-Hangars. Links und rechts neben ihm zu beiden Rumpfseiten befanden sich zwei zusätzliche Stabilisierungsflossen, sogenannte *canards*. Im Horizontalflug vermittelten sie zusätzlichen Auftrieb und erlaubten Flugmanöver, die vorher ganz unmöglich gewesen waren. Im Fast-Vertikalflug ermöglichten sie jede Eigendrehung ohne Beeinträchtigung der Flugrichtung. *Dream Star* konnte steigen oder sinken, ohne die Nase auch nur heben oder senken zu müssen, Kurven ohne Schräglage fliegen und binnen eines Lidschlags Haken schlagen.

Die einzige große Turbine für das Nachbrennertriebwerk befand sich unten am Rumpf, und zwar so, daß auch bei den radikalsten Flugmanövern und schnellsten Richtungsänderungen stets noch ein kontinuierlicher Mindestluftstrom gewährleistet war. Ein doppeltes Ruder – eines oben, eines unten – war nach Bedarf ein- oder ausfahrbar. Die unteren Stabilisatoren garantierten die Flugkontrolle bei sehr hohen Angriffswinkeln (wenn die Flugzeugnase hoch über den normalen Flugkurs zeigte) und bei niedriger Geschwindigkeit, bei der die oberen Stabilisatoren nicht mehr wirksam waren.

Selbst jetzt vermittelte das ganze Flugzeug den Eindruck von Kraft und Energie und von Bereitschaft, jede Sekunde in den Himmel davonzischen zu können. McLanahan drückte genau dies aus, als er sagte: »Hockt da wie eine Katze auf dem Sprung, was?«

Sie setzten ihren Inspektionsgang zum Heck fort. Die Abgasrohre hatten nicht die typischen runden Rüsselformen anderer Jagdflugzeuge. Vielmehr waren sie oval, verjüngten sich und hatten eine Art Sprüheffekt in alle Richtungen, mit Aufsätzen oben und unten, die sich verstellen ließen und so noch zusätzlich die Manövrierfähigkeit des Flugzeugs erhöhten. Außerdem ließen diese Auspuffdüsen sich auch für Zusatzschub bei kurzen Startbahnen oder als Schubbremser im Nahkampf oder bei Landungen einsetzen, indem sie Energie absaugten.

Nein, wirklich, das war ein verteufelt schönes Flugzeug, dachte McLanahan noch einmal. Und er war derjenige, der den Job hatte – den besten der Welt! –, aus ihm das neueste und absolut beste Kampfflugzeug der Welt zu machen! Patrick »Mack« McLanahan, ehemaliger Radar-Navigator und Bomber einer B-52 des Strategic Air Command, den besonders der berühmte Flug des *Old Dog* mit der Zerstörung einer sowjetischen Laser-Anlage bekannt gemacht hatte, war der beauftragte Projektoffizier für die Entwicklung des hochmodernen Jagdflugzeugs *Dream Star*. Nach seiner Perfektionierung sollte es das Flugzeug sein, das der Nation ihre Luftüberlegenheit neu sicherte.

Als sie an den Auspuffrohren vorüber waren, begann ein Mann vom Bodenpersonal die Triebwerke zu starten. Butler sagte: »Aha, sie scheinen bereit zu sein. Na, dann werde ich mich mal darum kümmern. Guten Flug, Colonel.«

McLanahan erwiderte den Gruß und ging zu seinem Flugzeug. Wären die beiden Flugzeuge hier menschliche Wesen gewesen, dann wäre seines, der *Gepard*, der ältere und nicht so intelligente Vetter des *Dream Star*. Der *Gepard* war ein serienmäßiger zweisitziger Düsenjäger vom Typ F-15 E, der jedoch nach jahrelangen Forschungen und Tests auf dem Gebiet der Verbesserung der Flugeigenschaften und allgemeiner fortgeschrittener Aviatik beträchtlich verändert wurde. Vor sieben Jahren hatte man ihn nach *Traumland*, jenem strenggeheimen Flugzeug- und Waffenforschungszentrum nordwestlich Los Angeles, gebracht. Dort waren dann keine zehn Tage vergangen, bis Lieutenant General Bradley Elliott, HAWC-Direktor, ihn zum erstenmal in seine sämtlichen Bestandteile zerlegen ließ. Und dann waren extreme Veränderungen an ihm vorgenommen worden, so daß man ihm fortan statt seines bisherigen Spitznamens *Adler* den Codenamen *Gepard* gegeben hatte.

Kaum zu glauben, dachte McLanahan, daß eine Maschine wie der *Gepard* schon nach so kurzer Zeit technisch überholt war.

Einige der bemerkenswerten Verbesserungen, die jetzt in den *Dream Star* eingebaut waren, hatten sie vor Jahren im *Gepard* getestet. Dennoch zeigte sich, daß der *Gepard* letztlich ein schon zwanzig Jahre altes Flugzeug war.

Für alle Verbesserungen, die den *Dream Star* zum Jäger der Zukunft machten, hatte der *Gepard* die Zeche bezahlt. Trotzdem gab es immer noch den Mann, der den *Gepard* am Himmel tanzen lassen konnte wie einen jungen Vogel. Ebendiesen, einen außergewöhnlich fähigen jungen Piloten, traf er nun direkt unter der Nase des *Gepard*, wo er das vordere Spornrad als Kopfkissen benutzte.

»Hallo, J. C.!«

»Ja«, kam die verschlafene Antwort.

McLanahan stieg die Einsteigleiter hinauf und nahm sich einen Lärm-Ohrenschützer von der Konsole am Cockpit. »Auf, auf, junger Mann. Fliegen gehen.«

Für J. C. Powells Ohren war diese Art Air Force-Jargon immer Musik. Er war wie der Blitz auf den Beinen und kletterte eilig und eifrig wie ein kleiner Junge die Einsteigleiter hinauf.

»Hier bin ich, Colonel. Welche Befehle?«

»Ich möchte mir ansehen, wie sich unser Junge im *Dream Star* macht«, sagte McLanahan und setzte sich den Ohrenschützer auf, um den Lärm vom Starter zu dämpfen. »Wird wohl noch eine Viertelstunde dauern, bis das Triebwerk läuft und der *Gepard* startklar ist.«

»Trifft die Sache genau, Chef.«

Captain Roland Q. Powell, einziger Sohn einer sehr wohlhabenden Familie aus Virginia, einsachtzig, 100 Kilo, mußte in einem früheren Leben ein Wanderartist gewesen sein und zuvor vielleicht einer von denen, die sich in Fässern die Niagarafälle hinunterstürzen lassen. Doch »völlig verantwortungslos« wäre auch nicht die richtige Bezeichnung gewesen, um seine Art zu fliegen zu beschreiben. Vielleicht käme »absolute Unbekümmertheit« der Sache ziemlich nahe. Bei ihm hatte man immer den Eindruck, er sei für Flugzeuge geboren worden. Ständig holte er aus jeder Maschine das letzte heraus, ohne jedoch die kritische Grenze zu überschreiten. Er flog grundsätzlich nicht langsam, wenn es nicht nötig war, hielt nie dreißig Grad Neigungswinkel beim Abdrehen ein, wenn er auch mit sechzig und neunzig noch nicht abschmierte, und dachte nicht daran, hoch zu fliegen, wenn er ganz niedrig über die Baumwipfel hinwegbrausen konnte. Seinen Spitznamen »J. C.« hatte er von der Pilotenschule, als seine Ausbilder damals bei ihm immer nur nach Luft geschnappt und »Jesus Christus« gestammelt hatten, sooft sie auf dem Stundenplan entdeckten, daß sie mit Roland Powell fliegen mußten.

Er wurde zwar selbst Ausbildungspilot – und das nur mit allgemeinem Pilotentraining –, aber die Air Force hatte andererseits auch keinen Ehrgeiz, von ihm ganze Generationen von J. C. Powells heranzüchten zu lassen, also schickte man ihn auf die Air Force Base Edwards und machte ihn zum Testpiloten. Er wußte alles, was man nur von Aerodynamik wissen konnte, und war immer bereit, alles zu tun, was die Ingenieure von ihm verlangten, für wie gefährlich oder unmöglich er selbst es auch hielt. Das Ergebnis war, daß er mit der Zeit automatisch immer die »heißen« Maschinen flog. Jeder Jet-Konstrukteur war begierig darauf, zu sehen, was der Zauberer J. C. Powell mit seiner Maschine alles anstellen konnte. Der Weg führte ihn denn auch direkt nach Traumland. General Elliott hatte ihn persönlich angeheuert und ihm den Mund wäßrig gemacht, daß er hier die

»heißeste« Maschine überhaupt fliegen dürfe – den *Gepard*. Und es war nicht zuletzt Powells fliegerisches Können, das wesentlich dazu beitrug, die Entwicklung des *Dream Star* rasch voranzutreiben. Trotzdem entschied er sich dafür, auch weiterhin den *Gepard* zu fliegen. Und seitdem war er auch dessen einziger Pilot.

J. C. Powell war mittlerweile lange genug im Rampenlicht gestanden. Jetzt war die Reihe an Kenneth Francis James.

McLanahan stieg wieder aus und ging zum *Dream Star*, in den James gerade mit Hilfe der Hydraulik gehoben wurde. Sein Spezialfliegeranzug war für die Sitzposition geformt. Das ließ James wie eine Puppe aussehen. Als er in seinem Pilotensitz saß, kam McLanahan so nahe heran, wie es ging, ohne daß er der kleinen Armee des Gefolges von James ins Gehege kam.

»Geht's Ihnen gut, Ken?«

James nickte. »Bißchen dick verpackt, aber sonst okay.«

McLanahan wartete, bis James angeschnallt und die Schläuche für Sauerstoff und alle elektrischen Kontakte angeschlossen waren. Viel fehlte nicht, dachte McLanahan, und der mittelalterliche Ritter in seiner Rüstung war fertig, zumal ihm nun auch noch der Helm übergestülpt wurde. Sobald der Helm fest angeschraubt war, stellte der gesamte Fluganzug einen elektrischen Schaltkreis dar, einen übergroßen und supraleitenden Transistor. Er war nun der Datenübermittler zwischen James und diesem erstaunlichen Flugzeug.

»Selbsttest arbeitet«, meldete Dr. Carmichael. Der Computer, ein diagnostisches Selbsttestgerät, stellte sowohl einen Enzephalographen zur Messung aller menschlichen Körperfunktionen dar, wie er rein elektronisch sämtliche Sensoren, Schaltkreise und Transmettoren im Anzug und dessen Verbindung über das *Interface* zum *Dream Star* überprüfte und kontrollierte. Dr. Carmichael jedoch wollte nicht die ganze Arbeit dem Computer allein überlassen, obschon er selbst das Interface konstruiert hatte. Er ging persönlich und manuell sämtliche Checklisten und den komplexen Wirrwarr aller Ausdrucke durch, um nachzusehen, ob irgendwo auch nur das geringste Anzeichen von Unregelmäßigkeit auftauchte.

Aber er fand nichts – so wenig wie der Computer selbst. Nach ein paar Minuten konnte er McLanahan zunicken: »Alles klar.«

McLanahan ging um den schmalen Laufsteg des hydraulischen Aufzugs herum und kniete sich vor James hin. In dessen Augen war durch die dicken elektro-optischen Linsen des Helms kaum eine Bewegung erkennbar.

»Na, alles klar für ein paar Runden fliegen?«

Sie blickten einander intensiv an. Doch nach wie vor war nicht die geringste Regung in den Augen von Ken James sichtbar. McLanahan wartete aufmerksam. James schien sich gerade zu irgendeinem Entschluß durchzuringen. Nicht, daß er ängstlich ausgesehen hätte oder nervös oder angespannt. Gar nicht. Er war nur... ja, was?

Er warf einen Blick zu Dr. Carmichael hinüber. »Alan? Wie geht's ihm?«

»Sein Beta schlägt ein bißchen heftig aus«, sagte Carmichael und sah sich die EKG-Ausschläge noch einmal genau an. »Alpha und Theta dagegen absolut Null.«

Er beugte sich wieder zu James hinab. »Das kriegen wir hin, Junge. Ganz ruhig. Kein Grund zur Sorge.«

»Nein, nein, ich bin okay. Ich versuche nur... ich versuche, mich bereit zu machen...«

»Locker, ganz locker. Entspannen Sie sich. Lassen Sie's einfach an sich rankommen. Nicht auch noch suchen. Kommt's nicht, dann kommt's eben nicht.«

»Das wäre eine schöne Art, Krieg zu führen«, sagte Ken James. Die Anspannung in seiner Stimme war unüberhörbar. »Stellen Sie sich mal einen Piloten vor, der seinem Staffelkapitän meldet: Gut, ich weiß ja, daß die Brüder uns heute bepflastern werden, aber leider, ich kann heute nicht fliegen; meine blöden Theta schlagen nicht aus... Nein, nein, ich muß schon beweisen, daß ich imstande bin, von einem Augenblick zum nächsten in Theta-Alpha rein- oder auch rauszukommen.«

»Schon«, sagte McLanahan, »aber Sie wissen ja, daß es noch ein paar Jahre dauert, bis wir mit diesem System wirklich einsatzfähig sind. Machen Sie sich keine Sorgen. Entspannen Sie sich ganz einfach. Zwingen Sie weder sich selbst noch das System. Gehen Sie einfach nur rauf, und kurven Sie ein bißchen zum Spaß rum. Alles abhaken, runter, und dann dürfen Sie mir im Club ein Bier spendieren. Okay?«

Er hielt ihm die Hand hin, James reichte ihm seinen Nylon-Eisenfäden-Handschuh. »Stoßen Sie ein Loch in den Himmel, Junge. Das ist ein Befehl.« Er hielt ihm noch einmal den erhobenen Daumen vor den Helm und ging vom Aufzug herunter.

Als er auf dem Betonboden stand, schüttelte Dr. Carmichael ungläubig den Kopf.

»Er ist bereits unter dem Alpha-C-Parameter. Sieht so aus, als würde er bald den Punkt erreichen, wo er es jederzeit machen kann. Hätten wir ihn schon außerhalb des Flugzeugs angehängt, wäre er womöglich noch vor dem Anschnallen auf Theta-sine A.«

»Er wird öfter nervös«, sagte McLanahan. »Besonders vor wichtigen großen Tests wie dem hier. Schließen Sie mich an Ihre Monitore mit an, Alan.«

Als er zum *Gepard* zurückkam, hing an der Maschine bereits ein Zusatzstarter, und die Bodenmannschaft war schon mit dem ersten Preflight-Check der ins Cockpit gepackten Telemetrie- und Kontrolldatengeräte durch. Weil der *Gepard* das einzige Flugzeug weit und breit war, das auch nur annähernd mit dem *Dream Star* mithalten konnte, hatte er nun auch die Aufgabe, die Trainings- und Testflüge zu fotografieren und zu filmen. Die am *Gepard* aufmontierten Spezial-Hochgeschwindigkeitskamera nahm sämtliche Flugbewegungen von *Dream Star* auf. McLanahan konnte alle elektronischen Anzeigen des *Dream Star* mitverfolgen und, falls notwendig, per Fernsteuerung die Kontrolle übernehmen.

Lief das Triebwerk von *Dream Star* jedoch nicht, gab es auch keine Monitoranzeigen – mit Ausnahme lediglich des Piloten-EKG. McLanahan war ebenso verwundert wie Dr. Carmichael über die Ausschläge der Gehirnwellen von Ken James. Er schaltete sein Sprechgerät ein.

»Er ist schon fast in Theta-sine Alpha.«

»Bedeutet das, ich kann auch schlafen gehen?« wollte J. C. Powell wissen.

»Na, wie schnell kämen Sie denn wohl in Theta-Alpha rein?« sagte McLanahan, während er zusah, wie sich die Ausschläge veränderten. »Sie haben doch den *Dream Star*-Simulator schon geflogen. Könnten Sie's besser?«

»Mann, ich bin ein Mensch und kein Roboter«, sagte J. C., dessen Stimme nun ihren üblichen ironischen Tonfall verloren hatte. »Wenn Sie mich fragen, dann verwandelt ANTARES die Piloten tatsächlich fast in Roboter. Um Ihre Frage aber zu beantworten: Ja, hab' ich; ja, könnte ich. Ich könnte auch ziemlich schnell in Theta-Alpha rein. In ein paar Minuten. Allerdings würde ich nicht drinbleiben. Das hab' ich nie geschafft. Aber ich habe deshalb nicht den *Dream Star* verloren, sondern den *Gepard* gewonnen. Wenn Sie mich fragen: Ich habe den besseren Teil erwischt.«

Für J. C. Powell war dies eine ziemlich lange Rede gewesen, und sie unterstrich nur seine totale Abneigung gegen ANTARES. Und wenn ANTARES hundertmal die große und bedeutende Ergänzung zu den ohnehin schon erstaunlichen fliegerischen Fähigkeiten von *Dream Star* war und die Zukunft des Luftkampfs schlechthin verkörperte – in J. C. Powells Zukunft hatte es keinen Platz.

»Es verwandelt niemanden in einen Roboter«, widersprach McLanahan. »Man behält immer die volle Kontrolle. Ich verstehe nicht recht, was Sie so gegen ANTARES einnimmt.«

»Volle Kontrolle? Wovon? Der Computer sagt einem, was man zu tun hat, und das tut man dann.«

»Es ist immer noch der Pilot, der die Daten abruft, J. C.«

»Ja, sicher. Er kann sich aus der Liste, die ihm der Computer anbietet, was raussuchen oder ihn ganz ignorieren und tun, was er will. Weiß ich. Aber welcher nicht ganz blöde Pilot schlägt das Angebot aus einer Computerliste mit 100 Möglichkeiten schon aus?« Powell breitete die Arme aus. »Das ist genauso wie in einem schnieken Restaurant.« Er winkte einen imaginären Kellner an den Tisch herbei. »Man war schon oft da, weil es nun mal die besten Steaks hat, aber Pierre reicht einem die Speisenkarte. Und was tut man?« Powell schlug seine imaginäre Speisenkarte auf und tat so, als studiere er sie. »Man sieht sie sich an.

Warum? Weil sie da ist. Man bestellt wahrscheinlich am Ende sein Steak wie immer, trotzdem liest man erst mal die Speisenkarte. Und bei diesem ANTARES braucht es einfach eine gewisse Zeit, das Menü zu studieren. Aber ein wirklicher Pilot benützt die Zeit, die er dafür benötigt, um seinen Kopf und seine Instinkte zu gebrauchen und ein *wirkliches* Flugmanöver auszuführen. ANTARES aber läßt einem keinen Gedanken mehr, keine Analyse, keine Entscheidung. Alles ist schon vorgefertigt. Und das ist ja doch Programmierung, oder?«

»Aber wenn es zu besseren Ergebnissen führt?«

»Das ist doch überhaupt noch nicht raus. Bis jetzt hat ANTARES nicht bewiesen, daß es besser ist als ein Mensch.«

»Wir schaffen ja doch den Menschen nicht ab, J. C.!«

»Gott, mehr oder weniger doch«, sagte Powell sarkastisch und legte ein paar Schalter um. »Auf eine ganz bestimmte Art tun wir es eben doch. Ich sage Ihnen, ANTARES kann von einem Piloten übertroffen werden.«

»Na ja«, sagte McLanahan und rieb sich müde die Augen, um die aufsteigenden Kopfschmerzen wegzumassieren, die ihm stets kamen, wenn er mit J. C. Powell diskutierte, »die Frage ist müßig, zumindest für den Augenblick. Wie ich schon sagte, ist jetzt unsere Aufgabe nicht, festzustellen, wie gut der *Dream Star* im Kampf ist. Bis dahin fließt noch viel Wasser den Berg runter. Wir haben es vorläufig und ausschließlich mit dem Test des Flugzeugs selbst und dem ganzen Konzept zu tun.«

J. C. rutschte so tief in seinem Sitz nach unten, daß McLanahan ihn gar nicht mehr sah, und schimpfte weiter. »Den ganzen Generälen und Kongreßabgeordneten ist doch das Konzept völlig schnuppe. Die interessiert doch nur eines: Gewinnt das Ding jeden Luftkampf oder nicht?«

»Und Sie meinen, daß er das nicht kann?«

»Nein, ich sage nur: Dieses blöde ANTARES ist schlagbar. Ein Pilot mit der richtigen Kombination von Grips und Schneid kann das. Und überhaupt, was ist, wenn bei so einer Hackerei in der Luft das großartige ANTARES kaputtgeschossen wird? Dann muß der Pilot auch ohne das Ding auskommen. Und dann muß er ganz allein imstande sein, zu kämpfen und zu gewinnen. Der *Dream Star* ist nicht ausdrücklich für pilotengesteuerten Luftkampf gebaut. Das ist für mich der schlimmste Nachteil... Und sehen Sie nur mal, was wir unseren Kampfpiloten antun.« Er deutete hinüber zum *Dream Star.* »Ken James ist unbestritten einer der besten Piloten der ganzen Air Force. Seit er aus dem Zoo kam, war er überall ein Star. Und was haben wir hier aus ihm gemacht? Wir hieven ihn in einen Stahlsitz, stülpen ihm zehn Kilo Helm über und hängen ihn an mehr Elektroden als Frankensteins Monster. Wir benützen sein Gehirn, aber nicht seinen Geist. Und das ist meines Erachtens ein großer Unterschied. Wo soll das hinführen? Daß wir unsere besten Piloten zu elektronischen Chips für ANTARES degradieren?«

Für einen erfahrenen Mann konnte Powell manchmal wirklich ein verbohrter Dickschädel sein. Patrick sah auf die EKG-Kurven. »Sieht alles normal aus jetzt. Dauert wohl noch eine Weile, bis er meldet, daß er bereit ist. Ich sag' Ihnen Bescheid, wenn wir die Maschine hochtouren können.«

»*Roger.* Ich mach' inzwischen noch mal einen Flugcheck.«

»Wieso, haben Sie denn nicht grade eben einen Computer-Selbsttestlauf gemacht?«

»Wer einen Computer einen Computer checken läßt, um zu sehen, ob der Computer in Ordnung ist, ist selber schuld, wenn er Probleme kriegt. Ich sehe den Tag schon kommen, an dem sich alle Computer zusammentun und uns zum Tempel hinausjagen. Ich persönlich jedenfalls will sie kriegen, ehe sie uns kriegen. Ich mache meine Checks manuell. Sagen Sie mir, wenn Sie soweit sind.«

»*Roger.*« McLanahan war die Diskussionen leid. Außerdem hatte J. C. ja eigentlich nicht ganz unrecht.

Er beobachtete wieder die EKG-Monitore.

Theta-sine Alpha zeigte an, daß James entspannt war, aber es war ein sehr intensiver Grad von Entspannung, fast schon neurologisch, jedenfalls sehr viel mehr als normale Muskelentspannung. Diese Fähigkeit, sich rasch in Theta-sine Alpha versetzen zu können, war das Resultat monatelangen Trainings. Sie nannten es unter sich »Bio-Feedback«, wenn die Psychologen einen Patienten an ein Mini-EKG hängten oder an einen Polygraphen, der zu piepen anfing, sobald auch nur die kleinste Beta-Welle auftauchte und Streß oder irreguläre Muskel- oder Nerventätigkeit signalisierte. Es ging darum, den Körper zu entspannen oder Nervosität zu beherrschen, bis der Ton wieder aufhörte. Ken James aber mußte weit über die übliche reine Muskelentspannung hinausgehen. Er mußte seinen ganzen Geist entspannen, öffnen und ein Fenster ins Unbewußte schaffen.

Für Kenneth Francis James öffnete sich das Fenster in seinen Geist nicht wie eine Tür oder ein übliches Fenster. Sondern mehr wie ein heißes und obendrein rostiges Messer, das sich durch rosa Fleisch bohrt. Aber so war das nun einmal mit ANTARES, welches eine Verbindung zwischen einem Gehirn und einem Digital-Computer herstellte. Ken James war weit über die Lektionen von Dr. Carmichael hinausgegangen. Das hier war die Realität.

Die erste Phase des Übergangs bildete die Aktivierung des Systems selbst. Das ereignete sich automatisch, sobald ANTARES merkte, daß sein menschlicher Partner Theta-sine Alpha erreicht hatte. Um die winzigen Variationen der elektrischen Aktivität im Organismus von Ken James registrieren zu können, mußte der metallische ANTARES-Fluganzug unter Strom gesetzt werden. Wenn die angelegte Spannung auch verschwindend gering war, erreichte sie doch fast den gesamten Organismus vom Schädel bis zu den Zehen. Ken James spürte den Kitzel und das Vibrieren in jeder Faser seines Körpers. Und bei alledem mußte er unbedingt in Theta-Alpha bleiben...

Aber das Ertragen der Wirkungen der Aktivierung des ANTARES-Systems war nur der Beginn. Die damit verbundene, inzwischen schon fast vertraute körperliche Schmerzempfindung war leicht zu verdrängen. Doch dann kam der nächste, gegen den Geist selbst und direkt gerichtete Stromschlag...

War der ANTARES-Kanal erst einmal offen, dann konnte eine ganze komplexe Serie vorprogrammierter Fragen an diverse Bereiche des Bewußtseins und Unterbewußtseins übermittelt werden. Die Fragen, die schon Monate zuvor in vielen Stunden Arbeit auf einem Simulator aufgenommen worden waren, entsprachen der vorhandenen Gehirnstruktur jeder betroffenen Ebene. Nach dem Suchen, Erkennen und Feststellen der Übereinstimmung der jeweiligen Strukturmuster überwältigte ANTARES dann die jeweilige spezielle Neurofunktion und zwang das Originalstrukturmuster in einen kompatiblen Grad des Unterbewußtseins. So konnte der ANTARES-Computer den ganzen Bereich kontrollieren. ANTARES klopfte jedesmal, wenn es einen bestimmten Bereich erreichte, wie wild an die Tür. Wurde das System eingelassen, mußte es den »Bewohner« des Bereichs erst freundlich beschwatzen, um ihn dann kalt zu überwältigen. Diese Machtübernahme-Prozeduren waren zuweilen durchaus schmerzhaft, manchmal aber auch besänftigend und beruhigend. Einige Male hatten sie bewirkt, daß Erinnerungsbilder aus der Kindheit, die Maraklow längst vergessen hatte, wieder aus dem Unterbewußtsein auftauchten.

Sein Bewußtsein war jetzt wie ein großes Wohnzimmer, aus dem sämtliche Möbel hinausgeschafft und in anderen Zimmern des Hauses abgestellt worden waren. ANTARES hatte die Kontrolle fast aller bewußten Tätigkeiten übernommen. Es konzentrierte sich darauf, nur einige wenige wesentliche Aktivitäten im Bewußtseinsvordergrund zu halten, während es den Rest an höhere Regionen des Gehirns delegierte. Es war nun bereit, mit der »Neuformung« zu beginnen.

Die Türen und Fenster des Unterbewußtseins von Ken James waren weit geöffnet. Sein Geist war bereit, große Mengen von Information aufzunehmen und zu verarbeiten. Normalerweise kamen Informationen dieser Art von den fünf Sinnen, und einige von ihnen taten das trotz ANTARES auch weiterhin, doch jetzt standen seinem Gehirn darüber hinaus noch sehr viel umfangreichere Informationsquellen zur Verfügung. Das System konnte ihm digitale Datensignale direkt in das Gehirn einspeisen, und James konnte sie aufnehmen und verarbeiten, als stammten sie von seinen eigenen fünf Sinnen – mit dem Unterschied, daß er jetzt Hunderte, ja Tausende Sinne hatte. Der Radarhöhenmesser beispielsweise war einer dieser zusätzlichen neuen Sinne. Das Radar selbst ebenfalls. Der Laser-Reichweitenmesser. Dutzende Thermometer, Barometer, Gallium-/Arsen-Gedächtnis-Chips, Begrenzungsschalter, Logikkreise, Fotozellen, Voltmeter, Chronometer aller Art – die Liste war endlos und unerschöpflich.

Aber es war ein enormer Schock für sein eigenes System zu entdecken, daß die Liste der Sinne sich von fünf auf fünftausend erweitert hatte, und dabei nun war ANTARES überhaupt keine Hilfe mehr. War das »Zimmer« voll, begann es einfach immer weiter Inputkanäle hineinzuquetschen. Ken James konnte keine Zusammenhänge mehr erkennen oder sie überhaupt noch verstehen. Für ihn waren sie weiter nichts als zufällige Lichtblitze oder Geräuschdonner, die sein Bewußtsein bombardierten, während es sich verzweifelt bemühte, den Sinn darin zu erkennen. ANTARES war unerbittlich. Sobald ein Bild oder Impuls beiseite geschoben wurde, schickte es sofort hundert nach. Der Computer wußte lediglich, daß er soundsoviel lernen mußte. Er hatte kein Gefühl für Rast, für Niederlage oder für Wahnsinn.

Und dann hörte plötzlich die ganze Eingabeflut auf. Der Datentornado legte sich und ließ ein Zimmer voll scheinbar zufälliger Bits zurück, die sozusagen überall herumlagen. Und wie ein hilfsbereiter Verwandter oder freundlicher Nachbar begann ANTARES nun den ganzen Informationsdschungel zu sortieren, zimmerte Kisten und Schubladen, in die man sie verstauen konnte, stellte kleinere Kisten in größere, kurz, ordnete das Gebirge von Daten zu übersichtlichen, zusammengehörigen Paketen.

Und aus dem Wust von Einzelbildern wurde allmählich ein Film. Aus unentzifferbaren Lauten wurden lange Klick-Stakkatos, die sich dann zu einem leisen Summen verringerten, welches seinerseits in steigende und fallende Schallwellen überging. Und aus ihnen wurden schließlich Wörter, und aus diesen Sätze. Aus Lichtblitzen formten sich Zahlen, die dann verschwanden und anderen Platz machten, die James zu sehen wünschte.

Die Energien, welche ANTARES erzeugte, flossen nach wie vor durch Ken James' Körper, hatten jetzt aber die Wirkung von Amphetaminen, die seinen Organismus revitalisierten und mit

Kraft versorgten. Er war sich der Tatsache bewußt, daß rund um ihn herum *Dream Star* war, dessen geballte, gezähmte Kraft nur darauf wartete, freigesetzt zu werden.

Er öffnete mit einem Ruck die Augen, wie jemand, der abrupt aus einem Alptraum erwacht. Er ließ seinen Blick über die offene Kanzel des *Gepard* wandern. Powell war im vorderen Cockpit beschäftigt. McLanahan behielt die Instrumente im Auge. Er mußte etwas gesehen haben, weil er eben in diesem Augenblick zu ihm herüberblickte. Der *Dream Star*-Direktor hatte seinen Sauerstoffvisor vor sich und sprach sichtlich mit jemandem über Funk. Er schaute direkt auf ihn. Sprach er etwa direkt mit ihm?

Und dann war die Energie mit einem Schlag unerträglich. Es war, als sei der *Dream Star* ein wild an seiner Leine zerrendes Tier, jagdfiebrig, beutegierig, nur von dem Wunsch beseelt, freigelassen zu werden.

Ken James sah auf seine linke Anzeigentafel am Instrumentenbrett und »dachte«: Mein Finger berührt das Schild mit der Beschriftung »VHF 1«. Und dieses Schild leuchtete daraufhin sofort auf. Rechts vor seinen Augen gab es eine Anzahl Nummern für die vorprogrammierten VHF-Radiokanäle. Deren »Bild«, das ANTARES über die Computer des *Dream Star* seinem optischen Nervensystem übermittelte, war klar und so real wie jedes andere visuelle Bild. Er wählte den geeigneten Direktkanal auf der computergenerierten Tafel aus und schaltete ein. Der ganze Ablauf – von der Entscheidung, einzuschalten, bis zum Sprechen der Wörter – dauerte nicht einmal eine Sekunde.

»Sturm Zwei fertig für Triebwerksstart«, meldete er. Obgleich das ANTARES-Interface ihm seine Fähigkeit zu hören und zu sprechen nicht nahm, filterte es doch üblicherweise jeden Anklang von Emotion heraus. Seine Stimme klang deshalb für McLanahan seltsam fremd und künstlich.

»Na, willkommen zurück bei uns, Captain«, sagte McLanahan. »Ich habe Sie aus Theta-Alpha rauskommen sehen. Sind Sie bereit für ein bißchen Fliegen?«

»Bereit und fertig, Colonel.«

»Bleiben Sie in Bereitschaft.« McLanahan schaltete eine zweite Sprechverbindung ein. »Hallo Sturmkontrolle. Hier Sturm Eins.«

In der unterirdischen Kommandozentrale des *High Technology Advanced Weapons Center* legte HAWC-Direktor Viersternegeneral Bradley Elliott eben den Telefonhörer auf die Gabel zurück. Er blickte angewidert auf sein rechtes Bein hinab, umfaßte seine Wade mit beiden Händen, streckte das Bein und stemmte sich aus seinem Ledersessel hoch, wobei er das steife Bein wie eine Krücke zu Hilfe nahm. Als er dann stand, löste er die Sperre der Knieprothese aus Graphit und Teflon, so daß deren Gelenk wieder normal beweglich wurde.

Eine Ordonnanz hielt ihm die Tür auf, er ging hinaus und den Flur entlang bis zum Lagezentrum. Mit einer Plastikkarte öffnete er sich die äußere Tür des gesperrten Bereichs, womit gleichzeitig eine ganze Batterie Flutlichtlampen mit grellem Licht aufschien. Hinter ihm schloß sich die Tür automatisch wieder.

Zwei Wachtposten mit Uzi-MPs kamen zu beiden Seiten des Flurs aus zwei Türen. Sie verlangsamten den Schritt, als sie sahen, wer er war.

Major Hal Briggs murmelte einen Gruß, als der General an ihm vorbei ins Kommunikationszentrum trat. Einer der Kontroller reichte ihm ein Telefon.

»Sturm Kontrolle Alpha, ja?«

»Alpha, hier Sturm Eins. Zweiertestflug startbereit.«

»Augenblick«, sagte Elliott. Er ließ den Hörer sinken, während Briggs ihm einen Computerausdruck reichte.

»Letzte Meldung von Lassen Mountain Space Tracking Center«, sagte Briggs. »Drei russische Satelliten befinden sich während des Testfensters in dem Gebiet. Kosmos 713, der Infrarot-Spionagesatellit, ist nach wie vor in geostationärem Umlauf über Nordamerika. Aber an sich machen uns nur die beiden anderen Sorgen. Kosmos 1145 ist ein Satellit mit niedriger Umlaufbahn und hochauflösender Foto-Optik, Kosmos 1289 einer mit radar-darstellender Filmübertragung. Soviel wir wissen, sind sie hauptsächlich bodenbeobachtende Satelliten mit nur limitierter Fähigkeit, fliegende Flugzeuge zu fotografieren, aber natürlich stellen sie trotzdem eine Gefahr dar. Und alle beide stehen genau zur Testflugzeit über unserem Gebiet, und zwar den ganzen Tag. Sollen wir's abblasen, Sir?«

»Nein«, sagte Elliott. »Ich werde doch den Russen nicht den Gefallen tun, meinen Zeitplan durcheinanderbringen zu können! Aber meinetwegen können Sie ja dafür sorgen, daß der *Dream Star* und der *Gepard* außer Sicht bleiben, während sie oben sind.«

Er nippte kurz an seinem Kaffee, knurrte etwas Unverständliches über dessen Qualität und stellte die Tasse schließlich mit wütendem Nachdruck auf den Tisch. »Obwohl die doch über den *Dream Star* ohnehin schon alles wissen, was sie wollen. Mir sind fast die Zähne rausgefallen, als ich dieses Foto der DIA vom Ramenskoje-Flugtestzentrum in Moskau gesehen habe. Exakt die gleiche Ausrüstung für Kurzstart und -landung wie unsere hier in Traumland! Ganz genau aufs i-Tüpfelchen dieselben! Bis auf den Zentimeter in der gleichen Position.«

»Wir wissen ja, Sir, daß die Russen schon seit Jahren an Hochleistungs-STOL-Jägern arbeiten...«

»Richtig, und wissen Sie auch, seit wann genau? Exakt seit der Zeit, als wir hier damit angefangen haben! Wir bringen den *Gepard* raus und sie sofort einen STOL-Jäger. Wir entwickeln das Supercockpit für den *Dream Star*, und vier Monate darauf schnappen wir fast identische Pläne von ihnen. Die Vereinten Stäbe werden uns den Laden zumachen, wenn diese Sicherheitslecks hier nicht bald verstopft werden.«

»Ich lasse jeden einzelnen, der auch nur entfernt damit zu tun hat oder in Kontakt kommt, aufs intensivste überprüfen«, sagte Brigg. »Die DIA macht dasselbe mit allen zivilen Zulieferern. Aber immerhin läuft das am Ende auf über fünftausend Personen hinaus, die überprüft werden müssen. Und für die wichtigsten Leute wird das sogar jedes Jahr neu gemacht. Wir kommen einfach nicht mehr nach –«

»Ja, ich weiß, ich weiß«, sagte Elliott, während er den Telefonhörer wieder hob. »Aber allmählich läuft uns die Zeit davon.

Auf jeden Erfolg beim Flugprogramm kommt eine Niederlage, was das Durchsickern von Informationen angeht. Das können wir uns nicht mehr leisten.« Er ging wieder in die Leitung. »Hallo, Sturmflug, hier Alpha. Alles fertig machen zum Start. Erbitten Sie Starterlaubnis, sobald Sie rollfertig sind.«

»Roger«, bestätigte McLanahan.

Elliott wandte sich an Briggs. »Kommen Sie nachher in den Tower, wenn Sie die genauen Überflugsdaten von den beiden Russensatelliten haben. Bevor ich Sie auf die Jagd nach diesen Scheißlecks schicke, sollen Sie wenigstens auch mal was von unseren Erfolgen sehen.«

»Möcht' ich für sämtliche geklauten STOL-Pläne in Ramenskoje nicht versäumen«, sagte Briggs und bereute es sofort, als er den Blick sah, den Elliott ihm zuwarf, während er davonhinkte.

»Sturm Zwei Triebwerksstart«, meldete James an Powell, den Piloten der F-15 *Gepard*, der kaum Zeit zur Bestätigung hatte, als die aufheulenden Turbinen auch schon die Stille des frühen Morgens durchsägten. Auch der Triebwerksstart erfolgte bereits durch Gedankenimpuls, der das Programm »Triebwerksstart« aus dem Menü »Home« auswählte, das James von ANTARES übermittelt wurde. Computer »energisierten« sofort die Schaltfolgen für Triebwerksstart und bestimmten deren Status. Nachdem keine externe Luft oder Energie verfügbar war, wurde ein »Alarm«-Start etabliert.

Keine Sekunde später wurden die Anlasser-Schaltungen aktiviert, und ein Schuß superkomprimierten Stickstoffs jagte in den sechzehngängigen Kompressor des linken Triebwerks von *Dream Star*. Anders als bei konventionellen Düsentriebwerken war es nicht erforderlich, daß jede Kompressorstufe erst ihre volle Rotation erzielte. Hier wurden alle gleichzeitig aktiviert, was ein sehr viel schnelleres Anlaufen ermöglichte. Es dauerte keine zwanzig Sekunden, bis das linke Triebwerk startbereit war und bereits Druckluft an das rechte abgeben konnte, um dessen Kompressoranlauf zu beschleunigen. Nach einer Minute waren auf diese Weise beide Triebwerke in startbereitem Laufzustand bei voller Generatorenergie. Sobald die Startwahl einmal getroffen war, wußte der Computer von allein den weiteren Ablauf. James mußte nur die Resultate jedes einzelnen vorprogrammierten Teilablaufs mit den Augen aufnehmen, und die Bordcomputer komplettierten alles selbsttätig.

»Sturm Zwei Triebwerke startbereit. Beginne Vor-Start-Checks.«

»Erstaunlich«, murmelte Powell im *Gepard*. Er hatte seine Triebwerksstart-Checks zur gleichen Zeit begonnen wie James, war aber noch kaum beim startbereiten Lauf des linken Triebwerks, als *Dream Star* schon komplett fertig war.

Unmittelbar nachdem James seine Meldung an McLanahan und Powell gegeben hatte, ordnete er die eingehende Computer-Überprüfung aller Systeme von *Dream Star* an. Beide Triebwerke speisten bereits vier hydraulische Haupt- und zwei Reservepumpen, und sämtliche Flugkontrollgeräte arbeiteten. Die Checks ließen die Flügeloberflächen vibrieren und wedeln wie die Flossen eines Manta. Von draußen wirkten diese Flugkontroll-Checks auch fast surreal. Jede Tragfläche bog sich in schier unmöglichen Winkeln hinauf und hinunter und streckte und zog sich zusammen, als handelte es sich eher um Gelatine als um harten Fiberstahl. Die ganze Kontrolle von der hydraulischen Aufladung bis zur vollen Flugkontrollbestätigung dauerte ganze fünfzehn Sekunden.

Als nächstes kam die Überprüfung der elektrischen Systeme an die Reihe. Gesamtzeit für den Komplettcheck zweier Generatoren, zweier Reservegeneratoren, eines Notaggregats und zweier separater Batterie-Hilfssysteme: drei Sekunden. James blieb während dieser ganzen Zeit völlig unbeweglich sitzen und ließ den Strom der Informationen in seine Sinne eindringen.

Das Flugzeug war wie ein Lebewesen. Während der Startvorbereitungen durfte sich ihm kein Personal nähern, weil ein ganzes Feld von gefährlichen Radar-, elektromagnetischen und Laserstrahlen in seiner Umgebung aktiviert wurde – und zwar mit atemberaubender Geschwindigkeit. Hebel und Ventile öffneten und schlossen sich selbsttätig. Die Spezialflügel vibrierten weiter in Wellen, so heftig, daß man erwartete, sie knickten jeden Augenblick ab.

Und in jedem Augenblick war James voll über den momentanen Zustand und Ablauf informiert. Er spürte seine Hände und Füße nicht mehr, dafür aber ganz genau, welcher Schaltkreis wo in der Maschine im Superleiter-Radar aktiviert war, und damit auch bis auf den Millimeter genau, in welchem Abstand der *Gepard* von ihm stand. Er war aufs genaueste über die Flossenstellung seines *Dream Star* im Bilde, über den Druck im hydraulischen Hauptsystem und über die Drehzahlen des Triebwerks, neunte Stufe. ANTARES hatte ihm die Beobachtung des eigenen Organismus entzogen, diese Funktion an eine tiefergelegene Schicht seines Gehirns delegiert und die mentale Kapazität seines Bewußtseins damit beauftragt, sich nur noch um die Aufgabe zu kümmern, sein überschallschnelles Jagdflugzeug zu fliegen.

Dann plötzlich hörte die hektische Flugvorbereitungsaktivität des *Dream Star* auf, und die Triebwerke liefen wieder ruhig im Leerlauf.

»Sturm Eins, Zwei startbereit, rollfertig«, meldete er.

»Mein Radar ist noch nicht mal warm«, sagte McLanahan zu J. C. Powell. »Wie lange dauert es bei Ihnen noch?«

»Paar Minuten noch.«

»Wie schafft der einen kompletten Flugcheck in ein paar Minuten?«

»Wie lange braucht man, von einem Nickerchen zu erwachen?« fragte J. C. dagegen, während er seinen Startcheck zu Ende brachte, mit dem er schon lange zuvor begonnen hatte. »Wie lange braucht man, sich selbst zu fragen, wie man sich fühlt? Genau das bedeutet ANTARES. Wäre mit dem *Dream Star* irgendwas nicht in Ordnung, James würde es spüren, so wie man einen verstauchten Knöchel oder einen verspannten Hals sofort spürt.« Nach einigen weiteren Minuten war auch er fertig und startbereit.

McLanahan schaltete das Mikro ein. »Sturmkontrolle, hier Sturm Eins Flug. Zwei Maschinen startbereit. Rollfertig.«

General Elliott war inzwischen auf dem transportierbaren fast zwanzig Meter hohen Kontrollturm, der nach jedem Testflug wieder weggeschafft wurde, um es den Spionagesatelliten nach Möglichkeit zu erschweren, die vielen getarnten, in ausgetrockneten Flußbetten angelegten Rollbahnen in Traumland zu erkennen. Auch Major Hal Briggs war soeben nachgekommen und die enge Wendeltreppe hinaufgeklettert. Er reichte dem General gerade den gewünschten Computerausdruck, als McLanahan seine Meldung machte.

»Diese Kosmosspanner da oben ziehen in einer Viertelstunde ihre erste Runde über das Gelände«, sagte Briggs. »Die sind fast auf die Minute zu unserer Testzeit da. Und die nächsten zwei Stunden werden sie dann alle fünfzehn Minuten auftauchen. Zufällig genauso lange wie unser Test dauert.«

»Also schon wieder so ein verdammtes Sicherheitsleck. Und dabei habe ich den Flug erst vor zwei Tagen angesetzt.«

»Vor zwei Tagen waren die da oben aber noch nicht da«, sagte Briggs. »Das habe ich nachgeprüft. Sie meinen –?«

»Das meine ich. Die brauchen also nur zwei Tage, vielleicht sogar noch weniger, um zwei nagelneue Satelliten ausschließlich wegen unseres Flugs zu starten«, sagte Elliott. »Das einzige Positive ist, daß sie unsere Maschinen wenigstens nicht am Boden erwischen.« Er nahm das Mikro. »Sturm-Flug, hier Alpha. Rollen Sie zum Start, und warten Sie auf Starterlaubnis. Wind ruhig, Höhe...« Er kontrollierte die meteorologischen Datenanzeigen an einer Konsole oben, »...drei-null-null-fünf. Rollzeit bis Startfreigabe eins-null Minuten. Ende.«

»Sturm-Flug verstanden, zehn Minuten. Rollen an.« Gleich darauf erschienen beide Jäger aus dem Satelliten-Tarn-Hangar und rollten hinter einem Jeep mit einer Tafel FOLLOW ME her, der in flotter Fahrt über ein hartgebackenes Sandfeld auf einen zweiten Satelliten-Tarn-Hangar zufuhr. Dieser war am Ende einer der getarnten Rollbahnen aufgestellt worden, die sich in einem verwirrenden Zickzackmuster über die ganze Fläche des ausgetrockneten *Groom Lake* im Zentrum des Testgeländes von Traumland erstreckten. *Dream Star* und *Gepard* rollten nun nebeneinander und betätigten noch einmal ihre Parkbremsen, während Techniker und Spezialisten beide noch ein letztes Mal überprüften.

»Letzte Startchecks«, sagte McLanahan über Bordfunk.

»Roger«, antwortete J. C. »In Ausführung.«

»Sturm Zwei startfertig«, meldete sich James bereits.

»Verblüffend«, sagte McLanahan. »Er hat eine doppelt so komplizierte Startcheckliste wie wir und ist dreimal so schnell fertig.« Er legte den UHF-Schalter um. »Achtung, Sturm Zwei.«

»Roger.«

»MAW auf V-sub-X, Maxleistung Start.« J. C. las die kritischsten Schaltpositionen für den Einsatzmodus ab, und McLanahan sah, wie sich die bisher leicht schwingenden Flügelenden nun zu einer langen, stark gebogenen Luft-Tragefolie aufgebogen hatten.

»Canard-Kontrolle und Triebwerks-Vorderkontrollen auf AUTO ALPHA«, meldete J. C. weiter. »Start wird mit konstantem Alpha erfolgen.« Er informierte seinen Hintermann stets über die Starteinzelheiten und alle Abbruch- und Notmaßnahmen, obwohl Patrick McLanahan und er nun schon zwei Jahre zusammen flogen und McLanahan die Prozeduren mindestens ebenso auswendig kannte wie J. C. »Energie auf Militärschub, Bremsen los, Energie auf Max-Nachbrenner. Negativschub Y nach fünf Sekunden zu erwarten, mit Schubzuwachs in Abhebeposition. Anschließend Beobachtung des Angriffswinkels während des gesamten Aufstiegs. Darauf achten, daß wir während des Steigflugs 28 Alpha nicht überschreiten. Ich versuche, meinen bisherigen Startrekord von siebzehnhundert Fuß Rollen vor Abheben zu brechen. Falls wir nicht genügend Schub haben, breche ich Auto-Alpha ab und gehe wieder auf normale Startprozedur. Beschleunigung auf eins-sechzig, rotieren, Alpha acht oder weniger halten. Beschleunigung auf zwei-acht-null Knoten angezeigt, kommen aus Nachbrenner raus. Selbe Prozedur bei Schubverlust nach Abheben... Richtig.« Er klatschte seine behandschuhten Hände zusammen, erledigte die letzten Kleinigkeiten der Checkliste und sagte: »Schaltkreisunterbrecher gecheckt. Gefahreninstrumente in Ordnung. Kanzel geschlossen und verriegelt. Sitz- und Schultergurte?«

»An und an«, bestätigte McLanahan.

»Vorn gecheckt. Lichter an. Helme, Visiere, Sauerstoffmasken, Sauerstoffvorrat.«

»An, unten, auf, auf normal.«

»Ebenfalls. Parkbremsen gelöst.« J. C. drückte einen Knopf auf seinem Kontrollknüppel. »Check Startkonfiguration.«

»Check Startkonfiguration in Ausführung«, antwortete eine synthetische Computerstimme. Sie stellte den letzten Schritt in der elektronischen Ausrüstung des *Gepard* dar. Ein Computer, der jeden einzelnen Schritt der Startchecks mitverfolgt hatte, machte noch eine letzte Gesamtnachkontrolle aller Bordsysteme und meldete, falls noch irgendwelche Diskrepanzen bestanden.

»Check Startkonfiguration abgeschlossen. Okay-Status.«

»Weiß ich längst selber, Blödmann«, murmelte J. C. der Computerstimme zu. Obwohl er es benutzte, vertraute er dem Computersystem nie wirklich und vollständig. Wie er jedem, der es hören oder nicht hören wollte, immer wieder versicherte, war es nichts weiter als noch ein Computer, der ihn reinlegen wollte. »Wir können, Colonel«, sagte er.

McLanahan schaltete sich dazu. »Sturm-Kontrolle, hier Sturm-Flug, zwei Maschinen. Abflugbereit.«

Hal Briggs stand auf dem schmalen Gehsteg auf dem transportierbaren Tower und sagte nur vier Silben in sein Walkie-Talkie. »Sandsturm, eins-sieben.«

Diese verschlüsselte Botschaft brachte sofort hundert Wachtposten in Bewegung, die sich rings um die rund 500 qkm des Startbahngebiets herum in Position begaben. Sie stellten die letzte Sperrkette gegen unbefugte Eindringlinge oder Lauscher dar. Jeder Mann prüfte doppelt seinen Sektor mit einem ganzen Arsenal elektrischer Sensoren – für Geräusch, Radar, Hitze, Bewegung, Elektromagnetismus – und meldete dann, falls nichts zu bemerken war, sein »Alles in Ordnung« mit einem kodierten Signalton. Erst wenn sämtliche Signaltöne eingetroffen waren, erhielt Briggs seinerseits einen kodierten Freigabeton.

Dieser kam nach fünf Sekunden. »Alles bestens, General«,

meldete er. Elliott warf noch einen letzten Blick auf den Überflug-Plan der Satelliten und griff dann nach dem Mikro.

»Sturm-Flug mit zwei Maschinen, Sie haben unbeschränkte Starterlaubnis. Wind ruhig. Startzeitrahmen noch fünf Minuten. Viel Spaß.«

McLanahan betätigte einen Schalter, und das leise Summen der großen, gyrostabilisierten Videokamera oben am Rückgrat des *Gepard* war zu hören. »Kamera auf *Dream Star* fixiert, J. C.«, sagte er. »Verlieren Sie ihn nicht.«

»Eher wird's in der Hölle kalt«, sagte J. C., »bevor ein künstlicher Apparat mich abhängt.«

Sie sahen *Dream Star* die Nase ein klein wenig vor den *Gepard* schieben, bis sich die Spitze der vorwärtsweisenden Tragfläche in J. C.s Blickfeld und vor Ken James schob.

»Komme«, sagte J. C. Er ging ein klein wenig aufs Gas, ohne seine Zehen ganz von den Bremsen zu nehmen. Der Gepard begann zu vibrieren und dann zu schütteln, und sein Lärm war wie das entfernte Rumpeln eines Erdbebens.

»Na komm schon, Baby«, murmelte J. C. Er prüfte seine Triebwerksanzeigen auf der großen Anzeigetafel und dazu die Kurven der Drehzahlen, des Treibstoff-Flusses, der Nasen- und Heckpositionen, der Turbineneinlaß- und Auspuff-Temperatur mit einem schnellen Blick. Alles im Normalbereich, alles genau in der Grünskala. Beide Triebwerke voller militärischer Schub, nämlich hundertneun Prozent des Normalschubs gleich fünfzig Tonnen. Ganz unbewußt wurde sein Griff um den Steuerknüppel und um den Gashebel stärker. »Komm schon...«

Ken James hatte ebenfalls einen allerletzten Schlußcheck veranstaltet. Nur mußte er keine Instrumente mit den Augen ablesen. ANTARES übermittelte ihm alle nötigen Informationen direkt, und nicht nur in visueller Form als Wörter, Zahlen und Symbole, die er tatsächlich sehen konnte, sondern, um eine Überlastung des Gesichtssinnes zu vermeiden, als Sinneseindrücke, die auch mit anderen Sinnesorganen aufzunehmen waren. Er konnte die Schubkraft der Triebwerke so klar und deutlich wie eingeatmete Luft in seinen Lungen erkennen oder als Kraft in seinem Arm spüren. Er wußte in einem einzigen Moment, daß beide Triebwerke vollen militärischen Schub hatten. Auf ein Gedanken-Kommando hin regulierte ein Computer, der für den Treibstoff-Fluß zuständig war, jedes Triebwerk, um den Höhendruck und die Außentemperatur, welche zusätzlich einige hundert Pfund Schub brachten, auszugleichen. Anschließend wurde automatisch alle sechs Sekunden die Treibstoffzufuhr kontrolliert und nachreguliert, als *Dream Star* nun seinen eigentlichen Testflug begann, der so leicht vonstatten ging und so unbewußt, als ob man auf dem Fahrrad saß oder sich im Auto auf einer Strecke befand, die man täglich fuhr und auswendig kannte.

Ken James schaltete kurz das Suchradar ein, das seine Daten auf übliche Weise auf dem Bildschirm zeigte. Keinerlei Hindernisse oder Ziele innerhalb der nächsten dreißig Meilen. Schnelle Kontrolle der VHF- und UHF-Frequenzen. Nichts, keine Notrufe, keine Luftverkehrswarnungen, kein Abbruchruf vom Tower. Ebenso schneller Check der Hydraulik. Alles normal. Elektrik. Ein Generator des linken Triebwerks lief eine Spur zu heiß. Auf eine gedankliche Anregung hin maß ein digitaler Flugdatenrecorder die Zeit, Status und Anzeigen des linken Generators für das Bodenpersonal, das nach dem Flug dieses Vorkommnis genau analysieren konnte.

Die Kontrolle der Sekundärsysteme einschließlich des Eingangs des Flugdatenschreibers hatte weniger Zeit beansprucht, als J. C. brauchte, den Griff um seinen Gasquadranten zu verstärken.

Jetzt kommandierte Ken James das Lösen der Bremsen...

J. C. sah, wie der *Dream Star* buchstäblich vorwärtsschoß.

»Na also los«, sagte er.

McLanahan faßte die stählernen Handgriffe neben der Instrumententafel im hinteren Cockpit. Ohne Knüppel, Gashebel oder Pedale konnte man dort hinten beim Start wenig tun, außer die Instrumente beobachten und sich festhalten. Er sah auf den großen, gelbschwarz bemalten Handgriff zwischen seinen Beinen unterhalb der Mitte der Instrumententafel – es war der Schleudersitzhebel – und maß in Gedanken die Entfernung zu ihm...

Der *Dream Star* schoß vorwärts. Ken James veranlaßte beide Triebwerke, bis auf Max-Nachbrenner zu steigern, was seinen Schub auf gut über hundertdreißig Tonnen steigerte. Fast genau im selben Moment befahl er außerdem das Einschalten des Flugmodus Auto-Alpha. Über jeder Triebwerksturbine öffneten sich Schlitze und leiteten je ein Drittel der Schubkraft diagonal aufwärts. Die rückwärtigen Landeleitwerke wurden auf niedrigste Position gestellt, so daß der volle Vorderschub wirksam werden konnte. Der *Dream Star* war jetzt eine Rakete, die mit fast sieben Kilometer pro Minute vorwärtsschoß und am Ende der zwei Meilen langen, getarnten Rollbahn bereits 8000 Fuß Höhe erreicht hatte.

J. C. Powell konnte sein Versprechen, nicht hinter dem *Dream Star* zurückzubleiben, genau fünf Sekunden halten.

Sobald sie zugleich auf Max-Nachbrenner gingen, schoß der *Dream Star* auch schon vorbei und war im nächsten Moment weit vorne nur noch ein kleiner Punkt... und dann ganz verschwunden.

J. C. zerquetschte einen Fluch zwischen den Zähnen. »Na, komm, Junge.« Aber sie hatten nicht den Hauch einer Chance. Der *Dream Star* war eine Klasse für sich. Alles automatisch, während sie hier immerhin noch handkontrollierte Funktionen hatten, die von Reaktionszeiten abhängig waren und nicht von Elektronik. Als der *Dream Star* vor ihm zu verschwinden begann, war Powells erste Reaktion, den Knüppel zurückzureißen, um sich anzuhängen. Aber der *Gepard* war noch nicht auf entsprechender Geschwindigkeit, daß er auf Knüppelzug mit Geschwindigkeit reagieren konnte.

»Kommando überzogen«, meldete sich auch schon die Computerstimme. Die Nase ging runter, und es begann zu rütteln. *»Defektwarnung.«*

»Verdammt, es war zuviel«, murmelte J. C. und ließ die Nase noch einige Fuß fallen, bis die Geschwindigkeit wieder zu steigen begann. »Soviel in Kürze als Startbericht.« Er wartete noch eine Weile, bis er mehr Geschwindigkeit hatte – 180 Knoten – und zog dann leicht den Knüppel an. Der *Gepard* verließ sanft die Rollbahn. Diesmal reagierten die Flossen ordentlich und zogen die Nase kräftig nach oben.

J. C. drückte den Computerkontrollknopf auf seinem Steuerknüppel. »Fahrwerk einfahren.«

Drei rote Lichter gingen an. FAHRWERK FÄHRT EIN. McLanahan fühlte es rumpeln, als sich die zwei Haupträder und der Nasensporn im Luftstrom hoben. *»Fahrwerk fährt ein«,* sagte jetzt auch die Computerstimme, und fünf Sekunden danach: *»Fahrwerk eingefahren, geschlossen.«*

»Fahrwerk ist drin«, sagte McLanahan. »Zweihundert Knoten. Sechstausend Fuß erreicht.«

J. C. begann die Nachbrenner abzustellen, um Treibstoff zu sparen. »Triebwerk links auf MIL... Triebwerk rechts auf MIL... Okay, wo ist er?«

»Vier Uhr oben, kommt runter.«

Der *Dream Star* war auf einmal aus dem Nichts aufgetaucht und kam mit vollem Schub heruntergestürzt, die Nase genau auf ihre Kanzel gerichtet.

J. C. schlug sofort auf Max-Nachbrenner und rollte hart nach rechts weg.

»Zu spät, er trifft uns...«

Der *Gepard* machte einen Sprung nach vorn, doch der *Dream Star* war nach wie vor genau auf Kollisionskurs. McLanahan sah, daß die Flossen unten diagonal in extremster Manöverposition standen. Selbst die Mündung der 30-mm-Bordkanone an der Nase war erkennbar und kam näher und näher...

Aber es gab keine Kollision. Je näher er kam, desto flacher wurde die Flugkurve des Jägers. Es sah aus, als stieße ein Riesenadler auf seine Beute herab. Dabei zielte die Bordkanonenmündung ständig weiter genau auf ihre Kanzel, selbst noch auf gleicher Höhe mit seinem Opfer. Und jetzt begann er sogar seitwärts zu fliegen, ohne daß die Bordkanone auch nur einen Moment ihr Ziel verfehlt hätte. Er nahm einfach Parallelkurs zu ihrer Flugbahn. Und als sie schneller wurden, verließ er seinen

Seitwärtskurs und manövrierte sich in eine Position rechts hinter ihnen. Ideal für Raketenschüsse.

»Er hat uns«, sagte McLanahan. »Steht genau auf sechs. Während wir gestiegen sind, hat er sich in Feuerstellung gebracht. Er ist jetzt in Infrarot-Raketen-Abschußposition. Rollen Sie und kriegen Sie ihn in Zeigefingerformation.«

J. C. rollte, wartete und schüttelte dann seine Tragflächen zweimal. Nach ein paar Sekunden hatte er den anderen direkt rechts neben der Tragfläche, so nahe, daß sich ihrer beider Flügel hätten überlappen können. »Hab' nur wenig von ihm gesehen«, sagte J. C., »aber er schien draufzudrücken wie verrückt. Sagen Sie ihm, er soll sich an die Vorschriften halten.«

Es war J. C.s Markenzeichen, die Vorschriften immer wieder auszudehnen. Und jetzt beschwerte ausgerechnet er sich darüber, daß ein anderer es genauso machte...

»Er ist auf Tuchfühlung«, meldete McLanahan. »Ich schicke ihn jetzt auf die taktische Frequenz.« Er streckte beide Hände von sich und machte Fäuste, die er übereinanderhielt. Es war das Zeichen, auf die zuvor vereinbarte taktische Frequenz zu gehen. Handsignale waren, wenn möglich, das einfachste und beste Mittel, Ätherlauschern keine Chance zu geben. Ken James nickte.

Auf der neuen VHF-Zerhackerfrequenz rief ihn J. C. nun: »Sturm-Flug, kommen.«

»Zwei«, antwortete eine monotone Stimme postwendend.

»Ganz schöne Manöver, Ken«, sagte McLanahan. »Aber vergessen Sie gelegentlich auch die Vorschriften nicht. Keine Manöver und keine größere Annäherung als eine Meile an Ihr Ziel bei mehr als 200 Knoten. An beide sind Sie ziemlich dicht rangekommen, würde ich sagen.«

»Ja, Sir.« Die metallische Stimme klang fast sarkastisch. Oder, dachte McLanahan, bildete er sich das nur ein?

»Schon gut, vergessen wir's«, sagte er. Er stellte sich Powells Gesicht vor. J. C. haßte nichts so sehr wie besiegt zu werden. Er war nicht sauer, weil ihn ein jüngerer Pilot übertroffen hatte, sondern ein Computer namens ANTARES. »Wie ist es, Ken, sind Sie für einen Luftkampf bereit?«

»Bereit, Sir.«

»Roger. Die Jagd kommt von links, Kurs drei-eins-null, und bleibt in unserem Luftraum. Sie sind der Fuchs, Ken. Wir geben Ihnen fünfzehn Sekunden, und dann kommen wir Ihnen nach. Grenze zehn- bis fünfzigtausend Fuß, bleiben Sie unter Mach, bitte, sonst kann die Telemetriekamera Ihnen nicht folgen. Und, Herrschaften, die Vorschriften beachten – klar? Wir sind alle im gleichen Team... Jagd, kommen, links auf drei-eins-null. Los geht's!«

»Zwei da.«

J. C. ging in eine harte Linkskurve, um den angesagten Kurs einzuhalten. Es war etwas abrupter als beabsichtigt, doch James schien das nicht weiter zu beunruhigen. Er hielt seine Position mühelos. Im gleichen Augenblick, da J. C. wegrollte, hatte sich der *Dream Star* plötzlich nahezu in Luft aufgelöst.

»Und weg ist er«, kommentierte McLanahan. »Kerzengerade runter, ich sehe ihn nicht mehr.«

»Fünfzehn Sekunden«, beschwerte sich Powell. »Dabei kann er in fünf Sekunden im nächsten Stadium sein.«

»Deshalb kriegt er auch nur fünf. Los.«

Powell rollte nach innen und zog hart am Knüppel. Der *Gepard* vollführte eine enge Drehung einwärts und war im Nu fünftausend Fuß tiefer. McLanahan mußte sich gegen die G-Kräfte stemmen, die ihn tief in seinen Sitz preßten. Er versuchte nach oben aus der Kanzel zu sehen, wo er den *Dream Star* vermutete.

»Halali!« rief J. C. »Da kommt er, auf zwölf Uhr, genau wo ich ihn erwartet habe.«

McLanahan mußte gegen das Schwindelgefühl ankämpfen. Er suchte den *Dream Star* auf dem Radarschirm. Normalerweise war es in einem Jagdbomber F-15 Sache des Hintermanns, auf dem Radar zu beobachten und den Angriff vorzubereiten, aber McLanahan flog jetzt ja nur als Kameramann und Beobachter mit. J. C. mußte sein Ziel selbst finden und einrichten. Dabei hatte er allerdings unkonventionelle Hilfe, und er begann auch sofort alles für seinen Abschuß vorzubereiten.

Er drückte auf den Knopf für Sprechbefehl. »Angriffsradar,

Zielbericht.« McLanahan sah, wie das Angriffsradar automatisch von BEREITSCHAFT auf ÜBERMITTLUNG wechselte und eine weite Suche begann.

»Radarübermittlung«, meldete die Computerstimme dann und berichtete fast unmittelbar darauf: *»Radarkontakt, fünfzehn Meilen.«*

»Anzeige.«

J. C.s Scheibenanzeigen waren ein Wust von Symbolen und Zahlen. Im Gegensatz zu normalen Statusanzeigen waren diese hier im *Gepard* – vom Instrumentenbrett direkt ins Sichtfeld des Piloten auf die Kanzelscheibe eingespiegelt – große Bänke von hochauflösenden Laserprojektionen, die dreidimensional direkt im Raum zu hängen schienen. Und ebenfalls im Gegensatz zu normalen Anzeigen, die vom Sichtwinkel des Piloten abhingen, waren die laserprojizierten des *Gepard* in jeder beliebigen Sitzposition und selbst noch bei hellem Sonnenschein einwandfrei sichtbar. Die Laserprojektionen zeigten das Symbol des *Dream Star* mit einer Raute darum herum – Signal, daß der *Gepard* mit seinem Angriffsradar genau an ihm festsaß. Kolonnen von Zahlen signalisierten exakt alle Flugdaten des *Dream Star*, Kurs, Geschwindigkeit, Entfernung, Annäherungsrate.

»Ziel fixiert«, sagte Powell. Sofort prüften lediglich mikrowatt-starke Laserprojektoren in seinem Helm seine Augen. Ein holographischer Kreis mit Fadenkreuz projizierte sich auf die Kanzelscheibe, stets mit seinem Blick mitwandernd. Er zentrierte das Fadenkreuz auf das Radarsymbol. »Jetzt.«

»Ziel radarfixiert«, meldete der Computer.

»Laserhilfe an Radar«, befahl J. C.

»Ziel laserfixiert.« Ein vierzackiger Stern erschien über dem *Dream Star*-Symbol. Anders als das Angriffsradar war der Reichweitenmesser des *Gepard* von keinem der Instrumente des *Dream Star* zu entdecken. Der *Gepard* konnte ein Dutzend lasergesteuerte, hyperschnelle Cougar-Raketen vom Typ ATM 12 mitführen – nichtexplosive, relativ billige Hochgeschwindigkeitsraketen. Sie ließen sich sowohl extrem kurz- wie extrem weitreichend verwenden – weil sie keine Sprengköpfe trugen,

hatten sie keine vorgeschriebenen Minimal-Entfernungen – und waren also für Luft- und Bodenziele gleichermaßen geeignet, wobei sie ihre Zerstörungswirkung von ihrer eigenen Einschlagswucht bezogen.

Der *Dream Star* befand sich noch immer auf dem gleichen Kurs. Noch war er nicht entdeckt. Beim Näherkommen fing Ken James dann das Radar des *Gepard* auf. J. C. mußte seine Erregung bezähmen, als er es merkte, und seine Stimme erst wieder in die Gewalt bringen, ehe er dem Computer weitere Anweisungen geben konnte.

»Radar Achtung.«

»Radar Achtung.« Der Laserreichweitenmesser konnte nun den gesamten Abschuß ohne jede Gefahr der Entdeckung abwickeln.

J. C. holte tief Luft. »Laserrakete abschußfertig.«

»Laserrakete abschußfertig. Warnung. Übungsrakete bereit.« Die Waffen-Anzeigetafel zeigte die zehn Punkte. Die Cougar-Rakete unter dem Rumpf war mit der Leuchtzahl 12 angezeigt, was die Gesamtzahl der noch vorhandenen hyperschnellen Raketen bedeutete.

»Start Laserrakete.«

»Start... Warnung! Kollisionswarnung! Kollisionswarnung!«

J. C. blieb kaum noch Zeit zum Reagieren. Der *Dream Star* schien plötzlich am Himmel angefroren zu sein – er war immer noch an seinem ursprünglichen Standort. Er ließ den *Gepard* einfach auf sich zukommen, wobei sich die Distanz zwischen den beiden hochgezüchteten Jägern praktisch mit der Schnelligkeit eines Lidschlags von zehn Meilen auf praktisch Null verringerte. Powell hatte keine andere Wahl, als hart hinter dem *Dream Star* eine Rolle zu drehen und dann wegzutauchen. Der Computer hatte das Startkommando verarbeitet, aber Powell zweifelte sehr daran, ob er mit einer Annäherungsrate und einem Manöver wie diesem jemals einen Abschuß gutgeschrieben bekäme.

»Lieber Gott«, sagte McLanahan und sog scharf den Atem ein. Er erinnerte sich daran, wie sie einst in der B-52 das gleiche Manöver praktiziert hatten. Ganz speziell in dieser ganz besonderen B-52, seinem *Old Dog* Null-Eins, damals auf jenem Flug nach Rußland... es schien tausend Jahre her zu sein. »Jetzt weiß ich, wie es ist, wenn man einfach geschluckt wird...«

»Er wußte, daß wir das versuchen würden«, sagte Powell. »Er hat nur auf uns gewartet. Sobald er merkte, daß unser Radar weg war, wußte er, daß wir geliefert sind. Er brauchte seinen *Dream Star* nur noch auf Max-Alpha zu setzen und den Saft wegzunehmen.« Doch er hatte keine Zeit, sich länger mit den Manövern von Ken James zu beschäftigen. Er wußte gut, daß er mit seiner Mühle praktisch nach Belieben auf Kampftempo zurück und sich hinter ihn setzen konnte – genauso schnell, wie er langsamer geworden war. Er entschied sich daher für volle Nachbrenner und riß die Nase hoch, daß der *Gepard* fast senkrecht hochjagte.

»Sie meinen also, ANTARES hat schneller überlegt als Sie?« fragte McLanahan, während er sich an den Handgriffen festklammerte.

Aber diesen Köder schluckte J. C. nicht. »Ich habe einen Fehler gemacht. Ich habe mich wie jeder Durchschnittspilot verhalten, der einen Braten unter sich sieht. Na, genug davon. Es gibt keine Voraussagemöglichkeit mehr.«

Im Horizontalkampf, schien es, war der *Dream Star* unschlagbar. Aber er hatte schließlich nur ein Triebwerk und war also weniger stark in der Vertikalen. Auch wenn ihr *Gepard* ziemlich Ballast aufgeladen bekommen hatte, war er doch immer noch ein veritables Kraftwerk, wenn es um zweidimensionalen Luftkampf ging.

»Laser auf Bereitschaft. Radar auf Übermittlung«, sagte Powell in den stimmerkennenden Computer, der die Kommandos bestätigte und seinen kompletten Status über die Projektion auf die Kanzelscheibe anzeigte.

Sie waren fast auf ihrem Höhenlimit, als J. C. plötzlich in einem abrupten wilden Rückwärtslooping hinabraste. »Jede Wette, daß er keine Zeit hatte, aus seinem Saus auszubrechen und uns hier rauf zu folgen. Wetten, daß er noch immer da unten ist, wo wir ihn verlassen haben?«

Aber er hatte die Nase kaum abwärts gedrückt, als die holographische Raute schon wieder da war. »Horrido.« Er wartete gar nicht erst auf die Bestätigung des Computers, sondern zielte sofort das Fadenkreuz auf das Symbol. »Ziel, jetzt. Raketen schußbereit. Raketenstart.«

Der Computer bestätigte. *»Radar-Raketenstart.«*

»Fox zwei, Fox zwei für Sturm Eins«, rief Powell über die Interflugzeugfrequenz. »Sturm Eins sinkend durch vierzigtausend. Kopf hoch, Partner.«

Immer noch in Rückenlage, sah er nach links. Und da war, direkt hinter ihm, ebenfalls in Rückenlage, wie sein Schatten – der *Dream Star*!

»Wieso, ich habe ihn doch fixiert...!?«

»Eine Wolke Metallspäne hatten Sie«, brummte McLanahan. »Er hat wahrscheinlich während Ihrer Kerze ein Dutzend Bündel von dem Zeug rausgeschmissen und sich hinter Sie gehängt. Er ist Ihnen ständig im Arsch gesessen. Sie haben eine Rakete in eine Ladung Stanniolstreifen gejagt.«

J. C. ging auf Normalflug. »Der Bursche ist gut drauf heute.«

McLanahan sah auf die Treibstoffanzeigen und kontrollierte seine anderen Geräte und die Warnlichter. »Wir haben noch etwa vierzig Minuten, J. C.«

Powell hielt ihm den hochgereckten Daumen hin. »Sturmflug Stations-Check, Jagd auf Grün, noch vierzig Minuten Joker.«

Joker war der Code für die minimale Treibstoffreserve, die auf normalen Übungsflügen eingehalten werden mußte – an die zwölf Tonnen.

»Zwei hat zwanzig Minuten. Alle Systeme planmäßig.«

J. C. sagte: »Der frißt Sprit. Er hat eine größere Düse, mehr Kapazität, nur ein Triebwerk, aber auch nur halb so viel Treibstoff.«

»Und zwei Abschüsse«, knurrte McLanahan zurück. »Ums Treibstoffsparen geht's hier nicht, J. C. Ich weiß, Sie würden jeden Tropfen von JP-4 hergeben, den wir noch haben, wenn wir nur zu einem guten Schuß kämen.«

»Dann lassen Sie mich doch mal richtig los.«

»Ich möchte, daß diesmal Sie der Fuchs sind, J. C.«, sagte McLanahan. »Und er soll uns jagen.«

»Meinetwegen. Dann wollen wir doch mal sehen, was der Wunderknabe da drüben tatsächlich alles kann.«

Da hatte J. C. nicht so unrecht, mußte McLanahan zugeben. Bis jetzt hatten sie den *Dream Star* noch nicht bis an die Grenze seiner Möglichkeiten getrieben. Und wenn es überhaupt jemanden gab, der dies vermochte, dann J. C. Powell.

»Also schön, J. C., von mir aus. Aber machen Sie uns das Ding nicht gleich kaputt, ja?« Er ging auf Funk. »Diesmal ist Jagd der Fuchs. Wir kommen an der südöstlichen Ecke des Terrains von links in Richtung drei-null-null auf das Zentrum zu. Zwei, geben Sie uns volle fünfzehn Sekunden, ehe Sie die Verfolgung aufnehmen. Also dann. Von links...«

J. C. Powell zog hart links weg. McLanahan hatte gerade noch Zeit, sich an seinen Handgriffen festzuhalten, ehe es ihn in den Sitz preßte. J. C. blieb fünf Sekunden nordwestlich, machte dann eine Rolle und drückte die Nase erdwärts, bei voller Beschleunigung. Er hielt die Nase genau auf den Aussichtsberg zwanzigtausend Fuß unter ihnen.

McLanahan beobachtete, wie der Höhenmesser fiel – schneller, als er es jemals gesehen hatte. »Also irgendwie müssen Sie im Unterbewußtsein den Todeswunsch haben, Powell«, sagte er. Neben dem Radarhöhenmesser, der kontinuierlich die Distanz zwischen Boden und Rumpfunterseite meldete, blinkte ein Warnlicht auf. »Aufpassen!«

Powell kontrollierte seine Warnanzeigen, sah aber nirgends ein Signal. Er fing den Sturzflug ab, und der *Gepard* hielt auf ein breites Tal zwischen den gezackten Bergen zu. »Wenn ich hoch oben bleibe, Colonel, habe ich keine Chance gegen den *Dream Star*. Soll er uns doch erst mal zeigen, was er da unten zwischen den Bergen kann.« Er schaltete den stimmerkennenden Computer ein. »Angriffsradar in Bereitschaft.« Er kippte den Jet in eine scharfe Rechtskurve und zog ihn um die Berge herum. »Fünfzehn Sekunden. Er wird wohl jetzt grade nach Nordwest loskurven.« Er suchte sich ein flaches Tal in der Wüste aus, blieb aber so nahe an den Felsen wie möglich. McLanahan starrte angestrengt durch die Kanzelscheiben. Er erwartete jeden Augenblick das Auftauchen des *Dream Star*.

J. C. zog aus der langen Wende wieder gerade und brauste kaum hundert Meter über einen Gipfel weg.

»Wollen Sie hier unten warten, bis er Sie findet?«

»Nicht eigentlich, Sir.« Er flog auf das Tal zu, das er sich ausgesucht hatte, ging auf Autopilot und begann den Himmel ganz oben abzusuchen. »Möchten Sie wissen, warum ich vorhin auf genau neununddreißigtausend Fuß geblieben bin?«

»Gott, weil es höher ist und günstiger für den Treibstoffverbrauch...«

»Kondensstreifen.«

McLanahan folgte J. C.s Zeigefinger. Weit oben zeichnete sich nach Nordwesten eine dünne weiße Linie gegen den dunkelblauen Himmel ab. »Meinen Sie vielleicht, ich höre mir nie die Morgenwetterberichte an?«

»Na, da schlafen Sie doch immer.«

»Nein, nein, die Kondensstreifenvorhersage kriege ich immer mit. Das Zentrum des Streifens lag bei neununddreißigtausend Fuß. Dort oben haben wir ihn verlassen, und da ist er immer noch.«

McLanahan umklammerte seine Handgriffe fester. J. C. flog genau auf die Mitte des südlichen Kamms der Schoschonenberge zu, die in der Mitte des südlichen abgesperrten Terrains von Traumland lagen. Und jetzt ging er auf volle Nachbrenner. Nach zehn Sekunden hatten sie Mach 1 erreicht und wurden weiter schneller.

»Angriffsradar ein... Rundumkontrolle... Radar aus...«

Ken James überprüfte innerhalb von Sekunden eine halbe Million Kubikmeilen Luftraum auf der Suche nach dem *Gepard.* Seine Supraleiter-Technik ermöglichte es ihm, die Energie des Nasen-Radars eines Standard-Jägers in eine Empfangsantenne von der Größe und Dicke einer Spielkarte zu leiten, so daß die Antenne sich, statt nur am Nasenradar zu sammeln, über die ganze Rumpfoberfläche ausbreiten konnte. Tausend solcher Mikro-Miniatur-Radarnetze bildeten eine komplette Erfassung des ganzen Himmels in zweihundert Meilen Umkreis. Doch mit Ausnahme einiger kommerzieller und ziviler Flüge außerhalb von Traumland zeigte sein Radar-Rundumblick nichts an. Der *Gepard* war wie vom Erdboden verschluckt!

ANTARES schlug sofort einen Kontakt mit dem starken Grundüberwachungsradar von Traumland vor, doch Ken verwarf die Idee. Auch wenn der *Dream Star* Daten aus allen möglichen externen Quellen einholen konnte, lautete sein Befehl doch, ebendies zu unterlassen. Ganz abgesehen davon, daß McLanahan im *Gepard* mit seinen Instrumenten feststellen könnte, wenn er es täte. Und überhaupt, er brauchte keine Hilfe von außen. Er fand den *Gepard* schon allein.

ANTARES brauchte ein Weilchen, die Alternativen abzuwägen, ehe es dann eine Bodensuche vorschlug.

Aber auch da nichts. Der Gebirgszug der Schoschonenberge lag hell und unübersehbar direkt unter ihm, umgeben von den dunklen Linien der ausgetrockneten Flußbette und von dem nichtreflektierenden Sand. Sein hochauflösendes Radar zeigte auch Stromleitungen, Straßen und die kleinen, über die ganze Wüste verstreuten Gebäude an. Aber nirgends war etwas, das sich schneller als mit sechzig Stundenmeilen bewegte.

Er schaltete ab. Ganz offensichtlich hielt der *Gepard* sich in den Bergen verborgen und hüpfte vermutlich von einem Gipfel zum anderen, um so im nichtradarerfaßten toten Winkel zu bleiben, solange es nur ging. Aber schließlich sollten sie doch einen offenen Luftkampf üben! Powell verplemperte kostbare Zeit!

Ken James befahl eine neue Rundumkontrolle des gesamten Luftraums. McLanahan wies Powell vermutlich doch an, aus einem Niedrigflugbereich herauszukommen, und dann konnte er –

Da meldete sich ANTARES mit einer Warnung: »*Radarkontakt, direkt unterhalb, steigend.*« Das System schlug eine Rolle vor und dann einen seitlichen Notsturzflug mit 10 G. Aber als er das bestätigen wollte, kam über Interfunk: »Fox vier, Null-Eins, drei-neun-tausend. Unter Ihnen, Ken.« Powell hatte bereits zu feuern begonnen...!

Was ging da vor? Wieso hatte er den *Gepard* nicht kommen sehen? Wie Dornen bohrten sich diese Fragen in sein Gehirn und weiter durch seinen ganzen Körper. Zum erstenmal, soweit er sich erinnerte, war der *Dream Star* nicht in der Vorteilsposition mit eigener Wahl. Der stechende Schmerz wurde noch intensiver, während er hastig die Daten abfragte und nach Antworten suchte.

Dann endete die ganze Verwirrung, die nur einige Sekunden gedauert hatte, abrupt. Die Sensoren hatten den *Gepard* wieder und folgten ihm. Auch die Schmerzen in seinem Kopf waren schlagartig vorbei. Eine Anzahl Flugmanöver standen ihm wieder zur Auswahl.

Er drehte sich einwärts und trudelte senkrecht abwärts. Wenn der *Gepard* in einem Hochgeschwindigkeits-Steigflug unter ihm war, hatte er am Ende des Aufstiegs keine Geschwindigkeit mehr und mußte, um sie wiederzugewinnen, erneut nach unten in den Sturzflug gehen. Aber da war sein *Dream Star* stärker. Er mußte lediglich seine Rolle vollenden, und dann hatte er den *Gepard* direkt vor sich und genau im Bordkanonenvisier.

Doch als er am untersten Punkt seines Loopings war, erreichten die G-Kräfte ihren höchsten Punkt. In den Beinen seines Fliegeranzugs blähten sich Luftkammern auf. Sie halfen, dem Blutstau entgegenzuwirken, damit die obere Körperhälfte nicht ganz blutleer wurde. Trotzdem ging es nicht schnell genug. Es wurde ihm grau vor den Augen, als das Blut aus seinem Gehirn wich. Der »Grayout« als Vorstufe zum Blackout, der sogleich danach folgte; er wurde besinnungslos.

ANTARES bemerkte den erhöhten Blutdruck und die Unterbrechung des Theta-Alpha-Zustands sofort. Augenblicklich senkte der Computer die Rückenlehne des Schleudersitzes nach hinten, so daß der Kopf des Piloten tiefer lag als das Herz und der Rückfluß von Blut ins Gehirn erfolgen konnte. Sauerstoff schoß in seine Atemmaske ein, während Ken sich bemühte, wieder Theta-Alpha zu erreichen. Die sauerstoffüberfüllte Maske ließ seinen Atem langsam und seinen Kopf ganz leicht werden.

Es dauerte einige Sekunden, bis er die Kontrolle über ANTARES wieder hatte. Er verneinte den Vorschlag von ANTARES, die Rückenlehne wieder geradezustellen. Er brauchte noch einige scharfe Loopings, bis er seinen Gegner in guter Schußposition hatte, und er war dabei weniger blackoutgefährdet, wenn er noch weiter flach lag.

Er flog den *Gepard* mit einem scharfen 7-G-Looping an, doch inzwischen hatte der *Dream Star* seinen ganzen Vorteil verloren. Der *Gepard* tauchte bereits mit nahezu Mach 1 nach unten weg.

Ken hängte sich sechs Meilen hinter ihm wieder an und versuchte eine Radarfixierung zuwege zu bringen, doch dem entging der *Gepard* mit einer buchstäblichen Scherenöffnung. Er schoß so davon, obwohl er eigentlich bei weitem nicht die hochgezüchtete Manövrierfähigkeit des *Dream Star* besaß. Der *Dream Star* hatte freilich keine Mühe, dasselbe Scherenmanöver nachzuvollziehen, um dran zu bleiben. Aber der *Gepard* war inzwischen doch auf neun Meilen davongekommen. Ken James zündete per Gedankenbefehl seine Nachbrenner, um etwas aufzuholen. Im steilen Sturzflug machte sich die leichtere, aerodynamischere und sauberere Konstruktion des *Dream Star* tatsächlich sofort durch größere Geschwindigkeit bemerkbar.

Aufholrate fünfhundert Knoten, meldete ANTARES. Ken James »hörte« den Strom der computer-generierten Berichte so, als lausche er dem Geräusch seines eigenen Atems. *Entfernung sieben Meilen. Aktion: Hochmanövrierbarkeitskonfiguration. Geschwindigkeitsüberlegenheit beibehalten. Infrarotverfolgung durch ANTARES. Angriffsradar deaktivieren. Laservisier, Angriff, nahe Schußreichweite, Angriff, konstanter AOA-Flügelmodus, Schußreichweite halten, Angriff.* Die Kommandos begannen sich zu wiederholen. Sie informierten ihn über Höhe, Abstand, Waffenstatus, externe Hitzeentwicklung, Streßfaktoren, Energiebedarf und etwaige Fehler in der Klimaanlage. Er nahm die ANTARES-Vorschläge an. Der Computer hatte schon für einige Minuten im voraus den Ablauf des Gefechts berechnet. Also warum es nicht so laufenlassen?

Mit Hilfe des Infrarotsuchers und des Laser-Reichweitenmessers hatte ANTARES alles, was der *Gepard* unter den gegebenen Umständen aufgrund seiner Flugsituation und Geschwindigkeit unternehmen konnte, vorherberechnet und danach einen

Angriffsplan verfertigt. Es gab natürlich bestimmte Ausweich- oder Umkehrmöglichkeiten für den *Gepard*, aber auch sie hatte ANTARES bereits ins Kalkül gezogen und Gegenmaßnahmen vorbereitet. Jetzt ging es an die letzten Züge dieser fliegerischen Schachpartie.

Der *Gepard* zog eine scharfe Linkskurve, doch der *Dream Star* war in der Position, ihm den Weg abzuschneiden. Seine Hochmanövrierbarkeitsflossen und die Steuerklappen zogen den Laser-Reichweitenmesser mit und hielten ihn genau auf Ziel. Der *Gepard* versuchte es mit einer erneuten scharfen Wende, diesmal nach rechts, doch es half nichts, die Bordkanonen der XF-34 blieben wie angenagelt auf Ziel. Der *Gepard* verlor nur mit jedem weiteren hohen G-Looping an Geschwindigkeit, während der *Dream Star* seitlich oder abwärts zur selben Zeit völlig »unkoordiniert« fliegen und auf jede Kleinigkeit sofort reagieren konnte.

Dann kam plötzlich McLanahans Stimme über Interphon: *»Sturmflug, Abbruch, brechen Sie ab! Sturm Zwei, kommen Sie ran.«*

Bodenbeschaffenheitsradar, befahl Ken James sofort. Die Radars mit ihrem Wust von Phasen gingen an – und zeigten ihm keine tausend Fuß genau voraus eine Felswand. Der *Gepard* war direkt auf zwei hohe Spitzen zugeflogen und erst knapp vor ihnen steil weggezogen. ANTARES meldete treu und brav die tödliche Nachricht: in genau acht Zehntel Sekunden Anprall des *Dream Star* gegen die Felswand.

Für den ANTARES-Computer war das so wie acht Minuten. Ken James blies den Hochmanövrierbarkeitsmodus ab und kommandierte hart links Wegziehen. Die großen *Canard*-Flossen und die computerkontrollierten Ruder verhinderten, daß sich das Flugzeug umdrehte. Es reichte aber, daß sie zwischen den beiden sich hochtürmenden Bergspitzen hindurchschossen. ANTARES meldete die Daten vom Bodenbeschaffenheitsradar: Sie waren dem Anprall an die rechte Bergspitze um ganze acht Fuß entgangen...

Er drehte nach rechts. Doch da war der *Gepard* schon wieder, keine zwei Meilen voraus. Er setzte sich rasch hinter ihn, schaltete auf seine 20-mm-Kanone, um die Schußkamera zu aktivieren, und rief: »Hallo Fox vier, hier Sturm Zwei, Ihr sechs Uhr!«

»Ich habe doch Abbruch befohlen!« rief McLanahan. »Sturmflug, Kursformation, Stations-Check. Waffen in Bereitschaft. Los!«

Ken James stellte seine Schleudersitzlehne wieder in die aufrechte Sitzposition und aktivierte die Radars, die ihm halfen, in Formation mit dem *Gepard* zu bleiben. »Zwei hat zwölf Minuten Joker, alle Systeme planmäßig!«

»Jagd grün, neun Minuten«, meldete Powell.

»Sturm-Flug, Rechtskurve Kurs null-vier-drei, direkter Leitstrahl Rot fünf auf zehntausend Fuß.«

Powell führte aus, der *Dream Star* folgte so exakt wie sein Schatten.

»Was, zum Teufel, war los, Ken?« fragte McLanahan, als sie den neuen Kurs einflogen. »Sie sind für ein paar Sekunden aus Theta-Alpha raus, haben aber trotzdem den Angriff nicht abgebrochen. Wir haben gesehen, wie sie seitlich hinter uns durch die beiden Gipfel durch sind. Sie wären fast dagegengeprallt und abgestürzt.«

»Ich hatte zu jedem Zeitpunkt noch Bodenkontakt«, log James. »Ich war den ganzen Angriff über bei Bewußtsein, mit Ausnahme des Tiefpunktes meines Loopings, als ANTARES kurz übernahm. Und ich hatte genug Raum zwischen den Hindernissen –« Noch eine Lüge; so schnell würde er in Wahrheit die Eisbächlein und Flechten, die er an der steilen kahlen Felswand deutlich hatte erkennen können, nicht vergessen... Wenn McLanahan nicht laut aufgeschrien hätte... »Mein letzter Schuß erfolgte nach dem Durchfliegen der beiden Bergspitzen«, beharrte er, »und ich habe ihn auch datenverarbeitet, ehe Sie geschrien haben.«

»Sparen Sie sich das für die Manöverkritik auf«, sagte McLanahan, »und für die Datenbänder. Sturmflug, Fingerspitzenformation! Halten Sie sich anflugbereit.«

Beide, der *Dream Star* und der *Gepard*, hatten nun noch ihre Landeeigenschaften zu demonstrieren. Powell entschädigte sich für seinen miserablen Start. Er hielt den *Gepard* in perfekter Balance und vollführte eine Millimeterlandung samt Stop innerhalb fünfhundert Fuß. Er hätte den *Gepard* auch auf einem Flugzeugträger ganz ohne Fanghaken und Haltekabel landen können. Aber die Landung des *Dream Star* war um eine Spur perfekter; als sei das Achtzig-Tonnen-Flugzeug leicht wie eine Biene, die sich auf eine Blume niederläßt. Ihre Ausrüstung ermöglichte den Computern – einschließlich natürlich ihrer »Erweiterung« durch ein menschliches Gehirn – derart exaktes Rechnen, daß die Maschine vierhundert Fuß nach dem Aufsetzen stand: hundert Fuß früher als der *Gepard*.

Hal Briggs legte den Telefonhörer auf und wandte sich an General Elliot, der die Landungen auf dem transportierbaren Kontrollturm mit einem Fernglas beobachtete. »Die russischen Vögel sind noch immer ein paar Minuten entfernt, ehe sie uns überfliegen«, sagte er. »Gut, daß unsre Jungs vorzeitig gelandet sind.«

»Den Teufel ist es! Die wußten sogar, wann die Testflüge beendet waren! Wären die ganz exakt nach Zeitplan gelandet, wären auch die Satelliten sekundengenau dagewesen und hätten ihre Fotos gemacht. Und wir hätten den Teufel dagegen tun können!« Er fuhr sich mit der Hand durch sein silberweißes Haar. Er wandte sich wieder Briggs zu. »Ich will jetzt endlich alle Störungen ausgeschaltet haben, Major!« Sein nichts Gutes verheißender Ton entging weder Briggs noch den beiden Fluglotsen. »Tun Sie meinetwegen, was Sie wollen, aber schotten Sie mir diese undichten Stellen endlich ab! Sie haben keinerlei Beschränkungen und verdammt wenig Zeit! Drehen Sie meinetwegen jedes Sandkörnchen um. Schalten Sie, falls nötig, auch die Behörden ein. Sie haben meinen Segen für alles. Aber ich will Ergebnisse sehen, Briggs. Und zwar schnell!«

Briggs war klar, daß zumindest der Versuch, Behörden einzuschalten, ein ungeheures Maß an Kooperation voraussetzte und im übrigen gar nicht so einfach zu bekommen war, gleich ob von den Staats- oder den Bundesbehörden. Es wäre da noch dies und jenes zu klären gewesen. Doch jetzt war wirklich nicht der Moment, es zur Sprache zu bringen.

Elliott war auch bereits am Mikro der Kommandofrequenz. »Sturmflug, rollen Sie ohne Verzögerung zu Ihren Parkpositionen. Ende.«

Ken James war aus dem Cockpit gehievt worden. Man rollte ihn zu dem klimatisierten Transporter, der auch McLanahan und Powell ins Projekthauptquartier fuhr. Dort wurde James, schweißnaß, erst einmal aus seiner Rüstung geholt. Beide Piloten gingen dann in den Umkleideraum nebenan. Sie sprachen nicht ein einziges Wort miteinander. Sie zogen sich gerade an, als McLanahan zu ihnen kam. »Sie sind beide ab sofort flugsuspendiert.«

Ken James explodierte. »Was?« Es war eine Mischung aus Zorn und Panik. Allerdings war dies die Reaktion von Maraklow, dem Agenten, nicht die des Piloten Ken James. In letzter Zeit hatte er immer öfter bemerkt, wie sich Maraklow vordrängte. Die Ankündigung jetzt warf ihn zurück. Zurück auf...

»Es ist ein Unterschied«, erklärte McLanahan, »ob man das Flugzeug extrem erprobt oder die Grenzen bis zum akuten Gefahrenpunkt hinausschiebt. Jedesmal, wenn Sie beide fliegen, überschreiten Sie diesen Punkt. Sie werden so lange nicht mehr fliegen, bis ich mir klar darüber bin, wie das weitergehen soll.«

»Dann teilen Sie mir doch einfach einen anderen Jägerpiloten zu«, sagte Ken James rasch. »Einen einfach kaltzustellen, ist doch keine Lösung, Colonel.«

»Sie gehen offensichtlich von der Annahme aus, daß Powell das Problem ist«, sagte McLanahan und wandte sich zum Gehen.

»Es gibt Dutzende Kerle«, rief James hinter ihm her, »die den *Gepard* fliegen können.« McLanahan blieb stehen und drehte sich um. »Aber nur ein einziger kann den *Dream Star* fliegen. Nämlich ich!« Als ihm klarwurde, wie arrogant das klang, versuchte er, seinen Ton abzumildern. »Das Projekt darf doch nicht darunter leiden, Sir. Ich denke doch, daß wir...«

McLanahan kam wieder auf ihn zu. »Nun hören Sie mir mal gut zu, Sie Heißsporn: Ich habe nicht weniger als sechs Leute für den *Dream Star* in der Ausbildung. Lieber lege ich das Projekt acht Monate lang auf Eis, bis sie soweit sind, als daß ich diese Maschine gefährde, und das ganze Projekt dazu. Haben Sie das kapiert?«

»Ja, Sir. Tut mir leid, Sir.« Sechs Mann... acht Monate... das war ein ziemlicher Schock... Die Zeit wurde knapp.

»Kommen Sie beide um zwei in mein Büro. Bis dahin werden die Datenbänder da sein. General Elliott interessiert sich bestimmt sehr für sie.«

McLanahan wartete auf den Aufzug zu seinem Büro, als ihm jemand auf die Schulter tippte. Er fuhr gereizt herum.

»Ja?«

»Hochcharmant«, sagte Wendy Tork. »Nächstesmal klopfe ich lieber gleich auf einen Holzpfahl.«

Er brachte ein Lächeln zustande und küßte sie.

»Harter Tag, Colonel?«

»Das kannst du laut sagen.«

»Ihr habt einen frühen Morgeneinsatz gehabt, wie?«

Der Aufzug kam, Wendy brach die Unterhaltung ab, weil sie wußte, daß Patrick niemals in einem nicht abhörsicheren Aufzug über sein Projekt sprach. Sie wartete, bis sie in seinem Büro waren und er die Tür hinter sich zugemacht hatte. Sobald dies geschehen war, pflegte in den Wänden und auf dem Boden des Büros eine elektronische Schutzwand aktiviert zu werden, die verhinderte, daß irgend etwas, was in diesem Raum gesprochen wurde, auf Band mitgeschnitten oder belauscht werden konnte.

Er ließ sich auf seinen Bürostuhl fallen. »Ich habe da zwei Piloten, die Kopf und Kragen riskieren.«

»Mir gefallen sie alle beide, aber sie sind natürlich ungeheuer ehrgeizig.«

»James gibt das auch ganz offen zu. Hervorragender Pilot. Und im Augenblick auch der einzige, der den *Dream Star* überhaupt fliegen kann. J. C. sitzt zwar immer da und tut unschuldig und bescheiden, aber tatsächlich ist er mindestens so wild auf die Show wie James.« Er rieb sich die Augen. »Ich kann es mir gar nicht leisten, auf einen von beiden zu verzichten, aber...«

»Was passiert, wenn du einen versetzen läßt?«

»Na ja, einen, der den *Gepard* fliegen kann, kriege ich schon. Teufel noch mal, ich habe doch selbst genug Stunden. Den könnte ich auch selbst fliegen. Aber wenn ich James rausschmeiße, kostet mich das mindestens sechs Monate, vielleicht noch mehr. Ich habe ihm gesagt, daß andere für den *Dream Star* ausgebildet werden. Aber woher weiß ich, wann die wirklich so weit sind? Ich habe natürlich ein bißchen übertrieben, um ihm die Hölle heiß zu machen. Brad Elliott geht sicher an die Decke. Die Sicherheitslecks machen ihn schon sauer genug.«

»Heißt das also, wenn die beiden nicht miteinander klarkommen, trifft es unweigerlich J. C.?«

»Darauf läuft es wohl hinaus. Ken James weiß ganz genau, daß außer ihm keiner da ist, der den *Dream Star* fliegen könnte. Das versetzt ihn in die Lage, praktisch bei allem, was mit dem Projekt zusammenhängt, sein Veto einzulegen. Ich habe sie vorläufig alle beide flugsuspendiert, bis ich Gelegenheit habe, mit dem General zu reden.«

Wendy lächelte. »Vor acht Jahren warst du nichts als ein kleiner Captain, grade für ein Radar im Bauch einer B-52 verantwortlich. Deine einzige Sorge war dein jeweils nächster Notfalltest. Und heute bist du ein Lieutenant Colonel und hast hundert Leute, die am heißesten Jet arbeiten, den es je gab, unter dir... Du solltest ein paar Stunden Pause einlegen. Ich bin hier, um dich zum Essen abzuholen. Vermutlich hast du wieder mal keine Zeit, den Hubschrauber nach Nellis zu nehmen? Elliott muß endlich was tun, damit wir hier draußen ein einigermaßen anständiges Restaurant kriegen!«

McLanahan nahm sich seine Fliegermütze. »Wenn wir uns beeilen, erwischen wir den *Delphin* nach Nellis. Ich muß nicht vor –«

Da klingelte das Telefon. Er sah es an, ging aber nicht ran. »Los, komm.«

Sie lächelte kopfschüttelnd. »Morgen früh würdest du mich dann doch wieder anmaulen.«

Er nahm ab. »Ja, McLanahan... Hallo, Sergeant Clinton... die Datenbänder sind schon fertig?... Ja, wir hatten da ein paar Manöver, die die *Canard*-Flossen vielleicht überstrapaziert haben... Wie schlimm? Na schön, ich bin gleich da.« Er legte auf. »Wußte ich's doch. Die beiden Hitzköpfe haben den *Dream Star* ein bißchen verbogen. Ich muß es mir ansehen und noch einen Bericht für die Nachmittagssitzung machen.« Er kam um seinen Schreibtisch herum und nahm Wendy in die Arme. »Gelegentlich mal wieder?«

»Jederzeit.« Speziell an Flugtagen, erinnerte sie sich selbst, war jede Verabredung das reine Hasardspiel. Sie sah ihm nach, als er davoneilte.

»Wendy?«

Sie fuhr herum. Captain Ken James stand hinter ihr. Seine hellblauen Augen funkelten wie stets. Er war einen ganzen Kopf größer als Patrick, wenn auch nicht so breitschultrig wie er. Sie musterten sich einen Augenblick. Sei ehrlich, sagte sich Wendy Tork im stillen, der Junge ist ein Charmebolzen. Und außerdem hat er was ganz Gewisses, so eine Art maskuliner Grazie. Und dabei war er gar nicht arrogant oder hochmütig. Er hatte auch eine ganz spezielle Art, einer Frau das Gefühl, etwas Besonderes zu sein, zu geben.

Sie hatte ihn kennengelernt, als er zu HAWC nach *Traumland* gekommen war. Zu HAWC versetzt zu werden, war für jeden jungen Offizier so etwas wie das Große Los, und die meisten dieser Testpiloten waren auch kaum jemals imstande, von etwas anderem als davon zu reden. Nicht so Ken James. Er nützte seine Zeit, sich mit älteren Offizieren bekannt zu machen, und hielt auch mit dem Bodenpersonal Kontakt. Er schien an der Flugzeugtechnik und der ganzen Abwicklung der Programme genauso interessiert zu sein wie am Fliegen. Und er war sehr rasch auch der beste HAWC-Pilot geworden; ein richtiger Gelehrter des Fliegens – bis hin zum Raumflug –, nicht nur ein Beteiligter. Beachtlich. Kein Wunder, daß sich eine gute Freundschaft zu ihm entwickelt hatte.

»Falls Sie nach dem Alten Ausschau halten...« Er unterbrach sich wegen seines durchaus nicht unbeabsichtigten Lapsus und lächelte gewinnend, »...ich meine, dem Colonel, der ist grade weg.«

»Weiß ich.«

Maraklow kannte wie jedermann die »spezielle Beziehung« zwischen Wendy Tork und dem Colonel. Was für ihn natürlich der Hauptgrund gewesen war, Freundschaft mit ihr zu schließen. Für eine Frau, die auf die Vierzig zuging, war sie noch immer ziemlich begehrenswert, aber er mahnte sich stets selbst zur Vorsicht und vergegenwärtigte sich den Inhalt ihrer Personalakte, dessen Kenntnis er sich verschafft hatte. Eine ziemlich bemerkenswerte Personalakte übrigens...

Wendy Tork, Dr. phil. und Elektroingenieur. Leiterin von DOPY 5; das rätselhafte Kürzel bedeutete Abteilung Forschung, HAWC: Projekt Y 5. Im Klartext: die *Megafestung Plus,* jener Superbomber, zugleich Luft-Schlachtschiff als strategischer Geleitschutz. Viele der elektronischen Blockierer auf dem technischen Stand des 21. Jahrhunderts, die in amerikanischen Flugzeugen eingebaut waren, hatte sie entwickelt – einschließlich der ganz neuen, die elektronisch sogar Infrarot- und lasergelenkte Raketen zerstören konnten. Einer dieser sogenannten *Jammer*, den sie gebaut hatte, war nicht größer als ein Toaster und konnte in dreißig Meilen Umkreis fast das gesamte elektromagnetische Spektrum stören. Weil sie früher nur von der Industrie abgestellte freie Mitarbeiterin gewesen war, galt sie ein wenig als Außenseiterin. Und mit Ausnahme ihrer Beziehung zum Colonel hielt sie sich auch gesellschaftlich merklich zurück. Dem Hörensagen nach ging all dies auf jene sagenumwobene Geschichte vor acht Jahren zurück – auf diesen irren Flug des *Old Dog*, an dem sie und die meisten hohen Tiere von HAWC beteiligt gewesen sein sollen und der bei ihr offensichtlich mehr Wirkung hinterlassen hatte als bei allen anderen.

Jedenfalls war sie, fand Ken, eine mögliche spezielle Informationsquelle. »Essen wir zusammen?« fragte er.

»Wieso, haben Sie Zeit dafür? Haben Sie denn keine Besprechung am Nachmittag?«

»Ich glaube, bei dieser speziellen heute legt niemand besonderen Wert auf meine Anwesenheit«, sagte er und tat, als sei ihm dieses Eingeständnis peinlich. »Ich bin sozusagen im Verschiß, Pardon. Aber trotzdem ist das mein Glückstag. Ich habe Ausgang bis spätabends und die Gelegenheit, mit einer schönen Dame essen zu gehen. Vorausgesetzt, sie gibt mir keinen Korb.«

Wendy zögerte einen Moment, doch dann sagte sie sich: Warum eigentlich nicht? Schließlich waren sie befreundet.

Solange in einem der stündlich aus und nach *Traumland* fliegenden Hubschrauber noch Platz war, konnte jeder HAWC-Angehörige die Gelegenheit zum Mitfliegen wahrnehmen. Der Flug aufs »Festland«, wie Nellis Air Force Base in *Traumland* allgemein genannt wurde, dauerte zwanzig Minuten. Maraklow hatte indessen etwas anderes im Sinn. Sobald er in den Transport-Hubschrauber vom Typ *Delphin* gestiegen war, ging er nach vorn und sprach kurz mit dem Piloten. Und als die Maschine dann in Nellis aufsetzte, legte er Wendy, die sich bereits losschnallen wollte, die Hand auf den Arm: »Nein, wir fliegen noch weiter.« Aber er wollte keine weitere Erklärung geben.

Der Hubschrauber stieg wieder auf und flog schnell nordwestlich, um nach zehn Minuten auf einem anderen, ebenfalls wie ein Militärflugplatz aussehenden Feld zu landen. Beim Aussteigen bemerkte Wendy, daß der Hubschrauberlandeplatz hier mit einem stilisierten indianischen Donnervogelsymbol bemalt war.

»Was ist das hier?«

»Eines der bestgehüteten Geheimnisse der Air Force«, sagte er. »Air Force-Ausweichflugplatz Indian Springs. Hier erprobt die Spezial-Test-Einheit der Air Force die *Thunderbirds*. Sie sitzen hier, obwohl sie offiziell in Nellis stationiert sind. Sie machen oft Demonstrationsflüge, wissen Sie. Für die einheimischen und ausländischen hohen Tiere. Außerdem bekommen *Thunderbird*-Piloten wegen ihrer besonders strapaziösen Arbeit praktisch alles und das Beste von allem. Auf die Art ist Indian Springs eine Oase des Überflusses mitten in der Wüste. Dabei ist es für das sämtliche Militärpersonal offen. Aber das hängen sie natürlich nicht an die große Glocke. Ich habe gewußt, daß die *Thunderbirds* jetzt gerade nicht da sind, und den Hubschrauberpiloten gebeten, eine Landegenehmigung für uns einzuholen.«

Sie gingen an makellos gepflegten Wüstengärten und frischgestrichenen Häusern vorbei in ein Gebäude im spanischen Stucco-Stil mit Deckenventilatoren und roter Fliesenveranda, auf der sie einen Tisch bekamen.

»Ich komme schon seit acht Jahren nach Nellis«, sagte Wendy. »Und seit drei Jahren bin ich direkt bei HAWC. Aber noch nie habe ich ein Sterbenswörtchen von dem hier gehört. Patrick und ich sind allerdings auch immer so beschäftigt...«

Er nickte. »Der *Delphin*-Pilot kassiert auch eine Art Mautgebühr für die Abstecher. Soviel ich weiß, hat er eine Chris Craft am Lake Mead liegen, die dringend der Überholung bedarf. Da dürfen Sie raten, wie er das finanziert.«

»Jedenfalls ist es sehr hübsch hier, und ich bin froh, daß wir hergekommen sind.«

»Sie müssen Patrick davon erzählen, falls er es noch nicht kennt.«

»Aber ganz sicher. Ich weiß genau, wie wichtig sein Projekt für ihn ist – für euch alle –, aber manchmal wünsche ich mir schon, er würde es etwas ruhiger angehen. Ich weiß nicht einmal, ob er die Gelegenheit für Lokale wie dies hier nützen würde, selbst wenn er wüßte, daß es existiert.«

»Er ist ein vielbeschäftigter Mann.«

Während sie aßen, sagte er: »Allgemein glaubt man ja, Sie seien längst verheiratet. Sie kennen sich jetzt doch schon sieben Jahre. Oder acht?«

»Acht«, sagte Wendy. »Seit dem Flug des *Old Dog* – lieber Gott, ist das schon so lange her?«

»Das muß eine große Sache gewesen sein«, meinte Ken. »Ich habe natürlich davon gehört, aber das meiste ist ja nur Hörensagen. Ich würde die ganze Geschichte gern einmal von Ihnen hören.«

Sie nickte nur und lächelte kurz.

»Der Colonel soll ja hierhergekommen sein, kurz nachdem diese Sache – vorbei war. Wie ist das eigentlich mit Ihnen? Sie sind doch auch noch nicht so lange bei HAWC?«

»Ich war zivil tätig, in meinem eigenen Labor. So sehr ich es wollte, ich konnte dort nicht einfach weggehen oder mich nach

Traumland verpflichten lassen. Aber ich begann dann enger mit General Brad Elliott und seiner Gruppe zusammenzuarbeiten. Hauptberuflich war ich trotzdem nach wie vor in Palmdale. Ich kam zu Besuch hierher, sooft es ging. Als dann die Reaktivierung des *Old Dog*-Projekts beschlossen wurde, war das meine Chance, und damals wurde ich fest angestellt.«

Wendy hatte den Blick auf ihre Serviette gerichtet, aber jetzt sah sie plötzlich auf. »Mein Gott, ich rede nur von mir. Also, genug jetzt davon. Wie ist das mit Ihnen? In Vegas warten doch ganze Armeen von Damen, die sich Burschen wie Sie angeln wollen.«

Er lachte. »Die richtige Frau ist schwer zu finden, selbst hier im *Sun Belt*.«

»Aber Sie sehen sich schon tüchtig um, wie?«

»Nun ja, ich gestehe, daß ich nicht gerade leide.« Es war ja wirklich alles gutgegangen, dachte er. Sehr gut.

Der Kellner erschien mit der Rechnung und einer Nachricht.

»Der Hubschrauber ist auf dem Weg«, sagte Ken James zu Wendy, »wir müssen gehen.«

Während sie einige Minuten später am Landefeld auf den Hubschrauber warteten, atmete Wendy tief die nach Yucca riechende Wüstenluft ein und blickte hinaus auf die Berge, die den kleinen Flugplatz umgaben. »Hat mir sehr gefallen hier, Ken. Das Essen und unser Gespräch. Danke.«

»Wir können es ja gelegentlich wiederholen.«

»Sie müssen ja nicht ganz allein die Finanzierung für die Reparatur vom Boot des Hubschrauberpiloten übernehmen.«

»Glauben Sie mir«, sagte er und musterte sie, »das ist es allemal wert.«

Durchaus, dachte er bei sich. Sie konnte eine weitere interessante Informationsquelle werden – über das neue ECM-Fahrwerk, beispielsweise.

Zweites Kapitel

East Las Vegas, Nevada
Mittwoch, 10. Juni,
20.07 Uhr PDT (23.07 Uhr OEZ)

Maraklow kam an diesem Abend spät in sein Quartier im östlichen Bezirk *Frenchman Mountain* von Las Vegas zurück.

Er schloß seinen Wagen auf dem Parkplatz ab, nahm seinen Aktenkoffer und ging in den ersten Stock zu seinem Flur. Er tastete seine Codenummer in das Schloß ein. Aber die Tür war bereits offen. Er drückte sie einen Spalt auf. Kein Licht war an. Die Beleuchtung war darauf programmiert, sich abends, sobald die Tür geöffnet wurde, automatisch einzuschalten. Jemand hatte die Automatik also ausgeschaltet; jemand war in der Wohnung...

Alles, was er als Waffe benützen konnte, war sein Aktenköfferchen. Vielleicht sollte er gar nicht erst hineingehen und gleich die Polizei rufen. Aber im Grunde war es besser, wenn er so wenig wie möglich mit ihr zu tun hatte. Er schaltete das Licht von Hand ein und lauschte, ob außer dem schwachen Straßenlärm von draußen etwas zu hören war. Nichts. Er stieß die Tür ganz auf, so daß sie gegen den Stufenabsatz hinter der Tür knallte. Immer noch kein Laut.

Er ging vorsichtig hinein und sah von der Diele aus ins Wohnzimmer. Nichts verändert; Stereoanlage, Fernseher, Videorecorder, alles war an seinem Platz. Über einen Einbrecher machte er sich natürlich die wenigsten Sorgen; so einer wäre ihm jetzt fast willkommen gewesen – angesichts der Tatsache, daß es bedeutend unangenehmere Möglichkeiten gab.

Er huschte zum Kamin, nahm einen Schürhaken in die Hand und suchte die Wohnung rasch durch. Nichts fehlte. Nur noch eine Stelle zu überprüfen.

Er stieg auf einen Schemel und nahm ganz oben sechs Bücher aus dem eingebauten Regal. Er drückte auf die Rückwand des Regals, die etwa einen Zentimeter aufsprang und die Stahltür eines kleinen Wandsafes sichtbar machte. Diesen Safe hatte er kurz nach seinem Einzug in diese Wohnung eigenhändig eingebaut. Eine andere Vorsichtsmaßnahme bestand darin, seine Sachen so sorgfältig in alle Schubladen zu packen, daß er jede Veränderung, die ein Eindringling zwangsläufig verursachte, sofort erkennen konnte.

Er öffnete die Tür in der Regalwand jedoch nicht ganz, sondern griff mit dem Finger dahinter, um erst den dort befestigten und in die Kombination des Safes führenden Draht zu lösen. Der Draht führte zu einer Zündvorrichtung im Safe selbst. Wurde der Safe geöffnet, ohne daß der Drahtanschluß entfernt war, verbrannte der Safeinhalt augenblicklich. Gut, der Safe war offenbar nicht –

Ein schwacher Geruch. Zigaretten, oder eine kalte Zigarre. Aber er war Nichtraucher. Er fuhr herum.

»Ziemlich unvorsichtig, Captain James.«

Die Stimme war direkt hinter ihm. Er schob sich an der Wand entlang. Ein schneller Satz, ein harter Schlag, und –

Da hörte er das metallische Klicken. Und dann eine zweite Stimme: »Kommen Sie da runter, Maraklow, bevor Sie sich noch selbst was antun.«

Er steckte langsam den Draht wieder in den Kontakt hinter der Regalrückwand, schloß diese und stieg vom Schemel. Als er sich umdrehte, sah er die beiden Männer direkt vor sich. Der eine hatte seine Waffe auf ihn gerichtet, der andere saß auf dem Sofa. Die Waffe war keine normale Pistole, sondern ein *Taser*, eine Pistole, die stromgeladene Bolzen schoß. Die Bolzen waren durch einen dünnen Draht mit der Waffe verbunden und mit 20000 V bei niedriger Ampere-Stärke geladen, die eine sofortige Lähmung verursachte. Der Bolzen selbst drang kaum ein paar Millimeter in der Haut ein, aber der sofort wirksam werdende Kurzschluß-Stromschlag legte das Nervensystem so rasch lahm, daß das Opfer keine Möglichkeit mehr hatte, ihn herauszuziehen. Eine höchst wirksame Waffe, geräuschlos, hocheffektiv und dabei nicht tödlich. Letzteres ließ Maraklow hoffen. Sie wollten ihn lebend, nicht tot.

Er wandte sich an den Mann auf der Couch, Henry Kramer. Kramer war um die Fünfzig, klein und untersetzt, ohne dick zu sein, mit schütterem Haar und großen runden Augen. Er trug einen dunklen, schlechtsitzenden Anzug mit schmaler, dunkler Krawatte und sah aus wie die Karikatur seiner selbst – nämlich wie die eines sowjetischen KGB-Agenten. Er war weitaus ernsthafter und gefährlicher, als er aussah.

»Was machen Sie hier, Kramer?« Maraklow versuchte seine Ungehaltenheit zu bezähmen. Er musterte auch den anderen, weitaus jüngeren Mann mit dem Taser. »Stecken Sie das gefälligst weg.«

Moffitt, der jüngere der beiden, ließ den Taser tatsächlich sinken, steckte ihn allerdings nicht weg. »Wir haben uns Sorgen Ihretwegen gemacht, Captain James. Und Sie hätten auch besser Ihre Tür erst verschlossen, ehe Sie begannen, Ihre Wohnung zu durchsuchen. Es ist uns gelungen, unbemerkt hereinzuschlüpfen, und wir wissen jetzt sogar auch, wo Sie Ihren Safe haben. Sie scheinen ein wenig nachlässig zu werden...«

Maraklow mußte sich zwingen, ruhig zu antworten. Er verschloß Tür und Jalousien und stellte die Bücher wieder zurück auf das Regal. »Also, was wollen Sie tatsächlich bei mir?«

»Captain«, sagte Kramer, »man ist unzufrieden. Ihr einstiger Informationsstrom ist zu einem Rinnsal verkümmert.«

»Die Gründe dafür habe ich Ihnen in meinem letzten Bericht mitgeteilt. Vielleicht haben Sie noch keine Zeit gefunden, ihn zu lesen? Die Sicherheitsvorkehrungen bei HAWC sind derzeit so streng und intensiv wie nie zuvor. Major Briggs hat alle nur denkbaren Generalvollmachten erhalten, jedes Sicherheitsleck zu stopfen, und die Bundesrichter in Las Vegas haben ihm ihre volle Unterstützung zugesagt. Das bedeutet, daß nicht nur laufend schärfste militärische Kontrollen in *Traumland* und Nellis durchgeführt werden, sondern auch ganz legale Durchsuchungen privater, nichtmilitärischer Wohnungen. Sie könnten wahrscheinlich sogar – vermutlich läuft das längst – die Telefone anzapfen, überraschende unangemeldete Durchsuchungen durchführen und jederzeit Verhaftungen vornehmen. Ich hatte schon geglaubt, Briggs hier drinnen vorzufinden.«

»Wir haben Verbindungen zum Bundesgericht«, sagte Kramer. »Falls es eine Kooperation zwischen Militär- und Bundesgerichten gegeben haben sollte, würde dem ein anonymer Tip an die Zeitungen von Las Vegas sicherlich sehr rasch ein Ende bereiten. Berichte über ausgedehnte und von den Zivilbehörden autorisierte militärische Schnüffeleien in Privatwohnungen würden die Öffentlichkeit hier, die doch in diesen Dingen so überempfindlich ist, sofort rebellisch machen. Und ganz besonders die Presse.« Er musterte Maraklow. »Sie behaupten also, die verschärften Sicherheitsmaßnahmen seien der Grund dafür, daß Sie seit drei Wochen nicht ein einziges Foto des Jägers XF-34 A oder von Teilen davon geliefert haben?«

»Ich war die ganze Zeit nicht einen Augenblick allein an dem Flugzeug oder mit seinen technischen Daten. Die einzige Gelegenheit überhaupt war vor einer Woche, als ich die Planzeichnungen einsehen konnte und eine Veränderung entdeckte, die ich nicht verstanden habe... einen Hundezahn...«

»Einen was?«

»Eine minimale Veränderung; eine besondere Zusatzvorrichtung, die zwei völlig verschiedene Tragflächenstrukturen auf einer einzigen Oberfläche bewirkt. Auf einer je nach Einsatz veränderbaren Tragfläche wie die des *Dream Star* kann der sogenannte Hundezahn die Variabilität um bis zu zwanzig Prozent erhöhen.«

»Das ist in der Tat bemerkenswert«, sagte Moffitt. »Und warum haben Sie das nicht gemeldet? Und wenn Sie allein waren, warum haben Sie die Zeichnung nicht fotografiert?«

James wandte sich ihm zu. »Weil ich glaube, daß es eine Finte ist oder sein könnte. Eine Falle. Ein Trick. Könnte sein, daß ich auf die Probe gestellt werden sollte. Ich sollte den Hundezahn sehen. Und dann brauchten sie nur noch darauf warten, bis ein Satellitenfoto ihnen einen russischen Jäger in Ramenskoje zeigt, der ihn auch hat. Oder daß davon in einer angeblich sicheren Telefonbotschaft nach Moskau die Rede ist. Dieser Hundezahn sieht aus wie eine kleine Delle in der Tragfläche. Auf Satellitenfotos wäre er klar erkennbar. Ich bin ganz sicher, daß sie jedem der Schlüsselfiguren irgend etwas in der Art gezeigt haben. Powell eine Leitwerkveränderung, Butler irgendwas an der Nase und so zu. Major Briggs hat sich womöglich ein ganzes Dutzend und mehr solcher Tests gegen Sicherheitslecks einfallen lassen. Meiner war eben der Hundezahn...«

»Wie sicher sind Sie bei dieser Vermutung?«

Maraklow überlegte, obwohl er wußte, daß sein Zögern mit der Antwort wiederum ein Verdachtsgrund für Kramer und Moffitt sein konnte. Dann sagte er: »Ich bin überhaupt nicht sicher. Diese Hundezahn-Geschichte ist in einer ganzen Reihe moderner Jäger eingefügt worden. Es könnte unseren Designern also durchaus möglich sein, sie für unsere Flugzeuge zu verwenden, ohne sie den Amerikanern ausdrücklich stehlen zu müssen. Trotzdem aber bleibe ich bei meinem Verdacht, daß dieser Hundezahn eine Falle war. Und genau deshalb habe ich die Meldung nicht weitergegeben.«

»Wenn es aber keine Falle ist«, beharrte Moffitt, »dann bleiben unsere Designer weiter zurück. Glauben Sie nicht, daß Sie es zumindest mit Ihrem Vorbehalt hätten melden müssen? Es hätte unsere Agenten alarmiert, daß *Traumland* mit Gegenspionagemaßnahmen und mit besonderen Sicherheitsvorkehrungen begonnen hat. Wäre nicht zumindest dies einen Bericht wert gewesen?«

»Sie scheinen immer noch nicht zu begreifen. Wenn ich so etwas umgehend berichte, mache ich es doch Major Brigg und seinen Leuten nur leichter, die Quelle zu finden. Ich denke gar nicht daran, mich selbst oder irgendwen sonst leichtsinnig in Gefahr zu bringen! Ich muß die Freiheit haben, selbständig zu entscheiden, wann, wo und wie ich berichte und Informationen übermittle.«

»Sie scheinen ein wenig eigenwillig zu werden, Captain James«, sagte Moffitt.

»Dann arbeiten Sie mal unter meinen Bedingungen. Den ganzen Tag über Harold Briggs und die Militärsicherheitspolizei im Nacken...«

»Genug jetzt, alle beide«, meldete sich Kramer.

Doch Moffitt wollte nicht lockerlassen. »Ich glaube, Captain James beginnt allmählich seiner komfortablen Umgebung zu erliegen. Er verdient eine Menge Geld, hat eine todschicke Wohnung, und jede Menge attraktiver Amerikanerinnen liegen ihm zu Füßen. Vielleicht verliert er da mit der Zeit die Bereitschaft, seine ganze Kraft dem sowjetischen Volk zu widmen?« Er sprach russisch weiter. »Sie erinnern sich doch, Captain, daß das Ihr Volk ist, oder? Ihr Volk, das zu beschützen Sie geschworen haben und das Sie auf diese Mission geschickt hat...«

»Sprechen Sie gefälligst Englisch, verdammt«, fuhr ihn Maraklow an. Er war zornig und verwirrt zugleich.

Moffitt sah ihn einigermaßen überrascht an. »Ist es möglich«, fragte er, »daß Sie nicht richtig begreifen, was ich sage? Oder gehört das auch zu Ihrem kleinen Spielchen, Genosse Maraklow?«

»Sie sollen diesen Namen nicht benützen«, sagte Maraklow mit mühsam beherrschter Stimme. »Ich heiße Kenneth James und stamme aus Rhode Island. Ich bin Offizier der United States Air Force –«

»Sie sind Andrej Maraklow«, erwiderte Moffitt, weiterhin auf russisch, hitzig. »Sie sind russischer KGB-Unterwanderungsagent mit einem Spionageauftrag im streng geheimen Versuchsgelände *Traumland* der Vereinigten Staaten. Sie –«

»Ich habe gesagt, Sie sollen englisch reden. Es gibt Nachbarn, die Sie hören könnten.«

»Ja, aber können Sie auch mich hören?? Was sind Sie, ein Amerikaner oder ein Russe?«

»Ich möchte wissen, was Sie da überhaupt für Quatsch reden.« Er wandte sich an Kramer. »Kramer, schaffen Sie den Kerl lieber hier raus, bevor er noch alles kaputtmacht.«

»Sie brauchen Ihre Rolle nicht so krampfhaft weiterzuspielen«, fuhr Moffitt fort, jetzt aber doch wieder auf englisch. »Sie sind hier nicht im Test auf der *Connecticut Academy*!«

»Das reicht jetzt aber wirklich!« ging Kramer dazwischen. Er stand auf. »Hör auf, ihn zu reizen«, sagte er zu Moffitt. »Er ist immerhin speziell dafür ausgebildet, seine Vergangenheit zu vergessen.« Zu James sagte er: »Trotzdem, *Kenneth*, unser Kommando Nordamerika ist wirklich beunruhigt. Bei jedem Kontakt kommt neuerdings weniger von Ihnen. Wir sind nur beauftragt worden, nachzuforschen. Ein sofortiges persönliches Gespräch war deshalb unumgänglich.«

»Gut, und das haben Sie jetzt gehabt. Ich habe die Mitteilung zur Kenntnis genommen, aber Sie können ausrichten, daß ich der einzige bin, der wirklich beurteilen kann, ob und wann ich etwas melde. Es ist denkbar, daß die Sicherheitsmaßnahmen schon derart hochgetrieben sind, daß sie über kurz oder lang wieder damit aufhören müssen, weil man das nicht über längere Zeit durchhalten kann und sonst kein Mensch mehr zu irgendeiner tatsächlichen Arbeit kommt. Bis dahin aber müssen wir ruhig bleiben. Nur wenn wir die Geduld nicht verlieren, haben wir überhaupt die Chance, einen ganz bedeutenden Spionageerfolg zuwege zu bringen.«

»Aber wir können es uns nicht leisten, geduldig zu sein«, erklärte Kramer. »Unser Auftrag lautet, jede Gelegenheit beim Schopf zu packen, um an ihre Technologie heranzukommen, damit wir den *Dream Star*-Jäger ebenfalls bauen können. Und wir müssen in der Entwicklung und beim Bau mit den Amerikanern gleichziehen. Es sind erhebliche Anstrengungen unternommen worden, Sie an den Platz zu bringen, an dem Sie jetzt sind. Man war nun schon zwei Jahre lang geduldig. Und jetzt ist praktisch ein Stillstand eingetreten. Da muß etwas geschehen.«

»Wenn Sie fortfahren, mich auf diese Weise unter Druck zu setzen, dann stoppe ich lieber alles total, ehe ich mich entdekken und fangen lasse. Dann können Sie mich auch gleich mitnehmen.« Doch der Gedanke daran schockierte ihn sofort. Es war wirklich das letzte, was er sich wünschte.

Kramer sah ihn an. »Interessanter Vorschlag.«

»Wie bitte? Das Oberkommando denkt tatsächlich daran, mich abzuziehen? Seid ihr verrückt geworden?«

»Wieso?«

»Sie würden sich doch ins eigene Fleisch schneiden! Ich bin hier an meinem Platz, Kramer. Voll und ganz. Es würde eine ganze Generation lang dauern, wieder einen wie mich so weit oben in die geheimste militärische Forschung der Amerikaner einzuschleusen.«

Kramer holte tief Luft. »Die ausbleibenden Informationen waren der letzte entscheidende Faktor. Aber die Überlegungen reichen schon lange zurück...«

»Überlegungen? Was denn für Überlegungen? Was geht hier vor?«

»Unser Projekt, unsere eigene Version des *Dream Star* zu bauen, war von Anfang an zum Scheitern verurteilt. Wir wußten natürlich von dem Jäger F-15, dem sogenannten *Gepard*. Die Amerikaner haben ihn ja bei der Luftfahrtschau in Paris gezeigt. Wir haben kurz darauf unsere eigene Version davon gebaut, und mit einigen Verbesserungen wurde sie fast so fabelhaft wie das Original der Amerikaner. Aber als wir dann erfuhren, daß die Amerikaner bereits an der nächsten Generation dieser Jagdflugzeuge arbeiteten... kein Mensch konnte glauben, daß ein gedankengelenktes Flugzeug Realität werden könnte. Und plötzlich hatten die Amerikaner so ein Ding in der Luft! Natürlich taten wir alles, was nur in unserer Macht stand, um die Technologie zu erfahren, was den Plan einschloß, Sie hierher nach *Traumland* in das Versuchsgelände zu schleusen –«

»Und? Ich sehe nicht, worauf Sie hinauswollen. Alles hat doch bestens funktioniert und läuft planmäßig.«

»Nicht so ganz.«

Moffitt mischte sich erneut ein. »Die großen Eierköpfe in Moskau verstehen die Daten nicht. Sie sind bis zum Hals mit Material eingedeckt, können es aber nicht wirklich entziffern. Sie haben Linguisten eingeschaltet, aber die Amerikaner benützen Wörter, für die es keine russischen Entsprechungen gibt. Außerdem soll es aus atomaren Elementen gefertigte elektronische Teile... ja, so, glaube ich, heißt es... Teile geben, von denen selbst unsere besten Wissenschaftler noch nie etwas gehört haben. Also, es dauert. In ein paar Jahren ist das, was sie heute nicht verstehen, schon Allgemeinwissen. Jetzt wiegen supraleitende Schaltungen noch zweihundert Pfund. In zwei Jahren oder noch früher paßt das ganze Zeug vermutlich in eine Armbanduhr.«

»Unsere Leute werden keine zwei Jahre warten wollen, bis sie ein gedankengesteuertes Flugzeug bauen können«, erklärte Kramer. »In zwei Jahren können die Amerikaner ihre gesamte in Europa stationierte Jagdflugzeugflotte durch diesen *Dream Star* ersetzen. Und dann können wir uns unsere konventionelle Luftüberlegenheit an den Hut stecken, während es darauf ankommt, daß wir sie dazu bringen, ihre Streitkräfte zu reduzieren, ohne daß wir unseren Vorteil verlieren. Und eine Sache wie dieser *Dream Star* kann eben unsere ganze Vorteilsposition zunichte machen.«

»Aber der *Dream Star* ist doch noch immer in der ersten Erprobungsphase«, wandte Maraklow ein. »Es vergehen mindestens noch zwei Jahre, bis er überhaupt produktionsreif ist! Sie *könnten* bestenfalls in vier Jahren eine erste Operationseinheit haben, doch selbst das ist sehr optimistisch geschätzt.« Er sah Kramer an. »Kramer, wer Ihnen oder dem Oberkommando dieses ganze Zeug da auch immer in die Ohren bläst – es ist gefährlich. Es drängt den Kreml nur dazu, voreilig zu handeln und Fehler zu begehen. Und das könnte für die Regierung überaus peinlich werden – und tödlich für uns alle hier.«

»Was wissen Sie denn schon davon?« erwiderte Moffitt. »Sie wollen doch nicht mal mehr Russisch sprechen! Sie haben doch jeden Kontakt zu Ihrem Land verloren! Was wissen Sie schon, was im Kreml vor sich geht?«

Maraklow wich diesem Vorwurf aus, indem er sich auf sichereren Grund begab. »Ich weiß jedenfalls, daß der Fortschritt des Projekts *Dream Star* sehr überschätzt worden ist. Und jetzt hören Sie mir mal gut zu, Moffitt. Es ist mein Projekt mindestens ebensosehr wie Ihres. Es geht um mein Leben, wenn ich enttarnt werde. Entweder werde ich hingerichtet oder für den Rest meines Lebens eingesperrt. Wenn Sie geschnappt werden, ziehen Sie einfach nur Ihre Diplomatenpapiere raus und lassen sich aus dem Land weisen. Das ist schon ein Risiko...«

»Ich sagte, genug«, unterbrach Kramer wieder. »Es liegen schon Befehle aus Moskau vor, und sie sind der Anlaß für diese Zusammenkunft. Das Forschungszentrum Ramenskoje in Moskau hat gemeldet, daß Ihre Daten, wie wertvoll auch immer, nicht ausreichen, um den Nachbau des *Dream Star* XF-34 zu ermöglichen, weil es da um sehr viel mehr geht als nur um das Kopieren der Pläne und Bestandteile. Unsere Leute besitzen offenbar nicht das Basiswissen der für dieses Flugzeug nötigen Technologie. Ihrer Schätzung nach brauchen sie beim derzeitigen Wissensstand noch mehrere Jahre, ehe ihnen ein zufriedenstellender Nachbau möglich ist.« Er machte eine Pause, ehe er fortfuhr: »Der KGB hat den Befehl erhalten, den *Dream Star* XF-34 von dem amerikanischen *High Technology Advanced Weapons Center* zu beschaffen. Und Sie, Captain James, werden deshalb den *Dream Star* entführen und nach Moskau fliegen.«

»Entführen? Den *Dream Star*? Seid ihr noch bei Trost? Das ist unmöglich!«

»Ganz egal, wir haben den Befehl –«

»Den ich verweigere. Damit wird die ganze bisherige Arbeit gefährdet, der gesamte Aufwand an Zeit und Einsatz. Und überhaupt: ein Jagdflugzeug hier aus der gesichertsten Geheimzone der ganzen USA auszufliegen! Wie stellt man sich das vor?«

Moffitt tat sich nun überhaupt keinen Zwang mehr an. »Da siehst du's ja ganz eindeutig, sie haben ihn bereits umgedreht, genau, wie ich vermutet habe...«

Ohne das geringste Zögern war James bereits bei ihm und schickte ihn mit einem gekonnten Nierenschlag zu Boden. Er hörte, wie Kramer, so leise und ruhig es nur ging, versuchte, ihn zu stoppen. Aber er hörte nicht mehr auf ihn. Während Moffitt sich fast besinnungslos auf dem Teppich krümmte, hatte Maraklow sich den Schürhaken gegriffen und ging Moffitt damit an die Kehle. »Das erste, was ich tue, wenn sie mich jemals umgedreht haben sollten«, sagte er und drückte ihm das Eisen hart auf den Adamsapfel, »ist, daß ich Sie aufspüre und umbringe, das schwöre ich Ihnen. Lassen Sie es ja nicht darauf ankommen, daß ich es schon vorher tue.«

»Das reicht jetzt!« sagte Kramer ein weiteres Mal und nahm ihm den Schürhaken weg.

Maraklow atmete schwer – weniger aus Anstrengung als vor Empörung. Er sagte: »Er weiß zuviel. Ein Mann mit so wenig gesundem Menschenverstand, der die Namen von Agenten im Westen der USA kennt, ist ein erhebliches Sicherheitsrisiko.«

Kramer blickte auf Moffitt und dann zurück auf Maraklow.

»Das Problem ist uns nicht unbekannt. Aber die Diplomatenvisa verzögern sich. Und vorläufig brauche ich ihn auch noch.«

Moffitt begann wieder zu sich zu kommen.

»Setzen Sie sich jetzt«, sagte Kramer zu Maraklow, »wir müssen darüber reden.«

Maraklow-James ging in die Küche und brachte zwei Dosen Bier. Während er sie öffnete, sagte er noch einmal: »Diese Idee ist wirklich ganz unmöglich. Es ist völlig ausgeschlossen, ohne offizielle Genehmigung mit einem Flugzeug aus *Traumland* wegzukommen, geschweige denn, sich dann auch noch der amerikanischen Verfolgung zu entziehen. Null Chance.«

»*Traumland* ist doch wie ein Safe, nicht wahr?« fragte Kramer und sah Moffitt zu, wie er sich mühsam auf Hände und Knie hochrappelte. »Das ganze System ist mehr darauf ausgerichtet, daß niemand hineinkommt, nicht umgekehrt.«

»Falsch. Die Sicherungsmaßnahmen sind in beide Richtungen aktivierbar.« James stand auf und ging in sein Schlafzimmer. Er kam mit einer Panorama-Navigationskarte des Luftraums Las Vegas wieder und breitete sie auf dem Tisch aus.

»Da! R-4808 Nord. *Groom Lake. Emigrant Valley Road*, alles nur für militärische Benützung. Wo sich die Straßen treffen, hier am Südende des *Groom Lake*, befinden sich die vier Hangars, die Büros, Labors und Waffenlager. Und direkt neben den Hangars ist das Quartier der Sicherheitspolizei. Zwanzig Mann, jederzeit einsatzfähig, Spezialausbildung. Sie haben Hunde und sind rund um die Uhr auf Wache, mit gepanzerten und bewaffneten Fahrzeugen, automatischen Waffen, lenkbaren Raketen. Sie könnten einem ganzen Regiment standhalten. Ein Flugzeug vom Verlassen des Sicherheitsbereichs abzuhalten, ist ein Kinderspiel für sie. Schon deswegen, weil alle Gebäude von einem vier Meter hohen betonverstärkten Schutzzaun umgeben sind. An alldem muß man erst mal vorbei, um überhaupt zu einer Startposition am *Groom Lake* rollen zu können. Aber nehmen wir mal an, ich würde das schaffen und sogar starten können. Dann müßte ich erst einmal aus *Traumland* hinauskommen. Das Gelände hat aber die einzige Anlage des ganzen Landes mit fest installierten Boden-Luft-Raketen, hier, auf dem

Bald Mountain, auf den Schoschonenbergen, auf dem *Skull Mountain*, dem *Timber Mountain* und dem *Papoose Peak*. Rapier-Raketenbasen der ersten Generation, komplette Abdekkung des gesamten Luftraums vom Boden bis hinauf in dreißigtausend Fuß Höhe innerhalb R-4808 N. Einzelne mobile Abschußbasen befinden sich noch auf dem Testgelände Tonopah im Nordwesten und am *China Lake* hier im Südwesten.«

Kramer trank einen Schluck Bier, schnitt eine Grimasse wegen des Geschmacks und deutete auf die Karte. »Na und, dann benützen Sie eben nicht diesen Weg.«

»Es gibt aber keinen anderen! Außerdem existieren im Umkreis von tausend Meilen um *Traumland* ein rundes Dutzend Jäger-Stützpunkte der Marine und der Air Force. Sie können mit hundertprozentiger Sicherheit damit rechnen, daß von jedem Flugzeuge innerhalb von Minuten starten und die Verfolgung aufnehmen. Nur zwei von jedem Stützpunkt, das macht vierundzwanzig hochmoderne Jagdflugzeuge, die mich in die Zange nehmen. Wie, meinen Sie, entkomme ich denen?«

Kramer studierte weiter die Karte. »Mexiko ist nur dreihundert Meilen entfernt...«

»Schon, aber die mexikanische Regierung würde amerikanischen Jägern in einem solchen Fall ohne weiteres das Überfliegen ihres Territoriums gestatten – immer vorausgesetzt, der *Dream Star* wäre überhaupt über die Grenze gekommen. Zwischen hier und Mexiko gibt es vier Staffeln Abfangjäger für eben solche Fälle, und außerdem unterhalten sowohl die Amerikaner als auch die Mexikaner auf ihrer jeweiligen Seite der Grenze Luftüberwachungsinstallationen vom Boden bis in höchste Höhen. Ich sage es Ihnen noch einmal: Es ist schlicht und einfach unmöglich.«

»Sie sehen offenbar nur noch Ihr Flugzeug und sonst nichts mehr«, entgegnete Kramer. »Ist Ihnen entgangen, daß die Beziehungen zwischen den USA und Mexiko überaus angespannt sind? Die Amerikaner fordern mit aller Macht, daß Mexiko seine Schulden zurückzahlt. Die mexikanische Pro-US-Regierung wird des Ausverkaufs des Landes an *Uncle Sam* beschuldigt. Wir, die Sowjetunion, profitieren davon. Wir haben mittlerweile aber auch mit ganz Mittelamerika beste Beziehungen. Wir können jederzeit veranlassen, daß keinerlei Verfolgung des *Dream Star* über mexikanischem Gebiet erfolgen würde und daß die mexikanischen Streitkräfte aktiv verhindern, amerikanische Flugzeuge in ihr Hoheitsgebiet eindringen zu lassen. Der Nationalstolz der Mexikaner ist bekanntlich groß... Jedenfalls, diese Sachlage sollte es Ihnen ermöglichen, der Verfolgung zu entkommen. Und das nötige Auftanken läßt sich irgendwo in Mexiko arrangieren.«

»Die mexikanische Regierung«, beharrte James, »würde niemals zustimmen.«

»Es gibt Tausende Quadratmeilen im Inneren des Landes«, erklärte Kramer, »auf denen man einen provisorischen Stützpunkt errichten könnte. Nach Ihren Beschreibungen kann der *Dream Star* überall landen und starten, gleich ob auf einer Schotterstraße, einem Grasstreifen oder einem Hochplateau –«

»Ich werde sicher nicht versuchen, den *Dream Star* auf einem Grasstreifen zu landen!«

Kramer fixierte ihn scharf. Maraklow hatte dies gesagt, als würde er von seinem ganz persönlichen Besitz sprechen. Doch Kramer beschloß, sich das zu merken, aber jetzt nicht weiter darauf herumzureiten. »Wir haben«, sagte er statt dessen, »mexikanische Speditionen unter Privatvertrag – sie haben natürlich keine Ahnung, daß ihr Vertragspartner der KGB ist –, die Wartungspersonal für Ihre Maschine einfliegen können, ohne daß die Behörden aufmerksam werden.«

»Und dann? Ich kann voll aufgetankt und ohne Luftkampf, sonstige Verzögerungen oder Niedrigflug ein wenig mehr als tausend Meilen fliegen. Ich müßte es unentdeckt über den Golf von Mexiko bis Kuba schaffen. Die Chancen dafür sind ebenfalls null. Sie wissen so gut wie ich, daß die USA jedes Flugzeug über dem Golf ausmachen kann, falls es nicht im Tiefstflug fliegt. Ich käme keine hundert Meilen weit. Und wenn ich es im Tiefflug versuche, würde ich explodieren, ehe ich wieder Land sehe.«

»Gut, dann vergessen Sie Kuba, und fliegen Sie anderswohin. Sagen wir, Nicaragua.«

»Nicaragua, wie? Na großartig. Und wie komme ich aus Nicaragua wieder heraus? Die US-Navy würde doch im Handumdrehen die ganze Region abschotten. Ich könnte nur in die Höhle des Löwen fliegen.«

»Sehr kooperativ sind Sie wirklich nicht.«

»Ich bin realistisch. Ich denke nicht daran, mich mit so einem Vorhaben ohne detaillierten Plan zu befassen. Erwarten Sie wirklich allen Ernstes, daß ich mich mit einer so unausgegorenen Idee beschäftige? Für irgendein Hirngespinst eines Schreibtischbürokraten soll ich mein Leben riskieren?«

»Es handelt sich um Befehle des Oberkommandos Nordamerika.«

»Na und? Ich widerspreche ihnen. Das Kommando des Einsatzes *Traumland* habe ich. Und das gibt mir auch die Autorität, selbst zu entscheiden, wie dieser Einsatz verläuft. Solange ich nicht ganz spezifische Anweisungen erhalte, weigere ich mich, eine Operation wie diese auch nur näher ins Auge zu fassen.« Er stand auf und musterte Kramer und Moffitt, der sich inzwischen auf einen Stuhl gesetzt hatte. »Ich halte Sie über sämtliche Entwicklungen auf dem laufenden – *Dream Star*, Sicherheit und was da noch alles ist. Aber ich möchte nicht, daß Sie mich noch einmal hier in meiner Wohnung aufsuchen.«

»Sie sollten lieber noch einmal darüber nachdenken«, riet Kramer. »Sie können eine Anweisung aus Moskau nicht einfach ignorieren. Das wissen Sie doch genau.«

»Ich werde darüber nachdenken, aber nur, wenn die Situation den Verlust eines ausgebildeten Agenten an seinem Platz rechtfertigt. Derzeit ist das nicht der Fall. Jetzt ist nur erforderlich, daß die Mission mit äußerster Vorsicht fortgesetzt wird. Und genau das habe ich vor.« Er deutete zur Tür. »Und jetzt verschwinden Sie hier. Und gehen Sie lieber nicht auf direktem Weg in Ihr Konsulat in Los Angeles. Es ist keineswegs ausgeschlossen, daß Sie beobachtet und beschattet werden.« Er sah sie an. »Sie können ja Ihre Kumpels in Mexiko besuchen!«

Moffitt ging als erster, um den Parkplatz und die Ausfahrt auf Beschatter zu überprüfen. Kramer wartete noch ein wenig.

»Ich werde über das, was Sie uns erklärt haben, Bericht erstatten«, sagte er. »Aber ich warne Sie. Vergrößern Sie die Distanz zu Ihrem Oberkommando nicht noch weiter!«

Maraklow entgegnete nichts. Kramer spähte nach draußen und ging, als ihm Moffitt das verabredete Zeichen gab.

James verschloß die Tür hinter ihm und verriegelte sie zusätzlich. Und plötzlich hatte er das Gefühl, keine Luft mehr zu bekommen.

Er konnte sich die Szene lebhaft vorstellen. Unauffällige Wagen, die vor dem Haus hielten. Alle möglichen Agenten, FBI, CIA, DIA, sprangen heraus, Major Hal Brigg vorneweg. Sie kamen die Treppe herauf, traten seine Tür ein, schleppten ihn in Handschellen davon, warfen ihn in einen Lieferwagen, wo bereits Kramer und Moffitt lagen, die schon zuvor geschnappt worden waren... Später wurden sie dann alle verhört – getrennt natürlich. Daß Kramer dichthielt, konnte man unterstellen; er würde nur nachdrücklich fordern, daß man ihn und Moffitt unverzüglich in ihr Konsulat zurückbringt. Aber daß Moffitt singen würde, schon um der Gelegenheit willen, sich an ihm zu rächen – daran gab es wohl keinen Zweifel. Ken James würde also als sowjetischer Agent enttarnt und unter der Anklage der Spionage in Gewahrsam genommen. Damit wäre seine Karriere ruiniert. Nie mehr würde er den *Dream Star* fliegen und nie mehr die unbeschreibliche Erfahrung machen, wie man mit dieser erstaunlichen Maschine eins wurde...

Was tun? Einfach hier sitzen bleiben oder sofort flüchten? Den Verbrennungsmechanismus in seinem Safe aktivieren, um zu verhindern, daß ihn Briggs und seine Leute entdeckten und den Kontakt noch rechtzeitig unterbrachen? Er konnte das versteckte Geld ausgraben und nach Mexiko oder vielleicht sogar noch weiter südlich flüchten – womöglich bis ins unzugängliche Innere Brasiliens –, wo ihn weder der lange Arm des amerikanischen noch der des sowjetischen Geheimdienstes erreichten. Solange er nicht sicher war, daß er nicht bedroht wurde – weder von den eigenen Leuten noch von den Amerikanern –, konnte er sich von seinem Versteck aus mit Moskau in Verbindung setzen.

Er nahm zwei Bücher aus dem oberen Fach des Wandregals

vor der verborgenen Safetür. Sollte jetzt unvermutet jemand eindringen, konnte er rasch zwischen die Bücher greifen, die Paneelwand öffnen und den Verbrennungsmechanismus auslösen.

Er schaltete das Licht aus, schenkte sich ein Glas Scotch ein und wartete im Dunkeln.

Er hatte kaum das halbe Glas ausgetrunken, als er bereits eingeschlafen war. Allerdings war es kein tiefer und ein sehr unruhiger Schlaf. Zum erstenmal seit seinem neuen Leben als Amerikaner empfand Andrej Maraklow alias Ken James wirkliche Angst.

Seit sie höhere militärische Aufgaben in einer militärischen Einrichtung zu erfüllen hatte, verlief Wendy Torks Arbeitsrhythmus sehr viel regelmäßiger und ruhiger als in den früheren Jahren, in denen sie zuweilen tagelang nicht aus dem Labor gekommen war. Sie erinnerte sich gut an diese »Sklaven-Stunden« am Computer. Aber inzwischen hatte sie Computer, die ihrerseits Programme für andere Computer schrieben, und welche, die deren Arbeit überwachten und Fehler suchten und eliminierten. Und einen Master-Computer, der sie alle zusammen kontrollierte. Ihre Aufgabe bestand vorwiegend darin, den Computern zu sagen, was sie zu tun hatten, und sich von ihnen während ihrer Arbeit laufend Bericht erstatten zu lassen. Was anfangs Dutzenden Wissenschaftlern und Ingenieuren jahrelange Arbeit abverlangt hatte, konnte jetzt eine einzelne Person in ein paar Tagen erledigen. Aus all diesen Gründen waren ihr jetzt geregelte Arbeitszeiten möglich – eine ruhige Viertagewoche.

Mochte allerdings der Großteil der Welt zur Viertagewoche übergegangen sein, für das Militär, speziell für die Militärflieger, galt sie nicht. Für Lieutenant Colonel Patrick McLanahan im besonderen schien ganz im Gegenteil das doppelte Pensum normal geworden zu sein. Seit sie nun bei HAWC und damit zu ihm gezogen war, hatte sie sehr oft einsame lange Nächte zugebracht. Patrick war ein bedeutender und wichtiger Mann im *Traumland* geworden, und wenn andere Männer zu Hause anriefen, weil sie nicht zur üblichen Zeit nach Hause kommen konnten, rief er nur an, wenn er sein Kommen ankündigen konnte.

So wie heute abend wieder: Er wollte gegen sieben Uhr hier sein, was ziemlich früh für ihn war. Wendy hatte ihre Zweifel – und nicht zu Unrecht. Sie war noch hellwach, als er schließlich kam. Er kam auf Zehenspitzen ins Schlafzimmer, tastete sich voran und zog sich im Dunkeln aus.

»Hi.«

Er warf seine Fliegermontur in den Wäschekorb. »Entschuldige, ich wollte dich nicht wecken.«

»Harten Tag gehabt?«

»Das kannst du laut sagen.« Er ging ins Bad und schlüpfte dann zu ihr ins Bett. Bei der ersten Berührung wich sie zurück. Er war kalt wie Eis. Er hatte eine seiner »Marine-Duschen« genommen: zwei Minuten eiskalt.

»Du bist ein Eisklumpen.«

»Entschuldige.«

Sie spürte seinen warmen Atem in ihrem Nacken, dann einen Kuß dort und noch einen. Dann fragte er: »Und bei dir?«

»Viel Betrieb am Vormittag. Ich habe die Anpassung der Software für die Megafestung endlich fertig. Am Nachmittag war es ziemlich ruhig. Ich war früh zu Hause.«

»Tut mir leid, daß es mit dem Essen nicht geklappt hat.«

»Das macht doch nichts. Sah ja so aus, als ob du eine Menge um die Ohren hättest. Gibt's irgendwas Ernsteres mit dem Flugzeug?«

»Nein. Ein paar überschnelle G-Warnungen kamen aus dem Computer, aber wir haben nichts gefunden, obwohl wir die ganze Mittagszeit darüber gesessen haben. Dabei hätten mir nach dem Vormittagsflug ein paar von diesen Club-Sandwiches mit Roastbeef, Marke Nellis-O, ganz gutgetan.«

Wendy zögerte. »Ich war nicht im Offiziersclub zum Essen.«

»Warst du in der HAWC-Cafeteria?«

»Nein... in Indian Springs.«

Sie spürte, wie er sich anspannte. »In Indian Springs? Was ist dort denn?«

»Der *Thunderbird-Club.*«

»Was denn, du warst am Flugplatz Indian Springs? Wie kommst du denn da hin?«

»Der *Delphin* hat uns rübergeflogen.«

»Uns?«

»Ken James und mich.«

»Ken James ist mit dir zum Lunch nach Indian Springs? Wieso das denn?«

»Gott, wieso nicht? Ich war da noch nie. Ken hat so getan, als wäre er ziemlich oft dort.«

»Das erste, was ich höre, daß der *Delphin* dorthin fliegt. Hör mal, Schatz, ich glaube nicht, daß es eine gute Idee wäre, noch einmal nach Indian Springs zu fliegen.«

»Warum?«

»Na ja, es ist... an sich gesperrtes Gelände und nur für offizielle Besuche gedacht...«

»Na gut, wenn du meinst, aber Ken scheint tatsächlich oft dort zu sein.«

»Ja, weil Indian Springs der Treffpunkt der Jägerpiloten ist. Der gute Ken hat allerdings auch einen Hang dazu, jede Vorschrift bis aufs äußerste zu strapazieren. Ich glaube nicht, daß es Probleme gibt, aber ich will das mal nachprüfen...«

»Ist gut.« Sie hoffte, das Thema wäre damit erledigt. Fast tat es ihr leid, daß sie ihm überhaupt davon erzählt hatte.

»Also wirklich, wenn James eine Vorschrift findet, die er umgehen kann, dann tut er es ausgiebig.«

»Er hat mir erzählt, daß du ihm und J. C. Powell heute praktisch Flugverbot erteilt hast.«

»Darüber hat er gesprochen? Ist der noch zu retten? Das ist ein Dienstgeheimnis! Die beiden haben sich heute früh fast gegenseitig umgebracht. Ich müßte sie tatsächlich beide auf Eis legen, nur ist das leider wirkungslos. J. C. ist unser vermutlich bester Pilot und einer der ganz wenigen, die bei den Testflügen am *Dream Star* dranbleiben können. Und James ist sowieso der einzige, der den *Dream Star* wirklich fliegen kann. Ich kann sie nicht mal offiziell bestrafen, solange das Projekt noch geheim ist. Es ist völlig unsicher, ob ich noch einen zweiten Piloten für den *Dream Star* hinkriege, und ich kann es mir nicht leisten, daß wir mit dem Projekt noch weiter in Verzug geraten. Ich bin den beiden also ein wenig auf die Füße getreten. Tatsächlich gilt das Flugverbot natürlich nur bis zum nächsten planmäßigen Testflug nächste Woche... So – also um dieses Ereignis zu feiern, fliegt er mit dir auf einen an sich gesperrten Flugplatz, während ich mir den ganzen Nachmittag Elliotts Gemaule anhören muß...«

»Tut mir leid. Es war ja nur, weil –«

»Ja, mir tut es auch leid. Ich brummle hier rum wie bei einer Eifersuchtsszene... aber wenn es um dich geht...«

Aber da war sie schon in seinen Armen, und es war keine Zeit und keine Notwendigkeit mehr, noch etwas zu sagen.

Traumland

Donnerstag, 11. Juni,
07.12 Uhr PDT (10.12 Uhr OEZ)

»Es ist Ihnen doch klar, Patrick«, sagte Dr. Alan Carmichael, »daß überhaupt nichts passieren kann.«

Es war früh am Morgen. McLanahan und Carmichael saßen in einer stahlverstärkten Spezialkammer; sie war eigentlich mehr ein riesiger Untergrundtresor für die gesamte Laborinstallation des ANTARES-Systems. Die Kammer war in den Anfangsjahren auf Sicherheit hin konstruiert worden und deshalb überaus massiv gebaut; etwa so groß wie ein Basketballfeld, kontrolliert von ihrem eigenen eingebauten superschnellen CRAY-Computer, der imstande war, mit seinen hochintegrierten High-Speed-Schaltkreisen nach dem letzten Stand der Technik eine Elektronik der künstlichen Intelligenz zu entwickeln, die pro Sekunde Milliarden von Rechenvorgängen leisten konnte. Dieser Computer war größer als ein Kühlschrank und mußte mit flüssigem Stickstoff gekühlt werden – auf nicht weniger als minus 275 Grad Fahrenheit – etwa minus 175 Grad Celsius.

In der Mitte der dreistöckigen Kammer befand sich ein Flugsimulator eines Jägers F-15, der inmitten der riesigen elektronischen Anlagen und Leitungskanäle vergleichsweise winzig aussah. Er besaß keine der hochentwickelten multifunktionellen Einrichtungen und Laserprojektionsgeräte des *Gepard*, sondern benützte noch immer »ganz gewöhnliche« künstliche Horizonte, pneumatisch betriebene Höhenmesser und Anzeigegeräte, von denen die meisten gar nicht richtig funktionierten. Der Schleudersitz war ein altes Standard-Modell *Eiserne Jungfrau*, steif, mit gerader Rückenlehne und unbequem. Sämtliche Polsterungen und Schulterhalterungen waren schon seit Jahren entfernt, weil man anderswo Ersatzteile gebraucht hatte.

McLanahan war in diesem Sitz zwar nicht fest angeschnallt, aber frei bewegen konnte er sich auch nicht. Er hatte ein frühes, nicht ausgepolstertes, mit Metallfäden durchzogenes Modell der Spezialfliegermontur an, die Ken James im *Dream Star* trug. Dicke Glasfasern und elektronische Anschlüsse waren überall eingewoben, und im Gegensatz zu dem Anzug von Ken James hatte der seine außerdem auch noch kein Kühlsystem. Er mußte deshalb ständig von außen mit eisgekühlter Luft angeblasen werden. Trotzdem trat irgendwann der Zeitpunkt ein, wo die Temperatur und die Schweißabsonderung im Anzug so angestiegen waren, daß die Balance völlig umkippte. Dann mußte abgebrochen werden.

»Ich teste das jetzt schon ein paar Monate lang«, sagte er. »Meine Gehirnwellen oder was immer es ist...«

»Der Theta-Grenzbereich.«

»Den meine ich, ja. Jedenfalls, das sollte doch wohl allmählich zu funktionieren anfangen, oder?«

Carmichael schüttelte den Kopf. »Wenn das so einfach wäre, hätten wir mittlerweile schon eine ganze Staffel ANTARES-Piloten. Verstehen Sie, wir wissen noch immer nicht genau, wie ANTARES exakt funktioniert. Wie die neurale Schnittstelle zustande kommt. Wir können sie erzeugen. Aber wir können noch nicht erklären, warum es bei James funktioniert, aber nicht bei Ihnen oder J. C. oder anderen. Wir kommen der Antwort schon näher, aber es wird sicher noch eine Weile dauern.«

»Was hat James Besonderes?« fragte McLanahan. »Ich bin nicht imstande, ein Nackenkribbeln mental zu kontrollieren. Er aber schafft es, einen zwei Millionen Dollar teuren Jäger bei Mach 1 zu kontrollieren.«

Carmichael fuhr sich über die Stirn. »Er hat eine ungeheuer große Willenskraft. Die ANTARES-Schnittstelle ist so eine Art Zusatz zu seinem Trimmpfad. Je öfter er ihn benützt, desto trainierter wird er. Er ist ein tolles Versuchskaninchen für uns.«

»Aber er ist doch nicht sehr viel intelligenter als irgendwer sonst bei uns.«

»Das ist auch keine Frage der Intelligenz – hören Sie auf rumzurutschen!« Er winkte einen Assistenten herbei, der McLanahan das Gesicht mit einem Handtuch abtrocknete. »Natürlich ist er auch überdurchschnittlich intelligent. Hat einen I. Q. von weit über 150. Aber viel entscheidender ist, daß sein Geist quasi flüssig ist, lebhaft, jederzeit anpassungs- und aufnahmefähig. Wissen Sie zufällig irgend etwas über Taekwondo, Patrick?«

»Kampfsportarten, meinen Sie?«

Carmichael nickte, während er eine der Instrumententafeln neben dem Simulator im Auge behielt. »Taekwondo ist eine spezielle Art davon, eine Verbindung aus Karate, Kung Fu und Judo. Ken James hat übrigens den schwarzen Taekwondo-Gürtel, wußten Sie das? Fast hätte er es in unsere Olympiamannschaft geschafft. Es ist kein offensiver, kein Angriffs-Kampfstil. Den Gegnern ist nur unter bestimmten Bedingungen erlaubt, zu attackieren. Wie es überhaupt beim Taekwondo kaum eine Möglichkeit des Handelns gibt, die nicht Abwehr ist.«

»Na gut, worauf wollen Sie hinaus, Alan?«

»Darauf, daß die ganze Einstellung von Ken James diesem Taekwondo-Kampfstil sehr ähnlich ist. Er erlaubt dem von ANTARES geschaffenen Informationsfluß die Invasion in seinen Geist. Er öffnet ihn ihm – was genau das Gegenteil der sogenannten normalen Reaktion auf eine Invasion ist. Wir errichten doch üblicherweise alle Barrikaden gegen Anstürme dieser Art. Aber er erlaubt die Invasion und sogar, daß sie sich noch ausweitet, ohne dabei jedoch vor all den Informationen, mit denen er bombardiert wird, zu kapitulieren. Hat ANTARES erst einmal die inneren Bezirke seines Geistes geöffnet – jene, zu denen wir keinen bewußten Zugang haben –, ist er irgendwie imstande, sein Bewußtsein und seinen Willen wiederzugewinnen. Zuerst ist es wenig mehr als ein sanftes mentales Anpochen, bis er ANTARES völlig kontrollieren und die Masse der Informationen nach seinem Willen lenken kann. Es ist die mentale Entsprechung des Vorgangs, mit dem ein einzelner Baumstamm den Lauf eines reißenden Flusses zu ändern vermag.«

»Sie sprechen in Rätseln.«

»Und mit gutem Grund.« Carmichaels Gesicht wurde steinern. »Ich sagte Ihnen ja schon, daß wir vieles von ANTARES noch nicht wissen und verstehen. Wir experimentieren damit, ehe wir es ganz begriffen haben, aber niemand von uns hat andererseits die Vollmacht, wieder damit aufzuhören. Ich hoffe nur, genug gelernt zu haben, um irgendwelche Katastrophen zu verhindern.« Er musterte McLanahan. »Das eben war eine Unschuldserklärung. Sie haben dieses Ding hier nun schon einige Male pro Monat angezogen, und vermutlich mit Vertrauen in mich und all diese High-Tech-Ausrüstung. Die benützen wir, weil sie funktioniert. Aber das ist auch schon alles. Wir wissen nicht, warum sie funktioniert, und folglich auch nicht, was passiert, falls irgend etwas schiefgeht.« Er nahm einen großen Helm mit allen möglichen Kabeln und Anschlüssen zu den Computerbänken. »Wollen Sie sich dem allen nach wie vor unterziehen, Colonel?«

»Soll ich jetzt vielleicht sagen«, meinte McLanahan achselzuckend, »daß ich nur ein Gehirn besitze, das ich meinem Land zur Verfügung stellen kann...?«

»Sie sind der Leiter des Projekts. Zu dem hier verpflichtet Sie Ihr Job nicht.«

McLanahan betrachtete den überdimensionalen Helm, als handle es sich um ein mittelalterliches Folterinstrument, und nickte. »Ich muß einfach wissen, wie das funktioniert. Ich muß selbst erfahren, wie das auf einen Piloten wirkt, wenn ich ihm befehle, so ein Ding aufzusetzen. Also, gehen wir's an.«

Carmichael und ein Assistent setzten ihm den Helm auf die Schultern und verschraubten ihn.

Der Helm war sehr eng und schwer. Auch die sieben supraleitenden Sonden an Kopf und Nacken – je eine für jede Gehirnregion – drückten. Im Helm war eine Rauchglassichtscheibe, aber McLanahan sah kaum etwas. Die dicke Gummisauerstoffmaske um Mund und Kinn war heiß und ließ ihn fast ersticken.

Nach einigen Sekunden hörte er das leise Klicken in den Kopfhörern, das anzeigte, daß sie eingeschaltet worden waren. »Alles klar?«

»Prüft mal die Sauerstoffzufuhr. Ich kriege kaum Luft.«

»Aber die Anzeigen sind alle einwandfrei«, antwortete Carmichael, und im gleichen Moment spürte McLanahan einen Strom kalter, trockener Luft. »Ich habe Ihnen einen Sauerstoffschuß verpaßt. Zuviel kann ich Ihnen nicht geben, sonst sind Sie überventiliert. Versuchen Sie sich zu lockern. Sagen Sie uns, wenn Sie so weit sind. Wir fangen an, wann Sie wollen.«

McLanahan setzte sich in dem harten Schleudersitz zurück und begann mit den Entspannungsübungen, die er schon vor einem Jahr von Carmichael erlernt hatte, als sie mit der Arbeit an dem ANTARES-Trainer begonnen hatten. Er konzentrierte sich darauf, mit Hilfe des einströmenden reinen Sauerstoffs seine Atmung zu normalisieren und alle körperlichen Verspannungen zu lösen. Bei ihm waren es vor allem die Zehen und Waden, die ständig verkrampft zu sein schienen. Wie bei einem Schwimmer auf dem Startblock. Es war eine Wohltat, als sich dann das entspannte Gefühl auch in seinen Füßen einstellte.

Langsam arbeitete er sich den Körper hinauf, indem er praktisch jeder einzelnen Muskelgruppe den bewußten Befehl gab, sich zu lockern und zu entspannen. Und er spürte, wie dies, Körperteil um Körperteil, geschah, bis er ganz leicht und locker war und es dem steifen Fliegeranzug überlassen konnte, ihn zu stützen und zu tragen. Er wußte, daß er seine Beinmuskeln von Zeit zu Zeit immer noch einmal neu entspannen mußte, aber nachdem er diese Routine nun schon Dutzende und Dutzende Male absolviert hatte, war ihm der Vorgang vertraut.

»Sehr schön«, hörte er Carmichael sagen, »das ist schon viel besser. Minimale Beta-Aktivität. Sehr stetiger Alpha-Komplex.«

»Ich habe auch das Gefühl, daß es diesmal sehr viel leichter geht«, antwortete McLanahan. »Wie lange hat es gedauert?«

»Sie waren ziemlich gut. Dauerte diesmal nur hundertdreißig Minuten.«

»Was? Über zwei Stunden??«

»Ruhe, locker. Ihr Alpha-Level...«

Patrick bemühte sich, trotz seiner Verwirrung und Desorientierung seinen Entspannungszustand wiederzugewinnen. »Ich dachte, ich wäre schon viel besser. Es erschien mir wie ein paar Minuten...«

»Ein gutes Zeichen. Sie gelangen in einen Zustand des veränderten Bewußtseins, so wie in Hypnose, nur noch intensiver. Der Verlust des Zeitgefühls ist ein sehr gutes Zeichen. Wäre es Ihnen wie zweieinhalb Stunden vorgekommen, hätte das bedeutet, daß Ihr Geist noch immer auf Äußerlichkeiten fixiert wäre.«

Und dann spürte er es plötzlich. Ein winziger elektrischer Schlag durchfuhr ihn. Es war ein Gefühl wie der Sprung in ein eiskaltes Schwimmbassin. Der Stromschlag begann oder endete nicht an einer bestimmten Stelle, sondern war überall zugleich spürbar, nicht einmal eigentlich unangenehm. Nur – unerwartet, mehr Aufmerksamkeit erregend als schmerzhaft. So wie unter milder statischer Stromspannung. Anfangs fuhr er hoch, aber dann bemühte er sich wieder um Ruhe. Zu seiner eigenen Überraschung fand er es diesmal sehr viel leichter, sich zu entspannen.

»Ganz locker bleiben, Patrick«, hörte er Carmichael wie aus einem tiefen Brunnen. »Läuft alles tadellos. Ganz locker, Patrick...«

Dann kam der nächste Stromschlag, stärker und durchdringender als der erste. Ihm tanzten Sterne vor den Augen. Und ganz anders als beim ersten verspürte er nun auch den Schmerz. McLanahan erinnerte sich an die drei Notschalter an seinem Sitz, einer bei jeder Hand und der dritte hinten am Helm. Er mußte nur seinen Griff um die Sitzlehne lockern oder den Kopf bewegen, und der Kontakt zur Simulatorkabine wurde sofort unterbrochen.

Der Strom war noch immer da, immer noch sehr intensiv... er mußte nur lange genug ausharren, um seine Hände unter Kontrolle zu halten...

»Denken Sie an Taekwondo, Patrick«, kam eine Stimme aus dem Nichts. »Lassen Sie den Kampf auf sich zukommen. Akzeptieren Sie ihn. Seien Sie bereit, ihn zu kanalisieren.«

Eine neue Welle von Energie flutete über ihn hinweg, so daß er in seiner Maske nach Atem ringen mußte. Ein kurzer Sauerstoffstoß kam, aber jetzt fühlte er sich flammendheiß an. Als öffnete man eine Ofentür...

»Nicht dagegen ankämpfen. Locker bleiben...«

»Es tut weh... es ist nicht mehr zum Aushalten...«

»Doch, doch. Entspannen Sie sich. Kehren Sie zu Theta-Alpha zurück.«

Eine neue intensive Stromwelle. Ganz unwillkürlich stöhnte er auf. Die glitzernde Sternenmauer vor seinen Augen fegte über ihn hinweg. Aber diesmal waren es andere Sterne. Das Licht blieb stehen, und während die Schmerzenswogen in seinem Körper immer heftiger wurden, begannen die Sterne zu Bildern zu verschmelzen; schwach, unscharf und nicht deutbar, aber eben keine zufälligen Sternhaufen mehr. Irgend etwas formte sich.

Endlich begann sich etwas Konkretes herauszukristallisieren und stehen zu bleiben. Das verhinderte, daß er ganz in den Wahnsinn verfiel oder seine Panik und seinen Schmerz laut hinausschrie. Als die Schmerzen noch stärker wurden, wehrte sich McLanahan nicht mehr dagegen. Er erduldete sie so lange, bis er noch einmal die Sterne vor seinem geistigen Auge betrachtet und ein konkretes, formales Bild daraus geformt hatte.

Er machte durch, was Ken James bereits kannte und erlebt hatte. Sein ganzer Körper brannte. Der Schmerz blieb gleich, aber auch die Lichtflächen, die nun ganz eindeutig Form annahmen. Zahlenkolonnen. Manche logisch, manche ganz unverständlich. Sie schwirrten in seinem Unterbewußtsein hin und her und begannen sich zu ordnen. Eine Art horizontaler Seitenteilung erfolgte. Über dem nun entstandenen Horizont war es dunkel, und unter ihm schwebten Zahlen und Polyeder. Kurze

Geräuschfetzen wie bei unstetem Stereoempfang oder dem Statikschwund auf der Kurzwelle kamen hoch.

Die Geräusche waren das Entscheidende. Er begann sich nun auf die Abwehr des Schmerzes zu konzentrieren, indem er ihn zusammen mit seiner Verwirrung kanalisierte und sich bemühte, das Herumrasen der Zahlen und Buchstaben und Formen zu verlangsamen und in ein einziges positives und konkretes Schema zu zwingen. Mit jeder bewußten Anstrengung in diese Willensrichtung antwortete ANTARES zwar mit einem Schlag, doch Schmerz war mittlerweile nicht mehr von Bedeutung. Es existierte nun ein Ziel, das erreicht sein wollte, wie kindisch einfach es auch sein mochte. Drei Buchstaben, A, B, C, und ein Gerät, die Sprechanlage des Simulators.

Die Buchstaben wurden so groß wie die untere Hälfte der geteilten Seite, aber sie festigten sich schließlich und reihten sich unterhalb der Dunkelheit aneinander. Bald blieben sie dann ganz stetig und wanderten schließlich sogar von der Mitte her zum –

»Patrick?«

Die Stimme war wie ein beruhigendes Flüstern aus weiter Ferne.

»Powell?

»Willkommen zu Hause, Boß. Gute Reise gehabt?«

»Weiß nicht genau. Menge Schmerzen. Dr. Carmichael?«

»Ja, hier bin ich.«

»Wie lang hat es diesmal gedauert?«

»Schätzen Sie mal.«

McLanahan versuchte zu rekapitulieren, zurück durch die Schmerzwogen und die fliehenden Gedankenbilder. »Ich habe mich außerhalb jeder Kontrolle gefühlt. Eine Stunde?«

»Sagen wir neun Sekunden«, antwortete J. C. Powell.

»Neun Sekunden?«

»Exakt neun Sekunden von dem Augenblick an, in dem sie in Theta-Alpha eintraten«, sagte Carmichael fröhlich. »Das war schneller, als Ken es jemals geschafft hat, obschon er niemals zwei Stunden braucht, um bis an Theta-Alpha heranzukommen.«

McLanahan versuchte den Kopf zu drehen, aber es ging nicht. Es war, als hielten ihn zwei glühendheiße Hände wie zementiert fest. »Wie kann man bei solchen Schmerzen überhaupt funktionieren? Ich fühle mich wie in Mikrowellen zerlegt. Ich kann nicht einen Muskel rühren.«

»Ich kann dazu nur sagen, daß es bei Ken James einfach anders ist. Auch er hat das System ANTARES nun schon ziemlich lange benützt. Konzentrieren Sie sich nicht auf die Schmerzen und nicht darauf, daß Sie sich nicht rühren können. Bleiben Sie nur locker und versuchen Sie die Sache einfach zu genießen.«

Gleich darauf meldete er sich wieder. »Wir haben den Simulator neu positioniert. Wir sind jetzt auf 35000 Fuß und 500 Knoten. Übernehmen Sie das Flugzeug, Colonel, sobald Sie soweit sind.«

McLanahan konzentrierte sich mit aller Macht auf das Bild der Instrumententafel. Es war ihm gelungen, das Bild des Sprechgerätlevels nach links zu verschieben, doch der Rest der Tafel blieb leer. Okay, fliegen, Kontrolle behalten, ordentlich weiterfliegen.

Sofort überzog sich die obere Hälfte des Bildes vom Cockpit mit einem Oval. Horizontal. Quer über den Monitor. Eine scharfe weiße Linie trennte es in zwei Hälften und bildete einen Horizont. Exakt in der Mitte des Ovals stand ein T. Für das Flugzeug selbst.

»Laßt mich los«, sagte McLanahan.

Das T sprang hoch und nach rechts, während Carmichael sagte: »Sie sind unterwegs.«

McLanahan konzentrierte sich intensiv auf das T in der Mitte des Ovals. Langsam wanderte es in die Monitormitte zurück.

»Zumindest ein guter Start. Aber wie, zum Teufel, ist mein Kurs?«

Das Oval verschwand, und statt seiner erschien die Projektion einer langen, bandartigen Straße auf dem oberen Teil des Bildschirms. Die Straße verlief eine ganze Strecke gerade, aber ein paar ganz leichte Krümmungen und Kurven waren in der Ferne erkennbar. Unten auf dem Bildschirm war das winzige Bild eines Düsenjägers. Es sah aus, als stünde er auf der Straße.

»He, ich habe hier die Flugplandarstellung.«

»Prima«, sagte Carmichael. »Das ist ein Haupt-Flugbild. Folgen Sie ihm, solange es geht. Was machen die Kopfschmerzen?«

»Die sind schon seit langem eine stechende Migräne, Doc. Aber wenn ich nicht dran denke, geht es.«

Ohne künstlichen Horizont war der Simulatorflug schwierig, doch den bekam er trotz aller mentalen Anstrengung nicht her. Er orientierte sich deshalb an der Straße. Solange er den kleinen Jäger auf der Straße halten konnte, war er in der Lage, dem computer-empfohlenen Kurs zu folgen. Die Kurven der Straße repräsentierten die geplanten Kursänderungspunkte und die empfohlenen Veränderungen der Flughöhe.

Solange die »Straße« gerade und eben war, gab es keinerlei Probleme. Aber dann fing sie an, stärkere Kurven nach links und rechts zu beschreiben, und der Flug wurde gleich sehr viel schwieriger. Das winzige Jägersymbol fiel mehrere Male durch die Straße durch und hüpfte in dem empfohlenen Höhenkorridor auf und ab. McLanahan mußte stärkere und schnellere Kurskorrekturen ausführen, um das Flugzeug auf stetem Kurs zu halten.

»Stabilisieren, Patrick!« kam J. C. Powells Stimme.

»Ich versuche es ja!«

Das Jägersymbol glitt durch die rechte Begrenzung der Straße, rutschte seitwärts und begann zu trudeln.

»Lassen Sie's den Computer regulieren«, empfahl Powell. »Versuchen Sie es nicht selbst.«

McLanahan strengte sich an, den Überblick nicht zu verlieren. Er konzentrierte sich auf die Oberfläche der Straße, ohne an die Kontrolle des Flugzeugs zu denken. Und dann wußte er mit einem Schlag, daß ANTARES beide kampfadaptierten Tragflächen steil nach oben gestellt hatte. Er trat beide Ruder – Höhen- und Seitenruder – voll durch, um die Richtungskorrektur zu maximieren. Das Jägersymbolbild tauchte rechts von der Flugkursdarstellung weg. Rasches Hochziehen sowie Energie- und Schubänderungen unter präziser Computerkontrolle holten es schnell wieder aus seinem unkontrollierten Trudeln und stabilisierten es mit Hilfe eines steilen Sturzfluges. Kurz danach regulierte sich die Flugbahn wieder aus, und das Symbol kehrte wieder auf seine vormalige Flugkursposition zurück.

»Nicht schlecht gemacht«, sagte Carmichael. »ANTARES versucht stets von sich aus, das Flugzeug zu sichern. Trotzdem muß man selbst den Kurs sagen, auch in Situationen, die außer Kontrolle geraten sind.«

Nach einigen weiteren Minuten ruhigen Geradeausflugs, um sein Selbstvertrauen wiederzugewinnen, führte McLanahan einige Loopings aus, samt seitlicher Drehung und Höhenänderungen, und meldete dann: »Ich glaube, ich habe alles wieder sicher im Griff.«

»Noch immer Kopfschmerzen?«

»Jetzt, wo Sie mich danach fragen, ja. Aber sie scheinen kaum vorhanden zu sein, wenn ich mich auf etwas anderes konzentriere.«

»Das ist in Ordnung. Wie wäre es mit ein wenig Formationsflug? Wir können einen zweiten Jäger raufschicken, und Sie hängen sich ein Weilchen an den ran.«

»Ach, schicken Sie mir lieber einen gegnerischen.«

»Aha, Sie werden wohl scharf, Sir?« meldete sich Powell. »Noch vor fünf Minuten waren Sie nicht imstande, eine Zehngradkurve ohne Schwierigkeiten zu fliegen, und jetzt haben Sie schon wieder Lust auf ein bißchen Luftbumsen.«

»Dazu sind diese dämlichen Simulatoren ja wohl da, oder, J. C.? Also schickt mir einen, und zwar einen von den ganz hochgezüchteten.«

»Bitte. Hier.«

Sekundenlang passierte gar nichts. Er wollte schon nachfragen, ob sie einen Gegner heraufgeschickt hätten, als ihm einfiel, daß ja weder seine Defensiv- noch seine Offensiv-Systeme aktiviert waren.

In dem Augenblick, in dem er dies dachte, meldete sich eine Computerstimme: *»Angriffsradar aktiviert. Elektronische Gegenmaßnahmen aktiviert. Heckwarnsysteme aktiviert.«*

Und schon war es auf dem Schirm. Das laserprojizierte Bild eines Jägers. In der oberen rechten Ecke. McLanahan befahl sofort, daß sich das Lasersuchsystem des Simulators auf das feindliche Flugzeug orientierte, und deaktivierte das Angriffsradar, sobald dies geschehen war und der Laser das Ziel aufleuchten ließ. Doch es ging nicht schnell genug. Die Flugdaten der gegnerischen Maschine zeigten, daß diese ihren Kurs bereits geändert hatte und von vorn anflog, weil sie ihrerseits McLanahans kurze Radarausstrahlung geortet und daraufhin sofort gewendet hatte, um in Kampfposition zu gelangen.

Als die beiden Flugzeuge sich exakt aufeinander zubewegten, wurde McLanahan unvermittelt von einem Schwall Informationen überflutet. Seine Laserprojektion füllte sich mit Dutzenden Optionen an, von denen nur einige wenige den direkten Flug aufeinander zu einschlossen. Es waren dermaßen viele Möglichkeiten angezeigt, daß er den Überblick verlor. Und seine Kopfschmerzen waren jetzt wieder stärker. Schweißperlen behinderten ihm die Sicht, in seinen Ohren dröhnte der Puls. Er war bei vollem Bewußtsein und nahm alles deutlich wahr, aber die Schmerzen, zusammen mit den Hunderten Databits, die den Ausgang Dutzender Manöver der beiden Flugzeuge voraussagten, waren zuviel; er konnte nicht mehr.

Mit einem Schlag lief der ANTARES-Simulator rückwärts und veranlaßte einen 8-G-Sturzflug, der buchstäblich das Herz stillstehen ließ. Der Simulator aktivierte während des Sturzflugs das Rundumradar. McLanahan konnte erkennen, daß sein »Verfolger« direkt hinter ihm war – ebenfalls im Sturzflug. Nichts anderes freilich hatte ANTARES erwartet. Der Simulator fuhr deshalb mit seinen Einwärtsloopings fort, wozu er seine starken *»Canard«*-Flossen benützte, um die Nase über den Horizont hochzuziehen. Das Triebwerk ging in der Vertikalen auf Maximalnachbrenner. Säße er jetzt in einem echten Flugzeug – das war McLanahan klar –, könnte er damit rechnen, wie eine Weintraube in der Presse plattgequetscht zu werden.

Als er wieder hochzog, sah er, daß aus dem Verfolger der Verfolgte geworden war. Was sie ihm auch heraufgeschickt hatten, es war jedenfalls ein Flugzeug, das es mit ANTARES nicht aufnehmen konnte. Er war jetzt genau hinter seinem Gegner, und ANTARES hatte vier lasergelenkte Raketen dargestellt und wartete auf den Abschußbefehl, den McLanahan auch den Bruchteil einer Sekunde danach gab. ANTARES war schon bei der mehrläufigen 20-mm-Bordkanone und wartete auch hier auf den Feuerbefehl, während der Simulator den feindlichen Jäger ins Visier nahm. Aber es bestand keine Notwendigkeit mehr zum Feuern. Sämtliche lasergelenkten hyperschnellen Raketen hatten ihr Ziel schon getroffen.

»Anhalten Grundposition«, ordnete Dr. Carmichael an. McLanahan hörte Schritte auf dem Laufsteg rund um den Simulator. Der Informationsfluß in seinem Kopf hörte abrupt auf.

»Patrick, hier Alan Carmichael, hören Sie mich?«

McLanahan war wie eingefroren auf seinem Sitz, unfähig, auch nur den kleinsten Muskel zu rühren oder die Lippen zu bewegen, bis sich ihm schließlich doch ein kurzes »Ja« entrang.

»Wir schalten ANTARES jetzt ab. Bleiben Sie noch.«

Als der Simulator stand, wurden McLanahans Kopfschmerzen heftiger. Er spürte noch, wie der Jäger gemächlich Loopings vollführte und trudelte, war aber nicht imstande, den Befehl für ruhigen und stetigen Flug zu erteilen.

»Ich... verliere es...«

»Macht nichts, Patrick«, sagte Carmichael. »Sie sind nicht mehr in Simulation. Machen Sie sich keine Sorgen wegen der Kontrolle.«

Aber das war, als würde man einem Mann, der in einer Bergspalte hing, sagen, er solle sein Seil kappen. Nur sehr langsam und mit seiner allerletzten Kraft konnte er dem Drang widerstehen, etwas gegen das trudelnde Flugzeug zu unternehmen. Doch je mehr er nachgab, desto mehr zog es ihn in das Geschehen hinein. Als das Flugzeug an Höhe verlor, empfing er die genauen Höhendaten, »hörte« die Berichte von ANTARES über Bodenbeschaffenheit, Triebwerkleistung und strukturelle Belastungen. Je näher das Jagdflugzeug dem Erdboden kam, desto schneller folgten die einzelnen Meldungen aufeinander. Als sie bei fünftausend Fuß waren, schlug ANTARES vor, selbst zu übernehmen. Er reagierte nicht darauf. Bei dreitausend Fuß gab ANTARES den Befehl zum Aussteigen. Auch das ignorierte er.

Er blieb einfach wie erstarrt sitzen, lauschte den gefühlsneutralen »Schreien« von ANTARES, der den menschlichen Partner bat, etwas zu tun – irgend etwas, ganz gleich was –, um ihn zu retten. Doch je inständiger das Flehen des Computers wurde, desto heftiger wurden McLanahans Kopfschmerzen. Carmichael griff nach dem Schalter, um den supraleitenden Helm von McLanahan abzuschalten, als der Simulator jedoch bereits mit 2000 mph wie eine Bombe in den Boden krachte.

Als man McLanahan endlich den Helm von den Schultern gelöst und abgenommen hatte und Carmichael sein Gesicht sah, erschrak selbst er. Es war schmerzverzerrt, McLanahan ein bis zur Grenze der Todesagonie gequälter Mann.

»He, Patrick!« schrie er ihn an. »Schnallen Sie sich los! Es ist alles vorbei.« Auf dem Laufsteg standen schon die Techniker, um McLanahan loszuschnallen und seine elektrischen Sonden zu lösen. Carmichael stülpte ihm eine Sauerstoffmaske über. »Es ist ja vorbei. Wachen Sie schon auf, verdammt!«

Keine Reaktion. Die Techniker zogen ihm die metallischen Handschuhe ab und öffneten die Verschlüsse seiner Montur. Carmichael beugte sich über ihn und legte ihm das Ohr an den Mund.

»Atmet nicht mehr. Anzug aufschneiden!« Einer der Assistenten blickte zögernd zuerst auf McLanahan, dann auf Carmichael, der ihn anschrie: »Ich sagte aufschneiden. Los!« Er war ganz nahe vor McLanahans Gesicht. »He, Patrick! Kommen Sie zu sich, verdammt noch mal!« Er griff nach einem der Stahlrohre der Techniker, während das medizinische Team die Sauerstoffmaske entfernte, und schob McLanahan einen Atemschlauch in die Kehle. Dann packte er einen der Ultraschallschneider und schnitt den Anzug quer über McLanahans Brust auf, bis das schweißnasse Unterhemd zum Vorschein kam. »Einen Herzmonitor, schnell!« Er riß ihm auch das Unterhemd auf und ließ McLanahans Gesicht nicht aus den Augen, während die freie Luftzirkulation an dessen Körper konnte und das Beatmungsgerät zu laufen begann. Endlich begannen die Augenlider zu flattern. Die Gesichtsmuskeln zuckten, als habe McLanahan einen schweren Alptraum.

J. C. Powell kam hinzu. McLanahan hing noch immer an den EKG-Kontakten. Powell nahm seinen Kopf in die Hände und sagte mit fester, ruhiger Stimme. »Aufwachen, Chef. Die Show ist aus, Colonel. Wachen Sie auf.«

Carmichael sah auf den EKG-Schreiber. »Kein Puls. Ganz gerade Linie. Schaltet den Herzschocker ein. Gehen Sie weg, Powell.«

Doch J. C. ignorierte ihn. »Patrick, ich bin J. C. Ich weiß, Sie können mich hören –«

»Einen Dreck hört er«, zischte Carmichael. »Ich sagte, weg.«

»Klar hört er mich. Und er weiß auch genau, was vorgeht. Er kriegt alles mit. Er braucht nur eine Führung...«

»Wovon, zum Teufel, reden Sie eigentlich, Mann?«

Wieder antwortete ihm J. C. nicht. Er legte McLanahan beide Hände auf die Schultern, beugte sich ganz dicht über ihn und sagte: »Patrick, Sie hören mich. Hören Sie zu. ANTARES ist abgeschaltet. Sie haben die Kontrolle über alles. Wachen Sie jetzt auf.«

»Hat keinen Zweck, Powell«, sagte Carmichael. »Er ist schon zu lange bewußtlos.« Er bekam zwei Elektroden für den Herzschocker gereicht. »Er stirbt, wenn wir ihn nicht animieren.«

»Nein, Sie bringen ihn um mit den Dingern da.« Powell packte McLanahan an seiner Montur und zog ihn, so weit es nur ging, aus dem Schleudersitz. »Patrick!« brüllte er ihn an. »Gottverdammt noch mal, wachen Sie jetzt endlich auf!«

Und mit einem Schlag öffnete McLanahan die Augen. Er packte wie in Panik Powell bei den Schultern, so daß dieser vor Schmerz aufstöhnte. Der Atemschlauch in seinem Schlund würgte ihn, er riß ihn heraus und atmete schwer. Powell ließ ihn vorsichtig in den Sitz zurücksinken.

»Sinusrhythmus«, meldete der Beobachter am Gerät. »Blutdruck hoch, aber kräftig. Herzschlag, Atmung normal.«

»Ist alles in Ordnung?«

»Ja... ich denke schon.«

Carmichael wollte ihm wieder die Sauerstoffmaske auf Nase und Mund setzen, doch McLanahan wehrte ab und nahm nur gelegentlich einige Atemzüge aus ihr.

»Sehr seltsam das alles«, sagte er und versuchte heftig, seinen Atem zu beruhigen. Er schien im Geist alles noch einmal zu durchleben. »Ich habe den Aufschlag wie ein Zuschauer beobachtet. ANTARES hat alles gemacht. Als ob ich gar nicht dabeigewesen wäre. Trotzdem habe ich den Schmerz gespürt, und zugleich wurde ANTARES immer stärker. Ich konnte überhaupt nichts tun. Es war mir völlig klar, daß ich das Flugzeug immerhin noch flog und die Bodennäherung beenden mußte, aber ich war nicht imstande zu irgendeiner Handlung. Das war ein Gefühl wie... als ob eine Million Hornissen um einen herumsummen. Ich wußte genau, jede einzelne dieser Hornissen war ein Informationsträger wichtiger Daten, die ich kennen mußte, und daß etwas nicht stimmte. Aber mit dem Schmerz im Kopf konnte ich nichts unternehmen. Und dann war mit einem Schlag alles dunkel und leer. Ich hatte keinen Körper mehr, nur noch ein Gehirn. Ich habe einen Weg aus einem Raum gesucht, ohne eine Ahnung zu haben, wie ich das bewerkstelligen soll. Und dann habe ich J. C.s Stimme gehört. Ich folgte seiner Stimme und... ich...« Seine Stimme verebbte, und er schien einzuschlafen.

»Bringt ihn weg«, befahl Carmichael.

Als er erwachte, saß Wendy Tork schlafend in einem Sessel neben seinem Bett, mit einer Zeitschrift über den Knien.

»Wendy?«

Sie fuhr auf. »Patrick! Du bist wach? Wie geht's dir?«

»Müde. Durstig.«

Sie goß ihm aus einer Plastikkaraffe ein Glas Wasser ein und klingelte nach der Schwester. »Ich fühle mich, als hätte ich den Pazifik im Paddelboot überquert.« Er setzte sich mit Mühe auf und nahm das Glas mit beiden Händen. »Wie spät ist es?«

»Neun Uhr abends.«

»Was, ich habe zwölf Stunden geschlafen?«

»Nein, heute ist Samstag, neun Uhr abends. Du hast achtundvierzig Stunden geschlafen.«

Das Wasserglas in seinen Händen begann zu zittern. Er stellte es rasch auf das Nachtkästchen. »War ich in einem Koma?«

»Das nicht – das heißt, technisch gesprochen, ja«, sagte Wendy. Sie kam näher und legte ihre Hände in die seinen. »Sie nannten es einen extremen Erschöpfungszustand. Du hast während der Zeit im Simulator sieben Pfund Gewicht verloren. Es hätte selbst ohne den Streß mit diesem... dem Ding da... schlimm ausgehen können. Bist du auch sicher, daß du okay bist?«

Er setzte sich wieder auf und trank etwas Wasser. Kein Wort fiel, bis er selbst fragte: »Seit wann bist du hier?«

»Die ganze Zeit. Ich – ich möchte darüber reden. Ich weiß, es ist für dich...«

»Es funktioniert in beide Richtungen, weißt du.« Er stieß einen müden Seufzer aus und ließ den Kopf in die Kissen zurücksinken. Er lachte kurz. »Ich glaube, ich weiß jetzt, warum Dr. Jekyll seine eigene Verwandlungsmixtur trank. Wenn man etwas wirklich ganz stark will, tut man alles dafür – man macht sich sogar selbst zum Versuchskaninchen. Ich hätte mich niemals in diesen Simulator schnallen lassen sollen. Ich war nicht genügend vorbereitet.«

»Muß fürchterlich gewesen sein.«

»Nein, es war – einfach anders. Wirklich, man muß die Burschen bewundern, die das echte Ding echt fliegen, James und Powell, vom Simulator gar nicht zu reden. Es ist schon eine Leistung, wenn man es schafft, nicht gleich verrückt zu werden.«

»Weil wir grade von verrückt werden reden«, sagte eine Stimme hinter ihnen. General Elliott und Hal Briggs waren hereingekommen. Hal kam zum Bett und drückte McLanahan die Hand. »Lieber Mann, der ganze Laden hier hat praktisch durchgedreht.«

McLanahan fand, daß Elliott ziemlich mitgenommen aussah – als hätte er seit Tagen nicht mehr geschlafen. Seine blaue Uniformjacke war verschwitzt und verknittert, und er schien seine Beinprothese mehr als üblich zu spüren. »Wie geht's, Patrick?«

»Prima, Sir.« Ganz schön gelogen.

»Na ja, kein Wunder«, meinte Hal. »Nach so viel Schlaf.«

»Wir können die SPO-Besprechung morgen machen, wenn ich hier raus bin«, sagte McLanahan zu Elliott.

»Na, ich glaube, wir haben alle ziemlich genug für das Wochenende, Colonel«, antwortete Elliott. »Ich habe einen Termin für Montag morgen angesetzt. Bis dahin haben Sie Genesungsurlaub. Klar?«

Aber irgendwas war da noch. Elliott zeigte mehr als normale Besorgnis um ihn. Elliott wandte sich an Wendy. »Lassen Sie mich mal eine Minute allein mit ihm.«

»Die Besuchszeit ist vorbei.« Wendy küßte McLanahan. »Ich komme so um neun und schmuggle dich hier raus.« Sie nickte Elliott kurz zu und ging hinaus. Briggs nahm sich ein großes Glas Wasser aus McLanahans Eiskaraffe und schlenderte wie zufällig zur Tür, vor die er sich stellte.

»Sie haben uns einen ordentlichen Schrecken eingejagt, Patrick«, begann der General.

McLanahan setzte sich auf und beobachtete Elliott, der in dem kleinen Zimmer auf und ab zu gehen begann. Das war sicher nicht nur ein üblicher Genesungsbesuch.

»Ich hoffe, Sie nehmen es mir nicht übel, daß ich Ihnen vorgeschlagen habe, sich selbst mal in diesen ANTARES-Simulator zu setzen.«

»Aber ganz im Gegenteil, General. Ich wollte es doch selbst. Es gehört schließlich zu dem Projekt. Und ich glaube auch, wir sollten es weiterverfolgen.«

»Aber Sie sind nicht entbehrlich. Ich kann nicht noch einmal meine leitenden Offiziere für Experimente einsetzen...«

»Ich bin zuallererst mal Flieger«, warf McLanahan rasch ein. »Sie haben jemanden mit Flug- und Kampferfahrung gebraucht, um zu sehen, wie gut ein nicht ANTARES-trainierter Mann mit dem System zurechtkommt. Die Wahl fiel zwangsläufig auf mich.«

»Ach was. Wir haben jede Menge Flieger, die dafür ebenfalls in Frage kämen. Wir können das Risiko mit Ihnen nicht noch einmal eingehen. Kurzum, ab sofort kein ANTARES-Simulator mehr für Sie.«

Patrick war noch zu müde, um weiterzudiskutieren. »Wer denn dann?« fragte er. Er wandte sich an Briggs. »Hal, Sie haben doch die letzte Liste der überprüften Bewerber. Bringen Sie sie mir in mein Büro, dann werde ich –«

»Ich hatte heute morgen schon ein Gespräch mit Dr. Carmichael«, sagte Briggs, ebenfalls HAWC-Direktor. Seine Stimme war leise und ernst, als spreche er einen Nachruf. »Im jetzigen Stadium könnten wir hundert Mann durch das System schicken und wären doch keinen Schritt näher am Verständnis, wie es wirklich auf das menschliche Gehirn einwirkt. Es gibt einfach noch zu viele Unbekannte. Und wir haben nicht die nötigen Mittel, um jede einzeln zu untersuchen und zu erforschen.«

»Gott, es braucht eben Zeit und Training. Ich arbeite erst ein paar Monate mit ANTARES –«

»Ja, und Sie sind beinahe draufgegangen dabei«, unterbrach ihn Briggs.

»Ich habe einen Kampfflug gemacht – nach nur vier Monaten Arbeit«, entgegnete McLanahan. »Ich bin nicht mal Pilot von Haus aus, und trotzdem habe ich nach nur vier Monaten Training den heißesten Jet der Welt geflogen.«

»Das ist nicht das gleiche, Patrick, das wissen Sie genau.«

»Ich habe wirklich Fortschritte gemacht. Ich habe das Schlimmste, was einem die Maschine antun kann, durchgestanden. Und jetzt habe ich sie im Griff. Außerdem bin ich schließlich ein alter Knacker. Ich bin vierzig Jahre alt. Ein Bursche, der nur halb so alt ist wie ich, kommt vermutlich noch viel besser damit zurecht. Sie dürfen nicht das ganze Programm danach beurteilen, was mir passiert ist.«

»Das müssen wir aber leider doch«, beharrte Elliott. »Wir können uns doch nicht nur auf die Informationen und Erfahrungen eines einzigen erfolgreichen Testpiloten verlassen. Wir hatten gehofft, daß die Fortschritte, die Sie mit Powell zusammen gemacht haben, den Weg für ein umfangreicheres ANTARES-Programm freilegen würden. Aber jetzt sieht es so aus, als sei es unmöglich, individuelle Erfahrungen adäquat zu quantifizieren. Wir wissen nicht, was genau mit Ihnen passiert ist, und vor allem nicht, warum. Zufallstreffer sind keine Basis für ein offizielles Trainingsprogramm; das würde das Risiko einschließen, am Ende die halbe Mannschaft verloren zu haben.«

McLanahan schüttelte deprimiert den Kopf: »Sie wollen also tatsächlich das ganze Projekt *Dream Star* wegen dieses Vorfalls absetzen?«

»Es gibt noch andere Gründe, die Sie auch genau kennen. Wir geben eine halbe Milliarde Dollar pro Jahr für ein Flugzeug aus, das so mancher Kongreßabgeordnete zu seinen Lebzeiten nicht mehr fliegen sehen wird. Natürlich zögern sie da, weitere Mittel zu bewilligen, speziell, wenn sich Geld für lokale Projekte in ihrem Wahlkreis loseisen läßt, aus denen sie noch während ihren Lebzeiten politisches Kapital schlagen können. Und außerdem sind da ja noch diese leidigen Sicherheitsprobleme.« Der General warf Briggs einen kurzen Blick zu. Aber der verzog keine Miene. »Diese Schwierigkeiten sind in letzter Zeit größer geworden als unsere Fortschritte. Da ist natürlich der Weg des geringsten Widerstandes für die Pentagon-Leute der einfachste. Schluß mit der Geschichte. Fortsetzung allenfalls der theoretischen Forschung in Sachen ANTARES in bescheidenerem Umfang, aber keine Testflüge mehr und vorläufig auch keine konkreten Planungen und Entwicklungen.«

»Wieso, der *Dream Star* fliegt doch längst? Das ist doch eine Tatsache! Wir haben ANTARES erst mit einer Handvoll Piloten in den Anfängen ausprobiert. Wir können doch jetzt nicht einfach Knall auf Fall aufhören!«

Elliott nickte. »Genau mit diesem Argument, Patrick, habe ich gearbeitet. Die Antwort wissen wir am Montag. Ruhen Sie sich also bis dahin erst mal aus.«

Er ging, Hal Briggs blieb noch da: »J. C. wollte Sie übrigens besuchen. Er sagte, daß er morgen wiederkommt. Er hat sich seit dem letzten Flug etwas rar gemacht.«

»Er läßt Vegas an den Wochenenden gern hinter sich«, sagte McLanahan achselzuckend.

Nach einer Pause, die quälend lang war, lächelte Briggs schließlich und sagte: »Ein wenig mitgenommen sehen Sie ja schon aus, Colonel. Aber es ist immerhin schön, Sie wieder wohlauf zu sehen.«

»Mein Lieber, Sie haben aber auch schon besser ausgesehen«, antwortete ihm McLanahan. »Zieht der General bei Ihnen mit?«

»Das übersteigt seine Kompetenz«, sagte Hal Briggs verlegen, »es ist sogar inzwischen schon eine Sache über der Kommandoebene. Die Air Force und, ich glaube, auch die Vereinten Stäbe wollen *Traumland* generell zwar weiter halten, aber die *Dream Star*-Flüge auf jeden Fall einstellen. Die Rückschläge in der allgemeinen Strategie machen ihnen mehr Kopfzerbrechen. Das Weiße Haus ist der Meinung, *Traumland* sei eine Informationsgießkanne, aus der alles Wasser direkt zu den Sowjets fließt, und will deshalb gleich unseren ganzen Laden hier zumachen.«

»Was dem Sicherheitschef von *Traumland* nicht unbedingt unangenehm wäre, wie?«

Briggs wurde nervös. »Ach Gott, Sie wissen doch, ich kann den Alten unmöglich hängenlassen. Vor zehn Jahren ist er das Risiko eingegangen, mich zu holen, und damit hat er sich schließlich ziemlich weit aus dem Fenster gelehnt. Einen gerade ernannten Major zum Sicherheitshäuptling im geheimsten Laden des Landes zu machen! Ich kann mich doch nicht gut damit revanchieren, daß ich mich jetzt zwangsweise wegen Versagens in den Ruhestand schicken lasse.«

»Ich glaube nicht, daß Sie ein Versager sind, Hal. Wir haben es da offensichtlich mit sehr intensiv ausgebildeten Spitzenagenten zu tun. Es kann sich leicht um eine kommandoweite Infiltration handeln oder womöglich sogar um einen Maulwurf im Hauptquartier, und in dem Fall finden wir die wirklich Verantwortlichen nie.«

»Es muß hier in *Traumland* oder allenfalls noch in Nellis sein«, sagte Briggs hitzig und schlug mit der Faust in seine Handfläche. »Die Qualität des Materials, das rausgeht, und die Schnelligkeit, mit der es unsere Leute bei denen drüben mitkriegen, läßt überhaupt keine andere Annahme zu. Alles geht direkt von hier weg und keineswegs etwa vom Hauptquartier oder von Kommandostellen. Ich muß dieses Loch zustopfen, bevor sich die Geschichte zum Dammbruch ausweitet.«

»Na, dann Weidmannsheil. Obwohl ich doch sagen muß, daß Ihr Plan, getürkte Änderungen der Pläne des *Dream Star* vorzunehmen, nicht so besonders aussichtsreich zu sein scheint.«

Hal Briggs sah überrascht auf. »Wie haben Sie davon erfahren?«

»So schwierig war das nicht, Hal. Man sieht doch, daß die Änderungen keinen rechten Sinn haben. Wissen Sie, wenn die

Brüder schon so schlau sind, die Veränderungen zu erkennen, dann sind sie auch schlau genug, um zu sehen, daß sie nicht sinnvoll sind. Und mit all den anderen zusätzlichen Sicherheitsmaßnahmen, die Sie angeordnet haben, riecht die Geschichte doch sowieso schon meilenweit gegen den Wind nach einer Falle.«

»Wenn es Ihnen nichts ausmacht, will ich es aber dabei belassen«, sagte Briggs gleichmütig. »Vielleicht ist unser Spion ja doch nicht so perfekt, wie Sie annehmen.«

»Vielleicht.«

Wieder trat eine etwas angestrengte Pause ein. Dann fragte Briggs: »Wie geht's Wendy?«

»Alles bestens.«

Briggs nickte. »Sie sah toll aus. Wirklich toll.«

Neue Pause.

»Na, was ist, Hal? Worum geht's?«

Briggs holte tief Luft. »Ich will ja nicht aufdringlich sein, aber... ist mit euch beiden alles okay?«

»Lieber Gott, Hal...!«

»Na ja. Sie wissen doch, Patrick, warum ich frage und daß ich nicht fragen würde, wenn es nicht wichtig wäre.«

»Jetzt fangen wir also an, in den Schlafzimmern zu schnüffeln, um einen Spion zu fangen, oder was?«

»Mann, nun mal halblang. Sie wissen doch, daß Elliott mich vergattert hat, alles mögliche zu tun, um dieses Leck zu finden. Ich habe den ganzen leitenden Stab überprüft und dabei genau erläutert, welche Maßnahmen meine Leute ergreifen würden. Und Wendy und Ken –«

»Was heißt das, Wendy und Ken?«

»Ist Ihnen bekannt, daß sie neulich in Indian Springs gesehen wurde?«

»Ja, weiß ich.«

»Und zwar zusammen mit Ken James?«

»Na und? Also das führt aber jetzt doch –«

»Aha, Sie gehen in die Verteidigungsstellung«, gab ihm Briggs sofort zurück. »Also, was ist da los?«

»Gott, sie haben dort zusammen gegessen.«

»In Indian Springs?«

»Himmel, es ist sein kleiner Geheimtip. Es war am Tag des letzten heißen Flugtests. Ich bin im Datenlabor aufgehalten worden, also hat James sie zum Lunch ausgeführt. Es scheint, daß er ziemlich häufig die *Delphin*-Piloten besticht, damit sie ihn hinfliegen. Sonst noch Fragen?«

Briggs nickte. Soweit stimmte die Geschichte mit dem überein, was er von dem *Delphin*-Piloten wußte. »Patrick, bitte machen Sie es mir nicht schwerer, als es ohnehin ist –«

»Schwerer für Sie?« McLanahan setzte sich auf und wollte schon aufstehen, merkte aber, daß ihm schwindlig wurde. »Was, zum Teufel, wollen Sie damit sagen? Steht Wendy etwa unter Verdacht?«

»Alle HAWC-Angehörigen stehen grundsätzlich unter Verdacht, sogar die direkt Beteiligten. Die sogar besonders. Aber wenn der einzige *Dream Star*-Pilot mit einer leitenden Wissenschaftlerin aus einer völlig anderen Abteilung ausgeht, die ihrerseits privat sehr eng mit dem Projekt-Direktor *Dream Star* verbunden ist – da muß es doch klingeln –«

»Also Hal, nun hören Sie mal. Sie lebt bekanntlich mit mir zusammen.«

»Muß ich wirklich noch deutlicher werden? Nur mal angenommen, ihr kriegt euch in die Wolle und trennt euch. Nur mal angenommen... ach, zum Teufel, Patrick, Sie wissen doch ganz genau, wovon ich rede.«

»Eben. Und das stinkt.«

»Die Informationen sind nach außen gedrungen, als sie nach *Traumland* kam –«

»Was zufälligerweise mit dem Zeitpunkt zusammenfiel, als das Projekt überhaupt ins praktische Stadium ging«, fiel ihm McLanahan ins Wort.

»Und mit dem Zeitpunkt, als Ken James kam.«

»So wie noch ein Dutzend andere Leute auch«, gab McLanahan zurück. »Sie sehen offenbar Gespenster, Hal. Wendy ist schließlich sicherheitsmäßig zurück bis in ihre letzten Schuljahre überprüft worden. Und Ken James ist Absolvent der *Academy*. Und er ist doppelt und dreifach überprüft worden.«

»Na, und er hatte ein ziemlich bewegtes Privatleben.«

»Das ist doch noch kein Beweis, daß er ein Spion ist. Ich kenne alle Einzelheiten seiner Vergangenheit, von seinem Vater, dem merkwürdigen Tod seiner Mutter in Monaco, als er im Zoo war und das alles. Aber der Junge ist durch sämtliche Mühlen gedreht und mit allen Lügendetektoren konfrontiert worden, und zwar von mindestens einem Dutzend Behörden, seit er zur *Academy* kam. Wenn er tatsächlich eine fragwürdige Vergangenheit hätte, wäre das mittlerweile herausgekommen.«

»Das mag alles sein, Patrick. Trotzdem muß ich nach jedem kleinsten Fitzelchen Information greifen, das bisher noch nicht bekannt war. Sie helfen mir mit Ihren Argumenten nicht gerade.« Er brach ab. Er wollte das Thema im Augenblick nicht weiterführen. »Na, ich muß los. Bis Montag also.«

Als er die Tür hinter sich zugemacht hatte, fühlte sich McLanahan einsamer und isolierter als jemals zuvor. Zum Glück zwang ihn seine Erschöpfung rasch wieder in einen tiefen Schlaf.

Ken James fuhr hoch. Er war verwirrt und wußte im Augenblick nicht, wo er war. Dann hörte er die Schritte. Sie waren schon ganz nahe...

Seine Hand fuhr zu dem winzigen Fernbedienungsknopf auf seinem Nachtkästchen neben dem Bett. Er konnte damit die Verbrennungsanlage in seinem Safe einschalten. Mit der anderen Hand tastete er nach der automatischen Beretta-Pistole unter seinem Kopfkissen.

Schalten Sie nicht ab. Sie hören die Stimme aus solidem Gold vom Gelände aus solidem Gold, Ihre UKW-Station Einsnullzwei...

Er nahm den Finger gerade noch rechtzeitig von dem Fernbedienungsknopf. Sein Radiowecker hatte sich eingeschaltet. Das Schlafzimmerlicht, das mit der Schaltung für die Weckuhr gekoppelt war, blendete ihn. Er schluckte schwer, umklammerte die Beretta und entsicherte sie langsam und leise.

Wieder so eine Nacht mit Alpträumen und einem verwirrten abruptem Aufwachen. Die beiden letzten Nächte schon hatte er so zugebracht, angekleidet, mit Shorts, Hemd und Turnschuhen, einen Finger an der Fernbedienung, die andere Hand griffbereit neben der Beretta. An Schlaf war kaum zu denken gewesen. Jedes kleinste Geräusch, jedes Knacken und jede Stimme draußen ließen ihn augenblicklich hochfahren. Anschließend lag er dann reglos da und lauschte, ob Polizei die Treppe heraufstürmte, oder er beobachtete das blinkende rote und blaue Reklamelicht vor dem Fenster. Und jedesmal hatte er beschlossen, aus der Stadt zu flüchten – weg nach Mexiko, ehe sie kamen und ihn wegen Spionage verhafteten. Aber jedesmal hatte er sich selbst wieder zum Bleiben überredet. Allmählich gelang es ihm dann, doch wieder etwas einzudösen, nur um eine Stunde später beim nächsten Geräusch zu erschrecken. Das ganze Wochenende über fand er nur einige wenige Stunden Schlaf.

Jetzt taumelte er halbwach ins Bad. Die Anspannung begann allmählich ihren Tribut zu fordern. Er hatte Ringe unter den Augen, war blaß, seine Lippen waren aufgesprungen und trokken, und Schweißperlen liefen ihm über das Gesicht. Er drehte die kalte Dusche an und zwang sich, eine ganze Minute unter dem eiskalten Strahl zu bleiben, ehe er den Warmwasserhahn aufdrehte. Er hoffte, daß das kalte Wasser die Alpträume fortwusch – vergebens.

Nachdem ihn seine Morgentoilette ganz wach gemacht hatte, begann er die Situation sachlicher zu analysieren. Das ganze Wochenende über war er nicht aus dem Haus gegangen, aus Angst, vom militärischen Sicherheitsdienst festgenommen zu werden. Daß niemand kam oder anrief, war allerdings beruhigend. Vielleicht waren Kramer und Moffitt doch nicht beobachtet worden, als sie in seiner Wohnung waren. Vielleicht ließ Briggs seine Wohnung doch nicht rund um die Uhr beschatten...

Seine Stimmung verbesserte sich, als er am frühen Morgen durch Nellis auf die Wartezone für den Pendelbus ins HAWC-Gelände zufuhr. Keiner von Briggs' Leuten machte irgendwelche Anstalten, ihm in den Weg zu treten. Mehr Sicherheitsmaßnahmen, als schon vor Wochen beim ersten Anzeichen eines Lecks eingeleitet worden waren, schien es auch jetzt nicht zu geben. Falls überhaupt eine Veränderung erkennbar war, dann die, daß die Sicherheitsleute verborgener operierten. Erleichtert stieg er in den Bus. Ganz sicher hätte ihn Briggs nicht mehr nach *Traumland* fahren lassen, wenn er etwas von seinem Treffen mit Kramer und Moffitt erfahren hätte.

Doch so ruhig es überall auch zu sein schien – als er ankam, waren überall in den Korridoren und Büros doch eine Menge besorgter Gesichter zu sehen, und das Getuschel war unüberhörbar. Er holte sich einen Becher Kaffee und begann im Lageraum der Teststaffel seine Post der letzten halben Woche durchzusehen. Es war eine Anweisung an das gesamte Personal darunter, sich um acht Uhr morgens zu einer Besprechung zu versammeln. Thema war keines genannt.

Es war bereits fast halb neun, also strich er die Besprechung aus seinem Kopf. Er nippte an seinem Kaffee und war gerade dabei, die meiste uninteressante Post in den Papierkorb zu werfen, als J. C. Powell hereinkam.

»Wo waren Sie denn, Ken?«

»Bin gerade erst gekommen. Was ist los?«

»Sie waren nicht bei der Besprechung.«

»Hab' ich in diesem Moment erst gelesen. Worum ging's denn?«

»Ich habe Sie das ganze Wochenende über zu erreichen versucht. Aber Ihr Telefon war ausgehängt oder so.«

»Ich lasse mir grade ein Videophon in der Wohnung einbauen«, log James. »Und die ganze Zeit über haben sie mir deshalb das Telefon abgeklemmt.«

»McLanahan ist in seinem Büro. Wir sollten zu ihm gehen.«

»Mein Gott, was ist eigentlich los?« Er trank wieder einen Schluck Kaffee. Powell war ungewöhnlich nervös. »Haben uns die Russkis den Krieg erklärt oder was?«

»Viel schlimmer«, sagte J. C. »Das ganze *Dream Star*-Programm ist gestoppt.«

Ken James verschluckte sich und fiel fast vom Stuhl. »Was??«

»Wie ich sage. Na los, gehen wir.«

Sie stürmten in McLanahans Büro.

»Oh, wie erfreulich, Sie wieder mal bei uns zu sehen, Ken«,

sagte er. »Sie sehen ein bißchen übernächtigt aus, Captain. Immer feste in den Casinos die Nächte durchgemacht?«

Powell ließ sich auf einen Stuhl fallen und setzte sich zurecht, um das Schauspiel zu genießen, während Ken James herausplatzte: »Was sind das für Geschichten, *Dream Star* wird eingestellt?«

»Wenn Sie gelegentlich mal Ihre Post durchsehen und darauf achten würden, daß Ihr Telefon eingehängt ist, hätten Sie ja eine Chance, so kleine Neuigkeiten auch mitzukriegen.«

»Kann ich gar nicht drüber lachen!« James stützte sich auf McLanahans Schreibtisch. »Wer hat das veranlaßt? Und warum?«

»Das Projekt ist offiziell heute morgen von der Air Force eingestellt worden«, erklärte McLanahan müde. Er griff nach einem roten Aktenordner, in dem sich ein einziges Blatt mit der entsprechenden Verfügung befand. »Es bestehen noch zu viele Lücken in der wissenschaftlichen Kenntnis der Einzelvorgänge bei ANTARES, um die weitere Bereitstellung von Mitteln dafür zu rechtfertigen... Jedenfalls ist das die Meinung der Burschen ganz oben. Die Testflugphase des Projekts wird abgebrochen, bis sich die Kenntnislücken hinreichend geschlossen haben...«

James starrte ihn an. »Was soll das heißen, Kenntnislücken? Bei mir funktioniert es doch! Begreif' ich nicht...«

»Darum geht es ja gerade. Wir haben einen einzigen Piloten, der den *Dream Star* fliegen kann, nämlich Sie. J. C. kann's nicht, jedenfalls nicht mehr als Start und Landung. Ich selbst habe es versucht und bin k. o. gegangen. Carmichael und seine Leute haben keine Ahnung, wieso es bei Ihnen funktioniert und bis jetzt mit keinem anderen. Nach meinem letzten Flug im ANTARES-Simulator –«

»Sie sind im Simulator geflogen?« Es klang, als hätte der Colonel eine gravierende Verletzung seines ureigenen Territoriums begangen. »Sie haben versucht, mit ANTARES zu fliegen? Wieso das denn? Ich bin bekanntlich der *Dream Star*-Pilot! Sie sind der Projekt-Direktor, aber ich –«

»Ich habe mit ANTARES schon einige Monate trainiert. Ich dachte, ich hätte es intus, aber –«

»Das war aber keine besonders clevere Idee, Colonel«, unterbrach ihn Ken James. Sein Tonfall war sehr distanziert. »ANTARES kann ziemlich unberechenbar sein...«

»Ja, sicher, das Ding hat ihn ja auch fast umgebracht«, gab Powell seinen Senf dazu.

»Dann haben Sie also einen Bericht geschrieben, daß ANTARES sehr gefährlich sein kann, und daraufhin hat das Hauptquartier die ganze Geschichte gestoppt?«

»Nein, nein, so ist das keineswegs abgelaufen, Ken. Es stand ja schon von Anfang fest, daß mit dem Ablauf des gegenwärtigen Etats auch die Finanzierung für die Testflüge enden sollte. Der Stopp stand also ohnehin ins Haus. Mein... der Zwischenfall mit mir... hat die Sache allenfalls um ein paar Monate beschleunigt.«

James versuchte seine Beherrschung nicht zu verlieren. In seinem Kopf aber rasten die Gedanken. Eben noch hatte er Kramer und Moffitt versichert, daß alles planmäßig weiterlaufen und daß er die direkte KGB-Anweisung, den *Dream Star* zu entführen, nicht befolgen würde. Und jetzt war das gesamte Programm auf Eis gelegt! Nie im Leben würde der KGB ihm glauben, daß er nichts davon gewußt hatte. Womöglich verdächtigten sie ihn jetzt sogar noch des Doppelspiels...

McLanahan sagte: »Tut mir leid, Ken. Aber alles deutet darauf hin, daß sie ohnehin nur einen Vorwand gebraucht haben, um die ganze Sache zu beenden.«

»Und was passiert nun mit uns?«

»Wir machen uns an die Reform des Programms *Gepard* ATF. J. C. wird Chefpilot. Ich vermute, Sie wird man bitten, weiter bei ANTARES zu bleiben. Die Forschungsarbeit in den Labors geht ja normal weiter.«

»Aber ich kann nicht mehr fliegen?«

»Nur das vorgeschriebene Minimalpensum. Sie kriegen die verlangten zwanzig Quartalsflugstunden im T-45A-Trainer, und dazu eine ganze Menge im ANTARES-Simulator. Sie...«

»Wollen Sie damit sagen, daß ich in Zukunft das Versuchskaninchen bin – mehr nicht?«

»Ich glaube nicht, Ken, daß Sie eine andere Wahl haben«,

sagte Powell. »Der einzige Bursche zu sein, der den *Dream Star* fliegen kann, ist, scheint's, nicht nur ein Segen, sondern auch unter Umständen ein Fluch. Ohne Sie können Carmichael und seine Leute nicht weitermachen. Die wissen doch nicht, wie sie einem anderen den Umgang mit ANTARES beibringen sollen, wenn sie nicht rauskriegen, wie Sie es gemacht haben.«

Verdammt und zugenäht, dachte James. Eine solche Sauerei! »Und wie lange haben wir noch, bis sich die Entscheidung auswirkt? Bleibt wenigstens noch Zeit für einen Flug?« Er beeilte sich hinzuzufügen: »Ist doch Scheiße, einfach so plötzlich...«

McLanahan rieb sich die Augen und lehnte sich zurück. »Ich mußte ihnen abringen, daß sie uns wenigstens noch den Waffentest machen lassen. Aber mit einem Flug war einfach nichts mehr zu machen. Nicht die kleinste Chance.«

»Aber der Waffentest wird beendet?«

»Schon das ganze Wochenende sind sie dran«, berichtete Powell. »Bis heute abend, spätestens morgen früh wollen sie durch sein, und dann soll gleich mit dem Abbau der Skorpions begonnen werden. Es kann Jahre dauern, bis wir die wiedersehen.«

Der Waffentest – da hatte James seine Antwort. »Ein Irrsinn, Colonel«, murmelte er. »Diese Verschwendung von Zeit und Aufwand!« Er versuchte, sachlich zu klingen, während er seinen Plan entwarf. »Eine ganz unglaubliche Verschwendung!«

McLanahan wandte sich zum Zeichen, daß die Besprechung beendet war, seinen Akten zu.

»Fest steht jedenfalls«, sagte Powell zu Ken James, während sie zur Tür gingen, »daß Sie als erster Pilot eines gedankengesteuerten Flugzeugs in die Geschichte eingehen.«

Ken James knurrte nur etwas Unverständliches und nickte. Er war mit seinen Gedanken schon ganz woanders – bei seinem Plan für den letzten Flug des *Dream Star*.

Ganz im Gegensatz zu dem, was üblich geworden war, war es diesmal noch hell draußen, als McLanahan nach Hause kam. Und noch ungewöhnlicher war, daß er wirklich noch vor Wendy da zu sein schien – bis er ein schwaches Geräusch aus dem Schlafzimmer hörte. Er öffnete die Tür. Sie saß auf dem Bett, hatte die Beine bis zum Kinn hochgezogen und umschlang sie mit den Armen. Die Jalousien waren zu, es war dunkel im Raum. Offenbar hatte sie auch die automatische Beleuchtungsschaltung abgeschaltet.

»Wendy? Was ist los? Wie lange sitzt du hier schon?«

»Noch nicht lange. Wie geht's dir?«

»Mir gut soweit. Stimmt was nicht?«

»Nein, nein.«

Ihre Stimme klang zwar nicht nach Tränen oder Traurigkeit, doch das war gar nicht ihre Art. »Wieso sitzt du hier im Dunkeln?«

»Ich denke nach.«

»Worüber?«

Sie blieb verschlossen und starrte zum Fenster.

Er schaltete die Beleuchtung wieder auf AUTO, und sofort gingen alle Lichter an. Er setzte sich zu ihr. »Was ist los?«

Noch immer keine Antwort.

»Irgendwas bei der Arbeit? Irgendwas mit dem Projekt *Old Dog*?«

»Ich hatte heute morgen meine Fluguntersuchung.«

Sein Lächeln verschwand. »Also Schluß jetzt mit der Geheimnistuerei. Raus damit.« Dann sah er das Merkblatt im Papierkorb neben dem Bett. Selbst verkehrt herum und zerknüllt konnte er den Titel lesen: »Tatsachen über Ihre...«

»Schwangerschaft? Was denn, du bist schwanger?«

Sie sah ihn an. »Tut mir leid, Patrick, es ist alles falsch gelaufen...«

»Tut dir leid? Verdammt noch mal, was tut dir leid?«

»Na, diese... diese... ach, zum Teufel...«

»Wendy! Was stotterst du da rum? Sag mir endlich, was in aller Welt dir leid tut?«

»Ich möchte nicht, daß du glaubst, ich... ich hätte das absichtlich... dich reingelegt oder so...«

»Aber natürlich denke ich das nicht.« Er rutschte näher zu ihr und legte den Arm um sie. »Sei nicht albern... ich versuche es erst mal zu verdauen... aber ich freue mich doch darüber.«

Sie wich etwas zurück und musterte ihn lange und intensiv. »Wirklich? Wenn du das nur so hinsagst –«

»Aber natürlich! He, du, ich liebe dich schließlich...«

Sie ließ sich in seine Arme sinken. »Ich habe mir wirklich große Sorgen gemacht... daß du meinen könntest, ich hätte Zuflucht beim letzten Mittel gesucht, um –«

Er schloß ihr den Mund mit einem Kuß. »Ich sagte doch, daß ich dich liebe, und ich wünsche mir wirklich unseren Sohn... oder unsere Tochter...« Er küßte sie wieder.

Sie machte sich los. »Ich will das ganz sicher wissen, Patrick. Es ist wichtig.«

»Dann ist ab jetzt alles erledigt und beschlossen. Komm, gehen wir.«

»Gehen? Wohin?«

»In die Stadt.«

»In die Stadt? Wieso willst du –?« Dann erst verstand sie.

»Wozu leben wir hier in Las Vegas. Jede Menge Leute heiraten hier. Manche sogar montags um neun Uhr abends.«

»Und was ist mit –?«

»Der Familie? Meine Mutter lebt nicht mehr, meine Brüder und Schwestern werden ganz wild vor Freude sein, besser gesagt, unheimlich erleichtert, daß ich nun endlich auch anständig werde und dich nach all den Jahren heirate. Und wie ist es mit deinen Eltern? Das mußt du natürlich selbst wissen. Ganz wie du willst.«

Ihre Antwort bestand darin, daß sie ihn an sich zog. Das war klar genug.

Es war genau elf Uhr, als Maraklow das *Silver Dollar Casino* in der Fremont Street von Las Vegas verließ und zu einem Taxistand am nächsten Block in der Nähe einer dieser Heiratskirchen ging, die rund um die Uhr offen waren. Er suchte die lange Reihe der Taxis ab und sah sich dann vorsichtig um, bevor er bis zu dem Wagen ging, der besetzt war.

Er stieg vorn ein.

»Sieh an, der General Großkopf persönlich«, begrüßte ihn Moffitt. »*Dobre viechja*... ach, haben wir etwa Probleme?«

»Seien Sie ruhig, Moffitt.« Er drehte sich zu Kramer um, der in einem *Wall Street Journal* las. »Sie legen das Projekt *Dream Star* still. In zwei Tagen.«

Kramer schien ihn gar nicht wahrzunehmen.

»Haben Sie gehört, was ich gesagt habe?«

»Ich denke nicht, daß er Ihnen glaubt, *Towarisch*«, erklärte Moffitt.

»Sie sollen englisch reden, Sie Arschloch. Noch gescheiter wäre es natürlich, wenn Sie Ihr blödes Maul ganz hielten. Hören Sie mir zu, Kramer. Wir müssen den *Dream Star* aus Nevada rauskriegen.«

Kramer sah immer noch nicht von seiner Zeitung auf. Maraklow riß sie ihm aus der Hand und zerknüllte sie. »Was soll denn der Quatsch, bitte?«

»Nichts«, sagte Kramer gelassen. »Rein gar nichts, Captain. Nur, daß ich gerade nach Moskau übermittelt habe, daß Sie die Befehle von dort nicht ausführen wollen. Und jetzt kommen Sie plötzlich an und erklären: Irrtum, Kommando zurück, alles wieder nach Befehl. Und da erwarten Sie, daß ich Ihnen um den Hals falle, oder was?«

»Ich habe es doch auch erst erfahren. Der verdammte Projekt-Direktor hat im Simulator herumgefummelt und wäre beinahe draufgegangen. Da hat er natürlich einen entsprechenden Bericht –«

»Und die Vereinten Stäbe haben brav alles eingestellt«, unterbrach ihn Kramer lakonisch, »und selbst die Empfehlung der Air Force, das Programm einfach nur etwas zu drosseln, überstimmt.«

»Was denn, Sie wissen das schon?«

»Wir haben am Wochenende von der Empfehlung des Pentagon gehört«, sagte Kramer. »Und Moskau hat uns sofort gefragt, welche Erklärung wir für die Diskrepanz zwischen Ihren Behauptungen und den offiziellen Verlautbarungen hätten. Und ich hatte keine, denken Sie mal an.«

»Und wieso haben Sie mich nicht informiert?«

»Weil wir Zeit brauchten, die Situation zu analysieren«, erklärte Kramer. »Abgesehen davon waren Sie telefonisch nicht erreichbar.« Er hatte es wirklich das ganze Wochenende über ausgehängt gehabt, aus Angst vor einem Anruf von irgend jemandem, der Kramer und Moffitt in seine Wohnung hatte gehen sehen. »Aber das war ohnehin nicht wichtig. Wir wußten ja, daß Sie heute abend mit uns Kontakt aufnehmen würden.«

»Jedenfalls ändert diese neue Entwicklung alles. Ihr ursprünglicher Plan muß jetzt durchgeführt werden, und wir haben einen wesentlichen Vorsprung – wenn ich das Ding nur rauskriege. Sie stoppen alles, aber wir machen weiter... Ich glaube, es läßt sich machen. Ich brauche natürlich Auftank-Unterstützung. Irgendwo in Mexiko. Ich kann noch nicht sagen, wann genau und wo. Sie müssen also flexibel sein. Besorgen Sie auf jeden Fall ein Transportflugzeug mit Treibstoff und sonstiger Versorgung. Sie sagten doch was von Verbindungen zu privaten Speditionen in Mexiko, mit denen der KGB oder sonst eine Behörde nicht in Zusammenhang gebracht werden kann.«

»Es läßt sich arrangieren.«

»Wenn ich dort auftanken kann, kann ich anschließend entweder nach Kuba oder Nicaragua weiterfliegen. Nicaragua ist wohl sicherer, würde ich meinen. Weiter weg von den USA und nicht so durchorganisiert. Nach der Landung in Nicaragua können wir dann Vorbereitungen treffen, die Maschine mit Begleitschutz nach Rußland zu fliegen.«

»Aha. Also jetzt auf einmal glauben Sie, daß es doch geht«, meinte Kramer. »Und zuerst erzählen Sie mir, daß das völlig unmöglich ist.«

»Weil jetzt die Rede davon ist, daß mein Jäger eingemottet werden soll! Diese Suppe werde ich ihnen aber versalzen. Kommt nicht in Frage. Und wenn ich ihn abstürzen lassen muß. Sie können ihn mir nicht einfach wegnehmen.« Er hatte es kaum ausgesprochen, als er es auch schon bereute.

Kramer schwieg einige Sekunden bedeutungsvoll, bevor er antwortete. »Das Oberkommando macht sich Sorgen Ihretwegen – über Ihre Motivation. Es glaubt, daß es Ihnen letztlich ziemlich egal ist, wer dieses Flugzeug besitzt. Hauptsache, Sie fliegen es. Und es macht sich Sorgen –«

»Das Oberkommando braucht sich um gar nichts zu sorgen. Kümmern Sie sich nur darum, daß der Treibstoff in Mexiko bereitsteht und ein sicherer Platz in Kuba oder Nicaragua oder wo auch immer vorbereitet wird. Und ich bringe euch den Jäger nach Rußland. Ganz und unversehrt. Wetten?«

Drittes Kapitel

High Technology Advanced Weapons Center HAWC (Traumland), Nevada
Mittwoch, 17. Juni,
04.00 Uhr PDT (07.00 Uhr OEZ)

»Guten Morgen, meine Damen und Herren«, sagte Brigadier General John Ormack, der stellvertretende HAWC-Kommandeur. »Wir beginnen mit der Testflugbesprechung SIERRA DREI, erster voller Flugtest unter Einsatzbedingungen des Modells M des Bombers B-52 *Megafestung Plus.* Unser Einsatz heute betrifft den Test einer Luft-Luft-Rakete, Objekt eine AIM-120, ferner einen *Cruise Missile*-Teststart, nämlich der *Tacit Rainbow* AGM-132C mit Antistrahlung, sowie die Erprobung einer lasergesteuerten Luft-Boden-Rakete AGM-98.«

Für einen Laien hätte es wenig Anlaß gegeben, über diese Ankündigung aus dem Häuschen zu geraten. Für die anwesenden Versammelten war es Grund genug für einen Applaus, bei dem ganz besonders die in der ersten Reihe Sitzenden auffielen – General Bradley Elliott, Captain Patrick McLanahan, Wendy Tork und Angelina Pereira – alle Veteranen der Original-Besatzung der legendären B-52 *Old Dog.* Und Ormack selbst war damals ja der Kopilot gewesen. Jetzt war er der Projekt-Direktor der noch einmal neu umgebauten *Megafestung Plus.* Er schien seit dem legendären Flug vor acht Jahren jünger geworden zu sein. Es waren gar nicht so wenige aus seiner jetzigen *Megafestung Plus*-Mannschaft, die, obwohl nur halb so alt wie er, Mühe hatten, mit ihm Schritt zu halten.

»Die ganze Sache«, fuhr er fort, »hat einen doppelten Zweck. Erstens ist es der letzte Testflug dieser B-52 nach den umfangreichen Reparaturen. Und zweitens dient er der Beurteilung ihrer Waffensysteme. Danach wird eine Weiterentwicklung erwogen. Die *Megafestung Plus* soll die strategische Langstreckenverteidigung und -offensive erübrigen, für die jetzt schwer bewaffnete Bomber vom normalen Typ B-52 benutzt werden, die Luft-Luft-Raketen haben, Anti-Radar-Waffen, Cruise Missiles, Mittelstrecken-Abwehrraketen, Schwerkraftbomben und eine vielfältige Ausrüstung elektronischer Stör- und Gegenaktionsgeräte.

Wir haben hier vier B-52 stehen, die gerade zu *Megafestungen* umgebaut werden. Darunter befindet sich eine, die bei dem heutigen Einsatztest als Geleitschutz fungieren wird, nämlich die von –« er deutete auf einen hochgeschossenen Offizier im Hintergrund des Raumes »– Major Kelvin Carter.«

Carters Kopilot war ein junger weiblicher Captain namens Nancy Cheshire. Sie sah jetzt Ormack scharf an, der sich beeilte, hinzuzufügen: »– und natürlich auch von Ihnen, Captain Cheshire.«

»Ist doch klar, Cheshire«, flüsterte Carter seiner Kopilotin zu.

»Dann versuchen Sie auch nicht immer«, flüsterte sie zurück, »alle Lorbeeren allein zu ernten.«

»Startaufruf für SIERRA DREI. Kommandeur bin ich selbst«, sagte Ormack. »Colonel Jeffrey Khan ist mein Kopilot. Auf dem Piloteninstruktorenplatz oben sitzt Mr. George Wendelstat vom Militärausschuß des Kongresses. Er fungiert als offizieller Beobachter. Herzlich willkommen, Mr. Wendelstat.« Es gab einige im Raum, die sich fragten, wie man es fertiggebracht hatte, Mr. Wendelstat überhaupt durch die Tür zu bringen.

»Die Besatzung des Flugs *Dog Null Eins* wird vervollständigt durch Major Edward Frost als Radarnavigator, Major Linda Evanston, Navigator, Dr. Wendy Tork, Offizier Elektronische Waffen, und Schießkontrolloffizier Dr. Angelina Pereira. Hals- und Beinbruch für uns alle!«

McLanahan hatte Mühe, sich seine Enttäuschung nicht anmerken zu lassen. Ziemlich merkwürdig, daß er nicht dabei sein sollte, und das beim ersten Flug unter Einsatzbedingungen – als gehörte er nicht dazu. Schön, er war mittlerweile nicht mehr beim Programm *Megafestung*. Aber schließlich hatte er und kein anderer vor acht Jahren den *Old Dog* sicher von Nome nach *Traumland* zurückgeflogen! Aber seitdem hatte er tatsächlich keinen Fuß mehr in die Maschine gesetzt. Es war ein Gefühl, als ob man einen guten alten Freund wiedertrifft und der erkennt einen nicht mehr.

Der riesige Flüssigkristallmonitor mit dem Flachschirm hinter Ormack wechselte jetzt das Bild: eine Digitalzeitanzeige. »Zeitvergleich, es wird in fünfzehn Sekunden zwölf-null-vier Zulu... fünf, vier, drei, zwo, eins, zack. Eins-zwei-null-vier Zulu.«

Auf diesen Tag war jahrelang hingearbeitet worden. Zwei Jahre nur neues Design und Computertests durch die Ingenieure, nachdem das Flugzeug nach *Traumland* zurückgekommen war. Drei Jahre Umbau durch ganze Arbeiterkompanien. Und noch einmal drei Jahre Experimente und Tests durch Ingenieure und Testpiloten. Und jetzt sollte also die erste fertige neue B-52, genannt *Megafestung Plus*, ihren eigentlichen Jungfernflug absolvieren.

Auf dem Schirm erschien die Wetterkarte. Lieutenant Colonel Jacobsen, der leitende HAWC-Meteorologe, betrat das Podium. »General Elliott, General Ormack, meine Damen und Herren, guten Morgen. Sie haben sich wirklich einen wunderschönen Tag für diesen Flug ausgesucht.« Auf dem Monitor erschien eine regionale Wetterkarte. »Kräftiger Hochdruck herrscht in der Region vor. Diese Hochdruckhaube hat in den Sperrzonen in den letzten paar Tagen die Sicht reduziert, aber einige frische Brisen haben den Dunst fortgeweht. Sie können mit klarem Himmel rechnen. Allenfalls einige geringfügige dünne Stratus in 12000 Fuß könnten sich ergeben. Was die Luft-Luft-Strecke Ihrer Flüge betrifft, so zeigt sich keinerlei meteorologische Beeinträchtigung in der Startregion R-4808 Pahute Mesa. Möglicherweise tauchen ein paar Haufenwölkchen an der Ostseite der Berge auf, aber sonst wird es keinerlei Sichthindernisse geben. Die Vorhersage für die Winde lautet 20 Knoten von Nord in 15000 Fuß Höhe. Für den Luft-Boden-Abschnitt Ihres Programms werden die hervorragenden Wetterbedingungen ebenfalls anhalten. Die Sichtweite könnte am Boden bis 20 Meilen sinken, bei leichten Winden aus wechselnden

Richtungen. Das Bombenwurfzielgebiet wird beschränkt klar sein, möglicherweise leicht dunstig. Temperaturen um 78 Grad Fahrenheit – 25-26 Grad Celsius. Hals- und Beinbruch und Weidmannsheil.«

Ormack übernahm wieder, während die Monitorprojektion ebenfalls wechselte. »Status des Fuchsflugzeugs wie angezeigt. Von jetzt an für alle Grün. Melden Sie bitte sämtliche Verzögerungen über Kanal acht. Controller hier ist Colonel Towland. Er wird je nach Erfordernis zusätzlichen Geleitschutz schicken.«

Der Monitor projizierte eine hochauflösende Detailkarte der Sperrgebiete rund um *Traumland*, die der Computer in Bewegung setzte und den Flugkurs der *Megafestung* markierte, während Ormack erläuterte: »Flugkurs wie folgt. Wir starten über kodiertes Signal und folgen dem Startkorridor Groom Viktor Eins bis Kreuzung Angel. Sobald wir die erreicht haben, beginnen wir nach Notwendigkeit zu kreisen, und zwar auf 30000 Fuß und bis eins-fünf Zulu-Zeit, um dann auf unsere Kampfzone Kurs zu nehmen.

Sind wir dort angekommen, starten vom *Naval Weapons Center* China Lake zwei taktische Radardomflugzeuge vom Typ AQM-175, welche von fliegenden Controllern auf unsere B-52 angesetzt werden. Die *Megafestung* hat zwei *Scorpion*-Raketen AIM-120 in Flügel-Pylonenwannen und greift die Verfolgungsflugzeuge nach freier Entscheidung an. Das Gefecht dauert eine Stunde, es sei denn, beide Verfolger werden schon zuvor ausgeschaltet. Die Flugzeugbesatzungen und die fliegenden Controller haben sich an die Standardregeln hinsichtlich des Sicherheitsabstandes der Flugzeuge zu halten. Das fliegende Personal hat sich an die Anweisungen der fliegenden Controller zu halten. Falls die Verfolgungsflugzeuge nicht zerstört werden, werden sie mit Fallschirmhilfe aufgefangen. Die *Megafestung* wird dann bis zur Raketenabschußzone weiterfliegen.«

Das Schirmbild wechselte wieder. »Der Anti-Strahlungstest der *Tacit Rainbow* erfolgt in 12000 Fuß Höhe, ungefähr in demselben Gebiet wie die Gefechtszone. Eine simulierte sowjetische Boden-Luft-Rakete SA-14 wird dort die B-52 angreifen... Ja, Dr. Tork?«

Wendy kam zum Podium. Sie hatte einen orangefarbenen Fliegeranzug an, dazu schwarze Fliegerstiefel mit Reißverschlüssen. Wie klobig die Montur auch war, an ihr wirkte sie flott.

»Meine Damen und Herren, guten Morgen«, begann sie, und selbst zu dieser frühen Stunde war ihre Energie ansteckkend, »wir testen jetzt also das gesamte neue Programm der strategischen und taktischen Abwehr- und Gegenmaßnahmen in der *Megafestung Plus* – elektronisch wie auf Doppler-Impulsbasis –, ferner auch die Anti-Radar-Raketen *Tacit Rainbow* im Modus drei. Zweck des Fluges ist die praktische Erprobung der Fähigkeit der *Megafestung*, die sehr wirksame sowjetische Küstenverteidigung zu durchbrechen und gleichzeitig auch Einflugkorridore für andere Flugzeuge mit Anti-Radar-Raketen vom Typ *Tacit Rainbow* zu schaffen. Damit legen wir den Grundstock für die Flottenmodernisierung der existierenden B-52, ebenso aber neue Möglichkeiten für Nachfolge-Modelle wie beispielsweise die B-1 *Excalibur* oder die B-2 *Stealth*-Bomber *Panther.*«

Eine neue hochauflösende Fotoprojektion der Antiradar-Rakete erschien auf dem Bildschirm, und Wendy erklärte die technischen Einzelheiten der *Megafestung Plus.*

McLanahan merkte, wie sehr ihn der Neid erfüllte. Dieser Einsatzbesprechung für die Megafestung Plus zuzuhören, schien außerdem noch sein eigenes offenliegendes Scheitern mit dem Projekt *Dream Star* zu unterstreichen. Im Augenblick hatte er über nichts das Kommando, außer für die Abwicklung. Gut, er hatte das *Gepard*-Programm bekommen, aber das war ja auch bereits so gut wie abgeschlossen und einsatzfertig. Letztlich saß er nur seine Zeit ab.

Er suchte ganz automatisch Wendys Blick. Sie lächelten sich andeutungsweise zu. Mann, reiß dich zusammen, Idiot, sagte er zu sich selbst. Sie hat auch ohne dich schon genug, um das sie sich kümmern muß.

Die Einsatzbesprechung war zu Ende, alles drängte zum Ausgang und zum Bus zum Startfeld. Er stand auf, gab jedem einzeln die Hand und wünschte allen Glück.

»Eigentlich müßten Sie ja dabeisein, Patrick«, sagte Angelina Pereira und umarmte ihn ganz unmilitärisch. »Schließlich ist das ja Ihr Vogel, und Sie gehören einfach dazu. Sie und auch General Elliott.«

Sie hatte den gleichen orangefarbenen Fliegeranzug an wie Wendy, und auch sie sah toll damit aus – und das, obwohl sie fünfzehn Jahre älter war als Wendy. Sie war ziemlich grau geworden, seit er sie zuletzt gesehen hatte, aber ihre Augen funkelten noch immer. Seit dem *Old Dog*-Flug hatte sie zweimal geheiratet und sich zweimal scheiden lassen.

»Diesmal nicht, Angie«, sagte er mit einem halbherzigen Lächeln. »Aber ich erwarte euch mit der Feuerwehr und ein paar Pullen Champagner, wenn ihr zurückkommt.«

»Das ist doch Ihr Projekt so gut wie unseres.«

»Nein, nicht mehr. Außerdem habt ihr ja doch die ganze Arbeit gemacht...«

»Nein, Sie. Damals über Rußland! Auch wenn Sie nicht tatsächlich mitfliegen, Patrick, Ihr Name ist dabei. Er steht nach wie vor auf dem Namensschild der Besatzung im *Old Dog*. Und das ist auf jedem Flug dabei.«

»Tja, nur bin ich nicht mehr der Radar-Nav...«

»Nein, aber immer der siebte Mann, Patrick. Ich will ja nicht sentimental werden, aber die Seele des *Old Dog*, das sind nun mal Sie.«

Sie drückte ihm die Hand und ging. Und er bemerkte, daß Wendy ihn aufmerksam beobachtete. Er ging zu ihr.

»Na, wie geht's Ihnen so, Mrs. McLanahan?«

»Wunderbar. Glücklich. Aufgeregt. Nervös. Mein Herz wakkelt wie ein Kuhschwanz. Und du, hältst du's aus?«

»Aber ja.«

»Ich wünschte wirklich, du könntest mitkommen. Du verdienst es mehr als jeder von uns.« Aber sie sah, daß ihn das nicht so übermäßig beeindruckte. Sie lächelte ihn an. »Wann sagen wir's ihnen?«

»Beim Manöverball heute abend.«

»Ich kann's kaum erwarten.« Sie gab ihm einen Kuß und eilte hinter ihrer Besatzung her.

Er rief ihr nach. »Toi, toi, toi. Ich hole dich ab, wenn ihr landet.«

Wendy reckte ihm den hochgehaltenen Daumen entgegen. »Alles klar.«

Während die Besatzung der *Megafestung Plus* zu ihrem Einsatz ging, war Staff Sergeant Rey Jacinto fast am Ende seiner Runde auf Patrouille am Hangar Nummer Fünf vor den Rollbahnen in *Traumland*. Alles war absoluter Mist.

Um vier Uhr morgens, vier Stunden vor seiner Ablösung, hatte er große Mühe, die Augen offenzuhalten. Absolute Funkstille überall. Keine Übungen, keine Alarme, keine Waffenbewegungen, nichts. Nachdem unten beim Hangar Drei eine B-52 startklar gemacht wurde, wären irgendwelche Sicherheitsübungen nur störend gewesen und wurden also gar nicht erst angesetzt. Die Ingenieure, die hier am Hangar Fünf an der XF-34 A, dem *Dream Star*, gearbeitet hatten, waren schon längst gegangen. Das Bodenpersonal für die Munitionsdepots kam erst nach seiner Schicht. Sogar die Natur nahm an der Verschwörung teil, ihn einzulullen. Dünne Wolken standen vor dem hellen Mond, so daß die Rampe und fast das ganze Gelände ziemlich düster waren. Kein Vogel oder Tier machte die üblichen Geräusche über der Rollbahn in dem ausgetrockneten Flußbett. Ein dunkler, stiller Morgen.

Er hatte seinen stündlichen Rundgang im Hangar Fünf beendet und sämtliche Türen und Ausgänge überprüft. Es war ihm derart langweilig, daß er sogar anfing, Papierfetzen und sonstigen Abfall vom Boden der Rampe aufzuheben. Zurück beim Wagen stellte er den Funk an.

»Hallo, Roter Mann, hier Fünf Foxtrott.« Roter Mann war der Code für das HAWC-Überwachungszentrum.

»Kommen, Fünf.«

»Bitte um zehn Emm zum Austreten.«

Nach einer kleinen Pause kam die Antwort: »Das ist Ihre vierte Pinkelpause heute nacht, Fünf.«

»Vielleicht hat er seine Periode«, sagte jemand, der offenbar mithörte.

»Lassen Sie das«, befahl der Leitende Wachthabende. »Fünf Foxtrott, geht im Augenblick nicht. Bleiben Sie dran. Rover Neun, hier Roter Mann. Ende.«

»Rover Neun kommen.« Rover Neun war eine der zwei Besatzungen, die in Panzerwagen auf Streife in dem riesigen Gelände waren, alle möglichen Aufträge dabei erledigten und nach Bedarf die einzelnen Posten ablösten.

»Fünf Foxtrott erbittet Austreten für zehn Emm, dringend.«

»Augenblick«, kam die Antwort mit etwas resignierter Stimme, die sich nach einer Weile wieder meldete: »Hallo, Roter Mann. Wir sind hier in der Baracke beim Kaffee – Fünf Foxtrott hat das Zeug in sich reingesoffen, als würde es morgen rationiert.«

Rey Jacinto schnitt eine Grimasse, als er hörte, wie die Brüder das übers ganze Funksprechnetz ausplauderten. »Wir sind hier noch zehn Emm, dann müssen wir uns am Haupttor melden. Fragen Sie Fünf Foxtrott doch, ob er groß muß oder ob er nicht in die Tüte pinkeln kann. Ende.«

Jacinto hatte es satt. Außerdem war er hundemüde. Er schaltete ein. »Hallo, Roter Mann, hier Fünf Foxtrott. Antrag zurückgenommen. Sagen Sie den Komikern in Rover Neun, sie sollen sich selbst einen runterpinkeln, wenn sie damit fertig sind, die Kantine leerzufressen. Ende.«

»Roger, Fünf Foxtrott. Rover Neun, habt ihr's gehört?«

»Richtig. Raten Fünf Foxtrott, er soll aufhören, seinen kleinen Piephahn zu massieren, und dranbleiben. Rover Neun Ende.«

Es gab noch den einen oder anderen Kommentar über den Kanal – keiner wollte den scharfen Typen in Rover Neun das letzte Wort lassen –, dann herrschte wieder Ruhe.

Jetzt mußte Jacinto wieder mächtig mit dem Schlaf kämpfen. Ohnehin begann die schlimmste Zeit, ganz gleich, wie man drauf war, eine oder zwei Stunden vor Sonnenaufgang. Das war die Barriere – eine psychologische. Der Körper verlangte um diese Zeit einfach nach Schlaf. Immer wieder sank Jacinto jetzt der Kopf auf die Brust. Er hatte seine Jacke bereits ausgezogen und fächelte sich so viel kühle Luft zu, wie es nur ging. Aber auch das half nicht viel.

Er war geradezu dankbar, als sich dann etwas tat. Die Scheinwerfer eines großen blauen Lastwagens kamen im äußeren Sperrkreis näher. Der blaue »Brotwagen«, der einen Raketenanhänger zog, kam direkt auf ihn zu. Er war gereizt, und da kamen die ihm gerade recht. Er zog sich rasch wieder an.

Als der Laster direkt vor ihm stehenblieb, stieg er aus, sein Gewehr M-16 im Anschlag, und lief zur Seite des Fahrers. Er holte tief Luft, hob das Gewehr und brüllte: »Fahrer! Stellen Sie sofort Ihren Motor ab, lassen Sie die Scheinwerfer an. Alles aussteigen, aber dalli!«

Der Fahrer und ein zweiter Mann, beide in grünen Dienstuniformen der Air Force, sprangen herunter und blieben im Scheinwerferlicht ihres Fahrzeugs vor Jacinto stehen. Der Fahrer, ein untersetzter Techniker-Sergeant, war überrascht, blieb aber beherrscht und fragte ganz ruhig: »Was ist los?«

»Weg vom Fahrzeug«, kommandierte Jacinto. Die beiden gehorchten.

»Was ist hier –?«

»Maul halten! Und keine Bewegung!« Jacinto hielt sein Gewehr noch immer im Anschlag. Er holte mit der anderen Hand das Walkie-Talkie aus dem Gürtelkoppel.

»Hallo, Roter Mann, hier Fünf Foxtrott. Zwei männliche Personen gestellt, bei Fünf, mit blauem Lieferwagen samt Raketenanhänger. Habe volle Nachtmaßnahmen ergriffen. Kommen.«

»Verstanden, Fünf Foxtrott«, kam die Antwort. Der Leitende schien belustigt zu sein. Er wußte, daß sich Jacinto mit seinen beiden Besuchern wohl einen kleinen Spaß erlaubte. »Brauchen Sie Unterstützung?«

»Negativ. Ende.«

Der Fahrer sagte: »Sergeant, möchten Sie uns nicht –?«

»Schnauze! Umdrehen. Alle beide.«

»Ich habe Auftrag –«

»Ich sagte umdrehen!« Sie drehten sich um. »Wo sind eure Kennkarten?«

»Gesäßtasche.«

»Rausholen! Mit zwei Fingern!« Sie zogen beide ihre Brieftaschen heraus. »Über Kopf hoch. Karten rausholen.« Sie taten es.

»Langsam und vorsichtig zu Boden fallen lassen und drei Schritte vortreten.« Als sie auch das befolgt hatten: »Hinknien, Hände auf den Kopf.«

»Jetzt reicht's aber, Sarge –«

»Hinknien!«

Als sie knieten, ging er zu den Kennkarten am Boden, hob sie auf und besah sie sich eingehend. Sie waren voller Knicke und Eselsohren, schmutzig, speckig und kaum noch lesbar. Ganz typisch für diese Kerle vom Bodenpersonal. Er ging wieder zu den beiden, leuchtete ihnen mit der Taschenlampe ins Gesicht und schaute auf die Fotos. Alles stimmte.

»Jetzt eure Auftragszettel. Wo sind sie?«

»Tasche oben links.«

»Rausholen.« Die beiden holten ihre zerknüllten Marschzettel heraus und legten sie hin. Jacinto nahm sie und richtete den Kegel seiner Taschenlampe darauf. Die Auftragsnummern konnte er nicht nachprüfen. Sein Brett mit der Gegenliste von Aufträgen lag im Wagen. Aber den Dienststempel und die Unterschrift des Offiziers vom Dienst sah und erkannte er. Sie waren auf jeden Fall für jede Auftragsbestätigung erforderlich.

»Okay, Sergeant Howard, Soldat Crowe«, sagte Jacinto, und schwang sich das Gewehr über die Schulter, »alles klar.«

»Möcht' ich ja wohl annehmen«, sagte der Sergeant und stand auf. Jacinto hielt ihnen den Auftragszettel und die Kennkarten entgegen. Sie steckten sie ein.

»Mann«, sagte Howard, »könnt ihr eure Spielchen nicht tagsüber machen?« Dann bedeutete er seinem Begleiter, einzusteigen. »Los, Soldat. Wir sind sowieso schon zu spät dran.«

»Ich hab' euch nicht vor neun erwartet«, sagte Jacinto.

»Ich mich auch nicht«, sagte Howard wütend. »Aber natürlich kommt mal wieder mitten in der Nacht der Anruf. Sie wollen das Flugzeug jetzt gleich startklar haben. Warum ich nach neun Uhr abends überhaupt ans Telefon gehe, möcht' ich selber wissen.«

Jacinto nickte. »Wem sagst du das, Kollege.« Er selbst hatte seiner Frau und seinen Kindern strengstens eingeschärft, nach neun Uhr auf keinen Fall mehr ans Telefon zu gehen.

Er war auf dem Weg zurück zu seinem V-100, als ein großer grüner M-113 Armadillo-Kampfwagen stoppte. Die hintere Tür ging auf, zwei bewaffnete Soldaten sprangen heraus und gingen hinter ihrem Fahrzeug in Deckung. Der Geschützturm drehte sich in seine Richtung. Die große 20mm-Browning-Bordkanone und das koaxiale, 7,62er-MG zielten auf den Truck hinter ihm.

»Fünf Foxtrott, Code zwei, melden«, plärrte ein Lautsprecher im Kampfwagen.

»Fünf Foxtrott, Code Victor zehn, alles klar«, schrie Jacinto zurück. Alle Wachtposten hatten einen Sicherheitscode mit Nummer für ihre Schicht. Auf Anruf hatte der Posten die jeweilige Codemeldung zu geben, um zu bestätigen, daß er in keiner Notlage war. Hätte er irgend etwas anderes gemeldet, hätten die Scharfschützen im Truck und auf dem Geschützturm mit dem MG unverzüglich alles niedergemäht, was in Sichtweite war.

Aber er hatte korrekt geantwortet. Die Soldaten hoben ihre Gewehre und schulterten sie wieder. Jacinto ging zu ihnen hinüber.

»Gott, wollten Sie mal wieder den Bodentechnikern einen Schrecken einjagen, Rey?«

»Mann, ich muß was tun, um wach zu bleiben, Sarge. Die Brüder haben aber auch keinen Funken Humor.«

»Aha, so ist das. Sie brauchen jemanden, dem Sie die Birne einhauen können, oder was?«

»Lassen Sie mich meine Feldflasche auffüllen, und ich bin wieder ganz okay.«

Er ging nach hinten und kabbelte sich ein wenig mit den beiden Wachsoldaten dort, während er seine Feldflasche aus dem großen Wasserkanister füllte und sie sich wieder an den Gürtel hängte. Als sein Schichtvorgesetzter wegfuhr, grüßte er zackig.

Er machte einen raschen Inspektionsrundgang durch den Hangar. Die beiden Techniker tippten inzwischen die Codenummern für die Schlösser des Hangartors ein. Der Sarge ging hinein, der Soldat setzte sich wieder ans Steuer und rangierte seinen Laster rückwärts in den Hangar, so daß er vor der Schnauze des Flugzeugs zu stehen kam. Jacinto ging zum Tor, um die Lage überblicken zu können. Der junge Fahrer war sichtlich nervös und brauchte etwas Zeit, bis der Lieferwagen und der Raketenanhänger so nahe wie möglich an der Hangarwand neben dem Flugzeug standen. Jacinto beschloß, ihm etwas zu helfen, und winkte ihn ein.

»Danke«, sagte der junge Soldat mit seiner hohen Stimme. Er sprang heraus und ging nach hinten.

»Wollen Sie Ihren Wagen nicht blocken, Mann?« rief ihm Jacinto zu, daß es durch den ganzen Hangar hallte. Der Soldat erstarrte. Sergeant Howard sah zu Jacinto hinüber, dann auf Crowe und schließlich auf den Wagen.

»Na, tun Sie schon, was er sagt«, rief er Crowe schließlich zu. »Sie wissen doch, daß hier drinnen nun mal alle Fahrzeuge geblockt werden müssen.«

Crowe holte die Bremsklötze heraus und schob sie vor die Hinterräder.

»Und rennen Sie nicht im Hangar herum«, schrie ihm Howard zu. »Sie wissen doch, daß... oder sollten es –«

Jacinto verkniff sich ein Lächeln. Er erinnerte sich, während die beiden Bodentechniker nun mit ihrer Arbeit begannen, an seine erste Solo-Wache, bei der er noch sehr viel nervöser gewesen war als der junge Spund hier...

Dann jedoch nahm das tolle Flugzeug, an dem sie arbeiteten, sein ganzes Interesse in Anspruch. Noch nie war er dieser Maschine so nahe gekommen wie jetzt, obwohl er sie schon über ein Jahr lang bewachte. Er war sehr beeindruckt von diesem schlanken, katzenartigen Fluggerät.

Sergeant Howard hatte mittlerweile eine Arbeitsplattform herangerollt und an die linke Seite des Cockpits gestellt. Er stieg hinauf und öffnete die Kanzel. Crowe hatte währenddessen einen Hilfsgenerator angeworfen und schleppte Luftschläuche und Stromkabel zu den Anschlußstutzen in der Nähe des linken Fahrwerks. Einige Augenblicke später leuchteten sämtliche Cockpit- und Positionslichter in und am ganzen *Dream Star*.

Howard kam von der Arbeitsplattform herunter und ging zum Lastwagen. Als er bemerkte, daß Jacinto allem interessiert und aufmerksam zusah, winkte er ihn zu sich. Jacinto und Crowe traten auf ihn zu.

Über dem Lärm des Generators fragte Howard: »Na, mal reinschauen?«

Jacinto blickte überrascht auf. »Ist das okay?«

»Wüßte nicht, warum nicht. Der Schleudersitz ist nicht angeschlossen, die Hälfte aller Black Boxes im Cockpit sind draußen, und die Waffen sind befestigt und gesichert. Kann gar keine bessere Zeit geben.«

Jacinto nickte begeistert. Er zog das Magazin aus seiner M-16, steckte es in eine seiner Gürteltaschen und vergewisserte sich, daß sein Gewehr gesichert war. Er lehnte es an die Stoßstange seines Wagens. »Prima, darauf warte ich schon seit –«

Aber da lag schon eine Hand über seinem Mund und seiner Nase, und der Kopf wurde ihm zur Seite gedreht. Er versuchte sich dem festen Griff zu entwinden, aber Howard war bereits dazugekommen, faßte sein Kinn und hielt ihn wie im Schraubstock im Genick fest. Den Bruchteil einer Sekunde später spürte Jacinto einen scharfen, stechenden Schmerz in seinem Hals.

Drei Sekunden danach war er tot.

»*Schto slocheloscb?* Was, zum Teufel, ist los mit dir, Crowe?« knurrte der angebliche Howard seinen jüngeren Kollegen an. Der angebliche Crowe starrte auf den toten Jacinto, dessen Körper sich noch einmal verkrampfte, als das Gift das zentrale Nervensystem lähmte. »Fast hättest du ihn losgelassen.«

Crowe antwortete nicht. Howard schlug ihm auf die Schulter. »Los, Mann, wir haben nicht so viel Zeit. Beeilung!«

Crowe begann Jacintos Uniform aufzuknöpfen und fuhr unwillkürlich zurück, als noch ein allerletzter spastischer Krampf durch dessen klinisch längst toten Körper zuckte. Howard hatte bereits das Lastauto hinten geöffnet und mehrere Stifte herausgezogen. Jetzt nahm er die Seitenwände ab.

Im ANTARES-Fluganzug erschien Captain Kenneth Francis James aus seinem Versteck.

»*Nechjega sjerchjanznaga, Towarisch.* Alles klar, Sir. Wir sind soweit.«

Ken James hob seine Maschinenpistole und sicherte sie. »Sie sollen, verdammt noch mal, englisch reden! Und helfen Sie mir hier raus.«

Man half ihm langsam und vorsichtig auf die Füße. Er ging bis zur Arbeitsplattform neben dem *Dream Star.*

Airman Crowe – sein wirklicher Name, er hatte ihn fast schon vergessen, war Andrej Lowjew – hatte sich inzwischen Jacintos Uniform angezogen und steckte das Magazin wieder in das Gewehr M-16 zurück. »Stopfen Sie die Hose in die Stiefel, Crowe«, sagte James, während er die Leiter hinaufkletterte. »Und bleiben Sie außer Sicht. Sie sind mindestens dreißig Pfund leichter als Jacinto. Einem wird es bestimmt auffallen.«

»Ja, Sir.«

»Und vergessen Sie Ihren Coderuf nicht. Fünf Foxtrott. Die Notzahl ist zwölf, und vorher und nachher muß Victor dazugefügt werden.«

»Ich weiß, Sir.«

Er wandte sich an Howard. »Sind Sie beide über den Treffpunkt informiert worden?«

»Ja, Captain. Und viel Glück, Sir.«

Ken James mühte sich in seinen Cockpitsitz. Mit Howards Hilfe schloß er das ganze Labyrinth von Kabeln und Drähten an die Bordcomputer an, setzte sich den schweren ANTARES-Supraleiterhelm auf und ließ ihn einrasten. Sein Atem ging bereits schwer, er fühlte schon die Schweißperlen auf den Armen und am Hals. Howards Hände zitterten ein wenig, während er die dicken Schultergurte um den schwerverpackten Piloten schloß und festzog.

»Noch fester«, hörte er James' gedämpfte Stimme unter dem Helm. Er zog nach, so fest er konnte.

»Danke, Sergeant Howard«, sagte Ken James. »Das haben Sie sehr gut gemacht.«

»Nje sa schto.« Maraklow war schon zu lange Ken James. Er hatte keine Übung mehr in Russisch, aber die sanfte Stimme des KGB-Agenten brachte ihn auf eine Idee. Das Kompliment hatte Howard offensichtlich geschmeichelt, der nun alle Kontakte noch einmal genau überprüfte, ehe er von der Plattform stieg.

Crowe war schon in Jacintos Wagen gestiegen und beobachtete das Flugfeld. Howard sah, wie er bei jedem Knacken im Funksprechgerät zusammenzuckte.

Howard koppelte den Raketenanhänger vom Lastauto ab und zog ihn nach hinten in den Hangar. Er verschloß den Laderaum des Lasters, fuhr ihn aus dem Weg, holte einige orangefarbene Plastikstellhüte mit der Aufschrift GEFAHR HOCHEXPLOSIV heraus und stellte sie in einem weiten Bogen um die Hangartore auf. Das war die ganz normale Prozedur, die übliche Warnung für alle auf dem Flugfeld Beschäftigten, daß im Hangar an scharfen Waffen gearbeitet wurde. Allerdings waren diese Kegelhüte anders. Jeder war in Wirklichkeit ein Mini-Granatwerfer mit Fernzündung, der eine hochexplosive Magnesiumleuchtbombe hundert Meter weit schleuderte. Die Explosionen und das grelle blendendweiße Licht würden vermutlich jede Reaktion verzögern, zumindest so lange, bis der *Dream Star* aus dem Hangar war.

Howard stellte die Zielflugbahn der getarnten Mörser erst noch genau auf die Zufahrtswege und sonstige geeignete Ziele rund um den Hangar ein, wobei er darauf achtete, den Rollweg und die Ausfahrt für den *Dream Star* nicht zu blockieren, ehe er in den Hangar zurückging und ein letztes Mal überprüfte, ob sämtliche Bremsklötze und Sicherheitsblocks entfernt waren. Dann holte er ein M-16-Gewehr und einen Granatwerfer M-203 40 mm aus dem Fahrzeug, dazu eine Metallkiste mit Munition und einen Karton mit fünf 30 Schuß-Magazinen, und wartete im Hangar, bis es losgehen konnte.

Ken James taten die Beine weh. Schweiß rann ihm in den Metallfaser-Fluganzug. Klimatisierte Luft aus dem Generator draußen kam zwar herein, reichte aber nicht, um die Temperatur wirklich wesentlich herabzusetzen.

Er konnte beobachten, wie Crowe im Patrouillenwagen nervös herumrutschte. Er benahm sich, als würde er sich jede Sekunde selbst ins Gesicht schießen, so fuchtelte er mit seiner M-16 herum. Howard hingegen traf ruhig und überlegt seine Vorbereitungen für den gewaltigen Angriff, der, wie sie alle wußten, unausweichlich bevorstand. In dem Augenblick, in dem sie versuchten, die Triebwerke des *Dream Star* zu starten, würde die Hölle losbrechen. An die fünfzig schwerbewaffnete

Wachsoldaten mit zwei gepanzerten und schwerbewaffneten Kampffahrzeugen, die sich auf dem Fluggelände befanden, wären im Nu in Alarm und einsatzbereit und würden alles versuchen, den *Dream Star* in tausend Stücke zu zerfetzen.

Ken James mußte sich immer wieder dazu zwingen, locker zu bleiben, seinen Geist von allen Gedanken zu befreien und dem schlummernden ANTARES-Computer einen Weg in sein Unterbewußtsein zu öffnen. Selbsthypnose mit bewußter Anstrengung zur Lockerung sämtlicher Muskeln war der einfachste und normalerweise auch effektivste Weg, das Stadium der Theta-Wellen zu erreichen. Aber das funktionierte jetzt nicht. Seine Muskeln taten weh, und er hatte Schwierigkeiten, sie zu lokkern. Und seine Gedanken ließen sich nicht völlig von Major Briggs' Sicherheitstruppe abwenden. Er hatte sie oft und oft inspiziert und vorgegeben, sich nur am Rande für sie zu interessieren, tatsächlich aber hatte er sich sehr sorgfältige, detaillierte Aufzeichnungen über ihre Anzahl, Ausrüstung und Taktik gemacht. Er hatte sich alle ihre Schwachpunkte genau gemerkt und sich jede nur denkbare Fluchtmöglichkeit für den Notfall zurechtgelegt – eine, wenn er allein und zu Fuß wäre, eine andere, falls er einen Wagen zur Verfügung hätte, und eine dritte, wenn er mit einer *Black Box* oder einem ähnlichen Gerät flüchtete. Niemals aber hatte er auch nur im Traum daran gedacht, den *Dream Star* zu entführen. Einzelteile, Zeichnungen, Computer, elektronisches Gerät, ja. Aber nicht das ganze Flugzeug.

Nur eine einzige Einstellung schien für Ken einigermaßen sinnvoll zu sein: Er sagte sich selbst, daß nicht die mindeste Erfolgschance bestand, daß aber allein der Versuch sogar sein Leben wert sei. Sollte er gegen jede Erwartung den Start schaffen, brauchte er noch viel größeres Glück, um die achthundert Meilen von *Traumland* bis zu dem verlassenen Wüstenstreifen in Zentralmexiko zu überstehen, wo er auftanken sollte. Und danach hatte er dann sogar die vereinigten Luftstreitkräfte der USA und Mexikos am Hals, wenn er versuchte, Nicaragua zu erreichen – nicht zu reden von den in El Salvador und Honduras stationierten US-Streitkräften, die zwar alle nicht besonders stark waren, aber doch für einen ohnehin schon gejagten und zudem waffenlosen *Dream Star* die tödliche Bedrohung vervollständigten.

Wie auch immer – jetzt hatte er keine Wahl mehr. Wenn er den *Dream Star* nicht bekommen konnte, war es allemal besser, in seinem Cockpit bei dem Versuch, ihn in die Sowjetunion zu entführen, zu sterben, als ihn von den Amerikanern einmotten zu lassen. Gab es etwa andere Gebiete, die er infiltrieren konnte? Andere Forschungsprogramme, deren Informationen so wichtig für die Sicherheit der Sowjetunion sein konnten? Gab es denn irgendein anderes Programm, von dem er, falls er weiterlebte, Informationen von der Seltenheit und dem Wert seines *Dream Star* sammeln konnte? Seines…? Ja, verdammt: seines!

Natürlich nicht.

Seltsamerweise beruhigte ihn diese grimmige Erkenntnis, und sie ermöglichte ihm, seine verspannten Muskeln zu lokkern und seinen Puls und seine Atmung zu kontrollieren. Er spürte, wie sich sein Körper entspannte und nur noch durch das Gerüst seines Fliegeranzugs aufrechtgehalten wurde, in dem er auf dem Schleudersitz saß. »Kenneth Francis James!« Diesen Namen würde er fortan nicht mehr tragen…

Nicht bewußt war ihm bei alldem, daß es zwei ganze Stunden gedauert hatte. Ohne jede Vorwarnung hatte ANTARES jetzt von ihm Besitz ergriffen. Er war wieder eins mit dem *Dream Star*…

Patrick McLanahan war sprachlos, nicht anders als General Brad Elliott und Hal Briggs. Irgendwo hinter ihnen brach Applaus los. Sie starrten wie gebannt auf eine Reinkarnation.

Die Tore des Hangars Drei des Flugfelds der HAWC waren aufgegangen. Ein gelber Schleppwagen zog langsam das riesige Gebilde heraus. Ein schwarzes Ungeheuer. Ein Flugzeug, das so groß war, daß es selbst den schwachen Schein der am Horizont aufsteigenden Sonne zudeckte. Es schien eine Ewigkeit zu dauern, bis es ganz aus dem Hangar gezogen war, doch dann stand es da auf der Zementbahn wie ein riesenhafter schwarzer Drache…

Angelina Pereira zitierte murmelnd: »Wann immer die Wissenschaft eine Entdeckung macht, bemächtigt sich dieser alsbald der Teufel!« McLanahan und Briggs drehten sich zu ihr herum. »Alan Valentine«, erklärte sie.

»Wer auch immer«, sagte Briggs. »Vielleicht auch des Teufels Großmutter. Unheimlich sieht das Ding jedenfalls aus.«

Ormack begann mit der genauen Inspektion der *Megafestung Plus*, General Elliott und die übrige Besatzung folgten ihm. Zwar hatten Ormack und seine Ingenieure schon einige Stunden zuvor eine peinlich genaue Inspektion veranstaltet, und sämtliche Flugvorbereitungs-Checks waren längst erledigt. Doch Ormack konnte der Versuchung einer nochmaligen allerletzten Überprüfung, ehe er in das Flugzeug-Ungetüm kletterte, nicht widerstehen. Es war ein reines Ritual.

Elliott deutete auf den *Old Dog*. »Ich sehe es, aber ich kann es immer noch nicht glauben«, sagte er zu Ormack, der damals sein Kopilot gewesen war. Er deutete auf die radikalste sichtbare Veränderung des *Old Dog* – die gewaltigen Tragflächen. Statt in einer weiten Kurve vom Rumpf bis zu den Enden abzufallen, standen sie gerade hinaus, groß und stolz, statt gebogen und sozusagen altersgebeugt zu sein.

»Die allerneuesten Legierungen sind verwendet worden«, sage Ormack. »Wir haben fast alle Bestandteile gegen neue Fiberstahlträger ausgewechselt. Die größten und kompaktesten Legierungen, die es je gab. Als sie die neuen Tragflächen anmontierten, wurde ich dazu nach Alaska hinauf zitiert. Es sah wie eine optische Täuschung aus. Einundzwanzig Tonnen schwere Dinger, kerzengerade wegstehend. Als wir sie mit fünfzig Tonnen Treibstoff füllten, sackten sie nicht weniger als zwei volle Inches herunter. Wir brauchten uns nur auf die Zehenspitzen zu stellen, um in die Turbinen hineinsehen zu können. Jetzt stehen sie so hoch, daß man eine Leiter braucht. Und die Startstrecke konnte um dreißig Prozent verringert werden. Die Kiste hebt ab wie nichts, sobald sie die Startgeschwindigkeit hat. Wirklich.«

Er fuhr mit seiner Schlußinspektion fort und erläuterte dabei die weiteren Verbesserungs-Veränderungen des Riesenbombers.

Hal Briggs sagte: »General, man könnte fast glauben, Sie sind ein frischgebackener Leutnant vor dem Jungfernflug.«

»Ich muß auch wirklich zugeben«, sagte Ormack, »das Ding verursacht mir jedesmal, wenn ich es nur anschaue, eine Gänsehaut. Ich hab' es zerfetzt, abgeschmiert, abgeschossen, zersägt und wieder zusammengesetzt gesehen. Und jetzt sieht es besser aus als je zuvor. Ein wahrhaftiger Phönix, dieser Vogel.«

Sie gingen nach hinten zur Bombenwanne und warfen einen Blick ins Innere, wo ein Sortiment Gleitraketen und lasergelenkter »intelligenter« Bomben lag.

»Wenn der Flug erfolgreich verläuft«, sagte General Elliott, »könnte dies der Anfang einer neuen Ära für den Bomber B-52 sein. Selbst angesichts der hundert *Excalibur* B-1 und dem ersten *Stealth*-Bombergeschwader B-2 *Panther* könnten die Fähigkeiten der *Megafestung Plus* die Entmottung und Reaktivierung sämtlicher G-Modelle der B-52, die letztes Jahr aussortiert wurden, bedeuten. Zusammen mit den Kampfbombern könnten einige Geschwader von ihnen fliegen, als Pfadfinder und Breschenschläger, um dann zurückzukehren und als Reserven für andere Langstreckeneinsätze in Bereitschaft gehalten zu werden. Das ist ein ganz neues Konzept – bewaffnete fliegende Schlachtschiffe als Geleitschutz für strategische Bomber.«

Hal Briggs hörte ihm zu, aber seine Aufmerksamkeit wurde abgelenkt. Er sah zu den Posten, die am Flugfeld standen. Alles schien ganz normal zu sein, und doch war da irgend etwas...

Zuerst verwarf er diesen Gedanken. Alle sechs hochgesicherten Hangars waren ordnungsgemäß mit Posten besetzt. Sechs V-100-Kommandowagen, ganz nach Vorschrift. Er konnte auch sämtliche Wachtposten ausmachen. Ein paar beobachteten die Versammlung rund um die B-52, einige andere saßen in ihren Fahrzeugen. Ein Patrouillenwagen M-113 kam langsam herangefahren, ein paar seiner Insassen reckten die Hälse heraus, um sich das Hinausrollen der *Megafestung* zu betrachten. Sie hatten das 20mm-MG abgenommen, damit sie zu zweit herauslugen konnten. Dafür mußte er den Brüdern wohl auf die Zehen treten. Aber ansonsten gab es nichts Ungewöhnliches zu sehen. Also woher dann dieses irritierende Gefühl...?

»Hal?« McLanahan war neben ihn getreten und folgte seinem Blick. »Ist was?«

Ormack, Elliott, Khan und Wendelstat waren inzwischen zum Heck weitergegangen. Sie waren allein.

»Nein, nein... nichts. Ich muß nur den Brüdern da drüben einheizen, die ihre Krägen aus dem Turm strecken.« Er blickte ihm nach. »Wohin, Colonel?«

»Nur rüber auf die andere Seite. Guten Logenplatz sichern, bevor das Feuerwerk losgeht. Ich wollte grade fragen, ob...«

Aber Briggs hörte schon nicht mehr zu. Er starrte wie fixiert zum Hangar Fünf, wo Sergeant Rey Jacinto auf Posten war. Er saß nach wie vor in seinem Fahrzeug, Türen zu. Schlafen konnte er wohl nicht. Dazu war Jacinto viel zu zuverlässig. Außerdem konnte er ja sehen, wie er sich im Fahrzeug bewegte...

»Was ist, Hal? Fahren Sie mich rüber?«

...aber Jacinto war doch ein High-Tech-Freak! Er wußte alles, was man nur wissen konnte – wissen durfte – über die B-52 *Megafestung Plus*. Und über den *Dream Star* XF-34A. Er würde alles hergeben, um nur mal einen Blick aus der Nähe auf einen der beiden Vögel werfen zu können!

»Er hat den *Old Dog* noch nie gesehen«, murmelte Briggs.

»Was?«

»Einer meiner Leute. Jacinto...«

»Rey? Ja, sympathischer Bursche. Sie verweigern ihm doch regelmäßig seine Bitte, sich den *Dream Star* anschauen zu dürfen, nicht? Also, ehe er eingemottet wird, sollten Sie ihn doch mal lassen. Hat er jetzt Dienst?«

»Am Hangar Fünf.«

McLanahan blinzelte ins Halbdunkel zum *Dream Star*-Hangar hinüber. »Seh' ihn gar nicht.«

»Er sitzt im Fahrzeug.«

McLanahan brummte überrascht. »Und späht durch die kleinen Fensterchen raus? Lassen Sie ihn doch ablösen, damit er endlich mal einen Blick auf die *Megafestung* werfen kann. Ich weiß doch, daß er auf die mindestens ebenso scharf ist.«

»Eben«, sagte Briggs, ging zu seinem Wagen und dachte: Er hat verdammt recht. Jacinto hatte tatsächlich jahrelang den

Wunsch geäußert, die *Megafestung Plus* und den *Dream Star* mal ansehen zu dürfen. Und jetzt steht der Riesenbomber keine dreihundert Meter entfernt vor ihm, und er bleibt in seinem Fahrzeug sitzen und späht höchstens durch die kleinen Fensterchen heraus, statt auszusteigen und ihn sich richtig anzuschauen. Wieso? Ganz abgesehen davon wußte jeder, was für ein Quecksilber Jacinto war. Länger als ein paar Minuten am selben Fleck hielt er es nie aus.

Und in diesem Augenblick sah Briggs den blauen Lastwagen neben Hangar Fünf, und daß das Tor offen war und ein Raketen-Ladeanhänger neben dem *Dream Star* stand. Orangefarbene Kegelhüte waren vor dem Tor im Halbkreis aufgebaut. Das Bodenpersonal entlud bereits die Waffen für den *Dream Star.* Vier Stunden zu früh...

Er griff sich sein Walkie-Talkie vom Gürtel. »Roter Mann, hier Hotel.«

»Kommen, Hotel.«

»Status-Check aller Foxtrott-Posten.«

»Letzter Status-Check ist vor fünf Minuten erfolgt. Keine besonderen Vorkommnisse. Zuletzt hat Roger Null-Eins vor wenigen Minuten alles o. k. gemeldet.«

»Verstanden. Ende. Rover Neun, hier Hotel. Melden Sie sich bei Fünf Foxtrott zur Ablösung. Er möchte sich das Monster mal aus der Nähe anschauen. Fünf Foxtrott, haben Sie mitgehört?«

Lowjew alias Airman Crowe zog in Panik fast den Abzug seiner M-16 durch, als er sein Rufsignal hörte. Seine Kehle war strohtrocken. Er wagte nicht zu sprechen. Es würde zu nichts führen. Sollte er einfach aus dem Wagen springen? Winken? Irgend etwas tun?

Briggs starrte den Patrouillenwagen vor Hangar Fünf an. Jacinto benahm sich wirklich seltsam. Normalerweise müßte er doch vor Freude an die Decke springen bei dem Angebot, ein Flugzeug anschauen zu dürfen, ganz gleich ob eine alte Piper Cub oder das hyperschnelle Raumflugzeug. Schon merkwürdig. Nun ja. Jetzt hatte er die Chance ohnehin verpaßt.

»Hallo Rover Neun«, sagte er, »bleiben Sie bei Ihrem Auftrag. Hallo Fünf Foxtrott, tut mir leid, vielleicht ein anderes Mal.«

Lowjew wagte den Mikroknopf immer noch nicht zu berühren. Er drehte sich um und sah den KGB-Veteranen Gekky Orlow alias Sergeant Howard im Hangar stehen. Seine M-16 war nicht zu sehen. Er wußte, daß Orlow einen Ohrknopf trug, mit dem er den Funksprechverkehr mithören konnte. Orlow beobachtete ihn scharf und versuchte ihn zu beruhigen. Orlow merkte, daß Lowjew kurz vor dem Durchdrehen war. *Mikro nicht einschalten, Junge, stumm bleiben, nicht melden…*

Keine Antwort. Komisch.

Einer vom Bodenpersonal schleppte eine große Leuchtgasflasche zum Träger am linken Triebwerk, ein paar Helfer versammelten sich als Sicherheitsposten beim Anwerfen der Triebwerke. Briggs schloß die Fenster seines Wagens, weil der Lärm der Generatoren zu laut wurde, ließ den Motor an und fuhr zum Sicherheits-Checkpoint, um das Anrollen und den Start zu beobachten.

Als dann das dumpfe Aufheulen des Triebwerks vier den frühen Morgen durchschnitt, trat er kurz vor dem Checkpoint auf die Bremse. Er war ungefähr vierhundert Meter von Hangar Fünf entfernt. Noch immer kein Lebenszeichen von Jacinto. Er griff sich das Mikro, »Fünf Foxtrott, hier Hotel. Hören Sie?«

Keine Antwort.

»Fünf Foxtrott, hier Hotel. Kommen.«

Auch wenn eine Antwort gekommen wäre, hätte Briggs sie gar nicht hören können, so ohrenbetäubend brüllten alle acht sich nun in Gang setzenden Triebwerke des massigen B-52-Bombers auf. Die Besatzung absolvierte die Vor-Start-Gerätechecks. Die Rollichter mit ihren 3000 Watt am vorderen Laufwerk blendeten ihn grell. Sie zeigten an, daß das Angriffsradar der B-52 eingeschaltet war. Briggs stand in genauer Linie vor dem Bomber und fuhr aus dem Weg.

Die Vor-Start-Checks liefen ganz ruhig ab. Während Hal Briggs weiter versuchte, Kontakt mit Fünf Foxtrott aufzunehmen, lief der Chef des Bodenpersonals mit zwei Leuchtlaternen nach vorne und winkte einem der Helfer zu, die Bremsklötze von der B-52 zu entfernen.

Briggs überlegte, ob er zu dem Posten fahren sollte, aber dazu war es jetzt zu spät. Der Bodenchef winkte seine Laternensignale in die Luft, um Ormack und Khan im Cockpit anzuzeigen, daß sie anrollen konnten. Die Triebwerke heulten donnernd auf, und der riesige Bomber rollte zur Startbahn. Er hielt noch einmal kurz an, um die Bremsen zu testen. Rover Neun und Rover Sieben, die beiden Patrouillenkampfwagen vom Typ 113, setzten sich links und rechts neben ihn. Ihre Turmkanonen waren jetzt bemannt und schußbereit.

Briggs seufzte erleichtert auf, als die B-52 am Hangar Fünf vorbei war. Wäre da etwas gewesen – Terroristen oder so etwas –, dann hätten sie bestimmt in diesem Moment zugeschlagen. Er hatte eigentlich erwartet, daß sich plötzlich eine Panzerfaust oder eine TOW-Antipanzerrakete zeigte, deren Geschoß die schwarze glatte Oberfläche des *Old Dog* durchschlug. Aber es geschah gar nichts. Er nahm das Mikro.

»An alle. Flugzeug verläßt Hauptparkrampe. Befindet sich auf dem Weg zum Rollbahndelta. Alle Vor-Start-Checks jetzt und Bericht an Roter Mann nach Beendigung. Roter Mann, Status-Bericht an Hotel.«

»Roter Mann, verstanden.«

Briggs legte den Gang ein und setzte sich in sicherem Abstand hinter die B-52, die die Rollbahn bis an den Anfang der vier Meilen langen sandfarbenen Startbahn fuhr. Sämtliche Sicherheitsposten rund um *Traumland* begannen ihre Meldungen an Roter Mann hereinzugeben. Zusätzliche taktische Kommandos berichteten an ihre Sektorenkommandos, die dem Teamführer Meldung machten. Alles lief ohne Komplikationen geordnet ab.

Als letzte hatten sich die nicht direkt mit der Operation der B-52 befaßten Einheiten zu melden – die Stützpunktwachen, die Wachen der einzelnen Gebäude und die ständigen Flugfeld-Checkpoints. Es dauerte einige Minuten, bis sämtliche Meldungen eingegangen waren.

Alle bis auf Fünf Foxtrott.

Das reichte. Ganz eindeutig stimmte da etwas nicht. Briggs bremste mitten in der Fahrt und griff nach dem Mikro: »Fünf Foxtrott, hier Hotel. Melden Sie sich unverzüglich. Ende.«

Er konnte nicht mehr länger warten. Lowjew hörte, wie irritiert und gereizt die Stimme klang – wer immer dieser »Hotel« auch sein mochte. Orlow war wieder im Hangar verschwunden. Einen Augenblick lang dachte Lowjew, Orlow würde die Flucht ergreifen, bevor die Wachen auftauchten. Aber er wußte es natürlich besser. Orlow war einer der besten KGB-Agenten in Nordamerika. Niemals würde er davonlaufen, wenn die Lage nicht absolut hoffnungslos war. Und ganz sicher würde er auf keinen Fall einen Kollegen im Stich lassen.

Er mußte antworten. Aber es mußte überzeugend klingen. Was für ein Landsmann konnte der tote Posten gewesen sein? Ein Spanier? Mexikaner? Zu Hause in der Sowjetunion waren alle Soldaten Russen. Die anderen Nationalitäten fegten die Böden oder waren bei der Müllabfuhr.

Er holte tief Atem und legte sich seine Antwort zurecht, die ihm Orlow in seinem Vorbereitungskurs eingebleut hatte. Er drückte auf den Mikro-Knopf: »Fünf Foxtrott. Alles in Ordnung. Ende.«

Briggs rann es kalt über den Rücken. Die schwache Stimme war kaum zu vernehmen. Doch selbst wenn es nur ein Flüstern gewesen wäre, es gab keinen Zweifel.

Das war nicht Rey Jacinto.

Der *Old Dog* war inzwischen ganz oben an der Startbahn, blieb dort kurz stehen und drehte sich dann in die Startposition. Jetzt, dachte Briggs unwillkürlich, jetzt war der ideale Augenblick zum Zuschlagen. Jetzt, weit entfernt von der Rampe, isoliert und also verwundbar. Doch während er seine Routinekommandos für die Schutzmaßnahmen zum Start gab, brüllten die Triebwerke mit voller Leistung auf, und der Bomber begann seinen Startlauf.

Er schaute ihm nach. Das Riesenflugzeug wirbelte gewaltige Staub- und Sandwolken vom Rand der halbgetarnten Startbahn auf. Das konnten leicht auch Granatwerfereinschläge in der Nähe des Flugzeugs sein... Das beschwor Erinnerungen herauf – an das letzte Mal, da er den *Old Dog* hatte starten sehen; damals, vor acht Jahren, keine fünfhundert Meter von hier, dort drüben, als ringsumher Mörsergranaten einschlugen... Und dieselbe Angst schnürte ihm nun wieder die Kehle zu.

Doch diesmal waren es wirklich nur Staubwolken. Aufgewirbelt von den gewaltigen Flügeln des *Old Dog.* Ein paar Sekunden später hatte der Bomber abgehoben, fuhr die Fahrwerke ein und zog steil nach oben in den Himmel, so leicht wie ein kleines Privatflugzeug; als wäre das kein strategischer Bomber und kein Ungetüm mit mehr als 250 Tonnen Gewicht.

Die B-52 war schon außer Sicht. Und kein Alarm, keine Warnung. Die Wachtposten waren aus ihren Fahrzeugen geklettert und hatten dem Start fasziniert zugesehen.

Er rief noch einmal Fünf Foxtrott. Er konnte direkt in den Hangar Fünf hineinsehen. Aber dort war nichts mehr vom Bodenpersonal zu sehen. Die Raketen standen noch immer neben dem *Dream Star*, an dem ein Generator hing, dessen Schläuche und Kabel an die Anschlüsse der Maschine gekoppelt waren. Jetzt, da der *Old Dog* weg war, war auch der Lärm dieses Generators zu vernehmen. Es sah aus, als hätte das Bodenpersonal den *Dream Star* einfach stehen gelassen, um sich den Start des *Old Dog* anzuschauen. Eine eklatante Verletzung der Sicherheitsbestimmungen. Man ging grundsätzlich niemals von einem Flugzeug weg, das noch nicht fertig gewartet und noch an Schläuchen und Kabel angeschlossen war. Das wußte Jacinto doch ganz genau – wo war er eigentlich die ganze Zeit über? Und zu wem gehörte diese Stimme?

Oder sah er jetzt schon Gespenster...?

Die obere Luke des Kampfwagens stand offen. Er bemerkte, daß dort nun ein 50-mm-MG montiert war. Aber immer noch kein Zeichen von Jacinto! Vielleicht hatte er sich doch den Start angesehen? Aber wozu dann jetzt das aufmontierte MG?

Er nahm wieder das Mikro. »Fünf Foxtrott, melden Sie Status und Standort des bei Ihnen arbeitenden Bodenpersonals. Kommen.«

Nichts.

»Roter Mann, hier Hotel, Funk-Check.«

»Hallo Hotel, hier Roter Mann. Fünf weg.«

Was war das? War das hier etwa ein blinder Funk-Fleck? Funktionierte Jacintos Sprechgerät nicht? Und wenn, dann sollte er doch längst Ablösung bekommen haben? *Falls* das dort wirklich Jacinto war.

»Roger. Rover Neun, kommen Sie zu Fünf Foxtrott. Ende.«

»Rover Neun auf dem Weg.« Er konnte zwei der Wachtposten im Laufschritt zu ihrem Fahrzeug eilen sehen, das gleich danach wendete und losfuhr. Briggs wendete ebenfalls und fuhr auf Hangar Fünf zu. Irgend etwas war im Gange.

Lowjew hatte gute Lust, sich selbst anzuschreien. Er hatte genau sechs Worte gesprochen und war entdeckt worden!

Bleib ruhig, befahl er sich selbst. Vielleicht war noch Zeit, sich aus seiner kritischen Situation zu winden. Wenn er diesen »Hotel«-Typ lange genug mit seiner Überprüfung beschäftigte...

Doch ein einziger Blick aus dem kugelsicheren Fenster machte ihm klar, daß es mit seinem Glück wohl vorbei war. Ein Wagen kam auf ihn zu.

Er sprang heraus und kletterte hinauf auf den Turm. Er brüllte in den Hangar hinein: »*Orlow! Skarjeje! Etah srochnah!* Beeilen Sie sich, sie kommen!«

»Maul halten, Crowe!« Orlow duckte sich bereits hinter die Hangarwand und hatte die M-16/M-203 im Anschlag sowie einen Fernzünder um den Hals. »Runter!«

Dafür aber war es längst zu spät. In Panik drehte Lowjew das Turm-MG, entsicherte, zielte auf den heranbrausenden Wagen des Wachtkommandos und zog durch.

Hal Briggs überlegte, was er Rey Jacinto wegen seines merkwürdigen Benehmens erzählen wollte, als er die Wolke am Turm des Patrouillenwagens entdeckte. Und ehe er noch Zeit hatte, darüber nachzudenken, was Jacinto anstellte, pfiffen ihm schon die Kugeln entgegen, und er sah die Einschläge vor ihm auf dem

Beton der Startbahn. Er trat hart auf die Bremse und warf sich auf den Boden des Wagens – keine Sekunde zu früh, denn im gleichen Moment zersplitterte seine Windschutzscheibe in einen Glasregen. Zugleich spürte er eine Feuerwand rings um sich. Was das bedeutete, war klar. Der Motor brannte.

Das Synthetic-Material seines Dienstanzugs begann auf seinem Rücken zu schmelzen. Er suchte nach dem Türgriff, fand ihn, stieß die Tür auf und kroch aus dem brennenden Auto. Er landete einen knappen Meter neben den brennenden Resten der Kühlerhaube, die explodiert und fortgeschleudert worden war. Überall war dicker schwarzer Rauch, er atmete ihn voll ein und hustete und würgte. Er stürzte auf den Betonboden, und um ihn herum wirbelten glühendheiße Metallsplitter. Das einzig Gute an der Situation war, daß ihn der Rauch für den Schützen unsichtbar machte. Er blieb auf Händen und Knien und begann in die Richtung zu kriechen, in der er den Sicherheits-Checkpoint vermutete. Er hatte sich nicht getäuscht. Gleich danach faßten ihn zwei Posten und zogen ihn auf die Füße. Sie schleppten ihn in die Postenbaracke. Briggs wehrte sich allerdings, als sie ihn dort auf den Boden legen wollten. Er nahm das Funksprechgerät und ging auf den stützpunktweiten Notfallkanal.

»Achtung! An alle HAWC-Sicherheitseinheiten! Hier Hotel auf Kanal 1! Mit sofortiger Wirkung tritt Code Echo-sieben in Kraft. Wiederhole, Code Echo-sieben! Alarm Eindringlinge, Hangar Fünf! Dies ist keine Alarmübung! Eindringlinge haben vor Hangar Fünf aus Patrouillenkampfwagen Feuer eröffnet. Anzahl der Eindringlinge unbekannt!«

Er hielt inne und rieb sich die schmerzende rechte Schläfe, massierte sie und entdeckte, daß er eine Schramme am Kopf hatte und seine Haare versengt waren. »Alle Foxtrott-Wacheinheiten, Posten sichern, in Bereitschaft zum Gegenschlag halten! Hallo, Roger Sieben, bleiben Sie auf Hangar Fünf. Dort geparkten V-100 sichern. Mit allen Mitteln die Vorderfront abriegeln. Hallo, Roter Mann. Benachrichtigen Sie Colonel Towland und General Elliott in der Einsatzüberwachung über die Lage. Benützen Sie Kanal neun und veranlassen Sie, daß man die eben gestartete B-52 auffordert, sich aus dem hiesigen Bereich fernzuhalten. Benachrichtigen Sie ebenso die Besatzung der in Bereitschaft stehenden B-52, sich auf eine Evakuierung vorzubereiten. Ziehen Sie sämtliches verfügbare Personal in voller Kampfausrüstung am Sicherheits-Checkpoint Alpha zusammen. Überwachungs-Hubschrauber 1 und 2 unverzüglich starten. Rover Neun, holen Sie mich vor Sicherheits-Checkpoint Alpha ab. Ich führe dann von Rover Neun aus das weitere Kommando. Achtung, alle Einheiten, Posten sichern...«

Orlow war klar, daß es keinen Sinn hatte, Lowjew Vorwürfe zu machen. Womöglich hatte er sie tatsächlich gerettet, indem er diesen herankommenden Wagen vom Hangar ferngehalten hatte – zumindest so lange, bis Maraklow oder James, oder wie, zum Teufel, er nun auch heißen mochte, ganz fertig war. Sie waren schon seit Stunden hier. Wurde der Mensch jemals fertig?

Die Sicherheitstruppen kamen schneller heran, als Orlow es für möglich gehalten hatte. Nur Sekunden, nachdem Lowjew das Feuer eröffnet hatte, kam schon das Gegenfeuer vom Hangar Vier, wenn Lowjew dadurch auch nicht in Gefahr geriet. Die M-16-Salven allerdings sangen jetzt nur so herum. Sie zwangen Lowjew, sich zum Weiterschießen in den Turm zurückzuziehen. Doch das genügte. Er hielt jedes Gegenfeuer, das hätte gefährlich werden können, in Schach und schlug die erste Welle der Angreifer zurück. Lange konnte er das natürlich nicht durchhalten. Aber etwas Zeit verschaffte er Maraklow damit immerhin...

Wie stets, war das erste, was sich im ANTARES aktivierte, die Funksprechanlage. Üblicherweise blieben die Frequenzen aber stumm. Jetzt jedoch war dermaßen viel Geplapper auf dem Kanal, daß Ken James zuerst glaubte, er hätte zwei sich überlappende Mittelwellen aus Las Vegas eingefangen. Es war so gut wie nichts zu verstehen, und das irritierte ihn zunächst ziemlich. Dann erst wurde ihm allmählich klar, wem das ganze aufgeregte Geschnatter galt: ihnen hier. Die halbe Militärsicherheit von Nevada wurde zum Sturm auf Hangar Fünf zusammengerufen. Sie waren also von den Wachtruppen in *Traumland* entdeckt worden. Hätte er noch zwei Minuten länger gebraucht, den ANTARES-Kontakt zustande zu bringen, wären sie mittlerweile alle tot...

Eine Gedankennachfrage, die nicht mehr als eine Millisekunde in Anspruch nahm, beantwortete ihm alles, was er wissen wollte. Sergeant Howard hatte seine Aufgabe tadellos erfüllt. Alle Systeme waren angeschlossen und funktionierten. Alle Tanks des *Dream Star* waren voll. Er hatte sogar viel mehr Treibstoff, als er sich erhofft hatte.

Beide *Scorpion*-Raketen waren scharf und reagierten auf einen schnellen Funktionstest – was bedeutete, sie waren zu jeder Sekunde abschuß- und einsatzbereit. Ob sie auch imstande waren, seine Verteidigung zu garantieren, war allerdings eine unsichere Sache. Die 20-mm-Bordkanone *Vulcan* war jedenfalls leer. Es wäre auch etwas zu viel verlangt gewesen, diese Waffe auch noch schußbereit zu haben.

Howard hatte sämtliche Bremsklötze und -blocks entfernt und die Klappen der Versorgungsanschlüsse geschlossen. Er war wirklich sehr tüchtig. Maraklow mußte sich eines Tages noch persönlich extra bei ihm bedanken – falls sie es schafften, natürlich. Der automatische Flugdatenschreiber des ANTARES-Systems hatte dies auch schon als Vormerkung abgespeichert, kaum war es gedacht.

Der *Dream Star* konnte in Sekunden von voller Kraft auf vollen Militärschub gehen – eine Fähigkeit, die die Jäger der Zukunft serienmäßig besitzen würden, über die jetzt aber allein der *Dream Star* verfügte. Ken James übergab – wieder einmal – sein Leben der Obhut des Computers. Nur noch eine Maschine war imstande, die ungeheuren Energien zu kontrollieren, die er nun mobilisierte: das Maximum an Kampfgeschwindigkeit und Wirksamkeit. Es war allerdings auch möglich, den 50 Tonnen schweren Jagdbomber in eine Riesenbombe zu verwandeln.

Mit einem bloßen Gedanken aktivierten sich Energie, Treibstoff und Luft. Lichter und Funk aus. Es hatte wenig Sinn, Briggs und der ganzen Air Force die Suche nach ihm auch noch zu erleichtern. Der Tank hatte zwanzigtausend Kubikfuß Luft mit fünftausend Pfund PSI-Druck aufgenommen und gab sie nun in weniger als einer Sekunde in den Kompressor der Düsentriebwerke des *Dream Star* ab, während gleichzeitig Treibstoff in die Brennkammer eingespritzt wurde und die hochvoltige Zündung in Aktion trat. Das ergab einen gewaltigen Energiestoß, der die Turbinen im Nu auf 3000 Upm brachte. Die explosive Mischung aus Treibstoff und komprimierter Luft entwickelte die gleiche Energie wie eine Tonne TNT.

Nach nur zehn Sekunden war der *Dream Star* startbereit. Jetzt war das einzige Problem nur noch, so schnell wie möglich in die Luft zu kommen.

Orlow war zwar als Sergeant Howard für den Schnellstart des *Dream Star* geschult worden, aber so recht daran geglaubt hatte er eigentlich nie. Nun sah er es mit eigenen Augen. Im einen Moment war der Jäger noch still und kalt und gleich im nächsten ein einziges Energiebündel mit einer brennenden hitzeflirrenden Auspuffwolke. Es erinnerte ihn an eine Tigerfütterung im Moskauer Zoo. Zuerst lagen die Tiere träge und faul da, aber beim Geruch von blutigem Fleisch waren sie nicht mehr zu haltende Bündel von Bewegung und Energie.

Die Anschlußkabel und -schläuche schnappten vom Flugzeug ab, und ehe er herbeieilen konnte, um zu fragen, ob Maraklow noch irgend etwas brauchte, rollte der *Dream Star* auch schon aus dem Hangar.

Ohne zu zögern, ergriff Orlow die Fernbedienung, drückte sie und begann zum Patrouillenwagen hinauszusprinten. Er erreichte ihn im gleichen Moment, als grelle Feuersäulen den noch etwas düsteren frühen Morgenhimmel gleißend erhellten. Er war auf diese blendende Helligkeit der Leuchtgranaten nicht vorbereitet. Er schloß die Augen, während sie aus den Granatwerfern geschleudert wurden. Lowjew im Fahrzeug rieb sich die Augen und zwinkerte heftig.

»Weg da, aus dem Weg!« fuhr ihn Orlow an. Lowjew taumelte zum Bordkanonenturm, Orlow zwängte sich hinter das Steuerrad, ließ den Motor an und drückte heftig aufs Gaspedal.

»Kannst du am MG bleiben?« schrie er zu Lowjew hinauf, der sich am Turm festklammerte und noch immer blinzelte. Er war ein Typ, der schon immer mehr Mumm als Grips gehabt hatte und der, auch noch wenn es ihm beide Arme weggerissen hätte, sagen würde, daß alles in Ordnung sei. Orlow konnte jetzt nur noch fahren, was das Zeug hielt. Entweder war Lowjew der Aufgabe, ihnen die Verfolger vom Leibe zu halten, gewachsen, oder es war eben aus mit ihnen.

»Nur nicht nach hinten schießen!« rief er Lowjew zu. »Direkt hinter uns ist Maraklow mit dem Flugzeug. Schieß auf alles, was sich bewegt. Unsere einzige Hoffnung ist –«

Doch der Rest seiner Ermahnung ging im rhythmischen Hämmern der Bordkanone unter. Er dachte zuerst, es sei Lowjew, bis er merkte, daß es von außen kam. Er wollte Lowjew noch warnen, in Deckung zu gehen, als ihm der junge Agent – ohne Kopf – entgegenfiel. Orlow trat das Gaspedal bis zum Anschlag durch. Nicht mal eine Leiche läßt man dem Feind.

Die Sicherheitstruppe von *Traumland* hatte wirklich sehr viel schneller reagiert, als er es je erwartet hätte. Und noch lag das letzte Hindernis vor ihm – das breite Stahltor im Zaun um die Testhangars. Es mußte schnell gehen. War es erst einmal zu, senkten sich automatisch schwere Stahlstäbe herab und machten es absolut öffnungssicher.

Er steuerte mit einer Hand und griff mit der anderen nach oben, um das schwere MG nach vorn zu drehen. Er fingerte am Fernabzug herum und brachte ihn schließlich am Abzug seines Gewehrs an. Keine hundert Meter mehr bis zum Tor. Er schoß kurze Salven, fuhr Schlangenlinien und zielte auf alles, was sich in der Nähe des Tores bewegte.

Zu seiner Verblüffung war das Tor jedoch bereits fest geschlossen. Zwei Soldaten robbten an ihm entlang und versuchten die Verriegelungsmechanismen zu erreichen. Er fuhr direkt auf sie zu und befeuerte den Zaun, um sie am Boden festzunageln. Aber sie blieben nicht liegen. Er zielte jetzt auch mit der Bordkanone auf sie und verbreitete Streufeuer. Das dauerte allerdings nur ein paar Sekunden – die Bordkanone hatte plötzlich Ladehemmung.

Einer der Posten war bereits tot, der andere aber warf den Hebel des Schließmechanismus herum.

Orlow blieb nur noch eine Chance. Er raste mit Vollgas auf die Tormitte zu. Wenn die Verriegelung brach oder sich aus den Scharnieren bog, schaffte er es vielleicht, es so weit aufzurammen, daß die XF-34A durchrollen konnte.

Er preschte unter Geschoßhagel von allen Seiten in die Verriegelung des Tors, mit gut 60 mph. Das vier Tonnen schwere Fahrzeug hatte genug Tempo, um ein ganzes Haus einzureißen. Aber es reichte nicht, die zehn Zentimeter dicken Stahlpfosten des Tors umzudrücken. Statt dessen riß der Anprall die Kühlerhaube vom Fahrzeug und preßte es so zusammen, daß Orlow hinter dem Steuerrad vom Motorblock und dem Getriebe zerquetscht wurde. Die Knochen in seinem Leib wurden nahezu pulverisiert. Der Wagen explodierte und brannte. Der zweite Soldat am Tor starb bei der Explosion.

Doch das Tor hatte gehalten.

Der *Dream Star* saß in der Falle.

Mit einem raschen Gedankenkommando aktivierte sich das Angriffsradar des *Dream Star* und schaltete sich wieder ab, genau zweihundert Meter vor dem Tor, nachdem Kenneth Francis James alias Andrej Iwanschischin Maraklow seine Maschine zum Stehen kommandiert hatte. Zweihundert Meter, dann über ein fast vier Meter hohes Hindernis. Nächstes Gedankenkommando. Die Bordcomputer maßen Außentemperatur, Bremswinde, Druckhöhe, relative Feuchtigkeit, Gesamtfluggewicht und sämtliche Aktions- und Triebwerke-Variablen, um dann die Maximal-Startbedingungen und den besten Steigwinkel über das Hindernis hinweg zu errechnen.

Er reichte nicht. Die Computer verlangten mindestens dreihundertdreißig Meter Rollstrecke für einen sicheren Start über das Hindernis hinweg.

Maraklow reagierte augenblicklich, trieb die Maschine auf Vollgas, ging auf Bremsschub und ließ die Bremsen los. Das Flugzeug rollte rückwärts in Richtung Hangars, mitten hinein in das Durcheinander, dem sie eben entkommen waren. Gleichzeitig aktivierte Maraklow das Radarsystem, das ringsum die ganze nähere Umgebung erfaßte.

Er war gerade erst an die dreißig Meter zurückgerollt, als der erste Panzerwagen M-113 angebraust kam, mit nahezu 40 Meilen. Maraklow bremste scharf, als sein supraleitendes Radar meldete, daß die 20mm-Bordkanone des verfolgenden M-113 das Feuer eröffnete.

»Wie ist die Lage, Hal?« rief General Elliott über den Sicherheitsfunk.

Hal Briggs hielt sich an dem Handgriff an der Tür des M-113 fest und drückte mit der anderen Hand den Mikroknopf. »Wir fahren von links auf die Maschine zu. Sie ist noch an die hundert Meter entfernt. Ich könnte schwören, sie ist zurückgerollt oder irgend so was.«

Elliott saß zusammen mit McLanahan, der fuhr, in einem Wagen. Sie rasten über das Rollbahndelta auf die Hangars zu, ohne auf Gräben oder Tore zu achten. McLanahan musterte Elliott einen Augenblick. »Hat er wirklich gesagt, er rollt rückwärts?« Elliott zuckte wortlos mit den Schultern. »Hal«, rief McLanahan über Funk, »wie weit vor dem Tor steht der *Dream Star*?«

»Fragen Sie mich was Leichteres. Wir sind noch nicht nahe genug ran. Aber schätzungsweise weniger als dreihundert Meter.«

»Kann das reichen?« fragte Elliott McLanahan.

McLanahan fuhr mit Vollgas und hielt das Steuerrad fest umklammert. »Kühler Morgen«, überlegte er, »halb vollgetankt, bißchen Gegenwind... das reicht.«

»Zum Teufel, wer sitzt da drin, verdammt?« Selbst jetzt konnte Elliott nicht glauben, daß es James sein könnte. Er war immerhin einer von den drei Leuten auf der ganzen Welt, die überhaupt dafür in Frage kamen. »Und wie ist er dort überhaupt reingekommen?« Er drückte den Sprechknopf wieder. »Schießt ihm die Reifen platt. Und wenn die Maschine sich bewegt, dann scharf auf Abschuß. Und falls er vom Boden kommt, gnadenlos runterholen.«

812 Komma 7 Fuß. Jetzt.

Er blieb auf den Bremsen stehen und gab Vollgas und ging

dann auf Maximal-Nachbrenner. Er gab dem Computer noch eine halbe Sekunde für die volle Triebwerksschubangleichung und machte dann voll auf. Der *Dream Star* hob die Nase steil nach oben, das Heck senkte sich tief hinunter. Er zog die *Canard*-Flossen ganz hoch und löste die Bremsen.

Die Maschine war noch keine dreißig Meter gerollt, als ihm klar wurde, daß es nicht funktionierte. Er hatte es sogar schon vor dem Kontrollcomputer gewußt, der sämtliche Daten berechnete und seine Kollisionswarnung gab, zusammen mit der Empfehlung, den Start augenblicklich abzubrechen. Er ignorierte die Informationen einfach. Der einzige Gedanke beherrschte ihn: Also das ist nun die Art, wie ich sterbe? Nicht etwa nach einem verbissenen Kampf auf dem Fluchtflug? Einfach nur in einem Feuerball beim Anprall an das Tor, bei einem Versuch, von dem ich genau wußte, wie aussichtslos er war...?

Noch fünfhundert Fuß. Alle Räder befanden sich noch fest auf dem Boden. Längst keine Startgeschwindigkeit. Kaum Auftrieb spürbar, den jeder Pilot spürt, wenn die Geschwindigkeit steigt. An sich eine ganz einfache computergesteuerte Korrektur, die Flügelenden zu heben, an sich völlig problemlos, zu –

Er riß sich von diesen Gedanken los. Die Flügelenden... der *Dream Star* neutralisierte so etwas doch völlig selbsttätig, diese Wirbel, die Turbulenzen erzeugten, den Auftrieb verringerten und die Startstrecke verlängerten. Doch diese Turbulenzen unter dem Rumpf... sie erzeugten etwas anderes. Bodeneffekt. Die Kraft war wie ein Kissen, wenn das Flugzeug sich knapp über dem Boden befand. Gerade noch unter Abhebegeschwindigkeit, aber doch schon in der Luft... Wenn das stimmte...

Noch vierhundert Fuß.

Er mißachtete die Computeranweisung, etwas gegen die Neigung der Flügelenden zu tun. Sie vibrierten deshalb noch stärker, erzeugten damit aber nicht weniger als 200 Prozent mehr Auftrieb und zwei wahre Windtornados, die sich flügeleinwärts bewegten und über den Rumpf hinwegfegten. Er spürte, wie sie an den Rumpf prallten, und kämpfte um die Kontrolle über das Flugzeug. Die ganze Maschine fühlte sich an wie ein Wackelpudding und schien auf überhaupt nichts zu reagieren.

Neunzig Knoten und noch dreihundert Fuß.

Die linke Flügelspitze knackte laut. Ein Warnlicht ACHTUNG BRUCHGEFAHR leuchtete auf. Na und? Ignorieren. Die Flügelspitzen flatterten unter der Gewalt von orkanstarken Winden. Die übrigen Tragflächenteile allerdings vibrierten nur unter relativ ruhigen Luftströmen. Er versteifte die Tragflächen durch Drehen der inneren Oberflächenklappen, damit sich die an den Flügelspitzen konzentrierende Kraft über die ruhigeren Teile der Tragflächen ausbreiten konnte. Das Flugzeug schüttelte sich protestierend. Pausenlos leuchteten die Warnlampen ACHTUNG BRUCHGEFAHR und ACHTUNG KOLLISIONSGEFAHR auf, und er mußte sich zwingen, nicht darauf zu achten und gleichzeitig ANTARES daran zu hindern, das Kommando zu übernehmen, was natürlich den sofortigen Startabbruch bedeutet hätte. Das automatische Gehirn des *Dream Star* war schließlich auf Selbstschutz programmiert, und zwar um jeden Preis, nicht aber auf Selbstzerstörung.

Hundert Knoten, zweihundert Fuß. Die Nase hob sich etwas, vor allem mit Hilfe der Flossen und dem Schubauftrieb der Klappen. Startstellung zwar erreicht, aber immer noch weit entfernt von Startgeschwindigkeit...

Hundertfünfzig Fuß. Nur noch eine einzige Chance – er fuhr das Fahrwerk ein.

Hundert Fuß, hundertzehn Knoten. ANTARES warnte: nicht ausreichende Konfiguration, noch Druck vom Fahrwerkschacht, Flugzeug noch immer am Boden. Er kümmerte sich auch darum nicht, sondern blieb beim Befehl FAHRWERK EIN. Er schloß die Augen und wartete, daß das Heck auf der Startbahn scheuerte...

Fünfundsiebzig, hundertfünfzehn Knoten. Abhebegeschwindigkeit für die Situation. Das Heck scheuerte nicht auf der Startbahn. Null Fuß, das schwere Fahrwerk war eingefahren, das Flugzeug beschleunigte auf hundertdreißig Knoten, brachte damit die Nase noch etwas höher und verursachte einen Funkenregen, als es über den Stacheldraht oben auf dem Tor schrammte. Die beiden hinteren Ruderklappen wurden weggerissen, weil er sie nicht mehr rechtzeitig hatte hochnehmen können. Die ganze Maschine wackelte, als die Ruder abrissen, aber sonst passierte nichts.

Der *Dream Star* war oben und flog.

McLanahan und Elliott waren gerade bei den Hangars angekommen, als der *Dream Star* über das Tor setzte wie ein Turnierpferd, das zwar das Hindernis touchierte, aber gerade noch ohne Fehler über das Hindernis kam. Sie trauten ihren Augen nicht. Das Flugzeug zog so steil nach oben und so scheinbar langsam, daß es unbegreiflich war, warum es nicht herunterfiel. Es schien zwar – im Zeitlupentempo – zu fallen. Doch das war eine optische Täuschung. Die Nase senkte sich etwas, aber nur, um sich neuen Auftrieb zu holen. Und dann wurde das Ding schneller und schneller und stieg und stieg in die Morgendämmerung...

McLanahan stemmte den Fuß auf die Bremse und vermied gerade noch einen Zusammenstoß mit einem der Kampfwagen der Patrouille, die wie wild in den Himmel feuerte, bis der *Dream Star* nicht mehr zu sehen war.

Hal Briggs kletterte aus dem Auto und rang nach Atem. Er richtete sich mühsam auf. »Nichts zu machen... weg.« Und noch ehe Elliott etwas sagen konnte, hatte er schon sein Walkietalkie in der Hand. »Hallo Roter Mann, hier Hotel. Alarm an die 47. taktischen Jäger in Nellis. Diebstahl der XF-34 A von Basis. Bewaffnet mit Luft-Luft-Raketen. Muß als feindselig betrachtet werden. Befehl von Alpha. Verfolgen, stellen, zerstören.«

»Verstanden, Hotel.«

»Achtung, an alle Sicherheitseinheiten *Traumland*. Hier Hotel. XF-34 ist gestartet, zuletzt gesehen Flugrichtung Südwest aus *Traumland* bei langsamer Geschwindigkeit. Flugzeug wurde entführt, Täter unbekannt. Ausgerüstet nur mit Luft-Luft-Raketen. Alle Luftverteidigungseinheiten sind zum freien Angriff und Abschuß autorisiert. Alle Beobachtungsberichte direkt an Roter Mann, nach Nellis oder mit Vorrang an Flugkontrollzentrum Las Vegas. Wiederhole: alle Einheiten auf Verfolgung und freien Abschuß. Ende.« Er ließ sein Sprechgerät in den Schoß sinken, als wiege es schwer wie ein Stein.

»Patrick«, sagte Elliott, »fahren Sie uns rüber zum Hangar Fünf.« Er besah sich vorsichtig Briggs' Wunde unter dem provisorischen Verband. »Kommando zurück. Fahren Sie uns erst ins Lazarett.«

»Das ist nichts«, sagte Briggs abwehrend. Er betastete seinen kahlgesengten Kopf. »Das Postenkommando hat die Wunde schon versorgt.«

Elliott war froh, er brauchte Briggs. Während McLanahan auf die Hangars zufuhr, fragte er: »Was genau ist eigentlich passiert, Hal?«

Briggs wischte sich den Schweiß von seinen Schrammen und Verbrennungen. »Es ging alles so irrsinnig schnell, General. Irgendwas schien mit den Foxtrott-Posten zu sein. Ich verlangte Meldung. Und die von Fünf Foxtrott klang faul. Es war jedenfalls nicht Jacinto. Ich war gerade auf dem Weg dorthin, um der Sache nachzugehen, als mir auch schon die blauen Bohnen um die Ohren pfiffen. Ich schaffte es kaum noch bis zu Rover Neun, als die Granatwerfer zu spucken anfingen. Und dann war der *Dream Star* draußen und rollte. Ich habe so was noch nicht gesehen. Wer den auch fliegt, es ist einfach verrückt. Es war, als würde er vor dem Tor senkrecht in die Luft springen. Ich hätte keinen Pfifferling darauf gewettet, daß er über das Tor kommt.«

Sie fuhren am Tor des Hangar Fünf vor. Rover Sieben, der zweite Kampfwagen M-113, stand schon dort, und Posten sicherten die Tore an beiden Seiten. Vom Fahrzeug aus leuchtete ein Scheinwerferstrahl in den Hangar.

»Hallo Sieben, hier Hotel. Ist der Hangar sicher?«

»Bestätigt.«

»*Roger.* Sergeant Macynski, folgen Sie mir. Die anderen geben uns Feuerschutz.«

Briggs stieg aus, entsicherte seine M-116 und lief zum Patrouillenwagen hinüber, wo ihn Macynski erwartete. Er besprach sich kurz mit ihm, und dann eilten sie im Laufschritt auf das Hangartor zu. Sie spähten hinein, ihre Waffen im Anschlag, um beim kleinsten Geräusch oder der geringsten Bewegung sofort zu schießen. Aber dort war nichts. Briggs winkte den Patrouillenwagen näher heran, ging dann zurück zu seinem Auto, setzte sich auf den Rücksitz und nahm sein Walkie-talkie in die Hand. »Roter Mann, hier Hotel. Schicken Sie sofort ein Ermittlungskommando zum Hangar Fünf, und ein weiteres zum Rampentor. Achtung, Neun, stellen Sie den V-100 sicher, der das Tor gerammt hat. Alle Toten aus dem Wrack bergen und dem Ermittlungskommando übergeben. Identifizierung der Insassen, Ergebnis schnellstmöglich an mich.«

»*Roger«,* kam die Bestätigung. »Lance Eins und Lance Zwei, F-16-F, sind um fünf nach von Nellis gestartet, ebenso von China Lake. Controller VIEHWAGEN. Sie können Kontakt aufnehmen, Hotel, auf Kanal Eins-Eins.«

»*Roger,* Roter Mann. Legen Sie sämtliche Luftverteidigungs-Einheiten von *Traumland* auf Kanal elf, und machen Sie mir die Verbindung zu VIEHWAGEN. Das letzte, was wir jetzt brauchen, ist, daß unsere Jungs die F-14 oder -16 beschießen.«

»Alle Einheiten auf elf, Sir, jawohl. Simultan Stimmen und Daten.« Briggs schaltete sein Funkgerät ebenfalls um.

»Hallo VIEHWAGEN, hier Hotel auf Kanal Eins-eins. Kommen.«

»Hallo Hotel, hier VIEHWAGEN. HAWC-Luftabwehreinheiten melden sich soeben, Sir. Komplett in einer Minute.«

»Schon irgendwelche Radarstationen oben?«

»Noch nicht, Sir. AWACS 767 von Nellis ist nicht der schnellste Vogel. Ich habe die taktischen Jäger angewiesen, die Besatzung zu rufen. Aber das kann noch ein Weilchen dauern.«

»Aber er entkommt uns, wenn nicht umgehend ein AWACS oben ist und ihn aufstöbert!« schrie McLanahan. »Wenn er tief genug fliegt, entdeckt ihn das Bodenradar nicht.«

»Hallo Hotel, hier VIEHWAGEN. Radarkontakt mit Ihrem Feindobjekt. Ich alarmiere die gesamte HAWC-Flak. Sonst noch Anweisungen, Sir?«

Briggs sah Elliott fragend an, dem es zwar innerlich alles zusammenzog, der jedoch ohne Zögern mit fester Stimme sagte: »Sofort abschießen bei Sichtung!«

Briggs nickte und hob sein Sprechgerät wieder an den Mund. »Hallo VIEHWAGEN, Befehl durch Alpha bestätigt. Abschießen, sobald gesichtet. Ende.«

Maraklow war keine zweihundert Fuß über Grund, als ANTARES die Suchsender ringsum zu melden begann. Er sah hinaus, sein direktes Sichtbild wurde ergänzt durch die ANTARES-generierten Geländeprojektionen mit sämtlichen Stellungen ringsum. Vielfarbige Bögen und Bänder oszillierten, erschienen und verschwanden, um dann kaleidoskopartig wieder aufzutauchen. Diese Farbenstreifen waren tatsächlich Strahlen von Suchradars und Datenkreuzungen, alle auf der Suche nach ihm. Die meisten Farbwellen lagen über ihm wie Feuervorhänge an einer Zimmerdecke. Einige schienen auch direkt durch den *Dream Star* hindurchzugehen. Er wußte, daß er diesen Streifen ausweichen mußte. Die grünen waren Suchradar – nicht gefährlich, aber sie verrieten seine Position. Die anderen waren gelb. Zielradar, das seinen genauen Standort fixierte und Zieldaten an die Boden-Luft- und Luft-Luft-Raketen lieferte. Sobald seine Farbe von gelb nach rot wechselte, bedeutete dies einen Raketenabschuß. Befand er sich in einem roten Streifen, war er in der tödlichen Flugbahn einer Rakete und wurde binnen Sekunden von ihr vernichtet, falls er sie nicht noch ausmanövrieren konnte. Das Flugzeug hatte kein Ablenkungs-Auswurfmaterial – Stanniolstreifen, Metallspäne oder dergleichen – an Bord. Er mußte, wollte er überleben, entweder schneller sein als alle Angreifer oder sie austricksen und zerstören.

Er hatte inzwischen das ausgetrocknete Wasserbecken des Groom Lake hinter sich gelassen und war auf südlichem Kurs fast schon am Papoose-Canyon nordwestlich des Emigrant Valley, als aus einem schmalen Schlitz zwischen zwei Felsenspitzen ein grüner Lichtblitz hervorschoß und den *Dream Star* breitseits traf. Eines der Suchradars hatte ihn also. Der Strahl wurde sofort gelb, doch eine der Bergspitzen blockte einen Teil der Energie ab, und das Band wurde auf seinem 360-Grad-Umlauf wieder grün. Trotzdem – sie hatten ihn und wußten, wo er war. Sie konnten ihn einkreisen. Er zog weiter hinaus und hoffte, möglichst lange im Berg- und damit Radarschatten bleiben zu können.

Es klappte nicht. Er mußte höher gehen, aber der grüne Radarstrahl wanderte nicht mit in die Höhe. Es blieb keine Reaktionszeit. Er flog voll in das grüne Radarband, das alle sechs Sekunden einen Umlauf vollzog. Und diesmal wurde es gelb und blieb an ihm kleben. Seine Warnanzeiger meldeten sich sofort und wußten schon nach einigen Sekunden Analyse, daß eine britische *Rapier*, eine Boden-Luft-Rakete, an ihm hing.

Der Computer empfahl Steigerung der Geschwindigkeit und Aufstieg in größere Höhe, um ihr zu entkommen, und er hatte die entsprechenden Befehle kaum gegeben, als das Energieband bereits rot wurde. Die *Rapier* hatte innerhalb von Sekunden von Suchflug auf Zielanflug geschaltet und war in der Luft. Es blieb weder Zeit noch Raum zu flüchten. Der *Dream Star* saß zwischen den Bergen in der Falle.

ANTARES spürte Maraklows Verwirrung und löschte das erste Manöver, um sofort die *Canard*-Flossen in die steilste Steigposition zu stellen und einen schnellen Halblooping nach innen zu kommandieren – direkt zurück in die kurze Felswand, die er gerade passiert hatte. Das supraleitende Radar wurde von ANTARES aktiviert. Es zeigte an, daß die Wand eine dreiviertel Meile entfernt lag. In weniger als vier Sekunden würde er dagegenprallen...

Ein Lichtblitz schoß aus der rechten Tragfläche, und das Flugzeug ruckte unvermittelt hart nach rechts, was nicht weniger als 9 G erzeugte. Die *Rapier*-Rakete hatte ihn um einen Meter verfehlt. Maraklow suchte den Himmel nach weiteren Raketen ab, doch die harten 9 G hatten ihm den Blick vernebelt. Dann gab es noch eine Explosion rechts von ihm. Tatsächlich war dort noch eine zweite *Rapier*, die auf ihn abgeschossen worden war, aber sie war dreihundert Meter hinter ihm gegen den Berg gerast.

Sein Schleudersitz neigte sich automatisch nach unten. Das half, den Blutfluß zurück ins Gehirn zu fördern. ANTARES berechnete und vollführte währenddessen selbständig weitere Ausweichmanöver. Die Farbstreifen der Suchradare rundherum wurden wieder grün. Die älteren *Rapier*-Raketensysteme in der Nähe von *Traumland* hatten auf jeder Startrampe lediglich zwei Raketen und waren also zurück auf Suchmodus gegangen, während die Mannschaften neue Abschüsse vorbereiteten.

Maraklow sah fasziniert zu, wie ANTARES automatisch die Maschine auf vollen Schub steigerte und mit kurzen Stößen seines multigerichteten Radars das ganze Gelände um *Traumland* abzusuchen begann und so tief flog, wie es nur ging. Sein Schleudersitz richtete sich wieder auf, je mehr die G-Kräfte nachließen, und er konnte sich ein wenig entspannen. Bis die dort unten eine neue Rakete abschußfertig hatten, war er längst über alle Berge.

Ein Warnton oben Mitte ertönte. Zugleich erschien auf dem Radarmonitor ein blaues dreieckiges Symbol, auf dessen Spitze ein langes grünes Dreieck stand. Maraklow stellte eine Gedankenanfrage an ANTARES. Sie wurde ihm sofort beantwortet. Ein Jäger F-16 *Falcon*, der mit seinem nagelneuen APG-91-Radar den Himmel absuchte. Die F-16, die nun bald fünfundzwanzig Jahre auf dem Buckel hatte, war so vielen Änderungen unterzogen worden, daß von dem ursprünglichen Flugzeug kaum noch etwas übrig war. Ursprünglich gar nicht dafür konstruiert, verfügte sie jetzt über den Bogen-Effekt, über riesige Deltaflügel, und die Fähigkeit, aus jeder Höhe jedes beliebige Boden- oder Luftziel anzugreifen. Und wie das funktionierte, sah Maraklow jetzt, als ihn das grüne Dreieck fixierte, auf ihn herunterschoß und seinen *Dream Star* binnen Sekunden wieder gefunden hatte.

Er kommandierte augenblicklich hartes Abdrehen und suchte nach einem Geländeversteck. Er wußte, daß die F-16 selten allein flogen, daß aber immer nur einer sein Radar aktivierte, während sich die anderen mit Leitstrahl an ihren Staffelführer hängten und sich so an ihr Ziel heranpirschten. Das Angriffsradar öffneten sie erst im allerletzten Moment.

Ein weiteres Gedankenkommando... und Maraklow verließ der Mut. Bei der gegenwärtigen niedrigen Flughöhe verbrauchte er viel zuviel Treibstoff. Er konnte es sich nicht leisten, in eine Situation zu geraten, in der er mit dem Ausweichen vor Raketen der F-16 Zeit und Treibstoff verschwendete. Erst recht nicht konnte er sich auf direkte Luftkämpfe mit ihnen einlassen – zumal Verstärkung für sie zweifellos schon unterwegs war, höchstwahrscheinlich die F-15 vom Stützpunkt

Davis-Monthan in Tucson. Viele Möglichkeiten blieben ihm nicht mehr. Genau gesagt, sogar nur eine einzige: so schnell wie möglich durch die Luft sausen.

Er stellte fest, wie die beste Flughöhe war, um einen Überblick über fünfhundert Meilen Umkreis zu haben: 6500 Fuß. Er wies den Computer an, diese Höhe und die optimale Geschwindigkeit einzuhalten sowie seine Daten ständig der sich laufend verringernden Treibstoffmenge und damit dem Gesamtgewicht anzupassen, desgleichen die Flügelstellung. Er konnte sich keinerlei Flugveränderungen mehr erlauben, weder Triebwerksschub noch Lage, noch Höhenveränderungen oder irgendwelche Verteidigungsmanöver. Die einzige Wahl, die ihm blieb, war Zero Q, nämlich alle aerodynamischen Daten auf Null – was unveränderlich bedeutete – und bei größtmöglicher Fluggeschwindigkeit auf direktem Weg zur Grenze.

Er ließ sich den günstigsten Flugweg unter Vermeidung von Siedlungszentren und Verteidigungsbereichen bis zu dem kleinen ausgetrockneten See Laguna de Santiaguillo berechnen, wo Kramer und Moffitt im nördlichen Zentralmexiko mit einem Tankwagen auf ihn warten sollten. Laguna di Santiaguillo war ein aufgelassenes Trainingszentrum am Fuß der Berge der westlichen Sierra Madre, das in bequemer Reichweite zweier mexikanischer Luftwaffenstützpunkte – Mazatlan und Monterrey – lag. Nicht gerade die ideale Position, dachte Maraklow, aber so kurzfristig war nichts anderes machbar gewesen.

Der Computer hatte die Antwort nach relativ langen zweieinhalb Sekunden: dreihundert Meilen zum Golf von Kalifornien, dann siebenhundertfünfzig den Westrand der westlichen Sierra Madre entlang, anschließend über das Tal des Flusses Remedias hinweg nach Laguna de Santiaguillo. Er flog mit Mach 1,1, rund 900 mph, und verbrauchte stündlich zwanzigtausend Pfund in den Tanks. Mit anderen Worten, er erreichte Laguna de Santiaguillo mit dem letzten Tropfen Sprit. Etwas mehr würde ihm bleiben, wenn er den Anflug im Leerlauf und mit langer Gleitlandung vollführte; aber entsprechend weniger, wenn er es noch mit weiteren Raketen zu tun bekam oder seine Nachbrenner benützen mußte.

Mit einem neuen Gedankenkommando testete er die beiden *Scorpion*-Raketen. Beide hatten instrumentegesteuerte Sprengköpfe, wurden ansonsten aber wie operationelle Waffen abgeschossen und gelenkt. Er konnte sich ihrer bedienen, wenn er in Schwierigkeiten kam. Aber er mußte sehr sorgfältig zielen. Ohne Explosivsprengköpfe gab es keine Annäherungsdetonationen. Jeder Schuß mußte ganz genau treffen.

Hier oben erschien jedoch die Wahrscheinlichkeit, daß ihm jemand in die Quere kam, eher gering. Zwar waren rings um ihn Suchradars, aber es gab doch auch gewaltige Lücken zwischen ihnen, durch die er sich winden konnte, indem er den Kurs nur ganz gering korrigierte, um möglichst immer einen Berg zwischen sich und die Radarkegel zu bringen. Kleinere gelbe Blasen – riesigen Pilzen gleich – erschienen ab und zu (die jeweils letzten Lebenszeichen von explodierenden Boden-Luft-Raketen von unten), aber keine wurde ihm gefährlich, er wich ihnen allen aus. Er war fast aus dem *Traumland*-Bereich heraus und wurde noch schneller; er überschritt 1000 mph.

Mehr als tolle Flugkunststücke und überlegene Waffen garantierten Schnelligkeit und Unentdecktbleiben das Überleben. Als er zum erstenmal mit dem Gedanken gespielt hatte, den *Dream Star* zu entführen, hatte er sich vorgestellt, wie er die Luftüberlegenheit über den gesamten US-Südosten erringen und die besten Jagdflieger der Welt mit Schleifen und Kreisen schwindlig fliegen würde, um über eine Milliarde Dollar in »Hardware« zu stehlen. Nun, tatsächlich spielte es sich jetzt ein wenig anders ab. Er robbte sich sozusagen heimlich aus dem Land und mußte sich hinter jedem Schatten verstecken und den Verbrauch jedes Liters Treibstoff bedenken…

Zum erstenmal gestattete er sich eine Lockerung seiner angespannten Muskeln. Immerhin: Er hatte den Leuten, die ihm sein Baby hatten wegnehmen wollen, ebendieses unter ihren Augen geklaut. Und jetzt wagte er sogar mit dem Gedanken zu spielen, daß er es schaffte.

Dieser erhebende Gedanke war ihm genau vierzig Sekunden lang vergönnt. Dann war irgendwo aus dem Nichts plötzlich ein grünes Energiedreieck direkt vor ihm. Keine Zeit mehr zum

Ausweichen. Das grüne Dreieck hatte ihn bereits geschluckt und verwandelte sich daraufhin sofort in ein gelbes...

Ein wirklich verblüffendes Ding, dachte Major Edward Frost, der Radarnavigator an Bord der B-52 *Megafestung Plus*. Ein alter Kasten von B-52, aber ausgestattet mit allem Klimbim.

Er beobachtete seinen 30x20-Monitor, der ihm hundert Meilen Umkreis projizierte. Ein kreisrunder Cursor, der sich automatisch auf ein Radarecho legte, das den von Frost selbst vorprogrammierten Parametern entsprach, hatte sich an ein in großer Höhe und mit großer Geschwindigkeit fliegendes Ziel gehängt. Phantastisch: Man sagte seinem System, was man wollte, und es gehorchte. Das war was anderes als noch vor ein paar Jahren, wo sich die Radar-Navs von B-52-Bombern auf Boden- und »Kulturecho« (Gebäude, Berge, Städte) konzentrieren mußten, um sich zu orientieren.

Er drückte auf den Mikroknopf neben seinem rechten Fuß. »Hallo, Pilot, hier Radar. Radarkontakt Flugzeug, ein Uhr, fünfundachtzig Meilen.« Er drückte auf einen anderen Knopf an seinem Instrumentenbrett und las ab: »Höhe sechstausendfünfhundert Fuß, Fluggeschwindigkeit... he, der haut ab! Fluggeschwindigkeit eintausendeinhundert Knoten.«

Er drückte einen weiteren seiner Funktionsknöpfe. Das Monitorbild sprang um und zeigte ein Labyrinth von Bögen, Linien und Gittern. Der Computer hatte seine ganze Auswahl möglicher Angriffsoptionen präsentiert.

Doch Frost schüttelte nur irritiert den Kopf: Das gibt's doch nicht! Ich sitz' hier in einer B-52 und plane eine Attacke auf einen Hochgeschwindigkeitsjäger!

»Kurs rechts auf Null-fünf-zwo für IR-Angriff bei sechszwei nautischen Meilen. Attacke kann automatisch ablaufen«, meldete er und rief dann Angelina Pereira: »Bereit für Leitmodus-Transfer.«

»Vergessen Sie das, Frost«, kam General Ormacks Stimme über den Bordfunk. »Waffen bleiben gesichert. Das ist doch unser eigener Vogel da draußen!«

»Tut mir leid, war wohl zu voreilig.«

»Hallo, Besatzung«, sprach Ormack weiter, »Angriffs-Automatik.« Er schaltete den Abfang-Computer ein und drehte mit fünfundneunzig Prozent Schub den *Old Dog* ab, um den Angriffswinkel klein zu halten. Der Autopilot führte einige Nachkorrekturen weiter nach rechts aus, während sich die Entfernung zwischen den beiden Flugzeugen rasant verringerte.

George Wendelstat, der Sicherheitsbeobachter, meldete sich. »Was genau machen wir, General?« Er saß im Piloteninstruktorensitz festgeschnallt und hatte einen altmodischen Fallschirm auf seinem Rücken. Sein Gesicht war hochrot, und trotz der kühlen Innentemperatur in der B-52 schwitzte er heftig. »Sie haben doch nicht die Absicht, dieses Flugzeug anzugreifen?«

»Ich habe die Absicht«, antwortete ihm Ormack, »alles zu tun, um dieses Flugzeug zum Umkehren zu veranlassen. Und wenn ich das nicht schaffe, werde ich ihn so lange festzunageln versuchen, bis Unterstützung kommt.«

»Aber das ist doch glatter Selbstmord!« protestierte Wendelstat. »Eine B-52 gegen diesen *Dream Star*? Das ist doch ein Jagdflugzeug, oder nicht?«

»Ja, und außerdem eines, das aus meinem eigenen Laden entführt worden ist!« knurrte Ormack. »Kommt nicht in Frage, daß ich den Burschen abhauen lasse, ohne irgendwas zu tun.«

»Einschließlich des Risikos, daß wir alle dabei draufgehen?«

Ormack wehrte ab: »Ich kenne die Möglichkeiten dieses Flugzeugs und die Fähigkeiten seiner Besatzung. Wir können es durchaus mit dem *Dream Star* aufnehmen und ihn lange genug beschäftigen, bis wir Hilfe bekommen. Ich werde weder die Grenzen meiner Verantwortlichkeit überschreiten noch den gesunden Menschenverstand außer acht lassen –«

»Haben Sie doch schon. Er kann uns jeden Augenblick eine Rakete vor den Bug pfeffern.«

»Siebzig Meilen, General, rasch nähernd.«

Colonel Jeff Khan, der Kopilot, rief: »Wendelstat, setzen Sie sich zurück, und halten Sie den Mund. Der General weiß schon, was er tut.«

Ormack griff nach oben an seine Instrumentenkonsole und schaltete auf Kanal elf. »Hallo VIEHWAGEN, hier *Dog* Null-

Zwei. Wir haben fragliches Objekt auf zwölf Uhr, siebzig Meilen. Nähern uns auf Abfangkurs. Benötigen baldmöglichst Instruktionen von HAWC-Alpha.«

Es knackte. »Hallo Null-Zwei, hier HAWC-Alpha. Sie können da oben gar nichts tun, John. Außerdem sind die F-16 bereits auf dem Weg. Macht, daß ihr wegkommt.«

»Ich bin aber dran, Alpha«, entgegnete Ormack, »und schon auf ID-Abfangkurs. Kann jederzeit das Radar rübergeben. Ihr braucht es nur zu sagen.«

»Sechzig Meilen.«

»John«, sagte Elliott von unten, »er hat zwei *Scorpion* mit. Wiederhole: zwei scharfe *Scorpion*. Da haben Sie keine Chance. Lassen Sie ihn sausen, und machen Sie die Bahn frei.«

»Ich habe auch zwei *Scorpion*, General! Und außerdem auch noch *Jammer*, die das Aktivradar der *Scorpion* kontern. Er aber nicht.«

»Aber er kann um Ihre *Scorpion* Kreise fliegen.«

Ormack blieb hartnäckig. »Ich kann ihm den Weg versperren. Ihn vielleicht sogar zwingen, umzukehren. Oder den Mistkerl direkt runterholen. Ich kann natürlich auch zulassen, daß er unseren Vogel nach Mittelamerika fliegt. Also was?«

Es kam keine sofortige Antwort. Ormack nickte befriedigt. Er hatte seine Antwort. »Radar, gehen Sie auf *Scorpion*-Angriffs-Profil. Achtung, Besatzung, bereithalten zum Angriff auf feindliches Flugziel.«

Frost hatte seine Finger am Funktionsknopf und drückte ihn, noch ehe Ormack fertiggesprochen hatte. Sofort neigte sich der *Old Dog* um 40 Grad und rollte weg, um einen Zielpunkt mehrere Meilen vor dem Flugkurs des *Dream Star* anzusteuern – den vorberechneten Begegnungspunkt der AIM-120C mit optimaler Flugreichweite und dem Ziel. Ormack ging auf vollen Schub und fuhr dann an seinem Instrumentenbrett über eine Leiste aus vier Schaltern. »Achtung Waffen, ihr habt Feuer frei für die *Scorpions.*«

»Richtig«, bestätigte Angelina Pereira. »Pylon links auf automatischem Abschuß, Countdown läuft... noch zwanzig Sekunden.«

Ormack meldete über UHF: »Hallo VIEHWAGEN, hier *Dog* Null-Zwei. Luftraum freimachen für Einsatz *Red Fox.* Aktivität roter Summer auf allen Frequenzen beachten. *Dog* Null-Zwei Ende.« Über Bordfunk sagte er: »Achtung Verteidigung, bereithalten für elektronische Gegenmaßnahmen. Achtung Besatzung, bereithalten für Luftkampf.«

»Noch fünfzehn Sekunden.«

Plötzlich knatterte eine metallisch klingende Stimme in die Frequenz hinein. »Hallo *Dog* Null-Zwei, laßt das sein. Ich warne Sie.«

Kopilot Khan blickte verwundert auf. »Was, zum Teufel, war das?«

»Das war ANTARES«, sagte Ormack und ging in die Frequenz. »Hier *Dog* Null-Zwei. Wer spricht?«

»Hier spricht Oberst Andrej Iwanschischin Maraklow, General Ormack.« Einen Augenblick überlegte Maraklow, ob er seinen amerikanischen Namen dazu sagen sollte. Aber er würde ohnehin nie mehr nach Amerika zurückkehren; dafür sorgten von nun an schon KGB und CIA gemeinsam; und außerdem würden sie nun so und so alles schnell herausfinden. »Sie kennen mich unter dem Namen Kenneth Francis James, Sir.«

Ormack unterdrückte hinter seiner Sauerstoffmaske einen deftigen Fluch. »Ach, du Scheiße. Ken James selbst hat den *Dream Star* entführt!« Er ging auf Kanal elf. »Hallo, Alpha, kommen Sie auf *Guard*-Kanal. Dringend.« Er schaltete rasch selbst auf die allgemeine Notfrequenz *Guard.*

»Hallo James – Ken – Mara-... wer, zum Teufel, Sie auch sind. Landen Sie unverzüglich! Ich habe Befehl zum Angriff.« Dann teilte er Angelina Pereira über Bordfunk mit, sich für die Abschaltung der Angriffsautomatik bereitzuhalten.

»Ja, Sir. Noch zehn Sekunden.«

»Schalten Sie Ihr Angriffsradar augenblicklich ab, General Ormack«, kam die computerisierte Stimme Maraklows wieder über die Notfrequenz, »oder Sie lassen mir keine andere Wahl, als mich zu verteidigen.«

»Hol Sie der Teufel, James. In zehn Sekunden schießen wir Ihnen den Sitz unter dem Arsch weg! Nehmen Sie Geschwindigkeit weg, und fahren Sie das Fahrwerk aus, oder ich greife an.«

Keine Antwort.

»Fünf Sekunden... vier... drei...«

»Tut er was? Tempo weg, Kurs ändern?«

»Negativ«, meldete Frost. »Unverändert volle Pulle.«

»Abschuß«, sagte Angelina.

Das gedämpfte Wegzischen einer Rakete unter der linken Tragfläche war zu hören, als sie aus ihrem stromlinienförmigen Behälter fuhr und kerzengrade auf ihr Ziel zusauste. Anders als frühere Versionen der *Scorpion* glitt oder segelte dieses jetzige Modell C nicht, sondern stand den ganzen Zielflug über unter Antrieb – obwohl es nach wie vor als Mittelstreckenrakete galt.

»Zielsuche beendet... Flugkörper hat Zielkurs... exakt auf Anflug...«

Die gelben Zielradarbänder – Zeichen, daß sie von der B-52 stammten –, die seine Maschine nun anstrahlten, wechselten unvermittelt auf Rot. Maraklow lief es kalt über den Rücken. Jetzt wurde es wirklich ernst. Ormack bluffte also nicht. Er hatte zwei scharfe Raketen an Bord seines *Old Dog* Null-Zwei und griff tatsächlich an. Ein B-52-Bomber...!

Er aktivierte sein Angriffsradar. Das Radarbild der B-52, die noch über fünfzig Meilen entfernt war, war groß wie ein ganzer fliegender Berg. Sein Radar zeigte es ihm nicht, aber er wußte, daß die Rakete in Sekunden einschlug. Doch seine Reaktionen wurden mit Gedankenschnelle ausgeführt...

Er drehte nach rechts ab auf die B-52 zu und bot so lediglich die geringstmögliche Radarstellung seines eigenen Flugzeugs. Dann führte er mit Hilfe der hochmanövrierbaren Flossen eine Reihe von Hochgeschwindigkeits-Wendemanövern durch, wobei er nicht nur bei jedem Ausweichmanöver eine Rolle drehte, sondern auch Haken in alle Richtungen schlug. Immer aber blieb er in der Frontaldarstellung des *Dream Star* vor der B-52. Die B-52 hatte sicherlich AIM-120-C an Bord, genauso wie er im *Dream Star* auch; eine tolle Waffe, mit großen Steuerflossen. Allerdings hatten diejenigen, die sie vor zehn Jahren konstruiert hatten, noch nicht im Traum gedacht, daß es einmal ein Flugzeug wie den *Dream Star* geben könnte, das sogar seitlich ausweichen konnte.

Er sprang weitere zwei Sekunden hin und her und vollführte dabei zwei komplette S-Figuren, zog jeden Bogen weiter als den vorigen und achtete darauf, die Hochmanövrierbarkeit des *Dream Star* dafür zu nutzen, daß er stets frontal zu der vermutlichen Flugbahn der Rakete stand. Es war ein Vabanque-Spiel mit der Hoffnung, daß die Rakete jedem seiner Bogen ebenfalls mit immer weiteren Bogen antworten mußte, um an ihrem Ziel zu bleiben. Und während seine Haken größer wurden, mußte die Rakete immer schneller darauf reagieren. Und vielleicht überforderte sie dies am Ende so, daß sie ihr Ziel verfehlte.

Er war gerade am Scheitelpunkt einer 90-Grad-Rechtsneigung, um gleich danach wieder scharf nach links auszubrechen, als er links einen heftigen Schlag hörte und spürte. Ziemlich viel Glück gehabt diesmal. Die Rakete, die es weiter und weiter aus ihren erzwungenen Phasenkurven getragen hatte, war genau vor dem Einschlag, als ihr Sensor entdeckte, daß sie sich in Vernichtungsreichweite befand. Maraklow wartete auf den Einschlag und die Detonation. Aber nichts geschah. Auf seine sofortige Gedankenabfrage meldeten sämtliche Systeme befriedigenden Status. Natürlich – die *Megafestung* befand sich ja auf einem Testflug, hatte also keine aktiven Sprengköpfe in ihren Raketen, was ihre Gefahr verringerte, wenn auch keineswegs völlig beseitigte.

Er hatte sich für das Projekt der *Megafestung Plus* nie besonders interessiert und es eigentlich immer nur für Elliotts Spleen gehalten. Offensichtlich eine Fehleinschätzung...

Eine Blitzmeldung seines Rundum-Angriffsradars zeigte ihm, daß die B-52 scharf rechts manövrierte, um sich in ihre Angriffsposition zurückzubringen. Ihre gewaltigen Flügel trugen sie mit Leichtigkeit rasch um ihn herum und hinter ihn. Erstaunlich. Diese Riesenkiste von Flugzeug schaffte das mit vier oder fünf G und im Handumdrehen – genug, um jedem konventionellen Bomber und manchem Jäger die Tragflächen einfach abzureißen. Offensichtlich spaßte Ormack wirklich nicht. Aber das war jetzt nicht die Zeit und der Ort, sich auf einen Luftkampf einzulassen.

Aber ANTARES verstand das Wort Kapitulation nicht – er war nur darauf programmiert, Ausweichs- und Angriffsoptionen zu berechnen, und zwar so lange, bis sämtliche Energie verbraucht war. Maraklow indessen hatte gespürt, daß er keinerlei Überlebenschance mehr hatte, und die Kontrolle des *Dream Star* bereits ANTARES überlassen...

Der Computer übernahm also. Er lenkte den *Dream Star* mit Hilfe seiner Flügelsteilstellung und voller Flossensenkung in einen scharfen 90-Grad-Aufstieg mit maximalem Nachbrenner. Die *Scorpion* schoß über den *Dream Star*, wendete jedoch gleichzeitig mit ihm – in einem Bogen in zwanzigtausend Fuß Höhe –, ehe sie wieder die Leitsignale des *Old Dog* aufnahm und steil im Sturzflug herunterkam, um tödlich zu treffen. Sie kam senkrecht herunter, überschritt Mach 4, erfaßte ihr Ziel und flog das Heck des *Dream Star* an, der seine Flossen noch immer in Extremstellung hatte, im Innenlooping nach unten kreischte und dann wieder nach oben den Horizont durchstieß, sich hochschraubte und Höhe suchte, immer die *Scorpion* hinter sich, die jeder Bewegung genau folgte, hinauf und herunter und wieder hoch in den Looping. Und dabei, weiter näher kommend, die Mach 5 überschritt...

Der *Dream Star* aber blieb mitten in der Luft stehen, um dann kerzengerade fünfhundert Fuß aufwärts zu steigen. Die Rakete hinter ihm konnte eine Kurve mit nicht weniger als 14 G fliegen, weitaus mehr als jeder existierende Jäger; doch nicht einmal diese High-Tech-Waffe vermochte einen Mach 5-Sturzflug, der sich unvermittelt in eine 90-Grad-Wende fortsetzte, exakt nachzuvollziehen.

ANTARES jedoch favorisierte wie stets die Attacke, verlangte nach Kampf und empfahl dafür ein hohes Jo-Jo-Manöver – steile vertikale Kerze, Umkippen oben und Abtauchen im Looping, um so hinter und über die B-52 zu gelangen und damit in eine Raketenabschußposition. Maraklow aber bedachte seine Treibstoffreserven. Er war inzwischen bereits zweitausend Pfund unter Plan. Es war keine Zeit, sich mit Raketenangriffen aufzuhalten. Sooft ANTARES das Angriffsradar aktivierte, selbst nur in Form kurzer und schwacher Schüsse, konterte die B-52 sofort. ANTARES mußte also zunehmend auf immer ältere Daten für die Formierung eines Angriffs zurückgreifen. Und wenn die B-52 das Phasenradar des *Dream Star* abblocken konnte, dann bestimmt auch leicht das konventionelle Puls-Doppler-Radar der AIM-120. Kurz und gut, es blieb nur, sich aus dem Staub zu machen.

Er brach sein Jo-Jo nach rechts oben ab und zog scharf nach links weg, bis er mit Hilfe des Radars freie Bahn gewonnen hatte und wieder auf seinem Kurs war.

ANTARES versuchte zwar weiter auf ihn einzureden, daß das Wegziehen nach links falsch war, aber er hörte einfach nicht hin.

Er hatte kaum noch Zeit zu einer Rolle, als sich die Raketenwarnung in sein Bewußtsein hämmerte. Diesmal war es kein frontaler Anflug. Die B-52 war in Raketenschußposition etwas links hinter ihm in günstigem Winkel und mit bereits einvisierter Flugbahn. Trotz Radar, Infrarot, Laser und was er sonst noch alles hatte – er saß wie auf dem Präsentierteller. Und die *Scorpion* war so nahe, daß sein Radar sie erfaßte.

Zwar blieb sie genau auf Ziel, aber bei dem jetzt nur noch kurzen Abstand – bei einer Geschwindigkeit von einer Meile pro Sekunde! – war der Wenderadius eben doch mehrere hundert Fuß größer als die Höhe über Grund. Die Rakete fuhr in die Amargosa-Wüste und explodierte, nur ein paar Meter neben einem Truck-Stop nordwestlich des Flugplatzes Jackass am Highway 95.

Nachdem die Bedrohung vorüber und das Manöver vollendet war, wechselte ANTARES in kürzerer Zeit, als die letzte der Raketen des *Old Dog* benötigte, um sich in den harten Wüstenboden zu graben, bereits auf Offensive, aktivierte das Angriffsradar und suchte eiligst den Gegner. Bei dieser kurzen Entfernung war es nicht einmal der Tarn-Faserstahl-Hülle der *Megafestung Plus* mit ihrer Fähigkeit, Radarstrahlen zu verschlucken, mehr möglich, das Monitorbild zu verhindern. Sie war auf dem Schirm, klar und deutlich, und in Gedankenschnelle war sie anvisiert, der Datentransfer und der Raketenstabilisierungstest gemacht, die Rakete feuerbereit, ihr Antrieb aktiviert, der Abschuß erfolgt.

Es war geschehen, noch ehe Maraklow es begriffen hatte. Und die Raketenflugzeit betrug keine vier Sekunden...

»Raketenschuß!« rief Wendy über den Bordfunk. *»Rechts weg!«*

Ormack riß den Steuerknüppel hart nach rechts bis zum Anschlag. Die Zusatzdüsen drückten die rechte Tragfläche nach unten und die linke nach oben, die Turbinen vorne und am Heck sorgten für die Gegenströmung, die das Wegtauchen noch beschleunigte. Mit einer Seitenneigung von 50 Grad raste die rechte Flügelspitze keine hundert Meter mehr über Grund dahin. Ormack zog den Knüppel zurück und half mit dem Doppelruder nach, damit der *Old Dog* sich rascher auspendelte.

Gleichzeitig schoß Wendy fünf raketengetriebene Salven Ablenkungs- und Störmaterial aus dem linken Katapult unter dem Heck ab. Sie legten eine riesige Kugel radarreflektierenden Materials und blendendes, heißes Phosphoreszieren um die B-52. Auch die elektronischen Störsender – die *Jammer* – hatte Wendy aktiviert. Sie legten sowohl das Peilradar des *Dream Star* wie die Suchradare seiner *Scorpion*-Raketen lahm, indem sie über 100000 Watt in das entsprechende Frequenzband schossen.

Doch die Störwolken flogen an dem Raketen-Suchradar vorbei, das auf die B-52 fixiert blieb. Der Sucher selbst wurde zwar von der intensiven Störstrahlung lahmgelegt, schaltete aber binnen einer Millisekunde auf den genauesten und zuverlässigsten seiner vier Hilfsmoden um: Ziel Störstrahlung. Die Rakete flog mitten durch die Kugel der Störenergie der B-52. Sie folgte ihr wie eine hungrige Fledermaus dem Echolot ihrer Beute bis direkt unter das Heck der B-52 und unter den Rumpf an der rechten Tragfläche, wo sie genau in die Düse des Triebwerks drei einschlug.

Die Tragfläche, aus der besonderen Legierung, die weit stärker war als jedes bekannte Metall, hielt zwar, doch immerhin rissen die Triebwerke fünf und sechs als Splitterkugeln und Feuerbälle ab. Die rechte Tragfläche wurde fast zwanzig Meter hochgerissen, ehe sie wieder absank. Die vier Triebwerke links zogen den *Old Dog* in eine Trudelspirale. Keine seiner riesigen Tragflächen war nun noch imstande, Auftrieb zu schaffen. Nur der Vorwärtsschub hielt das Flugzeug noch in der Luft und verhinderte, daß es wie ein Stein nach unten fiel.

Die Triebwerkskompressoren von fünf verhielten sich wie gewaltige, machtvolle Schwerter, die durch die Kabinen der Besatzung fuhren. Jeffrey Khan und Linda Evanston, die auf der rechten Seite des Flugzeuges saßen, wurden von Hunderten Metallsplittern durchsiebt. Auch Wendy Tork, die der Druck nach links geworfen hatte, bekam noch einige ab.

Ormack riß das Steuer nach links und stieg mit Macht auf das linke Ruderpedal. Das Flugzeug ächzte und kreischte unter Protest. Das Trudeln hörte fast auf, doch gleichzeitig verloren sie fast die ganze Fuggeschwindigkeit. Ormack begriff, daß er die *Megafestung* zwar aus dem Trudeln geholt hatte, daß sie aber nicht weiterfliegen würde. Wendelstat schrie entsetzt auf und klammerte sich mit verzerrtem Gesicht an seine Gurte. Er war blutüberströmt, und sein Helm war durchlöchert.

Ormack faßte zur Mittelkonsole, doch sämtliche Zentrifugalkraft war weg. Es war, als befände er sich in einem sanften Aufzug, der nach unten fuhr. Als er den Kopf senkte, begann sich alles um ihn zu drehen. Er kämpfte das plötzliche Schwindelgefühl nieder und warf den Schalter AUSSTIEGSWARNUNG auf AUSSTIEG herum.

Major Edward Frost wußte nur zu gut, daß der Ausstieg mit Schleudersitz nach unten für die zwei Navigatoren in einer B-52 günstigstenfalls ein Glückstreffer sein konnte. Doch er hatte jahrelange Erfahrung. Er brauchte nur Sekunden, um den Ring für den Schleudersitz zu fassen und mit scharfem Ruck und gespanntem Rücken, Kinn und Beine angezogen, Ellbogen angelegt, zu ziehen – im gleichen Moment, als die rote Lampe AUSSTIEG aufleuchtete. Aber es war zu spät. Sein Ausstiegsfallschirm, der in 0,2 Sekunden funktionierte, riß seinen Schleudersitz zwar heraus und zog automatisch die zweite Reißleine, doch es blieb zu wenig Zeit für den Hauptfallschirm, noch aufzugehen, ehe er auf dem Boden aufschlug.

Angelina Pereira hatte Wendy aus ihrem Sitz gezogen, als sie das rote Ausstiegslicht aufleuchten sah. Sie hielt sie noch immer mit einer Hand fest und zog mit der anderen ihren Schleudersitzhebel. Die Finger ihrer linken Hand brachen, als die Armlehnen von Wendys Sitz wie ein Geschoß gegen sie knallten, aber sie spürte den Schmerz überhaupt nicht, während sie Wendy nach oben in den Himmel sausen sah und sich dann in ihren eigenen Sitz zurückpreßte und ihren Schleudersitzknopf drückte.

Aber es geschah nichts. Ihr Schleudersitz funktionierte nicht. Sie zog noch einmal durch und drückte auch den ballistischen Notknopf. Es war zu spät.

Ormack hörte noch den lauten Knall und den Luftsturm der Schleudersitze. Ein paar zumindest schafften es also. Wendelstat war tot. Es gab nichts mehr zu tun. Khan hatte noch eine Chance. Ormack warf sich auf Khans Schleudersitzhebel und zog durch. Er sah seinem langjährigen Kopiloten und Freund hinterher, wie er aus dem schwer getroffenen Bomber geschleudert wurde. Dann drehte er seinen eigenen Schleudersitzhebel und zog ab...

Khan war mitten in den Auspuffstrom des *Old Dog* hineingesaust und mehrere hundert Meter nach hinten geblasen worden – aus dem Absturzbereich hinaus. Ormack aber hatte zuviel kostbare Zeit darauf verwendet, ihn zu retten. Er war noch dreißig Meter über dem Boden, und sein Fallschirm blähte sich gerade auf, als der *Old Dog* auf dem Boden der Amargosa-Wüste aufschlug. Direkt darüber, mit dem Gesicht nach unten, das Ende der B-52 *Megafestung Plus* vor Augen, war er in der nächsten Sekunde mitten in dem Feuerball der Explosion, der über der Wüste wie ein Atompilz hochstieg, und verglühte in den Flammen seines geliebten Flugzeugs.

Sein letzter Gedanke war, daß irgend jemand diesen Mistkerl James kriegen mußte...

Viertes Kapitel

Über der Absturzstelle der B-52,
Amargosa, Nevada
Mittwoch, 17. Juni,
07.12 Uhr PDT (10.12 Uhr OEZ)

Es sah aus wie nach einem Bombenangriff. Selbst noch aus fast zweihundert Metern Höhe war alles ringsum schwarz. Auch die felsigen Hügel im Umkreis der Absturzstelle waren von Feuer und Trümmern geschwärzt. In riesigen Kratern im Boden lagen noch immer brennende Teile der mächtigen B-52 *Megafestung Plus.* Die Brandhitze war so groß gewesen, daß sogar die stabilen und dicken Gerüstteile aus Stahl und Fiberglas geschmolzen waren. Das Mittelstück und der Vorderteil des Rumpfes – das größte noch intakt gebliebene Stück – lagen qualmend eine ganze Meile weit weg und waren so heiß, daß die Feuerwehr nicht näher als sechzig Meter herankam. Splitter und Trümmer lagen im Umkreis von zehn Quadratmeilen herum, die eine einzige Fläche von Zerstörung und Verwüstung darstellten. Der Himmel war von einer dicken schwarzen Rauchwolke verfinstert.

Der Hubschrauber flog vertikal ein, parallel zur Bundesstraße 95 nahe der evakuierten Stadt Amargosa. Ein großer Gebäudekomplex – ein Restaurant und Rasthaus für Lastwagenfahrer – stand ebenfalls in hellen Flammen. Ein Feuerwehrauto spritzte pausenlos auf die Benzinpumpen der Tankstelle, um eine Explosion zu verhindern. In einiger Entfernung standen reihenweise Polizei- und Ambulanzfahrzeuge neben der Straße, wo in dem verkohlten Sand mehrere dunkle Gestalten lagen.

»Da ist es«, brüllte McLanahan, der sich nicht die Mühe machte, erst über Bordfunk zu gehen. »Gehen Sie da runter!«

Der Pilot nickte, sprach kurz über Funk und wandte sich dann an Brad Elliott. »Sir, ich kann hier nicht runter. Ich habe keine Kufen, sondern Räder. Ich würde bis zum Rumpf einsinken.«

»Dann bleiben Sie knapp über Grund stehen«, schrie McLanahan, »und ich springe raus.«

»Der Notarzt-Hubschrauber ist nur ein paar Sekunden von –«

»Das ist mir scheißegal, Mann, setzen Sie mich ab! Jetzt und hier!«

Elliott nickte dem Piloten zu, der zögernd erst noch eine Runde flog, ehe er hinunterging und nur Zentimeter über dem Boden mit den Rädern in der Luft stehenblieb. McLanahan sprang hinaus und rannte durch die brennenden Trümmer zu den Polizeiautos.

Wendy Tork-McLanahan hatte nur einige Sekunden unter ihrem Schleudersitzfallschirm Zeit gehabt, ehe sie auf den Boden geprallt war. Ihr Schleudersitz lag nur einige Meter neben ihr. Sie selbst lag auf der Seite, fast begraben unter Erde und geschwärztem Sand, hinter ihr befand sich noch immer ihr halbverbrannter Fallschirm. Ihr Fliegeranzug, ihre Handschuhe, ihr Gesicht und ihr Haar waren schwarz von der Hitze und den fallenden Trümmern. Von oben aus der Luft hatte sie ausgesehen, als sei sie selbst eines der Flugzeugtrümmer. Ihr Helm und einer ihrer Stiefel fehlten. Das kam allerdings beim Aussteigen mit dem Schleudersitz nicht selten vor. Ihr linkes Bein lag verdreht unter ihr. Die linke Schulter war halb unter der Erde vergraben und schien gebrochen oder zumindest ausgekugelt zu sein.

Zwei Milizleute des Staates Nevada legten ihr eine Wirbelsäulenschiene an.

Patrick fiel vor ihr auf die Knie.

»Sind Sie vom Stützpunkt?« fragte ihn der eine der beiden. Sie hatten Gesichtsmasken auf, was ihre Stimmen dämpfte.

»Ja.«

»Was ist hier eigentlich, verdammt noch mal, passiert? War das vielleicht eine Atombombe oder was?«

»Ein Flugzeug.«

Die beiden hatten unter Wendy eine kleine Höhlung ausgegraben und schoben ihr die Brettschiene nun unter. McLanahan wischte vorsichtig Wendys Gesicht sauber. Einige Metallsplitter klebten auf ihr, und als er sie abzog, spürte er selbst den Schmerz, den er dadurch verursachen mußte.

»Helfen Sie mal«, rief einer der Milizleute, »nehmen Sie die Gurte, und geben Sie sie rüber!« Sie führten die Gurte unter Wendy durch, McLanahan reichte das Ende vorsichtig wieder auf die andere Seite hinüber. Sie zogen sie an, bis Wendy auf dem Brett festgezurrt war. Weitere Gurte zogen sie über Wendys Stirn und Kinn und legten eine Halskrause um ihren Hals, damit ihr jede Kopfbewegung unmöglich war. Dann begannen sie, ihre Füße auszubuddeln und ebenfalls festzuschnallen, während einige Meter weiter der Notarzt-Hubschrauber herunterkam.

»Nun lassen Sie die Sanitäter den Rest machen, Kumpel«, sagte einer der Milizleute. Sie zogen McLanahan hoch und von Wendy fort. Drei Sanitäter kamen aus dem Hubschrauber und schlossen Wendy im Handumdrehen an eine Sauerstoff-Flasche, ein Atem- und ein EKG-Gerät an. Sie packten Wendy vorsichtig auf eine Tragbahre und trugen sie zum Hubschrauber. McLanahan rannte nebenher, doch man schob ihn weg: »Kein Platz. Wir haben noch mehr Verletzte zu transportieren, drüben am Truck Stop.« Sie machten ihm die Tür vor der Nase zu, und der Hubschrauber stieg auf und war rasch verschwunden.

McLanahan hatte ziemlich weiche Knie. Eine Überlebende von sieben einer ganzen Besatzung... Noch vor einer Stunde waren sie alle quicklebendig zusammen gewesen. Und Wendy... das letzte, was er von ihr gesehen hatte, war der zuversichtlich hochgereckte Daumen gewesen, ehe sie eingestiegen war... *Alles klar, kein Problem!* hatte sie gesagt...

Aus dem rauchverdunkelten Himmel erschien ein anderes Flugzeug. Kein Hubschrauber. Es ähnelte einem umgebauten C-130-Transporter. Eine C-22 Osprey, Senkrechtstarter mit verstellbaren Rotoren. Die Maschine flog kaum dreißig Meter hoch. Ihre Motoren röhrten auf, die Propeller stellten sich hoch, und sie kam langsam wie ein Hubschrauber herunter und setzte nur wenige Meter neben McLanahan auf.

Die hintere Frachttür ging auf und entließ ein Dutzend schwerbewaffneter Wachsoldaten in vollem Kampfanzug und mit Marschgepäck samt einem Patrouillenwagen M-113, der zur Bundesstraße 95 fuhr, während die Soldaten eine Postenkette rund um die Absturzstelle bildeten.

»Patrick?«

Er wandte sich um, als er seinen Namen hörte. Es war Hal Briggs mit einer Uzi-MP in der Hand, einem Kampfhelm und einem Kopfhörer mit Sprechmikro. Er ließ sich neben McLanahan nieder und beugte sich nahe zu ihm, um den Rotorlärm der Osprey zu übertönen. »Sind Sie okay?«

»Wendy...«

»Ja, hab's gehört, schön, daß Sie noch rauskam«, schrie Briggs über den Lärm. »Sie bringen sie in die Spezialklinik für Verbrennungen... sie glauben, sie kriegen sie wieder hin.«

»Unglaublich«, murmelte McLanahan, »daß es Ken James war. Klaut den *Dream Star*, schießt den *Old Dog* ab...«

»Sie müssen hier weg, Patrick. Ich sperre die ganze Absturzstelle ab. Der General beruft bereits eine Untersuchungskommission. Er möchte, daß Sie ihm dabei helfen.«

»Untersuchungskommission? Und was ist mit dem *Dream Star*? James haut damit ab...«

»Er fliegt nach Süden, direkt in das Abfangnetz der F-15 aus Tucson. Sie haben ein ganzes Geschwader bereitstehen, das ihm die Hölle heiß machen wird. Kommen Sie jetzt, gehen wir.«

Er führte ihn zu der offenen Frachtrampe der Osprey, wo man ihn neben Briggs auf dem Sitz des Flugingenieurs anschnallte.

»Zum Hauptquartier«, instruierte Briggs den Piloten. »Der Hubschrauberlandeplatz Eins müßte eigentlich auch für die Osprey ausreichen.«

»Nein«, sagte McLanahan. »Ich will zu den Hangars. Und zwar jetzt gleich.«

»General Elliott wartet aber.«

»Ach, lassen Sie mich zufrieden. Ich werde mich nicht hinter ein paar Kerle stellen, die auf dem Boden rumkriechen und Fähnchen stecken. Wir wissen doch, was passiert ist. James hat die *Megafestung* abgeschossen, sechs Menschen sind tot, und um ein Haar hätte es auch noch meine Frau erwischt... nein, ich will zu den Hangars, und zwar gleich. Das ist ein Befehl.«

Briggs mußte erst einmal seine Überraschung überwinden, als er McLanahan von Wendy als seiner Frau reden hörte. Er drehte sich das Mikro vom Mund weg und beugte sich näher zu ihm. »Sie sollten mich doch wohl kennen. Manchmal befolge ich Elliotts Befehle, manchmal auch nicht. So verstehe ich meinen Job. Aber Sie müssen mir schon sagen, was Sie wollen, und mich davon überzeugen, daß es sinnvoll ist.«

»Glauben Sie mir, Hal, er wird den *Dream Star* durch die ganzen F-15 da drunten in Davis-Monthan fliegen, als wären die gar nicht da.«

»Na, acht Burschen von der *Eagle Squadron* werden das nicht so ohne weiteres zulassen.«

»Hal, ich bin doch ein Jahr lang gegen den *Dream Star* geflogen. Falls er jetzt noch Waffen an Bord hat, dann bringt ihn auch ein ganzes Geschwader F-15 nicht runter. Und selbst wenn er keine mehr hat, dann ist James erfahren und clever genug, durchs Netz zu schlüpfen. Die Burschen haben doch noch nie was von einem *Dream Star* gehört, geschweige davon, was er kann. Und wenn sie ihn nicht runterkriegen, bevor er im mexikanischen Luftraum ist, ist er endgültig weg.«

»Was wollen Sie tun?« fragte Briggs. Es war eigentlich nicht sehr schwer, sich vorzustellen, was McLanahan wirklich wollte. »Sie wollen mit dem *Gepard* los?«

»Sie wissen doch so gut wie ich, daß das der einzige Jäger ist, der es annähernd mit dem *Dream Star* aufnehmen kann. Und daß J. C. Powell der einzige ist, der ihn fliegen kann. Ich möchte, daß Powell und Sergeant Butler mich samt einem Tankwagen am Hangar Vier erwarten. Und Butler soll, wenn es irgend geht, bereits für Raketen sorgen und für 20mm-Munition.«

»Und dann? Dann wollen Sie ihm nachjagen? Denken Sie doch mal, was für einen Vorsprung er hat. Da besteht doch nicht mehr die geringste Chance!«

»Er hat Treibstoff für zwei Stunden, vielleicht sogar noch weniger«, sagte McLanahan. »Irgendwo muß er landen.«

»Und wie möchten Sie feststellen, wo er das tut?«

»Die gesamte Luftverteidigung läßt ihn doch nicht aus den Augen. Damit wird sich ziemlich eng einkreisen lassen, wo er sich befindet, selbst wenn das schon in Mexiko ist. Und damit erfahren wir auch, ob und wo er zu landen versucht. Und vorausgesetzt, er wird von dort nicht weggeschafft oder fliegt nicht weiter, kann ich mit den Bordgeräten des *Gepard* seinen Standort genau feststellen beziehungsweise seine Spur aufnehmen. Allerdings müssen wir sofort handeln, Hal. Warten wir noch weiter, wächst seine Chance. Die Mexikaner werden sich kein Bein ausreißen, um uns zu helfen.«

Briggs dachte nach. Der Absturz hatte McLanahan offensichtlich völlig umgeworfen, nicht zuletzt natürlich auch wegen Wendy. Aber andererseits hatte er ja nicht so unrecht. Wenn nicht einmal die *Traumland*-Sicherheitstruppen James hatten stoppen können, war die Chance, daß irgendeine ganz normale Air Force-Reservisteneinheit in Arizona es fertigbrachte, noch viel geringer.

Er betrachtete ihn. »Sagten Sie da eben wirklich ›meine Frau‹?«

»Wir haben vor zwei Tagen geheiratet, Hal. Heute abend wollten wir es als große Überraschung bekanntgeben.«

Sie schwiegen beide einen Augenblick. Dann fragte McLanahan: »Was werden Sie tun, Hal?«

Briggs dachte noch einmal eine Weile nach, ehe er nickte. »Schließlich sind Sie der Colonel!« Er griff zur Konsole des Flugingenieurs, um Kanal acht einzuschalten, den internen Kommunikationskanal für das Bodenpersonal. »Ich habe Anweisung erhalten, Ihnen auszurichten, daß Sie dem General assistieren sollen. Das habe ich getan. Aber Sie können selbstverständlich machen, was Sie für richtig halten. Zum Beispiel Butler rufen und ihm sagen, was Sie brauchen. Die Leitung ist sogar noch auf Butlers Frequenz. Gehen Sie rein, reden Sie mit ihm. Ich kann Ihnen doch nichts befehlen.«

Er schaltete auf den Bordfunk zum Piloten um. »Hallo, Pilot, ich habe mich vielleicht doch verschätzt. Ihre Osprey ist womöglich zu groß für den Hubschrauberlandeplatz am Hauptquartier.«

»Nein, nein, Major«, antwortete der Pilot jedoch, »das reicht. Ich kann –«

»Nein, ich glaube nicht, daß wir es riskieren können. Da steht eine Menge gefährliches Zeug rum.«

»Alles frei und ruhig, Major Briggs!«

»Nein. Setzen Sie uns lieber bei den Hangars ab.«

Der Pilot griff achselzuckend nach seinem Radioknopf und verlangte neue Landeinstruktionen.

McLanahan ging in Kanal acht. »Hallo, Delta, hier ist Charlie auf Kanal acht. Hören Sie?«

Nach ein paar Sekunden meldete sich Sergeant Ray Butler. »Hier Delta mobil, Sir. Kommen.«

McLanahan warf einen Blick auf die Navigationstafel an der Konsole des Flugingenieurs. »Ich lande in einer Viertelstunde am Hangar, Ray. Warten Sie dort auf mich. Wiederhole, Hangar Vier in einer Viertelstunde. Dringend. Ende.«

»Fünfzehn Minuten Hangar Vier, verstanden«, erwiderte Butler. »Hat es etwas mit unserem kürzlichen Feuerwerk hier zu tun, Sir?«

»Hat es, Delta. Sehen Sie doch bitte zu, daß die Rampe vor Hangar Vier frei ist, ja?«

»Verstanden, Charlie. Alles wird bereit sein. Delta Ende.«

Nach zwölf Minuten setzte die Osprey in der Mitte der Rampe von Hangar Vier auf und rollte bis zum Tor. McLanahan stieg an der Laderampe aus. Vor dem Hangar stand ein ganzer Fuhrpark Versorgungstrucks. Der *Gepard* war bereits herausgerollt worden und hing am Tankwagen.

Sergeant Butler kam herbei und hatte einen Stoß Papiere bei sich. McLanahan war überrascht. »Sie müssen vergessen haben, Sir, diesen ganzen Papierkram wegen der Versorgung zu unterschreiben«, sagte er, ohne eine Miene zu verziehen. »Sie haben das ja doch schon letzte Woche beantragt. Ich weiß gar nicht, wie wir es versäumen konnten, Sie das alles abzeichnen zu lassen.«

McLanahan nickte. Butler wollte offenbar genau dasselbe wie er, paßte aber genau auf, daß der ganze Papierkrieg ordentlich erledigt wurde. »Sie haben Treibstoff verlangt, Langstreckenzusatztanks, fünfhundert Schuß für die M-61 B2-Bordkanone, zwei AIM-9R-Infrarot-Kurzstreckenraketen und vier aktive

AIM-120-Mittelstreckenraketen. War das alles, Sir, habe ich nichts vergessen? Ach ja, die Videokamera wollten Sie doch noch raushaben, nicht? Gut, ja. Wenn Sie hier abzeichnen möchten.«

McLanahan zeichnete sämtliche Papiere ab. »Vielen Dank, Sir«, sagte Butler mit unbewegter Miene. »Tut mir leid wegen des ganzen Papierkriegs, Sir. War mein Fehler.« Butler gestattete sich nun doch ein Lächeln. »Guten Flug, Sir, und Weidmannsheil. Wir müßten so in zwanzig Minuten startbereit sein, vielleicht geht es auch schneller. Captain Powell ist da drüben. Tut mir sehr leid, Sir, wegen der *Megafestung*. Tja, dann muß ich wohl wieder los.« Er reichte McLanahan seinen Flughelm, salutierte und ging.

J. C. Powell kam McLanahan auf halbem Wege zum *Gepard* entgegen. Er klatschte in die Hände und rieb sie sich. »Gehen wir jagen?«

»Ja, vorausgesetzt, sie schleppen mich nicht zuvor noch vors Militärgericht.«

»Wie ich höre, war es Ken James? Nicht zu fassen. Ich hab' ihn ja immer in Verdacht gehabt, daß er ein wenig übergeschnappt war, aber so was...«

»Bißchen mehr als leicht übergeschnappt.«

»Nämlich?«

»Na ja, was Briggs da vor ein paar Tagen sagte. Daß sein Sicherheitsproblem zu dem Zeitpunkt begann, als James nach *Traumland* kam. Er hatte ja selbst Wendy im Verdacht, weil sie zufällig um die gleiche Zeit herkam.«

»Sie meinen doch nicht etwa, Sie glauben, daß Ken James ein dreckiger Spion war?«

»Das würde viel erklären, oder nicht?«

»Na ja, aber schließlich hat er doch die Academy absolviert! Und jeden Sicherheitscheck mit Glanz und Gloria bestanden, genau wie ich, vielleicht sogar noch besser! Und dabei bin ich nur ein kleines Neunzigtage-Wunder, aber schon ich mußte durch eine ziemliche Mühle...«

»Ich sagte ja auch nicht, daß mir schon alles klar ist. Was weiß ich, vielleicht haben sie ihn umgedreht oder rekrutiert, nachdem er hierhergekommen war, oder wegen irgendwas erpreßt – was weiß man denn? Vielleicht irre ich mich, und es ist gar nicht so. Aber eines ist sicher. Wenn ihn auch die F-15 da unten in Davis-Monthan nicht kriegen, wir erwischen ihn. Ich hoffe nur, ich habe Gelegenheit, ihn noch zu fragen, warum er das alles, verdammt noch mal, gemacht hat –«

Er warf einen Blick auf die AIM-120, die eben unter die Maschine gehievt wurde. »– bevor wir ihm Feuer unter dem Arsch machen.«

Über Südwest-Arizona
Zwanzig Minuten später

Es gab noch acht andere Piloten, die Ken James gern »Feuer unter dem Arsch« gemacht hätten. Aber er hatte keinerlei Absicht, ihnen Gelegenheit dazu zu geben.

Andrej Maraklow sah überall um sich Radarwellen – Suchradar. Er befand sich im Tal des Colorado River südlich des Parker-Damms und folgte, um nicht entdeckt zu werden, der Linie der Berge. Zwei Jäger für längere Mittelstrecken vom Typ F-16L »Gekröpfter Pfeil« waren schon hinter ihm und suchten mit ihren Radars das Tal ab. Sie blieben hoch oben, um möglichst viel Terrain zu überblicken. Zum Schuß kamen sie mit dieser Taktik natürlich nicht.

Sie waren aber längst nicht mehr die Hauptbedrohung, sondern nur die Treiber, die den *Dream Star* immer weiter nach Süden und der wirklichen Gefahr in die Arme jagten. Maraklow hatte Bruchstücke des Funkverkehrs mitgekriegt. Einer der F-16-Jäger hatte mit einem anderen Flugzeug gesprochen, einer AWACS-Boeing 707 oder 767, die vermutlich zwischen Gila Bend und Yuma über der Sentinel-Ebene kreiste, von wo aus die alte Mühle gut hundertzwanzigtausend Kubikmeilen Luftraum überblicken konnte – von San Diego bis El Paso und noch den größten Teil des Golfs von Kalifornien nach Mexiko hinunter.

Und das Radar an Bord der verbesserten 767 war sogar noch besser. Das alles war ihm wohlbekannt. Kein Zweifel, daß das AWACS Begleitschutz von mindestens zwei F-15-Jägern vom Fliegerhorst Davis-Monthan in Tucson hatte, außer zwei weiteren, die direkt auf die Jagd nach ihm angesetzt waren.

Die Treibstofflage wurde kritisch. Er hatte nicht einmal mehr Sprit für eine Stunde – er reichte sicher nicht bis zu dem arrangierten Landeplatz. Der Flug in geringer Höhe fraß eine Menge Treibstoff. Er hatte aber keine Wahl. Wenn er nur etwas höher ging, spürte ihn die AWACS auf.

Er nahm eine leichte Höhen- und Kurskorrektur vor, um das Überfliegen einer Gruppe von Schlauchbooten auf dem Wasser des Flusses kaum dreißig Meter unter ihm zu vermeiden.

Der Himmel schien sich grün verfärbt zu haben. Suchradar auf der Scheibenprojektion. Ziemlich stark. Über ihm war zweifellos ein AWACS-Flugzeug. Er befand sich hier unten zwar nach wie vor im Radarschatten, aber in ein paar Meilen öffnete sich das Colorado-Flußtal zur Sonora-Wüste, und da saß er dann wieder auf dem Präsentierteller. Die letzten hundertfünfzig Meilen bis zur Grenze wurden bestimmt schwierig. Eine unbekannte Anzahl von F-15-Jägern warteten nur darauf, daß er aus dem Tal herauskam. Auf seinem Kurs lag außerdem auch der Flugplatz des *Marines*-Korps von Yuma, ein Stützpunkt mit zwei Staffeln F/A-18-Jagdbombern. Und zu denen konnten auch noch die F-15-Jäger des Militärflugplatzes von Phoenix stoßen. Es konnte also passieren, daß er es auf den letzten hundert Meilen vor der Grenze mit nicht weniger als sechs Jägerstaffeln zu tun bekam...

Dann sah er es: das AWACS-Radar-Flugzeug. Seine Instrumente machten es in etwa 150 Meilen Entfernung aus. Es kreiste über der Indianerreservation der Papago westlich Tucson, in 25000 Fuß Höhe. Und es war klar: Wenn er es sehen konnte, wurde auch er gesehen. Auf eine rasche Gedankenabfrage hin analysierte der Gefahrenwarncomputer die Radarstrahlen des anderen Flugzeugs und meldete seinen Befund: ältere E-3B *Sentry* von AWACS, fast fünfundzwanzig Jahre alt, aber noch immer eine sehr zuverlässige Radarstation; vermutlich ein sonst gegen den Drogenschmuggel eingesetztes Aufklärungs- und Beobachtungsflugzeug, das in Davis-Monthan stationiert war.

Dann sank plötzlich eine Art grüner Nebel auf ihn herab und hüllte ihn ein. Gleich danach wurde der ganze Himmel gelb. Die Kanzelscheibenprojektion. Das AWACS-Flugzeug hatte ihn also geortet und begann ihn ins Visier zu nehmen. Er versuchte sich noch tiefer in das Flußtal zu drücken, um sich in jedem nur möglichen Radarschatten zu verstecken. Doch das nützte natürlich nichts mehr. Nachdem er einmal geortet und identifiziert war, veränderte die AWACS-Maschine ihre Position selbstverständlich sicher, um ihn auch im Tal auf dem Schirm zu behalten...

»Unidentifizierter Flugkörper zehn Meilen Nord Blythe, Flughöhe zwölfhundert Fuß über NN, Fluggeschwindigkeit fünfhundertundvierzig Knoten. Hier spricht US-Air-Force-Luftkontrolle auf Kanal GUARD.« Die Meldung wurde »blind« auf der internationalen Notfrequenz verbreitet, wohl nicht zuletzt auch deshalb, um Maraklow mitzuteilen, daß er entdeckt worden war. »Sie werden angewiesen, auf zehntausend Fuß über NN zu steigen, Ihre Fluggeschwindigkeit zu verringern und unverzüglich Ihre Fahrwerke auszufahren.« Es war die übliche Prozedur: Wenn Militärflugzeuge abgefangen und zur Landung gezwungen werden sollten, war die erste Anweisung, die Fahrwerke auszufahren – weil bei den meisten Jagdflugzeugen das Ausfahren des Fahrwerks mit der Deaktivierung ihrer Waffensysteme gekoppelt war. »Nehmen Sie unverzüglich Kontakt auf Frequenz Zwei-drei-drei Komma Null auf, wiederhole, unverzüglich Kontakt aufnehmen, Frequenz Zwo-drei-drei Komma Null.«

Das Waffensystem des *Dream Star* deaktivierte sich bei Ausfahren des Fahrwerks keineswegs, sondern nur, wenn es der Pilot ausdrücklich veranlaßte. Trotzdem war es müßig, die Nichtbefolgung der Anweisung auch nur ins Auge zu fassen. Er hatte lediglich noch eine einzige AIM-120 übrig und vor allem sehr wenig Treibstoff. Gut, die F-15-Jäger hätten nicht viel Chancen, ihn zu fangen. Aber mit dem AWACS da oben, und anvisiert, konnten sie ihn auf Leitstrahlen mit großer Präzision anfliegen und sogar genaue Raketenabschüsse errechnen. Also mußte er sein eigenes Angriffsradar benützen, um die F-15 zu finden. Dies wiederum aber offenbarte auch ihnen seine Position.

Er schaltete einen seiner Radios auf die geheime Notfrequenz, antwortete aber nicht. Das wäre Selbstmord gewesen. Aber er konnte alles hören. »Hallo *Dream Star*, hier ist Colonel Harrell, Kommandeur der *Eagle Squadron*. Wir fliegen Ihnen auf Leitstrahl entgegen. In ein paar Sekunden sind wir wie ein Bienenschwarm über Ihnen. Kommen Sie rauf, drosseln Sie Ihre Geschwindigkeit, und fahren Sie Ihr Fahrwerk aus, andernfalls müssen wir Sie wie ein feindliches Flugzeug behandeln und Sie in tausend Fetzen schießen. Antworten Sie. Kommen.«

Ein Energiestoß von genau einer Sekunde auf seinem Angriffs-Radar sagte Maraklow, was los war. Sechs Jäger befanden sich in Lauerstellung im Abstand von jeweils etwa zwanzig Meilen. Die nächsten waren keine dreißig Meilen mehr voraus und gerade zweihundert Fuß über Grund.

»Wir sitzen Ihnen fest auf der Pelle, James«, sagte Harrell. »Ich hab' Sie genau auf zwölf Uhr bei achtundzwanzig Meilen. Auch meine Staffel weiß exakt, wo Sie sind. Die *Marines* haben inzwischen eine kleine Überraschung für Sie vorbereitet. Es hat keinen Sinn mehr, sich da unten im tiefen Gras zu verstecken. Geben Sie auf, ehe wir Hackfleisch aus Ihnen machen.«

Der Hinweis auf den Fliegerhorst der *Marines* in Yuma entsprach nicht exakt der Wahrheit. Aber sinngemäß stimmte er immerhin. Die *Marines* konnten ohne Mühe jederzeit eine Barriere aus Boden-Luft-Raketen errichten. Doch das konnte und wollte Harrell natürlich nicht ausposaunen. Maraklow war völlig klar, daß seine Chancen schlecht standen und obendrein von Minute zu Minute noch schlechter wurden.

Er hatte nichts dagegenzusetzen, war aber gleichwohl entschlossen, nicht so einfach zu kapitulieren und den *Dream Star* einfach aufzugeben. Alles, was er bisher getan hatte, würde damit sinnlos. Aber wenn ihn die F-15 wirklich nicht kriegen sollten, war da immer noch der Treibstoffmangel! Es war höchste Zeit für das alte letzte Mittel: Augen zu und durch.

Er ging auf vollen Schub und maximale Geschwindigkeit und praktisch in die Bauchlage: 50 Fuß über Grund, keine zwanzig Meter.

»Das war nicht besonders intelligent, James«, hörte er über den offenen Kanal. »Es ist sogar ziemlich bescheuert. Wir haben Sie doch voll drauf, Mann. Sie kommen doch da nie raus...!«

Vielleicht. Vielleicht auch nicht. Jedenfalls gedachte er nicht, ihnen als gebratene Taube ins Maul zu fliegen. Wenn sie ihn haben wollten, mußten sie sich schon ein wenig anstrengen. Er war nun schon die ganze Zeit im Tiefflug dahingebraust, zweihundert, höchstens dreihundert Fuß, knapp hundert Meter hoch, ab und zu mit einem Satz über Hügel oder Brücken oder Stromleitungen hinweg. Er blieb unten, benützte seine Computer, die im Modus für Bodenabstand und Vermeidung von Bodenberührung sehr stark waren, und versuchte nicht einmal mehr, Überlandleitungen zu überspringen; er unterflog sie jetzt einfach. Die Schlauchbootfahrer und Camper am Flußufer waren zum Greifen nahe. Sie hielten sich wegen des infernalischen Lärms, mit dem er herangebraust kam, die Ohren zu. Er zog einen Lärmteppich von mehr als Mach 1 hinter sich her, und seine Auspuffgase wirbelten sogar das Flußwasser des Colorado in wilden Fontänen hoch. Aber das sah er nicht, weil er keine Zeit hatte, nach hinten zu schauen. Pausenlos krachten Vögel, die keine Chance zum Ausweichen mehr hatten, gegen Kanzel und Rumpf. Darauf konnte er jetzt keine Rücksicht mehr nehmen.

Als die Stadt Picacho auftauchte, wichen die steilen Berge des Colorado-Flußtals zurück. Nur noch vierzig Meilen bis zur Grenze. Er nahm Kurs direkt Süd und auf Yuma zu.

Und dann kreischte ihm ANTARES plötzlich *Raketenverfolgung!* in die Ohren oder direkt ins Gehirn. Die Warninstrumente hatten eine *Scorpion* AIM-120 mit aktiviertem Radar entdeckt. Noch wahrscheinlicher war, daß die F-15 zwei Raketen abgefeuert hatte, nachdem sie noch zwei weitere als Reserve besaß und mindestens drei weitere Maschinen ihrer Staffel hinter ihr herkamen. Sie konnten es sich also leisten, großzügig von ihren Waffen Gebrauch zu machen.

Er gab den Gedankenbefehl zu einem abrupten, steilen Aufstieg mit 7 G fast senkrecht nach oben. Er war im Handumdrehen auf tausend Fuß, dann ließ er sich wieder umkippen und sauste mit 9 G fast ebenso senkrecht wieder nach unten, um erst knapp fünfzig Fuß über Grund wieder flachzuziehen und hart rechts hinter einen Hügel zu jagen. Die Raketen waren ihm hartnäckig gefolgt, konnten ihm aber bei seiner Kerze nicht abrupt folgen, und als sie umkehrten, um die Verfolgung wiederaufzunehmen, war er schon verschwunden. Die Computer der Raketen gaben ihren Radarsuchern drei Sekunden Zeit, um das Ziel wieder aufzuspüren, und versuchten danach, sich an irgendwelche Blockiersignale anzuhängen. Doch es gab keine. Sie holten Steuersignale von der AWACS-E3 ein und folgten diesen und nahmen die Spur des *Dream Star* wieder auf, aber es war zu spät. Sie waren Mittelstreckenraketen für größere Höhen. Der Treibstoff ging ihnen aus. Nach einigen Sekunden zerstörten sie sich selbst.

Maraklow hatte ein hartes Manöver nach rechts gesteuert und fand sich wieder im Tal des Colorado in der Nähe des Flugplatzes Laguna. Er hatte gerade noch Zeit, den *Dream Star* herunterzukommandieren, um eine Stromleitung zu unterfliegen, da meldete der hintere Scanner eine neue rasch anwachsende Hitzespur und die Warnung RADARANGRIFF! Eine der F-15 war direkt auf den *Dream Star* herabgestoßen und hatte sich rasch in Raketenschußposition gebracht.

Schneller als ein Lidschlag drosselte Maraklow den *Dream Star* mit Gedankenbefehl von »max speed« auf »max alpha«: die langsamste Fluggeschwindigkeit. Binnen Sekunden richteten sich die Tragflächen steil auf. Die zweidimensionalen Klappen verstellten sich, um den Schub statt nach hinten nach unten zu leiten. Die Flossen klappten ebenfalls hoch und hielten die Nase oben, obwohl das Tempo des Flugzeugs rapide abgebremst wurde. Es dauerte ganze zehn Sekunden von Mach 1 herunter auf zweihundert Knoten. Nur eine so ungewöhnlich stabile Konstruktion wie die des *Dream Star* hielt diese extreme Belastung aus.

Die beiden F-15 waren bis auf drei Meilen an ihn herangekommen, als ihre Beute mit einem Schlag in der Luft stehen zu bleiben schien. Bei hundert Fuß Flughöhe blieb kein Platz zum Manövrieren, besonders beim Formationsflug zu zweit. Die erste F-15 brach hart rechts weg, um eine Kollision mit dem *Dream Star* zu vermeiden, und schaffte es gleich danach nur noch um Haaresbreite, nicht auch in die niedrigen Hügel vor Yuma zu sausen. Sein Kollege hatte weniger Glück. Er konnte die Kurve mit 5 G nicht mithalten und raste in den Wüstenboden, wo seine Maschine explodierte, ehe er noch eine Chance gehabt hatte, auszusteigen.

Noch zwanzig Meilen. Maraklow beschleunigte langsam und begann wieder Maximalgeschwindigkeit aufzubauen. Er war nun über Yuma und donnerte im Tiefstflug, so knapp es nur ging, über Gebäudedächer und Radioantennen hinweg. Die F-15 saßen ihm nach wie vor im Genick, griffen aber nicht an, solange er über bewohntem Gebiet war. Über dem Flugplatz der *Marines* hatte er fast schon wieder Mach 1 erreicht. Am Ende der Rollbahn standen die F/A-18. Offenbar hatte man sie nicht starten lassen, weil genug F-15 auf der Jagd nach ihm waren. Da war, ganz am Ende der Rollbahn auf Südost, noch etwas. Aber er hatte keine Zeit, sich darauf zu konzentrieren.

In seinem Kopf kreischte eine neue Alarmmeldung von ANTARES: *AAA-VERFOLGUNG!* Und ANTARES reagierte auch schon, noch ehe Maraklow etwas denken konnte. Die Maschine zog scharf nach rechts, während ringsum alles voller Warnmeldungen war und schwarze Streifen vor der Kanzel vorbeizogen. Eine M 173 *Bulldog* Flakrakete. Ein kleiner Tank mit zwei radargelenkten 40-mm-Kanonen, die sogenanntes »Tungsten«, eine Art vorgefertigtes Schrapnell-Schrot, auf vier Meilen im Umkreis abfeuern konnten. In den ganzen USA gab es nur ein paar *Bulldog*-Regimenter, und ausgerechnet er mußte in eines davon hineinrennen! Ohne Stör-/Blockierausrüstung war die einzige Verteidigung gegen diese *Bulldogs*, Fersengeld zu geben. Ihre Zwillingsläufe konnten ihn mit vierhundert Schuß pro Minute im Nu durchsieben. Er hatte keine andere Wahl, als die Nachbrenner zu zünden – und zwar auf Maximum.

ANTARES meldete Schaden in mehreren Mini-Waffenabzügen in den Tragflächen. Eine *Bulldog* mochte noch keine wirklich effektive Waffe gegen einen Hochgeschwindigkeitsjäger mit Flughöhe nahe Null sein, aber trotzdem war er ihr nur knapp entkommen. Die *Bulldog* wurde schnell deaktiviert, als die F-15 in Reichweite kamen. Maraklow legte den Nachbrenner schnellstens wieder still, aber es war bereits passiert: die Tanks waren fast leer.

Er zog nach links und nahm Kurs direkt auf Laguna de Santiaguillo zu, blieb stur hundert Fuß über Grund, auch, als er direkt eine kleine Stadt überflog. Er schaltete das Angriffsradar ein, um sich über die Lage zu informieren.

Die F-15 hatten abgedreht! Er brauchte eine Gedankennachfrage, um zu begreifen, warum. Er war in Mexiko! Zwei Meilen südlich der Grenze, über San Luis. Er hatte es geschafft!

An Bord der Leit-F-15 über Südwest-Arizona

»Was, zum Teufel, meinen Sie mit umdrehen?« rief Colonel Jack Harrell, der Kommandant der *Eagle Squadron* aus Davis-Monthan, über den Zerhackerkanal. Er nahm seine Sauerstoffmaske ab und schnappte erschöpft nach Luft. Seine vier noch übrigen Maschinen befanden sich mit ihm in gestreckter »Fingerspitzen«-Formation, zwei links, zwei weitere eine halbe Meile noch weiter links. »Hallo, Schrott, verifizieren Sie diesen letzten Ruf.«

»Hallo Eagle-Flug, hier Schrott«, meldete sich der leitende Controller aus der AWACS-E3B, »Ihre Anweisungen werden hiermit verifiziert. Erlaubnis zum Überfliegen der Abfangregion Mazatlan, Sektor eins, mit aktiven Waffen an Bord ist nicht erteilt worden. Verhalten Sie sich nach Abschnitt eins-dreizehn Internationale Aeronautik-Organisation, bis Überflugerlaubnis eintrifft.«

Harrell war wütend. Er hatte vor kaum zwei Minuten mit ansehen müssen, wie einer seiner besten Piloten in den Wüstenboden gerast war, und seine Beute flog ihm davon, obwohl nichts zwischen ihnen war als so eine blöde Linie auf der Landkarte. Er faßte einen Entschluß. Er dachte nicht daran, sich von dieser blöden Linie aufhalten zu lassen.

»Verstanden, Schrott«, meldete er. »Verstanden erteilte Erlaubnis zum Einfliegen in Sektor eins Mazatlan. Flug Blau, Rot Zwei und Drei, melden Sie sich zurück zu Goalie zwecks Auftanken. Flug Rot setzt Verfolgung fort. Ende.«

»Flug Blau verstanden«, meldete der erste der anderen Zweiergruppe, noch ehe der Controller Schrott den Mund aufmachen konnte. Und während Harrell nach rechts ausscherte, behielten diese beiden F-15 ihren Kurs Nordwest zu Goalie, ihrem wartenden Luftauftanker KC-10. Die beiden F-15 an der Seite Harrells blieben neben ihm in Fingerspitzen-Formation.

»Hallo Kommandant Eagle, hier Schrott«, kam die zornige Stimme des Controllers aus der AWACS-Maschine. »Wiederhole, Irrtum, Sie haben keine, wiederhole, keine Erlaubnis zum Einfliegen ADIZ. Drehen Sie links ab nach null-drei-null, und steigen Sie auf –«

Harrell stellte den Kanal einfach ab. Aus den Augenwinkeln sah er, daß die Maschine links neben ihm mit der linken Tragfläche wackelte. Auch durch Hochziehen ihrer Luftbremse versuchte sie die Aufmerksamkeit ihres Staffelkapitäns zu erregen. Der Pilot hielt zwei Finger hoch. Sowohl Harrell wie der Pilot der dritten Maschine konnten das Zeichen sehen. Harrell nickte und ging auf die Staffelfrequenz.

»Ich hab' euch doch gesagt, ihr sollt tanken.«

»Wenn Sie Radio- oder Navigationsprobleme haben, Sir«, sagte der Pilot der zweiten Maschine, Lieutenant Colonel Downs, »lassen wir Sie nicht im Stich. Wenn Sie diesem gekidnapten Jäger nachsetzen, bleiben wir selbstverständlich dabei.«

»Wir setzen dem Kerl doch nach?« vergewisserte sich der dritte Pilot, Major Chan. »Ich wäre wirklich ziemlich sauer, wenn wir einen von uns für nichts geopfert hätten.«

»Schrott klang ziemlich böse«, sagte Downs. »Sind Sie sicher, Sir, daß Sie's trotzdem machen wollen?«

»Wir sind doch schon dabei, oder?« Harrell kontrollierte seinen Kopfhörer, den er zuvor dazu benützt hatte, Steuersignale von der AWACS-Maschine in den gestohlenen Jäger zu leiten. Er stellte mit Befriedigung fest, daß die Datenkette noch intakt war. »Ich hab' ein Leitsignal auf die XF-34. Kommt direkt auf zehn Grad rein, runter auf zweitausend Fuß. Zwei, gehen Sie in die Mitte auf sechstausend. Drei, Sie nehmen die obere Position auf zwölf. Los jetzt, nehmen wir uns den Knaben zur Brust!«

Zwei und Drei begannen auf ihre kommandierten Positionen zu klettern. Harrell drückte seine Maschine nach unten, hinter dem Flugkurs des *Dream Star* her. Gleich danach hörte er es piepen. Es war das Signal einer seiner *Scorpion*-Raketen, die den AWACS-Daten folgte und Ziel fixiert hatte. Er vergewisserte sich, daß seine beiden Begleitmaschinen weg waren, und meldete dann *Fox Zwei* über die Staffelfrequenz. Dann drückte er auf den Knopf.

Über Nordwest-Mexiko

Der grüne »Himmel« über dem *Dream Star* war noch immer vorhanden. Das bedeutete, daß das AWACS-Flugzeug ihn nach wie vor im Radarvisier hatte. Trotzdem erlaubte Maraklow sich einige Augenblicke der Entspannung.

Sie hatten abgedreht. Er hatte diese Wochenend-Krieger offenbar doch etwas überschätzt. Sie hatten ja einen gewissen Ruf als harte Burschen, die den Finger schnell am Abzug hatten und großzügig mit den Vorschriften umgingen. Nun ja, diese Burschen hatten offenbar doch mehr zu verlieren als er.

Er kommandierte eine Steigung um tausend Fuß, um ein wenig mehr Flugsicherheit zu bekommen, und begann das Triebwerk von Bestgeschwindigkeit auf Idealgeschwindigkeit zurückzunehmen. Noch bestand eine kleine Chance, daß der Sprit reichte. Im Idealgeschwindigkeits-Modus stimmten der Treibstoffcomputer und der Autopilot sich miteinander so ab, daß der Aufstieg des Flugzeugs in Einzelstufen erfolgte.

In diesem Augenblick verblüffte ihn eine neue RAKETEN-ABSCHUSS!-Warnung vom Hecksensor. Er war so überrascht, daß er unfähig war zu handeln, und befahl deshalb ANTARES, zu übernehmen und ein Ausweichmanöver durchzuführen.

ANTARES zog den *Dream Star*, statt ihn im Sturzflug in Bodennähe abtauchen zu lassen, scharf und steil nach oben, zündete den Nachbrenner, kehrte in normale Fluglage zurück und aktivierte das Angriffsradar. Sofort erschien auf dem Schirm Harrells F-15, ganze fünf Meilen hinter ihm. ANTARES visierte sie an und schoß die letzte AIM-120 auf den einsamen Verfolger ab. Bei nur fünf Meilen Abstand und einer Flughöhe leicht über der F-15 konnte die *Scorpion* ihr Ziel gar nicht verfehlen. Sie flogen danach direkt auf die brennenden Überreste von Harrells Maschine zu und wichen im allerletzten Moment mit Hakenschlagen aus. Die *Scorpion*-Rakete, die Harrell selbst abgefeuert hatte und dem *Dream Star* pflichtschuldigst gefolgt war, hängte sich jetzt an Harrells brennende Maschine und besiegelte ihr Schicksal vollends.

»Heilige Mutter Gottes...!«

Downs zog nach links von dem sich ausbreitenden Feuerball unten vor ihm weg. Nur ein paar Sekunden zuvor hatte er die »Fingerspitzen«-Position neben Harrell verlassen. Im einen Moment war sein Staffelkapitän in der perfekten Position für einen Raketenschuß gewesen – und im nächsten war das Zielobjekt hochgesprungen, der Rakete ausgewichen und hatte selbst geschossen... und in der Sekunde darauf war Harrell nichts mehr als Teil einer Wolke von Metallsplittern und brennendem Treibstoff...

»*Eagle* Drei, hier Zwei. Staffelkapitän abgeschossen. Stürzt ab... kein Fallschirm zu sehen, kein Fallschirm.«

»Ja, ich sehe ihn, Zwei. O mein Gott!«

Downs umklammerte das Steuer und den Gashebel. »Ich übernehme das Kommando. Nehmen Sie Mittel-CAP, und kommen Sie nach. Der Bastard wird mir nicht –«

»Hallo *Eagle*-Flug, hier SCHROTT auf Malibu.« Die UKW-Frequenz Malibu 660 war der interne Geheimkanal der Staffel.

Na toll, dachte Downs, haben die sogar unseren sogenannten Geheim-Kanal gefunden. »*Eagle*-Flug Zwei, haben verstanden, daß Staffelkapitän abgeschossen. Suchmannschaft und Rettung sind verständigt. Kehren Sie unverzüglich über ADIZ zurück, andernfalls werden Sie als feindlicher Eindringling betrachtet. Bestätigen und befolgen Sie. Ende.«

»Hallo Schrott, hier *Eagle* Zwei. Dieser Scheißkerl hat Colonel Harrell abgeschossen! Wollen Sie uns ernstlich befehlen, ihn abhauen zu lassen? Ende.«

»Wir haben doch nicht die geringste Wahl, Downs!« Das war eine neue Stimme. Offensichtlich der AWACS-Kommandant selbst. »Wir können nicht gut durch Verletzung der Vorschriften einen größeren internationalen Zwischenfall provozieren. Sie kriegen Ihren Schuß auf ihn, wenn wir die Erlaubnis zum Überfliegen der Grenze haben. Aber jetzt bewegt eure Ärsche erst mal zurück, bevor ihr es mit der ganzen mexikanischen Luftwaffe zu tun kriegt. Und danach kümmern Sie und ich uns zusammen um die Angelegenheit. Dies ist ein Divisionsbefehl. Ende.«

Der *Dream Star* war kaum ein paar Meter über einem felsigen trockenen Flußbett, das sich durch die Pinacate-Berge wand. Gelegentliche Radarblitze zeigten, daß der Himmel leer war. Aber dieser letzte Angriff war so überraschend und unvermutet gekommen, daß Maraklow es doch vorzog, lieber »in der Bauchlage« zu bleiben, als sich dem Risiko einer weiteren Anschleichattacke auszusetzen. Er blieb zwischen den Bergen und trockenen Wüstentälern, bis er an die Randzone der AWACS-Reichweite gekommen war. Erst dann zog er sich langsam und allmählich aus dem felsigen Gelände heraus weiter nach oben, achtete aber auch jetzt noch sorgsam darauf, unterhalb des Radars zu bleiben. Nach ein paar Minuten konnte er sicher sein, sich nun außerhalb jeglicher Reichweite von US-Radar zu befinden. Zwar suchten auch die Militärradars von Hermosillo siebzig Meilen südlich seiner Position nach ihm, aber dort hatten sie nur Höhenradar, das Tiefflieger nicht orten konnte. Erst bei der Annäherung an die westlichen Ausläufer der Berge der

Sierra Madre konnte er es sich dann endlich wieder erlauben, über zehntausend Fuß Höhe zu gehen, um dort die Idealflugbedingungen wiederherzustellen.

Aber zum Triumphieren war kein Anlaß und keine Zeit. Er mußte sich jetzt rasch einen Notlandeplatz suchen – die Treibstoffanzeiger ließen ihm keine andere Wahl mehr. Er war noch dreihundert Meilen von Laguna de Santiaguillo entfernt und hatte gerade noch fünftausend Pfund Sprit. Seine Idealgeschwindigkeit betrug fünfundfünfzig Prozent der vollen Kraft – ungenützte Kraft, kaum genug, Höhe und Kontrolle über das Flugzeug zu behalten. Er befand sich auf knapp elftausend Fuß – gerade die ausreichende Sicherheitshöhe für diese Gegend. Rechts vor ihm war der Cerro Chorreras, einer der höchsten Gipfel der Sierra Madre. Er sah aus wie eine unüberwindliche Mauer. Wie eine Faust, die jeden Augenblick vorschießen und ihn vom Himmel holen konnte.

Maraklow hatte nicht mehr genug Sprit, um noch höher gehen zu können. Im Gegenteil, alles verlangte eigentlich danach, herunterzugehen, um zu verhindern, daß er bei dieser geringen Geschwindigkeit glatt abschmierte. Das hohe Terrain drängte ihn ostwärts, direkt auf den nur zweihundert Meilen entfernten mexikanischen Jäger-Fliegerhorst Torreon zu. Das fehlte gerade noch, dachte er: nachdem er erfolgreich vier amerikanischen High-Tech-Jägerstaffeln entkommen war, sich den hocherfreuten Mexikanern auf den Schoß zu setzen!

ANTARES brauchte seine eigenen Basisdaten, um sich geeignete Landeplätze in der Umgebung zu suchen. Gar nicht einfach. Sie waren jetzt mitten in den Bergen der Sierra Madre. Unter ihnen lagen Hunderte Gras- und Feldflächen. Jeder Plantagenbesitzer, jede Minenstadt, jede Sägemühle – und jeder Drogenhändler! – hatten hier ihren eigenen Landeplatz. Die meisten waren nur ganz einfach geebnetes Land oder Feldwege, viele weit entfernt von jeder brauchbaren Straße oder einer Stadt. Falls Kramer und Moffitt hier herunter mit einem Tankwagen fahren wollten, brauchten sie Tage dafür!

Nach einigen Augenblicken zeigte ihm der Monitor eine Karte des nördlichen Zentralmexiko mit einigen ausgewählten

Landebahnen. Er verwarf als erstes die primitiven Plätze von San Pablo Balleza und Rancho Las Aojuntas und auch den immerhin asphaltierten von Parral. Die computerisierte Karte zeigte an, daß dieser Flugplatz einen Rotationsleitstrahl und sogar Rollbahnbefeuerung hatte. Aber das hieß auch, daß er sehr wahrscheinlich vom Militär und der Polizei benützt wurde! Viel zu belebt also, um da unbemerkt herunterzukommen.

Das letzte Angebot schien das beste zu sein. Eine asphaltierte 6400-Fuß-Rollbahn. Hieß Ojito. Die Detaildarstellung zeigte, daß vermutlich die Straße an dieser Stelle nur etwas verbreitert und ausgebaut worden war, um gleichzeitig als Start- und Landebahn für Flugzeuge zu dienen. Solche Rollbahnen gab es in Mexiko überall in Gegenden, wo man gelegentlichen Zugang aus der Luft brauchte, aber keinen Platz hatte, um gleich einen ganzen Flughafen zu bauen. Ojito lag hundert Meilen Nordwest von seinem eigentlich vorgesehenen Landeplatz. Das bedeutete in diesem unwegsamen Gelände eine Wartezeit von mehreren Stunden.

Aber nachdem die Entscheidung einmal getroffen war, rief er seine Leute über die Spezial-UKW-Frequenz. »Hallo, Kramer, hier Maraklow. Kommen.«

Es knackte, er filterte das Rauschen weg. Nichts. Mehr als zweihundertfünfzig Meilen bis Laguna de Santiaguillo. Vielleicht hörten sie ihn wegen der Berge überhaupt nicht.

»Hallo, Maraklow, hier Kramer. Wir hören. Willkommen, Sie haben es geschafft.«

Zum erstenmal überließ sich Maraklow dem aufsteigenden freudigen Gefühl, das er gar nicht für möglich gehalten hatte. »Hören Sie zu, Kramer. Planänderung. Neue Landebahn Gitterkoordinaten Kilo-Victor-Fünf-Eins-Fünf, Lima-Alpha Eins-Drei-Sieben. Situation kritisch. Ende.«

»Verstanden. Wir haben Ihren Flug verfolgt. Wir sind in der Luft und treffen Sie am mitgeteilten Ort. Sie sind fast schon da. Ende.«

Der blaue Dienstwagen hielt bremsenquietschend keine zwei Meter vor der Nase des *Gepard*. General Elliott, der selbst gefahren war, sprang heraus, blieb hinter der offenen Tür stehen und fuhr sich mit dem Daumen über den Hals. Er sah sauer aus. Hal Briggs stieg drüben auf der Beifahrerseite aus. Er hatte wieder seine Ohrenschützer auf und die Uzi-MP in den Händen. McLanahan sah ihn den Kopf schütteln. Er wirkte ganz so, als sei er willens, in seiner hellen Wut dem *Gepard* die Reifen kaputtzuschießen.

»Stellen Sie ab, J. C.«, sagte McLanahan.

J. C. brummelte was in seinen Bart, als er die nötigen Handgriffe tat. »Triebwerk aus, Strom an.«

»Triebwerk aus. Bremsen. Außenstrom an. Klar zur Reinigung«, wiederholte der Computer.

»Klar zur Reinigung«, vollendete auch J. C. Eines nach dem anderen gingen die Triebwerke zehn Sekunden lang auf achtzig Prozent Leistung zurück und dann ganz aus. McLanahan schaltete jedoch Geräte und Ausrüstung nicht ab, sondern ließ sie auf Bereitschaft, um jederzeit sofort fertig zu sein, falls sie doch Startfreigabe bekamen. Bald war nur noch der externe Stromgenerator zu hören, sonst nichts mehr. Briggs steckte seine Uzi weg, Elliott kam zur Einsteigleiter an der linken Seite des *Gepard*, schob Sergeant Ray Butler unsanft zur Seite und kletterte mühsam hinauf.

»Wohin, zum Teufel, möchten Sie? Sind Sie übergeschnappt?«

»Sie wissen ganz genau, wohin«, antwortete McLanahan gelassen.

»Haben Sie das angeordnet?«

»Ja.«

Elliott starrte zuerst ihn an, dann den lärmenden Stromgenerator unten. »Stellen Sie das blöde Ding ab.«

»Lassen Sie's an«, sagte McLanahan zum Sergeant.

Elliott hämmerte seinen gestreckten Zeigefinger zuerst auf Powell, dann auf McLanahan. »Daß Sie verrückt sind, ist mir ja bekannt. Aber Sie, Patrick, gehen jetzt zu weit. Was soll das? Weil James ein Flugzeug entführt hat, wollen Sie's ihm jetzt nachmachen? Um quitt zu werden?«

»Kommen Sie mir nicht damit, General. Sie werden mir doch

nicht im Ernst sagen wollen, daß Sie nicht verstehen können, was ich hier versuchen möchte?«

»Patrick«, sagte Elliott, »der *Dream Star* ist in diesem Moment weiß Gott wo. Das ist jetzt Sache der Luftverteidigung, ihn abzufangen oder runterzuschießen oder was weiß ich. Wir können nichts mehr tun.«

»Einen Dreck, Brad. *Wir* schnappen uns den Mistkerl.«

Die Veränderung, die mit McLanahan vorgegangen war, war ziemlich verblüffend, aber doch auch irgendwie vertraut. Das war der alte McLanahan. Eigensinnig, dickschädlig, trotzig. Nicht zuletzt deshalb hatte er doch von Anfang an eine Schwäche für den damals noch jungen Navigator gehabt. Und der Bursche war ja auch ein echter Profi. Aber der Abschuß des *Old Dog* und der Anblick von Wendy Tork – oder vielmehr, wie er selbst grade eben erst von Hal erfahren hatte, Wendy Tork McLanahan –, halbtot in den Trümmern der *Megafestung*, hatte ihn wieder ganz zu dem gemacht, der er immer schon gewesen war.

»Er hatte lediglich so viel Treibstoff getankt«, hörte er ihn sagen, »daß er bis Mexico City kommt, und auch das nur, wenn er sich die ganze Strecke auf Max-Endurance hält. Aber mit seinem Max-Alpha-Start und den ganzen Gefechtsmanövern ist seine Reichweite weitaus geringer. Er mußte irgendwo landen.«

»Na und, was können Sie tun?« fragte Elliott. »Immer vorausgesetzt, er ist gelandet!«

»Wieso klaut er den *Dream Star*, wenn er genau weiß, daß er höchstens ein paar hundert Meilen fliegen kann, bevor er runter muß? Es sei denn, er bekommt Hilfe. Nicht? Es könnte ja sein, daß er die Sache geplant und eine Auftankstation eingerichtet hat.«

»Aber sicher ist das auch nicht. Wer sagt Ihnen, daß er nicht einfach bloß ausgeflippt ist? Vielleicht hat er den *Dream Star* nur geklaut, um eine kleine Spritztour zu machen? Sie wissen doch, daß er das Flugzeug schon fast als sein Eigentum betrachtet.«

»So? Also er schießt die *Megafestung* bloß wegen seiner kleinen Spritztour ab, wie?«

»Das kann durchaus ANTARES gewesen sein«, mischte sich

nun Powell ein. »Das ist sehr wohl denkbar, daß ANTARES automatisch, nach einem harten Ausweichmanöver, die Angriffsroutine abruft – eben als Teil des Ausweichmanövers. Könnte sogar sein, daß das ablief, ohne daß James etwas davon mitbekam.«

»Also diese ganze Debattiererei bringt uns nicht näher an ihn ran«, fuhr McLanahan dazwischen. »Der *Old Dog* ist jedenfalls abgeschossen, und James hat den *Dream Star*, so sehen die Fakten aus. Und der *Gepard* ist die einzige Maschine, die überhaupt auch nur eine Chance hat, ihn runterzuholen. Wir haben doch gesehen, was mit den anderen passiert ist. Aber meine Instrumente können ihn orten, und zwar in der Luft und am Boden. Wenn er irgendwo gelandet ist, kann ich unsere Streitkräfte zu ihm lenken. Die Mexikaner werden sich natürlich aufregen, aber uns auch sicherlich nicht wirklich in den Arm fallen. Ist er in der Luft, schnappen wir ihn uns. So oder so, jedenfalls ist es höchste Zeit, daß wir unsere Hintern endlich lüpfen. Und zwar jetzt sofort.«

Elliott zögerte. McLanahan mochte zwar auf hundertachtzig sein, aber gegen seine Argumente war an sich nichts einzuwenden. Die Frage war eigentlich nur: Was würden die Vereinigten Stäbe tun? Würden Sie wirklich zustimmen, mit McLanahan den *Dream Star* suchen zu lassen? Sie hatten ja doch mittlerweile schon einige Staffeln Jäger auf ihn angesetzt, und der *Gepard* war immerhin fast so einmalig und geheim wie der *Dream Star* selbst, also eigentlich viel zu wertvoll, um einen Luftkampf zu riskieren. Gut möglich, daß sie unter diesen Umständen zu der Ansicht kamen, die Brüder in *Traumland* seien alle verrückt und es sei doch am besten, den ganzen Laden schnellstens dichtzumachen...

»Ich muß erst die Genehmigung haben«, sagte Elliott. »Und zwar direkt von Washington.«

»Dazu ist keine Zeit mehr.«

»Sie können doch zumindest erlauben, Sir«, meldete sich Powell wieder, »daß der *Gepard* jederzeit starten darf. Dann können wir jedenfalls schon mal rauf und Kurs Süd nehmen. Inzwischen holen Sie die Genehmigung ein, und wenn sie da ist, sind wir schon ein gutes Stück voran. Wenn wir aber hier warten, bis Sie sie haben, erwischen wir ihn nie mehr.«

»Es ist gegen die Vorschriften. Diese Mühlen gehören doch nicht mir. Sie gehören den Vereinigten Stäben und dem Pentagon. Es sind Experimentalflugzeuge und keine Einsatzmaschinen. Illegaler ginge es gar nicht, wenn ich Ihnen jetzt den Start erlaubte. Versteht ihr denn das nicht?«

»Aber natürlich, General. Jetzt will ich Ihnen die Sache erklären. Ich lasse mich von niemandem abhalten, den *Dream Star* runterzuholen. James ist ein Dieb, ein Killer und entweder ein Spion oder ein Verräter. Und dieses Flugzeug ist das einzige, das ihn erwischen kann. Der ganze Rest ist für mich bürokratischer Scheiß, der gut warten kann, bis alles vorbei ist. Und jetzt dürfen Sie mir Starterlaubnis erteilen und danach die Genehmigung einholen, daß wir den *Dream Star* aufspüren und stellen können. Wir starten jetzt, Sir, ganz gleich ob mit Ihrem Segen oder ohne.«

Das betraf nun auch Hal Briggs. Was würde er machen? Zu seinem kommandierenden Offizier halten oder zu seinem Freund?

Und Hal Briggs sagte: »Patrick, denken Sie nicht mal dran. Gegen den Befehl des Generals kann ich Sie nicht weglassen. Jedenfalls nicht jetzt.« Dann wandte er sich an Elliott: »Sir, ich bin Mitglied dieser Firma hier und ganz Colonel McLanahans Meinung. Lassen Sie ihn starten und den Scheißkerl jagen. Einen besseren Plan haben wir nicht.«

»Wenn ich die Genehmigung bekomme...!«

Briggs holte tief Luft. »Sir, Sie haben sich mindestens für die Hälfte aller Mühlen, die Sie hier ausgebrütet haben, nie eine Genehmigung geholt. Der Bau des *Old Dog* vor zehn Jahren geschah ohne Genehmigung. Sie haben sich einfach eine B-52 geschnappt, auseinandergenommen und ganz geheim neu zusammengebastelt. Dieser ganze Bomberflug damals nach Kawaschnija war ungenehmigt. Den Einsatz fortzusetzen, war erst recht ungenehmigt, formell gesehen, und ebenso das Eindringen in den sowjetischen Luftraum samt Angriff auf die Laser-Anlage. Sie haben es trotzdem getan, Sir, weil es eben getan werden mußte. Und Sie hatten das Glück, sowohl die Besatzung dafür zu haben wie die Ausrüstung.«

»Das ist doch was ganz anderes –«

»Wieso? Weil es jetzt der Colonel ist, der den Verstoß gegen die Vorschriften besorgt, und nicht Sie? Wenn Sie mir eine Bemerkung erlauben, Sir, Colonel McLanahan ist so eine Art runtergerissenes Ebenbild eines gewissen Bradley J. Elliott von vor zwanzig Jahren. Er ist entschlossen und bereit, loszugehen und jedem in den Hintern zu treten, der es braucht, genauso wie Sie das mehr als einmal in Ihrer Laufbahn getan haben. Und ich kenne Ihren Lebenslauf, General!« Er sprudelte alles aus sich heraus, als habe er Angst, er verliere den Mut, wenn er eine Pause mache. »Damals ist mal ein hitzköpfiger Ex-Testflieger-Staffelkapitän in die Wüste geschickt worden, auf ein obskures Testgelände der Air Force in St. Nirgendwo, Nevada, wo sich Fuchs und Hase gute Nacht sagten. So war's doch, nicht? Strafversetzt. Irgendeinem hatten Sie ans Bein gepinkelt, und da sind Sie abserviert worden, aus dem Weg geschafft...«

»Hal, ich versuche, die Geduld nicht zu verlieren, aber das alles bringt doch jetzt nichts.«

»Aber Sie haben sich einfach geweigert, auf Tauchstation zu gehen und den toten Mann zu spielen, war's nicht so? Und Sie haben dieses St. Nirgendwo zum *Traumland* gemacht. Das Pentagon hat an ausgefallenen Projekten herumgefummelt, die Ihnen genau in den Kram paßten. Zum Donnerwetter, Sir, wären die in die Hose gegangen, Sie allein hätten den Schwarzen Peter dafür bekommen. Aber Sie haben bewiesen, daß es zu machen war. Und zwar indem Sie sich keinen Pfifferling um Vorschriften und Genehmigungen scherten. Und dafür haben Sie dann auch die Lorbeeren geerntet. Es hat nicht lange gedauert, und alles, was neu war, mußte erst mal hier bei uns in *Traumland* getestet werden. Okay, General, jetzt sind Sie der große Zampano. Und vor Ihnen sitzt Bradley James Elliott II. – Patrick McLanahan. Der erledigt jetzt die gleiche Drecksarbeit wie Sie vor zwanzig Jahren.«

Elliott wußte selbst, daß das alles stimmte. Daß er von Anfang an etwas für McLanahan übrig gehabt hatte, hatte ja in der Tat nicht nur daran gelegen, daß der Bursche der beste Navigator der Air Force gewesen war, sondern weil er spürte, wie ähnlich sie einander waren. Es hatte einer Katastrophe bedurft, um den alten Patrick wieder zum Leben zu erwecken und sich über den ganzen bürokratischen Morast zu erheben. Der wirkliche McLanahan war wieder zum Vorschein gekommen, der, der damals einen todernsten Bombenangriff mit der Nonchalance und Leichtigkeit bewältigt hatte wie irgendein Nachttraining in Idaho.

Er sah ihn an. »Also gut, Mac. Räuchern Sie den Bastard aus. Und tun Sie, was immer dafür nötig ist.«

Er hatte kaum noch Zeit, die Einstiegleiter hinunterzuklettern, als das Triebwerk des *Gepard* schon zu laufen begann. Hal Briggs griff nach oben, um die Leiter wegzunehmen. McLanahan hielt sie fest.

»Das war eine ziemlich tolle Rede, Hal«, sagte er über den anwachsenden Maschinenlärm hinweg.

»Ja, aber wenn Sie's nicht weitersagen, ich habe den Lebenslauf des Alten in Wirklichkeit nie gelesen. Immerhin scheine ich der Wahrheit ziemlich nahe gekommen zu sein. Viel Glück, Patrick.«

Über dem Flugplatz Ojito, Zentralmexiko
Zehn Minuten später

Die Datenausgabe des *Dream Star* über Ojito war exakt. Marakow hatte eine computerisierte Landung in Ojito eingeleitet.

Doch zuerst mußte er den *Dream Star* von den dichten Bäumen am Anfang der Landebahn wegziehen. Als er die Flugplatzkoordinaten selbst erreicht hatte, sah er vor lauter Gebüsch, Gestrüpp und Abfall die Rollbahn kaum. Es blieb ihm nichts übrig, als die Warnlichter der leeren Treibstofftanks zu ignorieren und einen zweiten Landeanflug zu versuchen. Er stellte das ILS auf die Hindernisse ein und machte den nächsten Anflugversuch.

Um auch die letzten verfügbaren Meter der Landebahn nützen zu können, die der *Dream Star* brauchte, war er gezwungen, hinter den letzten Bäumen praktisch stehenzubleiben und herunterzufallen. Er konnte erst im allerletzten Moment wieder Gas geben, um nicht wirklich abzustürzen.

Als er aufgesetzt hatte, wurde ihm klar, daß die Landebahn hier nicht annähernd die an sich nötigen 7000 Fuß lang war. Aus kaum 2000 Fuß Entfernung ragten weitere Bäume und verschiedene Gebäude auf ihn. Offenbar war direkt auf das wenig benützte Rollfeld eine kleine Farm samt Viehkoppel gebaut worden, um das Beladen von Viehtransportern zu erleichtern.

Er warf sämtliche Triebwerke und Klappen in Bremsstellung mit voller Kraft und trat auf die Bremsen. Die linke blockierte, ihr Antiblockiersystem versagte, überhitzte sich und wurde vom Computer abgeschaltet, ehe der Radreifen platzte. Die Maschine schleuderte hart nach rechts, und lediglich blitzschnelles Gasgeben in die Gegenrichtung hielt sie auf der überwachsenen Rollbahn. Die linke Tragfläche krachte in mehrere kleine Holzhäuschen, aus denen Hühner und Schweine gackernd und quiekend in alle Richtungen davonstoben. Eines der Häuser ging durch die heißen Abgase in Flammen auf.

Maraklow trat noch einmal aufs Gas, so daß die Maschine einen Satz nach vorn machte – nur Sekunden, ehe die Flammen des brennenden Hauses die Tragflächen erfassen konnten. Die Abgase aus den Triebwerken bliesen noch einige andere kleine Häuschen um, ehe er ausrollte und das Ende der Landebahn erreichte, wo er drehte und im Leerlauf auf die Ausrollbahn steuerte. Falls Soldaten kamen oder Polizei, blieb immer noch so viel restlicher Treibstoff, um noch einmal abzuheben und zwei- oder dreihundert Fuß hoch zu steigen. Diese Höhe reichte dann, den *Dream Star* so herunterfallen zu lassen, daß nichts Brauchbares mehr übrigblieb.

Er schaltete auf Kramers Frequenz. »Hallo Kramer, wie ist Ihre Position?« dachte er, und ANTARES übermittelte die Anfrage sofort.

»Wstrjetjemsa za dwa minuta, Towarisch«, meldete Kramers Assistent Moffitt. Dieser Moffitt!

Es wurde zu einem wirklichen Problem. Er mußte sich damit befassen! Mit diesem und allen anderen Moffitts, mit denen er es in Zukunft zu tun hatte. Auch mit denen, die ihm nicht trauten: diejenigen, die vermuteten, er sei umgedreht worden; und alle, die ihn um sein Leben in den USA beneideten. Es blieb ihm gar nichts anderes übrig, als seine Rückverwandlung in einen Russen möglichst gleich jetzt zu beginnen.

»Wiederholen Sie das bitte«, sagte er über den ANTARES-Computer.

»Oh, entschuldigen Sie vielmals, Captain James!« sagte Moffitt übertrieben. »Immer wieder vergesse ich, daß Sie ja nur Englisch sprechen möchten! Also, unsere ETA ist zwei Minuten.«

Maraklow hatte keine Zeit, sich weiter Gedanken über Moffitt zu machen. Am Ende der Landebahn waren mehrere Dorfbewohner erschienen. Sie machten sich daran, ihre brennenden Viehstallhütten zu löschen. Einige deuteten zu ihm herüber. Er konnte nicht erkennen, ob sie Waffen hatten, aber besser, man ging davon aus; und davon, daß man sie nicht näher kommen lassen durfte.

Ein großer grüner Lastwagen kam die zur Rollbahn führende Straße heruntergerumpelt. Etwa ein Dutzend Mann kamen hinter ihm her langsam auf ihn zu.

Verdammt. Er zog die rechte und die Notbremse an, stellte die Landeklappen voll auf Gegenrichtung und gab Gas. Eine riesige Staubwolke flog auf und deckte den herankommenden Lastwagen fast völlig zu. Er blieb stehen. Mehrere Dorfbewohner sprangen heraus und rannten zur Seite der Landebahn. Diesmal waren ihre Gewehre und Handwaffen deutlich erkennbar. Der Lastwagen fuhr langsam weiter, die Männer zu beiden Seiten hinter ihm wie in Sturmlinie.

Noch eine Staubwolke, um sie zu verscheuchen.

Half nichts.

Er stellte die Klappen zurück in Startposition. Der Truck war jetzt keine dreihundert Meter mehr weg. Falls er einen Start versuchte, klappte das mit Sicherheit nicht, selbst wenn die Tragflächen unbeschädigt waren. Aber verflucht, es kam überhaupt nicht in Frage, seinen *Dream Star* von diesen Bauernlümmeln gefährden zu lassen! Wenn die Burschen noch näher kamen, dann... Zum Teufel, hatte er vielleicht dazu die Luftkämpfe überstanden?

Die Männer waren kaum noch hundert Meter weg, als ein donnerndes Brüllen durch das Bergtal hallte, das selbst den Lärm der Triebwerke des *Dream Star* übertönte. Und gleich darauf explodierte die ganze Rollbahn in Staubwolken und dem Geknatter von MG-Feuer. Salven aus schweren MGs mähten die Baumlinien links und rechts der Bahn nieder und peitschten Bäume und Äste, als fege ein Hurrikan über sie hinweg. Natürlich stoben die Bauern an der Landebahn auseinander, und gleich darauf wurde die Ursache des ganzen Aufruhrs über der Landebahn sichtbar.

Maraklow war beeindruckt. Ein großer Boeing-Transporthubschrauber CH-47 *Chinook* – alter US-Zwillingsrotor, der mindestens vierzig Jahre alt sein mußte – kam angeknattert. Ein Veteran, dessen Abgasrauchwolken meilenweit zu sehen waren. Er war voll auf Kampfposition. Ein Türschütze an jeder Seite. Sie feuerten mit gyro-stabilisierten 20mm-Bordkanonen. Das war schon mehr ein fliegendes Kanonenboot als ein Abfalltransporter. Die großen achtblättrigen Rotoren, mit einem Durchmesser von über dreißig Metern, kamen kaum durch die Baumschneise.

Na immerhin. Sie hatten sich angestrengt, die KGB-Burschen. Um sicherzustellen, daß der *Dream Star* auch wirklich unversehrt blieb.

Das Monstrum von Flugapparat hatte kaum aufgesetzt, als schon ein Dutzend Mann, schwer bewaffnet, aus der Laderampe heraussprangen. Zwei sicherten sofort die Stelle, wo die in Brand geratenen Stallhäuschen noch vor sich hin rauchten; das Feuer selbst hatten die gewaltigen Rotorblätter ausgeblasen. Die übrigen verteilten sich zu beiden Seiten des Hubschraubers und sicherten die Landebahn. Zuletzt kamen aus der Frachtluke noch Kramer und Moffitt – in einem schwarzgrünen Tankwagen!

Als Maraklow die Kanzel öffnete, stellte einer der Begleitmänner eine Leiter hin, damit Kramer heraufsteigen konnte. Maraklow gedankenbefahl die automatische Öffnung der Wartungsklappen, und sofort begannen die Leute unten die Tankschläuche zu dem zentralen Haupttankadapter zu führen. Andere zogen einige Fiberstahlstreifen vom Leitwerk des *Dream Star* ab, andere inspizierten die von dem *Bulldog* AAA-MG verursachten Schäden. Mittendrin wuselten zwei Fotografen herum, die den *Dream Star* von allen Seiten wie wild fotografierten.

Kramer war inzwischen die Leiter zum Cockpit hinaufgeklettert und steckte einen Kopfhörer ein, den ihm einer der Techniker gereicht hatte.

»Können Sie mich hören, Maraklow?«

»Ja, ich höre Sie«, antwortete ihm die ANTARES-synthetisierte Stimme. Maraklow selbst bewegte sich nicht. Er versuchte nicht einmal, seinen Helm abzusetzen oder auch nur das Visier zu öffnen.

»Willkommen, Andrej! Was Sie vollbracht haben, ist wirklich unglaublich!«

»Danke«, antwortete die computersynthetisierte Stimme.

»Können Sie sich bewegen? Sie müssen erschöpft sein! Können Sie aufstehen?«

»Ich kann den ANTARES-Kontakt nicht abbrechen, bevor wir in Nicaragua sind. Das Auftanken kann bei laufenden Motoren geschehen. Dann sollte ich ohne Verzögerung starten.«

»Verstehe. Wir haben mit dem Auftanken bereits begonnen. Wir haben auch Raketen und Munition für Ihre Bordwaffen.«

»Was für Raketen?«

»Unsere besten«, mischte sich Moffitt ein, der mit im Netz war. Er war auf der anderen Seite heraufgeklettert und beugte sich jetzt dort ins Cockpit herein. Er blickte fasziniert auf das Multifunktionssystem der Monitore, dessen Projektionen in atemberaubendem Tempo wechselten, während Maraklow das Auftanken überwachte. »Wir haben zweihundert Schuß 20-mm-Munition und außerdem je zwei Kurz- und Mittelstreckenraketen der Typen AA-11 und AA-14. Sie –«

»Reichen beide nicht aus«, unterbrach ihn die synthetische Stimme von ANTARES. Moffitt versuchte ins Cockpit an einen der Monitorknöpfe zu greifen. Maraklow drehte die Bildhelligkeit der Monitore sofort so lange zurück, bis Moffitt seinen Versuch abbrach. »Ohne das richtige Interface«, sagte er, »muß die Rakete imstande sein, auch ohne Leitstrahl vom Trägerflugzeug ihr Ziel zu finden. Das ist weder bei der AA-11 noch bei der AA-14 der Fall.«

Moffitts Kommentar war vorhersehbar. »Ihre amerikanischen Freunde bauen selbstredend immer das Allerbeste von allem, nicht?«

»Halt den Mund«, befahl ihm Kramer. Dann fragte er Maraklow: »Können Sie sie nicht zumindest zur Ablenkung verwenden? Vielleicht halten Sie sich damit die –«

»Im Gegenteil, damit lade ich mir nur zusätzliche Abwehr auf den Hals, und dabei könnte ich leicht etwas abbekommen. Ich habe nicht die Absicht, irgendwen so nahe an mich heranzulassen. Die Bordkanonenmunition nehme ich, die ist Standard.« Er gab den Gedankenbefehl zur Öffnung der Bordkanonenluke. Das 20mm-Geschütz senkte sich sofort aus der Wanne am Bug. Das Bodenpersonal, umringt von den Fotografen, machte sich an die Inspektion und Landevorbereitung. »Noch was«, sagte Maraklow, »entfernt die linke Instrumentenbox vor den Flossen. Sie ist schwarz und beschriftet mit ›Datenübermittler‹. Sie muß schnellstens weg.«

»Wieso?«

»Das ist ein automatischer Telemetrie-Datenübermittler«, erklärte Maraklow. »Er sendet Triebwerk- und Flugdaten an jedes Empfangsgerät, das sich an Bord fliegender Objekte im Umkreis von hundert Meilen befindet, inklusive die der F-15. Und die können die Daten dechiffrieren und mir so auf der Spur bleiben. Durch ANTARES läßt er sich nicht abschalten. Veranlassen Sie das sofort.«

Kramer gab die Anweisung an den Chef des Bodenpersonals weiter und wollte dann wissen: »Wie haben Sie sich die Flucht nach Nicaragua vorgestellt?«

»Ich halte mich in den Bergen, solange es nur geht, und vermeide jede Nähe zu Militärbasen.« Der Bildschirm des Multifunktions-Hauptmonitors leuchtete auf, ein computergenerierter Datenplan lief rasch durch. »Ich fliege zwischen Durango und Culiacon, um Militärstützpunkte zu umgehen, und dann ins Landesinnere, um Agua Calientes und Guadalajara auszuweichen. Danach in die Sierra Madre del Sur zwischen San Mateo und Acapulco. Den Fliegerhorsten Tuxtla Gutierrez und Villahermosa auszuweichen dürfte keine Schwierigkeiten bereiten. Hinter der Grenze dann wird sich über Guatemala wohl kein Problem mehr ergeben. Allerdings könnte das über Honduras der Fall sein.« Seine über ANTARES computerisierte Stimme verriet keinen Hauch seiner tatsächlichen Anspannung. »Erhebliche amerikanische Streitkräfte könnten mir wieder in El Salvador begegnen, wo die Amerikaner in Llorango einen Luftwaffenstützpunkt haben, ebenso wie in La Cieba und Tegucigalpa in Honduras. Aber ich glaube nicht, daß sie mir sehr viel anhaben können. Bis zur Grenze von Guatemala und zum Flugplatz Cesar Sandino sind es durch El Salvador und Honduras kaum zweihundert Meilen. Die kann ich in weniger als zwanzig Minuten schaffen, wenn es sein muß. Ich nehme an, Sandino ist mein Ziel?«

»Tja, also Sandino…«, sagte Kramer. »Die Regierung von Nicaragua war ziemlich zurückhaltend. Sie wollen den *Dream Star* auf keinen Fall in Managua haben. Sie fürchten, daß dann als nächstes die *New Jersey* vor der Küste aufkreuzt und in die Stadt und ihre Umgebung schießt. Sie haben uns aber einen alternativen Militärstützpunkt angeboten, der Ihnen sogar sicherlich noch besser passen wird: Sebaco nördlich Managua.«

Maraklow gab das sofort in die Borddaten ein. Der Computer hatte im nächsten Augenblick die Lagekarte und alle Daten über Sebaco auf dem Schirm. »Eine Bergwerksstadt mit nichtasphaltierter Rollbahn?«

»Das sind in der Tat die aktuellen Daten«, sagte Kramer. »Obwohl wir inzwischen in allerjüngster Zeit noch einige Modifizierungen veranlaßt haben. Sebaco ist deshalb jetzt ein voll ausgebauter Flugplatz und Militärstützpunkt. Das ganze Personal ist von uns. Die Rollbahn ist verlängert und asphaltiert worden und durch Flak-Raketen und Artillerie gesichert. Das Kommando Mittelamerika des KGB ist dort stationiert. Es hat auch eine kleine Staffel Jäger zur Verfügung; Mikoyan-Gurewitsch-29. Sie können sich dort wie zu Hause fühlen, auch wenn es weit von zu Hause entfernt ist. Es ist wieder der erste Hauch von Heimat für Sie – nach so langer Zeit.«

»Ja«, erwiderte Maraklow nur knapp. Er spürte, wie der wertvolle Treibstoff in die Maschine floß und ihr wieder Energie und Leben verlieh. Es war ein Gefühl der Zufriedenheit, der Freude gar. Dennoch fühlte er sich angesichts der effizienten sowjetischen Zivilagenten, die die Dorfbewohner herumscheuchten, irgendwie in die Ecke getrieben. Einsam. Diese KGB-Streitkräfte, von denen Kramer gesprochen hatte... sie waren ihm mindestens so fremd wie grüne Marsmännchen. Er verspürte sogar so etwas wie die typische amerikanische Reaktion beim Anblick russischer Soldaten oder Flieger auf Fotos oder Videobändern: Neugier gepaart mit Verwirrung, ja selbst etwas Angst. Sie waren doch immerhin der Feind! Nicht doch: Sie waren seine Landsleute. Russen wie er! Warum also diese Gefühle?

Er schaute nach vorn, wo der stiernackige Assistent Kramers, dieser Ober-Genickbrecher Moffitt, stand. Ganz gleich, was man auch tat, stets würde der einem mißtrauen und einen verdächtigen. Für diesen Burschen stand nur die Überlegung im Vordergrund, daß man, wenn man schon für die Sowjets so wertvoll war, noch wertvoller für die Amerikaner sein mußte! War man umgedreht worden? Ein Doppelagent? Was, wenn der heimkehrende Held sich als Kuckucksei erwies? So war das doch. Glasnost hin, Perestroika her – wie sie dachten, das wußte er immer noch!

Auf sein Gedankenkommando schaltete sich das Angriffsradar des *Dream Star* ein, mit Energiekonzentration auf die Stelle dort... und brach das Ganze sofort wieder ab. Aber gute Lust hatte er tatsächlich, Moffitt mit Mikrowellen zu grillen oder ihm jedenfalls einen tüchtigen Schrecken einzujagen!

Wie auch immer, es war ihm ganz klar, daß er sich in Rußland sehr bald mit Moffitt und seinesgleichen auseinanderzusetzen hatte. Ein Held zu sein, barg auch seine Risiken. Jetzt jedoch blieb keine Zeit für solche Zukunftsängste. Er war kein Held. Noch nicht, jedenfalls.

»Hallo, Schrott, hier Sturm Eins. Auftanken beendet! Alles klar!«

»Sturm Eins, Roger. Checks.«

»Roger, Sturm Eins.« J. C. Powell ordnete die Abschaltung der beiden rein militärischen Datenkanäle an, die Schrott, dem Radarflugzeug E-3B von AWACS, halfen, den *Dream Star* aufzuspüren und zu identifizieren. Danach befahl Schrott J. C., einen nach dem anderen sämtliche Sender einzuschalten.

McLanahan zog sich die Sauerstoffmaske über. Das Schlimmste war, wie immer, das Warten... Man wartete auf die Sonderstarterlaubnis, auf die Erlaubnis, von der KC-10 luftaufgetankt zu werden und gemeinsam mit Schrott und den anderen verfolgenden Abfangjägern fliegen zu dürfen... und jetzt warteten sie auf die Einflug-Erlaubnis in den mexikanischen Luftraum. Und dabei kribbelten ihm die Fingerspitzen, endlich die wirkliche Jagd beginnen zu können! Der Vorsprung von *Dream Star* wurde immer größer!

Er kontrollierte seine Instrumente und dachte an Ken James. Im Grunde war es unvorstellbar! Offenbar war es einem sowjetischen Agenten wirklich gelungen, sich in die geheimste Forschungs- und Entwicklungsanlage der USA einzuschleusen! Und nicht nur das: Er hatte es bis zum Testpiloten – bis zum einzigen Testpiloten! – des modernsten und geheimsten Jet-Jägers der Welt gebracht! Und jetzt hat er es auch noch fertiggebracht, dieses Superflugzeug einem Riesenaufwand von Sicherheitsmaßnahmen zum Trotz zu klauen und es auch noch an vier Verfolgerstaffeln von Abfangjägern vorbei aus den USA ausgeflogen! Und was noch schlimmer war: Er hatte den stolzen, ruhmreichen *Old Dog* abgeschossen! Bis auf drei Leute war die ganze Besatzung tot. Major Edward Frost, der Radarnavigator, war eine ganze Meile von der Absturzstelle entfernt gefunden worden, ziemlich alle Knochen gebrochen, aber er war noch am Leben. Sein Fallschirm hatte nicht einmal mehr Zeit gehabt, sich zu öffnen, ehe er am Boden aufschlug. Colonel Jeffrey Khan, den Kopiloten, hatte man direkt neben den rauchenden Trümmern entdeckt, in kritischer Verfassung, aber ebenfalls noch lebend. Und schließlich Wendy... auch sie lebte noch, aber nur, weil sie sich trotzig ans Leben klammerte! Es war ganz unmöglich, hatten ihm die Ermittler gesagt, daß sie aus eigener Kraft herausgekommen war. Angelina Pereira mußte ihr Leben für sie geopfert haben...

Ein einziger Mann hatte mehr Schaden, Zerstörung und Tod angerichtet, als Patrick sich jemals hätte vorstellen können. Gar nicht zu reden von den ganzen militärischen Geheimnissen, die er im Laufe der Zeit schon an die Sowjetunion verraten haben mußte... Und falls dieser – dieser Maraklow auch noch den wirklichen Kenneth James beseitigt hatte, noch bevor er nach *Traumland* kam... Er konnte inzwischen schon ganze Berge von Informationen weitergegeben haben, die die Einsätze, Aufgaben, Flugrouten, Ausrüstung, Waffenbestückung und sonstige *top secret*-Geheimnisse der Bomberflotte des *Strategic Air Command* auf Jahre hinaus wertlos machten... Und nun hatte James – auch noch den *Dream Star*!

»Sturm, Null-Eins, Datenchecks beendet«, meldete der Controller an Bord der AWACS-Maschine. »Noch keine Erlaubnis zum Überfliegen des Sektors Monterrey FIR Eins eingegangen. Sie können sich den vier *Eagle Null-Zwei* über Luke Range anschließen, oder aber weiter in einer Drei-Null-Meilenzone des Flugkreuzes REEBO kreisen, bis die Erlaubnis kommt.«

»Und wann erwarten Sie die?« fragte J. C.

»Keine Ahnung. Der Antrag geht auf dem Dienstweg ins Pentagon. Und dort wird vermutlich auch das Außenministerium eingeschaltet. Im Moment sind wir nicht mehr auf dem laufenden.«

McLanahan betrachtete seine Kartenprojektionen. REEBO befand sich direkt östlich von Yuma, sehr nahe der Grenze. *Luke* Sieben lag weiter nördlich, näher bei der Kreisbahn des Luftauftankers. »Also, kreisen Sie über REEBO«, sagte er J. C. Powell durch.

»Hallo, Schrott, wir kreisen REEBO auf Zwei-fünf-null.«

»Roger, Sturm Eins, Erlaubnis erteilt zum Kreisen über REEBO wie erbeten. Steigen Sie, und bleiben Sie auf Höhe Zwei-fünf-null. Kreisen Sie innerhalb Drei-null Meilen, und bleiben Sie fünf Meilen Nord der Luftraumgrenze Süd, bis Sie eine mexikanische Luftkontrollfrequenz und Einflugerlaubnis erhalten.«

»Sturm Eins, verstanden.« J. C. schaltete die Außenfunkgeräte auf Bereitschaft und sagte zu McLanahan über Bordfunk: »Darf ich raten? Diese Luftmühle hier wird gar nicht kreisen, oder?«

»Genau so ist es, Freund. Nehmen Sie Zwei-fünf-null, bleiben Sie bei Fünf-null-null Knoten. Sobald wir REEBO erreichen, steigen Sie auf Drei-neun-null – und dann volle Pulle!«

»Da säuft sie uns aber Sprit wie verrückt«, mahnte J. C. »Und wenn wir auf dem Rückweg keine Luftzitze kriegen, sehen wir alt aus!«

»Jetzt ist erst mal wichtig, daß wir diesen Maraklow erwischen und vors Visier kriegen. Das geht jetzt vor. Es ist mir im Augenblick scheißegal, ob wir es auch wieder zurück schaffen.«

General Brad Elliot saß allein in dem kleinen Stabsraum im HAWCS-Oberkommando. Die gegenüberliegende Wand war zur Gänze eine Gas-Plasma-Projektionsfläche. Sie zeigte das gesamte abgesperrte südliche Bomben- und Luftkampf-Testgelände Nevadas, in dem sich der *Old Dog* befand. Außer den direkt am Absturzort kreisenden Sicherheits- und Zubringer-Hubschraubern für die Ermittlungskommission war der Luftraum leer.

Hal Briggs kam herein, die Pistole im Schulterhalfter und ein Sprechfunkgerät in der Hand, über das er überall und jederzeit mit seinem Kommandozentrum in Verbindung stand.

Er musterte den General kurz, ehe er ihn aus seinen Gedanken schreckte. Elliott, Kommandeur von *Traumland*, war jetzt sechzig, und Briggs konnte sich nicht erinnern, ihn jemals so abgespannt gesehen zu haben – körperlich und geistig. Hier in der trostlosen Wüste von Nevada zu arbeiten, war an sich schon anstrengend genug, für Elliott aber ganz besonders. In Elliotts Job wurde man zwangsläufig immer einsamer und wohl auch melancholischer. Diese Katastrophe jetzt schien ihn nun aber an den Rand des Zusammenbruchs getrieben zu haben. Man mußte jetzt wohl ganz besonders auf ihn aufpassen.

Briggs legte ihm ein Blatt Papier auf den Tisch. »Erster Bericht der Ermittler, zunächst über die Besatzung.«

Elliott sagte nichts. Briggs wartete einen Moment und las dann entschlossen vor: »Zwei Besatzungsmitglieder unternahmen keinerlei Versuch, auszusteigen: Wendelstat als I. P. und Major Evanston als Nav. Die rechte Seite der Kabine wurde schlimm zugerichtet. Linda Evanston war vermutlich schon tot.«

Elliott stöhnte, als habe er einen Schlag ins Gesicht erhalten. Linda Evanston war eine aus dem »großen Experiment« gewesen – des Projekts, mit dem die Verwendbarkeit von Frauen für Kampfaufgaben erprobt worden war. Sie war Absolventin der *Air Force Academy* und mit Abstand die geeignetste für dieses Programm. Sie wurde angenommen und bald darauf das erste weibliche Besatzungsmitglied einer B-52-Staffel. Wegen ihrer Ingenieurs-Erfahrungen war sie zeitweise zu HAWC abkommandiert worden, um an dem Projekt *Megafestung Plus* mitzuarbeiten. Und war auch damit für Beförderung und größere Aufgaben vorgesehen. Ein ganz schlimmer Verlust.

Hal rasselte den Bericht, so hastig es nur ging, herunter, um dem General möglichst viele Einzelheiten zu ersparen. »Wendelstat hatte wohl keine Chance, noch irgendwie den Schleudersitz manuell zu betätigen.«

Elliott nickte trübsinnig.

»Schleudersitz des Bordschützen wurde betätigt, funktionierte aber offenbar nicht. Hing noch immer in den Gurten. Auch Dr. Pereira scheint den Schleudersitz nicht mehr manuell betätigt zu haben. Hatte keine Chance mehr. Leichenteile in den Trümmern scheinen von General Ormack zu stammen; er stieg aus, landete aber direkt in der Stichflamme der Explosion.«

»O mein Gott...«

»Khan dürfte es überstehen. Einige schlimme Wunden und Schürfungen und ein gebrochener Arm, mehr eigentlich nicht. Wendy Torks Zustand ist hingegen kritisch. Sie wird in die Spezialklinik für Verbrennungen nach San Antonio gebracht. Sieht gar nicht gut aus für sie. Ed Frost... tot, Sir. Er hatte nicht einmal einen Fallschirm.«

Elliott rieb sich die Augen. »Ich will stündlich Bericht über den Zustand von Wendy haben. Und kümmern Sie sich darum, daß sie die bestmögliche Versorgung erhält.«

»Wird erledigt.«

»Wie steht's mit den Familien?«

»Sie werden alle nach Nellis in die Standortkapelle gebeten, Sir, wie Sie angeordnet haben. Dr. Pereira hatte keinerlei Angehörige. Alle anderen aber sind auf dem Weg.«

Elliott schüttelte immer noch den Kopf. »Seit Saigon haben wir nichts Schlimmeres mehr erlebt.« Er blickte zur Projektionswand hinüber. »Was sag' ich den Angehörigen bloß?«

»Am besten das gleiche wie mir eben, Sir.«

»Das würden sie doch gar nicht verstehen, und warum sollten sie auch?«

»Nun, immerhin haben sie verstanden, daß ihre Angehörigen besondere Aufgaben erfüllten, selbst wenn sie keine Einzelheiten darüber erfuhren. Man muß ihnen jedenfalls das Gefühl geben, daß man sich um sie kümmert, und ihnen den Glauben vermitteln, daß ihre Ehemänner oder Söhne oder Töchter oder Freunde nicht umsonst gestorben sind.«

Elliott wandte sich ihm zu. »Sagen Sie mal, wie, zum Teufel, sind Sie eigentlich so klug geworden, he?«

»Ich habe von Ihnen gelernt, Sir«, sagte Briggs wie aus der Pistole geschossen, unterbrach sich dann aber sofort. Sein Handsprechgerät hatte sich gemeldet. »Nachricht von Chefs der Vereinten Stäbe. AWACS und mexikanische Behörden berichten ein weiteres unautorisiertes Eindringen in den dortigen Luftraum. Es handelt sich um Powell und McLanahan in Sturm Null-Eins. Es wird gebeten, für eine Videokonferenz um fünf nach bereitzustehen.«

»Da haben wir den Salat, Hal«, sagte Elliott. »Das Pentagon nimmt vermutlich an, daß ich durchgedreht habe. Sie werden mich meines Kommandos entheben.«

»Aber Sie konnten doch gar nichts unternehmen...«

»Quatsch, jede Menge hätte ich unternehmen können. Zum Beispiel unsere Testpiloten schärfer unter die Lupe nehmen. Das Rollfeld besser sichern. Ormack verbieten, hinter dem

Dream Star herzufliegen. Und vermutlich werden sie mir auch sagen, daß ich den *Gepard* niemals hätte starten lassen dürfen.«

»Aber man kann Ihnen doch keine Dinge anhängen, auf die Sie gar keinen Einfluß hatten.«

Elliott schwieg eine Weile. Dann sagte er: »Solange ich noch Einfluß habe, werde ich ihn auch gebrauchen.« Er hob das Telefon mit der direkten Leitung zur Kommandokontrolle ab. »Das hätte ich schon von Anfang an tun sollen.«

»Wollen Sie tatsächlich McLanahan und Powell zurückrufen?«

»Ich habe schon zu viele Fehler gemacht. Aber schließlich habe ich die Verantwortung für den Laden.«

J. C. Powell war mit dem *Gepard* von vierzigtausend auf eintausend Fuß heruntergegangen und außerdem knapp unter die Schallmauer-Geschwindigkeit, als sie die Zone erreichten, in der sie die Positionsdaten von *Dream Star* empfingen.

»Dreißig Meilen«, sagte McLanahan. »Auf meinen Kartenprojektionen scheinen zwar keine mexikanischen Fliegerhorste auf, aber vermutlich gibt es hier in der Gegend eine ganze Menge Rollbahnen. Er – verdammt, das Signal ist weg!«

»Er hat also Hilfe bekommen«, konstatierte J. C. »Irgend jemand hat ihm den Daten-Sender abgebaut.« Er umklammerte sein Steuer hart und rüttelte unwillkürlich an ihm.

»Zwanzig Meilen. Achtung. Schub nähert sich achtzig Prozent.« Er nahm das Gas vorsichtig aus dem Bereich des militärischen Schubs bis zum Langsamflug zurück.

»Ziehen Sie mal ein paar anständige Schleifen«, sagte McLanahan, »damit ich einen Überblick habe. Ich rufe das Ziel aus, und dann versuchen wir einen Angriffsanflug.«

»Bordkanonen in Position«, meldete J. C. und drückte auf den Knopf für die Stimmerkennung. »Bordkanonen laden.«

»Warnung. Bordkanonen sind geladen. Noch sechshundert Schuß verfügbar.«

»Angriffsmodus einschalten«, kommandierte J. C.

»Angriffsmodus bereit.« Ein lasergeneriertes Fadenkreuz erschien auf J. C.s Kanzelscheibe, daneben Waffen- und Höhen-

warnungen. Es war genau auf Geschwindigkeit, Winde und Triften abgestimmt und würde den jeweiligen Einschlägen aus der Bordkanone stets folgen, ganz gleich, auf welche Weise sich das Flugzeug in der Luft gerade bewegte. In diesem Modus konnte J. C. ein Bodenziel festlegen, und der Computer steuerte dann selbsttätig so, daß er das Ziel stets exakt im Fadenkreuz hatte, wobei er Bodenerhebungen und andere Hindernisse mit einrechnete und rechtzeitig warnte, wenn der Munitionsvorrat zur Neige ging.

»Bordkanone bereit«, sagte er McLanahan durch.

»Noch zehn Meilen.« McLanahan begann nun auf Sicht zu navigieren, indem er zur Kanzel hinausblickte, wann immer es ging, und die Felsen und die sträucherbewachsenen Berge vor ihnen nach einem Flugfeld absuchte. Die Trägheits-Navigation und der Flugleitplan ermöglichten es dem *Gepard*, mit einer Zielgenauigkeit bis zu zwanzig Meter anzufliegen. Wenn natürlich die Koordinaten des Flugfelds im Datenspeicher nicht stimmten, war es logischerweise auch leicht möglich, daß sie das Ziel verfehlten. Und hier in diesem unwegsamen, hügeligen Terrain war es durchaus möglich, daß sie eine Landbahn nicht sahen.

»Noch fünf Meilen.« J. C. flog S-Kurven entlang ihres Flugkurses. Er zog jeweils so scharf herum, daß sie beide ständig freien Ausblick auf das Gelände unten hatten, auch direkt unter dem Rumpf. Es gab eine Menge Lichtungen, manche sahen sogar aus wie Landebahnen, doch in den paar Augenblicken des Überflugs konnten sie nirgends Flugzeuge ausmachen.

»Sie könnten den *Dream Star* versteckt und getarnt haben«, sagte J. C. »Zeit genug hatten sie ja.«

»Wir finden ihn schon.«

»Ja, aber wir haben nur ein paar Minuten Zeit, dann müssen wir umkehren.«

»Schauen Sie einfach weiter nach dem verdammten... oh, das ist er, auf *elf* Uhr!«

Sie lagen gerade in einer steilen Seitenneigung, als McLanahan das Flugfeld erkannte. Auch Powell sah es sofort. Es war eine ziemlich schmale Lichtung auf einem kleinen Plateau, immerhin aber so breit, daß unter den Bäumen die seitlichen Begrenzungen der Bahn genau erkennbar waren. Und außerdem war die verläßlichste Bestätigung der schwarzgrüne Hubschrauber in der Mitte der Lichtung.

»Da ist ein Hubschrauber! Die haben sogar einen Hubschrauber eingeflogen!« rief McLanahan. »Wenn wir den außer Gefecht setzen können, ehe er aufsteigt...!«

»Festhalten!« sagte J. C. und zog mit Hilfe der Flossen so scharf herum, daß er zielgenau auf den Hubschrauber anflog.

»Zielfixierung...« Das Ziel-Fadenkreuz begann zu rotieren. Als der Hubschrauber ins Zentrum kam und es erreichte, bestätigte er: »...jetzt!«

»Ziel fixiert«, bestätigte der Computer. Ein kleines Viereck erschien gleich darauf im Zentrum des Fadenkreuzes als Meldung, daß der Computer den Hubschrauber als Ziel fixiert hatte. Ein rotes Kreuz, das dem des Leitstrahls eines Azimuten-Landesystems glich, leuchtete ebenfalls auf. *»Fünfzehn Sekunden bis Schußweite. Sechshundert verbleibende Schuß. Achtung, Suchradar auf zwölf Uhr.«*

»Das ist der *Dream Star*«, sagte Powell, »sein Suchradar.« Er hatte kaum fertig gesprochen, als sich das Suchsymbol auf der Kanzelscheibe in ein Fledermaussymbol verwandelte.

»Warnung. Radarwaffenstrahl, zwölf Uhr«, meldete der Computer.

»Er hat uns drauf«, sagte McLanahan. »Aber wir hatten ihn zuerst...«

Unten schepperte die computer-synthetisierte Stimme von Maraklow in Kramers Kopfhörer: »Abbruch. Startbahn frei machen! Sie haben uns entdeckt!«

Kramer, der noch immer auf der Einsteigleiter neben dem Cockpit stand, um von dort das Auftanken und die Bewaffnung zu überwachen, drehte sich um und suchte den Horizont ab. Er sah es sofort. Es kam genau auf sie herunter. Ein einzelnes F-15-Jagdflugzeug, dunkelgrau, größer als der *Dream Star*. Selbst aus dieser Entfernung waren die Raketen unter den Tragflächen erkennbar.

»Skarjeche!« schrie er den Leuten vom Bodenpersonal zu.

»Sofort die Tankschläuche weg, weg mit dem Tankwagen, Helikopter aufsteigen. Bewegt euch!« Er sprang von der Leiter, riß sie weg und schleuderte sie in das Gebüsch neben der Landebahn. Die Kanzel schloß sich krachend. Noch ehe die Pumpe am Tankwagen abgestellt war, hatte einer der Leute den Tankschlauch aus dem Flugzeug gerissen. Ein Geysir von Kerosin schoß neben dem Fahrwerk des *Dream Star* in die Luft.

Der *Gepard*. Noch ehe Maraklow die Gedankenbefehle für die Startprozeduren gab, war ihm klar, daß es kein anderes Flugzeug als der *Gepard* sein konnte. Und er brauchte auch gar nicht die Flugparameter und das Radar auszuwerten, um zu erraten, wer die Maschine flog. Das waren Powell und McLanahan. Nur diese zwei konnten verrückt genug sein, sich allein auf eine Strafexpedition zu machen. Es paßte genau zu Powells Cowboy-Mentalität und zu McLanahans gefühlsbestimmten Entschlüssen. An sich hätten sie doch nur in Formation hier einfliegen können. Zusammen mit einem Dutzend Jagdbombern F-15 *Strike Eagles* oder FB-111-Bombern, die das ganze Flugfeld mit einem Bombenteppich beharkten. Und mit einem weiteren Dutzend Jägern als Geleitschutz für den Rückflug. Also handelten sie vermutlich gegen ihre Befehle – o Mann! Sie bekamen mit Sicherheit mindestens ebenso viele Schwierigkeiten wie er jetzt hatte. Obwohl immer noch die Möglichkeit bestand, zu entkommen; vorausgesetzt, er kam rechtzeitig vom Boden.

Er schloß die Service-Anschlüsse und begann die Bordkanone in ihre Bordwanne zurückzufahren, während er sie gleichzeitig aktivierte und die Systeme checkte. Die Munition sowjetischen Fabrikats fuhr in die Kammern ein – und blieb stecken! Auch wenn sie vom gleichen Kaliber war, waren doch die Service-Mechanismen verschieden und nicht kompatibel. Automatisch ließ die Bordkanone den Mechanismus rückwärts bis zu der Stelle fahren, wo sich die Ladehemmung ereignet hatte, und begann den Ladevorgang erneut. Diesmal klappte es tatsächlich. Die Geschosse mit ihrem Durchmesser von zweieinhalb Zentimetern luden sich ordnungsgemäß.

Im Moment ging es darum, Fersengeld zu geben und sich nur im äußersten Notfall auf Gefechte einzulassen.

Die riesigen Rotorblätter des Hubschraubers begannen sich gerade zu drehen, als einige harte Einschläge von dessen Kanzel abprallten. Staub und Betonsplitter flogen vom Heckrotor, der gleich danach zu rauchen begann. Der Tankwagen, der auf seine Laderampe zugefahren war, wurde hastig von der Rollbahn und unter die Bäume gewinkt.

Maraklow stellte die Tragflächen auf maximale Anhebung und ließ die Computer die Startbedingungen eruieren. Es reichte kaum. Laut Computer benötigte er 2300 Fuß Mindeststrecke, um über die Bäume am Ende der Startbahn hinwegzukommen. Er hatte aber kaum 1500 Fuß zur Verfügung. Er ging auf die geheime Frequenz des KGB: »Hallo Kramer, hier *Dream Star.* Lassen Sie Ihre Leute die Gebäude am Ende der Startbahn wegräumen. Ich brauche eine längere Rollstrecke.«

Es kam keine Antwort, doch kurz darauf rannten einige Soldaten aus dem Laderaum des Hubschraubers zum Ende der Startbahn, und der Tankwagen folgte ihnen und schob die dortigen ausgebrannten Häuserreste einfach weg. Einige der sowjetischen Soldaten gingen zu Boden, woraufhin die anderen in die Bäume zu feuern begannen. Offenbar hielten sich dort noch immer mexikanische Dorfbewohner auf, die sie nun außer Gefecht setzten...

»Fünfhundert und fünfzig Schuß verbleibend«, verkündete der Computer, als der *Gepard* dicht über die Bäume hinwegbrauste. *»Niedrighöhenwarnung.«*

Mist, dachte J. C. Gerade ein paar Sekunden hatte ich Schußposition.

»Der Hubschrauber scheint ein paar schwere Waffen an der Seite zu haben«, sagte McLanahan. »Wir versuchen ihn besser aus einem anderen Winkel zu kriegen.«

J. C. zog steil und links weg, um rechtwinklig zu seinem ersten Anflug heranzukommen und den Helikopter von hinten aufs Korn zu nehmen. »Haben Sie den *Dream Star* gesehen?«

»Hinter dem Hubschrauber, ungefähr hundert Yards«, sagte McLanahan. »Direkt am Nordende der Rollbahn, fast unter den Bäumen.«

»Da hatte ich eine *fifty-fifty*-Chance und hab' es versiebt«, sagte J. C. grimmig. »Aus dieser Richtung kann ich ihn nicht erwischen, aber immerhin, wenn ich jetzt den Hubschrauber so treffe, daß er die Startbahn blockiert, kann er nicht starten.«

Er zog seine Schleife etwas weiter, um eine größere Anflugstrecke zur Rollbahn zu gewinnen. Doch als er sie zu Ende geflogen hatte, sahen sie bereits eine dunkle Masse langsam aus den Bäumen hochsteigen und eine dicke schwarze Wolke hinter sich herziehen.

»Der verdammte Hubschrauber!« J. C. schlug auf den Modusknopf für das Stimmerkennungs-Kommando und zwang sich zu ruhiger Sprache: »Angriffsmodus IR-Raketen. Eine Rakete schußfertig.«

Das Ziel-Fadenkreuz der *Sidewinder* erschien auf der Kanzelscheibenprojektion. Es hatte den sich langsam bewegenden Hubschrauber exakt im Schnittpunkt. Unmittelbar darauf wurde angezeigt, daß die Rakete ihren Infrarotsucher auf die gewaltigen Jet-Triebwerke des Hubschraubers fixiert hatte. Noch ehe der Computer seine Kommandos umsetzen konnte, drückte Powell den Abschußknopf an seinem Steuer.

»Start Infrarotrakete.« In einer Entfernung von weniger als drei Meilen konnte die *Sidewinder* ihr Ziel eigentlich gar nicht verfehlen. Der gesamte Rotor und die obere Hälfte des riesigen Hubschraubers verschwanden in einer Wolke von Rauch und Feuer, während der Rest tonnenschwer in die Bäume stürzte. Powell und McLanahan flogen so nahe darüber weg, daß sie sogar die Männer im Hubschrauber erkennen konnten.

Aber der Helikopter war nicht auf die Startbahn gefallen. Sie war im Gegenteil jetzt offen.

»Verflucht und zugenäht!« schimpfte McLanahan. »Angriffsmodus! Schußfertig Bordkanone!« Er hielt sich an den Handgriffen fest, während J. C. den *Gepard* steil hochzog und wendete, um möglichst rasch wieder in Schußposition zu gelangen. Sie kamen nahezu im Sturzflug herunter. Die Steuerautomatik war nach wie vor auf die Stelle fixiert, wo der *Dream Star* zuvor gestanden war. Powell brauchte ein paar kostbare Sekunden, um sich über die augenblickliche Lage klarzuwerden. Er sah gerade noch, wie der *Dream Star* startete, und versuchte, die Maschine nach unten zu drücken und ein paar schnelle Garben loszuwerden, doch seine Neigung war zu steil, die Flugautomatik glich aus und zog hoch, ehe er zu weit nach unten geriet. Die paar Feuerstöße, die er bis dahin hatte abgeben können, schlugen an der Stelle ein, wo der *Dream Star* kurz zuvor gewesen war.

»Fahrkarten, verdammt! Er haut uns ab!«

In dem Augenblick, in dem der schwere Hubschrauber abhob, kümmerte sich Maraklow nicht mehr um den Tankwagen, um die Häusertrümmer am Ende der Rollbahn oder um sonst etwas, sondern nur noch um den Start. Er sah, wie sich die *Sidewinder* in den Hubschrauber bohrte, dieser explodierte und in den Wald krachte. Er ließ sich trotzdem nicht von seiner Aufmerksamkeit für den Start abbringen – bis er den *Gepard* direkt auf sich herunterstürzen sah. Der Schatten der F-15 war so groß, daß er noch über sein Cockpit hinweghuschte.

Sie konnten ihn gar nicht verfehlen…

Sein Todesgefühl war in diesem Augenblick so stark, daß ANTARES aus schierer Panik fast zusammenbrach. Dennoch führte das System Maraklows letzte Gedankenbefehle noch aus, zündete die Nachbrenner und löste die Bremsen. Er erwartete die tödlichen Garben des *Gepard* jede Sekunde – und begriff gleich danach, daß sie über ihn weggegangen waren. Der *Gepard* feuerte aus allen Rohren, aber sein Steigwinkel erhöhte sich zu schnell, und so verfehlten alle Garben ihr Ziel. Die KGB-Soldaten schossen in die Luft, aber es war natürlich sinnlos, mit ihren AK-47-Gewehren ein Flugzeug wie den *Gepard* zerstören zu wollen.

Maraklow überlegte, ob er denselben Starttrick wie in *Traumland* versuchen sollte, doch die Flügel reagierten nicht auf die Verstellung, die dort so gut funktioniert hatte. Die Trümmer der ausgebrannten Häuser am Ende der Startbahn rasten auf ihn zu. Der Rauch des explodierten Hubschraubers nahm ihm die Sicht, so daß er die grüne Mauer direkt vor sich nicht mehr erkennen konnte…

...aber keine hundert Meter mehr vor den ersten Bäumen hob das Fahrwerk vom Boden ab. Es war gerade eingefahren, als der Rumpf fast die Baumwipfel streifte. Er war wieder in der Luft. Er zog hart nach Südosten – noch immer waren die Nachbrenner an – und drückte dann die Nase nach unten, um Tempo zu gewinnen, wobei er die Grate der Berge fast rammte. ANTARES hatte inzwischen mehrere Angriffspläne errechnet, aber er löschte sie alle. Für den Augenblick war nicht Angriff seine beste Verteidigung, sondern schnellste Flucht.

McLanahan stemmte sich, um den starken G-Druck abzuwehren, gegen die Kanzelwand und spähte zwischen den beiden vertikalen Zwillings-Stabilisatoren hindurch nach draußen.

»Ich sehe ihn«, rief er. »Er hat den Start wirklich geschafft, aber er bleibt tief unten.«

Powell flog eine enge Kehre und drückte die Nase nach unten in die Berge. Als sie mit ihrer Rolle zu Ende waren, sah McLanahan auf seinen Radarmonitor. »Radarkontakt, J. C.! Zwölf Uhr unten. Ich habe Radarfixierung! Schnappen wir ihn uns!«

Powell drückte wieder den Knopf für die Stimmerkennung des Computers. »Angriffsmodus, Radarrakete. Eine Rakete schußfertig!«

»Radarrakete schußfertig.«

»Achtung, Radarrakete... Abschuß!«

Wieder kreischte die Radarwarnung in Maraklows Kopf auf, doch diesmal war er vorbereitet. Die Warnung besagte, daß sich der *Gepard* über und etwa sechs Meilen hinter ihm befand – eine denkbar schlechte Position für einen Angriff bei geringer Flughöhe. Sein Warnempfänger meldete auch nicht, daß der Sucherkopf der *Scorpion* seine eigene Zielfixierung lediglich vom Radar des *Gepard* bezog. Das stellte einen merklichen Nachteil in dem Millisekundenspiel dar, das sie jetzt spielten.

Maraklow zog mit 4 G steil und hart nach oben, direkt nach hinten auf den *Gepard* zu, um so der heranfliegenden *Scorpion*-Rakete nur die schmalste Seite als Ziel zu bieten. Das glich zwar das plötzliche Hochziehen aus, bedeutete aber, daß er die Rolle nicht rechtzeitig zu Ende fliegen konnte, um noch das Zerschellen an einem der Berge der Sierra Madre zu verhindern. ANTARES machte sofort die Bordkanone schußbereit und aktivierte das Angriffsradar, um sich auf den *Gepard* zu fixieren, während dieser auf sie zugebraust kam.

J. C. sah frustriert, wie der *Dream Star* der Flugbahn der AIM-120-Rakete auswich, war aber darauf gefaßt gewesen. »Angriffsmodus Bordkanone. Bordkanone schußfertig.«

»Bordkanone schußfertig. Achtung, Warnung, Radarwaffenfixierung. Zwölf Uhr.«

Powell drückte den Stimmerkennungsknopf: »Sämtliche Fixierungsabwehrgeräte ein und senden.«

»Fixierungsabwehrgeräte eingeschaltet, senden«, bestätigte der Computer. Damit wurden die Zielfixierungen des *Dream Star* gestört. »Unglaublich, wie schnell der seine Waffen schußfertig kriegt. Trotzdem, wir müssen ihn daran hindern, daß er losballert...«

J. C. zog fast senkrecht nach oben, vollführte einen Looping bis kaum fünfhundert Fuß über Grund und versuchte sich dann erneut an die Fersen des *Dream Star* zu heften.

Für Maraklow war es kein Problem gewesen, sich mit Hilfe des Angriffsradars an den *Gepard* zu hängen, und jetzt blieb er auch ungeachtet des überraschenden steilen Loopings dran. Erst als er diesen nachvollziehen wollte, um ihn ständig im Visier zu behalten, warnte ANTARES, daß die Mindestgeschwindigkeit gleich unterschritten würde. Seit dem Start hatte er seine optimale Fluggeschwindigkeit noch längst nicht erreicht und inzwischen die ganze Energie für die extremen Ausweichmanöver und die Bemühungen verbraucht, den *Gepard* in die Zielfixierung zu bekommen. Jetzt war nichts mehr übrig, um den Zielfix aufrechtzuerhalten. Die Flossen stellten sich auf und drückten ihn nach unten, und das hatte automatisch zur Folge, daß die Bordkanonen den *Gepard* aus dem Visier verloren.

Als Powell seinen Looping beendet hatte, saß er genau hinter dem *Dream Star*. Er drückte auf das rechte Ruder, um etwas nachzuziehen. Keine Zeit, eine Radarfixierung zu verlangen. Es ging nur darum, ganz altmodisch von Hand den Schußknopf zu drücken und zu hoffen, daß ihm ein Glückstreffer gelang.

»Höhe!« rief McLanahan. »Hochziehen!«

J. C. ging auf Maximum-Nachbrenner und zog den Steuerknüppel mit beiden Händen zurück. Er war so auf den *Dream Star* und den Wunsch, ihn vom Himmel zu holen, fixiert, daß er völlig übersehen hatte, daß die Berge und Bäume auf ihn zurasten. Und dann mußte er auch noch scharf nach links wegrollen, um zu vermeiden, daß ihn der *Dream Star* rammte. Nach dieser Rolle aber fand er sich gefährlich nahe am untersten Geschwindigkeitslimit und hatte keine andere Wahl mehr, als mit weiteren Rollen und Maximum-Nachbrenner zu warten, bis er wieder genügend Tempo hatte.

»Scheißspiel!« schrie McLanahan, »Sie hatten ihn doch schon, J. C.! Sie hätten ihn runterholen können…«

»Ja, wenn der Hund nicht… Mann, wir sitzen hier in keiner kleinen Cessna! Und bekanntlich ist er wendiger und kann schneller angreifen als wir! Er hätte uns längst eine Rakete verpassen können, aber er hat sich auf seine Bordkanone beschränkt. Und er hat nie ein Raketenfixierungssignal abgegeben. Das könnte bedeuten, daß er gar keine Raketen hat.«

»Jedenfalls sind wir inzwischen unter Treibstoff halb. Wir müssen ihn runterholen und dann sofort umkehren. Sonst können wir zu Fuß nach Nevada zurücklaufen.«

J. C. begann eine neue Anflugschleife von rechts auf den *Dream Star* zu. »Radarraketen«, sagte er in den Spracherkennungs-Computer. »Angriffsmodus Infrarot-Raketen.«

»Infrarotraketen bereit. Achtung, Warnung. Nur noch eine Rakete verbleibend.«

»Ich hab' ihn auf Sicht«, sagte Powell. Er drückte erneut auf den Stimmbefehlsknopf. »Angriffsradar bereit. Infrarot-Scanner einschalten.«

»Angriffsradar in Bereitschaft. Infrarot-Scanner an.« Unmittelbar darauf fixierte der Wärmesucher den *Dream Star*.

»Er will nur weg«, brummte Powell. »Keinerlei Geschichten mehr.« Und er befahl über den Stimmcomputer: »Infrarotraketen an Infrarot-Scanner.«

Der Sucherkopf der *Sidewinder* folgte den Azimut-Anweisungen des Scanners, meldete aber keine Fixierung. »Wir müssen näher ran.«

»Nein«, sagte McLanahan. »Sein IR-Scanner am Heck hat eine größere Reichweite als unsere *Sidewinder.* Schießen Sie sie einfach, wahrscheinlich fixiert sie sich dann im Flug.«

»Versuchen können wir's«, meinte Powell. Für ihn war es jetzt leichter als zuvor, hinter Maraklow zu bleiben, der in der Tat nur noch stur geradeaus flog, wenn auch so schnell es ging. Als Powell ihn an seinem rechteckigen Auspuff fixiert hatte, befahl er: »Infrarotrakete auf Sicht.«

»Infrarotrakete auf Sicht. Achtung, Vorsicht, keine Zielfixierung.« Normalerweise startete die Rakete nicht ohne Zielfixierung, aber der Sichtmodus erlaubte den Abschuß mit der Maßgabe, daß der Infrarotsucher noch während des Fluges der Rakete eine Zielfixierung versuchte. Eine nicht ganz einfache Technik, die vor allem gegen langsam fliegende Zielobjekte außerhalb der optimalen Treff-Reichweite der Rakete verwendbar war. Es mangelte ihr wegen des engen Sucherfelds der Rakete zwar an Zuverlässigkeit, doch gegen hitzeabstrahlende Zielobjekte, die nicht manövrierten, war sie immerhin nicht chancenlos.

Powell drückte auf den Knopf. »Abschuß.«

»Achtung, Warnung, Radarzielfixierung, auf sieben Uhr.«

McLanahan strengte seine Augen an, um etwas zu sehen. »Zwei... nein, vier Jäger, in zwei Zweiergruppen, rechts hinter uns. Nicht zu erkennen, was für welche. Aber sie kommen ziemlich schnell.«

»Ich muß abbrechen, Patrick!«

»Nein, dranbleiben, runterholen!«

Aber es war wirklich zu spät. Der *Dream Star* hatte dieselben Radarbotschaften aufgefangen wie der *Gepard* und war nach rechts und oben und daraufhin wieder scharf nach unten geschert, um die Radarfixierung der heransausenden Jäger von sich abzuschütteln. Ein Raketenschuß auf Sicht war jetzt unmöglich.

»Infrarotraketen aus Abschußmodus«, kommandierte Powell. »Angriffsmodus Radarraketen.«

»Zwei Jets steigen, zwei weiter im Anflug«, meldete McLanahan. »Ich kann es nicht beschwören, aber sie sehen aus wie F-20. Mexikanische F-20.«

»Achtung, Warnung. Radar-Zielfixierung, auf sechs Uhr.«

J. C. riß den Steuerknüppel hart nach rechts, um am *Dream Star* dranzubleiben, aber der hatte inzwischen seinen Geschwindigkeitsverlust wieder ausgeglichen und zog mit unverändertem Kurs auf und davon.

»Sie hängen noch immer an uns«, sagte McLanahan. »Sollen wir ihnen einen vor den Bug ballern?«

»Ja, glaub' schon. Aufgepaßt...«

»Achtung, Warnung. Radarraketen-Zielfixierung.«

Eine Rakete kam bereits auf sie zugeflogen.

J. C. drückte hastig den Knopf für den Sprechbefehls-Modus: »Lametta rechts.« Der Computer stieß zwei Bündel radarablenkende Metallspäne aus dem rechten Ejektor. Gleichzeitig zog J. C. hart nach links und drückte den Steuerknüppel durch, bis der Computer Abschmierwarnung gab.

»Nirgends eine Rakete«, rief McLanahan und preßte mit Macht seinen Kopf nach vorn gegen die G-Kräfte, die ihn in den Sitz preßten.

»Hab' keine Rakete gesehen.«

»Sie haben einen Schuß simuliert. Damit wir Ihnen unsere Aufmerksamkeit zuwenden.«

»Mist, verdammter. Hängen Sie sich wieder an den *Dream Star*!«

Powell setzte zu einer Schleife an, um die Spur des *Dream Star* wiederaufzunehmen, als sich ihre Verfolger meldeten: »Achtung, amerikanischer Jäger F-15, hier spricht die mexikanische Luftwaffe. Sie werden aufgefordert, mir unverzüglich zu folgen.«

»Scheiße, da ist er schon, direkt links.« Tatsächlich hatte sich der *Tigerhai* F-20, eine High-Tech-Version des amerikanischen

Jägers F-5F *Tiger* mit einem Triebwerk, in lockerem Formationsflug neben die linke Flügelspitze des *Gepard* gesetzt.

»Der zweite ist hinter uns«, berichtete McLanahan. »Wir bleiben aber am *Dream Star.*« Er ging auf die internationale VHF-Notfrequenz. »Hallo, mexikanische Luftwaffe. Hier F-15 Sturm Eins. Wir befinden uns auf autorisiertem Sucheinsatz nach Sturm Zwei, der sich auf unserer Position ein Uhr befindet. Wir haben Erlaubnis von Ihrer Regierung, dieses Flugzeug zu verfolgen und abzuschießen. Ende.«

Ein bißchen gelogen, na und?

»Nach unseren Informationen hat gegenwärtig kein ausländisches Flugzeug die Erlaubnis zum Überfliegen mexikanischen Luftraums. Wir werden Sie beide abschießen, wenn Sie unseren Anordnungen nicht unverzüglich Folge leisten.«

»Die XF-34 Sturm Zwei ist ein Prototyp im Versuchsstadium und lebensgefährlich. Wir verfolgen planmäßig weiter und schießen ab wie vorgesehen. Lassen Sie uns weiterfliegen.«

»Kommt nicht in Frage. Sie folgen uns ohne weitere Diskussion oder werden abgeschossen.« Und damit ließ sich die F-20 an der linken Tragflächenspitze etwas zurückfallen und flog eine Schleife nach links aufwärts.

»Achtung, Warnung. Radarzielfixierung auf sechs Uhr.« Die zweite F-20 hinter ihnen hatte ihr Fixierungsradar wieder eingeschaltet. Und auf diese kurze Entfernung konnte sie ihr Ziel kaum verfehlen...

»Ich bin für jeden Vorschlag dankbar, Colonel«, sagte J. C. trocken.

»Er ist inzwischen mindestens zehn Meilen voraus«, meinte McLanahan nach einem Blick auf sein Radar. »Die anderen beiden Mexikaner sind hinter ihm her, aber das ist vergebliche Liebesmüh. Er zieht ihnen davon, wie er nur will.«

»Ich muß denen folgen«, sagte J. C. und zog leicht nach links. »Andernfalls rösten sie uns nach Belieben.«

»Verdammt noch mal, und wir hatten ihn praktisch schon, so nahe, wie wir an ihm dran waren. Können wir die Brüder nicht abhängen?«

»Na klar. Der Kerl vor uns ist so nachlässig, daß ich ihn durchlöchern kann, ehe er weiß, was los ist. Und den hinter uns kann ich abhängen. Nur, was dann? Tatsache ist, wir fliegen bereits auf Reserve. Wenn wir ihnen davonfliegen, müssen wir die Nachbrenner zünden, und zwar den ganzen Weg, bis wir den *Dream Star* wieder auf Raketenreichweite haben. Und dann können wir bestenfalls noch so lange hinter ihm herjapsen, bis wir runterfallen.«

»Na, dann los!«

»Schön, wenn Sie wirklich meinen...«

»Was, zum Teufel, soll das heißen?«

»Es soll heißen, daß Sie lieber noch einmal eingehend darüber nachdenken sollen. Wenn Sie jetzt noch versuchen wollen, ihn zu erwischen, kommen wir, selbst wenn wir es schaffen, auf keinen Fall mehr heim. Und Sie setzen den *Gepard* für eine vage Chance aufs Spiel. Wir haben den mexikanischen Luftraum verletzt und werden dafür schon Scherereien genug kriegen. Aber wenn Sie auch noch den *Gepard* kaputtfliegen, können Sie sich auf einiges mehr gefaßt machen.«

»Der steht unter meiner Verantwortung. Wenn ich James jetzt entkommen lasse... dann gehen wir doch alle den Bach runter. Solange eine auch nur minimale Chance besteht, lasse ich den Kerl nicht davonziehen!«

»Sie haben doch schon alles getan, was möglich ist! Wie heißt das? Jagen, wenn Jagdzeit ist; aber wie der Teufel raus aus Dodge, wenn es Zeit dafür ist. Ich schlage also vor, wir dodgen.«

McLanahan zögerte. J. C. blieb hinter der F-20 und nahm leicht Schub weg. Der F-20 machte das gleiche und kam nach.

J. C. versuchte sein letztes Argument, das ihm einfiel, um McLanahan in die Wirklichkeit zurückzuholen. »Sehr lustig ist es nicht, wissen Sie, den *Dream Star* durch ganz Mexiko zu jagen und dabei zwei Chilibohnen am Hintern hängen zu haben und von vorn Abgas in die Fresse zu kriegen. Aber ich könnt's aushalten. Aber Sie – Sie haben doch schließlich was Wertvolleres als den *Dream Star* in Vegas im Lazarett liegen! Also los, kehren wir um und schnappen wir uns den ein andermal.«

Das wirkte. McLanahan beobachtete den Mexikaner neben der linken Tragfläche, dessen eine Bremsklappe unten war, und sah ein, daß J. C. recht hatte. Er hatte sich auf ein Abenteuer mit einer minimalen Erfolgschance eingelassen und dabei ein paar Dutzend Vorschriften verletzt. Fast hätten sie James gehabt... Sie hatten wirklich getan, was möglich war...

»Aber dieses andere Mal wird kommen, das sage ich Ihnen«, murmelte er. »Da können Sie Gift drauf nehmen.«

J. C. sagte: »Noch haben die Russen den *Dream Star* nicht. Ein Russe fliegt ihn nur. Und der ist noch zehntausend Meilen von zu Hause weg.«

»Dafür haben wir diese Mexikaner immer noch am Hals.« Er sah nach hinten. »Der da hinten sitzt uns nach wie vor im Genick.«

»Nichts gegen die mexikanische Luftwaffe«, sagte J. C., »aber wetten, daß die Knaben noch nie was anderes als einen Fußball abgefangen haben? Der da drüben hat sein Gas völlig weggenommen, um neben uns zu bleiben. Und sein Flügelmann hockt direkt in unserem Jet-Strom! Beide in völlig falscher Position! Festhalten!«

Und dann nahm J. C. das gesamte Gas weg und fuhr die riesigen Bremsklappen des *Gepard* aus. Der Mexikaner links bemerkte es und ging, ohne sich darüber im klaren zu sein, daß er bereits an der Grenze seiner Minimalgeschwindigkeit war, mit seinem Gas ebenfalls ganz weg. Als er merkte, daß er abschmierte, blieb ihm keine andere Wahl mehr, als nach links auszuscheren und sich wegfallen zu lassen, um wieder Tempo zu gewinnen. Der andere hinter ihnen paßte nicht auf den *Gepard* auf und verfolgte nur das unerwartete Manöver seines Staffelführers, ohne auf den Gedanken zu kommen, sein eigenes Gas zu drosseln. Er konnte gerade noch den Steuerknüppel hart nach rechts reißen, um einen »Auffahr-Unfall« auf den *Gepard* zu vermeiden. Das brachte ihn ins Trudeln, das er erst abfangen mußte. Sofort machte J. C. das Gas wieder voll auf, fuhr die Bremsklappen ein und schoß aufwärts davon.

McLanahan spähte nach hinten. »Sie sind noch immer weit unten... steigen noch nicht...«

»Achtung, Warnung. Radarsuche, auf sechs Uhr«, meldete der Computer.

»Sie haben von Radarfixierung auf Radarsuche gewechselt«, sagte J. C. »Kommen sie schon näher?«

»Ich sehe sie nicht, sie sind zurückgefallen.«

»Hallo, amerikanische F-15, hier mexikanische Luftwaffe. Folgen Sie uns sofort zu unserem Stützpunkt. Bestätigen Sie!«

J. C. schaltete den VHF-Notkanal einfach ab.

»Glaube nicht, daß wir das schaffen«, sagte McLanahan, nachdem er den Computer den Treibstoffvorrat hatte feststellen lassen. »Wir müssen so oder so auf einen mexikanischen Flugplatz runter.«

»Wir steigen erst mal tüchtig, dann lassen wir uns langsam im Leerlauf runtersegeln, bis wir einen Flugplatz finden«, sagte J. C. und zog den Steuerknüppel für eine langgezogene Steigung leicht an. »Na ja«, meinte er dann, »ich war ohnehin seit meiner High-School-Zeit in keinem mexikanischen Gefängnis mehr. Wird wie in alten Zeiten werden.«

»Tut mir leid, J. C., daß ich Sie da mit reingezogen habe. Aber den Scheißkerl kaufe ich mir noch, das sage ich Ihnen, und wenn ich zu Fuß bis nach Nicaragua laufen muß. Oder Kolumbien. Oder Bolivien. Oder wo er sonst hin ist.«

Radio eins meldete sich. »Hallo Sturm Eins, hier Kardinal Drei-Sieben. Kommen.«

»Ich mach' schon«, sagte McLanahan und meldete sich. »Hallo Kardinal Drei-Sieben. Hier Sturm Eins. Kommen.«

»Sturm Eins, hier Kardinal. Wir sind *Sun Devil* KC-135 in Phoenix, *Sky Harbor Airport*, 161. Luftauftank-Einheit von der *National Guard* Luft, Arizona. Gehen Sie auf Leitstrahl Code 74. Wir sind auf 31. Wir befinden uns auf Flughöhe zwei-neun-null, auf Orbit fünfzig Meilen südlich Tucson bei Nogales. Geben Sie Ihre Position. Kommen.«

»Meinen Sie TACAN Luft-Luft? Habe ich nicht benützt, seit ich Fähnrich war.« J. C. las seine Instrumente ab. »Er ist noch außer Reichweite, kriege ihn noch nicht rein.«

»Hallo Kardinal, Position Sturm Eins ungefähr einhundert Meilen Südwest Chihuahua. Treibstoffsituation kritisch. Wir haben vor, in Chihuahua zum Notauftanken runterzugehen. Kommen.«

»Verstanden, Sturm. Aber soviel wir hören, will euer Boß euch dringend zurückhaben. Wir haben Order, einen... wie soll ich das sagen... katastrophalen Navigationsfehler zu begehen und euch da rauszuholen. Während ich jetzt rede, fliegt unser Autopilot uns nach Süden über die Grenze.« Nach einer Pause kam noch etwas nach: »TACAN Luft-Luft zeigt zweihundert Meilen, Sturm. Schaffen Sie das noch?«

»Wird knapp«, sagte McLanahan.

»Und wir kriegen vielleicht Besuch«, fügte J. C. hinzu. »Wir haben es uns mit ein paar mexikanischen F-20-Schafsköpfen verdorben.«

»Na, die haben vielleicht inzwischen schon gehört, daß ihr auf einem ganz normalen autorisierten Überflug seid«, war die Antwort. »Euer Boß hat gesagt, daß die Erlaubnis schließlich doch noch gekommen ist. Das hilft euch jetzt natürlich nicht mehr viel. Ich kann nur hoffen, daß ihr gefunden habt, was ihr sucht, Jungs. Ich bezweifle, daß euch eine große Belobigung erwartet.«

»Nein«, sagte McLanahan, »was wir suchen, haben wir nicht gefunden. Jedenfalls diesmal nicht...«

Fünftes Kapitel

Militärflugplatz Sebaco, Nicaragua
Donnerstag, 18. Juni,
06.45 Uhr CDT (07.45 Uhr EDT)

Andrej Maraklow erwachte plötzlich, machte aber keinen Versuch, sich aufzurichten. Seine Muskeln vibrierten bei der leisesten Anspannung. Er war durstig. Schweißperlen rannen ihm von den Brauen und brannten ihm in den Augen.

Er öffnete die Lider. Er lag mit dem Gesicht nach unten auf einer festen Matratze mit steifen weißen Laken. Seine Arme lagen an den Seiten. Nach seinem Gefühl zu urteilen, war er lediglich mit einer Unterhose bekleidet.

Ein kühler Schwamm berührte plötzlich sein Genick, und eine junge weibliche Stimme sagte sanft: *»Dobraje otra, Towarisch Polkownik.«*

Auf so etwas hatte er sich seit seinem Entschluß, den *Dream Star* aus den Vereinigten Staaten zu entführen, vorbereitet.

»Entschuldigen Sie, Oberst!« Der Schwamm fuhr über seine Schultern und seinen Rücken. Er versuchte die Frau zu sehen, brachte jedoch nicht die mindeste Energie auf. Sie sagte: »Guten Morgen, Oberst.«

»Wer sind Sie?«

»Ich heiße Musi Zajkow. Ich bin Ihre Hilfe und Sekretärin.«

»Sind Sie vom KGB?«

»Ja, Oberst. Leutnant beim Kommandobereich Mittelamerika. Ich bin seit fast einem Jahr hier in Nicaragua.«

Nicaragua also. Er schloß die Augen. Er hatte es fast vergessen. Es erklärte die Hitze und die Luftfeuchtigkeit. Allmählich kehrte die Erinnerung an seinen Flug über Mittelamerika wieder zurück. Es war die Erklärung für seine Erschöpfung. Er hatte den *Dream Star* länger geflogen als jemals zuvor. Üblicherweise hatte er bisher auf jeder Flugstunde unter ANTARES- und Kampfbedingungen zwei bis zweieinhalb Kilo verloren. Und dieser Flug hatte mehrere Stunden gedauert. Kein Wunder also...

»Ich soll sofort den Stützpunktkommandeur benachrichtigen, wenn Sie wach sind, Sir«, sagte Musi Zajkow, während sie den Schwamm in einem Lavoir neben seinem Bett ausdrückte. »Aber wenn Sie noch etwas schlafen möchten, warte ich.«

»Vielen Dank.« Er rollte sich mühsam auf den Rücken und machte die Augen auf, so weit es ging, um einigermaßen zu sich zu kommen. Sie setzte sich auf die Bettkante. Sie war etwa dreißig, blond, blauäugig, mit einem breiten entwaffnenden Lächeln. Sie hatte ein Khaki-Buschhemd an. Einige Knöpfe standen oben auf. Es war zu heiß.

»Musi... hm? Hübscher Name.«

»Vielen Dank.«

»Wie lange habe ich geschlafen?«

»Ungefähr fünfzehn Stunden.« Er merkte, das sie ihn von oben bis unten betrachtete. »Entschuldigen Sie, daß wir Sie nicht komfortabler unterbringen konnten. Aber es ist entschieden worden, daß es am besten sei, Sie im Hangar zu lassen, weil hier die Wachmannschaft am besten zusammengezogen werden kann. Sobald es möglich ist, bekommen Sie eine Klimaanlage.«

Er nickte. »Kann ich Wasser haben?«

Sie reichte ihm die Karaffe mit dem Eiswasser. Er musterte sie über den Rand seines Trinkglases hinweg.

»Sie sollen halb tot gewesen sein, als man Sie aus dem Flugzeug holte«, sagte sie, und ihre Blicke verirrten sich gelegentlich auf seinen Körper. »Totale Stoffwechselerschöpfung.«

»Fünf Kilo Gewichtsverlust wäre normal«, sagte Maraklow. »Ich bekomme vor jedem Flug eine Überdosis Vitamine und Mineralstoffe.«

Sie wurde ein wenig unruhig, und ihr Atem kam hastiger.

Sie war natürlich schön, aber konnte er das schon als Aufforderung betrachten? Und wenn ja, wieso?

»Lassen Sie mich jetzt allein«, sagte er brüsk. »Ich will mich anziehen.«

»Ich soll aber bei Ihnen bleiben –«

»Ich sagte, gehen Sie.«

»Oberst, ich bin ausgebildete Krankenschwester, Agentin und Informationsanalytikerin.« Sie beugte sich etwas zu ihm hinunter, als fordere sie ihn auf, sie zu berühren. »In Ihrem Zustand halte ich es nicht für klug, Sie allein zu lassen.«

Und das machte ihm schlagartig seine augenblickliche Situation klar. Er hatte doch Glück, daß ihm das hiesige Oberkommando nur eine freundliche Agentin geschickt hatte, eine mit der Instruktion, sich ihm zu nähern, seine Vertraute zu werden, und, falls nötig, ihm auch sexuell gefügig zu sein – alles nur im Dienst der Sache...

»Aha. Also offenbar haben Sie auf der *Connecticut Academy* nicht allzu gut abgeschnitten, wie?« fragte er.

Sie schien nur im ersten Augenblick verblüfft. »Wie meinen Sie...?«

»Sie hocken mir auf der Pelle! Es paßt mir aber nicht, daß mir ein KGB-Schnüffler selbst noch bis ins Klo nachläuft, ob nun mit großen Titten oder ohne.«

Sie zuckte nicht einmal mit den Wimpern. »Sie haben recht, Colonel, ich gehöre zum KGB, aber jetzt und hier bin ich nur dafür da, Ihnen während Ihrer Erholungsphase in jeder Weise behilflich zu sein. Sie haben ungeheure Strapazen hinter sich, und es erwarten Sie weitere, die womöglich noch härter sind. Ich glaube schon, daß es wichtig ist, Sie jetzt nicht allein zu lassen. Ich verlange ja nur, daß Sie sich helfen lassen. Bitte.«

So was von Ernsthaftigkeit! Dabei setzte sie exakt die gleichen Gesten und dieselbe Körpersprache ein wie seinerzeit. Ihr Körper, ihre Manierismen, ja selbst ihr Akzent waren wie eine geklonte Kopie von Janet Larson.

»Ich brauche keine Hilfe.«

»Aber –«

»Das ist ein Befehl, *Leutnant!* Und jetzt bewegen Sie gefälligst Ihren Arsch hier raus!«

Musi Zajkow war diese Ausdrucksweise vielleicht nicht vertraut, aber sie verstand ihren Sinn, stand auf und ging wortlos hinaus.

Weil es sich nun sicher rasch herumsprechen würde, daß er wach war, beeilte er sich, in das winzige Bad nebenan zu gehen, wo er alle nötigen Toiletteartikel und Handtücher fand. Er duschte und rasierte sich, so rasch es ihm möglich war, ohne daß ihm schwindlig wurde. Er war fertig und hatte das siebte Glas Eiswasser getrunken, als sich die Tür des kleinen Apartments, in dem er sich befand, öffnete. Ein Mann im Kampfanzug der KGB-Grenzschutztruppe trat zur Seite, um einem älteren Offizier im dunklen grün-braunen Tarnanzug der Kampfflieger Platz zu machen. Maraklow musterte ihn einen kurzen Augenblick lang, nahm dann Haltung an und verbeugte sich knapp.

Der andere sagte: »Es ist mir ein Vergnügen, Sie hier zu sehen, Oberst Maraklow! Ich bin der Kommandeur des Militärflugplatzes Sebaco. Generalmajor Tretjak.« Er trat näher und streckte ihm die Hand entgegen. »Willkommen zu Hause.«

Maraklow nahm die Hand. »Vielen Dank. Aber es ist noch ein ziemlich weiter Weg bis nach Hause.«

»Nun, wir betrachten dies hier als winzige russische Insel in Mittelamerika«, sagte Tretjak lächelnd. »Ganz zu Hause werden Sie in der Tat bald sein. Bis dahin stehen Ihnen alle Einrichtungen und das gesamte Personal auf dem Fliegerhorst zur vollen Verfügung. Und ich werde mich persönlich darum kümmern, daß Sie entsprechend der Leistung, die Sie vollbracht haben, behandelt werden. Erzählen Sie mir etwas über Ihren Flug und über diese wahnsinnige Maschine! Ich habe mir heute früh die Freiheit genommen, sie mir ein wenig anzuschauen. Ein tolles Ding. Zweifellos der Jäger von morgen... unterhalten wir uns während Ihres Frühstücks.«

»Vielen Dank, General. Ich könnte in der Tat etwas Kaffee und ein Frühstück vertragen, ehe wir mit den Vorbereitungen für meinen Weiterflug beginnen.«

»Darum machen Sie sich mal keine Sorgen, Oberst. Dafür ist bereits gesorgt.«

Maraklow war überrascht. »Wieso?«

»Auf ausdrücklichen Befehl aus Moskau haben wir mit der Zerlegung des Flugzeuges begonnen. In ein paar Tagen wird es –«

»Sie haben was? Sie zerlegen es? Was, zum Teufel, soll das heißen?«

Jetzt war es an Tretjak, überrascht zu sein. »Ja, gewiß! Wie sonst sollen wir es aus Nicaragua herausbekommen? Sie haben doch nicht etwa die Absicht, es nach Rußland zu fliegen, oder? Das sind 16000 Kilometer! Und auf der einen Seite liegen die USA, in der Mitte die US-Navy, und auf der anderen Seite ganz Westeuropa! Sie haben doch Mühe und Gefahr genug nur auf der Strecke durch Mittelamerika gehabt, oder?«

»Aber ich weiß ja gar nicht, wie man es fachgerecht auseinandernimmt! Die technischen Handbücher konnte ich natürlich nicht mitbringen. Und außerdem will ich nicht riskieren, daß –«

»Das ist nicht unser Problem«, sagte Tretjak. »Wir sind Piloten, keine Mechaniker. Wir haben nur die Verantwortung, solange wir im Cockpit sitzen. Auf dem Boden sind die Ölaffen und die Bleistifthengste zuständig.«

»Schon, General. Aber der *Dream Star* ist keine Mühle wie jede andere auch. Da kann man nicht einfach hier und dort ein paar Schrauben herausnehmen und fertig. Der *Dream Star* ist nicht nur der tollste Jäger der Welt, er ist auch so empfindlich wie der komplizierteste Computer. Wenn Sie ihn auseinandernehmen, kriegen wir ihn nie wieder in die Luft!«

Diese Art Diskussion war Tretjak unangenehm – er wollte über Maraklows heroischen Flug reden! Diese sensationelle Entführung aus den USA. Er sagte achselzuckend: »In Ihrem Schrank sind tropische Fluganzüge. Ziehen Sie sich einen an. Wir reden noch darüber.«

»General, ich bitte Sie, stoppen Sie die Zerlegung, bis ich mit Moskau gesprochen habe. Ich glaube nicht, daß –«

»Das ist alles bereits beschlossen, Oberst. Jetzt also –«

»General, ich sagte: Stoppen Sie es.«

Tretjak drehte sich verwundert zu ihm um. Was war das denn? Wie sprach der Mann mit einem General? Doch dann besänftigte er sich und gab sich verständig. »Andrej, ich weiß, wie Sie sich fühlen.« Er sprach wie ein älterer Bruder oder Vater. »Aber wir haben unsere Befehle von Kalinin persönlich. Ich muß sie befolgen. Es ist mir durchaus klar, um welche erstaunliche Kriegswaffe es sich da handelt. Ich verstehe auch, daß Sie Angst haben, daß das Ding nie mehr fliegen könnte. Unsere Wissenschaftler und Ingenieure sind manchmal wirklich ein wenig übereifrig und schätzen, was wir leisten, gelegentlich nicht richtig. Aber es ist Ihnen doch auch klar, Oberst, daß sie diese XF-34 ohnehin bekommen. Oder können Sie sich vorstellen, daß jemals, bei uns oder anderswo, ein Prototyp eines Flugzeugs gestohlen und entführt wird, ohne daß man das Ding auseinandernimmt, um seine Konstruktion zu studieren? Selbstverständlich wird es nie mehr fliegen. Zugegeben, diese MiG-25 damals, die Beljenko aus Petropawloswk nach Japan entführt hat, wurde noch ein paarmal geflogen. Aber ansonsten…«

»Aber man kann doch den *Dream Star* nicht einfach kaputtmachen! Das ist doch keine Laborratte! Wenn irgendwer, dann sollten Sie das doch begreifen können! Natürlich muß man die Maschine genau studieren. Aber in einem Stück, so wie sie ist! Wir können russische Piloten ausbilden, sie zu fliegen! Eine ganze Pilotenstaffel!« Er hielt inne und dachte nach, ob er wirklich glaubte, was er da alles sagte, und wie stark dies alles von seiner nahezu persönlichen Bindung an dieses Flugzeug beeinflußt war. »General: Wären Sie nicht gern der erste Kommandeur einer Staffel MiG-39 *Sawtra*?«

Tretjaks Gesicht überzog ein breites Lächeln. Der als Pokerspieler, dachte Maraklow, und er wäre verloren von der ersten Karte an. *»Sawtra?«* fragte er. »Ist der Name bereits beschlossen?«

»Nicht offiziell. Aber die Serie 39 ist die nächste, die bei Mikojan-Gurewitsch und bei Sukoj entwickelt wird. Und den Namen haben Sie selbst geprägt. Sie sagten eben, das sei der Jäger von morgen. *Sawtra* heißt morgen. Also, der erste Jäger von morgen.«

Tretjak nickte beifällig. »Ja, *Sawtra* gefällt mir. Ich werde noch mal mit ein paar Leuten in Moskau reden.«

Nachdem er gegangen war, zog Maraklow den Anzug an und ging hinaus. Sein Apartment lag im rückwärtigen Teil des kleinen Verwaltungsgebäudes, das an den Haupthangar angebaut war. Vor seiner und vor der Tür zum Hangar standen Posten. Der letzte ganz hinten kam auf ihn zu und steckte ihm eine Passierplakette an.

Als Maraklow den *Dream Star* sah, hatte er Mühe, seinen Zorn zurückzuhalten. Sie hatten wirklich keine Zeit versäumt. Sämtliche Türen und Luken standen offen. Externe Energie war angeschlossen, und dem hohen Singen des Generators nach zu schließen auch noch die falsche Frequenz. Das Flugzeug verweigerte aber jegliche Annahme, wenn die Zufuhr irgendwelche Gefahr von Schädigungen darstellte. Wenn die Ingenieure falsche Energiefrequenzen sozusagen mit Gewalt einzuspeisen versuchten, waren irreparable Schäden unvermeidlich. Und dann blieb tatsächlich nichts anderes mehr übrig, als die Maschine in ihre Einzelteile zerlegt aus Nicaragua zu schaffen...

Tretjak kam aus seinem Büro. »Sie Teufelskerl, Sie!« sagte er lächelnd. »Also, ich habe ein Gespräch angemeldet, um Ihre Bedenken gegen die Zerlegung des Flugzeugs vorzutragen. Ich nehme an, in etwa einer Stunde wird die Antwort da sein. Inzwischen habe ich natürlich keine andere Wahl, als mit der schon begonnenen Arbeit fortfahren zu lassen.«

Maraklow war dies wie ein Stich ins Herz, aber im Augenblick konnte er nichts dagegen tun. »Ja. In Zukunft allerdings wäre ich dankbar, wenn in meiner Abwesenheit keine Arbeiten an dem Flugzeug vorgenommen würden.«

»Nichts dagegen. Ich verstehe ja, wie Sie sich fühlen. Wenn ein Pilot wie Sie zuschauen muß, wie diese Höhlenmenschen sich über Ihr Wunderwerk von Flugzeug hermachen...«

Washington, D. C.

»Sämtliche Bodenwacheinheiten«, sagte General Bradley Elliott, »und alle Sicherheitseinrichtungen sowie die Luftabwehrraketen waren in voller Bereitschaft und funktionierten ordnungsgemäß. Aber trotzdem gelang es der XF-34A, den gesamten Abwehrriegel zu durchbrechen. Wobei nur zu erwähnen bleibt, daß sie schließlich ja auch genau für diesen Zweck konstruiert worden ist. Und sie entkam anschließend, ebenfalls sozusagen planmäßig, auch allen Luft-Abfangeinheiten... Die Verantwortung für ihren Verlust trifft allein mich.«

Der Präsident hörte sich Elliotts Bekenntnis im *Oval Office* des Weißen Hauses stumm an. Außerdem anwesend waren Justizminister Richard Benson – sein Schwager und nach allgemeiner Ansicht auch engster Berater –, der Stabschef des Präsidenten, Paul Cesare, der Vorsitzende der Chefs der Vereinten Stäbe, Armeegeneral William Kane, der Stabschef der Air Force, General Martin Board, und der Verteidigungsminister, William Stuart. Ferner nahmen noch teil Deborah O'Day, Nationale Sicherheitsberaterin, sowie der Kongreßpräsident Christopher Van Keller von der Demokratischen Partei, der ebenfalls als enger Berater und persönlicher Freund von Präsident Lloyd Taylor galt.

»Sie erklären also«, meldete sich Justizminister Benson, »daß Sie zwei bewaffnete Kampffahrzeuge am Boden und an der Rampe hatten und trotzdem das Flugzeug nicht stoppen konnten?«

»Richtig.«

»Welche Ausrüstung haben diese Fahrzeuge?«

»Schwere MGs vom Kaliber 12,3 mm und zwei bewaffnete Wachtposten, die mit Standardgewehren M-16 ausgerüstet sind. Einige haben auch Infanteriemörser M-203.«

»Und alle blieben ineffektiv?«

»Ja.« Es war nun das x-te Mal, daß er in dieser halben Stunde das Wort »ineffektiv« hörte. Zusammen mit anderen Wörtern wie »inkompetent« und »unverantwortlich«.

»Die Eindringlinge setzten ferngesteuerte Mörser mit Explosivgeschossen ein«, erläuterte er. »Zwar von relativ leichtem Kaliber, aber doch sehr wirksam auf diese kurzen Entfernungen und gegen Soldaten zu Fuß. Es reichte jedenfalls dafür, daß James genug Zeit zum Anrollen und Starten bekam.«

»Kenneth James?« fragte Verteidigungsminister Stuart. »Sie

meinen wohl Oberst Andrej Iwanschischin Maraklow.« Er funkelte Elliott an. »Das einzig Gute an diesem ganzen Skandal ist lediglich, daß es da in *Traumland* passierte und wir uns deshalb nicht mit der Presse herumschlagen müssen. Ich habe veranlaßt, daß die gesamte Personalakte von James aufs genaueste durchforstet wird. Sie ist blütenweiß, soweit das Auge reicht. Aber genau das ist die schlimme Nachricht. Wir hatten noch keine Personalakte über ihn aus der Zeit, bevor er sich für die *Air Force Academy* bewarb. So schwer es fällt, das zu glauben, aber es sieht so aus, als sei dieser Maraklow schon von dort eingeschleust worden: als Kadett! Er hat sich offenbar von der Pike auf hochgedient – bis nach *Traumland*...!«

»...und bis zum Testpiloten unseres ehrgeizigen und fortschrittlichsten High-Tech-Flugzeugs«, ergänzte Benson. »Zwei Jahre lang ist ein russischer Spion unser bester Jagdflieger!«

»Wie ist das, General Elliott«, meldete sich der Präsident, »übernehmen Sie auch dafür die Verantwortung, daß Sie diesen James oder Maraklow dort draußen bei sich hatten?«

»Ja, Sir.« Elliott hatte sich eigentlich zu diesem Punkt eine Reihe von Erläuterungen zurechtgelegt. Beispielsweise sein Hauptargument: daß Maraklow immerhin die Sicherheitsüberprüfung des Verteidigungsministeriums für die letzten zehn Jahre anstandslos überstanden hatte, ehe er nach *Traumland* durfte. Doch statt dessen sagte er nun: »Hätte ich diese Infiltration eher entdeckt, befände sich die XF-34 jetzt nicht in den Händen der Sowjets.«

»Das ist wohl richtig«, sagte der Präsident. »Obgleich das Problem offensichtlich schon aus der Zeit stammt, bevor er zu Ihnen kam. *Traumland* ist unsere allergeheimste Forschungseinrichtung. Es stehen Ihnen deshalb Sicherheitsmaßnahmen und -prozeduren zur Verfügung, zu denen andere Kommandeure keinen Zugang haben. Doch selbst mit allen diesen Hilfsmitteln haben Sie es nicht fertiggebracht, einen Zwischenfall zu verhindern – elf tote Militär- und Zivilpersonen, der Verlust zweier Jagdflugzeuge und eines Bombers B-52, Sachschäden in Millionenhöhe und schließlich nicht zuletzt die Entführung unseres unschätzbar wertvollen hochgezüchtetsten Flugzeug-Prototyps.« Er machte sich eine Notiz, ehe er weitersprach. »Mein Amtsvorgänger hat sehr große Stücke auf Sie gehalten, General. Er setzte sich mit Nachdruck dafür ein, daß ich *Traumland* weiterexistieren ließ, und zwar unter Ihrer Leitung; ungeachtet Ihrer Verletzung bei jenem ... Einsatz in Rußland. Ich folgte seinem Rat und hielt *Traumland* am Leben, trotz Ihres atemraubenden Budgets. Und ich beließ Sie auch an der Spitze, trotz vieler Forderungen, Sie zwangsweise zu pensionieren. Sie haben immerhin einige bemerkenswerte Leistungen vollbracht und bis hierher eine Bilanz, die sich sehen lassen kann, auch wenn vieles davon gar nicht in die Öffentlichkeit gelangen darf... Nun gut, jedenfalls wird *Traumland* samt seinem *Advanced Weapons Center* zumindest bis zum Vorliegen eingehender Ermittlungsergebnisse ab sofort geschlossen, und sämtliche Aktivitäten werden eingestellt. General Elliott, Sie erhalten hiermit den Auftrag, für die Erfüllung und Abwicklung dieser Anordnung zu sorgen, insbesondere dafür, die Einrichtungen so zu sichern, daß ihre auch weiterhin nötige absolute Geheimhaltung gewährleistet ist. Der Ermittlungskommission haben Sie, sobald diese ihre Tätigkeit aufnimmt, jede erdenkliche Unterstützung zu gewähren. Nach Abschluß der Ermittlungen erwarte ich, so sehr ich das bedaure, Ihr Rücktrittsgesuch.«

Elliott schwieg.

»Die mexikanische Regierung hat Ihren Kopf auf dem Silberteller gefordert – dafür, daß Sie diese F-15 ohne Genehmigung in ihren Luftraum haben einfliegen lassen. Sie können sich beim Kongreßpräsidenten bedanken, daß zumindest das abgebogen werden konnte.«

»Deborah O'Day hat das im wesentlichen erreicht«, sagte Van Keller.

Elliott wandte sich der angesprochenen Dame zu. Sie war um die Fünfzig und sehr attraktiv.

Sie nickte Elliott leicht zu, der einigermaßen überrascht war, hier an diesem Tisch überhaupt noch irgendeine freundliche Reaktion zu ernten. »Nun«, sagte sie, »ich war der Meinung, daß sich die Mexikaner ein wenig zu sehr empört haben. Ich mußte den Kommandeur ihrer Luftverteidigung dezent darauf hinweisen, daß es immerhin Zeiten gab, in denen ihre Piloten am laufenden Band in unseren Luftraum eingeflogen und sogar auf unseren Flugplätzen gelandet waren – stets angeblich irrtümlich.«

Stabschef Cesare mischte sich nun ein. »Immerhin, der Präsident stand da wie ein begossener Pudel, und zwar nicht nur vor den Mexikanern, sondern vor der ganzen Welt. Schlimm genug, daß einer von diesen Hitzköpfen losflog und sein Leben dabei verlor. Aber wir schicken auch noch ein zweites Flugzeug hinterher, und auch dieser Pilot kommt um ein Haar um! Die ganze Affäre läßt unsere Air Force dastehen wie Idioten. Gar nicht zu reden davon, daß das Weiße Haus erscheint, als hätte es die Dinge nicht in der Hand!«

»Außerdem«, fügte Verteidigungsminister Stuart hinzu, »sind unsere Beziehungen zu Mexiko schlecht genug, auch ohne die Tatsache, daß wir Raketen über ihrem Staatsgebiet abschießen.«

General Kane, der Vorsitzende der Chefs der Vereinten Stäbe, wandte sich an General Board. »Ich möchte schnellstens die Entlassungsurkunden der Leute, die den mexikanischen Luftraum verletzt haben, auf dem Tisch haben.«

Board nickte nur stumm.

»Das«, sagte Elliott jedoch und wandte sich direkt an den Präsidenten, »wäre unklug, Sir.« Zum Teufel, warum sollte er nicht reden, jetzt war ohnehin alles egal. »Die ersten beiden F-15-Piloten befolgten nur die Order ihres Staffelkapitäns, weiterzufliegen. Sie sind dafür ausgebildet, ihn unter keinen Umständen im Stich zu lassen, ganz besonders nicht, wenn es Kampfsituationen gibt. Nach dem Abschuß Ihres Kommandeurs sind sie wie befohlen zurückgekommen. Die Besatzung des *Gepard* hat meinem Befehl gemäß gehandelt. Nachdem James... Maraklow... die anderen F-15 abgeschossen hatte, war mir klar, daß allein unsere hochgezüchtete F-15 aus *Traumland* eine Chance hatte, es direkt mit seiner XF-34 aufzunehmen. Also habe ich die Bewaffnung des *Gepard* und die schnellstmögliche Verfolgung des *Dream Star* angeordnet.«

»General Elliott«, sagte Außenminister Stuart, »sind Sie etwa der Ansicht, Sie hätten da draußen Ihre eigene private Air Force? Wer gibt Ihnen die Autorität, einen Angriff auf einen fremden Flugplatz anzuordnen? Diese Autorität steht einzig und allein dem Präsidenten zu!«

»Um die Genehmigung einzuholen, Sir«, sagte Elliott, »war keine Zeit mehr. Der *Gepard* war unsere letzte Hoffnung, den *Dream Star* abzufangen. Es war nicht der Zeitpunkt, Verfahrensfragen zu diskutieren –«

»Ach, keine Zeit, wie? Kommen Sie, General! Sie erzählen mir doch nicht im Ernst, daß Sie Ihren militärischen Oberbefehlshaber ignorieren, weil Sie keine Zeit haben? Also wirklich! Was kommt danach? Daß Sie ganz Mexiko bombardieren lassen, weil Ihnen dieses eine Flugzeug entkommen ist? Vielleicht ein paar Wasserstoffbomben auf Mexico City?«

Deborah O'Day ging dazwischen. »Ich kenne die Karriere von General Elliott ziemlich genau, und ich bin der Meinung, daß er zumindest verständlich gehandelt hat. Hätten seine Leute den *Dream Star* geschnappt, dann hätten wir sie als patriotische Helden gefeiert. Gut, er ist ein Risiko eingegangen, aber es hätte ja fast funktioniert. Die eigentliche Frage ist doch die: Was machen wir jetzt in dieser Sache?«

»Wissen wir überhaupt zuverlässig, wo der *Dream Star* jetzt genau ist?« wollte der Präsident wissen.

»Wir haben so gut wie seinen gesamten Flug verfolgt«, sagte General Board, »zuerst über die AWACS 707, dann über eine weiterentwickelte AWACS 767, die von Oklahoma aus startete und vor der Golfküste patrouillierte. Die XF-34 ist sämtlichen mexikanischen und honduranischen Abfangjägern erfolgreich entkommen – mit etwas Hilfe von nicaraguanischen Abfangjägern immerhin – und ist dann in Nicaragua gelandet.«

Board nickte einem Assistenten zu, der eine Karte von Mittelamerika aufzog. »Wir haben das Flugzeug zuletzt mit Radar nordwestlich von Managua ausgemacht. Vermutlich ist es dort auf einem kleinen isolierten Flugfeld namens Sebaco versteckt worden. Dies ist ein Militärstützpunkt der Russen – genauer gesagt, des KGB.« Er wandte sich an den Präsidenten. »Sir, ich habe Satellitenaufklärung der ganzen Gegend angeordnet. Zusätzlich wäre Flugzeug-Fotoaufklärung ratsam, vielleicht mit dem alten *Rainbird*, der SR-71, die noch immer vom CIA verwendet wird. Allerdings wird Managua von Flak und Luftabwehrraketen stark geschützt, und die Sache wäre riskant. Aber eine sanfte Erkundung wäre schon empfehlenswert.«

»Was meinen Sie mit sanft? Agenten?«

Board nickte. »Der CIA verfügt über Möglichkeiten in Managua, um genaue Erkundigungen in größtmöglicher Nähe von Sebaco einzuziehen. Vor allem, ob die XF-34 tatsächlich dort ist.«

»Schön. Also nehmen wir mal an, sie haben das Ding dort stehen. Oder in Managua. Meine Herren, ich denke gar nicht daran, gleich die 82. *Airborne* loszuschicken oder die Zweite Atlantikflotte auffahren zu lassen, um einen Krieg wegen irgendeines Jagdflugzeugs anzuzetteln.«

»Verzeihung, Sir«, sagte Elliott, »aber es handelt sich keineswegs um ›irgendein‹ Jagdflugzeug.«

»Augenblick«, sagte der Präsident. »Augenblick mal, General. Auf diesen Einwand habe ich gewartet. Dann passen Sie jetzt mal gut auf, und das gilt im übrigen für alle hier Anwesenden. Die XF-34 ist, im großen Zusammenhang gesehen, nichts weiter als irgendein Jagdflugzeug, damit das ganz klar ist. Es ist mitnichten ein Kriegswunder, mag es so hochgezüchtet sein, wie es will. Es ist ein verdammt wertvolles und wichtiges Stück, zum Teufel noch mal, ja. Aber nicht so wertvoll und wichtig, daß die Vereinigten Staaten darüber einen heißen Krieg anfangen, sei es mit den Sowjets oder sonstwem. Zugegeben, sie haben uns infiltriert, spioniert, uns das Flugzeug geklaut und unsere Leute auf dem Gewissen. Dagegen werden wir laut protestieren, wir werden das Flugzeug zurückverlangen, und wir werden Druck ausüben und drohen. Natürlich werden sie leugnen, es überhaupt zu haben. Und dabei bleibt es dann. Sie hätten ein riesiges Propagandafest. Die Schlagzeilen in der ganzen Welt können Sie sich ausmalen: ›Sowjetischer Agent beobachtet über Jahre geheimstes US-Forschungszentrum, entführt modernsten US-Jäger...‹ Und die ganze moralische Entrüstung würde den schadenfrohen Gelächtersturm über dieses Husarenstück nicht aufwiegen! So sieht es aus!«

Elliott dachte: Hoffentlich muß ich mich niemals mit den sogenannten großen Zusammenhängen befassen. Lieber Gott... »Aber... wir können ihnen das doch nicht einfach durchgehen lassen!« beharrte er.

»General Elliott«, sagte der Präsident, »nach allem, was wir wissen, können wir davon ausgehen, daß sie im Augenblick dabei sind, das Ding in seine Einzelteile zu zerlegen und dann nach Moskau zu verschiffen. Was wollen Sie denn machen? Jedes Schiff aufbringen, das Nicaragua verläßt, jedes Flugzeug abfangen, jedes U-Boot stellen? Entern und nach Teilen eines Jagdflugzeugs suchen? Sehen Sie doch den Tatsachen ins Auge, Elliott: Sie haben das Ding verloren! Es ist weg.« Er sah Elliotts bleiches, angespanntes Gesicht vor sich und schüttelte den Kopf. »Meinetwegen, ich weise Dennis Danahall im State Department an, einen geharnischten Protest bei den Sowjets abzuliefern. Wir haben doch die Bandaufnahme dieses Agenten – wie heißt er gleich noch? Maraklow? –, auf der er zugibt, ein KGB-Agent zu sein?«

»Der KGB wird natürlich behaupten, das sei lediglich ein verrückt spielender US-Soldat gewesen«, meinte General Kane.

»Trotzdem, Dennis soll ruhig erst mal protestieren. In der allerschärfsten Sprache. Und ich werde die Rückgabe des Flugzeugs und Entschädigung für die Angehörigen der Toten in der B-52 verlangen, und für die der Jagdflieger auch. Ich möchte ein bißchen Spielmaterial haben, wenn die Karussellfahrt losgeht. Wir könnten zum Beispiel das gemeinsame Marsprojekt mit ihnen aufkündigen. Das habe ich ohnehin schon immer für eine Schnapsidee gehalten. Oder wir könnten –«

»Aber in das Marsprojekt ist schon zuviel Geld gesteckt worden«, warnte Richard Benson.

»Jedenfalls soll sich das *State* irgendwas ausdenken, womit wir unserem Protest Nachdruck verleihen können. Ein paar Botschaftsleute ausweisen, unerklärliche Überfälle auf einige ihrer Konsulate, irgend etwas...«

»Sir«, meldete sich nun Elliott mit hochrotem Kopf wieder zu Wort, »Sir, das mögen ja alles positive Schritte sein –«

»Freut mich sehr, daß Sie das so sehen, General!« sagte der

Präsident, der nun seinerseits in Fahrt geriet. Er sah seinen Stabschef an. Cesare erhob sich eilig und öffnete die innere Tür des *Oval Office*. Für die Generäle war das Öffnen der Tür immer ein Signal, daß alle Unterhaltungen einzustellen waren, damit draußen niemand mithören konnte. Für die Zivilisten war es lediglich das Zeichen, daß die Sitzung aufgehoben war.

Elliott in seinem Eifer nahm beides nicht wahr. »– aber das alles, *Mr. President*«, sagte er hitzig, »bringt uns den *Dream Star* nicht zurück! Warum schicken wir ihnen nicht lieber eine Nachricht auf ganz unterer Aktivitätsebene –«

Cesare, ein hochgewachsener Ex-Footballspieler, trat ganz ruhig vor Elliott hin. »Sie haben Ihre Orders, General. Guten Morgen.«

Elliott marschierte stocksteif aus dem *Oval Office*. In der Halle zum Hintereingang sah er Deborah O'Day und rief sie an. Sie wandte sich ihm zu und wartete.

»Mrs. O'Day...«

»Miss, General«, sagte sie und erwiderte seinen Händedruck fest und kräftig. »Aber das ist mein Name im *Oval Office* drinnen. Hier draußen können Sie Debbie sagen.«

Elliott lächelte. »Brad«, sagte er.

Sie gingen zusammen bis zur Tür, an der ein weiblicher *Marines*-Offizier an einem Computer stand, während eine männliche Ordonnanz in irgendwelchen Akten blätterte.

Die *Marines*-Dame stand hastig auf, als Deborah O'Day in ihr Büro trat, aber sie sah Elliott an. »Guten Morgen«, sagte sie. »Der Informationsauszug liegt auf Ihrem Tisch, Ma'am. Wir haben frischen Kaffee. Guten Morgen, General Elliott.«

»Danke, Major. General Elliott, das ist Major Marcia Preston, mein Ordonnanzoffizier. Major, General Elliott ist der Leiter des –«

»– *High Technology Advanced Weapons Center*. Ich habe schon viel von Ihnen gehört, Sir.«

»Sehr erfreut, Major, Sie kennenzulernen.«

Die andere Ordonnanz hatte Haltung angenommen, ignorierte Elliott aber und reichte Deborah O'Day eine Mappe. »Ihre Unterschriftenmappe. Ich brauche sie dringend sofort.«

»General, das ist mein Sekretär Matt Conkle.«

Major Preston drückte auf einen Knopf, und die Bürotür von Miss O'Day schwang auf. Sobald sie drinnen waren, klickte sie wieder zu.

»Ihr Sekretär ist nicht gerade ein übermäßig höflicher Mensch«, bemerkte Elliott.

»Es nagt unablässig an ihm, daß er Sekretär einer Frau sein muß, selbst wenn sie die Nationale Sicherheitsberaterin ist. Aber er ist trotzdem ganz hervorragend. Und Marcia Preston ist der kommende Star. Sie war die erste weibliche Jagdfliegerin auf einer F/A-18 bei den *Marines*. Und gut. Sehr gut sogar. Aber sie hatte es in dieser Rolle natürlich schwer. Am Ende wurde sie rausgeboxt. Ich habe sie in San Diego entdeckt, wo sie ein Memo nach dem anderen schrieb, immer noch in ihrer Fliegermontur. Ich nahm sie mit hierher nach Washington. Lieber säße sie natürlich nach wie vor in einem Flugzeug. Immerhin, sie fliegt meinen Hubschrauber und meinen Dienst-Jet. Und ich sage Ihnen, sie ist gut. Vielleicht ruft sie Sie sogar mal an.«

»Wahrscheinlich bin ich dann nicht mehr da. Und vielleicht das ganze *Traumland* auch nicht mehr.«

»Nun seien Sie mal nicht so pessimistisch«, sagte Miss O'Day und schenkte ihnen beiden Kaffee ein, ehe sie sich hinter ihren Schreibtisch setzte. Elliott machte es sich bequem und streckte sein rechtes Bein unter dem Tisch aus. Sie bemerkte es.

»Das ist das Souvenir von dieser mysteriösen Geschichte damals, wie? Vor acht Jahren? Der Flug zu den Russen?«

Elliott nickte.

»Wieso gibt es in keiner Unterlage wirkliche Informationen darüber? Als wäre die ganze Sache nie passiert.«

»Ist auch besser so. Es hat das Leben einiger prächtiger Leute gefordert.«

»Das war doch diese B-52, die der russische Spion jetzt abgeschossen hat, richtig?«

»Ja. Wir nannten sie den *Old Dog*. Nach diesem Einsatz über Rußland hatten wir sie wieder aufgemöbelt und auf den neuesten technischen Stand gebracht. Sie war der Prototyp eines neuen Begleitflugzeugs für unsere strategischen Bomber. Und auf ihrem ersten Einsatzflug ... Wußten Sie, daß gestern bei diesem Abschuß auch zwei Leute meiner damaligen *Old Dog*-Besatzung umgekommen sind?«

»O mein Gott.« Sie saß lange stumm da.

»Der Nav dieses Flugs war eine der großen weiblichen Test-Kampffliegerinnen. Aus derselben Qualitätsklasse wie Ihre Marcia Preston. Der erste weibliche B-52-Navigator überhaupt.« Er dachte kurz nach. »Und es war noch eine Frau an Bord dieser B-52. Eine Zivilistin. Auch sie war damals in meiner *Old Dog*-Besatzung. Sie liegt jetzt im *Brooks Medical Center* in San Antonio. Ihr Mann war ebenfalls Mitglied der Crew des *Old Dog*. Und er ist in den mexikanischen Luftraum eingeflogen und hat die XF-34 zu erwischen versucht. Genau gesagt, es handelt sich um den Projektdirektor von *Dream Star*, Lieutenant Colonel McLanahan.«

»Lieber Gott! Und war er einer von denen, die bei den Luftkämpfen mit dem *Dream Star* ums Leben kamen?«

»Nein. Die mexikanische Luftwaffe hat ihn abgefangen, und er versuchte zu entwischen, um sein Ziel doch noch zu erreichen. Es klappte aber nicht. Ich möchte mich bei Ihnen bedanken, daß Sie mir vorhin die Stange gehalten haben, und auch für Ihre Hilfe bei den Mexikanern. Sie verstehen jetzt sicher, wie wichtig mir das alles ist. Vielleicht klingt es etwas melodramatisch, aber diese Männer und Frauen sind praktisch mein Leben. Ich muß mich um sie kümmern. Jetzt mehr denn je.«

»Jetzt, da ich weiß, General, daß McLanahan einer der Leute in diesen F-15 war, bin ich froh, daß ich Ihnen ein wenig helfen konnte. Ich glaube nicht, daß General Kane wirklich die Absicht hat, offiziell gegen McLanahan vorzugehen – oder gegen sonst einen der Beteiligten.«

»Trotzdem bin ich Ihnen dankbar. Ich habe ja gar nicht vor, eine Palastrevolution anzuzetteln, aber ich ertrage es einfach nicht, dazusitzen und Däumchen zu drehen, während die da unten den *Dream Star* in seine Einzelteile zerlegen und nach Moskau schaffen. Der Präsident war leider nicht an meinen Vorschlägen interessiert, aber vielleicht könnten Sie ...?«

»Ich bin interessiert«, sagte Miss O'Day. Elliott war sich nicht sicher, ob das ernst gemeint war oder nur eine Beschwichtigung.

»Es stimmt«, fuhr Miss O'Day fort, »der Präsident hat nichts für Ihre Pläne übrig. Wie sind Ihre Vorstellungen genau?«

»Ach, im Grunde ganz einfach«, sagte Elliott. »Wir sollten die Nicaraguaner und die Russen glauben machen, daß wir einen Handstreich auf Managua unternehmen werden. Ich will natürlich nicht, daß wirklich gleich die Zweite Flotte Managua bombardiert. Aber wir könnten zumindest mit den Säbeln rasseln. Offiziell würden wir es eine der berühmten ›vorgeplanten Manöverübungen‹ des Pentagon nennen. Auch die 82. *Airborne* könnten wir in Honduras landen lassen. Das müßte genug Nervosität erzeugen, daß sie bereit sind, mit uns zu verhandeln.«

»Na ja, und wenn es nicht funktioniert, was dann?«

»Dann bleibt uns eben keine andere Wahl, und wir müssen einen sogenannten gezielten Einsatz starten. Fotoaufklärung wäre dafür natürlich unerläßlich. Wenn wir eindeutig nachweisen können, daß der *Dream Star* genau dort versteckt ist, wo wir ihn vermuten, könnten wir einen solchen gezielten Schlag...«

»Sie meinen, um das Flugzeug zu zerstören?«

Elliott nickte. »Wird wohl nichts anderes übrigbleiben. Ganz sicher lassen sie es uns nicht so ohne weiteres aus Nicaragua herausfliegen.«

»Wieso eigentlich nicht?«

Elliott sah sie verwundert an. Auf diese Frage war er am allerwenigsten gefaßt. »Nun ja... es wäre ziemlich schwierig, überhaupt in die Nähe dieses KGB-Stützpunktes zu kommen. Außerdem haben wir niemanden, der das Ding fliegen kann. James – ich meine Maraklow – war der einzige Pilot dafür.«

»Wie bitte? Der einzige?«

Elliott dachte in rasender Eile nach. Deborah O'Day schien tatsächlich Möglichkeiten zu eröffnen, die er sich bisher gar nicht hatte vorstellen können. »Wir haben mehrere Piloten im Simulator für den *Dream Star* ausgebildet, aber nur ein einziger Mann hat ihn tatsächlich geflogen, nämlich er. Kein anderer konnte bis jetzt auch nur annähernd so sicher damit umgehen wie er.«

»Mit anderen Worten, Sie brauchen diesen Burschen dringend?«

»Ja. Vorausgesetzt, wir könnten ihm ausreichend Geleitschutz für seine zweite Flucht bieten... für seinen Zurückdiebstahl, sozusagen... Es gibt da natürlich eine ganze Menge Wenn und Aber. Wenn der *Dream Star* noch immer flugbereit ist... Wenn wir seinen Standort herausfinden... Wenn wir J. C. Powell auf diesen Flugplatz kriegen...«

»Wer ist J. C. Powell?«

»Mein Chef-Testpilot. Vor James hat er die ersten Tests mit dem *Dream Star* gemacht. Er könnte es schaffen. Er ist zwar nicht imstande, sich so wie James mit dem *Dream Star* auf Luftkämpfe einzulassen, aber zumindest könnte er ihn heimfliegen.«

»Kurz, wenn wir genau wüßten, wo das Ding jetzt steht, und wenn es noch nicht auseinandergenommen ist«, sagte Deborah O'Day, »dann brauchen wir noch einen Plan, wie wir Powell auf diesen Flugplatz und ins Cockpit des *Dream Star* schleusen? Und dann müßten wir für angemessenen Geleitschutz sorgen, sobald er in der Luft ist...«

»Richtig. Wir müssen ihn irgendwie unter eine Käseglocke kriegen«, sagte Elliott. »Ein gezielter und begrenzter Handstreich mit einer kleinen Guerilla-Truppe, die Powell reinschafft und direkt ins Cockpit der Maschine setzt. Dann schießen die Guerillas die Startbahn frei, und wenn ein Flugzeugträger der Zweiten Flotte im Golf von Mexiko bereitsteht, können wir ihm von dort genug Geleitschutz schicken, sobald er in der Luft ist. Bis Texas geht es schnell, und dort sind wir aus dem Schneider...«

»Hört sich nach einem guten Plan an, General. Da ist nur noch ein kleines Problem.«

»Ja, ich weiß, der Präsident. Es geht um das, was er nicht tun will. Deshalb brauche ich Ihre Hilfe. Sie haben doch direkten Zugang zu ihm. Könnten Sie nicht mit ihm reden? Ihn überzeugen?«

Sie ließ sich in ihrem Sessel zurücksinken. »Ich weiß nicht, ob ich Ihnen wirklich behilflich sein kann. Ich gehöre ja nicht zu dem ganz inneren Kreis um den Präsidenten. Benson, sein Schwager, und der Kongreßpräsident Van Keller haben sein Ohr. Ich nicht unbedingt. Ich bin lediglich aus politischem Kalkül auf meinen Posten gekommen. Und damit leider wenig mehr als ein Aushängeschild. Zum Glück bin ich qualifiziert für den Job. Er hat mich seinerzeit noch vor den Vorwahlen hier reingemogelt, damit er zeigen kann, wie sehr er dafür ist, daß Frauen in der Regierung vertreten sind. Ich war also einigermaßen nützlich für ein paar Prozent Wählerinnenstimmen – jedenfalls ist dies die allgemeine Ansicht –, aber darüber hinaus bin ich nicht so sicher, ob er besondere Stücke auf mich hält.«

»Aber versuchen müssen Sie es!« beharrte Elliott. »Bringen Sie das Thema in den Stabskonferenzen zur Sprache. Reden Sie mit Kabinettsmitgliedern. Lassen Sie sich einen Termin bei Van Keller geben oder bei Danahall. Man muß ihnen klarmachen und einbleuen, daß wir den Russen einen derartigen Fall von Spionage und Mord nicht durchgehen lassen dürfen! Mit Geschrei und Protest allein richten wir überhaupt nichts aus. Das hat auch vor acht Jahren nicht funktioniert, bei dieser Kawaschnija-Geschichte. Und heute wird es genausowenig bewirken, *Glasnost* hin, *Perestroika* her, und das ganze andere Koexistenz-Zeug dazu, mit dem die Sowjets uns jetzt pausenlos füttern. Wenn der Präsident nicht bereit ist, das Unternehmen zu autorisieren, kann er uns doch geheime Blankovollmachten geben! Er weiß von nichts, und wenn es schiefgeht, werde ich in die Pfanne gehauen, und er kann seine Hände in Unschuld waschen und abstreiten, daß er irgendwas davon gewußt hat.«

»Nein, mit diesem Präsidenten können Sie so etwas nicht machen«, widersprach Deborah O'Day. »Das war vielleicht zur Zeit der Iran-Krise noch möglich. Aber er ist bekanntlich Demokrat und hat ein ziemlich gutes Gedächtnis für ähnliche Fälle, die früher in die Hose gegangen sind. Nein, nein, das klappt nicht.« Sie blickte zur Zimmerdecke hinauf. »Taylor ist ein ziemlich sturer Bursche. Es kommt sehr selten vor, daß er seine Meinung ändert. Aber davon mal abgesehen: Wie beurteilen Sie denn selbst die Chancen Ihres Plans?«

»Wenn ich meinen Stab darauf ansetze...«

»Nein, ich meine, jetzt und hier. Ist Powell imstande, seine Aufgabe zu erfüllen?«

Elliott zögerte einen kleinen Augenblick mit der Antwort. »Ich würde so sagen: Wenn mir das Weiße Haus grünes Licht gibt, dann schaffe ich Ihnen Powell ins Cockpit des *Dream Star*. Und ich denke auch, er kann es schaffen, das Ding rauszufliegen.«

»Also gut. Ich mache mit. Ich habe eine Idee, wie ich hier die Leute mobil machen kann. Aber wie es sich dann weiterentwikkelt, muß man sehen. Wir könnten auch auf die Nase fallen. Jedenfalls bin ich ganz sicher, daß ich es fertigbringe, die Leute im Weißen Haus zum Nachdenken zu zwingen.«

»Was haben Sie im Sinn?«

»Keine Fragen, bitte. Halten Sie sich einfach nur die nächsten 24 Stunden bereit. Und wenn der Präsident Sie tatsächlich noch mal anhört, müssen Sie ihm etwas bieten, was ihn von den Sokken holt! Oder Sie können Ihre XF-34 endgültig vergessen.«

Elliott stemmte sich in die Höhe und streckte Deborah O'Day die Hand entgegen. Sie kam um ihren Schreibtisch herum und nahm sie. »Sie sind eine Frau wie unser Flugzeug«, sagte Elliott. »Hut ab.«

»Loben Sie nicht zu früh, General«, wehrte sie ab. »Beide nicht. Einige Funken wird es wohl geben. Ich hoffe nur, sie lösen keinen Flächenbrand aus.«

»Also, wenn Sie mich fragen«, sagte Elliott, »so hätte ich gar nichts dagegen, wenn Sie dem einen oder anderen Feuer unter dem Hintern machen würden...«

Als er weg war, ging Deborah O'Day auf ihren Platz zurück und lächelte; eine Seltenheit für sie. Nun, dachte sie, das war's dann wohl. Zugegeben, so von Angesicht zu Angesicht war der Mann nicht ohne Überzeugungskraft. Aber hatte er sie wirklich noch alle beisammen, wenn es um diese *Dream Star*-Geschichte ging? Natürlich wollte er seine XF-34 zurückhaben, das war eigentlich verständlich. Aber er benahm sich wie jemand, der sowieso nichts mehr zu verlieren hat.

Elliott wollte seinen *Dream Star* zurück, weil ein verfluchter Maulwurf ihn ihm geklaut hatte und mehrere seiner Leute ums

Leben gekommen waren. Er war bereit, darum zu kämpfen, selbst wenn ihn seine eigene Regierung absetzte.

Sie wählte eine Nummer auf ihrer abhörsicheren Geheimleitung. »Marty? Hier ist Ihre Raquette-Spielpartnerin... Ja, ich weiß, daß es eine Weile her ist, seit wir zuletzt gespielt haben... Na ja, immerhin hat Ihr Präsident mich ernannt, oder? Also, könnten wir uns vielleicht zu einem Spielchen verabreden? Nein, heute noch. Falls wir einen Platz kriegen... sobald es geht, ja... Geht das? Gut. Um sieben dann... Nein, zählen können wir das nicht... Richtig... Das merken Sie dann schon, warum... Also, bis dann.«

Brooks Medical Center, San Antonio, Texas

»Ödeme in der rechten Lunge. Wir haben es nicht gleich erkannt...« sagte der Arzt, als McLanahan und Powell in die Intensivstation kamen.

Wendy Tork hatte dick bandagierte Hände. Ihre Eltern saßen zu beiden Seiten ihres Bettes. Seit man sie an der Absturzstelle gefunden hatte, wurde sie künstlich beatmet. Das Atemgerät hielt ihre Lungen von Flüssigkeit frei und unterstützte ihre Atmung. Die meisten ihrer Gesichtsbandagen waren wieder entfernt worden. Ihr Gesicht war von häßlichen Brandwunden und Schnitten entstellt. Sie wurde intravenös mit einer Glukoselösung ernährt, und andere Schläuche sorgten für kontinuierlichen Blutaustausch. Auf dem Nachttisch stand eine einzige Vase mit Blumen – mehr erlaubten die Vorschriften nicht –, doch weder diese noch ihre Eltern hatte Wendy bisher wahrnehmen können. Sie lag nach wie vor im Koma.

Ihre Eltern warfen nur einen kurzen Blick auf McLanahan und Powell, als sie eintraten, und wandten ihre Aufmerksamkeit dann sofort wieder ihrer Tochter zu.

McLanahan fühlte sich nicht imstande, auch nur die nächstliegenden Fragen zu stellen. »Doktor...?« stammelte er nur.

»Sie ist eine kräftige Frau, Colonel«, antwortete der Arzt. »Aber immerhin, ihre Verwundungen sind schwer...« Er hielt inne und kam näher. Er fragte leise: »Wußten Sie, daß sie schwanger war?« Trotz des Flüsterns war die Mutter sofort alarmiert. »O Gott«, stöhnte sie, wandte sich ab und ließ ihren Tränen freien Lauf, die sie bisher tapfer zurückgehalten hatte.

McLanahan konnte nur stumm nicken.

»Gerade die Unterleibsverletzungen sind sehr schwer.«

Powell trat entschlossen zwischen den Arzt und McLanahan. »Kommen Sie, Doktor, das ist genug. Gehen wir lieber.« Und er nahm den Arzt entschlossen am Arm und führte ihn mit sich fort.

McLanahan, Wendys Eltern und die Krankenschwester blieben stumm zurück und starrten Wendy an. Mehrmals bemerkte McLanahan Muskelzuckungen in Wendys Gesicht oder auch ein Schulterzucken.

Auch Wendys Mutter bemerkte es und sagte: »Kann man ihr denn nichts geben? Etwas gegen die Schmerzen? Schrecklich, wenn man das mit ansehen muß, wie sie leidet. Colonel, meine Tochter hat Schmerzen! Können Sie denn nichts unternehmen? Was ist denn das für ein Krankenhaus hier?«

Es hatte wohl wenig Sinn, dachte McLanahan, ihr in ihrem jetzigen Zustand auseinanderzusetzen, daß dieses Krankenhaus das beste des ganzen Landes für Verbrennungen war und daß wenigstens noch immer Hoffnung bestand, solange Wendy selbst um ihr Leben kämpfte...

Er sagte nichts.

»Wie ist das passiert, Patrick?« fragte ihn sein Schwiegervater. »Ich weiß, daß sie in der B-52 war. Aber wie und warum sind sie abgestürzt?«

»Tut mir leid, aber ich kann nicht –«

»Erzählen Sie mir nur nicht diesen Quatsch.« Der Vater stand auf. Er war ein Schrank von Mann und gab sich jetzt ziemlich drohend und aggressiv. Doch McLanahan entging dennoch nicht, daß seine Augen voller Tränen standen. »Seit zehn Jahren, Colonel, höre ich diesen Satz nun wie eine Gebetsmühle. Von ihr, von Ihnen, von allen hier und überall. Als sie damals nach Vegas ging, war das, als wäre sie auf den Mars ausgewandert! Und jetzt liegt sie hier in diesem Krankenhaus in Texas und stirbt wahrscheinlich an diesen fürchterlichen Verletzungen, und ihr spielt immer noch euer blödes Versteckspiel! Zum Donnerwetter, ich will jetzt endlich klare Antworten haben!«

»Um alles in der Welt, Mr. Tork! Da liegt meine Frau!«

»Ihre was? Ihre Frau? Seit wann das denn? Wo ist ihr Ring? Haben Sie eine Heiratsurkunde? Kein Mensch hat uns zu einer Hochzeit eingeladen...«

»Mr. Tork, bitte!«

»Was wir zuletzt gehört haben, war, daß es mit euch beiden gar nicht so besonders ging. Ich glaube Ihnen nicht, daß Sie mit ihr verheiratet sind! Wahrscheinlich sagen Sie das einfach nur, damit wir die Scheiß-Air Force nicht auf Schmerzensgeld verklagen. Weil der Ehepartner einer Militärperson den Staat bekanntlich nicht verklagen kann. Nicht?«

Betty Tork starrte ihren Mann nur stumm an.

»Das ist eine verdammt abgekartete Sache! Mir kann keiner was erzählen. Ich war sechs Jahre lang bei den *Marines.* Ich weiß Bescheid mit diesem ganzen Scheiß!« Joe Tork sah rot. Er packte McLanahan an den Aufschlägen seiner Fliegermontur und keuchte: »Antworten Sie mir, Sie verdammter Lügner. Antworten Sie mir gefälligst!«

McLanahan faßte seine Handgelenke, so sanft es unter den Umständen nur ging. Aber gegen diesen Mann hatte er, wenn er ernst machte, keine wirkliche Chance. Doch im nächsten Augenblick zuckten Mr. Torks Schultern. Er schloß die schmalen Augen und löste seinen Griff.

»Scheißspiel verdammtes... schon von klein auf war sie immer so selbständig... Betty hat mir Briefe nach Vietnam geschrieben, und in jedem stand, wie intelligent und erwachsen sie war. Als ich wieder heimkam, war sie schon kein Kind mehr... Und jetzt liegt sie da, hilflos wie ein Baby, und immer noch kann ich nichts für sie tun...«

McLanahan, der genau den gleichen Zorn und dieselbe Hilflosigkeit empfand, konnte nicht antworten. Erst die Mutter brach das Schweigen. »Wann habt ihr denn geheiratet?«

»Vorgestern.« Er sah ins Leere. »Haben Sie Wendys Sachen hergebracht?«

»Dort im Schrank.«

Er holte eine Pappschachtel heraus, entnahm ihr etwas und kam zurück zum Bett. »Wir dürfen auf Einsatzflügen keine Ringe tragen«, erklärte er. »Zu gefährlich, heißt es. Also haben wir den Ring des anderen behalten, bis wir uns wiedersehen würden.« Er öffnete ein Samtetui, holte den Ring heraus, der darin lag, und steckte ihn sich an. Aus einer Tasche seiner Fliegermontur holte er das zweite dazu passende Etui mit Wendys Ring und legte es auf den Nachttisch.

Sie schwiegen alle drei. Die Krankenschwester kam und las die Instrumente ab. Als sie wieder fort war, sagte Joe Tork: »Patrick, ich muß wissen, was passiert ist! Können Sie uns nicht irgend etwas sagen?«

»Sie wissen ganz genau, daß ich es nicht kann.«

»Aber ich bin doch selbst ein Veteran. Ich sage doch niemandem etwas...«

»Das glaube ich ja auch. Aber trotzdem kann und darf ich nicht reden.«

Joe Tork fuhr sich nervös durch seine nur noch spärlichen Haare. »Na schön. Aber wenigstens das eine, nur das eine, weil ich schließlich ihr Vater bin: Versprechen Sie mir, sich den zu schnappen, der dafür verantwortlich ist.«

McLanahan starrte Wendy an. »Ja«, sagte er schließlich leise. »Das immerhin kann ich versprechen.«

Kreml, Moskau, UdSSR
Donnerstag, 18. Juni,
21.03 Uhr OEZ (13.03 Uhr EDT)

Wladimir Kalinin ging mit raschen Schritten in das Büro des Generalsekretärs, wo bereits mehrere Mitglieder des *Kollegija* versammelt waren, die nervös herumliefen. Sobald er jedoch da war, setzten sie sich alle wie auf Kommando, als hätten sie nur noch auf die Ankunft des KGB-Chefs gewartet. Boris Mischelewka, der Außenminister, saß am oberen Ende des Konferenztisches und führte den Vorsitz.

»Der Generalsekretär ist auf dem Rückweg von Deutschland«, begann er. »Er hat mich angewiesen, diese Sitzung ohne ihn abzuhalten und morgen um zehn zu seiner Ankunft das gesamte *Kollegija* zu versammeln. Dabei möchte er als erstes über unsere jetzige Sitzung informiert werden, deren Thema natürlich mit dem Vorfall von gestern zusammenhängt. Aus einem streng geheimen Forschungszentrum der Amerikaner wurde ein hochmoderner Prototyp eines Jagdflugzeugs gestohlen und nach einer Zwischenlandung in Mexiko über ganz Mittelamerika nach Nicaragua geflogen. Wir haben außer dieser keine weiteren Informationen.« Er wandte sich direkt an Kalinin und fragte, ob er weitere Erläuterungen geben könnte.

»Ich bin der Ansicht, daß diese Angelegenheit warten sollte, bis der Generalsekretär wieder da ist«, sagte Kalinin. »Ich sehe keinen Anlaß, die gleiche Sache auf mehreren Sitzungen nacheinander zu behandeln.«

»Der Generalsekretär wünscht es so«, beschied ihn Mischelewka. »Offenbar vertraut er darauf, daß wir auch allein imstande sind, den betroffenen Regierungen die nötigen Erklärungen zu geben.«

Kalinin reagierte zunächst nicht und schwieg. Er praktizierte, was die Amerikaner Schadensbegrenzung nannten: Jeder sollte seine eigene Version zuerst polieren und mit den anderen abstimmen, ehe die Regierung irgendwelche Verlautbarungen herausgab. Aber heutzutage, da ausländische Journalisten Moskau geradezu überschwemmten und sogar ein Pressezentrum für sie im Kreml eingerichtet worden war, wurde die Schadensbegrenzung der üblichen Art immer schwieriger und komplizierter...

»Alles, was ich Ihnen sagen kann«, erklärte er schließlich, »ist, daß an der Sache ein sowjetischer Hubschrauber und einer unserer Militärstützpunkte in Nicaragua beteiligt sind. Mehr möchte ich nicht sagen, bis der Generalsekretär da ist.«

»Nun hören Sie mal zu, Kalinin«, sagte Mischelewka ungeduldig, »so können Sie uns nicht abspeisen. Ich habe schon Anfragen von mehreren Regierungen vorliegen – einschließlich natürlich der USA. Wir können uns nicht gut totstellen, so geht das heute nicht mehr –«

»Sie können Erklärungen abgeben, wenn der Generalsekretär entscheidet, daß Sie es tun sollen. Ich aber werde keinerlei Informationen erteilen, solange nicht eindeutig klargestellt und beschlossen ist, mit welchem Grad der Geheimhaltung diese Angelegenheit belegt wird.«

»Wir müssen Erklärungen abgeben.«

»Wir müssen gar nichts, verstehen Sie?«

»Was ist los mit Ihnen?« fragte Mischelewka. »Was geht da vor? Ist das ein Spezialunternehmen des KGB in Mittelamerika, oder was?«

»Ich ersuche Sie, nicht irgendwelche Meinungsäußerungen darüber von sich zu geben«, herrschte Kalinin ihn an. »Sie sagen einfach nichts.« Kalinin stand auf und marschierte hinaus.

Arlington, Virginia
Donnerstag, 18. Juni,
19.05 Uhr EDT

Der Barrel Factory Raquet Club war einst genau, was sein Name besagte: ein Lagerhaus und eine alte Fabrik, die in den Tagen vor der Prohibition Bier- und Weinfässer und Korbflaschen herstellte. Sie war einer der schlimmsten Schandflecke ganz Washingtons gewesen, bis auf dem Gelände ein eleganter Tennis-, Raquetball- und Gesundheits-Club errichtet worden war. Trotzdem wurde die Gegend ihren Slum-Ruf nicht los, und der Club hatte große Mühe, Mitglieder zu finden.

Für die Nationale Sicherheitsberaterin Deborah O'Day war er indessen aus mehreren Gründen geradezu ideal. Die Beiträge waren niedrig, es war leicht, einen Platz zu bekommen – ganz besonders wochentags nach sieben Uhr abends –, und die übliche Hauptstadtschickeria kam auch nicht hierher. Hier mußte sie sich nicht wie eine Beamtin des Weißen Hauses benehmen, sondern sie konnte sich als ganz normaler Mensch bewegen und wurde auch von niemandem weiter beachtet.

Sie warf ein paar der weichen blauen Gummibälle auf den Platz und lief hinter ihnen her. Das Hin- und Herjoggen lockerte ihre Muskeln. Sie war recht zufrieden, wie gelenkig und beweglich sie mit ihren einundfünfzig Jahren immer noch war.

Sie hatte ihr Aufwärmtraining beendet und begann den Ball herumzuschlagen, als sie ihren Partner klopfen hörte. Er war großgewachsen, dunkelhaarig und hatte einen alten grauen Trainingsanzug mit Flicken auf Ellbogen und Knien an, dazu allerdings nagelneue Reebok-Tennisschuhe, einen Augenschirm und ein altes Aluminium-Rackett. Er klopfte an die hintere Plexiglaswand.

Er hatte kaum das zweite Mal geklopft, da stand bereits wie aus dem Boden gewachsen Marine-Korps-Major Marcia Preston hinter ihm, in einem roten Jogging-Anzug, Handtuch um den Hals, mit einer offenen Sporttasche. In dieser befand sich, wie Deborah O'Day wußte, eine Browning PM-40 B Automatik-MP mit einem 20-Schuß-Magazin und Laserzielfernrohr. Der Partner schien zu spüren, daß jemand hinter ihm war, und drehte sich um. Sie wechselten einen Blick. Marcia kam ihm nicht näher als einen knappen Meter, aber es gab gar keinen Zweifel, daß er genau wußte, wie die Lage war. Er stand mit dem Rücken zur Wand...

Es bedurfte allerdings nur einer angedeuteten Handbewegung von Deborah O'Day, und Marcia verschwand wieder im Hintergrund, als sei nichts gewesen.

Der Mann schluckte, öffnete die Tür und kam auf den Court. Major Preston ging indessen zum Trinkbrunnen, schlenderte an den anderen Courts vorüber und blickte kurz hinein. Dann entfernte sie sich auf ihren unauffälligen Beobachtungsposten.

»Wie ich sehe«, sagte der Mann versonnen, während er ihr noch nachblickte, »ist Marcia wie immer sehr charmant!« Er schwitzte jetzt schon, ohne daß sie auch nur einen Ball gewechselt hätten. Er kam näher und betrachtete seine Partnerin nicht minder intensiv und bewundernd wie eben noch Marcia. »Sie schauen ganz schön flott aus, altes Mädchen.«

»Na, welch ein Feuer, welche Hymnen«, sagte sie. »Kommen Sie, Marty, spielen wir lieber. Sind Sie schon aufgewärmt?«

»Aber doch nicht für diesen lächerlichen Sport hier!« sagte Marty Donatelli. »Für ein paar Informationen hingegen immer.«

»Wir können uns beim Spielen unterhalten. Tun Sie wenigstens so, als versuchten Sie's.« Sie spielte ihm einen weichen Ball zu. »Es tut Ihnen auch ganz gut. So ein paar Zentimeter weniger um die Hüfte könnten Sie schon vertragen.«

Er drosch mächtig auf den sanften Ball und jagte ihn damit über drei Wände, bis er wieder in der Mitte des Courts ankam. Deborah O'Day hatte aber keinerlei Mühe und schickte ihn ihm sofort wieder über die Wand zurück.

»Schätzchen«, sagte er, »in zwei Stunden machen die Titelseiten der Zeitungen zu. Können wir uns also etwas beeilen?«

»Erstens sind mir die Titelseiten ganz gleichgültig, und zweitens weiß ich von Schätzchen schon mal überhaupt nichts«, antwortete sie und schlug den Ball gekonnt in die linke Ecke, wo er tot herunterfiel. »Also gut, Ihr Aufschlag. Reden wir also.«

Während Donatelli zur Mitte ging, um aufzuschlagen, begann sie: »Schlimme Geschichte, dieser Absturz der B-52 in Nevada, wie?«

Donatelli ließ den Ball ein paarmal aufspringen, ehe er mit Donnerschlag servierte. Sie erwartete ihn aber ganz kühl und retournierte diesmal in die rechte Ecke. Donatelli hatte überhaupt keine Zeit für eine Position gehabt, die er hätte einnehmen können. Punkt. »Mein Aufschlag«, sagte sie und schenkte ihm ihr hübschestes Lächeln.

»Ja, ja«, sagte er, »ich hab's ja gehört. Und? Flugzeugabstürze sind nicht mein Ressort.«

»Wird so einiges gemunkelt«, sagte sie und stellte sich an die Aufschlaglinie. »Daß es gar kein Unfall war.«

Donatelli, der Reporter, wurde allmählich ungeduldig. »Mein Gott, das war da drüben auf diesem Geheimgelände, nicht? Da haben sie bekanntlich Hunderte Flugzeuge, die ständig mit Raketen herumschießen. Die Air Force verliert da drüben fast jeden Tag ein Flugzeug.«

Sie holte aus, warf einen Blick nach hinten auf Donatelli und sagte: »Wenn ich nur die Zeit hätte, mich darum zu kümmern! Die seltsamsten Gerüchte schwirren herum. Selbst die ausgefallene Geschichte von einem KGB-Agenten, der ein Jagdflugzeug gestohlen haben soll.«

Und dann schlug sie den blauen Gummiball hart auf. Er sprang von der Wand zurück und traf Donatelli direkt am rechten Bein. Er bemerkte es kaum. »Wie war das? Ein russischer KGB-Agent?«

»Na ja, das ist natürlich Unsinn. Zu Null für mich, ich bin weiter am Aufschlag.«

»Augenblick mal. Wer sagt das mit dem russischen Agenten?«

»Ach, das ist doch nichts weiter als ein völlig unbestätigtes Gerücht«, sagte sie und ging in Position für den nächsten Aufschlag. »Irgend etwas, ein gestohlenes Jagdflugzeug, ein paar abgeschossene Jäger. Und der Pilot soll angeblich irgendwohin nach Mittelamerika in ein prosowjetisches Land ausgerissen sein.«

Sie schlug auf. Donatelli drosch den Ball achtlos in eine Ecke.

»Und das war gestern?«

»Heißt es, ja.«

»Wie kann ich das verifizieren?«

Sie schlenderte in die Ecke, um sich den Ball zu holen. »Mann, ich bin doch keine Reporterin! Der Reporter sind Sie doch, oder? Ich meine, Sie machen Ihren Job, ich den meinen. Aber wie gesagt, wenn ich nur mehr Zeit hätte ... Also ich würde dann vermutlich einen gewissen General Elliott über die Militärleitung in Nellis anrufen. Er ist der Kommandeur von irgend so einem Dings da drüben. Wahrscheinlich würde ich auch die mexikanische Regierung befragen. Speziell die Luftverteidigung in Monterrey, wegen dieser Gerüchte über unautorisiertes Überfliegen von Luftraum und Luftkämpfen über ihrem –«

»Mein lieber Mann«, staunte Donatelli und fummelte mit seinem Schläger herum, in dessen Tragschlaufe er sich verheddert hatte. »Und keine zwei Stunden Zeit mehr... wie soll ich das schaffen... bei den Mexikanern dauert das doch alles Ewigkeiten...«

»Sie brauchen sich doch nur an die üblichen Gebräuche zu halten, Marty. Hinweise aus ungenannten Militärkreisen und so. Die haben genug Aufregung da drüben. Ein Informationsleck ist da wohl kaum vermeidbar.«

»Sie meinen, ein anderer könnte mir die Story wegschnappen?«

»Glaube ich nicht, aber weiß man's? Was ich so gehört habe, hat der Präsident persönlich – zusammen mit dem ganzen inneren Stab – diesen General Elliott heute zur Schnecke gemacht. Es könnte leicht sein, daß sich der General seine Wut von der Seele redet.«

Donatelli nahm seinen Augenschirm ab und rekapitulierte: »Also, Elliott... Nellis... Mexiko... was noch?«

»Hören Sie doch einfach Ihr Tonband ab«, sagte sie.

»Mein Tonband?« Er war überrascht. »Wir hatten doch ausgemacht, kein Tonband. Halten Sie mich für so mies, daß ich Abmachungen nicht einhalte?«

Sie warf ihm den blauen Ball an die Brust. »Na, nun kommen Sie, Marty. Wir wollen uns keine Märchen vorspielen.«

Donatelli zog demonstrativ sein Trikot hoch und zeigte seine behaarte bloße Brust her. »Da ist nirgends ein Tonbandgerät, sehen Sie? So, und jetzt habe ich Ihnen meine Brust gezeigt, jetzt zeigen Sie mir Ihre.«

»Sie können mich mal.«

»Aber mit dem größten Vergnügen, Schätzchen.«

Sie warfen sich hitzige Blicke zu.

»Miss Nationale Sicherheitsberaterin: Sie sind ein Aas! Sagen Sie mir nur eines: Warum tun Sie das? Geschieht dieses Durchsickernlassen im Auftrag des Weißen Hauses? Warum?«

Sie schlug den Ball gegen die Wand. »Ich habe meine Gründe, das muß reichen.«

»Möchten Sie sie mir nicht mitteilen, nur der Information halber?«

»Nein. Das hier ist *off the record*, klar? Der Präsident hat keine Zeit, sich mit dem Fall zu befassen. Und es gibt Leute unter den Militärs, die der Meinung sind, sofortiges Handeln sei unerläßlich.«

»Aber der Präsident ist dagegen?«

»Er möchte lieber offen verhandeln und Kompromisse schließen.«

»Mit anderen Worten, er will nicht militärisch eingreifen. Also ist jemand da, der –«

»Marty, das hier ist kein Interview, verdammt. Ich habe Ihnen sowieso schon zuviel gesagt. Sie wissen jedenfalls alles, was Sie wissen müssen.« Sie drosch noch einen Ball an die Rückwand und öffnete wie unabsichtlich die Tür. Im nächsten Moment stand Marcia Preston da, Rackett in der einen, Tasche in der anderen Hand, holte ein Handtuch heraus, warf es ihrer Chefin zu und ging zu den Plexiglasspinden an der linken Seite. Sie öffnete einen und ließ Donatelli keine Sekunde aus den Augen. Von der Tatsache, daß in ihrer Tasche eine schußbereite MP lag, hatte dieser keine Ahnung. Aber ihr Blick allein reichte ihm.

»Marcia«, sagte er mit aufgesetzter Lüsternheit, »Sie sind so ein schönes Mädchen. Irgendwann müssen wir zusammen was machen.«

Marcia reagierte nicht.

Deborah O'Day sagte: »Es wäre gescheiter, Marty, wenn Sie Ihre Story rasch unter Dach und Fach bringen.« Sie hielt ihm demonstrativ die Tür auf. Donatelli nickte und ging.

Als er weg war, schloß sie die Tür und begann wieder eine Weile den Ball herumzudreschen. Inzwischen griff Marcia Preston in ihre Tasche und schaltete das Tonbandgerät mit dem hochempfindlichen Richtmikrofon aus, das sie darin liegen hatte.

»Alles drauf?« fragte ihre Chefin.

»Ja, aber wozu, möchte ich wissen? Wem nützt das, wenn es bekannt wird? Sie können höchstens rausgeschmissen werden.«

»Nein, nein. Wenn es sich herausstellen sollte, daß Marty Donatelli Informanten nicht geheimhält, kriegt er nirgends mehr eine Auskunft, und das ist gar nicht gut für seine angestrebte Pulitzer-Preis-Karriere. Das weiß er auch ganz genau. Dieses Band beweist, daß ich ihm etwas *off the record* erzählt habe. Und er wird sich hüten, davon einen anderen als üblichen Gebrauch zu machen. Andernfalls ist er in der ganzen Stadt unten durch. Das Band ist meine Rückversicherung, Marcia!«

»Trotzdem, Sie riskieren ganz schön was damit!«

»Ich halte es eben für notwendig. Taylor mit seiner Mannschaft beschränkt sich immer nur aufs Reagieren. Diese *Dream Star*-Geschichte will er am liebsten in eine Ecke abschieben, bis es zu spät ist, etwas zu unternehmen. Man muß ihm und seinem ganzen New Yorker Snob-Verein einfach mal Beine machen. Ich kann nur hoffen, daß es damit endlich mal funktioniert.«

Kreml, Moskau, UdSSR

Freitag, 19. Juni, 06.00 Uhr OEZ
(Donnerstag, 22.00 Uhr EDT)

»Ich versichere Ihnen, Genosse Generalsekretär«, sagte Kalinin, »die Ereignisse haben sich so überschlagen, daß es keine Gelegenheit gab, Sie rechtzeitig zu informieren.«

Er saß schon fast eine Stunde im Büro des Generalsekretärs, um seinen abgespannten Chef, der kopfschüttelnd zuhörte, die Operation *Dream Star* zu berichten.

»Wir hatten nur zwei Tage Zeit«, fuhr Kalinin fort, »wir erfuhren, daß das Projekt *Dream Star* von den Amerikanern gestoppt worden war, und mußten handeln. Es war weitgehend die Eigeninitiative von Oberst Maraklow. Von meinem Büro war ausdrücklich –«

»Hören Sie auf, Kalinin. Ihre Ausreden für dieses ganz unverantwortliche Verhalten interessieren mich nicht! Ich muß jetzt darüber nachdenken, wie diese ganze Affäre nach außen hin dargestellt und vertreten werden kann!«

»Selbstverständlich übernehme ich die volle Verantwortung«, sagte Kalinin. Eine uneingeschränkte Selbstbezichtigung war vielleicht am besten, um die Wogen wieder zu glätten. »Aber da es nun schon einmal geschehen ist, wäre es vielleicht doch ganz gut, das Blatt zu Ende zu spielen und das Flugzeug so rasch wie möglich herzuschaffen.«

»Verstehe. Sind Sie eigentlich total verrückt geworden? Glauben Sie im Ernst, die USA werden es einfach so hinnehmen, daß ihnen der KGB ihren allergeheimsten und allermodernsten Jäger klaut?«

»Ich befasse mich nicht damit, was die Amerikaner tun werden oder nicht, Genosse Generalsekretär«, entgegnete Kalinin. »Ich denke an unser Land und sonst nichts. Wir hatten die Gelegenheit, uns dieses Flugzeug zu holen, und haben es getan. Und jetzt müssen wir auch Kapital daraus schlagen! Der technologische Gewinn, den wir daraus –«

»– wird völlig nutzlos sein«, unterbrach ihn der Generalsekretär zornig, »wenn sich die Amerikaner ihr Flugzeug wiederholen wollen, angreifen, Hunderte unserer Leute dabei umkommen und diesen Stützpunkt in Nicaragua zerstören! Ich denke gar nicht daran, wegen eines einzigen Flugzeugs einen heißen Krieg zu riskieren!«

»Wenn die Amerikaner die Absicht hätten, etwas zu unternehmen, dann hätten sie das längst getan«, widersprach Kalinin hartnäckig. »Sie wissen ja, wo das Flugzeug ist. Ihre Radaraufklärung hat die Maschine den ganzen Weg verfolgt. Sie bleiben aber ruhig. Sie wollen keinen Krieg wegen eines Flugzeugs riskieren.«

»Sie unterschätzen sie«, sagte der Generalsekretär. »Das tue ich nicht.«

»Der ganze Zwischenfall gehört doch zum großen Spiel«, meinte Kalinin. »Das Spiel ist doch alt. Beide Seiten stehlen sich jeden Tag irgendwelche militärischen Geheimnisse. Und jeden Tag schicken wir oder sie geharnischte Proteste hinterher. Ich verliere pro Monat einen oder zwei Agenten, zuweilen auch mehr, in Spionage- und Gegenspionageunternehmungen. Darüber regt man sich nicht auf. Vor allem fängt keine Seite deswegen Krieg an.«

»Aber wir haben immerhin sechs Leute verloren! Und die

Amerikaner eine B-52 und zwei Jäger und auch sechs Leute! Ist das für Sie auch nur ein Spiel?«

»Aber nichts davon gefährdet doch die strategische Balance, Genosse!« Kalinin war nicht von seiner Überzeugung abzubringen. »Das fällt alles noch unter die üblichen Machtmanöver beider Seiten! Die Amerikaner werden sich über diesen Zwischenfall keinesfalls in größere Aktionen treiben lassen oder ihr Jagdflugzeug mit Gewalt zurückholen. Und wir nehmen geheime Verhandlungen mit ihnen auf, bei denen wir notfalls auch noch ein paar ihrer in unserer Gefangenschaft befindlichen Agenten austauschen oder zumindest Informationen über dieses Flugzeug einhandeln, wenn wir erst einmal wissen, was genau uns daran interessiert. Am Ende geben wir ihnen großmütig ihr Flugzeug wieder – natürlich nachdem wir es uns sehr genau angesehen haben. Bitte denken Sie daran, es handelt sich da immerhin um das technologisch höchstentwickelte Flugzeug, das es derzeit überhaupt gibt. Ein gedankengesteuertes Flugzeug! Alles, von der einfachsten Flugkontrolle bis zu den Waffensystemen, einfach alles kann in Lichtgeschwindigkeit durch Gedankenkommandos aktiviert werden.«

Der Generalsekretär schwieg eine Weile. Er hatte zu dieser Seite der Regierungsarbeit kein rechtes Verhältnis. Es war, das mußte man zugeben, schon ein Coup, ein derartiges Flugzeug völlig intakt in die Hände zu bekommen; eine einzigartige Gelegenheit, das Beste der amerikanischen Militärtechnologie studieren zu können... Doch Kalinins offensichtlicher Erfolg barg auch seine Gefahren. Kalinin konnte mit einer Aktion wie dieser sein Prestige und seine Popularität nur steigern, und die Tatsache, daß er es obendrein hinter dem Rücken des Generalsekretärs getan hatte, machte es für ihn, den Generalsekretär, auch nicht gerade einfacher. Kalinin mußte, mit einem Wort, an die Kandare genommen werden. Unmerklich natürlich, aber unverzüglich...

»Also gut«, sagte er, »ich bin zwar gegen diese Operation, aber angesichts des ungewöhnlichen Gegenstandes, um den es geht, und des Nutzens, den uns das genaue Studium dieses Flugzeugs bringen kann, bin ich also bereit, Ihnen grünes Licht für die Weiterführung Ihrer Pläne zu geben. Doch zuvor möchte ich Ihre Unterlagen einsehen. Und ich werde ein Mitglied des Politbüros mit der Kontrollaufsicht über Ihre Aktionen beauftragen. Dieser Mann, aus dem inneren Kreis, soll Kontakt mit Oberst Maraklow in Nicaragua aufnehmen und sich von ihm genauestens informieren lassen, desgleichen von den Mitgliedern Ihres Stabes dort, und mir dann direkt berichten. Die gesamte Oberhoheit aller Aktionen bleibt bei mir. Ist das klar?«

»Selbstverständlich, Genosse Generalsekretär.« Das war Kalinins übliche Antwort. Tatsächlich dachte er bereits darüber nach, wen der Generalsekretär sich da wohl als seinen Beauftragten vorstellte.

»In der Zwischenzeit bleibt dieses amerikanische Flugzeug unberührt. Und es wird so lange, bis ich die Anweisung dazu erteile, auch nicht aus Nicaragua herausgeschafft. Haben wir uns verstanden?«

»Gewiß.«

Nur ein kleiner Rückschlag, dachte Kalinin. Und er mußte natürlich mit der Tatsache rechnen, daß er in seinem eigenen Büro einen Spitzel sitzen hatte. Doch ansonsten war er gerüstet. Und die Zukunft sah rosiger für ihn aus denn je.

Militärflugplatz Sebaco, Nicaragua
Freitag, 19. Juni,
04.45 Uhr CDT (13.45 Uhr OEZ)

Maraklow schreckte aus seinem tiefen Schlaf auf. Er brauchte einige Augenblicke, um zu sich zu kommen. Noch immer hatte er die Gleichgewichtsstörungen und die allgemeine Desorientierung nicht ganz überwunden.

»Wasch wrize wajota peo tejlefono, Towarisch«, hörte er eine weibliche Stimme. Musi Zajkow. *»Moskwa.«*

Ein Gespräch für ihn aus Moskau?

Musi Zajkow führte ihn über einige Wachstationen in eines

der Flugplatzgebäude, von denen die meisten nicht viel anders aussahen als die in *Traumland*. In der Telefonzentrale erwartete ihn bereits General Tretjak.

»Ah. Towarisch Polkownik Maraklow! Zdjes.« Er bedeutete ihm und Musi Zajkow, ihm in den kleinen Konferenzraum zu folgen. Der General wirkte nervös und schloß sorgfältig die Tür, als sie alle eingetreten waren. Er deutete auf das Telefon. *»Vsjo Towarisch Worotnikow, Andrej. Sta Politescheskoje Büro.«* Der Genosse Luschtschow Worotnikow, Mitglied des Politbüros und Referent des Generalsekretärs für Mittel- und Südamerika, war am Apparat. »Er will mit Ihnen reden«, erklärte Tretjak.

Maraklow griff nach dem Hörer.

Tretjak hielt ihn noch zurück. »Was wollen Sie ihm wegen der Zerlegung des Flugzeugs sagen?«

»Keine Sorge, General. Als Pilot der Maschine habe ich die Berechtigung, darüber zu entscheiden, was mit ihr passiert. Es war mein Entschluß, sie herzubringen, und es unterliegt meiner Zuständigkeit, den Stopp zu verlangen.«

Tretjak sah erleichtert aus, verbarg das aber sogleich wieder und deutete drängend auf das Telefon.

Maraklow meldete sich. »Hier spricht Oberst Maraklow.«

»Hier Igor Rischkow. Ich bin der Adjutant des Genossen Worotnikow. Können Sie mich verstehen, Oberst?«

»Ja.«

»Der Genosse Worotnikow heißt Sie willkommen und gratuliert Ihnen zu Ihrer heroischen Tat.«

Diese Gratulation paßte allerdings wenig zu den lauten und zornigen Stimmen im Hintergrund.

»Der Genosse Worotnikow ist durch den normalen Nachrichtenverkehr aus Sebaco davon unterrichtet worden, daß Sie darauf bestanden haben, den Abbau des Flugzeugs zum Zwecke der Verschiffung in die Sowjetunion zu stoppen. Wenn Sie sich dazu bitte äußern möchten!«

»Ich habe auf dem Stopp der Arbeiten bestanden«, sagte Maraklow, »weil das Flugzeug dadurch zerstört wird. Ich habe nicht die Absicht, in Ramenskoje ein nicht funktionstüchtiges Flugzeug abzuliefern.«

Es gab eine kleine Pause am anderen Ende der Leitung, dann war im Hintergrund die lauter werdende gereizte Stimme des Politbüromitglieds Worotnikow zu hören.

»Der Genosse Worotnikow möchte wissen, was Sie sonst für Anregungen hinsichtlich des Flugzeugs haben.«

»Meine Absicht ist, es mit Langstrecken-Zusatztanks auszurüsten«, erläuterte Maraklow. »Ich nehme an, das ist mit zwei der abwerfbaren *Llujka*-Zusatztanks möglich. Mit ihnen läßt sich die Reichweite der XF-34 erheblich vergrößern. Sie erlauben ein Auftanken im Flug. Auf diese Weise kann die Maschine intakt abgeliefert werden.«

Einer der Telefonisten in der Leitung meldete sich: »Es empfiehlt sich Vorsicht. Diese Leitung ist nicht abhörsicher. Der Name des Fluggeräts sollte besser nicht erwähnt werden.«

General Tretjak, der an einem Zusatzhörer mithörte, wurde zunehmend nervöser. Maraklow war sich sicher, ihn mittlerweile als Verbündeten verloren zu haben.

»Oberst Maraklow«, meldete sich der Adjutant nach einer Weile heftiger Diskussionen im Hintergrund wieder, »der Genosse Worotnikow ordnet an, daß vorerst nichts weiter an dem Flugzeug gemacht wird. Sie hören wieder von uns über das Zentralkommando des KGB, sobald weitere Instruktionen aus dem Kreml vorliegen.«

»Verstanden«, sagte Maraklow. »Ich darf nur noch zu bedenken geben, daß es sicherlich zwei bis drei Tage in Anspruch nehmen würde, das Flugzeug zu zerlegen, und einen weiteren halben Tag, es auf ein Schiff zu verladen, sowie eine Woche mindestens, bis dieses Schiff in einen russischen Hafen einlaufen könnte. Und dann müßten noch etwa zwei Tage für den Transport nach Ramenskoje veranschlagt werden. Wenn es dann dort eingetroffen wäre, hätte es für niemanden mehr irgendeinen Wert und wäre nichts weiter als ein ganz gewöhnlicher Haufen Materialteile. Wenn man mir hingegen erlaubt, es intakt heimzufliegen, nimmt der Anbau der Zusatztanks höchstenfalls zwei Tage in Anspruch und, wenn für Geleitschutz und Treibstoff gesorgt ist, kaum mehr als zehn Stunden der Flug direkt zum Forschungszentrum Ramenskoje. Die Maschine wird dort dann in flugfähigem Zustand sein und sofort für eine volle Einsatzinspektion zur Verfügung stehen. Die gesamte Computer- und sonstige Ausrüstung wäre funktionsfähig.«

Diesmal gab es weniger heftige und hektische Diskussionen im Hintergrund am anderen Ende der Leitung.

Der Adjutant meldete sich erneut: »Oberst, der Genosse Worotnikow hat einige Vorbehalte gegen Ihren Plan und möchte sich darüber gern erst beraten. Seine Anweisung an Sie für den Moment lautet: Führen Sie vorerst Ihre Planvorbereitungen weiter, was den Anbau der Zusatztanks und die allgemeinen Flugvorbereitungen angeht. Behalten Sie bei allem die Gefahren eines verlängerten Aufenthalts in Mittelamerika im Auge. Ihre Order lautet ganz allgemein, das Flugzeug vor allem intakt nach Hause zu bringen. Haben Sie das verstanden?«

»Jawohl«, sagte Maraklow.

General Tretjak war sichtlich zufrieden. »Wir Piloten«, sagte er schulterklopfend, »haben uns wieder mal durchgesetzt.«

In Wladimir Kalinins Büro im KGB-Hauptquartier in Moskau legte Worotnikow den Telefonhörer, mit dem er das Gespräch mitgehört hatte, auf.

»Viel habe ich von all dem nicht verstanden«, gestand er. Er entließ Rischkow mit einer Handbewegung. Er wartete, bis der Adjutant draußen war, nahm dann den Cognac und schenkte sich ein Glas ein. Er trank es und erklärte: »Aber dieser Pilot, Ihr Oberst Maraklow, scheint die Sache ja im Griff zu haben.«

Kalinin nickte und schob das Silbertablett mit der Cognac-Karaffe näher zu Worotnikow hinüber. »Exzellenter Mann. Seine Loyalität ist über jeden Zweifel erhaben.«

Worotnikow erhob sich halb, um sich noch einmal des Cognacs zu bedienen. »Hervorragender Cognac, Wladimir.«

»Ich kann Ihnen gern eine Flasche davon zukommen lassen, Genosse, wenn er Ihnen so schmeckt.« Er drückte auf einen Summer, woraufhin sofort eine junge, blonde Frau mit tief ausgeschnittenem roten Kleid eintrat. »Ach, Anna, kümmern Sie sich doch darum, daß Genosse Worotnikow eine Flasche von diesem Cognac bekommt.«

Anna schenkte dem alten Bürokraten ein strahlendes Lächeln, verschränkte die Hände hinter dem Rücken, was ihre Brüste spannte, und verbeugte sich leicht. »Aber mit Vergnügen.«

»Sehr freundlich von Ihnen, Wladimir«, sagte Worotnikow. »Bin Ihnen sehr verbunden. Tja... Also dieser Maraklow. Ist er tatsächlich vertrauenswürdig?«

»Davon bin ich überzeugt.«

»Schon, aber immerhin hat er sich doch gegen Ihre Anweisung gestellt, daß das Flugzeug auseinandergenommen und hierher verschifft werden sollte.«

»Was hat er?«

Worotnikow war zu sehr mit seinem Cognac beschäftigt, um Kalinins Verwirrung wahrzunehmen. »Er will das Ding die ganze Strecke von Nicaragua bis hierher fliegen. Das ist doch Wahnwitz! Sie sollten das sofort klären.«

Kalinin war wütend. Was dachte sich dieser Maraklow eigentlich? Diesen *Dream Star* bis Rußland fliegen? Wenn das nicht gelang, war doch alles, was bisher unternommen worden war, umsonst!

Er bemühte sich, so ruhig wie möglich zu bleiben, und sagte: »Jawohl, Genosse. Möchten Sie vielleicht meine Akten über das Projekt noch einmal durchsehen?«

»Das wird im Augenblick nicht nötig sein«, winkte Worotnikow ab. Er blickte zur Tür, erhob sich dann mühsam und glättete seine Krawatte. »Ich denke, ich weiß vorerst genug für meinen Bericht an den Generalsekretär.« Er hielt ihm die Hand hin. »Es scheint ja, daß die Operation ganz zufriedenstellend abgewickelt wird. In diesem Sinne werde ich auch dem Generalsekretär berichten. Jetzt muß ich aber gehen.«

Kalinin drückte wieder auf den Summer, und seine Sekretärin erschien sogleich, um den wohlgefällig lächelnden Genossen Worotnikow hinauszugeleiten.

Sobald er allein war, verlangte Kalinin eine abhörsichere Leitung nach Sebaco. »Sofort.« Es wurde ihm plötzlich bewußt, wie wenig er tatsächlich über Maraklow wußte. Mit Worotnikow, dem dicken fetten Spion des Generalsekretärs, war ja leicht fertig zu werden, aber dieser Maraklow... wenn der nur kein Rohrkrepierer war! Tatsache war, er war im Augenblick die größte Bedrohung seiner Pläne zur absoluten Macht!

Weißes Haus, Washington
Am gleichen Morgen

US-Präsident Lloyd Taylor war das Geheimnis, wie man stets die absolute Kontrolle behielt, nur zu geläufig. Information, Information und nochmals Information. Soviel Wissen wie nur möglich aus so vielen Quellen wie nur möglich und so rasch wie möglich sammeln. Interessanterweise – hatte er herausgefunden – war es am ehesten möglich, die Sorgen zu erkennen, die das Volk bewegten, wenn man sich genau der gleichen Informationsquellen bediente, die auch den normalen Leuten zur Verfügung standen. Und folglich befaßte er sich nicht intensiv mit irgendwelchen Ereignissen am Persischen Golf, wenn er genau wußte, daß Wirtschaftsprobleme dem Volk im Augenblick am meisten unter die Haut gingen.

»Guten Morgen, *Mr. President*«, sagte Paul Cesare, sein Stabschef, der ihn bereits im Fitneßraum erwartete. Er stellte ihm ein Glas Orangensaft hin und hatte ein frisches Handtuch neben dem Laufband bereitgelegt. »Wie geht es Ihnen heute?«

»Sehr gut, Paul, danke.« Er stieg auf das vorprogrammierte Laufband, das fünf Warntöne von sich gab, ehe es automatisch zu laufen begann. Der Präsident schob die eine Hand in eine Art Handschuh am Handgriff mit Sensoren, die Körperfunktionswerte in das Meßgerät einspeisten. Während er dann zu gehen begann, schaltete sich der Computer-Monitor ein.

»Guten Morgen, Mr. President«, meldete eine weiche, sanfte Frauenstimme. Der Monitor zeigte von einer Kassette eine Ansicht des Potomac und des *Jefferson Memorial.* Dann folgten mehrere Spalten Nachrichten in großen Lettern: Wetter, Datum, wichtige Feiertage, Terminkalender des Tages. »Nachfolgend

eine Zusammenfassung Ihrer Vormittagstermine: Kabinettsitzung um 8.00 Uhr. 10.00 Uhr: Sitzung des Senatsausschusses für Auswärtige Angelegenheiten. 12.00 Uhr: Lunch im Hotel Ambassador mit den *International Kiwanas.* Fünf Tischfähnchen.« Mit Tischfähnchen waren Themen oder Gegenstände bezeichnet, die einige Vorbereitung oder Beratungen erforderten. Sie schienen stichwortartig nacheinander auf. Es schien nichts besonders Wichtiges darunter zu sein. »Möchten Sie sie noch einmal sehen?« fragte der Computer.

»Nein, nicht nötig.«

»Haben Sie irgendwelche Wünsche, *Mr. President*?«

»Wieder ins Bett«, sagte der Präsident und beschleunigte das Tempo etwas. Er war bei etwa 3 Meilen die Stunde angelangt, das Laufband versuchte ihn automatisch anzutreiben, um seine Herzfrequenz auf die optimale aerobische Trainingsrate zu erhöhen.

Computer haben jedoch keinen Humor. »Bitte äußern Sie einen anderen Wunsch, *Mr. President.*«

Paul Cesare verkniff sich ein Grinsen, der Präsident sagte: »Vielen Dank. Wir wäre es mit ein paar Nachrichten?«

»Geben Sie bitte ein Stichwort an oder aber ›Alles‹.« Das Stichwortsystem war dazu gedacht, das riesige Nachrichtenangebot selektiv überschaubar zu machen.

»Weißes Haus«, sagte der Präsident.

Sofort schienen eine Menge Nachrichten auf der Monitorwand auf, die alle das Stichwort *Weißes Haus* enthielten. Die computergenerierte Stimme fuhr fort: »Ausgewählte Schlagzeilen von 5.00 Uhr *Eastern Standard Time.* Das Weiße Haus verkündet voraussichtlich heute Entscheidung in Sachen Handelsgesetz Korea. Der Vorsitzende des außenpolitischen Ausschusses, Myers, will versuchen, heute im Weißen Haus die festgefahrene Situation zu bereinigen. Beraterstab im Weißen Haus uneins über Beurteilung des katastrophalen Falls des KGB-Spions. First Lady empfängt bei einer Feier im Weißen Haus die Veteranen…«

Der Präsident blieb stehen und hielt per Knopfdruck das Laufband an. »Was war das? Meldung drei im ganzen.«

»Schlagzeilen Stopp«, bestätigte der Computer. »Meldung drei, ausführlich. *Washington Post*-Service, Datum neunzehn Juni. Washington, Absatz eins. Ein russischer Infiltrationsagent des KGB hat vermutlich den Absturz eines Bombers B-52, Experimentierstadium, über Wüste Nevada verursacht. Zeit Dienstag. Wie aus ungenannten militärischen Kreisen verlautet, ist er desgleichen vermutlich verantwortlich für den Abschuß eines Jagdflugzeuges F-15 über Mexiko sowie für den Absturz einer zweiten F-15 über Süd-Arizona, wobei bis zu sechs Menschenleben zu beklagen gewesen sein sollen. Zweiter Absatz. Trotz dieser feindseligen Vorfälle hat das Weiße Haus offenbar beschlossen, nichts zu unternehmen, was die Sowjetunion provozieren könnte, solange keine genaueren Erkenntnisse und Analysen vorliegen. Dritter Absatz. Wie verlautet –«

»Stopp, verdammt noch mal! Wer, zum Teufel, hat diese Nachricht rausgelassen? Ich habe keine –«

»Scheint aus dem Pentagon zu stammen, Sir.«

»Das Pentagon? Paul, ich will General Kane sprechen.«

Paul Cesare drückte die Kurzwahltaste für den Vorsitzenden der Vereinten Stäbe. »Ich rufe Walters auch gleich dazu«, sagte er. Ted Walters war der Pressesprecher des Weißen Hauses. »Er muß was tun, damit diese Meldung nicht in sämtliche Nachrichten der Frühstücks-Fernsehprogramme kommt, vorausgesetzt, wir schaffen es noch rechtzeitig.«

»Die Frühstücksnachrichten, ja... Verdammt noch mal! Paul, unternehmen Sie was. Ausgerechnet diese Geschichte sickert durch...!«

»General Kane«, sagte Cesare. Der Präsident drückte auf den vor ihm aufblinkenden Knopf.

»Hallo Bill, da ist ein Artikel in der *Washington Post* über unsere Diskussion gestern...«

»Die Leitung ist offen, Sir«, unterbrach ihn Cesare und hielt seine Hand über seine Sprechmuschel.

»...über den Zwischenfall mit dem Flugzeug. Wissen Sie etwas darüber?«

»Nein, Sir. Ich habe selbstverständlich nichts herausgegeben oder genehmigt.«

»Kommen Sie gleich her, Bill.«

»In Ordnung, Sir.«

»Ted ist unterwegs, Sir. Er kann im Auto zu telefonieren anfangen.«

»Wenn ich den Mistkerl kriege, der das weitergegeben hat! Den setze ich mit einem Tritt in den Hintern aus Washington raus! Aus dem Land!«

Cesare, immer um seinen Chef und dessen Blutdruck besorgt, versuchte, ihn zu beruhigen. »Klingt ein wenig spekulativ. Vielleicht hat einfach nur ein phantasievoller Reporter was von dem Absturz der B-52 gehört und ein bißchen gebohrt, bis er ein paar Details...«

»Kein Reporter kommt zufällig von einem B-52-Absturz auf einen Infiltrationsagenten des KGB, wenn er nicht aus diesem Haus ein paar Hinweise bekommen hat! Wir müssen wohl oder übel davon ausgehen, daß es Walters nicht gelingen wird, den Medien die Nachricht auszureden. Sie wird im Nu im ganzen Land bekannt sein. Was also sagen wir?«

»Ach, die Story klingt doch so abwegig«, sagte Cesare, »daß uns die Leute bestimmt ohne weiteres glauben, wenn wir einfach dementieren. Ich meine, wer glaubt denn schon, daß ein KGB-Agent eine B-52 über Nevada abschießt?«

»Na, die Augenzeugen! Womöglich haben sie irgendwen aus *Traumland* interviewt, der ihnen bestätigt hat, daß das ein absichtlicher Abschuß war. Und es kann Augenzeugen von den Abschüssen in Mexiko und über Süd-Arizona geben!«

Cesares Telefon klingelte. Er meldete sich. »Wer? Edward Drury?« Er legte wieder auf. »Drury von CNN, *Mr. President.* Er will eine Stellungnahme des Weißen Hauses über den sogenannten Fall KGB-Spion.«

Damit wäre der Plan, die Geschichte aus der Presse herauszuhalten, wohl erledigt, dachte der Präsident. »Also schön, die Stellungnahme lautet, die Geschichte über einen KGB-Agenten ist falsch, und die Ermittlungen über die Ursache des Absturzes in Nevada sind noch nicht abgeschlossen.«

»Würde ich abraten, *Mr. President*«, sagte Cesare. »Wie wäre es denn mit ›unbewiesen‹ und ›bisher nur Gerüchte‹? Wenn wir eindeutig sagen, falsch, und irgend jemand bringt was zutage, dann sehen wir –«

»Ja, ist ja gut, ist ja gut.« Der Präsident hatte mittlerweile Kopfschmerzen. »Die Informationen über einen russischen Agenten sind noch unbewiesen und bisher nur Gerüchte und die Ermittlungen über die Ursache des Absturzes der B-52 von der Air Force noch nicht abgeschlossen. Alles Weitergehende ist lediglich Spekulation und gefährdet möglicherweise den beteiligten Personenkreis und die Interessen des Landes. So gut?«

»Ja, Sir. Ich sorge dafür, daß Walters schnellstens eine Kopie davon bekommt.«

»Er soll baldmöglichst eine Pressekonferenz einberufen und in diesem Sinne sprechen. Niemand sonst vom Stab sagt den Medien auch nur ein Wort, bis wir uns besprochen und ein Statement formuliert haben. »Und Ted Walters sagt bis dahin auch nichts anderes. Klar?«

»Ja, Sir.« Cesare ging seine Notizen noch einmal durch. »Van Keller soll heute morgen bei ABC sein. Er ist der einzige aus dem Sitzungskreis von gestern, dem sie tatsächlich auf die Pelle rükken könnten.«

»Dann sehen Sie zu, daß er dieses Statement sofort kriegt«, sagte der Präsident. »Er soll zurückrufen, mich selbst oder Ted, damit wir ihm unsere Linie darlegen können.«

»Es könnte problematisch werden, Sir«, gab Cesare zu bedenken. »Die erste Viertelstunde der Ausschußsitzung heute morgen war als Fototermin vorgesehen.«

Der Präsident schüttelte ärgerlich den Kopf. »Das paßt wieder alles! Dann bleibt es eben beim strikten Fototermin, keine Fragen, nichts. Und statt einer Viertelstunde nur fünf Minuten.«

»Senator Myers und die Ausschußmitglieder könnten Fragen über den Vorfall stellen.«

»Die kriegen kein Wort mehr zu hören als die Presse: Ermittlungen noch nicht abgeschlossen, noch keine gesicherten Erkenntnisse über die Beteiligung von KGB-Agenten.«

Cesare notierte sich auch dies. »Noch ein Punkt, Sir. Die Russen selbst. In dieser Meldung heißt es, wir wollen nichts unternehmen. Soll dazu ein Kommentar abgegeben werden?«

»Den Teufel werden wir tun.« Der Präsident massierte sich die Schläfen. »Die sollen denken und glauben, was sie wollen. Wenn wir irgendeine Erklärung abgeben, würden wir zugeben, daß der KGB etwas mit dem Absturz der B-52 zu tun hat.«

Das Telefon klingelte wieder. Cesare hob ab. »Ja, Ted? Was? Gibt es irgendwelche Einzelheiten? Gut. In zehn Minuten sind Sie da? Okay, ich sag's.«

»Was ist?«

»Ted hat mit der *Post* telefoniert. Sie behaupten, sie haben einen Mitschnitt des Gesprächs zwischen der B-52 und der XF-34 während ihres Gefechts. Lief auf dem internationalen Notkanal, wie ihn alle Flugzeuge und Schiffe benützen. Sie haben es angeblich von vorn bis hinten, einschließlich des Piloten der XF-34, der ausdrücklich erklärt, daß er ein Oberst des KGB ist. Ted sagt, daß der Kerl von der *Post* ausdrücklich die Bezeichnung XF-34 benützte. Die war bisher streng geheim.«

»Gottverdammte Schweinerei«, schimpfte der Präsident. »Nur einen Tag nach unserer Sitzung weiß das ganze Land, die ganze Welt davon! Also schön, schön, streichen Sie die vorgesehene Tagesordnung der Kabinettssitzung. Holen Sie die NSC und den CIA ran, und ich will, daß spätestens um halb acht alles im Sitzungssaal ist, und zwar informiert und darauf vorbereitet, das Thema zu diskutieren. Aber machen Sie's gefälligst geräuschlos, ja! Es darf auf keinen Fall der Eindruck entstehen, daß wir uns in der Wagenburg verbarrikadieren. Ganz normale Routinesitzung, ja? Und sorgen Sie dafür, daß wir Bandaufnahmen von sämtlichen Nachrichten aller Sender kriegen.«

»Wir sollten diese Presseerklärung noch einmal ändern«, sagte Cesare. »Ich schlage vor...«

»Die Änderung ist nicht schwer. Sie lautet: ›Kein Kommentar!‹ Und dabei bleibt es. Und das gilt für Ed Drury und für die Sender und überhaupt für alle. Wir müssen die Sache in den Griff kriegen.«

Der Präsident sagte: »Und General Elliott soll bei der Sitzung auch erscheinen. Hat er Washington schon verlassen?«

»Ich glaube, ja.«

»Dann holen Sie ihn mit einer Konferenzschaltung rein, aber

über eine sichere Leitung. Ich möchte jetzt etwas genauer wissen, was er für Vorschläge in dieser *Dream Star*-Geschichte machen wollte. Treiben Sie ihn auf, wo er auch ist.«

»Ja, Sir.« Cesare machte sich an die Arbeit.

»Wer könnte das gewesen sein, Paul, der das durchsickern ließ?«

»Die Meldung sagt: aus anonymen Militärkreisen.« Er dachte eine Weile nach und meinte dann: »Glauben Sie, Elliott war es? Wollen Sie ihn deshalb dabeihaben?«

»Jedenfalls kann man jemandem, der seines Kommandos enthoben ist, alles mögliche zutrauen. Aber Elliott – nein, bestimmt nicht. Der ist viel zu pflichtbewußt. Nein, ich will hören, was er über diese *Dream Star*-Sache zu sagen hat. Das war ja schließlich sein Baby.«

»Denken Sie etwa an militärische Maßnahmen?«

»Vielleicht habe ich gar keine andere Wahl! Wenn wir dieses Leck nicht abdichten können, müssen wir mehr tun, als bei den Russen protestieren.«

Telefon. Cesare nahm ab. »Das Militär, Sir«, sagte er und sprach mit: »General Elliott legt einen Zwischenaufenthalt in Dayton bei den *Air Force Aeronautical Laboratories* ein. Er kann bei der Sitzung anwesend sein.«

»Sehr schön. Ich kann es kaum erwarten.«

»Irgend jemand«, sagte der Präsident, »wollte etwas durchsikkern lassen. Und dafür will ich den Skalp von diesem Jemand, und zwar schnell.«

Er wartete und musterte die Gesichter seiner Kabinettsmitglieder und der Leute seines Stabes eines nach dem anderen. »Ich erwarte, daß derjenige den Mut hat, nachher zu mir zu kommen und mir zu erklären, was ihn – oder sie – veranlaßt hat, eine geheime Information aus diesen vier Wänden dringen zu lassen. Dergleichen werde ich in meiner Umgebung nicht dulden. Es macht mir nichts aus, Sie alle rauszuschmeißen, wie Sie da sind, wenn nötig auch Leute aus meinem engsten Mitarbeiterstab.«

Er ließ diese starken Worte noch eine Weile nachwirken. Um

den gewaltigen Konferenztisch herum herrschte betretenes Schweigen. Niemand schien bereit zu sein, zu beichten oder sich ins eigene Schwert zu stürzen. Einige Gesichter blickten offen skeptisch drein, als er die möglichen Entlassungen andeutete.

»Die offizielle Haltung in der Sache«, fuhr der Präsident fort, »lautet: ›Kein Kommentar‹. Und ich meine damit nicht dieses Zeug mit ›Weder dementieren noch bestätigen‹. Ich meine klar und eindeutig: Kein Kommentar. Niemand von Ihnen ist autorisiert, irgendwelche Erklärungen im Zusammenhang mit *Traumland*, dem Absturz der B-52, Experimentier-Flugzeugen oder irgendwelchen Militär- oder Zivilpersonen abzugeben.«

Ein paar nickende Köpfe.

»Falls jemand Probleme mit dieser Anordnung hat, möge er es jetzt und hier sagen. Ich werde niemandem Fragen stellen und auch nicht von der Annahme ausgehen, daß jemand, der seinerseits Fragen stellt, deshalb der Schuldige sein müßte. Also bitte, äußern Sie sich.«

Schweigen.

»Schön. Falls noch Probleme auftauchen, wenden Sie sich bitte an Ted Walters, Paul Cesare oder mich selbst. Aber ich will die Sache dicht haben. Und zwar absolut wasserdicht. Es gibt Nachrichten über die Olympischen Spiele und die Wahlen, und das sollte reichen, den größten Druck der Medien in Grenzen zu halten. Und genau das ist mein Ziel und meine Absicht.«

Er wandte sich an General Kane. »Was Neues über dieses *Dream Star*-Flugzeug, General?«

»Sehr wenig, *Mr. President*«, sagte der Chef der Vereinten Stäbe. »Zunahme des Nachrichtenverkehrs über das Satellitennetz über dem Flugplatz Sebaco. Noch haben wir nichts entziffert, aber unsere Analytiker halten es immerhin für einen ausreichenden Beweis, daß sich der *Dream Star* tatsächlich dort befindet.«

»Wie schnell könnten sie dieses Flugzeug zerlegen?«

Kane war daran gelegen, möglichst rasch wieder aus dem Scheinwerferlicht des Hauptverantwortlichen dieses Vorfalls herauszukommen. Er sagte: »Exakt kann ich Ihnen das nicht beantworten, *Mr. President.*« Er wandte sich an Brad Elliott an seiner Seite. »Aber General Elliott...«

»Schwer zu sagen, *Mr. President*«, begann Elliott, dem sich die Augen aller zuwandten; so ziemlich jeder am Tisch vermutete, daß er die Nachricht an die Presse weitergegeben hatte. »Wenn sie es darauf anlegten, könnten sie den *Dream Star* auch in zwei Stunden auseinandernehmen, ja sogar in dieser Zeit verpacken und auf ein Schiff verladen. Aber ich glaube nicht, daß sie ihn auseinanderhacken wollen. Die XF-34 ist immerhin das allermodernste Flugzeug der Welt. Sie wollen sicherlich, daß es betriebsbereit bleibt.«

»Warum sollten Sie es denn überhaupt auseinandernehmen?« fragte der Verteidigungsminister Stuart. »Warum fliegen Sie es nicht einfach nach Managua weiter und packen es dort direkt auf einen großen Frachter?«

»Das ist in der Tat möglich und denkbar, Sir«, entgegnete Elliott. »Nur wissen sie natürlich, daß es kein Kunststück für uns wäre, das Flugzeug sofort ausfindig zu machen, sobald es in Managua eintrifft. Schon weil es überaus schwierig wäre, es dort versteckt zu halten. Wir wüßten also im Handumdrehen, auf welches Schiff sie es verladen, und könnten dieses in aller Ruhe abfangen und direkt vernichten.«

»Einen russischen Frachter vernichten?« ereiferte sich Justizminister Benson. »In Friedenszeiten? Sind Sie verrückt?«

»Natürlich«, sagte Elliott, »dürften wir dies niemals eingestehen.«

»Verstehe ich nicht.«

»Sir, es gibt eine ganze Menge Militärmächte auf der Welt, die so etwas tun würden, um ein Flugzeug wie den *Dream Star* nicht in gegnerische Hände fallen zu lassen. Für Russen oder Chinesen oder Franzosen, Israelis oder Briten wäre es keine Affäre, einen Frachter mit einem Torpedo zu versenken, wenn ihr wertvollstes Militärflugzeug entführt würde. Die würden keine Minute zögern –«

»Aber die sind nicht wir.«

»Mr. Benson, wenn wir unser Jagdflugzeug wirklich zurückhaben wollen, dann müssen wir zumindest so tun, als seien wir jederzeit bereit, es zu tun. Wir müssen die Russen davon überzeugen, daß wir nicht zögern würden, alles Notwendige zu tun, um unser Flugzeug von ihnen fernzuhalten. Wenn wir auch noch öffentlich verkünden, daß wir selbstverständlich niemals in Friedenszeiten einen russischen Frachter beschießen würden, stellen wir ihnen doch einen Freibrief dafür aus, die Maschine auf ihren Frachter zu laden und damit abzudampfen. Aber wenn wir andeuten, daß wir ihnen die Hölle heiß machen, falls wir herausfinden, daß unser Flugzeug an Bord ist, und sie und die ganze Welt dazu davon überzeugen, daß es uns sehr ernst ist, dann werden sie sich vermutlich doch lieber nach einer anderen Möglichkeit umsehen, das Ding aus Nicaragua herauszuschaffen.«

Es gab zustimmendes Kopfnicken rund um den Konferenztisch. Offenbar hatte Elliott die meisten Anwesenden überzeugt. Der Präsident selbst hörte ihm nun zumindest aufmerksam zu, wenn er auch vielleicht noch nicht seiner Meinung war.

Er nahm die Chance wahr und sprach sofort weiter. »Falls sie nicht riskieren wollen, daß wir es entdecken, wenn sie das Flugzeug als Ganzes auf das Schiff laden, haben sie nur noch zwei andere Möglichkeiten. Sie können sich bewußt Zeit lassen mit der Zerlegung und sich dabei sehr genaue Protokolle für den späteren Wiederzusammenbau anfertigen. Oder es aus Nicaragua fliegen. Das Zerlegen würde nicht sehr lange dauern. Das läßt sich in einem oder zwei Tagen bewerkstelligen. Entscheiden sie sich für das Ausfliegen, brauchen sie vielleicht ein paar Tage – drei höchstens –, um es mit Zusatztanks für den Flug über den Atlantik auszurüsten.«

»Und was hindert sie daran, das Ding einfach auf einen ihrer neuen Flugzeugträger zu bringen?« warf Deborah O'Day ein. »Was ich so höre, kann der *Dream Star* ohne weiteres auf einem Flugzeugträger landen, sogar ohne Bremshaken, und auch ohne Katapult starten.«

»Schon richtig«, sagte Elliott. Er war überrascht, daß sie so viel wußte, achtete aber sorgfältig darauf, mit ihr im gleichen neutralen Ton zu sprechen wie mit den anderen. Er war noch keineswegs überzeugt davon, daß tatsächlich sie es gewesen war, die die Sache an die Presse hatte durchsickern lassen. Er wußte, wie sie dachte. Es war eine riskante Sache, konnte sich aber auszahlen – aber auch für sie beide mit zehn Jahren Leavenworth oder Eglin wegen Verschwörung oder Hochverrats enden... »Aber«, fuhr er fort, »auch damit würden sie große Gefahren heraufbeschwören. Erstens ist es trotz allem keineswegs so einfach und schon ziemlich riskant, mit dem *Dream Star* auf einem Flugzeugträger zu landen, selbst unter günstigsten Bedingungen; und für James, den Piloten, würde es doppelt schwierig, sogar mit Hilfe seiner hochgezüchteten Instrumente. Zweitens wüßten die Sowjets natürlich sehr genau, daß sie damit das Risiko eines Angriffs auf ihren Flugzeugträger eingingen. Ich glaube nicht, daß sie einen ihrer sechs Flugzeugträger der neuen Klasse *Moskau* für ein einziges Flugzeug riskieren würden.«

Der Präsident unterbrach ihn. »General Elliott, das alles sind nichts weiter als Vermutungen. Und alle Lösungen, die Sie anbieten, favorisieren einen militärischen Gegenschlag.«

»Ja, Sir, das ist richtig. In der Tat sind das alles Spekulationen, und in der Tat neige ich zur Befürwortung eines schnellen, entschlossenen und direkten Gegenschlags – doch dies alles nur aus Zeitgründen. Wenn wir darauf bauen könnten, daß die Russen sich wochenlang Zeit lassen, um das Flugzeug zu zerlegen, würde ich direkte militärische Maßnahmen nicht einmal in Erwägung ziehen. Ganz bestimmt jedenfalls nicht zum jetzigen Zeitpunkt. Es ist wichtig und entscheidend, den Sowjets unsere Drohgebärde ganz deutlich zu übermitteln. Und zwar so, daß klar ist, welche Bedeutung wir unserem *Dream Star* tatsächlich beimessen.«

Der Präsident schwieg und starrte Elliott an. »Diese Maschine ist unser einziger bereits flugfähiger Prototyp eines völlig neuen Konzepts. Sein Verlust wäre für uns sehr schmerzlich. Und für die Sowjets würde sein Besitz einen gewaltigen Sprung nach vorn darstellen. Wir würden zwei Jahre brauchen, um einen neuen *Dream Star* zu bauen, und dann wären wir erst wieder an dem Punkt, an dem wir jetzt sind. Die Sowjets aber könnten inzwischen ihre Technologie ausbauen. Und angesichts ihrer

Überlegenheit, was Militärbudgets und -produktion angeht, könnten sie sich eine ganze Staffel XF-34 zulegen, bis wir erst wieder eine nachgebaute hätten...«

»Entschuldigung, *Mr. President*«, unterbrach ihn nun der Verteidigungsminister, »aber General Elliott hat hier eben einige Formulierungen gebraucht, die das Verteidigungsministerium so nicht gelten lassen kann. Erstens tut er so, als sei dieser *Dream Star* die Waffe aller Waffen schlechthin, während es sich tatsächlich nur um ein Experimentierflugzeug handelt, in dem sämtliche derzeit vorhandenen technischen Möglichkeiten installiert sind und erprobt werden. Der Kongreß hat der endgültigen Weiterentwicklung der XF-34 noch nicht einmal zugestimmt, und ganz abgesehen davon wäre sie in den nächsten fünf Jahren auch noch gar nicht serienreif. Zugegeben, es handelt sich um ein außergewöhnliches Flugzeug. Aber es ist keinesfalls unser nächstes Jagdflugzeug.«

»Sie sagen also, es lohnt die Mühe nicht, es zurückzuholen?«

»Ich will nur sagen, eine so schreckliche Bedrohung unserer Interessen, wie General Elliott es hier darstellt, ist der *Dream Star* in den Händen der Russen nun auch wieder nicht. Er wirft uns zurück, gut, aber auch nicht mehr, als wenn die Maschine bei einem Testflug abgestürzt oder das Entwicklungsprogramm mangels Geld eingestellt worden wäre.«

»General Elliott?«

»Sir, da muß ich dem Minister scharf widersprechen. Allein unser Verlust infolge des Technologietransfers ist ganz enorm. Die Maschine hat eine so große militärische Bedeutung, daß die Rückführung oder, wenn es denn sein muß, auch Zerstörung des Flugzeugs für uns von höchster Priorität ist.«

»Meiner Priorität nicht!« fuhr ihm der Verteidigungsminister erneut in die Parade.

Elliott fuhr unbeirrt fort. »*Mr. President*, es mag zutreffen, daß wir noch Jahre von der Serienreife des *Dream Star* entfernt sind. Aber das ist nicht das Problem. Die Sowjets haben vielleicht einen ganz anderen Zeitplan. Wir haben den Jäger F-32 in der Vorproduktion. Er soll bekanntlich für die nächsten fünf oder zehn Jahre unser Einsatzjäger sein. Die Sowjets ihrerseits haben für das nächste Jahrzehnt ihre MiG-33 und die Sukhoi-35 schon im Einsatz beziehungsweise in der Produktion. Alle beide kommen aber an unsere F-32 nicht heran – und das ist nicht meine Einschätzung, sondern die des Ministeriums. Wenn die Russen nun die XF-34 nachbauen können, verschafft ihnen das mit Leichtigkeit die Luftüberlegenheit für das nächste Jahrzehnt, und wenn wir die XF-34 mühsam wieder nachgebaut haben, können wir die Kapazität der Russen allenfalls wieder ausgleichen. Mit anderen Worten, wenn wir jetzt nicht unverzüglich reagieren, hinken wir die nächsten fünf Jahre hinterher.«

»Nun übertreiben Sie mal nicht alles ins Überdimensionale, General –«

»Genug, Gentlemen, genug«, gebot der Präsident. »Wir brauchen uns hier nicht über die Zukunft zu streiten. Tatsache ist, daß die Russen das verdammte Ding haben. Und was tun wir nun?«

Justizminister Benson meldete sich zu Wort. »Lloyd, wir müssen die Sache wohl auch von einem anderen Aspekt aus sehen. Nämlich dem politischen. Die ganze Geschichte wird wie der Wind von sämtlichen Medien um den ganzen Globus ausposaunt werden. Wir können nur verhindern, daß noch weiter Öl ins Feuer gegossen wird, wenn wir keinerlei Einzelheiten herausgeben. Trotzdem kann sich die Angelegenheit über Gebühr hinziehen, und die Opposition wird die Sache natürlich auf ihrem nächsten Kongreß als gefundenes Fressen benützen. Wir brauchen einen starken, positiven Schritt, um unseren Wählern zu demonstrieren, daß wir alles im Griff haben –«

»Richard, du bist also auch für eine militärische Aktion?«

»Nicht notwendigerweise, Lloyd«, sagte Benson, der Schwager des Präsidenten. Er sprach für die anderen kaum vernehmbar. »Aber wir sind in der Hinterhand. Die Medien haben bereits losgelegt, und wir können die Situation nicht einfach sich selbst überlassen. Du mußt irgendwie demonstrieren, daß du entschlossen und imstande bist, mit der Situation fertig zu werden. Wir brauchen jetzt im Moment keine Offensive gegen Nicaragua zu beschließen. Das wäre ohnehin keine gute Idee, glaube ich. Aber irgendwas mußt du tun. Und zwar etwas, das einen

Grad stärker ist als nur ein diplomatischer Protest. In fünf Monaten sind Wahlen, vergiß das nicht. Da müssen wir den Leuten was vorzeigen können.«

Benson beschloß, dem Präsidenten nach der Sitzung unter vier Augen vorzuschlagen, daß er als ersten Schritt Elliott feuern mußte. Schließlich hatte er den Verlust des blöden Flugzeugs zu verantworten...

Der Präsident hob abwehrend die Hand, um anzuzeigen, daß er sich sein Urteil vorbehielt, und wandte sich wieder an Verteidigungsminister William Stuart. »Schildern Sie uns mal unsere Möglichkeiten, Bill.«

»Tja, ich denke, das betrifft doch eher das Außenministerium. Oder den CIA, *Mr. President*«, sagte Stuart. »Ein Angriff auf Nicaragua ist selbstverständlich ausgeschlossen. Aber der CIA könnte vielleicht etwas unternehmen, eine getarnte Operation oder so etwas. Für uns, das Pentagon, gibt es meiner Ansicht nach überhaupt keine Möglichkeit zu handeln. Wir können nicht gut die Feuerwehrspritze auffahren, nur um eine Kerze auszublasen.«

»Ist das alles, Bill?«

Stuart sah zu Elliott hinüber. »Wenn ich mal so sagen darf, General Elliott und seine Leute hätten sich des Problems schon längst selbst annehmen und das Flugzeug sicherstellen müssen. Wir haben es verloren. Und jetzt will er auf die übliche Weise das schwere Geschütz auffahren. Wenn wir aber eine offizielle Konfrontation mit den Sowjets vom Zaun brechen, gut, dann geben sie es uns vielleicht sogar zurück – in ein paar Wochen oder Monaten. Doch was haben wir davon? Vergiftetes Klima.«

»Also Sie wollen es ihnen deshalb einfach lassen, oder was? Ich habe Tote zu beklagen, und Sie erklären einfach, laßt sie doch haben, was sie haben wollen?«

»Drehen Sie mir nicht das Wort im Munde um, General«, fuhr der Minister hoch. »Ich sage lediglich, daß wir keinen Krieg anfangen wegen unserer eigenen Schlamperei, oder noch genauer gesagt, Ihrer Schlamperei! Ich stimme völlig mit dem Präsidenten überein. Die X-34 ist großartig, aber trotzdem nicht wert, –«

»Was nicht wert? Dieses Flugzeug ist das höchstentwickelte,

das es je gegeben hat! Wir können so ein Gerät doch nicht bauen und dann einfach den Russen überlassen, damit sie es sich in aller Ruhe anschauen und nachbauen, zum Donnerwetter!«

»*Mr. President*«, sagte Stuart nur, »ich bleibe bei dem, was ich gesagt habe.«

In die Pause hinein, die nach diesem Wortwechsel entstand, sagte Dennis Danahall, der Außenminister: »Ich bin doch etwas überrascht über Bills Haltung in dieser Sache.« Danahall war erheblich jünger als die anderen Kabinettsmitglieder und wie Deborah O'Day erst vor kurzem ins Weiße Haus berufen worden – nach weitverbreiteter Ansicht vor allem zu dem Zweck, jüngere Wählerstimmen zu fangen. »Ich hätte doch erwartet, daß er sich für härtere Maßnahmen einsetzt. Andererseits, *Mr. President*, muß ich ihm, jedenfalls solange nichts Besseres auf den Tisch kommt, recht geben. Vielleicht wäre ein sehr scharfer Brief von Ihnen persönlich angebracht, zusammen mit einer ebenfalls sehr scharfen Aussprache zwischen mir und dem sowjetischen Außenminister oder jedenfalls dem Botschafter.«

»Wie ich schon sagte, Herr Minister«, unterbrach ihn Elliott, »wäre ich unter anderen Umständen nicht für eine militärische Intervention. Aber in diesem Fall ist auch der Zeitfaktor wesentlich. Wir müssen handeln, und zwar rasch.«

»Dem stimme ich zu«, meldete sich nun Deborah O'Day. »Mein Stab, Sir, arbeitet bereits an einem *Interagency*-Bericht, aber ich muß mich nach dem Wenigen richten, das uns General Elliott hier über die XF-34 erzählt hat. Wir können den Russen diese Aktion nicht durchgehen lassen! Eine begrenzte militärische Aktion könnte sich sehr wohl als unumgänglich erweisen.«

Der Präsident musterte sie kurz und wandte sich gleich wieder ab.

»Sonst noch Anregungen?« Als nichts geäußert wurde, faßte er zusammen: »Also, wir haben somit zwei Vorschläge, lediglich diplomatisch zu reagieren und in scharfer Form die Rückgabe unseres Eigentums zu fordern. Einen weiteren, direkt zu intervenieren. Was das betrifft, so sehe ich offen gesagt nicht, daß uns das sehr weit bringen könnte. Ob uns die Sowjets diesen Jet nun zurückgeben oder auch nur zugeben, daß sie ihn haben, ist letztlich unerheblich. Tatsache ist nun mal, wir haben ihn verloren, und diese Regierung – und, wie ich glaube, auch der Kongreß – wird keinen Krieg anfangen, um ihn zurückzubekommen. Ich beauftrage deshalb Außenminister Danahall mit dem Entwurf einer Note, der mir zur Unterschrift vorgelegt wird und in der wir in der schärfsten diplomatischen Sprache die Rückgabe dieses Flugzeugs fordern. Falls nötig, werde ich im Anschluß an die Übergabe dieser Note auch noch direkte Gespräche mit der sowjetischen Regierung führen.« Er blickte General Elliott an. »Damit ist diese Angelegenheit erledigt. Wir wenden uns nun wieder der eigentlichen Tagesordnung zu. General Elliott, die Sache ist damit vom Tisch. Warten Sie bitte draußen auf mich.«

»Ja, Sir.« Elliott stand auf und gab seiner Enttäuschung deutlich Ausdruck. Das Kabinett sah zu, wie er, der großgewachsene und hagere Veteran zweier Kriege und eines Einsatzes über Rußland, von dem nach wie vor nur hinter vorgehaltener Hand gesprochen wurde, aus dem Raum hinkte.

Cesare hatte das Vorzimmer des Präsidenten bereits auf Elliott vorbereitet. Er wurde dort sofort aufmerksam in den Warteraum vor dem *Oval Office* geführt und mit Kaffee versorgt.

Noch nie hatte Elliott sich so hilflos gefühlt wie jetzt. Keiner unterstützte ihn, weder der Stabschef der Air Force noch der Verteidigungsminister. Selbst Deborah O'Day, die vermutlich die Sache an die Presse weitergegeben hatte, hatte sich nicht auf seine Seite geschlagen. Nun ja, sie hatte ihm ja auch geraten, eine Präsentation vorzubereiten, die den Präsidenten »von den Socken holte«, wie sie sich ausgedrückt hatte. Und das hatte er ganz eindeutig nicht getan. Wenn er selbst schon seine Sache nicht ausreichend vorbringen konnte, wie konnte er da erwarten, daß ihm andere die Kastanien aus dem Feuer holten?

Er mußte fast eine Stunde warten. Er machte sich Notizen, wie er zu Hause seine HAWC am besten für die bevorstehenden Ermittlungen rüsten könnte. Im Warteraum stand ein Telefon, und er überlegte, ob er sich nicht nach dem Zustand von Wendy Tork erkundigen sollte, ließ es aber dann doch sein. Die Tür ging auf, und Paul Cesare sagte mit undurchsichtiger Miene: »Bitte, General.«

Als er das *Oval Office* betrat, war er verblüfft über die Anwesenden: Der Präsident, Deborah O'Day, Air Force-Staatssekretär Wilbur Curtis, der frühere Chef der Vereinten Stäbe, die Generäle Kane und Board und der Präsident des Kongresses, Van Keller, befanden sich in diesem Raum. Alle außer Deborah O'Day und Wilbur Curtis sahen ihm mit strengen Gesichtern entgegen.

»Schön, Sie wieder mal zu sehen, alter Haudegen«, sagte Curtis. »Tut mir leid, daß ich nicht früher kommen konnte, aber sie hatten mich nach Europa geschickt. Russische Raketensilos inspizieren.«

»Ich freue mich auch, Sie zu sehen, Sir.«

»Ach, lassen Sie doch den ›Sir‹, Brad. Ich habe nur einen normalen Anzug an, und noch nicht einmal einen blauen.«

Der Präsident setzte sich an seinen großen Kirschholz-Schreibtisch, die anderen nahmen um ihn herum Platz. Curtis setzte sich demonstrativ neben Elliott und so, daß er sowohl ihn wie den Präsidenten zugleich im Blickfeld hatte.

»Zeit ist knapp«, sagte der Präsident und wandte sich an seine Nationale Sicherheitsberaterin. »Also, schießen Sie los, Deborah.«

»*Mr. President*, wie Sie wissen«, begann sie, »ist die Story vor ein paar Stunden an die Öffentlichkeit gelangt. Außer den Fragen, die Ihnen oder mir gestellt wurden, galt das Interesse der Medien auch der Sowjetunion, deren Pressesprecher sehr gut vorbereitet waren. Sie hatten Statements von unseren eigenen Flugsicherungen, aus Mexiko, ein paar militärischer Quellen unterer Ebenen und von örtlichen Polizeistellen, die mit dem Absturz der F-15 bei Yuma zu tun hatten. Sogar von der Flugsicherung in Managua hatten sie Erklärungen vorliegen. Und die Presse hat mittlerweile die ganze Affäre so gut wie komplett rekonstruiert. Auf offizielle Anfragen indessen hat sich die Sowjetunion sehr zugeknöpft gezeigt und praktisch bestritten, daß sie im Besitz eines amerikanischen Flugzeugs sind oder einen Agenten nach *Traumland* eingeschleust haben. Sie taten, als wüßten sie nichts über einen gewissen James oder Maraklow. Ich habe einen vorläufigen Bericht von Rutledge erhalten. Der CIA bestätigt, daß das Flugzeug über Honduras nach Nicaragua geflogen und dort auf dem Flugplatz Sebaco gelandet ist.«

»Mit anderen Worten«, sagte Curtis, »wir haben also den ganzen Flug von *Traumland* bis Nicaragua eindeutig verfolgt, aber die Russen streiten trotzdem ab, daß was dergleichen überhaupt geschehen ist?«

»Sie werden nicht erleben, daß die Russen zugeben, sie haben das Flugzeug«, entgegnete Miss O'Day.

»Ganz meine Meinung«, sagte Kongreßpräsident Van Keller. »Wir haben es mit keinem desillusionierten jungen Piloten zu tun, der einfach seinen Jet aus Trotz aus dem Land fliegt. Wenn sie zugeben würden, daß sie die XF-34 haben, würden sie damit gleichzeitig einen internationalen kriminellen Akt eingestehen, tatsächlich einen kriegerischen Akt...«

»Ich bin doch der Meinung, *Mr. President*«, sagte Staatssekretär Curtis, »daß wir keine Wahl mehr haben. Es wäre militärisch katastrophal, die Sache einfach zu tolerieren. Selbst wenn sie es später mal zugeben würden: Wir müssen etwas unternehmen.«

»Wilbur, kümmern Sie sich nicht um die Politik, das ist mein Ressort. Und was die militärische Seite angeht: Was haben eigentlich die Air Force und die DIA unternommen, um zu verhindern, daß man ihnen einen sowjetischen Agenten eingeschleust hat und er über so lange Zeit bei ihnen saß, daß er sogar bis zum einzigen Testpiloten unseres fortschrittlichsten und geheimsten Flugzeugs aufsteigen konnte? Aber lassen wir das. Ich brauche einen Handlungsplan.« Der Präsident sah Elliott an. »General?«

»Ja, Sir... Zweierlei ist sofort nötig. Erstens, genaue Verifizierung, wo in Sebaco sich das Flugzeug befindet. Zweitens müssen wir die Russen wissen lassen, daß wir darüber informiert und entschlossen sind, scharf zu reagieren. Ich würde einen auffälligen Überflug durch ein einziges Aufklärungsflugzeug vorschlagen – ohne Bodenangriffsausrüstung –«

»Überhaupt keinerlei Bewaffnung«, unterbrach ihn der Präsident. »Total unbewaffnet. Falls es uns über Nicaragua runterfällt, will ich auf keinen Fall irgendwann Bilder in der Weltpresse sehen, wie nicaraguanische Fischer mit ihren Netzen amerikanische Raketen aus dem Wasser ziehen. Also, ist es ohne Waffen machbar?«

»Sicher. Etwas riskanter, aber machbar.«

Der Präsident blickte zweifelnd und gereizt in die Runde. »Also gut, und wie? Ein Extremhöhenjet? Ich will nicht mehr als ein einziges Flugzeug haben. Kein Geleitschutz...«

»Ein einziges Flugzeug, genau«, versicherte Elliott. »Aber im Niedrigflug. Unsere Botschaft muß eindeutig sein: Es ist uns ernst, Leute.«

»Und nicht wieder eine dieser verdammten B-52?«

»Der Gedanke war mir allerdings gekommen«, gab Elliott zu. »Aber die Luftverteidigung Managuas ist immerhin sehr stark. Und es muß ja auch ein Einsatz bei Tag sein. Nein, kein Bomber.«

Van Keller war skeptisch: »Wie stellen Sie sich das vor, mit einem Flugzeug? Meinen Sie etwa ein unbemanntes? Oder ein Zieldummy? Oder einen Satelliten?«

»Nein. Ein einziges richtiges Flugzeug. Wenn auch ein ganz spezielles«, sagte Elliott. »Es kreist zweimal über Sebaco und fotografiert. Es wird sich kaum länger als fünf Minuten über nicaraguanischem Luftraum befinden. Und wir haben alles, was wir brauchen.«

Paul Cesare beugte sich zum Präsidenten: »*Mr. President*, der außenpolitische Ausschuß...«

»Ja, in Ordnung, Paul«, sagte der Präsident. »Wilbur, General Elliott, ich will also folgendes: ein einziges Flugzeug, unbewaffnet, maximal fünf Minuten über Nicaragua. Und das ist die einzige Chance, die Sie kriegen. Also sehen Sie zu, daß alles klappt. Wilbur, Sie haben das Kommando über die Sache. Berichten Sie mir heute abend. Und noch was: Wenn die Sache schiefgeht, Herrschaften, dann warte ich ganz bestimmt nicht bis zu den Wahlen, um Sie rauszuschmeißen.«

Auf dem Weg vom *Oval Office* zu den Aufzügen sagte Curtis zu Elliott: »Ich wußte, Brad, daß der Alte Sie nicht ignorieren kann.«

»Danke für ihre Unterstützung. Vom Weißen Haus habe ich in letzter Zeit nicht so besonders viel bekommen.«

»Täuschen Sie sich da nicht. Und damit meine ich nicht nur die Nationale Sicherheitsberaterin.«

»Wieso?« fragte Elliott und sah ihn an.

»Na, mir brauchen Sie doch nichts vorzumachen. Bei der Dame haben Sie einen ziemlichen Stein im Brett, sagen Sie bloß nicht, daß Sie das nicht wissen. Persönlich und amtlich. Fragen Sie mich nicht, warum. Ihr Piloten habt es faustdick hinter den Ohren, mein Lieber! Würde mich kein bißchen überraschen, wenn sie es gewesen wäre, die diese Bombe mit der Presse heute morgen gelegt hat.«

»Keine Ahnung, wovon Sie reden, Sir«, sagte Elliott, ohne eine Miene zu verziehen.

»Na schön, lassen wir es dabei. Ist ja auch sicherer so. Außerdem hat schließlich jeder, der hier drinsitzt, einen Draht zu irgendeinem Reporter, also kann es theoretisch jeder gewesen sein.«

»Ich nehme an, Brad«, sagte Curtis, bevor sie sich trennten, »Sie möchten für die Angelegenheit das Kommandozentrum einspannen.«

Elliott sah ihn verblüfft an.

Curtis starrte zurück. »Lassen Sie mich doch mal raten. Einen Bomber nehmen Sie nicht, das haben Sie selber gesagt. Und das habe ich von Anfang an vermutet. Also, und was ist der heißeste Ofen, den Sie jetzt noch haben? Der *Gepard* natürlich. Samt McLanahan und Powell! Wie ich darauf komme? Sie haben von Anfang an den *Gepard* im Auge gehabt. An dem haben Sie doch sowieso schon diese Spezialkameras und die ganze Selbstverteidigungsausrüstung. Die Raketen müssen Sie natürlich runternehmen!«

Elliott gestattete sich ein Lächeln. Der Staatssekretär hatte den Nagel auf den Kopf getroffen.

»Sie haben«, sagte Curtis, »den *Gepard* schon seit gestern

abend startbereit, nicht? Seit die O'Day sich bereit erklärte, Ihnen zu helfen. Ja?«

»Kein Kommentar, Sir.«

»Gar nicht übel, General. Gefällt mir. Wirklich. Sie wollen den Brüdern eine Mitteilung zukommen lassen... und der *Gepard* ist genau richtig dafür.«

Sechstes Kapitel

Militärflugplatz Sebaco, Nicaragua
Freitag, 19. Juni,
06.43 Uhr CDT (07.43 Uhr EDT)

Keine drei Stunden nach der letzten Nachricht aus Moskau hatten die Arbeiten am *Dream Star* wieder begonnen, und obwohl es ihm gelungen war, den ursprünglichen Plan, das Flugzeug zu zerlegen, abzuwenden, war ihm doch jede weitere Minute, die er zusehen mußte, wie sie an der Maschine herumwerkelten, wie ein Messerstich in die Eingeweide.

Er stand einige Meter vor dem Hangar, dessen Tore jetzt weit offenstanden. Der Hangar wurde von KGB-Grenzschützern bewacht; und an den strategisch wichtigen Punkten waren bewaffnete Panzerwagen oder bewaffnete Transporter stationiert. Alle Arbeiter hatten große Namensplaketten mit Foto um den Hals; dadurch konnten die Wachen jeden einzelnen identifizieren, ohne daß die Arbeit unterbrochen werden mußte.

Die Techniker und Ingenieure, die hierherkommandiert worden waren, schienen noch unverständigere Hände zu haben, als Tretjak schon angedeutet hatte. Sie zerrten an wichtigen Datenkabeln und fummelten mit öligen Fingern an den hochempfindlichen Antennen herum. Sie machten sich Notizen über alles und filmten mit Videokameras, aber im wesentlichen ging es ihnen allen nur darum, mit ihrer Arbeit rechtzeitig fertig zu werden.

Jede Umdrehung ihrer Schraubenzieher machte Maraklow die Realität klarer: Er selbst war nicht mehr wert, wenn er den *Dream Star* in die Sowjetunion geflogen hatte. Natürlich hatte General Tretjak recht, wenn er sagte, daß der Sinn der ganzen Sache schließlich darin liege, den *Dream Star*, sobald er erst einmal sicher auf dem Testgelände in Ramenskoje bei Moskau angekommen war, bis in kleinste Detail zu zerlegen. Vielleicht wurde er noch einmal oder zweimal geflogen, aber wahrscheinlicher war doch, daß seine gesamte Avionik nur simuliert aktiviert wurde und auch alle folgenden »Testflüge« nur im Simulator im Labor stattfanden. Wenn es aber keinen *Dream Star* mehr gab, wurde auch kein *Dream Star*-Pilot mehr benötigt, schon gar nicht einer, der eher Amerikaner als Russe zu sein schien. Gut, vielleicht installierten sie einen ANTARES-Bodensimulator zum genauen Studium des Gedanken-Leitsystems und um künftige Piloten für den *Dream Star* auszubilden, aber sicherlich nicht für sehr lange. Und hinterher waren seine Chancen sehr gering, daß ihn das sowjetische Militär noch fliegen oder überhaupt an der Flugausbildung teilhaben ließ. Höchstens benützte man ihn als glorifizierte Heldenfigur – bis auch dies nicht mehr nötig oder nützlich war...

Die Arbeiter mühten sich mit einer Service-Deckplatte am Triebwerk ab. Der Aufsichts-Unteroffizier sah ihn und kam herbei, um ihn etwas zu fragen, aber Maraklow fuhr ihn wütend an. »Ihr säbelt mein verdammtes Flugzeug auseinander, und ich soll Ihnen sagen, ob das okay ist? Laßt mich bloß in Ruhe, Mann!«

»Er will ja nur wissen, ob die Platte klemmt, unter der die Ölnoppen sitzen«, sagte eine sanfte Stimme hinter ihm. Er drehte sich um. Musi Zajkow kam näher und lächelte. »Oder soll ich ihm sagen, was Sie denken? Daß er ein inkompetenter Idiot ist und Sie ihm erst den Kopf abreißen und ihn dann melden werden, falls er nicht aufpaßt? Ich höre, daß sie die Maschine in zwölf Stunden für einen Testflug fertig haben wollen.«

Er sah sie stumm an, drehte sich dann um und ging. Musi folgte ihm.

»Sind Sie sauer?«

»Nein«, sagte er, »ich glaube nur...« Konnte er ihr trauen? In der kurzen Zeit war sie bereits so eine Art Freundin geworden. Wenn sie denn den KGB-Auftrag hatte, auf ihn aufzupassen, dann machte sie das entweder sehr gut oder ganz schlecht... »Wissen Sie, ich glaube, daß hier ein schlimmer Fehler begangen wird«, sagte er schließlich. »Keiner vertraut auf mein Urteil oder respektiert es wenigstens. Dabei habe ich ihnen schließlich das höchstentwickelte Flugzeug der Welt gebracht! Aber alles, woran sie denken, ist, es auseinanderzunehmen! Sehen Sie mal, das ist kein übliches Flugzeug. Das ist... wie ein Lebewesen. Es ist... ein Teil von mir! Verstehen Sie überhaupt irgend etwas von dem, was ich Ihnen da erzähle?«

»Nicht so ganz, ehrlich gesagt. Immerhin ist es schließlich nur ein... Gerät...«

»Eben nicht.« Er wußte, daß es sinnlos war, ihr seinen Standpunkt zu erklären. Er wechselte also das Thema. »Haben Sie eine Ahnung, was man mit mir vorhat, wenn ich nach Rußland zurückkomme?«

»Sie werden ein verdienter Held der Sowjetunion...«

»Ach, wen interessiert das denn. Nein, ich meine wirklich! Wissen Sie etwas darüber?« Sie schien seinem Blick auszuweichen. »Na, nun kommen Sie schon, Leutnant!«

»Ich... weiß es wirklich nicht.« Aber ihre Stimme verlor ihre ganze Weichheit und wurde spröde, als ob sie einen auswendig gelernten Spruch aufsagen würde. »Man wird Sie natürlich willkommen heißen... Danach wird man Sie auffordern, an der Weiterentwicklung dieses Flugzeugs für unsere Luftwaffe mitzuarbeiten.«

»Nein, nein, ich meine, was für eine Art Leben mich in Rußland erwartet. Ich wüßte gern, ob ich wirklich eine Zukunft habe.«

»Wie soll ich Ihnen das vorhersagen können, Oberst?« Ihr Ton wechselte wieder. »In meinen Augen sind Sie ein Held. Sie haben etwas vollbracht, was niemand für möglich gehalten hat. Aber... es gibt natürlich auch Leute, die Ausländern gegenüber sehr mißtrauisch sind...«

»Ich bin doch kein Ausländer.« War er wirklich keiner?

»Ich weiß ja, was Sie sind«, sagte sie, »aber Sie wissen doch, was ich meine... irgendwie wollen Sie kein Russe mehr sein... Vielleicht mißtrauen Sie uns.«

Maraklow wollte schon antworten, besann sich aber. Sie hatte ja eigentlich recht. Sein jahrzehntelanger Aufenthalt in Amerika hatte sein Verhältnis zu seinem eigenen Land beeinträchtigt und tatsächlich Mißtrauen, Furcht und instinktive Abwehr in ihm erzeugt.

Er lächelte sie an und zog sie ein wenig näher. »Wieso sind Sie so klug, Leutnant Musi Zajkow?«

»Ach Gott. Ich glaube einfach nur, daß ich Sie ganz gut verstehe. Wenn man ein Jahr lang hier in Nicaragua gelebt hat und ständig die Ablehnung der Leute spürt, die in diesem Tal leben, begreift man, wie leicht Mißtrauen entsteht. Wenn man nicht verstanden wird und die anderen selbst auch nicht versteht...« Sie kam näher, und ihre Lippen öffneten sich etwas. »Es gefällt mir, wenn Sie meinen Namen sagen. Warum tun Sie das nicht öfter?«

Dann küßte sie ihn, mitten auf der Zufahrtsstraße zur Rollbahn. »Ich weiß schon, daß Sie mir nicht trauen, Andrej. Noch nicht. Aber das kommt schon noch. Verlassen Sie sich einfach auf Ihre Instinkte, so wie ich mich auf die meinen...«

Ohne ein weiteres Wort drehten sie dem Rollfeld den Rücken zu und gingen in die unter den Bäumen versteckten Offiziersquartiere. Sie schlossen sich in Musis Zimmer ein, und Maraklow überließ sich willig und widerstandslos den bemerkenswerten Fertigkeiten seiner Adjutantin, die ihn, für den Augenblick jedenfalls, selbst seinen *Dream Star* vergessen ließen.

Über der Karibischen See
07.25 Uhr EDT

»Ungefähr so manövrierbar wie ein Elefant«, maulte J. C. Powell, »und fünfmal so schwer.«

Er und McLanahan hatten ihr zweites Luftauftanken aus einer KC-10 von der 161. Auftankstaffel *Sun Devils* aus Phoenix beendet. Es war die gleiche Einheit – und tatsächlich sogar dieselbe Mannschaft –, die sie auch schon auf dem Flug zurück von Mexiko aufgetankt hatte. Sie waren im Augenblick auf zwanzigtausend Fuß und flogen noch immer in enger Formation mit dem

Tankflugzeug – so eng, daß sie auf sämtlichen Radarschirmen von Texas bis Florida und von Kuba bis Cayman und Jamaica nur als ein einziges Flugzeug erschienen; mit voller Absicht.

J. C. flog mit voller Kraft, um mit der KC-10 Schritt zu halten, deren Pilot nach einigen Minuten merkte, welche Mühe der überladene Jäger F-15 hatte, und etwas Gas wegnahm. Es gab eine Menge Gründe dafür, warum der *Gepard* jetzt so schwerfällig war. Zusätzlich zu den 1600 Gallonen fassenden Tanks unter jeder Tragfläche war auch noch eine gewaltige Aufklärungskameraausrüstung aufmontiert worden. Deren ganze Apparatur wog nicht weniger als zwei Tonnen und bestand aus vier Hochgeschwindigkeits-Videokameras – für jede Himmelsrichtung eine – sowie Datenverarbeitungsgeräten, mit deren Hilfe die Videobilder sofort digitalisiert und über Satelliten nach *Traumland* zur Auswertung übermittelt werden konnten. Zusätzlich waren auch noch auf beide Tragflächen 600 Gallonen fassende Reservetanks montiert, die für eine normale Reichweite von 3000 Meilen gut waren. Aber mit der schweren Kameraausrüstung war die Reichweite doch erheblich geringer. Und sie verringerte sich weiter durch die andere Zusatzausrüstung, die der *Gepard* aufgepackt bekommen hatte: zwei elektronische Manöverflugkörper vom Typ QF-98B Hummer, sogenannte »Drohnen«, modellflugzeugartig aussehende Maschinen, die mehrere computergesteuerte Radar-*Jammer* trugen. Sie hingen links und rechts unter den Tragflächen und waren nicht mit Waffen bestückt, sondern nur darauf programmiert, einem bestimmten Kurs zu folgen, nämlich die bekannten nicaraguanischen und sowjetischen Frühwarnungs-Radarstationen anzufliegen und mit ihren *Jammern* die Radarerkennung lange genug zu stören, um dem *Gepard* den Anflug auf Sebaco zu ermöglichen. Sie sollten möglichst nahe an die Küstenradarstationen und dann nach Nordosten auf Schiffe in der Nähe von Jamaika zufliegen, die sie dann herunterholten oder auffischten – vorausgesetzt, sie entkamen der voraussichtlich aktiv werdenden nicaraguanischen Luftabwehr.

»Mein Lieber, ihr seid aber wirklich auf Probleme aus«, sagte der Pilot der Tanker-KC-10 aus Phoenix über den mit Zerhacker arbeitenden VHF-Funk.» Gestern noch habe ich gedacht, euer letztes Stündlein hätte geschlagen. Ihr müßt ja ein charmantes Leben führen, Mann...«

»Ach Gott, wir finden immer wieder ein paar Vorschriften, die wir verletzen können«, sagte J. C.

»Achtung«, meldete sich der Nav der KC-10, »ihr nähert euch eurem Senkflugbeginn. Noch eine Minute.«

»Na, habt ihr noch Zeit für einen letzten Schluck aus meiner Tankpulle, bevor ihr loszieht?« wollte der Pilot wissen.

»Ich glaube, wir haben genug«, sagte J. C. »Danke für Obst und Südfrüchte.«

»Dankt lieber eurem Boß, daß er uns erlaubt hat, euch aus der Patsche zu helfen«, sagte der Pilot. »Ich habe schon meiner gestrichenen Pension nachgeweint. Also, paßt gut auf. Achtung, *Sun Devil* zieht steigend links weg. Ende.« Er wackelte einmal mit der Tragfläche zum Abschied, dann zog er scharf nach links, um sein Ziel San Juan zu erreichen.

»Nav-Computer auf Startpunkt«, meldete McLanahan. Auf J. C.s Laserprojektionsfläche blinkte ganz klein die Schrift NAV auf und zeigte an, daß der Computer die Ausführung einer Schleife vollzog. J. C. drückte auf den Stimmerkennungsknopf an seinem Steuerknüppel.

»Autopilot an, an Nav.«

»Autopilot an«, bestätigte die computergenerierte Stimme. *»Modus Nav an. Vorsicht, Höhenfunktion wählen.«* Damit erinnerte der Computer J. C. daran, daß er keine Höhenangabe für die Autopilot-Funktion eingegeben hatte. Die Maschine ging in eine Rechtskurve in Richtung Südwest.

Im hinteren Cockpitsitz vervollständigte McLanahan seine Checkliste für den Start der *Drohnen*. »Sicherheitsfunktion ein«, sagte er zu Powell. J. C. legte einen Schalter ganz links auf seinem Instrumentenbrett um.

»Sicherheitsfunktion an.«

»Checkliste vollständig. Bereitschaft für *Drohnen.*«

»Hier alles bereit.«

»Klar für Null-Alpha-Manöver«, sagte McLanahan.

J. C. drückte Steuerknüppel und Gashebel nach vorn. Sie

wurden schneller, das Singen geringer, und der sogenannte Angriffswinkel, nämlich die Differenz zwischen Flügelgeräusch und relativem Wind, bewegte sich auf Null zu; das war Null-Alpha; die Tragflächen schnitten mit minimalem Widerstand durch die Luft und vermittelten so den *Drohnen* den idealen Luftstrom für ihren Start von den Unterseiten der Tragflächen.

»Klar zum Manöver«, sagte McLanahan.

»Dann los.« Powell zog sanft und vorsichtig seinen Steuerknüppel an, und die *Drohnen* fielen nach unten. J. C. vermied jede heftige Flugbewegung; plötzliche Turbulenzen konnten die *Drohnen* aus der Flugbahn werfen. Er zog nur ganz leicht hoch und achtete darauf, daß sich die Entfernung zu den *Drohnen* nur langsam vergrößerte.

»Beide guter Autopilot-Programmstart«, meldete McLanahan. Einige Augenblicke später sahen sie die beiden *Drohnen*, deren computerkontrollierter Flug nun begann, nach rechts wegziehen.

»Drohnen rechts weg frei.«

»Hab' sie«, bestätigte J. C. Er beobachtete die beiden Manöverflugkörper einen Augenblick, um sich zu vergewissern, daß sie weit genug entfernt waren, und sagte dann: »Also, dann runter.« Er drückte den Stimmerkennungsknopf. »Weiter auf Autopilot.«

»Autopilotmodus Fortsetzung«, bestätigte der Computer.

J. C. drückte den anderen Knopf auf seinem Steuer. Der *Gepard* begann eine 20-Grad-Senkphase. Als er den Knopf wieder losließ, behielt der Autopilot die letzte Flugorientierung bei.

»Warnung Geschwindigkeitsüberschreitung«, verkündete der Computer. J. C. nahm die Gashebel auf siebzig Prozent zurück, um den Luftdruck auf die Kameraausrüstung und die Zusatztanks zu verringern. Bei ihrem steilen Senkflug hatten sie sich bereits der Schallmauer genähert.

»Autopilot Höhenselektion 200 Fuß«, kommandierte J. C.

»Autopilot Höhenkommando 200 Fuß.«

»In ein paar Minuten«, sagte McLanahan, »kommen wir in den Bereich der Frühwarnungsradars. Bis dahin müssen wir unter 2000 Fuß runter sein.«

»Kein Problem«, sagte J. C. »Wir gehen mit Tempo 15 000 Fuß pro Minute runter. Ohne die beiden Dinger da unten fühlt sich unser Baby wieder wie ein richtiger Jet an.«

Ein kleiner Indikator auf einem neu installierten Instrumentenbrett im hinteren Cockpitsitz blinkte plötzlich auf. »Warnung von einer der *Drohnen*. Irgendein Radar hat sie erwischt. Wird gleich zu *jammern* anfangen.«

Es ging alles nach Plan. Als sie das Atoll San Andres y Providencia östlich von Nicaragua erreicht hatten, waren sie zweihundert Fuß über der Karibischen See, mit 500 Stundenmeilen. Das nicaraguanische Frühwarnradar auf den Islas del Maiz fünfzig Meilen vor der Küste hatte keinerlei Chance, das knapp über dem Wasserspiegel dahinbrausende Flugzeug aufzufangen. Fünfzehn Minuten danach waren sie über dem Sumpf-Küstenland der nicaraguanischen Ostküste. Sie überflogen die Militärzone der Bergkette der üppig dschungelgrünen *Cordillera Chontalene*-Höhen im südlichen Nicaragua mit Kurs Nordwest und weiterhin fünfhundert Stundenmeilen. »Die SAMs von Managua kriegen uns wahrscheinlich nicht, aber Sebaco ist angeblich gespickt mit ihnen. Wahrscheinlich kommen wir schon in fünf Minuten in Reichweite ihrer SA-10-Raketen. Und wenn wir erst mal durch den Radarkordon durch sind, haben wir alle Hände voll zu tun, wieder rauszukommen.«

Zwei dunkle Schatten stießen plötzlich über die grünen Berge und direkt auf sie zu. Sie zogen lange Flammenfinger hinter sich her, die selbst im Tageslicht sichtbar waren.

»O Mann!« entfuhr es J. C. »Sieht aus wie zwei MiG-29 auf Kurs Nord!«

»Die *Drohnen* sind genau in der Zeit«, sagte McLanahan, dem klargeworden war, daß die MiG die *Drohnen* jagten. Nur ein paar Sekunden später kreischten zwei weitere Jets nordwärts hinter den ersten beiden her. Eine MiG schien einen Rechtsbogen auf sie zu anzufangen, aber es war tatsächlich nur ein Positionsmanöver zu ihrem Staffelführer. Sie waren schon vorbei. Aber sie waren nahe genug gewesen, daß ihre Außentanks sichtbar waren und ihre Druckwelle spürbar.

»Kann uns nur recht sein«, sagte McLanahan, »wenn sie alles, was sie haben, hinter den *Drohnen* herjagen. Das gibt uns freie Bahn.«

»Ja, aber sobald sie merken, was sie jagen, sind sie im Handumdrehen wieder da, und wir haben sie auf dem Hals«, brummte J. C.

»Zehn Meilen vom ersten SAM-Ring«, meldete McLanahan. Er verglich seine Karten mit seinem GPS-Satelliten-Navigationssystem. »Die Außentanks können jetzt jederzeit weg.«

J. C. drückte auf den Sprechkommandoknopf. »Selektion Stationen zwei und sieben.«

»Stationen zwei und sieben selektiert«, bestätigte der Computer. Die Multifunktions-Projektion rechts zeigte die graphische Darstellung des *Gepard* samt den hervorgehobenen Symbolen für die beiden Außen-Zusatztanks. J. C. drückte nach unten in ein tiefes, überwuchertes Flußtal. Es war kaum Gefahr, daß die abgeworfenen Tanks auf ein Dorf oder auf Menschen fielen. Seit sie die Küste erreicht hatten, flogen sie nur über unbewohntes Gebiet. Die Tanks würden wahrscheinlich nie gefunden werden.

»Fertig für Abwurf.«

»Warnung, Abwurfkommando erteilt, ›Abbruch‹ wählen, um abzubrechen«, meldete sich die Computerstimme. Die hervorgehobenen Symbole auf der Projektion begannen zu blinken.

Powell drückte den Stimmkommandoknopf. »Abwurf... jetzt.«

»Abwurf zwei und sieben.«

McLanahan sah den beiden Tanks nach. »Trennung erfolgt«, meldete er.

»Alle Stationen in Betrieb«, sagte J. C. dem Computer. Die Projektion bestätigte das Kommando, führte einen Gesamt-Check aus, meldete danach *»Normal«* und *»Alles in Betrieb«*.

»Gut«, sagte J. C., »dann ziehe ich mal wieder an. Wir können endlich wieder richtig fliegen.« Er drückte die Gashebel langsam vorwärts, bis sie mit vollem Schub flogen.

»Komma neun-acht Mach«, sagte McLanahan. »Geschwindigkeitslimit für die Kamera.«

»Ich bleib' erst mal so«, sagte J. C. und ging eine Spur mit dem

Gashebel zurück, »aber ich fliege auf keinen Fall unter Mach über einen Russenflugplatz weg, daß das klar ist. Wegen einer blöden Kamera lasse ich mir nicht den Sitz unter dem Hintern wegschießen.«

»Fünf Minuten. Kamera aktiviert. Datentransfer vom Satelliten gut. Wir sind genau auf Kurs.« Dann aber knatterte schon der erste Radarwarnungsempfänger los. »Suchradar auf zwölf Uhr.« McLanahan drückte Knöpfe auf seiner Konsole. »Alle automatischen *Jammer* aktiv.« Er griff nach oben und schaltete Kommandos für den Radarhöhenmesser, der die Entfernung von der Rumpfunterseite des *Gepard* bis zum Boden maß. »Radarhöhenmesser positioniert auf einhundert Fuß.«

»Meiner ist auf zehn«, sagte J. C. »Wenn wir ein paar Blicke in die Gebäude reinwerfen sollen, sind hundert zu hoch.«

»Ja, aber wir haben doch kein Terrainfolge-Radar hier...«

Ein hohes Singen und eine aufblinkende »10« auf seinem Warnungsempfangs-Monitor unterbrachen ihn.

»Warnung, Suchradar«, meldete der Computer.

»SA-10 in Suchmodus, auf zwölf Uhr.«

»Hoffen wir, daß dieses Fotozeug ein bißchen Durchschütteln aushält«, sagte J. C. und drückte auf die Nachbrennerhebel. »Los geht's.«

»Warnung, Tempolimitüberschreitung für Außenausrüstung«, sagte die unbeteiligte Computerstimme.

J. C. ignorierte es.

»Mach 1«, meldete McLanahan fast unmittelbar darauf. »Drei Minuten bis Ziel.«

»Warnung, Radarerfassung«, sagte der Computer.

»Haben uns schon«, murmelte J. C.

»Ganz unmöglich, es sei denn –«

»Warnung, Raketenschuß. Raketenschuß.«

»Signal jetzt auf ein Uhr«, rief McLanahan. »Die haben die SAM-Stellung verlegt!« Er schlug auf den *Chaff*-Knopf am Ejektor links. »Rechts weg...!«

J. C. drückte sofort hart nach rechts. Gleich darauf sahen sie die Rakete, oder besser gesagt, die Rauchfahne, die die SA-10 hinter sich herzog, als sie vorbeisauste, kaum mehr als ein paar

Dutzend Meter entfernt. Nur eine oder zwei Sekunden längere Reaktionszeit, und sie hätte sie nicht verfehlt... »Verdammt noch mal, die haben eine SA-10-Stellung da oben auf dem Berg über dem Flugplatz! Das war ein bißchen zu nahe...« Er begann eine scharfe Linkswende weg von der Stellung und ließ den Autopiloten dann wieder den Zielkurs einpendeln. »Immerhin, sie hatten ihren besten Schuß und haben nicht getroffen«, sagte er. »Wenn sie jetzt noch mal schießen wollen, müssen sie's in Richtung auf ihren eigenen Flugplatz tun.«

Der *Gepard* folgte den Kommandos des Autopiloten.

»Ich hab' das Ziel«, verkündete Powell. »Ich find' Ihren blöden wertvollen Jet schon, Patrick. Passen Sie auf...«

Andrej Maraklow sah zu, wie Musi Zajkow sich wieder ankleidete, als draußen die Alarmsirenen zu heulen begannen. Mit der nach vier Jahren *Strategic Air Command* in Fleisch und Blut übergegangenen automatischen Reaktion war er sofort auf den Beinen und zog seine Fliegermontur an.

»Was ist das?«

»Opasno pavrota«, sagte Musi Zajkow. Sie fuhr eilig in ihre Stiefel und knöpfte ihre Uniformbluse zu. *»Bistra.«*

Maraklow lief nach draußen.

Arbeiter stürmten auf die Startbahn, einige deuteten nach Süden in den Himmel. Maraklow wollte hinterher, aber Musi hielt ihn am Arm fest. »Nein. Falls das ein Angriff ist, mußt du nicht dorthin.« Doch Maraklow riß sich los und rannte weiter. Er überquerte die Anrollbahn, sprang über ein niedriges Tor – und keiner der rundherum postierten Wachposten versuchte auch nur, ihn anzuhalten; offenbar waren alle durch die Alarmsirene völlig verwirrt.

Das Flugzeug kam fast lautlos von Westen her auf die Startbahn herunter, unbeirrt und so niedrig, daß es aussah, als wolle es landen. Dann erst wurde Maraklow klar, daß er es überhaupt nicht herankommen hörte – es verursachte kein Geräusch. Das bedeutete also – instinktiv hielt er sich die Ohren zu und machte den Mund weit auf, damit ihm der Schallmauerknall nicht die Trommelfelle zerriß...

... und keine Sekunde zu früh. Der Knall rollte über die Parkrampe hin und warf Arbeiter und Techniker, die darauf überhaupt nicht gefaßt waren, um. Der Lärmteppich donnerte ihm wie eine Sturmmauer ins Gesicht und preßte ihm Kopf und Brust wie in einem unsichtbaren mächtigen Griff zusammen. Rundherum Schreie: Überraschung, aber zugleich Schmerzensschreie... Als er die Augen wieder öffnete, sah er das Flugzeug, das hart nach rechts oben wegzog.

Das Blut gefror ihm in den Adern.

Der *Gepard*...

»Ich hab' ihn gesehen!« triumphierte McLanahan.

»Ich auch! Dritter Hangar von rechts, das Tor ist sperrangelweit auf. Scheißspiel, haben die ihn tatsächlich da stehen! Wie zur Besichtigung! Schöner hätten sie ihn uns nicht präsentieren können.«

»Schnell noch mal drüber, bevor sie das Tor zu haben!«

J. C. war bereits dabei. »Also, Boß, aufgepaßt. Los.«

McLanahan hielt sich an den Handgriffen fest, während J. C. steil rechts in die Kurve ging. Er drehte sich um, um zu sehen, ob irgendwo Abfangjäger auftauchten oder Hindernisse. »Alles frei rechts«, rief er. »Ich sehe eine kreisrunde Barrikade am Südende der Startbahn... sieht aus wie eine Drillings-MG-Stellung, würde ich sagen.«

»Hab's gesehen«, bestätigte J. C., »aber wir sind gute zwei Meilen außer Reichweite. Ich fliege nur den Hangar an.« Er vollendete seine Schleife und pendelte sich auf ein paar Dutzend Fuß Höhe über der Westseite der Startbahn ein. Ein sowjetischer Hubschrauber und ein kleines Hochdeckerflugzeug standen im Weg. J. C. hielt trotzdem weiter nach unten und flog direkt zwischen den beiden Maschinen auf der Parkrampe hindurch. Nur noch der Hangar war direkt vor ihnen. Das große Tor kam wie ein aufgerissenes riesiges Maul auf sie zu.

Der *Gepard*. Kein Zweifel, er war es, der gewaltige F-15-Jäger mit den großen, unverwechselbaren Flügeln, den donnernden Zwillingstriebwerken, dem dazu passenden Zwillingsheck und den breiten Tragflächen... Er flog seine scharfe Kehre mit unmöglich niedriger Flughöhe. In ein paar Sekunden mußte er lotrecht zur Startbahn herunterkommen und direkt über den Hauptteil des Flugplatzes hinwegfegen...

Maraklow schaute zu den Hangars hinüber. Was er sah, ließ ihn blindlings losrennen. Wie eine Flut wälzten sich Arbeiter und Gerät aus dem Hangar, in dem der *Dream Star* geparkt stand – und sie ließen das Tor offen...

»Wie dringend wollen Sie den *Dream Star* haben, Colonel?«

McLanahan sah von seinem Instrumentenbord auf. »Was?«

Der *Gepard* flog exakt auf das offene Tor zu und fegte über die Startbahn und Parkrampe hinweg, kaum noch zweitausend Fuß entfernt vom Hangar. Und J. C. sagte: »Ich habe uns auf Autopilot, Patrick. Schleudern Sie uns raus, und ade, *Dream Star*...«

»Sie meinen, den *Gepard* in diesen Hangar reinrasen lassen?«

Noch tausend Fuß. »Das ist die Chance, alter Freund! Um Wendy und den *Old Dog* zu rächen! Jetzt und hier. Würde aussehen wie ein Unfall auf einem genehmigten Flug...«

Noch fünfhundert Fuß. Das Hangartor türmte sich bereits über ihnen auf. Sie erkannten platt auf dem Boden liegende Leute und Soldaten, die auf sie schossen, während Lastautos und Jeeps in alle Winde auseinanderstoben. Selbst die Einstiegsklappen am *Dream Star* waren zu erkennen. Auf dem Boden lagen Werkzeuge herum. Sogar die Wasserpfützen sahen sie deutlich. Die Kameras oben sendeten ihre Daten in ganzen Sturzfluten ans HAWC-Hauptquartier.

Ihr eigentlicher Auftrag war ja ausgeführt. Die Russen hatten den *Dream Star*, das stand jetzt einwandfrei fest. Offensichtlich waren sie dabei, ihn auseinanderzunehmen, vermutlich für den Transport nach Rußland. Und was den *Gepard* anging – nun, der war ein Serienflugzeug. Die Air Force war dabei, Tausende davon zu bauen. Irgend etwas Unersetzliches würden sie nicht opfern. Dafür aber den nur ein einziges Mal existierenden *Dream Star* den Russen wieder wegschnappen...

Maraklow schrie den Wachen zu, das Tor zu schließen. Es war schon zu spät. Der *Gepard* war bereits über ihm, ehe er noch zwanzig Schritte zurücklegen konnte. Er warf sich gerade noch vor der heranwogenden Schockwelle zu Boden…

Nicht zu fassen… Sie jagten den *Gepard* direkt in den Hangar…! Sie zerstörten den *Dream Star*…!!

»Fertig zum Ausstieg«, sagte Powell seinem Kommandeur durch. Jetzt oder nie…

»Nein!«

Keine hundert Fuß vor dem Hangartor riß Powell den *Gepard* hoch und zündete den Nachbrenner voll. Sie rasten kaum ein paar Meter über das Hangartor weg und spürten deutlich, wie das Blechdach des Hangars direkt unter dem Rumpf vibrierte, als die Schallmauerwelle dagegen prallte. J. C. stieg noch einige Sekunden steil aufwärts, rollte dann einwärts weg, ging auf Horizontallinie und pendelte sich ein.

Dann sagte er förmlich: »Schaffen Sie uns hier raus, Sir!«

»Rechtkurve voraus null-eins-null«, sagte McLanahan mit unbewegter Stimme. »Und halten Sie das. Zehn Minuten bis zur honduranischen Grenze.«

Sie flogen schweigend, bis McLanahan das Überfliegen der Grenze meldete. Die Instrumente hatten zwar einige MiG-29 gemeldet, aber sie waren noch viel zu weit weg, als sie sich bei der Luftverteidigungskontrolle Tegucigalpa meldeten; und außerdem war auch schon eine ganze Staffel von sechs honduranischen F-16 unterwegs, um sie abzudrängen. J. C. befahl dem stimmerkennenden Computer, den IFF-Identifizierungsfunk zu aktivieren, und begann einen leichten Steigflug bis auf optimalen Flug, um sich dann Kurs Nord heimwärts zu wenden.

Noch minutenlang dröhnte Maraklow der Lärm in den Ohren. Er rappelte sich langsam hoch und besah sich die Szene.

Zu seiner Überraschung schien nach wie vor alles intakt zu sein. Der *Gepard* hatte keine Bomben am Rumpf gehabt, wie er zuerst angenommen hatte. Es sei denn, irgend etwas hatte geklemmt und den Abwurfmechanismus blockiert… Doch nach dem schnellen Blick, der ihm möglich gewesen war, hatte das doch eher wie eine Kameraausrüstung ausgesehen... Also war das ein Aufklärungsflug gewesen! Na, da hatten sie ja nun eindeutig, was sie haben wollten. Ohne Vorwarnung und überraschend waren sie herangefegt; und der *Dream Star* wie auf dem Präsentierteller...!

Das mußte J. C. Powell gewesen sein. Zwar gab es in *Traumland* mehrere Piloten für den *Gepard*, aber so verrückt, so tief, so knapp bis an den Hangar heran flog nur einer: Powell. Jeder andere Pilot hätte sich mit hundert, selbst hundertfünfzig Fuß über Grund zufriedengegeben.

Ein paar Augenblicke lang hatte es wirklich so ausgesehen, als sei dies – wer auch immer ihn flog – ein glatter Kamikaze-Anflug auf den *Dream Star*-Hangar gewesen. Der *Gepard* und der *Dream Star* – beide zusammen auf einmal weg? Wäre vielleicht nicht einmal das schlechteste Ende gewesen. Aber was machte es schon für einen Unterschied? Für ihn jedenfalls? Der *Dream Star* zerstört oder nur seiner Kontrolle entzogen – so oder so war seine Karriere zu Ende.

Noch war der *Dream Star* flugfähig. Aber wie lange noch, jetzt, da die Amerikaner genau wußten, wo er sich befand? Er konnte seine Karten nur so spielen, wie er sie in der Hand hatte... Irgendwie gab ihm dieser Aufklärungs-Überfall auf Sebaco Hoffnung. Vielleicht – nur vielleicht! – flog der *Dream Star* ja doch noch einmal...? Mit dem richtigen Mann im Cockpit...

J. C. sah sich erst, als sie ihr letztes Luftauftanken über dem Golf beendet hatten, wieder imstande, auf das Thema zurückzukommen.

»Wir hätten es ihnen zeigen können, Boß«, sagte er. »Sie hätten es tun können.«

McLanahan hatte schon den ganzen Rückflug über geschwiegen und sich nur auf die unerläßliche Flugkommunikation beschränkt. Doch jetzt antwortete er plötzlich: »Das weiß ich selbst.«

»Der Schleudersitz hätte uns hoch genug ausgeworfen. Wir hätten davonkommen können.«

»Mag sein.«

»Warum haben Sie's nicht getan?«

»Ich weiß auch nicht, warum. Wir leben noch, wir sind nicht runtergeholt und von den Russen gefangen worden, der *Gepard* ist noch ganz, und wir haben unseren Auftrag erfüllt. Also, falls Sie das ertragen können, lassen wir es dabei.«

Militärflugplatz Sebaco, Nicaragua

»Wo war Ihre Luftverteidigung, General?« fragte Maraklow General Tretjak, als er am Hangar auf ihn zukam.

»*Astaroschna, Towarisch Polkownik.* Beruhigen Sie sich. Gibt es Verletzte? Zerstörungen?«

»Wissen Sie, was das war, General? Das war ein amerikanisches Jagdflugzeug. Mit einer Aufklärungs-Fotoausrüstung. Es hätte aber auch ebensogut eine tonnenschwere Bombe sein können. Und dann wären wir jetzt alle tot.«

»So beruhigen Sie sich doch, Oberst! Unsere Luftverteidigungsstreitkräfte waren anderweitig eingesetzt. Im Nordosten in der Nähe der nicaraguanischen Radarstation von Puerto Cabezas waren Einflüge gemeldet. Unsere Abfangjäger haben dort zwei unbemannte Manöverflugkörper zerstört, die auf die offene See flogen. Offenbar waren sie ein Teil dieses Überraschungsangriffs und dazu bestimmt, unsere Luftverteidigung irrezuführen.«

»Aha, also das haben Sie inzwischen begriffen«, sagte Maraklow. Tretjak verstand sichtlich nicht sofort, doch Maraklows Ton ließ keinen Zweifel daran, wie das gemeint war. »Ihre Abfangjäger lassen sich also wie die Idioten weglocken, und hier ist alles offen wie ein Scheunentor für einen Angriff auf den *Dream Star*! Und ich habe noch eine Neuigkeit für Sie, General: Die kommen wieder! Gar kein Zweifel, daß sie ihre Bilder nach Washington gesendet haben und diese dort im Augenblick schon analysiert werden. In spätestens ein paar Stunden können sie eine zweite Welle Jäger erwarten, und die werden nicht mehr nur mit Aufklärungskameras kommen! Ich kenne mich da aus. Sie haben hier vier MiG-29. Was wollen Sie mit denen gegen ein ganzes Geschwader Jagdbomber F-15 oder F/A-18 ausrichten?«

»Ich kann Ihnen versichern, daß wir sie gebührend empfangen werden...«

»Ach, versichern Sie, was Sie wollen. Der *Dream Star* ist zu wertvoll! Es besteht akute Gefahr, daß sie ihn zerstören! Und das nach allem, was ich getan habe, um ihn hierherzuschaffen! Ihre Arbeiter brauchen mindestens zwölf Stunden, um ihn wieder instand zu setzen, und wer weiß, wie viele Stunden zusätzlich, bis er wieder startbereit ist!«

»Wir können immer noch Streitkräfte aus Managua abziehen und hierher beordern und über die Küstenstationen den Frühschutz sichern.«

»Ach was! Sie reden von der nicaraguanischen Luftwaffe, als wäre sie wirklich eine ernstzunehmende Verteidigung!« Zumindest in diesem Punkt schien ihm Tretjak, seiner Miene nach zu schließen, zuzustimmen. »Die können gerade den Amerikanern als Zielscheibe für ein paar Raketen dienen. Aber Sie wollen sich doch nicht im Ernst auf die Nicaraguaner verlassen, um Sebaco zu verteidigen...?«

Es war wirklich nicht nötig, daß Tretjak auf diese rhetorische Frage antwortete. Er war es schließlich selbst gewesen, der die MiG-29 hier stationiert hatte, weil er sich nicht auf die Nicaraguaner verlassen wollte.

»Schon richtig, Oberst«, sagte Tretjak. »Aber selbst wenn noch ein Angriff folgen sollte, dann müssen wir ihm mit den Mitteln begegnen, die wir zur Verfügung haben. Ich kann zwar vom Hauptquartier Verstärkung aus Kuba anfordern. Und vielleicht kann auch etwas diplomatischer Druck ausgeübt werden. Doch bis dahin geht hier erst einmal alles nach Plan weiter.«

KGB-Hauptquartier,
Dscherschinsky-Platz, Moskau
Freitag, 19. Juni,
18.58 Uhr OEZ (10.58 Uhr EDT)

KGB-Chef Wladimir Kalinin zerknüllte das Blatt in seiner Hand. Neben ihm stand Kevi Molokow, sein persönlicher Referent. Er rutschte auf seinem Stuhl herum und starrte auf die große Karte von Mittelamerika vor sich. »Die Amerikaner haben den Flugplatz Sebaco mit einem Jagdbomber F-15 überflogen. Tretjak glaubt, daß die Amerikaner damit nun unwiderleglich beweisen können, daß sich ihr Flugzeug dort befindet. Maraklow ist der Meinung, die Amerikaner könnten nun jeden Augenblick einen Angriff fliegen.«

»Ich glaube, daß General Tretjak übertreibt«, erwiderte Molokow. »Die USA werden bestimmt keine militärischen Aktionen unternehmen.«

»Sie scheinen sich dessen sehr sicher zu sein? Aber immerhin haben sie ja eine F-15 direkt nach Nicaragua und gegen Tretjaks Streitkräfte fliegen lassen.«

»Ja, aber das war doch vorhersehbar. Gut, ich hätte eher einen Höhenaufklärer wie die SR-71 oder TR-1 erwartet. Aber das war doch eindeutig eine gezielte Demonstration. Wenn sie wirklich die ernste Absicht gehabt hätten, sich das Flugzeug gewaltsam zurückzuholen, hätten sie aus Puerto Rico den Flugzeugträger auffahren lassen, aber er liegt noch immer vor Anker. Oder sie hätten eine Staffel Jagdbomber schicken können, um das Flugzeug am Boden zu zerstören.«

»Fast wäre mir lieber, das verdammte Flugzeug wäre zusammengebombt worden«, sagte Kalinin. »Diese Geschichte fängt an, uns außer Kontrolle zu geraten. Nur gut, daß die amerikanische Regierung den Vorfall abstreitet. Bis jetzt haben sie noch keinen Druck auf uns ausgeübt.«

»Wir müssen Maraklow das Flugzeug aus Nicaragua herausfliegen lassen, bevor der Druck beginnt«, riet Molokow. »Wenn es erst sicher auf unserem Terrain ist, haben wir die Sache viel besser im Griff.«

»Ja, aber ich ertrage das nicht, dazusitzen und auf den Dammbruch zu warten«, sagte Kalinin und schlug mit der flachen Hand auf den Tisch. »Ich will, daß etwas gegen eine amerikanische Offensive unternommen wird, noch ehe sie beginnt! Ob Sie denken, daß sie es nicht tun werden, ist ziemlich unerheblich!«

»Das würde aber bedeuten, daß Sie das Zentralkomitee damit befassen müssen«, wandte Molokow ein. »Es ist allein für direkte Verhandlungen mit den Amerikanern zuständig.«

Kalinin bedachte diesen Einwand. »Wir könnten es trotzdem umgehen. Bis zu einem gewissen Grad jedenfalls...«

»Sicher ist das möglich. Aber ist es ratsam, dieses Risiko einzugehen? Es würde ja immerhin eine erhebliche Verletzung der üblichen Prozeduren bedeuten...«

»Es ist Zeit, Flagge zu zeigen«, sagte Kalinin. »Sorgen Sie dafür, daß ich den ganzen Abend über zwei sichere Leitungen zur Verfügung habe.«

»Gewiß. Sie sind bereits da. Nur, mit wem wollen Sie überhaupt Kontakt aufnehmen?«

»Na, mit dem Goldjungen der Regierung. Er ist geradezu prädestiniert dafür, bei den Amerikanern etwas zu erreichen. Ob er tatsächlich mit uns kooperiert, hängt natürlich davon ab, ob er irgendwelche Leichen im Keller hat. Ich nehme an, ein offizieller Anruf vom KGB-Hauptquartier genügt, um uns seiner Aufmerksamkeit zu versichern. Es ist an der Zeit, dem großen Star mal auf den Zahn zu fühlen, ob er irgendwelche Spuren von Schuldbewußtsein zeigt.«

Weißes Haus, Konferenzraum
Freitag, 19. Juni,
16.05 Uhr EDT

General Elliott sah zu, wie der Präsident, Deborah O'Day, Wilbur Curtis, William Stuart und Richard Benson die Aufzeichnung des Überflugs des *Gepard* in Nicaragua betrachteten. Er hatte bereits Gelegenheit gehabt, die Aufnahme direkt bei der Überspielung vom Satelliten nach der Decodierung zu sehen. Ihn hatte es an eine Fahrt im ersten Wagen einer Achterbahn erinnert. Auch jetzt beugten und drehten sich die Betrachter in ihren Stühlen mit dem Bild mit.

»Dies ist der Blick nach vorn«, erläuterte er, »beim Flug nach Sebaco. Das Flugzeug wird hier gerade von einer Boden-Luft-Rakete SA-10 angegriffen. Da, sehen Sie – sie verfehlt ihr Ziel nur ganz knapp.« Die gewaltige Rakete war sehr deutlich zu erkennen. Alle wichen instinktiv zur Seite, als sie vorbeiflog.

»Das jetzt ist der Anflug auf Sebaco. Wie Sie sehen, ist der Flugplatz nicht besonders groß, aber seine Ausstattung kann sich sehen lassen. Hier – da können Sie eine Flakstellung erkennen. Wir haben sie als eine ältere Version der Standard-S-60 identifiziert. Unser Flugzeug nähert sich dem Stützpunkt so schnell, daß die Sowjets nicht einmal Zeit hatten, diese S-60 in Stellung zu bringen. Sowohl die SA-10 wie die S-60 sind ziemlich veraltete Systeme. Die Sowjets werfen ja nichts weg.«

Es folgte ein Kamerablick seitwärts. Wälder und Berge huschten unscharf vorüber. »Das hier ist schon um die Hälfte verlangsamt, gleich wird es noch langsamer. Unser Flugzeug ist hier bei Mach 1, also rund 780 Stundenmeilen.« Die Baumfront wurde lichter, die ersten Anzeichen der Umgebung der Landebahn von Sebaco kamen ins Bild. Der spektakulärste Anblick waren dann die rasch vorbeifliegenden Gebäude und anderen Baulichkeiten, wie sie hoch über das filmende Flugzeug hinausragten. Elliott verlangsamte die Projektion noch einmal um die Hälfte.

»Hier«, erläuterte er weiter, »der Blick der Kamera auf der linken Seite. Es sind die Hangars und Häuser direkt neben der Rollbahn. Wir spielen das zunächst noch einmal durch ohne Vergrößerung. Hier – sehen Sie sich diesen Hangar an.«

Auch ohne Ausschnitts-Vergrößerungs-Projektion war klar und eindeutig zu erkennen, was die Kamera zeigte – die im Inneren des Hangars geparkte XF-34. »Eindeutig und unverkennbar – unser *Dream Star*. Beachten Sie die vorwärtsgerichteten Tragflächen, die *Canard*-Flossen mit den nach unten gerichteten Spitzen, die Einbuchtung vorne und die vertikalen Stabilisatoren. Dies ist also die Sicht der Besatzung beim ersten Überflug. Ich zeige Ihnen jetzt den Rest der Aufzeichnung.«

Bei normaler Projektionsgeschwindigkeit verschwand die ganze Szene nach unten aus dem Bild, eine Weile waren nur Himmel und Baumwipfel zu sehen – vorwiegend Baumwipfel; die Maschine flog nach wie vor sehr tief. Dann kam wieder das Bild von der vorderen Kamera. Elliott merkte, wie Benson sich unwillkürlich an seinen Sessellehnen festhielt, als die ganze untere Hälfte der Leinwand nur von Baumwipfeln gefüllt war. Das Bild fuhr wieder auf den Hangar zu – und blieb unverrückbar darauf gerichtet. Nicht einmal mehr der obere Abschluß des Hangars war zu sehen. Das Blickfeld war exakt auf den Hangar zentriert, das Flugzeug raste genau auf ihn zu. Das offene Tor kam wie ein alles verschlingendes Maul auf sie zugeflogen, alle wichen instinktiv mit aufgerissenen Augen zurück. Das schwarze Loch füllte das gesamte Bild. Die Nase der XF-34 zielte genau auf sie. Es schien ausgeschlossen, daß der Jäger noch rechtzeitig einen Aufprall vermeiden konnte –

Dann war der Hangar verschwunden, und die hintere Kamera übernahm das Bild über dem Hangar. Antennen und selbst Vogelnester auf dem Hangardach waren zu erkennen. Das Bild zeigte anschließend einen Rundumblick, die Bäume kamen wieder herangesaust und flatterten im Sog des Flugzeugs.

Justizminister Benson war der erste, der danach ein Wort herausbrachte. »Unglaublich. Wer war der Pilot?«

»Einer meiner besten Testpiloten. Er fliegt sonst Fotojagden gegen die XF-34 zur Dokumentation. Er war der, der den *Dream Star* über Mexiko fast runtergeholt hätte.«

»Er muß eine Todessehnsucht haben«, sagte Verteidigungsminister Stuart. »Oder er ist komplett verrückt. Wie können Sie den Mann so einen Einsatz fliegen lassen? Ist er denn nicht von General Kane dienstsuspendiert worden?«

»Ich brauche den besten Mann für den Job. Die Suspendierung war noch keineswegs formell oder endgültig, und ich brauchte ihn, wie gesagt. Und wenn ich in Betracht ziehe, was er da geleistet hat, dann scheint er mir eher ein Kandidat für eine Belobigung zu sein.«

Der Präsident blinzelte noch immer nervös. »Ich bin sehr beeindruckt, General Elliott. Das hat den Sowjets sicher mit Nachdruck etwas signalisiert. Es besteht also nicht mehr der geringste Zweifel, daß Ihr *Dream Star* tatsächlich da unten in Nicaragua ist. Was, glauben Sie, haben sie damit vor?«

Elliott drückte auf den Knopf der Fernbedienung. Die Bandaufzeichnung spulte bis zu einem klaren Blick in den Hangar zurück, genau vor dem Moment, da der *Gepard* gerade noch über ihn wegzog. »Hier, aus dieser Ansicht geht es ganz deutlich hervor, Sir. Sie sehen, daß die Einstiegsluken offen sind, und das da sind die Zusatztanks. Wir sind der Meinung, daß sie das Flugzeug mit Langstrecken-Zusatztanks ausrüsten. Daraus läßt sich wohl ableiten, daß sie es aus Nicaragua herausfliegen wollen. Nach Kuba vielleicht. Oder möglicherweise sogar direkt nach Rußland.«

Der Präsident nickte. »Ja, es ist wohl klar, daß sie keine Absicht haben, es uns wiederzugeben... Ich werde heute abend zusammen mit dem Außenminister mit dem russischen Botschafter reden. Debbie, Richard, ich möchte, daß Sie beide auch dabei sind. Wir kommen um einen offiziellen Protest nicht mehr herum. Sagen wir, um acht, ja? Das wird den Botschafter ein wenig auf Trab bringen.«

»Mr. President«, wandte Elliott sofort wieder ein, »das wird die Russen jedoch nicht veranlassen, Pause zu machen. Wenn Ihre Konferenz zu Ende ist, könnten sie den *Dream Star* bereits auf einem ihrer eigenen Flugplätze haben. Wir müssen verhindern, daß er Nicaragua verläßt.«

»Und wie genau stellen Sie sich das vor? Wie soll ich das machen? Ihre F-15 mit Bomben volladen und den ganzen Flugplatz zusammenschießen lassen? Oder sollen die *Marines* landen, oder was? Überlegen Sie doch, General. Ich kann kein Land angreifen, das nicht einmal so groß ist wie Arkansas, und fünfmal ärmer, ohne daß ich einen wirklich über jeden Zweifel erhabenen Grund dafür habe!«

»Sir, diese Sache hat ja auch wenig mit Nicaragua selbst zu tun. Es –«

Sein Minister, der noch immer leicht verschnupft darüber war, daß er in die Pläne des *Gepard*-Flugs nach Sebaco nicht eingeweiht worden war, sagte: »Die Weltöffentlichkeit schert es wenig, ob wir hinter den Russen her sind oder nicht. Für sie wird nichts zählen außer der sichtbaren Tatsache, daß wir Nicaragua angegriffen haben. Mit Ihrer Taktik der starken Hand würden Sie die Regierung in Teufels Küche bringen.«

»Gut, gut, genug«, sagte der Präsident. »Es ist schon spät. General Elliott, ich erwarte Sie morgen früh um acht zur Stabskonferenz hier. Dann gehen wir die Sache noch einmal durch und entscheiden, wie es weitergehen soll.«

Während Elliott noch mit verkniffenem Mund aufstand und zur Tür ging, summte die Sprechanlage des Präsidenten. Als er sich gemeldet hatte, rief er: »Augenblick, General, Moment noch.« Und er bekam ganz freudig große Augen. »Was? Und er ist hier? Natürlich, Paul. Rauf mit ihm!« Der Präsident sah von einem zum anderen. »General, spulen Sie Ihr Band noch mal zurück. Wilisertschew ist eben gekommen. Er will mit uns reden.«

»Was? Der russische Botschafter kommt ungebeten her?« fragte Benson ungläubig.

»Kann sich nur um den *Dream Star* handeln«, sagte Deborah O'Day. »Ich hätte nur nie geglaubt, daß sie von sich aus auf uns zukommen. Ich habe mir schon ein Formalitäten-Patt vorgestellt, wenn wir versucht hätten, ihn für heute abend herzuzitieren. Was wollen Sie machen, *Mr. President*?«

»Ihm zuhören, was er zu sagen hat. Ich nehme doch an, er will das Terrain sondieren und überlegen, wie wir alle zusammen aus der Geschichte rauskommen. Und falls er abstreiten will, daß sie das Flugzeug überhaupt haben, führen wir ihm das Band hier vor.« Er ging noch einmal an seine Sprechanlage. »Paul, versuchen Sie Dennis Danahall zu erwischen. Falls er gleich kommen kann, bitten wir Wilisertschew, solange auf ihn zu warten.«

Er schaltete ab und sagte zu Staatssekretär Curtis: »Gern gebe ich es nicht zu, Wilbur, aber wahrscheinlich war es doch keine so schlechte Idee, diese F-15 da runterzuschicken. Es scheint, daß wir damit die Sowjets tatsächlich zu etwas bewegen, ohne daß es Tote gibt.«

»Von der Besatzung des *Old Dog* mal abgesehen«, sagte Elliott trocken.

»Ja, akzeptiert!« sagte der Präsident. »Aber jetzt ist wirklich nicht der Zeitpunkt, darüber zu rechten, General. Im Augenblick wollen wir nur Ihr Flugzeug zurück, basta.«

»Entschuldigen Sie, Sir, aber ich bin doch der Meinung, daß sie uns mehr schuldig sind als nur den *Dream Star*«, beharrte Elliott. »Ein Dutzend guter Leute haben dran glauben müssen, den Verlust der B-52 und der Jagdflugzeuge gar nicht gerechnet.«

»Ich will die ganze Affäre jetzt erst mal zu einem Ende bringen«, gab der Präsident zurück. »Wegen Entschädigungen und so weiter können wir immer noch verhandeln, aber ehrlich gesagt, interessiert mich im Augenblick wirklich nur, daß wir zurückkriegen, was uns gehört, und daß alle Beteiligten danach wieder in ihre Ecke zurückgehen und der Ringrichter verkündet: Unentschieden.«

Elliott überlegte, ob er weiter hartnäckig bleiben sollte, aber im Augenblick war es wohl sinnlos. Er hatte heute fast den ganzen Tag beim Präsidenten zugebracht und einen Aufklärungseinsatz am hellichten Tag ohne jeden Verlust zu einem stark abgeschirmten russischen Stützpunkt organisiert, der, wie sich nun zeigte, die Russen postwendend an den Verhandlungstisch gezwungen hatte. Jetzt war er erschöpft.

Die Ankunft Wilisertschews wurde gemeldet. Das Überraschendste war, daß keiner der Stallwachen des Pressekorps beim Weißen Haus etwas von dem Besuch am frühen Abend bemerkt hatte. Nachdem der Freitag seit einiger Zeit als erster Tag des Wochenendes galt, waren am frühen Abend nur noch sehr wenige Reporter da. Außenminister Danahall war schon auf dem Weg, hieß es. Sie beschlossen, den Botschafter noch das Viertelstündchen bis zu seinem Eintreffen und seiner Unterrichtung über den letzten Stand warten zu lassen.

Danahall wurde zum Teil bereits auf der Fahrt im Auto informiert und traf schon nach zehn Minuten ein. »Also, Wilisertschew hat von sich aus ein Gespräch verlangt, oder?« fragte er.

»Wir vermuten, daß es um den *Dream Star* geht«, sagte Benson. »General Elliotts Leute haben das Ding in Nicaragua gefunden. Wir haben Fotos.«

»Brad Elliotts Leute, soso«, sagte Danahall mit leichtem Kopfschütteln. »Na, das erklärt ja, warum Wilisertschew es so eilig hat. Mitten in der Nacht... Was haben Sie angestellt, General? Einen neuen Nicaraguasee mit einer Neutrinobombe ausgebuddelt?«

Niemand hatte Zeit, darauf zu antworten. Der Präsident hatte Cesare bereits zugenickt, und dieser bat den im offiziellen Wartezimmer sitzenden sowjetischen Botschafter sofort herein.

Er begab sich bis zum Platz des Präsidenten am Konferenztisch. Taylor stand auf, als er auf ihn zukam. Der Botschafter deutete eine knappe Verbeugung an, und man reichte sich die Hand.

»Guten Abend, *Mr. President*, sehr erfreut, Sie zu sehen, Sir.«

»Dobrij vjetschja, Mr. Wilisertschew«, antwortete der Präsident in holprigem Russisch. Falls den Botschafter seine Bemühungen amüsierten, zeigte er jedenfalls nicht einen Hauch davon.

»Vielen Dank, *Mr. President*. Ihr Russisch ist ausgezeichnet. Bald werden Sie ohne Dolmetscher auskommen.«

Anschließend begrüßte der Botschafter alle anderen Anwesenden reihum mit Handschlag und schien sich im Konferenzraum des Weißen Hauses kein bißchen fremd zu fühlen. Nur als er General Elliott erblickte, wirkte er leicht überrascht.

»Guten Abend, Herr Botschafter«, sagte Elliott und streckte ihm die Hand entgegen. »Ich bin –«

Wilisertschew nahm seine Hand, als greife er nach einer zerbrechlichen Porzellantasse. »General Elliott! Sehr erfreut!« Ihr Händedruck war kräftig und fest. »Welche Ehre!«

»Kennen wir uns, Herr Botschafter?«

»General, Ihr Name ist bei uns in der Sowjetunion wohlbekannt. Wobei ich zugeben muß, daß nicht immer in freundlicher Weise über Sie gesprochen wird. Doch das sind eher die Kurzsichtigen. Ich darf Ihnen versichern, Sir, daß Sie in meinem Land bei vielen einen sehr respektvollen Ruf genießen. Wir erkennen militärisches Genie und Patriotismus immer an, ganz unabhängig von Nation oder Politik.«

Der Mann weiß sich auszudrücken, dachte Elliott. »*Spassibo*, Herr Botschafter«, sagte er.

Cesare geleitete den Botschafter schließlich zu seinem Platz, wo er sich setzte. Elliott blieb stehen.

»Herr Botschafter«, sagte der Präsident, »Sie haben um diese Unterredung gebeten.«

Und Wilisertschew sagte: »Ich darf unterstellen, *Mr. President*, daß wir alle genau wissen, worum es geht. Wie Sie gewiß verstehen werden, muß ich zunächst einmal nachdrücklich gegen das Überfliegen unseres Militärstützpunktes in Nicaragua durch eines Ihrer Flugzeuge protestieren. Ich muß wohl nicht ausdrücklich erklären, daß dies ebenso eine Verletzung des Luftraumes und territorialer Grenzen wie internationaler Luftfahrtbestimmungen darstellt.«

Der Präsident warf seinen Beratern einen Blick zu und sah dann Wilisertschew mit einem übertriebenen Ausdruck der Verwirrung an. »Herr Botschafter, sind Sie tatsächlich jetzt zu dieser Tageszeit hergekommen, um uns dies zu sagen?«

Wilisertschew lächelte und schüttelte den Kopf. Immer korrekt, ganz gleich, worum es ging. »Ich wäre selbstverständlich nicht so impertinent, Ihnen dafür Ihre kostbare Zeit zu stehlen, *Mr. President.*« Er sprach so akzentfrei, daß es schwer war, in Erinnerung zu behalten, daß er Russe war. »Das war nur die offizielle Erklärung. Der eigentliche formelle Protest gegen die Luftraumverletzung kommt natürlich auf dem offiziellen Regierungsweg über die üblichen Kanäle zur Weiterbehandlung. Ich bezweifle, daß die Piloten dieses Fluges jemals identifiziert werden können. Nein, Sir, der eigentliche Zweck meines Besuches ist es, die Haltung meiner Regierung zu dem Vorfall mit diesem höchst ungewöhnlichen Flugzeug darzulegen.«

Der Präsident wartete schweigend.

»Daß dieses Gespräch aufgezeichnet wird«, sagte der Botschafter, »ist mir klar. Aber ich gehe davon aus, daß die Aufzeichnung nur zu vertraulichen Zwecken dient, und ich habe nichts dagegen, wenn Sie mir alle garantieren, daß nichts davon in die Öffentlichkeit gelangt und mein Büro eine originalgetreue Kopie ohne Veränderungen bekommt.«

Der Präsident nickte zustimmend. Nachdem die Formalitäten erledigt waren, kam Wilisertschew zur Sache.

»Wir haben unsere ersten Ermittlungen der Angelegenheit abgeschlossen, einschließlich einer Befragung des Piloten und einer Rekonstruktion des Fluges, wie ihn der Pilot ausführte, sowie einer Untersuchung des Flugzeugs. Unsere Schlußfolgerungen daraus lauten, daß eine formelle militärische Untersuchung der Angelegenheit auf oberster Ebene erforderlich ist, um die genauen Umstände zu klären, unter denen dieses Flugzeug auf unseren Stützpunkt in Nicaragua gelangt ist, warum es sich dort befindet und welche Absichten der Pilot mit seiner Aktion im Auge hatte, falls überhaupt welche. Wir bitten Sie um Ihre Mitarbeit bei dieser Untersuchung.«

Elliott starrte den Botschafter ungläubig an. Außenminister Danahall aber reagierte bereits. »Wenn ich vielleicht... Herr Botschafter, wollen Sie damit ausdrücken, daß Ihre Regierung nicht wüßte, warum sich dieses Flugzeug auf Ihrem Stützpunkt befindet? Daß Sie den Piloten gar nicht kennen? Und daß alle im unklaren über jeglichen Aspekt des Planes seien, dieses Flugzeug zu entführen und Ihrem Lande auszuliefern? Habe ich Sie so richtig verstanden?«

Wilisertschew schien ehrlich überrascht zu sein. »Entschuldigen Sie, Herr Minister, aber muß ich daraus entnehmen, daß Sie der Version der Medien glauben, wonach der Pilot dieses Flugzeugs ein sowjetischer KGB-Agent ist? Glauben Sie wirklich und im Ernst, ein solcher Agent, der es fertiggebracht haben soll, viele Jahre lang in Ihrem Militär zu dienen, sei imstande gewesen, Ihr geheimstes und bestgehütetes Experimentalflugzeug einfach zu entführen? Und daß ein solcher Plan obendrein von unserem Geheimdienst von langer Hand vorbereitet war? Offensichtlich müssen wir die Dinge gleich von Anfang an klarstellen...«

»Gute Idee«, sagte Elliott.

Wilisertschew ignorierte ihn. »Der Pilot dieses Flugzeugs, Sir, ist kein Russe. Wir haben ihn als Captain Kenneth F. James, United States Air Force, identifiziert, Testpilot Ihres Kommandobereichs, General Elliott. Er hat niemals in Verbindung zum KGB oder unserer Regierung gestanden – nicht einmal zur Sowjetunion ganz generell, wenn man davon absieht, daß seine Eltern einige Male geschäftlich und privat in die Sowjetunion gereist waren. Es ist mir bekannt, daß in Ihrer Presse die Rede davon war, Captain James habe über Funk mitgeteilt, er sei KGB-Oberst. Das ist blanker Unfug. James ist und war niemals Agent des KGB oder sonst einer Institution der Sowjetunion.«

Der Präsident sah Danahall und Deborah O'Day an, und obwohl er seinen klinischen Blick sofort wieder Wilisertschew zuwandte, war doch ein Anflug von Zweifel in seinen Augen nicht zu übersehen. Tatsächlich hatte bisher niemand ernsthaft überprüft, ob der Pilot KGB-Oberst war. Denn allein seine Behauptung war noch kein Beweis. Dem Präsidenten wurde ebenso wie den anderen schlagartig klar, daß sie in der Tat bisher keinen einwandfreien Beweis für die Behauptung des Piloten vorzuweisen hatten.

»Captain James ist auf unserem Stützpunkt in Nicaragua von unserem Geheimdienst vernommen worden, und es liegen Tonbänder davon vor, die Ihnen jederzeit gern zur Verfügung stehen. Er ist nicht übermäßig kooperativ, und seine Motivation für diesen Flug ist nicht eindeutig klargeworden. Aber er hat jedenfalls den Antrag auf politisches Asyl in der Sowjetunion gestellt. Diesem Antrag ist bisher noch nicht entsprochen worden.«

»Sie behaupten also, er ist ein Überläufer?« fragte der Präsident.

»Ganz genau, *Mr. President.*«

»Das ist doch der größte Quatsch –«, platzte Elliott heraus. Der Präsident hob abwehrend die Hand und gebot ihm zu schweigen.

»Ich sage Ihnen nur die Wahrheit, General Elliott«, erklärte Wilisertschew. »Ihr Captain James hat aus eigenem Antrieb gehandelt und ohne jeden Zwang oder jede Unterstützung durch meine Regierung –«

»Ah?« sagte Deborah O'Day. »Und was ist mit dem Auftanken in Mexiko? Wir wissen von unseren Piloten, daß sich auf diesem kleinen Flugplatz in den Bergen ein sowjetischer Hubschrauber befand, der das Flugzeug auftankte.«

»Die Einzelheiten dieses Vorgangs, Miss O'Day, sind uns selbst noch nicht klar. Es scheint, daß Captain James Kontakt mit einigen unserer Agenten in Los Angeles aufgenommen und mit diesen die Auftankaktion vereinbart hat. Doch das ändert nichts daran, und ich betone das noch einmal, daß Captain James weder Auftrag noch Unterstützung von unserer Regierung zur Planung und Durchführung seines Unternehmens hatte. Wir räumen lediglich ein, daß wir uns, sobald er erst einmal Ihr Land verlassen hatte, kooperativ verhielten – irrtümlich, nach Ansicht meiner Regierung.«

»Sie lügen!« sagte Elliott. Alle Köpfe fuhren zu ihm herum. Doch niemand, nicht einmal der Präsident, unternahm diesmal etwas, um ihn zum Schweigen zu bringen.

Wilisertschew wandte sich Elliott zu. »Verzeihung, Sir?«

»Hören Sie, wir haben die zwei Leute, die auf meinem Flugplatz in Nevada getötet wurden, identifiziert. Der eine war ein alterfahrener KGB-Agent, der andere ein junger und unerfahrener Mann vom Fußvolk. Wir haben auch die während der Fluchtaktion verschossenen Mörsergranaten identifiziert. Sie waren alle sowjetischer Herkunft. James ist ein KGB-Agent, und er hat zwölf Leute auf dem Gewissen, die bei seiner Entführungsaktion umgekommen sind, als er das geheimste unserer Militärflugzeuge aus einem militärischen Gelände der USA gestohlen hat. Nach allem, was ich gelernt habe, nennt man so etwas einen kriegerischen Akt. Aber ich bin natürlich nur ein General und kein Staatsmann.«

Das mußte ein glatter Bluff sein.

»Ich würde gern Ihren Bericht über diese beiden Männer und die verwendeten Waffen sehen«, sagte der Botschafter.

»Und wir Kenneth James«, sagte Elliott.

»Das läßt sich sehr leicht und bald arrangieren. Ich stehe in Kontakt mit –«

»Und daß die Umbauten an dem Flugzeug abgebrochen werden«, fuhr Elliott fort.

»Welche Umbauten?«

Elliott drückte wortlos auf seine Fernbedienung, die er in der Hand hielt. Das digitale Videoband suchte sich automatisch die vorprogrammierte Stelle und begann die Projektion mit dem letzten klaren Bild aus dem *Gepard* in den Hangar. Ganz deutlich sichtbar waren offenstehende Zugangsluken, die Zusatztanks unter den Tragflächen, und man sah, daß das Flugzeug aufgebockt war.

Wilisertschew studierte das Bild eingehend. »Vielen Dank, Sir«, sagte er dann, »für den damit vorliegenden eindeutigen Beweis, daß die Verletzung unseres gesperrten Luftraums von einem amerikanischen Flugzeug begangen wurde.«

»Vielen Dank meinerseits«, schnappte Elliott zurück, »für den damit vorliegenden eindeutigen Beweis, daß Sie das Flugzeug haben und Eigentum zerstören, das Ihnen nicht gehört.«

Auch dieser Film war eine Überraschung. Kein Wort hatte ihm Kalinin gesagt, daß es einen Aufklärungsfilm mit derartigen Details gab. »Das Flugzeug war bei der Ankunft auf unserem Luftstützpunkt schwer bewaffnet. Nachdem es sich um ein sehr ungewöhnliches Fluggerät mit uns bisher unbekannten Systemen und Einrichtungen handelt, war eine eingehende Untersuchung selbstverständlich erforderlich, um klarzustellen, daß es keine Gefahr für unser Personal am Ort darstellte. In diesem Falle wäre es geboten gewesen, uns seiner umgehend zu entledigen.«

»Ich versorge Sie gern mit allem nötigen Personal«, meinte Elliott rasch, »für die Sicherung des Flugzeugs.«

»Das wird nicht nötig sein. Unsere Techniker sind qualifizierte –«

»Es geht doch um nichts anderes, als daß das Flugzeug nicht Ihnen gehört, sondern den USA, und wir wollen es umgehend zurückhaben, basta.«

»Das, General, wird leider nicht möglich sein, fürchte ich«, erklärte Wilisertschew ungerührt und war einigermaßen überrascht, daß weder der Präsident noch sonst jemand aus der Runde einschritt. Er wandte sich demonstrativ von Elliott ab und wieder direkt dem Präsidenten zu. »Ich bin sicher, Sir, Sie verstehen, daß eine eingehende Untersuchung unerläßlich ist. Das Flugzeug ist das materielle Beweisstück dieser Untersuchung. Wir können es nicht vor Abschluß dieser Untersuchung herausgeben.«

Schweigen. Alle überließen es Elliott, den Ball weiter im Spiel zu halten. »Das«, sagte er also, »klingt mir sehr nach – – Spitzfindigkeit, Herr Botschafter.«

Wilisertschew hatte zunehmend Mühe, ruhig zu bleiben. »Wir haben unsere Prozeduren für solche Fälle, die zu befolgen sind, ganz genau wie Sie auch. Ich darf Ihnen und dieser erlauchten Versammlung hier versichern, daß nach dem Abschluß der Untersuchung alles Eigentum der Vereinigten Staaten selbstverständlich zurückgegeben wird.«

»Einschließlich James?« fragte Deborah O'Day.

»Nun, wenn er sich entschließt, in der Sowjetunion zu bleiben, wird ihm das vermutlich erlaubt werden. Genauso wie Sie –«

»Und Sie erwarten noch immer von uns, zu glauben, daß er keiner Ihrer Spione ist?« brauste Elliott auf.

»Das reicht jetzt, General Elliott«, schaltete sich endlich der Präsident ein, weil er fand, die Nützlichkeit des Geplänkels der beiden sei nun erschöpft. »Herr Botschafter, haben Sie uns sonst noch etwas von Ihrer Regierung mitzuteilen?«

»Nur noch eins, Sir. Meine Regierung hat Verständnis für Ihre Gründe, unseren Militärstützpunkt in Nicaragua zu überfliegen. Wir haben sogar Verständnis dafür, daß Sie unseren Versorgungshubschrauber in Mexiko abgeschossen haben. Andererseits habe ich hier versucht, Ihnen klarzumachen, daß dieses bewußte Flugzeug ohne unser Wissen auf unser Territorium kam und daß wir selbstverständlich eine Untersuchung zur Feststellung der objektiven Fakten durchführen müssen. Wir erwarten, daß man uns bei dieser Untersuchung nicht behindert. Wir ersuchen Sie lediglich um Geduld. Selbstverständlich aber können wir keine feindseligen oder erpresserischen Akte hinnehmen. Ich darf noch einmal daran erinnern, daß es Ihr Flugzeug war und Ihr Pilot, der auf unseren Stützpunkt eindrang und die Grenzen unseres Verbündeten verletzte. Sie müssen zuallermindest auch unser Recht, die Wahrheit festzustellen, respektieren.«

Präsident Taylor beugte sich vor und stützte sich auf den Konferenztisch. »Gut, Mr. Wilisertschew, übermitteln Sie Ihrem Generalsekretär folgendes. Ich mag Drohungen nicht, wie diplomatisch sie immer formuliert sein mögen. Und ich mag es außerdem nicht, wenn man mir sagen will, was ich zu tun habe, ganz besonders nicht von jemandem, der sich unseres Eigentums bemächtigt hat. Sie sind keineswegs in der Position, Forderungen an uns zu stellen.«

Diese einleitenden Bemerkungen des Präsidenten waren Musik in Elliotts Ohren, doch das änderte sich rasch wieder, als Taylor weitersprach. »Immerhin verstehe ich aber Ihre Bitte nach einer gewissen Frist für die Untersuchung und bin damit einverstanden...«

Elliott konnte sich nicht mehr zurückhalten. *»Mr. President...«*

»...unter einer Bedingung, Herr Botschafter«, fuhr der Präsident mit erhobener Stimme und einem Blick aus den Augenwinkeln auf Elliott fort. »Wenn mir Ihre Regierung zusichert, daß das in Ihrer derzeitigen Verwahrung befindliche Flugzeug nicht von seinem gegenwärtigen Standort entfernt wird, werden wir fünf Tage lang stillhalten. Danach jedoch werden wir sofort Schritte unternehmen, unser Eigentum zurückzubekommen, einschließlich der Verwendung von Marine-, Land- und Luftstreitkräften. Haben wir uns verstanden, Herr Botschafter?«

Wilisertschew antwortete nicht sofort. Unglaublich. Offenbar hatte Kalinin diesmal genau richtig kalkuliert. Die Amerikaner hatten tatsächlich kein Interesse an einer kriegerischen Auseinandersetzung wegen dieses Flugzeugs! Der Rest war ja ohnehin nur Wahrung des Gesichts...

»Ich muß mich natürlich über Ihren Vorschlag erst mit meiner Regierung ins Benehmen setzen, Sir.«

»Gewiß. Doch das ändert nichts daran, daß die Fünftagefrist ab jetzt beginnt. Haben wir danach unser Flugzeug nicht wieder, holen wir es uns. Ich erwarte die Antwort Ihrer Regierung bis morgen früh. Guten Abend, Mr. Wilisertschew.«

Der Botschafter erhob sich, verbeugte sich höflich, aber sichtlich unbefriedigt vor dem Präsidenten, und ging. Cesare geleitete ihn hinaus.

»Mr. President«, meldete sich Elliott sogleich wieder, »Sie können ihnen doch keine fünf Tage Frist geben! Wir können uns nicht einmal fünf Stunden leisten.«

»General Elliott, wenn ich die Russen veranlassen kann, daß der *Dream Star* in der westlichen Hemisphäre bleibt und dazu noch Feindseligkeiten zur gleichen Zeit verhindere, dann halte ich dies für ein gutes Ergebnis. Vor allem angesichts der Lage, in die ich gebracht worden bin.« Er rieb sich nervös die Augen und schlug dann mit den Fäusten auf seine Sessellehnen. »Ich habe bei jedem Ihrer Argumente, General, eine militärische Aktion überlegt. Bei jedem, General! Und jedesmal bin ich zu folgendem Schluß gekommen: Wir würden das Flugzeug endgültig verlieren, die Russen würden einen gewaltigen Propagandaerfolg verzeichnen können, und es wäre der politische Selbstmord für mich und meine Regierung. Und zwar selbst dann, wenn wir das Ding am Boden zerbomben würden. Und wenn wir dabei auch noch einige Soldaten oder Flieger verlieren oder die Zerstörung des Flugzeugs mißlingen würde, sähen wir noch älter aus. Ein militärisches Unternehmen ist nicht zu gewinnen.«

»Sir, wir haben doch bewiesen, daß die Sowjets vorhaben, den *Dream Star* aus Nicaragua herauszufliegen! Daß uns Wilisertschew hier etwas erzählt hat, heißt doch noch lange nicht, daß sie ihre Absichten geändert haben. Sie treffen eine Vereinbarung mit uns und fahren seelenruhig in ihren Plänen fort, das ist doch kein Problem. Wir müssen handeln, *Mr. President*!«

Dieser Querkopf! dachte der Präsident. Vor kurzer Zeit noch war er schon so gut wie in Schimpf und Schande entlassen, und heute abend unterbrach er mit der größten Selbstverständlichkeit maßgebliche Kabinettsmitglieder, nannte einen akkreditierten Botschafter einen Lügner und versuchte ganz offen dem Präsidenten der Vereinigten Staaten zu sagen, was er zu tun hatte! Und trotzdem, oder vielleicht gerade deshalb, begann er diesen alten Haudegen der Air Force zu respektieren, um nicht zu sagen, zu mögen... Natürlich, der Mann war zu hitzig, zu schnell bereit, Risiken einzugehen. Die politischen Realitäten waren ihm völlig egal. Wie das eben bei Generälen meistens zu sein pflegte...

»Da muß ich Ihnen leider widersprechen, General«, sagte er. »Zumindest für den Moment. Mein Gott, Elliott, Tatsache ist doch, daß wir in Wirklichkeit kaum realistische Alternativen haben! Bedenken Sie doch, allein die Nachwirkungen eines militärischen Eingreifens gegen die Russen wären weitaus folgenschwerer als der Verlust dieses Flugzeugs, wie toll es auch immer sein mag. Warten wir doch erst einmal ab, wie sie jetzt reagieren!«

»Ich schlage ja gar kein militärisches Eingreifen vor, Sir! Ich bin allein besorgt darüber, daß sie jetzt Zeit bekommen, ihre Pläne, den *Dream Star* aus Nicaragua herauszuschaffen, weiterzuführen. Wilisertschews Besuch hatte doch vor allem den Zweck, Nebelkerzen zu werfen, damit wir beschwichtigt werden und jede Absicht, uns den *Dream Star* zurückzuholen, aufgeben. Und während wir noch geduldig warten, bis sie uns antworten, kann der *Dream Star* längst auf dem Weg nach Rußland sein! Und dann haben wir überhaupt nichts mehr in der Hand und können nur den ganzen Verhandlungszirkus von vorn beginnen. Und das kann sich Wochen und Monate hinziehen... nämlich mindestens so lange, wie sie brauchen, die Technologie der XF-34 an ihre Entwicklungsbüros zu übermitteln...« Und bevor ihn noch irgendwer unterbrechen konnte, fuhr er fort: »Ich habe einen Plan, Sir, für einen streng begrenzten Luft-Sicherheits-Kordon in der Karibik – ganz klein, sehr unauffällig, einfach, aber wirksam. Wenn wir ein AWACS-Flugzeug vom Stützpunkt San Juan aus mit Jäger-Geleitschutz die östliche Karibik überwachen lassen, und ein zweites von Honduras aus die nördliche und westliche...«

»Und warum sollte das für den *Dream Star* ein Hindernis sein?« unterbrach ihn Stuart. »Nachdem er schon auf seinem Flug nach Nicaragua alles weggeräumt hat, was ihm im Weg war? Sie waren es doch, der sagte, diese XF-34 fliegt nach Belieben Kreise um jeden anderen Jäger aus unserem eigenen Inventar! Also, wir stellen ihm ein Radarflugzeug und ein paar Jäger in den Weg, und wer oder was soll ihn hindern, sie alle abzuschießen?«

»Wenn sie diese Zusatztanks aufmontieren, dann verringert das seine Flug- und Gefechtsfähigkeit erheblich«, erklärte Elliott. Er tat allerdings optimistischer, als er tatsächlich war. Es war auch ihm klar, daß er sich inzwischen auf dem Boden reiner Spekulation befand. »Die Maschine und ihre Flügel sind selbstverständlich nicht für externe Zusatztanks konstruiert. Ich gehe deshalb davon aus, daß eine kleine Staffel Abfangjäger durchaus in der Lage ist, es in dieser Situation... auf jeden Fall stünden die Chancen dann fast gleich...«

»Aber ungeachtet dessen bedeutet Ihr Plan eben dennoch militärisches Eingreifen!« belehrte ihn sein Minister. »Sie versuchen hartnäckig, die Regierung in eine militärische Konfrontation mit den Russen hineinzutreiben! Wie oft muß der Präsident eigentlich noch nein sagen, General?«

»Sir«, meldete sich nun der Air Force-Staatssekretär Wilbur Curtis, »es gibt ja keine militärische Konfrontation, wenn der *Dream Star* in Nicaragua bleibt! Diese Einsatztruppe in der Karibik kann offiziell als ganz normale Manöverübung deklariert werden. Wenn der *Dream Star* aber auszubrechen versuchen sollte, dann liegt der Schwarze Peter doch bei den Russen! Weil sie dann unsere Vereinbarung gebrochen hätten und damit einen Mangel an Bereitschaft bewiesen, diese Angelegenheit...« Er wandte sich an den Präsidenten. »Und in diesem Fall wäre meiner Meinung nach eine noch viel drastischere Reaktion von uns ohne weiteres gerechtfertigt.«

Der Präsident lehnte sich zurück, massierte sich die Stirn und starrte nachdenklich die Karte von Mittelamerika an. Sie begann ein wenig vor seinen Augen zu tanzen. Er war müde und erschöpft. »Wie stark sind wir da unten?« fragte er.

Elliott hatte die Frage geahnt und blätterte bereits in seinen Unterlagen. »Im Augenblick kontrollieren wir vor allem die Ostkaribik. Wir sind imstande, das Kontrollpotential soweit zu aktivieren, daß wir jeden niedrigfliegenden Hochgeschwindigkeitsflugkörper identifizieren können. Etwas schwieriger ist es für die nördliche und westliche Karibik. Aber wir könnten jederzeit binnen sechs bis acht Stunden einen Jägerschlepp organisieren.«

»Einen was?«

»Einen gezielten Aufmarsch. Neun Jäger würden vom Stützpunkt Howard in der Kanalzone abgezogen und zum Stützpunkt La Cieba an der Nordküste von Honduras beordert. Drei davon müßten die AWACS-Maschine und den Auftanker begleiten, die anderen könnten sie schichtweise ablösen. Es besteht einige Wahrscheinlichkeit, daß wir auf den Cayman-Inseln Landeerlaubnis für sie bekämen, andererseits würden sich in der dann existierenden Situation vielleicht doch Widerstände dagegen erheben, also habe ich die Cayman-Inseln von vornherein aus den Plänen ausgeklammert.«

Sieh an! dachte der Präsident beeindruckt. Hat er sogar schon bis in solche Einzelheiten vorausgedacht... Aber trotzdem...

»Das würden wir so lange beibehalten, bis aus New Orleans oder der Ostkaribik Marineunterstützung eingetroffen wäre. Beides würde überschlagsweise achtundvierzig Stunden in Anspruch nehmen. Das beste, was wir dafür zur Verfügung haben, wäre der Flugzeugträger *Theodore Roosevelt*, der sich gegenwärtig auf Manöverfahrt nördlich von Puerto Rico befindet. Er kann in zwei Tagen da sein. Die *George Washington* – die CVN-73 – wäre aber die bessere Wahl. Sie liegt allerdings im Hafen von New Orleans und bräuchte länger. Die Flugzeuge könnte man mit Kurz- und Mittelstrecken-Luft-Luft-Raketen ausrüsten und mit Langstrecken-Zusatztanks, und sie könnten jedes Flugzeug in ihrem Flugbereich abfangen und jedes auch einzeln visuell identifizieren. Und wenn es zuviel würde, müßte man sie nur anweisen, sich auf Hochgeschwindigkeitsflugkörper in großen Höhen zu beschränken. Zwar kann der *Dream Star* in jeder Höhe mit jeder Geschwindigkeit fliegen, aber angesichts der ungewöhnlich langen Strecke, die in diesem Falle zu bewältigen wäre, müßte natürlich vor allem auf möglichst treibstoffsparenden Flug geachtet werden, und das bedeutet möglichst große Flughöhe, wenige Flugmanöver und wenig gedrosselten Flug. Die Anweisung an unsere Piloten würde lauten – und das tut weh! –, den *Dream Star* sofort abzuschießen und ebenso jedes Begleitflugzeug, falls sie Widerstand leisten. Wenn irgend möglich, sollen sie aber versuchen, den *Dream Star* abzufangen und zur Notwasserung zu zwingen.«

Als er fertig war, blickte Elliott kurz auf und suchte den Blick von Staatssekretär Curtis. Dieser nickte ihm zu und sagte zum Präsidenten: »Sir, ich empfehle die Annahme dieses Plans. Er ist zurückhaltend genug, und zumindest die Rolle der Air Force ist klar und eindeutig bestimmbar. Wir müssen uns natürlich mit der Marine und den anderen Chefs der Vereinten Stäbe ins Benehmen setzen, aber ich meine doch, daß wir angesichts der Lage keine andere Wahl haben, als zumindest die erste Phase sofort in Gang zu setzen.«

Der Präsident studierte mit skeptischem Gesicht die Landkarte. »Wie groß ist die Gefahr für unsere Piloten?« wollte er wissen und deutete auf die Karte. »Sieht so aus, als müßten sie ziemlich lange über dem offenen Wasser sein.«

Elliott nickte. »Das stimmt leider, Sir. Sie müssen achtzehntausend Quadratmeilen offener See überwachen. Da wir sie in der Luft auftanken, können sie so lange oben bleiben wie erforderlich. Wir können jedenfalls mit dem Schichtdienst und weiteren Auftankflugzeugen eine kontinuierliche Ablösung alle vier Stunden ermöglichen.«

Curtis faßte das zusammen. »Für den einzelnen Piloten bedeutet das also einen Einsatz von jeweils sechs Stunden. Jede Stunde auftanken. Dazu der Streß, jedes auftauchende Flugzeug auf Sicht zu identifizieren und notfalls auch den Kampf aufzunehmen. Und das alles über offener See. Nicht gerade der Wunschtraum eines Piloten.«

»Das klingt so«, sagte der Präsident, »als wollten Sie mir die Sache ausreden, Wilbur.« Er hob abwehrend die Hand, als Curtis etwas entgegnen wollte. »Ja, ja, ich weiß ja, Sie wollen mir nur die Belastungen der Leute klarmachen. Trotzdem, Gentlemen, ich halte gar nichts von diesem Plan.«

Elliott sank das Herz.

»Sie sind bereit, diese Piloten großen Risiken auszusetzen, nur weil Sie persönlich den Russen nicht trauen wollen, daß sie ihr Wort halten. Sie tun so, als regierte dort noch immer Stalin.« Er versuchte gar nicht mehr, seinen Unwillen zu zügeln. Er war inzwischen zu müde und erschöpft und mußte das loswerden. »Und der ganze Aufwand wegen eines einzigen Flugzeugs! Und eines einzigen Piloten, der vielleicht aus Nicaragua herausfliegen könnte. Und weil Sie beide nicht imstande waren, in Ihrem eigenen Ressort einen Agenten rechtzeitig zu enttarnen! Nein, meine Herren, Sie verlangen von mir, daß ich noch mehr Menschenleben riskiere – für das, was Sie vermasselt haben! Sie verlangen von mir, mein Amt aufs Spiel zu setzen, damit Sie Ihre persönlichen Rachegelüste befriedigen können!«

Er drehte heftig seinen Sessel und starrte wieder auf die Landkarte von Mittelamerika.

Verteidigungsminister Stuart konnte seine Befriedigung kaum verbergen.

Cesare hatte inzwischen veranlaßt, daß ein junger Steward mit Kaffee kam, und ihm leise geraten, die Tasse des Präsidenten lieber außerhalb seiner Reichweite abzustellen, für den Fall, daß sein Temperament noch einmal aufwallte.

Elliott warf einen Blick auf Deborah O'Day. Zu seiner Überraschung schien sie durchaus zuversichtlich zu sein. Was wußte sie? Nach dieser Tirade würde der Präsident doch sicher nicht –

»General Elliott!« Der Präsident deutete auf die Karte. »Ich will noch andere Vorschläge hören, was diese Piloten angeht. Sechs bis sieben Stunden Alleinflug in einem Jagdflugzeug über offene See, das ist einfach zuviel, zumal ihr Einsatz tagelang dauern könnte. Was haben Sie als Alternative anzubieten?«

Elliott war schon an der Karte und deutete mit dem Finger auf eine bestimmte Stelle. »Sir, ich fürchte, sehr viele Alternativmöglichkeiten gibt es nicht. Hier in der östlichen Karibik haben wir Landerechte nur auf Puerto Rico und Grenada, vielleicht noch in Montserrat und Anguilla. Aber auch das bedeutet immer noch lange Flugzeiten über offener See. In der westlichen Karibik ist es sogar noch schlechter. Da haben wir zwar noch einige andere Flugplätze in Honduras, einschließlich Puerto Lempira hier, dreißig Meilen nördlich der Grenze zu Nicaragua. Aber sie sind militärisch schon lange aufgelassen und vermutlich nicht mehr sicher. Auf jeden Fall würde ich da keine modernen Jäger landen lassen wollen. Diese Gegenden werden eher von der Drogenmafia kontrolliert als vom Militär. Zu Honduras gehört eine kleine vorgelagerte Insel. Hier, Santanilla. Aber auch dort ist der Flugplatz nur sehr klein. Mit neun unserer Jäger samt Bodenpersonal wäre der bereits hoffnungslos überfüllt. La Cieba bleibt also die beste Lösung –«

»Vielleicht nicht mal«, sagte da plötzlich Deborah O'Day. »Sie sind mir ein wenig schnell über das Thema Cayman-Inseln weggegangen, General, was die mögliche Landeerlaubnis betrifft. Vielleicht waren Sie da doch etwas voreilig. *Mr. President*, ich würde mich darum gern kümmern. Erlauben Sie General Elliott, seine Jäger in die Karibik zu schicken. Von Honduras bekommen wir auf jeden Fall Landerecht für La Cieba. Während die Flugzeuge ihre Patrouillen dort unten fliegen, kann ich mich um die Genehmigung von den Cayman-Inseln und den Briten für Lande- und Versorgungsrechte bemühen. So schwierig dürfte das nicht sein. Unsere Marine ist dort die ganze Zeit. Da werden sie wegen ein paar Jagdflugzeugen kaum Geschichten machen. Um die Landerechte in Montserrat kann ich mich dann auch gleich kümmern.«

Der Präsident sagte wieder: »Gefällt mir nicht. Wir riskieren ein Dutzend Menschenleben nur wegen der Furcht, daß die Russen möglicherweise eine offizielle Abmachung mit uns nicht einhalten. Schön, also gut, meinetwegen, General. *Vorausgesetzt* jedoch, wir haben die Landeerlaubnis für die Cayman-Inseln und für Montserrat! Falls wir die nicht kriegen, werden Ihre westlichen Jäger mit ihren eigenen Tankern aufgetankt, in Honduras ihre Erholungspausen verbringen und dann nach

Panama zurückkehren. Die östlichen bleiben in Puerto Rico. Ausgedehntere Patrouillenflüge über offener See werde ich nicht erlauben. Wenn die Leute sich in Georgetown auf Grand Cayman oder in Plymouth auf Montserrat erholen können, will ich keine längeren Einsätze als vier Stunden. Was die Marine-Verstärkung angeht, so behalte ich mir die Entscheidung darüber bis nach den erforderlichen Gesprächen mit der Marine vor. Verstanden?«

Curtis und Elliott beeilten sich, dies zu bestätigen.

»Instruieren Sie Ihre Piloten vor allem dahingehend, daß ich keinerlei Beeinträchtigung des normalen Flugverkehrs wünsche«, sagte der Präsident. »Vermutlich wimmelt es da von Hochgeschwindigkeits-Jets. Aber Ihre Leute sollen sich davor hüten, normale Linienflüge zu stören, oder, was noch viel schlimmer wäre, zu schnell auf falsche Ziele zu schießen. Klar?«

»Absolut klar, Sir«, sagte Curtis.

»Ich werde selbst an Bord der AWACS sein«, ergänzte Elliott, »und die Aktion direkt leiten und überwachen.«

»Das habe ich doch schon mal gehört. Wilbur, ich will stündlich unterrichtet werden, sobald es losgeht, als erstes morgen früh. Und richten Sie sich auf die Möglichkeit ein, daß die ganze Aktion jederzeit abgeblasen werden kann, wenn wir zufriedenstellende Antworten von den Sowjets erhalten sollten.«

»Ja, Sir.«

Der Präsident stand auf und verließ den Konferenzraum ohne ein weiteres Wort. Deborah O'Day ging lächelnd zu Elliott.

»Danke für die Hilfe«, sagte Elliott.

Sie kam noch einen Schritt näher. »Ich habe jetzt was gut bei Ihnen, Bradley Elliott. Und ich erwarte volle und prompte Rückzahlung.«

Elliott sah ihr in die blitzenden Augen und nickte.

»Planen Sie schon mal die Cayman-Inseln für Ihre Flieger ein«, sagte sie. »Der stellvertretende Gouverneur dort ist zufällig ein alter Familienfreund. Ich hoffe, Sie kriegen auch einen zweisitzigen Jäger da runter. Er und Angehörige seiner Familie sind wahrscheinlich scharf auf einen Rundflug. Er ist ganz verrückt auf Jagdflugzeuge.«

»Na ja, eine Vergnügungsreise wird dieser Einsatz nicht gerade werden, vermutlich –« Elliott brach ab, als Curtis sich zu ihnen gesellte. Sie gingen zusammen aus dem *Oval* in Deborah O'Days Büro, wo sie sich setzten, während Marcia Preston ihnen Kaffee servierte.

»Wir müssen unsere Stäbe zusammentun und Filigranarbeit leisten«, sagte Curtis. »Den Alten überzeugen ist eine Sache, aber das Ding tatsächlich auf die Beine zu stellen eine andere. Zwei ganze Staffeln Abfangjäger für eine vielleicht ausgedehnte Sammelaktion...« Er sah Elliott an. »Probleme, Brad?«

»Ja, etwas ergibt keinen Sinn.« Elliott stand auf und ging zu einer großen Karte der USA und Mittelamerikas an der Wand. »Die ganze Ostkaribik haben wir ordentlich unter Kontrolle, da, zwischen den normalerweise hier rumschippernden Marineeinheiten und unserem Luftstützpunkt auf Puerto Rico. Aber hier, im Westen, sind wir schwach auf der Brust. Und trotzdem gehen wir davon aus, daß sie den *Dream Star* hier durch, ostwärts, nach Rußland fliegen.«

»Na sicher«, sagte Curtis, »wie denn sonst?«

Elliott deutete auf die Karte. »Na, über Kuba! Von Sebaco bis Kuba sind es sechshundert Meilen. Und wenn sie den *Dream Star* erst mal dort haben – verdammt, das ist doch fast so gut, als hätten sie ihn zu Hause. Keine Chance, daß wir dort rankämen. Kuba ist nicht Nicaragua...!«

»Aber wozu montieren Sie dann die Zusatztanks auf?« fragte Deborah O'Day.

»Ich glaube ja auch nach wie vor, daß sie direkt nach Rußland fliegen wollten. Aber nachdem wir sie in flagranti erwischt haben, wie sie einen Langstreckenflug vorbereitet haben... Sie wissen schließlich, daß wir die östliche Karibik zumachen können. Also ist Kuba für den Augenblick das logischere Ziel!«

»Ich weiß nicht«, zweifelte Curtis, »so logisch finde ich das nicht. Gewiß, dort sind sie sicherer. Aber andererseits liegt Kuba direkt vor unserer Haustür, und wir können es rund um die Uhr überwachen, jedes Fleckchen. Wenn wir den Präsidenten dazu kriegen könnten, wäre eine totale Luft- und Seeblokkade Kubas ein Kinderspiel. Sie würden den *Dream Star* nie und nimmer dorthin kriegen. Warum also sollen sie Zeit mit den Umbauten verschwenden, wenn sie die Absicht hätten, nach Kuba zu fliegen?«

»Was die Blockade angeht«, sagte Elliott, »bin ich nicht so überzeugt wie Sie, Sir. Wir haben heute nicht mehr die militärische Überlegenheit wie in den sechziger Jahren. So eine Blokkade wäre heute sehr viel schwieriger. Und die Russen wissen sicher, daß wir nicht unsere halben Streitkräfte nur dafür einsetzen werden, den *Dream Star* zurückzubringen. Schon weil wir in einem Wahljahr sind.« Er sah nachdenklich die Karte an und klopfte dann mit dem Fingerknöchel auf die lange, schmale Insel südlich von Florida. »Nein, nein, ich bin ziemlich überzeugt davon. Sie fliegen den *Dream Star* erst nach Kuba.«

Curtis wiederholte seine Zweifel, und Elliott schwieg eine Weile. »Also gut, Sir. Aber wie ich schon sagte, die östliche Karibik haben wir ziemlich gut unter Kontrolle. Ich werde deshalb die Einsatztruppe im Westen kommandieren.«

»Aber Sie haben doch gehört, daß der Alte Sie im Osten haben will.«

»Darauf habe ich mich doch nicht festgelegt. Ich sagte lediglich, ich werde selbst in einer AWACS an Ort und Stelle sein. An welcher, habe ich nicht gesagt. Außerdem stehe ich ja ständig in Verbindung mit der Ost-Truppe und der aus Honduras kommenden AWACS. Sie wollen uns überrumpeln. Darauf verwette ich meine Pension!«

»Die«, sagte Curtis und sah ihn an, »steht sowieso auf dem Spiel, mein Lieber, das ist Ihnen doch klar?«

Konsulat der UdSSR, Washington, D. C.
Freitag, 19. Juni,
20.15 Uhr EDT (Samstag, 04.15 Uhr OEZ)

Sonnenflecken waren schuld, daß die Stimme aus dem Datenzerhacker stark rauschte und immer wieder schwand, doch immerhin kam sie noch deutlich genug, um die Zufriedenheit des KGB-Chefs zu übermitteln.

»Eine sehr gute Nachricht!« sagte er.

Er saß im Kommunikationszentrum im Kreml in Moskau und trank Tee. »Die Amerikaner«, sprach er weiter, »achten offensichtlich sehr darauf, so kurz vor den Wahlen nicht in einen persönlichen Konflikt zu geraten.«

»Nun«, entgegnete Botschafter Wilisertschew in Washington, »die Amerikaner haben zwar diese Frist gewährt, doch das bedeutet keineswegs, daß sie nachgegeben haben. Sie erwarten eine Erklärung aus Moskau in spätestens zwölf Stunden, in der wir versprechen, das Flugzeug nicht aus Sebaco wegzuschaffen und es in fünf Tagen zurückzugeben. Wenn Sie dem nicht zustimmen, gewinnen die aktiven Kräfte des Militärs die Oberhand, die auf eine Invasion Sebacos drängen, um sich ihr Eigentum selbst zurückzuholen. Ihr Wortführer ist der Air Force-General Bradley Elliott.«

»Ach, Elliott...«, sagte Kalinin wegwerfend, »dieser Papiertiger. Der Mann ist doch nur noch ein Anachronismus. Viel zu sehr Falke für die jetzige Regierung. Ich bin sicher, sie werden ihn bald in Pension schicken. Immerhin ist ja er auch der Sündenbock. Ihm haben wir die XF-34 von seinem Stützpunkt geholt.«

»Er war heute im Weißen Haus«, erklärte Wilisertschew. »Offensichtlich geschah der Überflug in Sebaco heute auf seine Veranlassung. Sollte er bei Taylor und dessen Regierung in Ungnade gefallen sein, so haben sie das jedenfalls sehr gut verborgen.«

»Sorgen Sie sich nicht wegen Elliott...«

»Das tue ich gar nicht«, sagte Wilisertschew. »Viel eher mache ich mir Ihretwegen Sorgen, Genosse. Ich habe in Ihrem Namen und Auftrag zugestimmt, meiner Regierung diese Botschaft zu übermitteln. Die Amerikaner erwarten eine Antwort. Ich habe aber das Gefühl, daß Sie gar nicht an irgendwelchen Abkommen interessiert sind und das Flugzeug auf jeden Fall aus Nicaragua herausschaffen wollen.«

»Darauf können Sie Gift nehmen«, sagte Kalinin. »Das Flugzeug wird aus Nicaragua raus sein, bevor die Amerikaner ihre Antwort aus dem Kreml haben. Wir nehmen das auf unsere Kappe. Und Sie erzählen den Amerikanern einfach, daß dieser Scheiß-KGB sich nicht an die Vereinbarungen gehalten und einen Alleingang unternommen hat. Was sollen sie tun außer protestieren? Sie kriegen ihr Flugzeug ja auch wieder – sobald wir es uns genauestens angesehen haben, natürlich. Was ich so höre, muß das eine sensationelle Maschine sein.«

»Scheint so«, sagte Wilisertschew, »sonst wären sie nicht so hektisch. Und sie werden sich bestimmt nicht nur mit Protestieren begnügen.« Es trat eine Pause ein, während der beide dem Knattern in der Leitung lauschten. »Was meinen Bericht an das Außenministerium betrifft –«, sagte der Botschafter dann.

»Den stellen Sie vierundzwanzig Stunden zurück.«

Wilisertschew hatte das nicht anders erwartet. »Völlig ausgeschlossen«, antwortete er sofort. »Ich bin persönlich ins Weiße Haus gefahren. Ich habe mit dem Präsidenten verhandelt. Und ich habe das Konsulat völlig ohne Begleitung verlassen, ohne Ziel- und Kontaktangaben. Soll ich etwa melden, daß ich mir die Sehenswürdigkeiten Washingtons betrachtet habe? Wenn irgendwer aus dem Weißen Haus jemanden in Moskau von meinem Besuch in Kenntnis setzt und offenbar wird, daß ich nicht darüber berichtet habe, was dann? Vor allem, was, wenn die ganze Geschichte morgen in allen Zeitungen steht? In dieser Stadt steht hinter jedem Laternenpfahl ein Reporter!«

»Beruhigen Sie sich«, sagte Kalinin kühl. »Der Bericht geht für vierundzwanzig Stunden unter, vielleicht auch für länger. Und bis dahin ist die Aktion längst abgeschlossen, und ich erkläre dem Generalsekretär und dem Politbüro alles.«

»Das hoffe ich«, entgegnete Wilisertschew. »Ich habe keinerlei Verlangen danach, in die Wüste geschickt zu werden. Schon gar nicht, wenn sie Sibirien heißt...«

Kalinin unterbrach die Verbindung ohne weitere Antwort.

Militärflugplatz Sebaco, Nicaragua

Samstag, 20. Juni,
04.51 Uhr CDT

Andrej Maraklow befand sich in einem Tollhaus. Dutzende Fehler wurden ihm auf einmal gemeldet, vom schwerwiegenden kompletten Kurzschluß in allen Systemen bis zum verhältnismäßig unerheblichen Ölverlust. Dennoch war die vertraute Woge von Kraft und Energie, die jedesmal den erfolgreichen Kontakt mit ANTARES begleitete, ein angenehmes Gefühl, bei allen Problemen, die laufend gemeldet wurden.

Der *Dream Star* hatte einige gravierende Veränderungen hinter sich. Dazu gehörten die beiden großen, zigarrenförmigen Zusatztanks aus rostfreiem Stahl unter den Tragflächen. Zwei der vier Raketenhaken auf jeder Seite waren für ihre Aufhängung benützt worden – mit der logischen Konsequenz, daß er nur noch insgesamt zwei statt acht Raketen mitnehmen konnte. Der Innendruck in den Zusatztanks war auf den der Normaltanks abgestimmt, dadurch konnten zuerst die Normaltanks ganz leergeflogen werden, ehe die Zusatztanks den Treibstoff lieferten. Ebenso waren Preßluftkammern vorhanden, so daß die Zusatztanks später abgeworfen werden konnten.

Die so entstandene völlig neue Aerodynamik des Flugzeugs zu testen, blieb keine Zeit mehr. Die Treibstoffleitungen konnten schlecht funktionieren – oder gar nicht. Die Zusatztanks konnten wegbrechen oder unerwartete Strömungswirbel erzeugen, oder so wackeln und flattern, daß es unmöglich wurde, überhaupt abzuheben, oder in einer Bruchlandung endete. Risiko hin, Risiko her – es mußte nach Plan abgeflogen werden.

Die Vorderflossen wurden wieder aufmontiert und auch sonst das ganze Flugzeug nach besten Kräften in den ursprünglichen Zustand zurückversetzt, nachdem es schon teilweise zerlegt gewesen war. Die eigenen Systeme des *Dream Star* besorgten die Funktionskontrollen, testeten sich also selbst und gaben Wartungstechnikern Anweisungen, wie die Probleme zu lösen waren.

Wie üblich aktivierte Maraklow als erstes die Funksysteme.

»Hören Sie mich, General?«

General Tretjak sah Musi Zajkow verblüfft an, als er den roboterhaften Klang der Stimme hörte. Er fragte: »*Kto djela?*«

»Maraklow.«

»Sind Sie in Ordnung, Oberst? Ihre Stimme klingt ganz anders!«

»Ja, sicher. Meine Stimme kommt über den Computer. ANTARES meldet mehrere Fehler, die beseitigt werden müssen. Vor allem einen Kurzschluß im linken Haupt-Bus. Die Techniker müssen die Zugangsplatte vier links öffnen. Das Bus-Modul befindet sich in der Mitte der elektronischen Installation. Sobald die Platte offen ist, schalte ich hier ab.«

»Augenblick, Oberst«, sagte Tretjak, »ich kann Sie nicht gut verstehen.« Er übergab den Kopfhörer an Musi Zajkow.

»Andrej?«

»Ja, Musi?«

Auch sie war verblüfft, als sie die Stimme hörte. »Bist das wirklich du, Andrej?«

»Ja, aber jetzt ist keine Zeit für Privatgespräche«, sagte Maraklow. »Paß auf und gib meine Instruktionen genau an den Chef des Bodenpersonals weiter. Bevor das nicht repariert ist, kann ich das Triebwerk nicht starten.«

Musi Zajkow notierte sich seine Anweisungen auf einen Notizblock, las sie zur Kontrolle noch einmal vor und reichte sie dann dem leitenden Ingenieur weiter.

»Nein, sie öffnen die falsche Platte«, kam die computerisierte Stimme Maraklows. Die Arbeiter mußten gestoppt und zur richtigen Luke dirigiert werden.

»Haupt-Bus links abgeschaltet«, meldete Maraklow, nachdem er das entsprechende Gedankenkommando erteilt hatte. »Dieser LI wäre in den Staaten längst rausgeflogen«, knurrte er. »Fünf Minuten, um eine Lukenplatte richtig zu öffnen! Auf die Art sitzen wir heute mittag noch hier!«

Für die Übermittlung von Sarkasmus war das ANTARES-System nicht eigentlich geeignet, doch Musi Zajkow nickte trotzdem verständnisvoll. »Sie trauen sich alle das Ding nicht so recht anzufassen«, beschwichtigte sie. »Der LI muß ihnen jeden einzelnen Handgriff ausdrücklich befehlen.«

»Ja, aber auf diese Weise muß ich dann bei Tageslicht fliegen!«

»Es wird gleich soweit sein.«

»Das ist doch nur die erste von ein paar Dutzend Reparaturen, die noch erforderlich sind, bevor ich starten kann! Und gleich geht die Sonne auf. Ich werde die halbe US-Navy am Hals haben, ehe ich noch hundert Meilen geflogen bin. Am hellichten Tag und mit diesen beiden Tankungetümen bin ich lahm wie eine Ente und sie können Scheibenschießen auf mich veranstalten.«

»Wir sind bereits dabei, uns mit den Nicaraguanern abzustimmen, daß sie die ganze Karibik nach US-Schiffen absuchen, die dir in die Quere kommen könnten. Bis jetzt gibt es keine Meldungen, daß irgendeines näher als 600 Meilen ist, nicht gerechnet natürlich die in der Kanalzone und in Puerto Rico. Im übrigen ist Nachricht aus Moskau gekommen, daß die Amerikaner fünf Tage stillhalten wollen. Sie sind auf diese Aktion nicht gefaßt.«

»Das wird sich herausstellen«, sagte Maraklow. »Kümmere dich jetzt vor allem darum, daß die Leute ein wenig Tempo machen. Jede Minute länger, die ich hier untätig sitze, bringt die Amerikaner näher.«

Hundert Meilen südwestlich der Cayman-Inseln

Samstag, 20. Juni, 05.00 Uhr CDT

»Hallo *Drachen*-Flug Fünf/eins, hier Georgetown Radar«, meldete eine fröhliche britische Stimme über den Kommandofunk. »Willkomen auf den Cayman-Inseln. Sie bekommen sofort Ihre Frequenzen zugeteilt.«

»Wunderhübsches Sommerlager, würde ich sagen«, meinte Major John Coursey. Er war bester Laune und nippte an einem Orangensaft. Er war einer der zwölf ADF-Piloten F-16 vom Air Force-Stützpunkt Howard in Panama, die für eine Aktion abkommandiert worden waren, von der sie nur den Codenamen *Barrier* kannten. Er war der Staffelführer *Drachen*/Blau, bestehend aus ihm, Fünf/vier, und seinen beiden Flügelleuten Fünf/fünf und Fünf/sechs; eine von vier Dreierstaffeln – außer Blau noch Rot, Gelb und Gold –, die zusammen die Gesamtformation *Drachen*-Flug Fünf bildeten. Alle zwölf Piloten gehörten zur 107. Abfangjägergruppe der *New York Air National Guard*, die in Niagara Falls stationiert war und in monatlichem Wechsel Dienst in Panama tat. Dabei leisteten sie alle zwölf ihr Flugstundenpensum ab – für F-16-Piloten stets mehr als die bei der *Air National Guard* üblichen zwei Wochen pro Jahr.

»Eine Woche Panama ist schon der Himmel«, sagte Coursey über die Zerhacker-Staffelfrequenz, »aber ein geheimer Einsatz auf den Caymans...«

»Schluß mit dem Geschnatter, Blau«, kam die Stimme des Geschwaderkommandeurs Fünf/eins, Lieutenant Colonel George Tinker. »Hört alle zu. Rot, Gelb und Gold, ihr kommt mit mir als Ablösung. Blau, Georgetown Radar wird Ihnen einen Orbit knapp außerhalb seines Luftraums zuweisen, Höhe zwischen fünf- und dreißigtausend Fuß. Sie gehen auch außerhalb dieses Luftraums in sämtliche Moden und Codes, aber wenn Sie in entsprechende Situationen kommen, können Sie abschalten. Docken Sie an Ihr Tankflugzeug zum Auftanken an, und folgen Sie dann den CAP-Direktiven für mittlere und große Höhen entsprechend den Anweisungen von *Barrier-Control.* Gehen Sie sparsam mit Ihrem Treibstoff um. Keiner fliegt mit weniger als dreitausend Pfund über die Höhenfixierung von Georgetown. Alles klar?«

»Sauft uns nicht sämtliche Margaritas weg da unten«, sagte Coursey.

»Schluß jetzt mit der Blödelei, Staffelführer Blau«, kam Tinkers Stimme streng zurück. »Ein ziemlich hohes Tier an Bord von *Barrier-Control* ist angesagt.«

Barrier-Control war das AWACS Radar-Flugzeug 767, von dem aus die ganze Aktion geleitet werden sollte – in einem sicheren, Cayman-nahen Orbit.

»Blau verstanden. Wir machen uns auch ordentlich hübsch für den Hohen.«

»Das rate ich euch auch. Achtung, *Drachen*-Flug minus Blau, formieren und Landeanflug. Flug Blau, verplempert keinen Sprit, und Weidmannsheil!«

»Weidmannsdank«, sagte Coursey. »Flug Blau alles klar.«

Die drei anderen Dreierstaffeln zogen in exakter Formation weg, um in Georgetown, der Hauptstadt der Cayman-Inseln, zu landen.

Coursey atmete tief durch. Es sah schon toll aus, diese Formation, vor dem kristallblauen Schimmer der Karibischen See... Die *Air National Guard* war die größte Geheimsache des Landes, sagte er zu sich selbst; und jetzt bekam er auf Kosten von *Uncle Sam* sogar noch einen Karibikurlaub! Und alles, was er dafür tun mußte, war, einen der tollsten Jäger der Welt ein bißchen herumzufliegen.

»Hallo *Drachen*-Flug Fünf/vier. Hier Georgetown Radar. Gehen Sie in Modus drei, Code null-null-eins-vier, bei Modus C an. Ihre Staffelmitglieder sollen auf Bereitschaft bleiben.« Der *Controller* aus Grand Cayman klang ein wenig tuntig.

»Wie befehlen, Schatzi«, sagte Coursey, der sich ganz als Superpilot fühlte. Er wußte, daß seine Flügelleute schon von selbst dafür sorgten, ihre Identifizierungsleitstrahlen im Modus drei bereitzuhalten. In Bereitschaft waren sie ohnehin, damit die Berührungswarnungen beim Formationsflug nicht ständig auf dem Radar aufschienen. Er konnte also in aller Ruhe seine Frequenzen einstellen und es sich bequem machen.

»Hallo *Drachen*-Flug Fünf/vier, Sie können jetzt Ihren Orbit wie erbeten fliegen. Bleiben Sie innerhalb antragsgemäß eins-null-null nautische Meilen von BRAC zwischen fünf- und dreißigtausend Fuß. Melden Sie sich, falls erforderlich, auf dieser Frequenz. Sie sind autorisiert zum Wechseln auf die taktische Frequenz. Georgetown Radar, Ende.«

Coursey war stark in Versuchung, noch nach ein paar Telefonnummern für den Feierabend zu fragen, ließ das dann aber doch sein und konzentrierte sich auf seine Pflichten. »*Roger*, Georgetown Radar. Ihr habt ja von jetzt an einen ruhigen Tag.« Er rief seine beiden Flügelleute. »Achtung, *Drachen*-Flug, geht auf blau.«

»Zwei«, bestätigte Flügelmann Fünf/fünf.

»Drei«, kam auch der andere Flügelmann, Fünf/sechs.

»Blau« war die vereinbarte übliche Zerhacker-UHF-Frequenz für sie, für die AWACS-Maschine *Barrier-Control*, und für den KC-10 Auftanker aus Homestead in Florida.

»Achtung, *Drachen*-Flug, Check!« rief er einige Sekunden nach dem Umschalten.

»Zwei.«

»Drei.«

»Stations-Check, Meldung mit Treibstoffstatus.« Er blickte hinüber zu Fünf/fünf direkt neben ihm. Der große Mitteltank der F-16 ließ die sonst so schnittige Maschine fast plump aussehen. Von der erheblichen Beeinträchtigung der Flugeigenschaften und der Geschwindigkeit dadurch gar nicht zu reden. Diese Zusatztanks mußten als erstes weg, wenn es wirklich ernst werden sollte. Jede F-16 hatte zwei AIM-132B europäischer Bauart – infrarotgelenkte ASRAAM-Raketen für Luft-Nahkämpfe – und zwei AIM-120C AMRAAM für Langstreckenangriffe, dazu fünfhundert Schuß 20-mm-Munition. Sie waren vollbepackt und bereit. Doch hier draußen über der glitzernden blauen Karibischen See schien nichts ferner zu sein als irgendwelche Probleme.

»Na, kommt schon rüber, *Drachen*-Flug.«

»Hier Zwei. Grün. Vier- und fünfhundert, alles klar, achttausend.« Der Flügelmann Zwei hatte damit einen Gesamtstatus gemeldet, seine Waffennummer samt Status und seinen Treibstoffstand.

»Hier Drei. Grün. Vier- und fünfhundert, alles klar, sieben Komma sieben.«

»Saufen ganz schön«, sagte Coursey. Die großen Außen-Zusatztanks unter dem Rumpf aller drei Maschinen waren leer – aber das war normal so; kurz nach einem schwerbeladenen Start–, und auch die Innentanks waren schon zur Hälfte gelehrt. Sie hatten noch Sprit für eine Flugstunde, dazu die vorgeschriebene Reserve für eine weitere dreiviertel Stunde.

Sie leiteten das Tankmanöver ein und füllten in der Luft ihre Treibstoffreserven auf.

»Beenden Auftanken in eins-null Minuten«, meldete Coursey. »Sieht so aus, als sitzen wir prima auf dem Grün. Wir sind dann, wenn wir aufgetankt haben, genau in der Mitte des zugewiesenen Luftraums. Kommen.«

»Verstanden, *Drachen*-Flug«, kam die Antwort. »Erste Meldung wieder in null-acht Minuten. Gehen Sie nach Beendigung Auftanken auf Fluglevel zwei-fünf-null mit Kurs zwei-null-fünf für Ihre erste Abfangposition.«

»Verstanden, *Barrier.*« Die *Drachen*-Staffel Blau nahm Kurs Südwest zu ihrer ersten Wachtposition.

»Fünf/fünf«, sagte Coursey, »Sie kriegen die obere CAP. Limit nach oben ist drei-fünf-null, also vorerst nur drei-drei.«

Die »obere CAP« war die Ausguck-Position ganz oben, um frühzeitig alles erkennen zu können, was sich im Luftraum bewegte.

Coursey schickte Myers deswegen dort hinauf, weil er hoffte, der Vorteil des Überblicks von dort oben werde den Nachteil seiner Unerfahrenheit wettmachen.

»Hallo *Barrier*, hier *Drachen*-Flug Blau«, rief er dann über den Zerhacker-Funk, »zwei auf Kurs zwei-null-fünf und fünfundzwanzigtausend Fuß, einer auf oberer CAP bei drei-drei-null.«

»*Roger, Drachen*«, bestätigte der *Controller* an Bord der Boeing 767, dem AWACS-Radarflugzeug, »Ihr Bogey ist zwischen zwölf und ein Uhr, vierzig Meilen.«

Coursey inspizierte seinen Infrarot-Monitor, der direkt an der Datenbank der AWACS hing. Sein Infrarotsucher projizierte ein Suchquadrat über das Ziel und begann Informationen an den Raketencomputer zu übermitteln.

»*Drachen* hat IR-Fixierung, auf zwölf Uhr.«

»Das ist genau Ihr Ziel, *Drachen*«, bestätigte der *Controller*.

Coursey zog nach links, um einen größeren Sichtwinkel auf sein Ziel zu bekommen, das keine Manöver ausführte.

»Hallo *Drachen*, wir haben Moden und Codes Ihres Ziels«, meldete der *Controller*. »Verifizieren Sie die Identität, und vergewissern Sie sich, daß er solo ist.«

»*Roger.*« Coursey gestattete sich ein kleines Verschnaufen. »Moden und Codes« bedeutete, daß das AWACS zwar die Standard-Flugliniendaten empfing, aber jedes Flugzeug sollte auch noch visuell überprüft werden. Hinter wem oder was sie auch immer hersein mochten, konnte Standardcodes übermitteln. Und offenbar war es auch denkbar, daß, wer oder was das gesuchte Objekt auch war, entweder in Formation flog oder aber versuchte, sich sozusagen unter oder hinter einem anderen Flugzeug zu verstecken und sich so aus dem Überwachungsluftraum zu schmuggeln. Selbst in diesen High-Tech- und superelektronischen Zeiten war so etwas nur durch direkten Augenschein zu entdecken...

»Zwanzig Meilen, auf ein Uhr«, sagte der *Controller* durch.

»Fünf/sechs«, kommandierte Coursey seinem zweiten Flügelmann, »nehmen Sie Abstand.«

Drachen Fünf/sechs vollführte über das Querruder eine langsame Rechtsrolle, was seinen Abstand zu seinem Staffelführer sofort auf eine halbe Meile vergrößerte. Als die normale Flugformation wiederhergestellt war, begann Coursey seinerseits, eine Rolle in Richtung auf sein Bogey zu drehen.

»Zwölf Uhr, zehn Meilen.«

»Horrido, Fünf/vier hat ihn!« rief Coursey. Er hatte sein Zielflugzeug genau rechts von sich. Es flog Kurs Nord, führte nach wie vor keinerlei Manöver aus, lieferte aber auch keinerlei Identifizierung über Radar.

»Hallo Fünf/vier, hier spricht *Barrier-Control*. Sehen Sie zu, daß die Besatzung des Zielobjekts Sie nicht bemerkt«, sagte der AWACS-*Controller*. »Suchen Sie sich einen Kurs eher hinter dem Cockpit und den Kabinenfenstern. Kommen.«

»Verstanden. Achtung, *Drachen*-Flug, melden.«

»Zwei.«

»Drei.«

Coursey manövrierte sich so hinter das Flugzeug, daß er von dessen Piloten nicht gesehen werden konnte und auch nicht von jemandem, der aus einem Kabinenfenster schauen würde. Er verstand die Besorgnis von *Barrier*. Fluglinienpiloten, von den Passagieren gar nicht zu reden, pflegten sehr nervös zu werden, wenn bewaffnete Militärjäger um sie herumkurvten.

»Hallo *Barrier*, sieht nach einer Boeing 707 aus, Fracht offenbar«, meldete Coursey. Nachdem er noch etwas näher herangekommen war, ergänzte er: »VARIG-Streifen am Leitwerk. Augenblick, bis ich die Nummer habe. Hallo, Fünf/sechs, setzen Sie sich rechts von mir, und bleiben Sie außer Sicht.« Pilot Fünf/sechs ließ sich wegfallen und verschwand auf der rechten Seite der 707. Coursey zog etwas näher an das Heckleitwerk der Maschine heran, blieb aber weit genug weg, falls das Flugzeug irgendwelche plötzlichen Manöver ausführen sollte. »Also, die Signatur ist, ich lese vor, M wie Mike, dann fünf-sieben-null-sieben-drei, Alpha. Keine Musik, keine Waffen.«

»Musik« bedeutete Radarabwehr oder Störung.

»Nichts unten am Bauch«, meldete der Pilot von Fünf/sechs.

»Hallo *Drachen*, hier *Barrier*. Identität Ihres Bogey bestätigt. Kehren Sie zurück auf Patrouillen-Orbit. Bleiben Sie bereit.«

»*Roger*.« Coursey ließ sich nach links von dem Linienflugzeug wegfallen und nahm sich eine Sekunde Zeit, seine Position zu bestimmen.

Dann fragte er direkt: »Hallo *Barrier*, wonach suchen wir eigentlich genau?«

Nach einer kurzen Pause kam als Antwort: »Bleiben Sie dran, Fünf/vier.«

Sie mußten offenbar das hohe Tier an Bord fragen, ob sie ihm sagen durften, worum es ging. Doch wohl nicht nur um das Identifizieren von Linienflugzeugen, oder? Er konnte sich schon denken, wie die Antwort lauten würde: Stellen Sie keine blöden Fragen, und tun Sie, was man Ihnen sagt.

Eine Minute später hatte er seine Antwort: »Hallo Fünf/vier, *Barrier Command* sagt, sobald Sie's wirklich sehen, wissen Sie's schon.«

»Wie war das?«

Noch mal eine Pause. Dann kam eine andere Stimme über Funk: »Hallo *Drachen*-Flug, Ihr Zielobjekt ist ein einsitziges Jagdflugzeug. Es könnte bewaffnet sein und Geleitschutz von sowjetischen Maschinen haben. Es könnte auch einen sowjetischen Tanker dabeihaben oder die Embleme der US-Air Force tragen. Trotzdem muß es als feindlich betrachtet werden.«

»Ein amerikanisches Flugzeug? Wir jagen einen amerikanischen Jäger? Einen Kollegen??«

»Major«, sagte die Stimme, »die *bad guys* haben ihn sich geschnappt. Und wir wollen ihn wiederhaben. Ihr Job besteht darin, ihn zu identifizieren, abzufangen und zu zwingen, Ihnen nach Georgetown zu folgen, notfalls aber ihn abzuschießen. Dies sind Ihre Befehle, Major Coursey. Und das ist alles. Ende.«

O Mann. Ade, sorglose karibische Ferientage. »Hallo, Fünf/sechs, kommen Sie rechts ran.«

»Drei klar.«

»Hallo Fünf/fünf, bleiben Sie da oben auf CAP bis zum nächsten Auftanken, dann wechseln Sie mit Fünf/sechs. Gehen Sie auf optimale Ausdauerleistung. Sieht so aus, als würde das ein langer Tag.«

Colonel Edward Marsch, der Kommandeur der 21. *Airborne Warning and Command Squadron*, zuckte verlegen mit den Achseln, als er Courseys Reaktion hörte, und sagte zu General Elliott: »Sind halt Air Force Boys...«

»Es besteht kein Anlaß, sich für ihn zu entschuldigen, Colonel«, sagte Elliott. »Wenn einer, dann müßte ich mich bei ihm entschuldigen. Er hält schließlich seinen Kopf hin.«

»Wie lange wird das Manöver dauern, meinen Sie?«

»Nun, falls ich mich geirrt habe, wird die ganze Geschichte in spätestens sechs bis acht Stunden abgeblasen. Wenn ich aber recht habe, dann spielt sich die Sache in den nächsten zwei, drei Stunden ab.«

»Und worauf sollen wir uns am besten einstellen, Sir?«

Elliott gab keine Antwort. So oder so, dachte er, war dies alles längst der pure Alptraum...

2o. Juni, 08.40 CDT

»*Drachen*-Flug Fünf/sieben, Dreierstaffel, meldet Start«, gab der Funkoffizier an General Elliott weiter. »ETA eins-fünf Minuten.«

Elliott nickte und trank einen Schluck Kaffee. Sah immer mehr so aus, als hielten die Russen sich tatsächlich an die Absprache.

»Hallo *Drachen* Fünf/fünf, übernehmen Sie die Führung«, hörte Elliott den Staffelführer Major Coursey kommandieren. »Fünf/sechs, Sie setzen sich neben ihn. Ich gehe rauf nach oben auf CAP. Mal sehen, ob ihr was gelernt habt heute, ihr Burschen.«

»Zwei.«

»Drei.«

Lieutenant Myers, der Pilot von Fünf/fünf, meldete: »Habe übernommen. *Drachen* Fünf/vier, Sie können aufsteigen und die Formation verlassen. Fünf/sechs, alles klar für Anschließen an mich.«

»Drei«, bestätigte Douglas.

»Fünf/vier nach oben.«

Elliott blickte auf die Haupt-Radarprojektion mit ihren 200 Meilen Reichweite im Umkreis, auf der soeben wieder ein Flugzeug aufgetaucht war. Der *Operator* hatte für die Luftstraße 321 eine elektronische Linie auf den Schirm gelegt, und das neue

Flugzeug befand sich exakt auf dieser Linie. Es war die Strecke von Rio de Janeiro bis Goose Bay, vorbei an Kolumbien, Panama, Nicaragua, Kuba, Miami und New York – die frequentierteste in ganz Mittel- und Südamerika. Alle Flugzeuge, die sie bisher kontrolliert hatten, waren auf dieser Luftstraße geflogen; alle hatten korrekt und ausreichend ihre Codes gesendet. Und bei der Überprüfung durch Courseys Staffel hatten sich diese Code-Aussendungen auch alle als zutreffend erwiesen.

Die Übung wurde ihnen allmählich langweilig, deshalb praktizierten sie den Positionstausch untereinander nach jeder Abfangaktion. Zum erstenmal war jetzt Myers, der Pilot von Fünf/fünf, der Unerfahrenste aller drei, in der Position des Staffelführers.

»Was steht denn über diesen Myers in den Akten, Ed?« fragte Elliott den Kommandanten der 767 AWACS.

Marsch sah in seinem Dienstplan für diesen Flug nach. »Soviel ich höre, ein sehr eifriger Bursche«, antwortete er dann. »Der Beste seiner Klasse in Nellis. Einer der ersten Piloten, die direkt von der *Air National Guard* zur Ausbildung an der F-16 ADF zugelassen wurden. Nicht der Fixeste, aber gut.«

Elliott nickte. Gute Gelegenheit für den Mann, ein wenig in Übung zu kommen – jedenfalls hoffte er, daß es nicht mehr wurde als eine Übung. Er sah sich die Flugdaten des neu aufgetauchten Flugzeugs an. »Fliegt relativ niedrig«, sagte er. Die Daten meldeten 15000 Fuß, steigend. »Wissen wir, woher?«

»Noch nicht, Sir«, sagt der angesprochene Instrumente-*Controller.* »Die IFF-Daten müssen aber gleich kommen.«

Coursey meldete sich. »Fünf/vier auf oberen CAP.«

»Langsamer, Fünf/fünf«, hörte Elliott über Funk. Fünf/sechs hatte offenbar Mühe, mit Fünf/fünf Schritt zu halten. Staffelführer zu sein, war in vieler Hinsicht anstrengender, als nur mitzufliegen; man mußte die ganze Zeit vorausdenken. Als Flügelmann hatte man nur eine Sorge: dranzubleiben. Ein Staffelführer hingegen mußte auch die Reaktionen der Flügelleute auf jede Eigenbewgung und jeden Radioruf einkalkulieren – jede Veränderung des Gashebels, jedes Zögern, jeden Kontroll-Input. Alles hatte seine Auswirkungen auf die anderen.

»Das ist besser, Bob«, sagte Douglas.

Ed Marsch reichte General Elliott ein Blatt mit einer Nachricht. »Vom SAC-Hauptquartier über Satellit, Sir«, sagte er.

Elliott las. Seine Lippen wurden schmal. Dann nickte er und warf den Zettel auf die Konsole.

»Die Russen haben den Bedingungen des Präsidenten zugestimmt. Sie verpflichten sich, die XF-34 nicht aus Nicaragua wegzuschaffen. Jetzt wird über die Bedingungen der Rückgabe verhandelt. Sie behaupten, die Maschine ist beschädigt und nicht flugfähig. Der Pilot wird erst ausgeliefert, wenn die Untersuchung abgeschlossen ist. Wir haben Anweisung erhalten, die Aktion abzubrechen. Die Jäger kriegen zwei Tage Urlaub in Georgetown, am Montag müssen sie zurück nach Panama.«

Marsch atmete aus, bemühte sich aber, seine Erleichterung darüber, daß dieser Einsatz hier zu Ende war, nicht allzu sichtbar werden zu lassen. Sein AWACS-Radarflugzeug E-5A war hier draußen – ohne direkten Jäger-Begleitschutz und nur ein paar Flugminuten von Kuba entfernt – doch recht verwundbar. »Ich rufe die Jäger von Georgetown zurück«, sagte er, und Elliott nickte zustimmend. Er gab seinem Ersten *Controller* die entsprechenden Anweisungen. »Geben Sie an *Drachen* Fünf/vier durch, daß sie sich nach Georgetown absetzen sollen. Arrangieren Sie, daß sie aufgetankt werden, falls nötig.«

Elliott sagte: »Falls die in Georgetown ihr Flugzeug ausreichend sichern können, fordern Sie Erlaubnis für einen Urlaub für Sie und die Besatzung über das Wochenende an. Das ist gescheiter, als jetzt direkt den ganzen Weg nach Oklahoma zurückzufliegen. Was mich angeht, ich komme schon nach Nellis.« Zurück nach *Traumland* – und zum Rausschmiß?

»Prima Vorschlag, Sir«, sagte Marsch. Auch er war der Meinung, daß ein Wochenende in der Karibik ein ganzes Jahr in Oklahoma City aufwog. »Ich kümmere mich sofort darum.«

»Wir haben die Identifizierung, Sir«, meldete sich der Radar-Mann. »Sein Flugplan wird von Georgetown bereits überprüft.«

Marsch war im Augenblick woanders, deshalb sagte Elliott: »Also, Sergeant?«

»Laut Flugplan Georgetown ist es ein Dreierflug – ein sowjetisches Tankerflugzeug Iljuschin 76 Midas, und zwei MiG-29, eine Code vier-null-neun-sechs und eine Modus C.« Das waren Standard-Leitstrahlencodes für Zivilflugverkehr, der erste betraf die Daten der Flugzeugidentifizierung, der zweite die Flughöhe.

»Woher?«

»Herkunftscode MMNP, Sir«, sagte der Sergeant. »Das ist der internationale Flughafen Augusto Caesar Sandino in Managua, Nicaragua.«

Elliott setzte sich den Kopfhörer auf und schaltete das Mikro ein. »Hallo S-Eins, hier S-Fünf, sind die Jäger aus Georgetown schon umgekehrt?«

Marschs Kopf an der Nachrichtenkonsole fuhr hoch. Er drückte auf seinen Mikroknopf. »Ja, das sind sie, Sir.«

»Dann sagen Sie ihnen, sie sollen sofort wieder umdrehen und zu uns kommen.«

»Verzeihung, Sir –«, sagte Marsch, »– aber wir haben doch Order, die Aktion abzubrechen.«

»Ja, aber da kommen zwei Jäger und ein sowjetischer Tanker genau auf uns zu«, sagt Elliott. »Die will ich mir doch noch genau ansehen. Und ich will Geleitschutz für uns, bis sie vorbei sind.«

Marsch kehrte zur Hauptnachrichtenkonsole zurück und besah sich, was dort vorlag. »Eine Il-76 und zwei MiG. Und Flugplan?«

Der befragte Mann nickte.

»Sie senden korrekte Codes, General«, sagte Marsch zu Elliott. »Sie fliegen genau auf der Luftstraße. Ich kann kein Problem erkennen –«

»Problem besteht auch keines, Colonel«, erwiderte Elliott. »Ich will nur, daß wir sie uns genau ansehen und selbst Geleitschutz erhalten, bis sie wieder weg sind.«

»Aber Sir, der Einsatz ist offiziell beendet«, beharrte Marsch, »und wir haben Befehl zur Rückkehr. Abgesehen davon ist es sehr unklug, gegen russische Flugzeuge eine Kontrollaktion zu fliegen. Falls irgend etwas schiefgeht, kriegen wir die größten Schwierigkeiten.«

»Ich kenne die Befehle, Colonel. Aber ich weiß auch, was meine Verantwortung ist und was die Ihre. Und Sie tun jetzt gefälligst, was ich sage, klar?«

Marsch nickte, ohne den Blick von Elliott zu wenden. Kein Zweifel, dachte er, der Alte weiß genau, was er will. Und er hat das Kommando. Bitte. Er ging zurück an seinen Platz.

»Der mittlere CAP soll den Transport anfliegen«, sagte Elliott zum Leitenden *Controller*. »Aber ohne jede feindselige Art, schärfen Sie ihm das ein. Er soll sich an die Jäger ranmachen, aber ohne Radar und ohne, daß es so aussieht, als wollte er von hinten attackieren. Er soll nur nahe genug ran, um auf Sicht eine Identifizierung vorzunehmen.«

»Ja, Sir.«

Marsch kam wieder. »*Drachen*-Flug Fünf/sieben ist unterwegs«, meldete der Funker inzwischen. »ETA in zwanzig Minuten.«

»Und wann ist die ETA bei den MiG?«

»Fünfzehn.«

»Einer von der Staffel Fünf/sieben soll in zwölf Minuten da sein«, sagte Elliott. »Wie steht der Kontrollflug?« Er erwartete eigentlich keine Antwort und bekam auch keine. Er konnte ja die angespannte Kommunikation der Jägerpiloten mithören, die sich ihrem ersten feindlichen Bogey näherten.

»*Drachen*-Flug Fünf/fünf auf Kurs zwei-null-fünf, Flughöhe zwei-null-null«, antwortete Myers. Er fand den abrupten Wechsel vom Staffelführer zum bevorstehenden ganz normalen karibischen Strand-Affen und wieder zurück stressig.

»*Roger, Drachen*«, sagte der *Controller*. »Ihr Ziel ist ein Uhr, einhundertundfünfzig Meilen. Flugplan meldet: zwei Jäger MiG-29 und ein Transporter Il-76. Das Radar zeigt sie aber nur als ein einziges Flugobjekt.« Mit anderen Worten, nur eines der vermutlich drei Flugzeuge ließ sich fix anvisieren.

»Hallo *Barrier*«, meldete sich Coursey nervös, »was soll das denn, verdammt?« Er befand sich noch immer in der CAP-Ausguckposition im oberen Luftraum und hatte sich dafür entschieden, den Teufel zu tun und etwa von Myers die Staffelführung wieder zu übernehmen. Schließlich brauchte der Junge Erfahrung. Und wo kriegte er die besser als bei einer Abfangaktion mit ein paar echten Russkis? Aber eigenartig war schon: zuerst Abbruch der Aktion und im nächsten Moment wieder der Befehl, ein paar Russen zu identifizieren...

»Sagt mir unser ROE noch mal. Kommen.«

»*Roger, Drachen*. Ihr Auftrag lautet: Visuelle Identifizierung und Beobachtung des Transportflugs. Vermeidung jeglichen feindseligen Anscheins. Keine Feuereröffnung, sofern nicht zuerst auf Sie geschossen wird. Kommen.«

»Habt ihr das mitgekriegt, Jungs?« fragte Coursey.

»Zwei.«

»Drei.«

Alles wie üblich. Und doch klang Myers' Stimme angespannter als sonst, und selbst Douglas schien ziemlich nervös zu sein.

»Hört zu«, sagte Coursey, »ihr macht es genauso wie bei allen anderen. Ganz freundlich und locker, klar? Solange ihr ihnen nicht mit einem Angriffsprofil auf die Pelle rückt, werden die MiG euch auch in Ruhe lassen. Die fliegen zum Baden zur Copacabana, das ist alles. Sie haben das gleiche Recht wie wir, hier rumzukurven. Haltet euch an eure ROE und die Regeln für den normalen Luftverkehr, und dann sitzen wir in Nullkommanichts wieder unten und schlürfen Cuba libre. Also, Jungs, dann mal los.«

»Zwei.«

»Drei.«

Douglas hörte sich besser an.

»Einhundert Meilen«, meldete der *Controller*. »Annäherungsrate neunhundertsechzig Knoten. Bogeys bewegen sich auf ein Uhr zu... Radar zeigt jetzt drei einzelne Objekte. Hallo, *Drachen*, wiederhole: drei einzelne Objekte.«

Die Radarwarnungslampen in den F-16 gingen an. Ihre Monitore zeigten das Karosymbol. Ihr linker Monitor zeigte ihnen die Radarquelle als Suchradar an.

»Der *Drachen* kriegt Musik«, sagte Myers.

»Ja, wir sehen es auch«, bestätigte *Barrier*. »Der Transporter könnte ein Radarflugzeug sein, *Drachen*!« Die Warnung kam deutlich über die Frequenz. Der *Controller* ergänzte: »Seid vorsichtig!«

Coursey mußte in seine Sauerstoffmaske hineinlachen.

Was der *Controller* ihnen nicht mitgeteilt hatte, war, daß die beiden MiG ihren Angriff leicht mit Hilfe des Langstreckenradars der Il-76 planen und vom Computer errechnen lassen konnten – auf genau die gleiche Art, wie sie selbst ihrerseits das Radar von E-5 benützen würden, um einen Angriff zu dirigieren. Der *Controller* in der 767 AWACS konnte ihnen mehrere Optionen ausrechnen, falls die MiG irgendwelches Theater anfangen sollten. Der Geheimdienst hatte ja gemeldet, daß die Sowjets neuerdings eine Infrarot-Kurzstreckenrakete hatten, die AA-11, Codename *Bogenschütze*, sowie eine Kopie der Mittelstreckenrakete AIM-120, auch genannt AA-15. Alle beide kämen sie jedoch an ihre amerikanischen Vorbilder nicht heran. Nun ja, wenn es denn zum Knatsch kommen sollte, würden sie schon erfahren, wieviel die Russen nun wirklich von Raketen verstanden oder nicht.

»Achtzig Meilen«, kam die Meldung. »Abstand zwischen Jägern und Transporter vergrößert sich. Flughöhe einheitlich gleichmäßig eins-acht-null.«

Die MiG verschaffen sich gewiß nur etwas Manövrierraum, dachte Coursey. Daß sie den Transporter allein weiterfliegen ließen, war wohl unwahrscheinlich.

»Sechzig Meilen. Fluglevel eins-acht-null. Richtung auf Position eins-dreißig. Abstand zwischen Jägern und Transporter jetzt eine Meile.«

»Hallo, *Barrier*«, hörte Coursey eine neue Stimme, »*Drachen* Fünf/sieben ist null-drei Minuten vor Begegnung.« Das war Major Tom Duncan, einer der anderen drei Staffelführer, der jetzt den zweiten Flug hatte. Die Oberen mußten ihn wohl zurückgerufen haben, als die MiG aufgetaucht waren. Na immerhin, dachte er, wenigstens einer in der AWACS denkt mit.

»Vierzig Meilen«, wurde gemeldet. »Abstand zwischen Jägern und Transporter eine Meile. Höhe nach wie vor eins-acht-null.«

Die fliegen einfach vorbei und aus, dachte Coursey. Solange

Douglas und Myers nicht durchdrehen und irgendwas machen, brauchen die sich nicht bedroht zu fühlen. Es geht überhaupt nichts vor hier, Mann. Er versuchte sich selbst einzureden, daß das hier ein Manöverflug war wie tausend andere, trotzdem flog er weiter, als sei er selbst im Abfang-Anflug auf den Russentransporter. Radarwarnungen leuchteten überall auf. Offenbar hatten die Russen längst bemerkt, daß er hier oben hockte.

»Zwanzig Meilen. Richtung Position zwei Uhr.«

»Horrido!« rief Douglas plötzlich. Es war noch nicht mehr als ein schemenhaftes Pünktchen am Horizont, aber die mächtige Iljuschin wurde rasch größer und größer. Unterhalb der zwanzig Meilen war ihre riesige Radarkuppel aus der Vogelschau deutlich erkennbar. Sie glich stark einer amerikanischen C-141 *Starlifter* mit ihrer rotierenden »Fliegenden Untertasse« obendrauf.

»Definitiv eine Art AWACS«, sagte Douglas.

»Fünf/fünf hat ihn«, meldete Myers endlich. Noch ein paar Sekunden länger, und Douglas hätte die Staffelführung zwangsläufig übernehmen müssen. »Direkter Anflug.«

»Jäger schwärmen auf zwei Meilen Abstand zum Transporter aus«, meldete *Barrier*.

Zwei Meilen? Gut, das war immer noch nahe, letztlich, aber ungewöhnlich weit weg für einen Geleitschutzflug. Das hieß die Geleitpflicht doch beträchtlich lockern...

»Jäger entfernen sich auf drei Meilen... jetzt vier Meilen... Melden Sie Sichtkontakt.«

»Fünf/sechs.«

»Fünf/fünf.«

Aber sehr sicher klang Fünf/fünf nicht, fand Coursey. Wahrscheinlich hatte Myers in Wirklichkeit noch gar nichts gesehen.

»Jäger ziehen weg, um euch einzeln anzufliegen«, rief Coursey über den Kommandokanal. »Ignoriert sie einfach. Habt ein Auge auf sie, aber denkt dran, wir wollen nur Sichtkontakt und sonst nichts. Paßt aber auf, vielleicht wollen sie euch zusammentreiben oder euch ein Radarfix verpassen. Ganz ruhig und locker bleiben.«

Coursey schien es wirklich gerochen zu haben. »Hallo *Dra-*

chen, die MiG setzen sich neben Sie, eine links, eine rechts, beide steigend. Fünf/fünf, Ihr Bogey ist auf elf Uhr, bei fünfzehn Meilen. Fünf/sechs, Ihr Bogey kommt auf zwei Uhr, bei fünfzehn Meilen.«

»Staffelführer, kommen Sie runter.« Das war Myers.

»Ich sagte, ignorieren!« antwortete Coursey. »Bleiben Sie ganz ruhig, verdammt!« Aber er hatte zunehmend Mühe, sich selbst zu überzeugen. Die Russkis hatten offensichtlich was vor. Aber was?

»Zehn Meilen bis Transporter«, meldete *Barrier.* »Fünf/fünf, Ihr Bogey auf neun Uhr, acht Meilen. Fünf/sechs, Ihr Bogey auf drei Uhr, sieben Meilen. Hallo *Drachen*-Flug, beide MiG nähern sich rasch Ihren Außenbordleitstrahlen, schließen schnell auf drei Meilen auf... jetzt zwei...«

Myers starrte wie gebannt aus der Kanzel. Die MiG-29 mit dem Zwillingsheck, die so stark an eine größere einsitzige F-14 der Marine erinnerte – die *Tomcat* –, kam dicht rechts neben ihm herangekurvt und schien ihren Bogen nicht unterbrechen zu wollen.

»Er rammt mich!« schrie Myers in sein Mikro.

»Halten Sie stur Ihre Position!«

Doch Myers ertrug es nicht länger. Obwohl die MiG noch eine ganze Meile entfernt war, zündete er seine Nachbrenner voll und riß den Steuerknüppel an sich. Douglas wurde davon überrascht und hatte seine liebe Not, nachzuziehen und wenigstens im Halbmeilenabstand an seinem Staffelkapitän zu bleiben.

Myers schoß aufwärts, mindestens 5000 Fuß höher, ehe er überhaupt daran dachte, aufzuhören. Als er merkte, wieviel Tempo ihn der Steilflug gekostet hatte, rollte er einwärts nach links weg und ging wieder auf Horizontalflug. Er hatte bei der ganzen Geschichte vergessen, seinem Flügelmann über seine Manöver und Absichten Bescheid zu sagen. Douglas schaffte es nur, weil er instinktiv mit nach links hinüberrollte. Dabei fand er sich dann auf dem Scheitelpunkt der Rolle über Myers und merkte, daß er rapide Tempo verlor. »Fünf/fünf, rechts wegrollen!« rief er noch in der Rückenlage und drückte die Nase unter den Horizont, um wieder Tempo zu gewinnen.

Aber er fiel wie ein Stein auf Myers F-16 hinab, der seine Rolle beendete und gerade noch im letzten Moment wegriß, damit Douglas nicht auf ihn prallte, der zweitausend Fuß nach unten durchsauste, ehe er sich wieder fing und Geschwindigkeit hatte, um zu ihm zurückkehren zu können.

»Verdammt noch mal«, brüllte Douglas, »paß doch auf, wo du hinfliegst, Mann!«

»Na, der verrückte Russe hat mich doch fast gerammt!«

»Ach Quatsch«, meldete sich Coursey von oben, »kein Mensch rammt Sie! Die foppen Sie ein bißchen, das ist alles. Mein Gott, ihr führt euch auf wie die Blödiane! Und jetzt macht euch gefälligst wieder auf die Socken und auf euren Kontrollanflug. Und zwar sofort, ja? Und locker, habe ich gesagt, verflucht und zugenäht! Kapiert? Locker!«

Myers suchte den Himmel ab. Nichts war zu sehen. »Hallo *Barrier*, wo sind sie?«

»Hallo, *Drachen*, der Transporter ist auf ein Uhr, zehn Meilen, Richtung Nord, zweitausend Fuß über Ihnen. Die Jäger haben sich wieder links und rechts neben ihn gesetzt.«

Myers sah sie schließlich wieder. »*Roger*. Hab' sie. Wir steigen zu ihnen.«

»Bleibt hinter ihnen«, sagte Coursey. »Ich will nur die Identifizierung des Transporters. Fangt nichts mit den Jägern an!«

Myers hatte gewiß keine solche Absicht. Er wartete, bis Douglas wieder da war, und zog dann Gashebel und Nachbrenner. Er starrte zum Transporter hinauf. Selbst aus der Entfernung sah er riesig aus. »Hallo, *Barrier*, irgendwas ist komisch an dem.«

Und im gleichen Moment ließen sich die beiden MiG wieder von dem Transporter wegfallen und stürzten sich direkt auf die beiden F-16 herunter.

»Sie kommen im Sturzflug auf uns runter!« schrie Myers.

»Halt deine Position, Myers!« kommandierte Douglas seinem Staffelführer. »Bleib genau –«

Doch als die MiG kaum noch drei Meilen entfernt waren, fiel Myers das Kinn herunter. Eine Lichtspur kam aus der linken Maschine... O Gott: Eine der beiden MiG hatte doch tatsächlich das Feuer auf sie eröffnet!

»Sie schießen!«

Douglas sah sie herunterkommen, doch es war ihm auch schnell klar, daß sie in gutem Abstand vor ihnen vorbeifallen würden. Er rief zu Myers hinüber: »Halt deine –«

Doch es war zu spät. Myers sah die Leuchtspurmunition und rollte auch schon hart links weg. Im nächsten Moment war er außer Sicht. Eine der MiG nahm seine Verfolgung auf, die andere blieb bei ihrem Sturzflug und passierte die Höhe von Douglas etwa eine Meile voraus. Diesmal aber unternahm Douglas nichts, um an Myers' Seite zu bleiben, sondern drückte statt dessen aufs Gas und flog direkt auf den Transporter zu.

»Drei, wo bist du?« hörte er Myers schreien. »Mir klebt hier eine MiG am Hintern!«

»Komm rauf zu mir, sagte Douglas. »Ich bin beim Transporter.«

»Verdammt, schafft mir doch diese MiG vom Hals –«

»Der will dir doch gar nichts tun, Mann. Der ärgert dich, sonst nichts. Einfach ignorieren, Junge! Komm rauf zu mir, wir identifizieren den blöden Transporter und fliegen heim.«

Die Radarwarnung kreischte auf. »Er hat Raketenzielfixierung!« schrie Myers wieder. »Raketenfix!«

Die zweite MiG, die Douglas gekreuzt hatte, war offenbar zurückgekommen, saß jetzt hinter Douglas und aktivierte seine Raketenzielfixierung. Douglas aber ignorierte es einfach. »Hallo, *Barrier*, ich bin jetzt fast an dem Transporter dran, aber irgendwas geht hier vor–«

»Hinten dran klebt dir einer!« schrie Myers in heller Panik und vergaß ganz, daß die andere MiG an ihm hing. »Ich komme sofort –«

»Ich habe jetzt die Staffelführung, Zwei«, sagte Douglas ganz ruhig. »Also komm du an meine linke Seite. Und ignoriere die MiG, verdammt!« Er starrte nach vorne auf den Transporter. »Hallo, *Barrier*, hier Fünf/sechs. Ganz deutlich kann ich es nicht erkennen, aber es sieht aus, als hätte der Transporter drei andere Flugzeuge unten dranhängen. Wiederhole: Es sieht aus, als würden drei andere Flugzeuge in ganz enger Formation unter dem Transporter fliegen. Kommen.«

»Hallo Drei, paß auf, da sitzt einer direkt rechts auf sechs Uhr…«

»Wie oft soll ich es dir jetzt noch sagen, Myers? Du sollst sie ignorieren!« sagte Douglas. »Wenn er die Absicht hätte zu schießen, dann hätte er es schon längst getan.«

Coursey spürte einen Kloß im Hals. Er sagte durch: »Achtung, alle *Drachen*-Einheiten, nicht schießen!«

Doch es war schon zu spät. Myers in seiner Panik hörte nur noch das Wort »schießen«.

Die Steuer- und Gashebel der F-17 waren so konstruiert, daß mit dem gleichen Griff auch das Schießen möglich war. Der Pilot brauchte so seine Augen und seine Aufmerksamkeit nicht von seinem Ziel abzuwenden, wenn ein Kampf auf ihn zukam. Wie im Reflex hatte Myers den Knopf gedrückt und damit eine seiner radargelenkten AIM-120-Raketen »selektiert«. Das Kommando »Selektion« aber bedeutete automatisch die Aktivierung der Daten zwischen der 767 AWACS und seiner F-16. Auf seinem Monitor erschien das Ziel-Karo, das die F-16 von Douglas wie die verfolgende MiG-29 umschloß. Myers hatte mit dem rechten Zeigefinger auch bereits einen zweiten Knopf oben auf seinem Steuerknüppel gedrückt. Ein blinkendes Quadrat erschien, das sich über das Ziel-Karo auf der MiG legte. Die Angriffsdaten wurden an die selektierte Rakete übermittelt. Gleich darauf zeigte ein Dauerton in Myers' Helm an, daß die AIM-120 ihre Fluginformationen erhalten hatte und abschußbereit war.

Noch ein letzter Check. Myers ging auf Funk. »Hallo Fox Zwei«, rief er über die Kommandofrequenz und drückte zugleich mit dem rechten Daumen den Abschußknopf auf dem Steuerknüppel. Und ein weißer Blitzstreifen fegte aus der linken Tragfläche hervor und sauste direkt und kerzengerade auf das Heck der MiG zu, aus der gleich darauf ein orangefarbener Blitz schoß. Die Maschine zog einen weiten Bogen hinunter auf die Karibische See. Von der abgeschossenen MiG löste sich ein Schatten. Sekunden später blähte sich ein grüner Fallschirm auf. Der russische Pilot schwebte dem Wasser entgegen.

»Eine MiG runter!« schrie Myers triumphierend. »Ich hab' ihn dir vom Hintern geschafft, Drei!«

»Sind Sie wahnsinnig geworden?« brüllte Coursey über Funk. »*Drachen*-Flug, drehen Sie ab, fliegen Sie weg und unverzüglich –«

»Hallo *Barrier*, hier Fünf/sechs«, meldete sich Douglas dazwischen, »ich habe eine Identifizierung für die Maschinen unter dem Transporter. Es sind zwei weitere MiG-29 und noch ein anderes Flugzeug. Das sieht aus wie eine X-29. Flügel vorwärts. Mit zwei Treibstoffzusatztanks und zwei Raketen. Wiederhole, weitere zwei MiG und eine X-29 unter dem Midas-Transporter. Kommen.«

Gleich danach kam Myers an seine Seite und reckte ihm stolz den Daumen entgegen.»Alles klar, Drei!« sagte er hinüber zu Douglas. »Wir –«

Doch sein Triumph ging in einem donnernden Krach unter, dem eine ungeheure Hitze und dann Dunkelheit folgte.

Die zweite MiG hatte postwendend und still und leise ihren Kameraden gerächt. Myers hatte diese zweite MiG völlig vergessen. Das sowjetische Infrarot Such- und Zielfixierungssystem arbeitete ganz ohne Radar und brauchte nicht einmal Radar-Datenhilfe, um sein Ziel zu finden. Die AA-11, die Infrarot-Nahkampfraketen der MiG, hingen an den Daten, die sie über die Infrarot-Teleskop-Antennen vor der Kanzel bezogen. Auf kurze Entfernungen trafen sie immer. Die AA-11 explodierte direkt unter dem Triebwerk der F-16, das damit zu einer tonnenschweren Dynamitladung wurde. Myers hatte nicht einmal mehr die kleinste Chance, auszusteigen.

Elliott hämmerte auf die Konsole der 767 AWACS. »Das ist sie!« rief er. »Das ist unsere XF-34! Sie versuchen also doch, sie nach Kuba zu fliegen!«

»General«, rief Marsch, der die Warnungen von Douglas in *Drachen* Fünf/sechs noch im Ohr hatte, »wovon reden Sie denn? Gerade haben wir eines unserer Flugzeuge verloren! Wir stehen plötzlich drei MiG-29 gegenüber und haben lediglich zwei F-16 als Geleit dagegen. Wir müssen schnellstens weg!«

Elliott ignorierte ihn einfach und griff sich sein Mikrofon »*Comm*, hier General Elliott. Nachricht mit Vorrang an JCS.

Meldet gegenwärtige Position und Kurs. Meldung über Sichtung XF-34 unter Geleitschutz von vier MiG-29 und einem AWACS-Tankerflugzeug Il-76. Bestätigen, wiederholen Sie, und prüfen Sie nach.«

»Ja, Sir.«

»Colonel, wenn Sie jetzt nicht endlich das Kommando über diesen Einsatz übernehmen, tue ich es selbst«, warnte er dann den verschreckten AWACS-Reserve-Kommandeur. »Wir laufen nicht einfach davon, also schlagen Sie sich das aus dem Kopf.«

»General«, beharrte Marsch, »ich habe meine Befehle, die ich befolgen muß. Drei gegen zwei bedeutet Kampfüberlegenheit. Und unsere zweite Jägerstaffel kann frühestens in zehn Minuten hier sein. Bis dahin würden wir bereits unten auf dem Grund der Karibischen See liegen. Meine Instruktionen lauten: Abzug.«

»Und meine, Colonel«, fuhr ihn Elliott an, »stammen direkt aus dem Weißen Haus, damit Ihnen das klar ist! Mein Auftrag lautet, die XF-34 zu finden, sie am Verlassen Nicaraguas zu hindern und zur Landung auf uns freundlichem Territorium zu zwingen. Oder zu zerstören. In einer Minute können Sie eine F-16 zu unserem Schutz hierhaben. Die F-16 ist besser als die MiG-29. Die schaffen das schon. Wir stehen keineswegs einem überlegenen Gegner gegenüber, Colonel, und wir werden diesem Kampf nicht aus dem Weg gehen. Und jetzt übernehmen Sie das Kommando, oder ich tue es.«

»Wenn die Sicherheit meiner Besatzung und meines Flugzeugs gefährdet ist, Sir, brauche ich keinem Befehl von Ihnen zu folgen!«

»Das ist nicht mehr Ihr Flugzeug, Colonel! Sie sind hiermit Ihres Kommandos enthoben.« Elliott setzte sich auf den Kommandeursplatz hinter der Haupt-Radarkonsole *Control* Eins und dem Radarmann Verteidigung, *Control* Drei. Er hatte hier seinen eigenen Monitor, *Control* Zwei, kannte aber dieses neue System nicht gut genug, um es benützen zu können. Er hätte seine Aufmerksamkeit abwechselnd allen drei *Controls* widmen müssen und den Flug nicht mehr richtig kommandieren können. Die weiteren Radarleute, *Control* Vier bis Acht, blieben weiter auf der Langstreckensuche nach Flugzeugen und Schiffen und verfolgten gleichzeitig jedes in Gefechte verwickelte Flugzeug der eigenen Seite, um es vor Anflügen gegnerischer Flugzeuge zu warnen.

Elliott schaltete den Gesamtbordfunk ein. »Hallo Besatzung, hier S-Fünf, General Elliott. Ich habe das Kommando an Bord übernommen. Ab sofort Kampfbereitschaft für alle.« Er stöpselte seinen Kopfhörer um. »Hallo, *Control* Drei, dirigieren Sie Fünf/sieben auf obere CAP direkt über uns mit der Verantwortung für fünfzig Meilen Umkreis. Hallo, *Control* Vier, können *Drachen* Fünf/acht und Fünf/neun vor ihrem ETA aufgetankt werden?«

Es dauerte einige Sekunden, bis die Mitteilung über die Kommandoübernahme bei den Leuten verdaut war und sie sich wieder auf ihre Aufgaben konzentrierten. »Das ist möglich, Sir«, meldete *Control* Vier dann. »Allerdings müßten sie noch nulldrei Minuten bis Rendezvous warten.«

»Keine Zeit dafür. Fünf/acht und -/neun sollen dann -/sechs schnellstmöglich ablösen; er ist wahrscheinlich schon völlig runter mit dem Sprit. Hallo, Funker, verständigen Sie *Drachen-Control* in Georgetown. Sie sollen eine dritte Staffel losschikken.«

»*Roger.*«

Elliott warf Marsch einen Blick zu, der hinter ihm stand und seine Erregung mühsam zu beherrschen versuchte und sichtlich zornig war, aber auch ziemlich überrascht, mit welcher Routine dieser Vier-Sterne-Hengst einen Kampfeinsatz dirigierte.

»Ich nehme zur Kenntnis, General Elliott«, sagte Marsch mit sehr deutlicher Artikulation, damit es das laufende Tonbandgerät hinten auch genau mitbekam, »daß Sie das Kommando dieses Einsatzes übernommen haben.«

Elliott ließ keinen Blick vom Hauptmonitor. »Colonel, ich kommandiere Sie hiermit auf *Control* Zwei. Beobachten Sie diese russische Iljuschin, und verfolgen Sie jedes der Begleitflugzeuge, das sich eventuell davonstehlen möchte. Identifizieren Sie die XF-34, und verfolgen Sie jede ihrer Bewegungen.

Wenn sie Ihnen entkommt, reiße ich Ihnen den Arsch auf, daß das klar ist!«

Marsch zog es vor, nichts zu entgegnen und wortlos dem Befehl zu folgen.

»Hallo *Drachen* Fünf/sechs. Bogey auf Ihrem sechs Uhr, sechs Meilen, MiG-29«, meldete *Control* Eins.

»Zwei Jäger entfernen sich vom Transporter!« rief Marsch durch. »Sieht aus, als würden Sie sich in Gefechtsposition manövrieren.«

Elliott murmelte vor sich hin. »So, und jetzt sind sie tatsächlich in der Überzahl. Ich hatte gehofft, sie würden dem *Dream Star* und dieser russischen AWACS nicht von der Seite weichen.« Ohne Geleitschutz durch Fünf/vier und Fünf/sechs mußten sie selbst zusehen, wie sie sich aus der Bredouille halfen.

Douglas an Bord der Fünf/sechs riß seinen Steuerknüppel scharf nach rechts, als er die Warnung von der AWACS hörte. Inzwischen war Coursey von oben auf die Transportmaschinen herabgestoßen und suchte Douglas, entdeckte ihn gleich danach und sah, daß ihm die große MiG-29 in Nacken saß. Allerdings folgte sie Douglas bei dessen Haken nicht, sondern ging im Sturzflug nach unten.

»Hallo Fünf/sechs, hier Fünf/vier, die MiG geht senkrecht runter. Werfen Sie Ihren Tank ab, und schnappen Sie ihn sich, wenn er wieder hochkommt.«

Douglas hatte seinen Tank längst abgeworfen und eine 90-Grad-Wende vollendet, um dem Infrarot-Visier der MiG zu entkommen, die mit dem Sturzflug genug Tempo gewonnen hatte, um hart rechts wegdrehen und steil hochziehen zu können. Douglas, die Nase nach oben, kam aus seiner Rolle heraus direkt der MiG vors Visier.

»Abhauen!« schrie Coursey.

Douglas hörte die Warnung und zog den Knüppel heftig nach links – zum Glück. Der MiG-Pilot hatte sichtlich erwartet, daß er wieder nach rechts auszubrechen versuchen würde, schon deshalb, um nicht zuviel Schub zu verlieren. Auf links war er nicht gefaßt. Er versuchte es mit einer schnellen Bordkanonengarbe, als die F-16 vor ihm vorbeijagte. Er hatte aber keinen Erfolg.

»Absetzen und Tempo gewinnen, Doug!« befahl Coursey.

Douglas sah auf seinen Geschwindigkeitsmesser. Er war fast auf dreihundert Knoten runter.

»Er kommt rechts hinten wieder! Er hat's mit einem Jo-Jo gemacht. Legen Sie sich mit dem nicht an. Der versteht sein Geschäft zu gut.« Coursey drückte seine Nase nach unten, direkt auf die MiG zu. »Ich komme und helfe Ihnen, Doug, aber spielen Sie nicht den Helden. Halten Sie ihn vertikal, und passen Sie auf, daß er nicht auf Sie fällt.«

Douglas wurde rasch wieder schneller, aber die Zwillings-Turbos der MiG-29 brachten dreimal soviel Schub wie die Falcon. Im Handumdrehen saß die MiG Douglas wieder im Genick.

»Versuchen wir den Burschen in die Zange zu nehmen«, sagte Coursey, nachdem er es geschafft hatte, sich hinter und über die MiG zu setzen. »Gehen Sie links weg.«

Douglas riß nach links weg, mußte aber etwas nachlassen, um nicht abzuschmieren. Es ging nicht ganz glatt und sauber, und er hatte Mühe und war inzwischen für die MiG ein bequemes Ziel, die allerdings, statt in einem gedrosselten Jo-Jo-Manöver direkt auf ihn herunterzustoßen, sich dafür entschied, sich nur an Douglas zu hängen.

Und genau darauf hatte Coursey gehofft. Als die MiG in ihrer Linkskurve war, nützte er seinen Sturzflugvorteil und setzte sich direkt hinter sie, holte sofort ein AIM-132B – die Infrarot-Kurzstrecken-Rakete – und schoß sie ab. Sie setzte sich perfekt auf Zielspur und verfehlte die MiG nur knapp. Ihre Explosion danach richtete dennoch entscheidenden Schaden an. Der Pilot der MiG drückte seine Maschine nach unten und zog eine dicke schwarze Rauchwolke hinter sich her.

»Das wären dann zwei MiG!« rief Coursey über Funk. »Komme rechts neben Sie, Doug!«

»Hallo *Drachen* Fünf/vier, zwei Bogeys auf Ihrem vier Uhr, zehn Meilen!« Kaum hatte er diese neue Warnung erhalten, als auch schon seine Radarwarnung ertönte.

»Fünf/sechs, ziehen Sie links weg!« Er sah, wie aus der Fünf/

sechs rechts aus dem Ejektor eine Wolke mit Radarstörmaterial kam, dann war sie außer Sicht. Coursey selbst zog nach rechts, warf ebenfalls Störmaterial aus und stemmte sich gegen die G-Kräfte, die sich schnell aufbauten, während er versuchte, aus der Kanzel Ausschau zu halten. Er sah gerade noch, wie eine MiG zu schießen begann. Ihre Rakete war vorbeigeflogen, aber sie hatte genug Schub, um an ihm dranzubleiben und ihn zu jagen und ihre 23-mm-Bordkanone einzusetzen.

Die Warnlampe *MASTER CAUTION* ging an, der HUD-Monitor projizierte WARNUNG. Coursey warf einen prüfenden Blick darauf. Ein halbes Dutzend Warnlampen brannten, aber akute Gefahr bestand an sich nicht. Defekte am Leitwerk und an den Tankstutzen, auslaufender Sprit. Keine Anzeigen, daß etwas brannte. Die Schußgarbe war von oben her über das Leitwerk gefegt, das Triebwerk hatte sie zum Glück nicht getroffen. Der Nachbrenner würde vermutlich nicht mehr die volle Leistung bringen, und mit den Treffern im Leitwerk wurde vielleicht die Landung ein wenig haarig, wenn nicht unmöglich – immer vorausgesetzt, er schaffte es mit seinem Tankleck überhaupt noch bis zum Land.

Es gelang Coursey vorerst noch, diese Gedanken zu verdrängen. Immerhin, sein Triebwerk lief noch, die Flügel waren beide noch dran, und außer seinem Stolz war nichts an ihm verletzt. Der alles beherrschende Gedanke war: Diese verdammten Russen hatten doch tatsächlich einen Treffer gelandet und seine Maschine ruiniert...! Das sollten sie ihm büßen.

Er vollführte eine Wende nach rechts mit 9 G, um die Verfolgung der MiG, die sich hinter ihn gesetzt hatten, wiederaufzunehmen. Sie flogen in lockerer Streckenformation mit Zweierführung, die sehr effektiv für den Zweck war, einander zu dekken, und waren beide hinter Douglas her, der ihnen mit einigen horizontalen Manövern zu entkommen versuchte, was ihm jedoch nicht gelang. Die beiden MiG blieben mühelos an ihm dran.

»Nach oben weg, Doug!« riet ihm Coursey. »So steil es geht. Jetzt!«

Und *Drachen* Fünf/sechs stellte sich plötzlich auf und sauste kerzengrade nach oben in den Himmel, mit einem scharfen Immelmann, in dem er sich einige Sekunden lang hielt, ehe er überkippte und wieder steil herunterkam.

»Ich bin direkt unter Ihnen, Doug«, sagte Coursey, als er dort ankam, wo Douglas seinen Steilflug begonnen hatte. »Rollen Sie raus.« Fünf/sechs kam tausend Fuß über Coursey aus der Rolle und sauste herunter, um sich hinter seinen Staffelführer zu setzen. Coursey war inzwischen an seiner Bordkanone M-61 und feuerte los, als die ebenfalls herunterstoßenden MiG in Sicht kamen.

Eine Schußgarbe direkt nach oben war nicht gerade die aussichtsreichste Angriffsart, doch wegen der guten Sichtbedingungen trotzdem nicht das Schlechteste. Und diesmal schaffte Coursey seinen Bonus. Als die zweite MiG von ihm wegzog, sah er, wie etwas von der Oberseite ihrer Tragfläche abbrach. Hatte er mit seiner Garbe vielleicht die ausgestellten Bremsklappen erwischt?

Die Sache weitete sich zu einer Zermürbungsschlacht aus, und es war ihm klar, daß er, so wie es stand, dabei der Verlierer sein würde. Die anderen hatten zweifellos an ihrer Il-76 aufgetankt, bevor sie sich ins Gefecht gestürzt hatten, und hatten Sprit für stundenlange Luftkämpfe. Douglas hingegen war bereits auf Minimum und in Gefahr, jede Minute seinen letzten Sprittropfen zu verbrauchen.

Dann sah er es. Weit links hinten. Das AWACS-Tanker-Transportflugzeug Iljuschin-76. Aus irgendeinem Grund war der Pilot in ihren Luftkampf hineingeflogen. Coursey selektierte eine radargelenkte *Scorpion*-Rakete und aktivierte sein Angriffsradar, stieg nach oben weg und kam dann genau auf die vordere Kabine der russischen AWACS zu.

Sein Manöver blieb nicht unbemerkt. Beide MiG brachen den Angriff auf Douglas ab und machten sich auf die Verfolgung nach ihm. Er hatte gesehen, wie die Iljuschin bündelweise Radar- und Infrarotstörmaterial auswarf, während sein Radar APG-88 es in keinen zwei Meilen Entfernung zielfixiert hatte. Der Radarfix-Ton wurde vom Selbstschutz-Störsender der Iljuschin ständig unterbrochen. Doch sobald er sich stabilisierte, drückte Coursey den Knopf auf dem Steuerknüppel und drehte sich sofort danach mit einer Rolle aus der mörderischen Schußgarbenbahn der einen MiG-29. Die *Scorpion* war zum Glück eine »Ab und weg«-Rakete: Sie brauchte, einmal abgeschossen, keine Führung von ihrem Flugzeug mehr.

Sie traf die vordere Kante des Radarschirms und riß einen ordentlichen Teil aus ihm heraus. Der Flugwind erfaßte den aufgerissenen Schirm sofort und knickte den ganzen Aufbau von den Stützen ab. Er flog nach hinten ins Seitenleitwerk – mit solchem Anprall, daß es zur Hälfte wegbrach und in die Tiefe fiel. Die Iljuschin geriet sofort bedenklich und heftig ins Schlingern. Irgendwie aber bekam der Pilot ihre hundertsiebzig Tonnen doch wieder in den Griff. Sie drehte wackelnd nach Süden ab und zog eine dicke schwarze Rauchwolke aus dem Heck hinter sich her.

Coursey sah ihr kurz nach und suchte dann wieder nach den beiden MiG. Da begann in seinem Helm ein Warnton zu piepen. Er hatte nur noch für weniger als eine Viertelstunde Sprit. Vermutlich sogar noch erheblich weniger, wegen des Tanklecks.

»Hallo, *Barrier*, hier *Drachen* Fünf/vier, bei mir hat sich's ausgeflogen«, meldete er und zog nach rechts weg. »Fliege Nord in Richtung Margaritas. Vergeßt nicht, daß mich einer rausfischt.«

»*Roger*, Fünf/vier«, antwortete der *Controller*. »Benützen Sie Kanal Bravo für die Rettung. Wir werden –«

Doch das Ende dieses Satzes hörte Coursey nicht mehr. Die beschädigte MiG hatte ihn zwar bei seinem Angriff auf die russische AWACS verfehlt. Aber ihr Flügelmann machte das nun wieder wett. Seine AA-11 detonierte exakt im Ziel, zündete die Spritdämpfe in den fast leeren Tanks und verursachte damit eine gewaltige Feuerkugel am karibischen Himmel.

Eines war jungen Piloten nur schwer beizubringen, dachte Maraklow, Disziplin. Die beiden jungen MiG-Piloten hatten für diesen Fehler teuer bezahlt. Und die beiden anderen, erfahreneren Piloten vergaßen die Disziplin ebenfalls, und das kostete den wirksamen Nutzen der Iljuschin.

Genaugenommen, dachte er, hatte er ein ziemliches Glück, daß er noch immer am Leben war. Die Wucht des Treffers am Radarschirm der Iljuschin oben und seine Folgen hatten ihre Nase einige Meter nach unten gedrückt. Allein seine computerschnellen Reaktionen hatten verhindert, daß er in ihre Unterseite gerast war. Er hatte sich gerade noch rechtzeitig absetzen können, als die große Glucke über ihm zu wackeln und fast zu trudeln begann und der Pilot sich abmühte, sie unter Kontrolle zu bekommen. Inzwischen hatte er sich wieder links neben sie gesetzt, meldete die Schäden und Verluste über Satellit nach Sebaco und hätte sich am liebsten in den Hintern gebissen, weil er nicht allein aus Nicaragua ausgeflogen war.

Er aktivierte sein Radar und suchte die beiden verbliebenen MiG sowie die eine noch übrige F-16. Sie standen im Augenblick weit voneinander entfernt und hatten beide keine große Lust, noch einmal aufeinander loszugehen. Er schaltete wieder ab und dafür auf die taktische Datenbank, über die er erfahren konnte, was die AWACS E-5 an die F-16 übermittelte.

Diese hatte noch immer alle sowjetischen Flugzeuge auf den Schirmen, jedoch noch keine neuen Jäger, die sich um sie kümmern konnten. Die Daten wurden in willkürlichen Abständen zerhackt. Ohne den passenden Code aber brauchte er langwierige Frequenzen-Proben, um sie immer wieder hereinzukriegen. Weil aber ANTARES ja nach wie vor an der Datenbank hing, konnte er trotzdem sehr gut lauschen und mithören, was die Amerikaner in ihrem Radarflugzeug alles anstellten, um ihn zu schnappen.

»Hallo, Geleit Drei und Vier, hier *Sawtra*«, rief er über die Kommandofrequenz mit seiner von ANTARES vercomputerisierten Stimme. *Sawtra*, das russische Wort für *Morgen*, war als Rufcode für den *Dream Star* festgelegt worden. »Kommen Sie sofort zum Konvoi zurück.«

»Wir holen uns erst noch den letzten amerikanischen Jäger«, antwortete Geleit Drei. Es war der mit dem Schaden im Leitwerk. Er war verständlicherweise ziemlich wild darauf, Revanche zu nehmen. Ein wirklicher Idiot.

»Das war ein Befehl! Kehren Sie zum Konvoi zurück!«

»Aber der Amerikaner ist doch schon auf der Flucht, wir können ihn kriegen –«

»Er versucht doch nur, euch in die Falle zu locken«, sagte Maraklow. Zu dumm, daß ANTARES seine Stimme nur in einer einzigen Lautstärke und einem einzigen Tonfall übermittelte, denn tatsächlich stauchte er die beiden Heißsporne mächtig zusammen. »Da warten irgendwo zwei weitere amerikanische Jäger, sie locken euch in einen Hinterhalt! Kehren Sie unverzüglich zurück!« Es war allerdings nur eine Vermutung, zumal die Datenbank nur einen einzigen F-16-*Falcon* auswies, der zudem Kurs Nord Richtung Georgetown flog. Doch zweifellos hatte die amerikanische AWACS längst Verstärkung angefordert, die jede Minute da sein mußte. Aber jedenfalls taten seine Befehle endlich ihre Wirkung, und die beiden tauchten gehorsam neben ihm auf.

»Hallo Geleit Drei«, befahl er, »Sie bleiben beim Transporter. Überprüfen Sie Ihre Flugkontrollen und Ihren Treibstoffstand. Geleit Vier, es hat keinen Sinn, wenn Sie da in enger Formation fliegen. Wir sind hier auf keiner Flugschau, Mann. Wechseln Sie nach links unten in die Sonne, so daß Sie die Formation beobachten können und wir Sie.« Wie die ersten Menschen, diese Burschen, dachte er grimmig, als die Piloten seinen Anordnungen widerwillig folgten. Zum Glück flogen ihre Maschinen fast von allein.

»Wir könnten das wirklich schaffen, Oberst«, bohrte der eine Pilot immer noch. »Wir hätten Ihnen den Weg frei machen können.«

»Erzählen Sie mir keine Geschichten, Mann. Tatsächlich haben Sie uns alles verdorben, indem Sie nicht hiergeblieben sind.«

»Immerhin waren unsere Leute einem Angriff ausgesetzt. Was hätte ich denn sonst machen sollen?«

»Diese Idioten von Geleit Eins und Zwei wären ebenfalls besser bei ihrer Formation geblieben«, antwortete Maraklow. »Sie haben die Amerikaner nur zum Angriff provoziert. Wir müssen zurück nach Sebaco und die ganze Sache neu organisieren…«

Er studierte die Datenprojektionen, ehe die nächste Zerhakkerphase kam. Die erste F-16 zog sich nordwärts zurück, aber von dort kamen in diesem Augenblick drei neue heran. Die Verstärkung.

Mal sehen, ob wir es noch zurück schaffen, ehe sie uns runterholen, dachte er im stillen.

»Hallo *Drachen* Fünf/sieben, hier *Barrier Command*«, sagte General Elliott über die Kommandofrequenz, »Sie übernehmen die Angriffsformation.« Er las die Daten der sowjetischen Flugzeuge ab. »Die Sowjets fliegen auf Höhe eins-fünf-null, sechs-null nautische Meilen, Kurs Süd. Holen Sie die XF-34 aus ihnen raus und versuchen Sie sie runterzuzwingen. Wir schicken Ihnen Verstärkung mit *Drachen*-Flug Sechs/null, sobald sie da sind. Fliegen Sie auf zwei-null-null zum Abfangen. Kommen.«

Tom Duncan, Führer der Staffel »Gold«, die Courseys Staffel ablösen sollte, hatte keine Absicht, der E-5 AWACS an den Flügeln zu kleben, wenn sich zwei MiG in der Gegend herumtrieben. »Hallo *Barrier*, hier *Drachen* Fünf/sieben, verstanden. Hallo, *Drachen* Fünf/sechs, sehen Sie zu, daß Sie zum Tanken kommen, bleiben Sie dann dort, und geben Sie *Barrier* Geleitschutz. Hallo Staffel *Gold*, ich führe, wir gehen auf zwei-null-null. Nehmen Sie Gefechtsposition ein. Gehen Sie auf militärischen Schub.«

Die neue Staffel vollführte einen präzisen Rechtsbogen und zog auseinander auf eine weite Dreiecksformation, bei der die beiden Flügelleute fast eine Meile von ihrem Staffelführer entfernt und auf gestaffelter Höhe waren. Dann beschleunigten sie auf zweihundert Knoten.

»Hallo Staffel *Gold*, herhören«, sagte Duncan. »Wir sind in einer Position drei gegen drei, die anderen haben jedoch ihre AWACS verloren, wir dagegen haben die unsere noch. Die MiG waren schon im Kampf und haben also Waffen und Sprit verbraucht.« Wenn auch, dachte er für sich im stillen hinzu, erfolgreich gegen zwei von uns. »Eine der MiG ist vermutlich schon angeschlagen. Wir werden also schnell attackieren, uns gegenseitig unterstützen und rangehen wie die Teufel. Paßt auf euer Tempo auf. Bei zu schnellen und zu engen Wenden fressen unsere Mühlen eine Menge Sprit. Das läßt sich mit weitgezogenen Schleifen verhindern. Dabei kriegen wir auch leichter wieder Fahrt und kommen schneller zurück ins Gefecht. Also, haltet euer Tempo hoch und macht von eurem Verstand Gebrauch.«

»Hallo, *Drachen*-Flug, hier *Barrier Command*«, rief Elliott durch. »Bogeys auf Ihrem zwölf Uhr, vierzig Meilen.«

Elliott hatte sich entschlossen, den unbeteiligten monotonen Tonfall normaler Luftkampf-*Controller* sein zu lassen. Die Burschen hier standen einer völlig anderen und wirklich bedrohlichen Situation gegenüber. »Hört mal zu, Jungs. Hier spricht General Elliott. Ich bin Kommandeur von HAWC, das heißt *High Technology Advanced Weapons Center*. Euer Ziel ist die XF-34 aus meinem Laden. Das ist unser bestes amerikanisches Experimentierflugzeug, mit vorwärtsgerichteten Flügeln. Vor ein paar Tagen hat man es uns aus *Traumland* geklaut.«

»O du Scheiße«, stöhnte Duncan, »wir jagen also eines unserer eigenen Flugzeuge?«

»Ich warne euch«, sagte Elliott. »Das ist eine Maschine, die erheblich manövrierfähiger ist als eure F-16. Sie hat ungeheure Gefechtseigenschaften und besitzt ein Rundum-Radar in sämtliche Richtungen mit Hochgeschwindigkeits-Mikroprozessoren, die gleichzeitig Angriffs- und Verteidigungsinformationen verarbeiten, und zwar superschnell.« Von ANTARES erzählte er ihnen lieber erst gar nichts. Sie hatten es schon schwer genug. »Das Flugzeug ist mit hochentwickelter Datenanbindung an die E-5 AWACS ausgestattet. Wir müssen damit rechnen, daß es ständig bei uns mithört und unsere Daten mitbenützt. Die Russen werden euch kräftig dran zu hindern versuchen, daß ihr nahe an das Ding rankommt. Kann also durchaus sein, daß ihr außerhalb visueller Reichweite angreifen müßt. Ein Rat noch. Versucht lieber nicht, die XF-34 einzeln oder aus der Nähe anzugreifen. Sie kann alles, schlägt Haken, duckt sich weg, dreht so schnell, daß euch Hören und Sehen vergeht. Wenn ihr es aber schafft, sie dazu zu bringen, die Außentanks abzuwerfen, und sie ein paar Minuten über Wasser festhaltet, bringen wir es vielleicht fertig, sie runterzuzwingen. Das eine laßt euch gesagt sein: Die XF-34 ist ein Killer. Also seid auf der Hut, wenn ihr einen Schuß riskieren wollt. Verliert ihr sie außer Sicht, fliegt sofort auseinander und weg. Verschwendet keine Sekunde, nach ihr zu suchen, weil sie euch sonst gleich im Genick sitzt. Macht Gebrauch von eurem Tempo und von eurer Manövrierfähigkeit und helft euch gegenseitig. Viele Hunde sind des Hasen Tod. Viel Glück.«

»Bogeys auf zwölf Uhr unten, fünfundzwanzig Meilen, fünfzehntausend Fuß«, meldete der *Controller*. »Jetzt nur zwei Zielobjekte sichtbar. Zweites Zielobjekt auf elf Uhr unten, dreizehntausend Fuß.«

»Staffel *Gold* verstanden, *Barrier*«, meldete Duncan.

Beide Zielobjekte standen auf seiner Projektion der gemeinsamen Daten von der E-5 AWACS und seiner F-16. Er selektierte sofort eine AIM-120 *Scorpion* und bezeichnete das linke Zielobjekt. Die Rakete bekam auf der Stelle ihre Steuerungs-Daten übermittelt, und diese schienen wieder in Duncans Datenprojektion auf.

»Na, dann wollen wir mal, Staffel *Gold*!« sagte Duncan und schoß seine erste Rakete ab.

»Sie sind fünfundzwanzig Meilen hinter uns«, warnte Maraklow. »Geleit Drei und Vier, bleiben Sie beim Transporter, und halten Sie ihm die F-16 vom Leib. Falls die Amerikaner näher herankommen, kümmere ich mich um sie. Inzwischen versuchen Sie, davonzukommen. Wenn wir nahe genug sind, helfen uns sicher auch die nicaraguanischen MiG-23.«

»Warum setzen wir uns nicht jetzt gleich mit den Amerikanern auseinander?« fragte der Pilot von Geleit Vier. »Der Transporter kommt bestimmt allein zurecht...«

In diesem Augenblick übermittelte ANTARES Maraklow eine Radarwarnung. Er schrie in der nächsten Sekunde: »An alle, Störmaterial auswerfen und auseinander! Jetzt!«

Die MiG-Piloten reagierten zwar sofort, aber die AIM-120-Rakete war erst erkannt worden, als ihr eingebautes Aktivradar bereits ihr Ziel erreicht hatte. Eine riesige schwarze Wolke brach aus der rechten Tragfläche von Geleit Drei hervor. Sie schien das Flugzeug nach links zu werfen und gleich darauf wieder hart nach rechts in eine Trudelbewegung. Der Pilot konnte noch aussteigen und hatte dann die seltene Gelegenheit, mit anzusehen, wie sein eigenes Flugzeug nach unten in die Karibische See trudelte.

Maraklow hatte sich noch wegrollen können und kam jetzt wieder in die Normallage zurück. Eine schnelle Radarüberprüfung zeigte ihm, daß die F-16 noch immer über zwanzig Meilen entfernt waren. Sie hatten also einen Langstreckenangriff geschossen, fast am äußersten Reichweitenbereich der *Scorpion*. Der Himmel konnte voll sein mit *Scorpion*-Raketen, aber er und die anderen beiden Flugzeuge des Konvois waren unbeschadet davongekommen...

»Geleit Vier, bleiben Sie über dem Wasser, so tief es geht«, sagte er der letzten noch übrigen MiG-29 durch. »Bleiben Sie beim Transporter, und beschützen Sie ihn, so gut Sie können.«

Er gab ein Gedankenkommando und warf seine beiden Llujka-Zusatztanks ab. Nachdem diese hemmende Bürde weg war, schien der *Dream Star* plötzlich wieder aufzuwachen. Die von ANTARES vorgeschlagenen Offensiv- und Defensiv-Optionen vermehrten sich von einigen wenigen auf mehrere hundert. Er begann einen Immelmann mit 10 G, der ihn in einem schnellen hohen Bogen aufwärts Richtung Norden auf die drei angreifenden F-16 zu brachte.

Er hatte 500 Schuß 20mm-Munition und zwei radargelenkte Luft-Luft-Raketen AA-13 *Axt*. Die AA-13 war der amerikanischen *Scorpion* unterlegen; zwar schnell und stark und mit einer Reichweite bis zu vierzig Meilen, aber doppelt so schwer; und sie bedurfte auch kontinuierlicher Zielführung vom abschießenden Flugzeug aus. Fast wäre es ihm lieber gewesen, er hätte überhaupt keine gehabt. Allenfalls mit Glück traf er irgend etwas mit ihnen. Immerhin, der Hauptzweck war, daß sie den gutorganisierten Angriffsanflug der F-16 auseinanderjagten.

Er suchte sich die obere F-16 aus. Sie war der Ausguck, der den Gegner als erster entdecken und das Feuer auf sich ziehen sollte, bis die Flügelleute sich in Angriffsposition gebracht hatten. Sie war aber auch die gefährlichste, da sie sich aus ihrer Höhe und mit ihrer Schnelligkeit gut verteidigen und dabei doch rasch wenden und ihre Waffen einsetzen konnte, wenn ein Flügelmann in Bedrängnis geriet.

Er visierte sie rasch mit seinem Angriffsradar an und schoß auf zehn Meilen Entfernung seine erste AA-13 ab.

»Raketenschuß!« rief Duncan, als er seine Radarwarnung aufblinken sah. »Schaltet eure Spurablenker an, fertig zum Manöver, und los...!«

»Hab' sie«, meldete John »Cock« Corcoran, der Pilot von *Drachen* Fünf/acht. »Auf meinem zwölf Uhr! Kommt vertikal...!« Er warf Radarstörmaterial aus, um die Rakete abzulenken, und schaltete auch seinen *Jammer* noch ein, mit dem die Führungssignale vom *Dream Star* zur Rakete gestört werden sollten. Dann zog er steil hoch, damit die nachfolgende Rakete einiges von ihrer Schnelligkeit verlor. Sie ließ sich jedoch bereits von dem Störmaterial ablenken. Fast flog sie mitten hinein in diese Wolke, erkannte den Irrtum aber noch rechtzeitig und hängte sich wieder an ihr richtiges Ziel. Während sich die Störmaterialwolke auflöste, schoß sie hinter Corcorans Maschine aufwärts. Ihr schnell brennender Festtreibstoff war allerdings auf halbem Weg verbraucht. Sie segelte nur noch hinter ihrem Ziel her und wurde zusehends langsamer. Corcoran warf weiteres Störmaterial aus, drehte einen Looping und tauchte steil ab. Prompt sprach die AA-13 erst wieder auf das Störmaterial an, flog durch die Wolke hindurch und explodierte hinter ihr.

Corcoran hatte nur einige Sekunden benötigt, sich der Rakete zu entziehen. Doch in dieser kurzen Zeit hatte sich die Entfernung zwischen dem *Dream Star* und seiner F-16 von zehn auf zwei Meilen verringert. Maraklow wußte genau, daß die F-16 schnell genug manövrieren konnte, um seiner sowjetischen Rakete auszuweichen. Doch immerhin beanspruchte das Manöver die ganze Aufmerksamkeit des Piloten und strapazierte ihn auch körperlich sehr stark. Bei extremen Flugmanövern hatten die Piloten in den F-16-Jägern oft sekundenlange Blackouts. Genau das erhoffte er sich auch von diesem Piloten. Die Rakete sollte ihn beschäftigen und so zur leichten Beute machen.

Und er hatte sich nicht verrechnet. Die Maschine kam im Sturzflug mit mindestens drei Negativ-G aus ihrem Ausweichlooping herab. Anders als die Position-G, die eine Blutleere im Gehirn des Piloten und damit die sogenannte »Tunnelsicht« oder einen direkten Blackout verursachten, erzeugten Negativ-G eine Blutüberfüllung des Gehirns mit der Folge sogenannter »Redouts«, die sehr viel folgenschwerer waren als Blackouts. Ein erfahrener und widerstandsfähiger Pilot wurde erst bei sechs oder sieben positiven G außer Gefecht gesetzt, doch bei den negativen genügten bereits zwei oder drei. Der Junge hier war offenbar schon bis an diese Grenze gegangen.

»Hallo *Drachen* Fünf/acht, Bogey auf Ihrem ein Uhr unten, zwei Meilen«, rief der *Controller* durch.

Duncan hörte die Warnung und suchte den Himmel nach dem Angreifer ab. Er sah sowohl seinen Flügelmann und die XF-34. Statt die Nase zu heben, um Corcoran abzufangen, stieg sie wie... wie ein Hubschrauber! Flog horizontal, aber stieg vertikal... Als Corcoran nahe genug war, zog die XF-34 nur kurz die Nase hoch und verlangsamte ihren Anstieg. Sie schien einfach mitten in der Luft zu hängen und stehen zu bleiben, und ganz langsam hob sich ihre Nase auf die herankommende F-16 zu und visierte sie perfekt an. Ein Wahnsinn...

»Hallo, *Bandit*, zwölf Uhr! Cock, hauen Sie ab, Mann!« rief er.

Zu spät. Corcoran hatte gerade noch Zeit, sich von seinem kurzen Schwindel und seinem getrübten Blick zu erholen, als er die XF-34 *Dream Star* direkt vor sich erkannte. Er versuchte noch, sich wegzurollen, aber das half nichts mehr. Maraklow hatte den *Dream Star* im Hochmanövrier-Modus. Sein Schußvisier ließ die F-16 nicht mehr los, mochte sie rollen und Haken schlagen, soviel sie wollte. Selbst während Corcorans wildesten Abschüttelmanövern blieb es wie angeklebt auf ihm.

Bei einer Meile eröffnete Maraklow das Feuer. Er durchlöcherte die F-16 mit fünfzig Schuß seiner 20mm-Munition. Dann fiel der Jäger aus dem Visier. Er war von der Kanzel bis zum Leitwerk in einer geraden Linie durchsiebt. Der Treibstofftank explodierte, und die Detonation tötete den Piloten.

»Fünf/acht hat's erwischt!« rief Duncan durch. »Ich sehe keinen Schirm.«

Die volle Bedeutung der Warnung von *Barrier Command* zuvor war jetzt nur zu offensichtlich. Das Flugzeug mit den Vorwärts-Flügeln, diese XF-34, schien buchstäblich in der Luft stehen geblieben zu sein, als sie Corcoran abschoß. Nicht zu fassen. Doch jetzt war es selbst Gejagter und nicht mehr Jäger! Es hatte seine Geschwindigkeit auf praktisch Null verringert, und das – glaubte Duncan jedenfalls – machte es zu einem lachhaft leichten Ziel. Er selektierte eine AIM-132, setzte sie auf einen Zielstrahl zu der XF-34 und wartete, bis sie ihr Ziel fixiert hatte –

Doch in der Zeit eines Lidschlags hatte sich die XF-34 gedreht, stand Duncan gegenüber und begann zu schießen. Duncan rollte und tauchte verblüfft weg und versuchte nur noch, so viel Entfernung wie möglich zwischen sich und die Schußgarben zu bringen. Er sank gute tausend Fuß und warf Störmaterial aus, dazu noch ein Bündel Stanniolstreifen extra, um auch eine Rakete, die der Russki hinter ihm herschießen könnte, abzulenken – und zog gleich steil nach oben.

Aber da wartete die XF-34 schon wieder auf ihn!

Duncan zündete den Nachbrenner und flog pausenlos Rollen, um dem Russki kein ruhiges Ziel zu bieten...

»Hauen Sie doch ab, Dunk!« hörte er eine Stimme rufen. Es war Lee Barry in *Drachen* Fünf/neun. »Fallen Sie rechts runter und dann weg, Mensch...!«

Er hörte die vorbeisingenden und abprallenden Kugeln rundherum. Eine Warnsirene heulte auf. Er hatte keine Zeit, auf sie zu achten und die Ursache zu suchen oder zu beheben. Er brach seine letzte hastige Rolle in der Rückenlage ab, zog hart rechts weg und beendete dann erst die Rolle. Und suchte, während er wartete, daß er wieder Tempo gewann, nach seinem Gegner.

Doch der war nirgends zu sehen.

Er zwang seine Aufmerksamkeit von draußen weg und auf die Instrumententafel vor sich. Die Öldruck-Warnlampe war an. Das Triebwerk hatte wohl etwas abgekriegt. Aber nirgends im Cockpit war Rauch, auch kein Feueralarm blinkte. Er hatte also auf jeden Fall noch Zeit, nach Georgetown zurückzukehren. Trotzdem, in einem Flugzeug mit nur einem Triebwerk hieß jede Öldruck-Warnung: Schnellstmögliche Landung!

»Hallo, *Barrier*, hier Fünf/sieben. Mein Öldrucklicht brennt«, meldete er über den Kommandokanal. Er flog schon nordwärts. »Ich brauche einen Leitstrahl nach Georgetown.«

»Verstanden, Fünf/sieben. Kurs null-drei-fünf, Leitstrahl nach Georgetown Flugplatz, eins-eins-fünf nautische Meilen. Steigen Sie entsprechend. Notkanal Bravo. Suche und Rettung sind verständigt.«

Duncan schaltete zornig sein Mikro ab. Die Brüder stellten sich bereits darauf ein, ihn aus der Karibik zu fischen! Herzlichen Dank!

Er drückte wieder auf den Mikroknopf. »Hallo, Staffel *Gold*, melden.«

Nichts tat sich.

»He, Berry, wo sind Sie?«

Nichts.

»Hallo, *Barrier*, wo ist Fünf/neun?«

»Kein Kontakt mit ihm, Fünf/sieben«, kam die Antwort. »Kein IFF, keine Zielansprache.«

O Gott, dachte Duncan. Hat der Kerl also auch Berry erwischt. Er machte die Augen zu und versuchte das Bild seiner beiden Staffelkameraden zu verdrängen. Es nützte nichts.

Dieser letzte war ein guter Mann gewesen, dachte Maraklow, als er die Nachbrenner abschaltete und wieder auf Normalflug ging. Sehr gut sogar. Er hatte so rasch und geschickt manövriert, daß er kein ordentliches Ziel abgegeben hatte. Offenbar aber hatte er etwas abbekommen, weil er keine Anstalten mehr machte, weiterzukämpfen. Er, Maraklow, hatte geschossen und dann sogleich umgedreht, um mit vollem Tempo nach Nicaragua zurückzukommen und die angeschlagene Il-76 zusammen mit Geleit Vier noch einzuholen.

Noch war der *Dream-Star* – sein Flugzeug! – in Ordnung. Noch hatte er eine AA-13 und 200 Schuß Munition übrig. Das einzige Problem im Augenblick war der Treibstoff. Für noch einen Luftkampf war praktisch keiner mehr da. Wenn er in Sebaco ankam, hatte er höchstens noch Sprit für eine Viertelstunde.

»Hallo, Geleit Vier, hier Maraklow«, rief er über die vereinbarte Frequenz. »Nähere mich der Formation auf fünfzehntausend Fuß, zwanzig Meilen hinter Ihnen. Alles frei.« Es waren zwar drei F-16 gewesen, aber sein Rundum-Monitor zeigte nichts an. Die dritte F-16 mußte wohl mit ihrem Staffelführer umgekehrt sein.

Der Pilot von Geleit Vier bestätigte. Der Iljuschin und ihrer Geleitschutz-MiG war der Aufstieg auf eine sicherere größere Höhe gelungen, doch der Transport sah von Minute zu Minute schlimmer aus. »Annäherung klar. Flugkapitän Kamenjew meldet Iljuschin als sehr instabil. Landung vielleicht sogar unmöglich. Bereitet vorsorglich Notlandung vor.«

»Verstanden.«

Das Spiel schien aus zu sein. Nicht sehr wahrscheinlich, daß die Amerikaner noch einmal ein Aufklärungsflugzeug über Sebaco fliegen ließen. Nächstes Mal kamen sie bestimmt mit Bombern. Ein einziger Flugzeugträger mit einem Geschwader Jagdbomber F/A-18 – oder auch schon eine einzige B-52 wie der *Old Dog*, den er in Nevada runtergeholt hatte – genügten, um die ganze Luftverteidigung Nicaraguas außer Gefecht zu setzen und Sebaco zusammenzubomben. Hatte es da überhaupt viel Sinn, sein Flugzeug jetzt wieder dorthin zurückzufliegen – oder überhaupt nach Nicaragua?

Er ließ sich vom Computer die Daten aller verfügbaren Rollbahnen innerhalb seiner augenblicklichen Reichweite geben. Alles Möglichkeiten: Belize, Costa Rica, zu Kolumbien gehörende Inseln vor dem Festland. Überall abgelegene Rollbahnen und Treibstoff in erreichbarer Umgebung.

Soviel schien inzwischen klar: Die Amerikaner waren entschlossen, den *Dream Star*, wenn es anders nicht ging, abzuschießen. Und die Russen schienen nicht imstande zu sein, das zu verhindern. Wieso also sollte er sich nicht selbst um die Verteidigung und den Schutz seines Flugzeugs kümmern? Außerdem, wenn niemand wußte, wo er tatsächlich mit dem *Dream*

Star war, hatte er ohnehin die größte Chance, nach Rußland zu kommen...

...oder woandershin.

Er versuchte praktisch zu denken. Der *Dream Star* war ein Faustpfand, nicht? Etwas zum Verhandeln! Und sein Schicksal in der Sowjetunion war sehr ungewiß. Warum also sollte er dorthin zurückkehren?

Die Amerikaner – Elliott und alle anderen – waren bestimmt bereit, einen hohen Preis für den *Dream Star* zu bezahlen.

Plötzlich kamen rasch aufeinander die Warnmeldungen. Ein paar Minuten lang hatte er den Himmel nicht beobachtet. Jetzt kommandierte er eilends einen zwei Sekunden dauernden Radar-Rundumblick. Und sofort zeigte ihm der Monitor das Flugzeug. Direkt unter ihm. Und es kam mit großer Geschwindigkeit nach oben...

»Achtung, Warnung! Zielobjekt unter uns...!« Und im selben Moment ertönte bereits die Raketenwarnung. Eine radargelenkte Rakete war unterwegs. »Hallo, Geleit Vier, fallen Sie weg! Feind auf Ihrem fünf Uhr unten!«

Geleit Vier warf Störmaterial aus, rollte hintenüber und tauchte nach unten weg, fast senkrecht auf das Meer hinunter. Doch mit seinem Leitwerkschaden konnte er nicht mehr so rasch und leicht manövrieren. Die *Scorpion*-Rakete bohrte sich direkt in seine Kanzel, und der letzte MiG-Jäger explodierte und stürzte ins Wasser.

Maraklow hatte im *Dream Star* weder Störmaterial noch elektronische Störgeräte, dafür aber eine Manövrierfähigkeit, die jeder *Scorpion*-Rakete ebenbürtig war. Er wendete, so eng es ging, um die F-16 zu erwarten, die wie aus dem Nichts aufgetaucht war. Statt dessen fand er sich direkt der *Scorpion* selbst gegenüber, und nur Sekunden vor dem Einschlag...

Der Plan hatte funktioniert; fast perfekt, sagte Berry zu sich selbst. Ganz klar, warum diese XF-34 ihnen überlegen war, Kunststück. Wenn sie Zugang zu den AWACS-Daten hatte... Sie wußte von jedem Angriff und konnte sich darauf einstellen. Also hatte er sich ausgerechnet: Wenn er vom AWACS-Schirm einfach verschwand, nämlich seine IFF abschaltete und sämtliche Datenkontakte dazu... und so tief bis zum Wasserspiegel hinunterging, bis er dort von der normalen Meeresdünung der Oberfläche nicht mehr zu unterscheiden war, dann mußte es leicht sein, sich unbemerkt an die Russen anzuschleichen und direkt unter ihnen hochzusteigen, beide Jäger von seinem Angriffsradar bestimmen zu lassen und seine beiden *Scorpion* AIM-120 abzufeuern...!

Und tatsächlich fiel der erste in den Bach. Mit der zweiten AMRAAM freilich hatte offenbar etwas nicht gestimmt. Sie flog zwar kerzengerade und millimetergenau auf ihr Ziel, aber trotzdem vorbei, ohne auch nur in der Nähe der XF-34 zu explodieren! Er schaltete sein IFF und die Datenübermittlung ein.

»Hallo, *Barrier*, hier Fünf/neun. Eine MiG runtergeholt.«

»Hallo, Fünf/neun, hier *Barrier Control...Roger.*« Die Stimme des AWACS-*Controllers* klang reichlich überrascht. »Brauchen Sie einen Leitstrahl?«

»He, Berry«, schrie Duncan dazwischen, »wo, zum Teufel, stecken Sie?«

»Auge in Auge mit dem gestohlenen Jäger!« antwortete Berry. »Der gehört mir schon.« Die Datenprojektion seines allerletzten Gegners schien direkt vor ihm zu stehen. Seine Geschwindigkeit war auf weniger als dreihundert Knoten gesunken. Er selektierte eine AIM-132 und zentrierte das infrarote Ziel-Karo auf sein Zielobjekt. Kinderspiel. Das Karo setzte sich auf die Stelle, der Computer meldete die Zielfixierung –

Was Berry, bis es bereits viel zu spät war, nicht bemerkte, war, wie rapide die Reichweite sich mit einemmal verringerte. Der *Dream Star* war bei der ersten Meldung des *Scorpion*-Angriffs steil nach unten weggesackt – ein so rasches Manöver, daß es aussah, als falle das Flugzeug ohne jede Vorwärtsbewegung wie ein Stein nach unten. Die einzige Warnung, die Berry noch bekam, war der rasch größer werdende schwarze Fleck unter seinem Zielkaro und die plötzliche ABSCHUSS-Meldung auf der oberen Projektion. Doch bis er mit seinem rechten Daumen den Schußknopf auf dem Steuerknüppel gedrückt hatte, kam der *Dream Star* bereits schießend und mit Mach 1 vorbeigesaust.

Seine Geschosse verfehlten zwar das Cockpit, trafen aber den Rumpf und die Triebwerkskammer. Im nächsten Augenblick leuchteten die Warnlichter FEUER und AUSSTEIGEN auf. Das ganze Cockpit war im Nu voller Rauch. Berry griff im gleichen Moment nach dem Schleudersitzgriff, als die ersten Flammen den Treibstofftank erreichten.

»Notsignal von letztem Standort Fünf/neun!« rief der *Controller*. Elliott hörte die Knackgeräusche von den Sprechanlagen, als der *Controller* die Positionsdaten überspielte und den Kontakt zu den Such- und Rettungsflugzeugen Osprey CV-22 *Tilt Rotor* herstellte, die vom Marinestützpunkt Guantanamo und aus Puerto Rico kamen.

»*Drachen* Fünf/sieben scheint es zu schaffen, Sir«, meldete der *Controller*. »Nähert sich der Anflugzone für Georgetown.«

»*Drachen*-Flug Sechs/null wird in zehn Minuten auf Station sein«, meldete ein dritter *Controller*. »Sollen sie auf obere CAP gehen?«

Elliott hatte, seit die dritte F-16 verlorengegangen war, kein Wort mehr gesagt. Er konnte auch nichts weiter tun, als zuzusehen, wie der *Dream Star* zusammen mit der angeschlagenen Iljuschin nach Süden davonflog.

»Sowjetisches Flugzeug außer Reichweite«, meldete Marsch, der AWACS-Kommandeur, von seiner Konsole. »Soll ich repositionieren, um den Kontakt zu halten?«

Keine Antwort. Elliott schloß die Augen, als die Computer-Anzeige »XF-34 UdSSR« ganz am äußersten Rand des Monitors stehenblieb.

»Sir?«

»Ja, ich hab's gehört, Colonel«, sagte er. »Wir bleiben auf Station über dem Lokalisierungsstrahl für Fünf/neun, bis ihn die Osprey rausfischt. Holt das Tankflugzeug runter und bereitet ein Auftanken für uns vor, falls es nötig ist. Auch für *Drachen*-Flug Sechs/null. Die sollen dann bei uns bleiben, solange wir noch hier sind.«

»Wollen Sie nun die XF-34 noch weiterverfolgen, Sir, oder nicht?« beharrte Marsch, dessen Zorn wuchs. »Wir haben weitere drei Jäger im Anflug, und noch drei warten unten auf Abruf. Vielleicht schaffen Sie es noch, das ganze Geschwader heute morgen aufzureiben.«

»Halten Sie's Maul, Colonel«, sagte Elliott, der zu müde war, um auf Marschs Sarkasmus zu reagieren. »Wenn Sie's darauf anlegen, rauszufliegen... o verdammt ... noch ein Pilot im Wasser... Kümmern Sie sich sofort darum, daß er rausgefischt wird! Klar?«

»Wenn ich Herrn General vielleicht daran erinnern dürfte«, sagte Marsch, der sich keinen Zwang mehr antat, »daß wir jede Menge Piloten in kleinen Stückchen im Wasser haben. Drei Piloten, die gegen bekannt überlegene Gegner losgeschickt wurden, sind tot! Und wofür? Wegen eines blöden Jägers, den die Sowjets sowieso schon haben!«

»Wissen Sie was, Colonel? Kümmern Sie sich einfach nur darum, daß der Mann aus dem Wasser gefischt wird, ja?«

Marsch funkelte Elliott an, drehte sich dann aber doch um und gab die nötigen Anweisungen durch. Elliott ließ sich in seinem Sitz mit der hohen Lehne vor der Hauptkonsole zurücksinken. Es war unmöglich, noch an etwas anderes zu denken als an die fünf von sechs ab- oder zumindest angeschossenen F-16 und die drei toten Piloten von insgesamt sechs. Sicher, damit waren die wirklichen Absichten der Sowjets bewiesen. Aber um einen schockierend hohen Preis... Und jetzt ging es um eine andere Entscheidung: Was nun? Wahrscheinlich war der *Dream Star* nach Nicaragua zurückgeflogen. Aber bestimmt hatte er nicht die Absicht, lange dortzubleiben. Vielleicht tankte er lediglich auf, besorgte sich einen neuen Geleitschutz und flog sofort wieder los – gerade jetzt, wo die US-Verteidigung im Augenblick um glatte fünfzig Prozent dezimiert war, er also eine um so bessere Chance hatte.

Er ging in den Bordfunk. »Funker, hier Elliott. Machen Sie sofort eine abhörsichere Satellitenverbindung zu den Chefs der Vereinten Stäbe. Holen Sie auch die Air Force dazu, Staatssekretär Curtis persönlich; er wartet ohnehin auf Nachricht auf Transponder Kilo sieben. Legen Sie die Verbindung auf diesen Kanal, wenn möglich.«

»Ja, Sir. Kilo sieben ist in Betrieb. Die Verbindung dürfte in ein paar Minuten stehen.«

Maraklow kreiste fünftausend Fuß über der sumpfigen Nordostküste Nicaraguas und sah zu, wie die Besatzung der Iljuschin-76 einer nach dem anderen ausstieg. Sie hatten festgestellt, daß sie angesichts des Zustandes ihres AWACS-Transporters nicht einmal mehr eine Notlandung riskieren konnten und sich daher entschlossen, sie aufzugeben und abstürzen zu lassen. Hier in den moskitoverseuchten menschenleeren Sümpfen war der geeignetste Ort dafür. Der Pilot hatte einen weiten Kurvenkurs programmiert, der es auch ihm selbst ermöglichte, noch bis zur hinteren Frachttür zu laufen und hinauszuspringen.

Maraklow maß und registrierte elektronisch, wo sie alle im Sumpf landeten, und wartete noch, bis das riesige Flugzeug, das nach wie vor eine Rauchwolke hinter sich herzog, seine Linkskurve vollendete, sich dann nach unten neigte und etwa eine halbe Meile vor der Küste ins Meer fiel.

»Hallo Kontrolle, hier *Sawtra*«, meldete er, während er auch die Absturzstelle des Flugzeugs noch elektronisch aufzeichnete und vermaß. »Iljuschin abgestürzt und im Meer versunken. Absturzdaten für etwaige Marinebergungsaktion folgen. Sofortige Landeerlaubnis erbeten.«

»Genehmigt, *Sawtra*«, kam die Antwort, nach einem kleinen Zögern mit dem Zusatz: »Jede Menge Platz hier.«

Aber der Unterton dieser Bemerkung war bitter und unterstrich nur, daß Maraklows Situation immer unangenehmer wurde. Sebaco war jetzt schutzlos. Alle vier hier stationierten MiG-Jäger waren verloren. Die einzigen überhaupt noch verfügbaren Flugzeuge waren nun die von der nicaraguanischen Luftwaffe in Managua ausgeborgten MiG-23-Jäger und allenfalls noch einige ihrer Jagdbomber Sukoi 24, die man höchstens gegen Marineangriffe auf Sebaco einsetzen konnte. Doch für diese zwanzig bis dreißig Jahre alten Maschinen gab es in Sebaco nicht einmal russische Piloten. Man mußte also auf die schlecht ausgebildeten Nicaraguaner oder Kubaner zurückgreifen, bis es möglich war, russische Piloten einzufliegen.

Beim Anflug auf Sebaco sah er die paar Flakgeschütze am Ende der Rollbahn. Sie hatten inzwischen Sandsäcke und Schutz-Panzerplatten um sie herum aufgebaut. Kam es zum Kampf, waren auch diese Dinger letztlich wertlos.

Der gute Tretjak und seine Leute hatten überhaupt kein Konzept, geschweige eine Ahnung, was ihnen wirklich bevorstehen konnte.

Dies jedoch war für ihn, Maraklow, noch lange kein Grund, das Ende des *Dream Star* zu riskieren.

Siebtes Kapitel

Brooks Medical Center, San Antonio, Texas
Samstag, 20. Juni,
17.30 Uhr CDT (18.30 Uhr EDT)

McLanahan erwachte aus unruhigem Schlaf, als er eine Hand auf seiner Schulter spürte. »Colonel McLanahan? Colonel?«

Es war Wendys Arzt. Er sah müde aus. McLanahans Herzschlag begann zu rasen. Er sprang auf. Eine Krankenschwester war dabei, eine Plastikkanüle aus Wendys Hals zu entfernen, Krankenträger mit einem Bahrenwagen waren da. »Wendy ...?«

Der Arzt hob sofort die Hände. »Ruhig, Colonel. Alles ist in Ordnung. Jedenfalls vorläufig.« Er blickte auf ein Blatt, das er mitgebracht hatte. »Die Rißschäden in ihrer Lunge sind schwer. Wir werden um eine Lungenresektion kaum herumkommen. Und noch länger damit warten können wir eigentlich nicht.«

Wendy wurde auf dem Transportbett davongefahren. Man hatte sie an ein tragbares Atemgerät angeschlossen.

»Wie lange wird es dauern?«

»Ein paar Stunden. Ich schlage vor, Sie fahren heim und ruhen sich aus. Vor dem Morgen wissen wir ohnehin nichts.«

»Rufen Sie mich an, falls irgend etwas ist.«

»Selbstverständlich.« Der Doktor ging hinter dem Wagen mit Wendy und den Technikern der Intensivstation her.

McLanahan hatte nun zwei erschöpfende Tage an Wendys Krankenbett gewacht und darauf gewartet, daß sie zu Bewußtsein kam. Jetzt verließ er die Intensivstation in völlig erschöpftem Zustand.

Im Vorbeigehen an einer offenen Zimmertür schnappte er die Wörter »Air Force« aus einem Fernseher auf. Er blieb stehen und hörte weiter zu.

»...wollte heute keine Stellungnahme zu mexikanischen

Presseberichten abgeben, denen zufolge diese Jets der US-Air Force von russischen Jägern südlich Kuba über der Karibik abgeschossen worden sind. Offizielle Stellen des Pentagon bestätigen nur, daß sich amerikanische Militärflugzeuge in diesem Gebiet zu Routine-Manöverübungen befunden haben und daß es dabei Zwischenfälle mit sowjetischen, kubanischen und nicaraguanischen Militärflugzeugen gegeben hat. Sprecher der Air Force erklärten, daß sich die Flugzeuge im alljährlichen, US-/mittelamerikanischen Manöver namens Tropendonner befanden.«

McLanahan drehte sich um und suchte nach einem Telefon. »Tropendonner« war zwar in der Tat ein gemeinsames US-/lateinamerikanisches Manöver, aber mehr als ein paar Dutzend *Marines* und einige Transporter waren daran eigentlich noch nie beteiligt gewesen. Außerdem fand es üblicherweise in den USA oder in Panama statt. Diese Sache mußte etwas mit dem *Dream Star* zu tun haben.

Er ließ sich mit dem Kommandoposten in *Traumland* verbinden, als er das nächste Telefon gefunden hatte.

»Hier Kommandoposten. Captain Valentine.«

»Hallo Kurt, Colonel McLanahan hier –«

»Ja, Sir«, sagte Valentine, Leitender Kontrolloffizier bei HAWC, »General Elliott erwartet Ihren Anruf bereits. Können Sie dranbleiben und warten?«

»Schon, aber ich bin auf einer offenen Leitung.«

»Verstanden, Sir. Augenblick bitte.« Es knackte und klickte, und im Hintergrund ertönten Digitalsignale. Dann kam eine Stimme: »Hier *Barrier*, Charlie Eins, sprechen Sie. Kommen.«

Er war vom HAWC-Kommandoposten offensichtlich auf UHF oder eine Satellitenfrequenz gelegt worden und wohl mit einem Schiff oder Flugzeug verbunden. Er überlegte, ob er auf dieser offenen Leitung seine *Traumland*-Rufkennung verwenden sollte, aber vermutlich wußte der Mann in der Leitung dann nicht, wovon er redete. Also meldete er sich offen: »Hallo, *Barrier*, hier Colonel McLanahan. Verbinden Sie mich mit General Elliott.«

»Augenblick, Sir.«

Es dauerte nur wenige Sekunden, bis er Elliotts dröhnende Stimme hörte. »Hallo, Patrick! Wie geht's Wendy?«

»Nach wie vor kritisch, Sir. Sie wollen voraussichtlich heute abend operieren.«

»Sie wissen ja, daß wir alle an sie denken... Und wie geht's Ihnen?«

»Ich bin soweit okay... ich habe gerade Nachrichten gehört. Da kam diese Geschichte...«

»Ja, ich weiß, welche Sie meinen«, unterbrach ihn Elliott. »Wir müssen darüber reden. Wenn Sie wollen, fahren Sie zum elektronischen Sicherheitskommandoposten nach Kelly. Ich hinterlasse dort Anweisungen, wie Sie mich anrufen können.«

»Ich mache mich sofort –«

»Patrick – nur, damit das klar ist: Sie müssen nicht. Wenn Sie meinen, Sie sollten lieber jetzt nicht weg –«

»Über Wendy erfahre ich die nächsten Stunden sowieso nichts Neues; für den Augenblick ist ihr Zustand stabil...«

Offensichtlich überschlugen sich da einige Dinge. Er hatte keine Ahnung, in welchem Flugzeug sich Elliott derzeit befand.

»Ich bin in einer halben Stunde dort, Sir.«

»Rufen Sie mich dann gleich an.«

Er lief in die Intensivstation zurück und hinterließ dort auf einem Blatt eine Nummer, wo man ihn anrufen sollte, falls sich Wendys Zustand änderte.

Militärflugplatz Sebaco, Nicaragua
Samstag, 20. Juni
17.35 Uhr CDT

Maraklow erwachte mit den schlimmsten Kopfschmerzen, die er je gehabt hatte. Er beschloß, nichts zu überstürzen und ruhig im Bett liegenzubleiben. Er hielt die Augen geschlossen und versuchte die Schmerzen mit Willenskraft zu bezähmen.

Nach ein paar Minuten hörte er Stimmen und Schritte. Sie

klopften gar nicht erst an und kamen einfach herein. Er tat so, als schliefe er.

»Also das ist der große Pilot?« sagte die eine Stimme.

»Nach dem heute...« antwortete eine andere. »Er kam als einziger von sechs Flugzeugen zurück. Also entweder hatte er sehr viel Glück, oder er hat die anderen für sich kämpfen lassen.«

»Prüfe seinen Arm, und kontrolliere seinen Tropf. Wenn er nicht bei Bewußtsein ist, spritze ihm 10 cc...« Was, verstand Maraklow nicht. Aber 10 cc? Er spannte prüfend beide Arme und spürte überall die Schläuche und dann die intravenöse Nadel im linken. Er öffnete rasch die Augen. Eine Plastikflasche mit einer klaren Flüssigkeit hing an der linken Seite über seinem Kopf. Sein linker Arm war auf ein Plastikbord geschnallt, und in der Ellbogenbeuge war der intravenöse Tropf angeklebt. Er erkannte einen Mann im weißen Kittel, der ihm eine Injektion gab.

»He, Karl, er ist aufgewacht...«

Mit einer Kraft, die er gar nicht zu haben geglaubt hatte, zog er seine Beine an, schwang sich herum und trat dem Weißkittel so heftig vor die Brust, daß er zurücktaumelte, gegen die Wand prallte und zu Boden sank.

»Ruhe, Ruhe...« sagte der andere und warf sich auf Maraklow. Er versuchte ihm Arme und Beine niederzudrücken. Aber Maraklow schleuderte ihm das Plastikbrett an seinem Arm gegen den Kopf. Dieser Schlag kostete ihn viel Kraft. Er setzte sich auf, zwang sich, den Schwindelanfall, den er verspürte, zu überwinden, und entzog sich dem zweiten Angreifer. Er kam auf die Füße, aber der ganze Raum begann sich zu drehen. Er ließ sich auf ein Knie sinken.

Da aber griffen bereits von hinten zwei Arme nach ihm und hielten die seinen fest. »*O mjenja,* Iwan. Ich habe ihn – «

Maraklow beugte den Kopf vor und warf ihn gleich danach, so heftig er konnte, nach hinten. Es krachte. Er hatte voll die Nase des Mannes getroffen. Der Mann fiel hart auf den Rücken. Maraklow rollte sich zur Seite und versetzte ihm einen Hieb an die Kehle. Dann griff er sich einen Stuhl als Schutzschild, aber zugleich auch, um sich selbst daran festzuhalten.

Der Mann gab auf. *»Stoj, stoj«*, sagte er und hob die Hände. Maraklow hatte ihn noch nie gesehen.

Die Tür wurde aufgerissen. Musi Zajkow erschien zusammen mit zwei KGB-Grenzposten. Alle drei hatten ihre Gewehre im Anschlag. Musi Zajkow blickte sich rasch um. »Sind Sie in Ordnung, Oberst Maraklow?« Als sie sah, daß sein linker Arm blutete, schulterte sie ihr Gewehr und befahl einem Begleiter: »*Pasavetja vrachja, Skarjeje!* Rufen Sie einen Arzt, rasch!« Dann ging sie zu Maraklow, griff sich ein Handtuch und wickelte es um die blutende Stelle, wo der Tropf gehangen hatte.

»Was ist passiert?« fragte sie.

»Diese Männer... habe sie nie gesehen... sie versuchten mir irgendwas zu spritzen...«

Sie half ihm wieder ins Bett. Er ließ sich auf das Kissen sinken, und sie betrachtete die beiden Männer.

»Das ist Karl Rodownin«, sagte der eine Posten. »Er ist schwer verletzt.«

Musi Zajkow wandte sich an den anderen Mann. »Boroschelwisch, was haben Sie hier drin zu suchen?«

»Ich sollte ihm eine Injektion verabreichen«, antwortete der Mann. »Wir haben seinen Tropf kontrolliert und nachgefüllt, und da dreht er plötzlich völlig durch.«

»Da ist die Kanüle, Leutnant«, sagte der Posten und hielt sie hoch. »Noch gefüllt und ganz.«

»Bringen Sie sie zusammen mit der Lösung ins Labor«, befahl Musi Zajkow. »Sie sollen eine Analyse machen. Ich will wissen, was das ist. Boroschelwisch, Sie sind festgenommen. Bringen Sie ihn und Rodownin in die Haftzelle.«

Sie wandte sich wieder Maraklow zu. Sie hatte ihn nun schon einige Tage nicht gesehen – und, als er abflog, auch nicht erwartet, ihn je wiederzusehen. Aber selbst in dieser kurzen Zeit der Trennung fand sie seine Veränderung zum Fürchten. Er sah jetzt aus wie ein alter Mann, eingefallen, bleich, die Haut spannte über den Wangenknochen, und die Augen lagen tief in den Höhlen. »Andrej...«

Sie merkte, wie sich sein Körper anspannte. Er starrte sie wie im Schock an. »Janet...?«

Janet...?

»Andrej, ich bin Musi Zajkow!«

Er fuhr sich mit der Zunge über die spröden Lippen. Allmählich wurde sein Blick wieder klar, und statt einer nur undeutlich wahrgenommenen Schattengestalt erkannte er nun die Frau, die neben seinem Bett saß, wieder. »Musi...«

»Ja. Alles in Ordnung.«

Er schien sich etwas zu entspannen. Sein Atem aber war kurz und rasch.

»Wasser!«

Musi Zajkow schenkte ihm ein Glas lauwarmes Wasser ein und hielt es ihm an den Mund. Er trank. Sie feuchtete ein Handtuch an und wischte ihm den Schweiß von Gesicht und Brust.

»Was ist passiert?«

»Ich weiß nicht. Die beiden haben mir irgend etwas gespritzt. Da bin ich wohl in Panik geraten.«

»Das kann man wohl sagen«, sagte sie lächelnd. »Du hast Rodownin fast umgebracht. Ich lasse die Spritze und die Lösung untersuchen. Und die beiden habe ich erst mal einsperren lassen. Der Arzt soll uns sagen, ob er überhaupt eine Injektion angeordnet hat. Ich weiß nichts davon.«

Er mühte sich unter Schmerzen auf, stellte die Füße auf den Boden und atmete tief durch. Dann fuhr er sie ärgerlich an. »Ich will überhaupt keine dieser verdammten Injektionen mehr!«

»Der Arzt hielt sie offenbar für nötig. Du bist völlig dehydriert.«

»Ich sagte, keine Injektionen mehr!« Er stand vorsichtig auf und ging tastend einige Schritte. Sie war schockiert über seinen Zustand. Er sah aus, als hätte er mindestens sieben Kilo verloren. Die Rippen und Gelenke zeichneten sich deutlich ab, seine zuvor starken und geschmeidigen Muskeln schienen völlig erschlafft und schwach. »Ich erhole mich nur durch Ruhe, Vitamine und Wasser«, sagte er.

»Und ich habe dich noch nie so abgemagert gesehen, Andrej. Vielleicht hatte der Arzt nicht so unrecht –«

»Ich bin abgemagert«, entgegnete er, »weil euer Essen so mies ist. Hat man beim KGB noch nie etwas von Steaks gehört? Die einzigen Proteine hier sind Hühnchen und Bohnen. In Vegas bekommt man ein Zwanzig-Unzen-Steak für fünf Dollar! Für praktisch nichts kann man fressen wie ein Schwein...«

Er unterbrach sich und stützte sich mit einer Hand aufs Bett. Er drehte sich halb zu Musi Zajkow herum und schüttelte den Kopf. »Vegas... Das klingt, als läge es ein Jahrhundert zurück.« Aber es waren tatsächlich erst ein paar Tage.

»Las Vegas hat mit deinem Leben jetzt nichts mehr zu tun, Andrej«, sagte sie.

»Und worin besteht mein Leben jetzt? Wann kann ich eigentlich mal mein Leben leben? Wenn ich wieder in der Sowjetunion bin? Das wissen wir doch beide, daß ich dort nicht mehr gebraucht werde.«

Musi Zajkow hatte dergleichen schon des öfteren erlebt, doch niemals hätte sie gedacht, daß ein so intelligenter und professioneller Mann wie Oberst Andrej Maraklow anfällig dafür sein könnte. Das kam nicht nur von seiner körperlichen Schwäche – das war die übliche Art, wie Überläufer sprachen. Sie fühlten sich total verlassen und allein, selbst die Stärksten. Doch mit Andrej Maraklow war das doch etwas ganz anderes! Er war ein sowjetischer Agent gewesen, der in die Identität eines Amerikaners geschlüpft war – tatsächlich sogar zweimal: als Junge und Schüler, und dann als Mann. Jetzt mußte er diesen Teil seines Lebens hinter sich lassen und sich in eine ihm fremd gewordene Welt integrieren. Musi hatte wie selbstverständlich angenommen, daß Andrej Maraklow ganz anders war, viel stärker, viel ausgeglichener, viel weniger anfällig. Und nun sah sie, daß sie sich geirrt hatte. Auch er zeigte alle bekannten Symptome – Paranoia, Zorn, Einsamkeit, Schuldgefühle und selbst Impotenz...

»Bitte glaube mir, was ich dir jetzt sage, Andrej«, sagte sie. »Dein Land will dich zurückhaben. Es braucht dich sogar. Du wirst eine führende und leitende Kraft für eine neue Generation Soldaten und Bürger sein. Man wird dich ehren und respektieren, wo immer du erscheinst. Und das hat gar nichts mit diesem Flugzeug zu tun. Nein, es werden deine Stärke, deine Kraft, dein Mut sein, deine Entschlossenheit und dein Patriotismus, die dich zum Helden unseres Volkes machen, nicht dieses Flugzeug.«

»Ach Quatsch«, sagte er und wandte sich von ihr ab. »Der einzige Grund, warum sie mich haben wollen, ist mein Wissen und sonst gar nichts.«

»Das stimmt gewiß nur teilweise«, sagte sie. »Natürlich ist dein Wissen wichtig. Und natürlich wird das Auswerten und Verbreiten dieses Wissens deine wichtigste Aufgabe nach deiner Heimkehr sein. Aber das ist doch nicht alles.« Sie legte ihm eine Hand auf die Schulter.

»Ich kann es dir beweisen, Andrej.«

»So? Wie denn?«

»Komm mit mir. Zurück. Jetzt sofort. Laß das Flugzeug hier.«

Er fuhr herum. »Hierlassen? Hier?«

»Du bringst dich jedesmal, wenn du es fliegst, halb um«, sagte sie. »Sieh dich doch an. Es saugt dich aus wie eine Art elektronischer Parasit! Und es wird dich umbringen, wenn du weitermachst. Ich kann jederzeit ein Transportflugzeug beschaffen, das uns schon morgen früh nach Moskau bringt. Nimm aus dem Flugzeug mit, was du willst – seine wichtigsten Computer, die Diagramme, die Tonbandaufzeichnungen, oder was auch immer. Oder laß alles da. Um das Flugzeug kümmert sich schon der KGB. Du hast deine Pflicht getan, sollen die anderen jetzt die ihrige tun. Komm mit mir heim nach Rußland, und ich garantiere dir, du wirst dort als Nationheld bejubelt.«

Er starrte sie stumm an und schien über ihre Worte nachzudenken. Er begann ihr endlich doch zu glauben...

»Also, so ist das!« sagte er jedoch. »Du glaubst nicht, daß ich es schaffe, es rüberzufliegen, wie? Darum geht es doch, oder? Das Politbüro glaubt also, ich schaffe das nicht, den *Dream Star* auch ordentlich dort abzuliefern...«

»Nein, Andrej, das ist es nicht...«

»Sie wollen also nicht, daß ich den *Dream Star* noch mal fliege«, fuhr er zornig fort. »Von Anfang an nicht. Ich habe ihn hergebracht, und jetzt denken sie, sie können mich einfach kaltstellen und abservieren, wie? Du willst also, daß ich auf der Stelle mit dir nach Rußland gehe? Bringen Sie ihn her, bevor er ausflippt: War es das, was sie dir befohlen haben? Schnappen Sie ihn sich, bevor er durchdreht? Ja?«

»Aber natürlich nicht –«

»Liebe Dame: Der einzige, der diesen Vogel überhaupt in einem Stück hier wegbringt, bin ich! Ohne mich haben sie nicht die kleinste Chance.«

»Das weiß ich doch, Andrej«, sagte sie. »Wenn sie wollen, daß der Jäger aus Nicaragua herausgeflogen wird, mußt du ihn fliegen. Das ist ganz selbstverständlich. Aber es ist viel wahrscheinlicher, daß sie gar nicht wollen, daß das Flugzeug herausgeflogen wird.«

»Was? Wer will was nicht?«

»Andrej, unsere Regierung hat mit den Amerikanern ein Geschäft über die Rückgabe ihres Jägers zu machen versucht. Sie haben den Amerikanern zugesagt, ihnen ihr Flugzeug binnen fünf Tagen zurückzugeben. Und am gleichen Tag, als diese Abmachung getroffen wurde, haben sie uns erwischt, wie wir dieses Flugzeug nach Kuba bringen wollten. Jetzt glauben uns die Amerikaner natürlich nicht mehr. Du selbst hast es gesagt: Hier haben wir keine Verteidigungsmöglichkeit mehr. Wenn die Amerikaner uns hier angreifen, zerstören sie den Stützpunkt. Der einzige Weg, das zu verhindern, ist die Rückgabe des Flugzeugs.«

»Das ist doch...« Aber er erinnerte sich, daß er ebendies selbst schon gedacht hatte; wenn auch nur in der Verbitterung darüber, daß ihn die »Heimkehr« erwartete – und alles, was damit zusammenhing. Doch im Ernst konnte er das doch nicht akzeptieren! »Ist euch eigentlich klar, was ich alles riskiert habe, um dieses Flugzeug hierherzuschaffen? Ich war der Spitzenpilot beim geheimsten militärischen Projekt der USA! In zehn Jahren hätte ich der Kommandeur des ganzen Ladens sein können! Das alles habe ich geopfert, um dieses Flugzeug herzubringen! Ich werde es niemals aufgeben oder ausliefern!«

Er ging zum Wandschrank, holte eine frische Fliegermontur heraus und zog sie an. »Ich werde mit dem General reden, ach was: mit Moskau direkt. Daß die Amerikaner hier angreifen werden, bezweifle ich. Wenn aber doch, können wir den *Dream*

Star immer noch anderswohin schaffen, bis der Angriff vorüber ist. Solange sie nicht ausdrücklich den Krieg erklären, werden sie sich hüten, in Mittelamerika einen Stützpunkt zu bombardieren, selbst wenn es um dieses Flugzeug geht. Und vor einer Kriegserklärung werden sie sich erst recht hüten.« Er stieg in ein Paar Fliegerstiefel und ging.

Musi Zajkow blieb noch einige Minuten reglos sitzen. Sie mußte versuchen, ihn davon zu überzeugen, daß er seinen Landsleuten vertrauen konnte. Dies war nun wichtiger denn je. Angesichts der Vergeltungsdrohung der Amerikaner konnte ein kampfmüder und verunsicherter Oberst Maraklow eine Katastrophe bedeuten – für ihn selbst, für die ganze Aktion und für das gesamte sowjetische Personal hier in Nicaragua.

Er mußte zur Räson gebracht werden. Oder man mußte sich seiner entledigen.

Maraklow ging direkt zum Kommandoposten, wo er General Tretjak in seinem Büro vor einem Computerterminal antraf. »Ich muß mit Ihnen sprechen, General.«

Tretjak blickte auf und deutete auf einen Stuhhl. Maraklow ignorierte die Aufforderung.

»Ich schreibe gerade einen detaillierten Bericht über den Zwischenfall heute früh«, sagte Tretjak etwas unwillig. »Fünf Flugzeuge verloren, zusehen müssen, wie die Iljuschin runterfällt – ich habe mich noch nie so hilflos gefühlt...«

»General, wir müssen die Sache mit der XF-34 klären«, unterbrach ihn Maraklow. »Sie ist hier nicht mehr sicher. Ich schlage vor, sie an einen geheimen Ort zu schaffen und dort, so rasch es geht, für einen neuen Flug direkt in die Sowjetunion vorzubereiten.«

Tretjak wandte sich wieder seinem Computerbildschirm zu und begann zu Maraklows Verwunderung weiterzutippen. »Oberst Maraklow«, sagte er dabei, »mir persönlich ist im Augenblick herzlich egal, was mit diesem Flugzeug passiert.« Er sah überhaupt nicht auf. »Ich habe heute sieben Mann und fünf Flugzeuge verloren – mehr als in vier Jahren als Geschwaderkommandeur in Afghanistan! Ich werde ziemlich sicher mein

Kommando und womöglich sogar meine Pension verlieren. Die Sicherheit und Unversehrtheit Ihres Wunderflugzeugs unterliegt nicht mehr meiner Zuständigkeit. Ich hätte auch gar keine Möglichkeiten mehr, etwas dafür zu tun.«

Er griff nach einem Papierstapel, nahm ein Blatt und schob es Maraklow zu. »Da haben Sie Ihre Befehle, wie sie vom Chef des KGB übermittelt wurden. Sie sind ermächtigt, alle notwendigen Schritte zum Schutz des Flugzeugs zu unternehmen. Es liegt auch bereits die Genehmigung vor, daß Sie auf dem Flughafen Sandino in Managua landen und dort den Aeroflot-Hangar Nummer zwölf und auf dem Flugplatz Puerto Cabezas den Haupttransithangar in Anspruch nehmen dürfen. Sie können Waffen mitnehmen. Ich habe Anweisung erteilt, daß Ihre Lljuka-Tanks gefüllt werden und daß man das Flugzeug mit Munition und Raketen ausrüstet. Vorräte davon sind ja jetzt ziemlich reichlich vorhanden. Und der Rest, Oberst, unterliegt von nun an Ihrer Verantwortlichkeit.«

Maraklow nahm das Blatt. Tatsächlich – man hatte ihm unbeschränkte Handlungsfreiheit für den *Dream Star* gegeben. Jedenfalls solange der KGB-Chef Kalinin sich nicht mit dem sowjetischen *Kollegija* beraten hatte. Das war faszinierend! Allerdings, das war wohl klar, würde das *Kollegija*, falls er die Sache versiebte, Entschädigung von ihm verlangen – und nicht in Geldwerten.

Tretjak tat ihm fast leid. Er war eines Kommandos enthoben worden, das er in Wirklichkeit ja nie gehabt hatte. »Alles verstanden, Genosse General. *Spassibo.*«

»Ja, schon gut, Oberst«, sagte Tretjak müde, »scheren Sie sich raus. Was Sie brauchen, haben Sie ja.«

»Ich würde aber gern noch Ihre Ansicht hören«, sagte Maraklow rasch, »wohin Sie mir mit der *Sawtra* zu fliegen empfehlen würden.«

Jetzt blickte der alte Jagdflieger auf. »Meine Meinung wollen Sie hören?«

Zumindest das Aufglimmen des Feuers, das er in seinen Augen bemerkt hatte, als sie sich das erste Mal begegneten, war zu erkennen. Für Aktion war Tretjak immer zu haben. »Nun ja, ich habe mich natürlich mit der Frage schon beschäftigt.« Er deutete wieder auf einen Stuhl und schenkte Maraklow ein Glas Eiswasser ein. »Freut mich, daß Sie das wissen wollen.«

Washington, D. C.

Samstag, 20. Juni,
19.00 Uhr EDT

Präsident Taylor fluchte. Sein Neuengland-Akzent, der nach den vielen Jahren in Washington sonst kaum noch zu hören war, kam nun deutlich durch.

Der gesamte Nationale Sicherheitsrat war für eine Sitzung am frühen Abend im Konferenzraum des Weißen Hauses einberufen worden. General Elliott hatte sie direkt aus dem AWACS-Flugzeug E-5, in dem er über den Cayman-Inseln kreiste, über das Zweiweg-Satelliten-Videophon vom Stand der Angelegenheit *Dream Star* informiert. Der Präsident wandte sich von seinen Beratern am Konferenztisch ab. »Haben einfach losgeschlagen und mich glatt angelogen!«

Außenminister Danahall versuchte ihn zu beschwichtigen. »Botschafter Wilisertschew sagt, daß die Militärs in Nicaragua auf eigene Faust gehandelt haben, ohne sich mit Moskau abzusprechen. Er besteht ausdrücklich darauf, daß keinesfalls die Absicht bestanden habe, uns zu hintergehen.«

»Von mir aus besteht er, worauf er will. Und als erstes will ich seinen Kopf. Er ist ab sofort *persona non grata*. Ich will ausdrücklich, daß die amtliche Version nicht wie üblich lautet, er sei von seiner Regierung zur Berichterstattung heimgerufen worden oder diese Art Scheiß. Ich will, daß ganz klar gesagt wird: Ich habe ihn rausgeschmissen!«

»Und soll die Presse erfahren, warum?« fragte Danahall.

»Weil er mich angelogen hat, diese Regierung angelogen hat«, fauchte der Präsident und zeigte mit dem Finger auf Danahall. »Details sind natürlich nicht nötig.«

Danahall schüttelte nur den Kopf, als sich Taylor wieder der Projektion Elliotts auf dem dreiseitigen Monitor in der Mitte des Konferenztisches zuwandte. So einfach ging es nicht, dachte er. Wenn er einen Botschafter ausdrücklich auswies, kam er um »Details« kaum herum, schon gar nicht, wenn es um den Botschafter der Sowjetunion ging.

»Also«, fuhr der Präsident fort, »wir wissen also definitiv, daß die XF-34 wieder nach Nicaragua zurückgeflogen wurde, auf diesen Flugplatz Sebaco?«

»Eindeutig, Sir«, antwortete Elliott. »Wir haben seit dem Abzug der XF-34 kontinuierlichen Radarkontakt mit Sebaco. Die Maschine ist in Sebaco gelandet, und bis jetzt ist dort kein anderes Flugzeug mehr gelandet oder gestartet, zwei MiG-Jäger ausgenommen, die aus Managua kamen und versuchten, unser AWACS-Flugzeug aus Nicaragua zu vertreiben. Doch unsere *Falcon* haben sie rasch eines Besseren belehrt. Wir haben Sebaco pausenlos unter Überwachung, und zwar sowohl von unserem AWACS-Flugzeug aus wie über Satellit, und auch mit Hilfe unserer Agenten in Nicaragua, soweit möglich.«

Verteidigungsminister Stuart meldete sich zu Wort. »Was natürlich noch nicht heißt, daß sie es nicht noch einmal versuchen. Wissen Sie, Elliott, das Ganze ist nach wie vor eine Situation, in der wir nicht gewinnen können. Schön, Sie haben die Russen ertappt, wie sie das Ding wegfliegen wollten. Und? Sie geben es nach wie vor nicht zurück, solange sie es nicht genau kennen!«

»Aber wir können unterbinden, daß sie es aus Nicaragua herausschaffen«, beharrte Elliott, »wenn wir schnell genug handeln.«

»General«, fragte der Prädident, »trifft es zu, daß wir sie nicht orten können, wenn sie aus Sebaco weggehen?«

»Ich fürchte, ja, Sir. Mit den überfliegenden Satelliten können wir alle neunzig Minuten checken. Unser Radarflugzeug ist imstande, alles, was sich in der Luft bewegt, zu entdecken. Unsere Agenten unten behalten die ganze Umgebung von Sebaco im Auge. Aber die Russen haben die Abschirmung und Bewachung sehr verstärkt. Andererseits müssen wir nicht unbedingt den ganz exakten Standort des Flugzeugs kennen.« Elliott rückte sich seine Kopfhörer zurecht. »Wir wissen, daß sie es haben. Mehr müssen wir an sich gar nicht erfahren.«

»Und Sie empfehlen also, Sebaco zu bombardieren, ganz gleich, ob wir sicher wissen, daß sich das Flugzeug dort befindet oder nicht?«

»Richtig, Sir, der Meinung bin ich. Es wäre natürlich ganz günstig, wenn das Flugzeug in den gleichen Hangar zurückgebracht worden wäre, in dem es zuvor war, aber ich neige zu der Annahme, daß sie es irgendwo im Dschungel versteckt haben oder zum Flughafen Sandino verlagern wollen, wo die Gefahr, daß wir direkt angreifen, natürlich sehr viel geringer ist.«

»So weit kommt das, daß wir einen zivilen Flughafen angreifen!« empörte sich William Stuart.

»Sandino ist ein Militärflugplatz, Sir«, korrigierte Elliott. »Die Nicaraguaner haben überhaupt keinen zivilen Flughafen. Sandino ist ein Militärflugplatz, der lediglich auch zivilen Flugverkehr zuläßt. Ein exakt begrenzter Schlag –«

»Wir kommen vom Thema ab, General«, unterbrach ihn der Präsident unwillig. »Und damit das von vornherein klar ist: Sandino wird nicht angegriffen, basta! Wenn die Sowjets das Flugzeug dorthin schaffen sollten, dann ist das eben nur ein weiterer Schritt weg von unseren Zugriffsmöglichkeiten.«

»Ja, Sir«, sagte Elliott. »Sebaco ist ohnehin unser Ziel. Unsere Absicht muß sein, ihnen klarzumachen, daß wir ihre Aktionen und den Wortbruch nicht ohne Reaktion hinnehmen.«

Einen kurzen Moment lang dachte der Präsident an die bevorstehenden Wahlen und an die gesteigerte Aufmerksamkeit, der er deshalb bereits bei allem, was er tat, ausgesetzt war. Es war nicht schwer, sich auszumalen, welche Kritik er zu erwarten hätte, wenn das Land erfuhr, daß er einen Angriff auf Nicaragua vom Zaun gebrochen hatte... Andererseits war, was Elliott vorsichtig zusammengefaßt hatte, auch nicht von der Hand zu weisen: Die Sowjets hatten die Wahl sehr bewußt ins Kalkül gezogen, um ungeschoren davonzukommen...

»Also gut, General«, sagte der Präsident, »dann schicken wir ihnen diese Botschaft.«

Moskau, UdSSR

Sonntag, 21. Juni,
07.00 Uhr OEZ (Samstag, 23.00 Uhr EDT)

Der Generalsekretär begann die Krisensitzung mit seinem Beraterstab wie üblich pünktlich auf die Minute und kam ohne Umschweife zur Sache. Er wandte sich an den Außenminister und verschränkte die Finger. »Genosse Toworin, wieso ist Wilisertschew aus den USA ausgewiesen worden?«

Toworin warf einen besorgten Blick auf Kalinin und räusperte sich.

»Genosse Generalsekretär, es hat mit diesem Experimentalflugzeug zu tun, das von dem Agenten des Genossen Kalinin aus den Vereinigten Staaten entführt worden ist. Wilisertschew wurde ins Weiße Haus bestellt und darüber befragt. Er erklärte sich einverstanden, mit Ihnen und dem *Kollegija* über die Forderung der Amerikaner, das Flugzeug zurückzugeben, zu sprechen. Dem Genossen Kalinin war dies jedoch nicht bekannt. Er wies Oberst Maraklow an, das Flugzeug nach Kuba zu fliegen. Als die Amerikaner dies bemerkten, haben sie Wilisertschew ausgewiesen.«

»Wieso bin ich darüber nicht informiert worden, Kalinin?«

»Wilisertschew«, sagte Kalinin rasch, »hat mit dem amerikanischen Präsidenten am frühen Samstagmorgen gesprochen, und die Operation lief bereits einige Stunden danach an. Sie waren den ganzen Tag über in Leningrad, Genosse. Es war keine Zeit, sie zu konsultieren.«

»Es wäre Zeit genug gewesen. War es nicht vielleicht eher so, daß Sie mich mit voller Absicht nicht konsultierten?«

»Ich wollte Sie nicht an Ihrem freien Tag behelligen, Genosse!«

»Wie rücksichtsvoll von Ihnen, Kalinin. Haben Sie gestern morgen ein Abkommen mit den Amerikanern autorisiert?«

»Nein, Genosse«, antwortete Kalinin. »Wilisertschew hat mich konsultiert, weil das Jagdflugzeug schließlich in unserer

Hand war. Ich habe ihn angewiesen, vor jeder weiteren Verhandlung auf die Antwort aus Moskau zu warten.«

»Die Ausweisungsverfügung gegen Wilisertschew sagt ausdrücklich, daß er den amerikanischen Präsidenten belogen und den Amerikanern Zusicherungen gemacht hat, die dann nicht eingehalten wurden. Hat Wilisertschew das getan?«

»Das weiß ich nicht, Genosse«, sagte Kalinin. »Ich bezweifle es aber. Sergej Wilisertschew ist einer Ihrer loyalsten und vertrauenswürdigsten Leute. Sehr viel wahrscheinlicher ist, daß die Amerikaner wütend sind und ihn zum Sündenbock gemacht haben.«

»Wilisertschew soll mir Bericht erstatten, sobald er angekommen ist«, sagte der Generalsekretär.

»Ja, Genosse«, sagte Toworin und war froh, daß das Thema zumindest für den Augenblick abgeschlossen schien.

»Wir haben gestern über der Karibik fünf Flugzeuge verloren«, sagte der Generalsekretär, »einschließlich eines eine Milliarde Rubel teuren Überwachungs- und Warnflugzeugs, von denen wir insgesamt nur dreißig haben. Zwei unserer Piloten sind tot, zwei von den Amerikanern gefangen und vier Besatzungsmitglieder der Iljuschin schwer verletzt.« Er wurde nie sehr laut, aber es gab andere Anzeichen seines Zorns; die tiefe sonore Stimme etwa oder sein stechender Blick, mit dem er Löcher in jeden Kopf bohren zu können schien.

Er wandte sich an Kalinin. »Ihr Unternehmen, diesen amerikanischen Super-Jäger nach Rußland zu bringen, wird ziemlich teuer, Kalinin.«

»Unsere Jäger waren vier zu sechs unterlegen«, beteuerte Kalinin, »und wir haben vier US-Jäger abgeschossen und die anderen beiden zum Rückzug gezwungen. Die XF-34 selbst hat ebenfalls einen Jäger abgeschossen und den anderen kampfunfähig gemacht. Hätte sie nicht die zusätzlichen Langstreckentanks gehabt, wäre sie allein mit allen sechs Amerikanern fertig geworden, so überlegen ist dieses Flugzeug.«

»Was nützt uns das, wenn es uns unsere halbe Luftwaffe kostet? Ich will über den Stand dieser Angelegenheit eindeutig aufgeklärt werden. Bekommen Sie dieses Flugzeug in einem

Stück ins Land, ohne darüber den Dritten Weltkrieg zu riskieren, ja oder nein?«

»Ja, Genosse. Wir unternehmen einen neuen Versuch. Der Pilot, Oberst Maraklow, hält es für sinnvoller, direkt nach Moskau zu fliegen anstatt nach Kuba. Das hat er versucht, und es war auch ein guter Plan, aber –«

»Und wann will er das versuchen?«

»Heute nacht.« Kalinin stand auf und ging zu einer großen Landkarte. »Ich habe ein Ablenkungsmanöver organisiert. Ein großes Luftgeschwader fliegt von Nicaragua nach Kuba – ganz ähnlich wie beim ersten Versuch. Es wird die Amerikaner direkt herausfordern und beschäftigen. Gleichzeitig aber fliegt Maraklow zusammen mit einem kleinen Begleitschutz los, bleibt außerhalb der Reichweiten der amerikanischen Radars in Panama und den Kleinen Antillen und überquert den Atlantik. Wir können, falls nötig, auf Unterstützung von Venezuela sowie Trinidad und Tobago zählen. Beide haben in den vergangenen Jahren erhebliche Hilfen von uns akzeptiert, wie Sie wissen. Tanker- und Jäger-Unterstützung für Maraklow über dem Atlantik ist ebenfalls organisiert, alles weit abseits der üblichen Verkehrsrouten und Radarbodenstationen. Sie werden mit Kurs Nord weiterfliegen, immer sorgsam bekannten oder auch nur vermuteten Schiffen ausweichend. Weitere Unterstützung können wir von Algerien und Mauritius erwarten. Zwischenlandungen zum Ausruhen und Auftanken sind in Algier oder in Tamanrasset möglich.

Danach dürfte es nicht mehr allzu schwierig sein, über die relativ schwache Südflanke der NATO oder über das östliche Mittelmeer bis Tiflis oder Odessa zu gelangen.«

Der Generalsekretär schien nur halb zugehört zu haben. »Sie scheinen sich Ihrer Sache sehr sicher zu sein, Kalinin. Auch den Ausflug nach Kuba haben Sie zuvor zum Kinderspiel erklärt. Was für ein Kinderspiel es tatsächlich war, haben wir ja inzwischen erlebt.«

»Nein«, wehrte Kalinin ab, »es ist mir durchaus klar, daß es eine schwierige Mission ist. Maraklow muß dieses Flugzeug neuntausend Kilometer weit fliegen und dabei jeden Moment darauf vorbereitet sein, sich gegen die hochtechnischen amerikanischen Jäger zu verteidigen, die von ihren Land- und Seestützpunkten kommen werden. Dennoch ist er imstande, es zu schaffen. Dieser Jäger XF-34 hat sich immerhin schon seinen Weg aus den Vereinigten Staaten heraus erkämpft und selbst eine umfassende und koordinierte Jagd auf ihn überstanden. Wir müssen dieses Flugzeug unbedingt haben. Viel von der Balance der Kräfte zwischen der Sowjetunion und den Vereinigten Staaten hängt davon ab.«

»Ich verstehe ja, daß Sie die Sache so euphorisch schildern, Kalinin...« Schon weil es für dich um Kopf und Kragen geht, dachte er im stillen hinzu. »Aber wir haben fünf Flugzeuge verloren und einen Botschafter, der *non grata* geworden ist. Sehr viel mehr kann ich in dieser Sache nicht zugestehen.«

Er wandte sich von Kalinin ab und bedachte die Alternativen. Natürlich wäre es für sie beide ein Coup, wenn dieser amerikanische Jäger tatsächlich nach Rußland gebracht werden könnte. Und man würde ihn ja zurückgeben! Wenn auch selbstverständlich erst, nachdem alle Informationen über die Maschine ausgewertet waren und ein annehmbarer Handel vereinbart werden konnte...

Sollte es aber schiefgehen, nun, dann war Kalinin, sein Hauptrivale um die Macht, der Sündenbock für den Fehlschlag und erledigt, nur mehr eine Erinnerung.

»Was brauchen Sie dazu?« fragte er.

»Angesichts der knappen Zeit sehr wenig«, sagte Kalinin. »Die Genehmigung für ein weiteres Radarflugzeug Iljuschin-76. Ein Tankflugzeug Il-76. Sechs MiG-Jäger mit unseren Piloten aus Kuba. Und Landerechte beziehungsweise Verteidigungsvereinbarungen mit Trinidad und Tobago, Mauritius, Algerien, Libyen und Syrien. Alles für die nächsten zweiundsiebzig Stunden unter meinem Kommando.«

Der Generalsekretär schüttelte den Kopf. »Das nennen Sie ›sehr wenig‹?« Er wandte sich an den Stabschef. »Marschall Tscherkow, läßt sich das in so kurzer Zeit überhaupt arrangieren?«

Marschall Boris Tscherkow, eines der ältesten Mitglieder des

Beraterstabs, überlegte sich seine Antwort sehr lange. Aber schließlich sagte er: »Ich nehme doch an, daß der junge Genosse Kalinin sich hinsichtlich der Iljuschin und der Jäger erkundigt hat. Aus Kuba, sagte er doch?«

»Richtig, Genosse. In Havanna sind insgesamt zwölf Radarflugzeuge Il-76 stationiert, vier Tanker Il-76 und einundzwanzig Jäger MiG-29.«

Tscherkow nickte. »Gut, also seine Flugzeuge scheint er ja zu haben. Die Landerechte von den Ländern, die er nannte, dürften auch kein Problem sein. Hingegen sind gemeinsame Verteidigungsanstrengungen praktisch unmöglich ohne zumindest eine Vorbereitungszeit von einigen Tagen. Beispielsweise ist die halbe Regierung von Trinidad und Tobago in Ferien, und um mit jemandem von der Regierung auf Mauritius sprechen zu können, braucht man zuweilen einen halben Tag. Ganz davon abgesehen hat keines dieser Länder nennenswerte Marine- oder Luftstreitkräfte. Widerstand von diesen Ländern gegen das Unternehmen ist nicht zu erwarten, aber auf Unterstützung dürfen Sie auch nicht zählen.«

Kalinin nickte ergeben. Gut, er hatte gehofft, diese Länder würden amerikanischen Flugzeugen den Einflug in ihren Luftraum verwehren, aber das ließ sich anscheinend so nicht realisieren. »Spielt keine Rolle«, sagte er. »Es genügen die Durchflugerlaubnis und das Landerecht.«

»Was die Radarflugzeuge, die Tanker und die Jäger angeht«, fuhr Tscherkow in seiner trägen Art fort, »müssen Sie das selbst entscheiden. Sie stehen zur Verfügung. Natürlich müßten sie für den Fall, daß die Amerikaner irgendeinen Invasionsversuch auf Kuba unternehmen sollten, dort bleiben und könnten nicht abgezogen werden.«

Kalinin war sehr zufrieden. Gerade von Tscherkow, der ein enger Verbündeter des Generalsekretärs war, hatte er erheblich mehr Einwände erwartet.

»Allerdings«, sagte Tscherkow wie aufs Stichwort, »muß ich doch insgesamt Einspruch gegen die ganze Aktion erheben.«

Mistkerl, verdammter, dachte Kalinin, also doch.

»Es ist überaus gefährlich«, fuhr Tscherkow mit seiner aufreizenden Ruhe fort, »die Amerikaner in dem, was sie ihren ›Hinterhof‹ zu nennen gewöhnt sind, allzusehr zu provozieren. Im Handumdrehen könnten wir uns Vergeltungsmaßnahmen und als Folge davon einen offenen Konflikt einhandeln; und das in einer Gegend der Welt, in der wir nicht gerade dominieren.«

»Die USA sind nicht in der Position für Vergeltungsmaßnahmen«, wandte Kalinin ein. »Außerdem bin ich sicher, daß die Amerikaner keinen Angriff wagen, wenn sie nicht ganz genau den Standort des Flugzeugs kennen. Im übrigen haben sie bekanntlich nicht gerade das beste Verhältnis zu den meisten lateinamerikanischen Ländern.«

Tscherkow winkte ab. »Ein sicherer Ort ist Nicaragua wohl kaum. Ihren Stützpunkt in Sebaco haben die Amerikaner im Fadenkreuz. Offensichtlich sehen Sie das ja genau, schon weil es Ihnen so eilt. Ich glaube, daß Sebaco angegriffen wird. Es liegt ziemlich isoliert, ist eindeutig und bekanntermaßen nicht von nicaraguanischen Truppen belegt und inzwischen so gut wie ungeschützt. Der amerikanische Präsident kann es ganz leicht als ›kommunistisch-terroristisches Hauptquartier‹ bezeichnen, was für die Mehrheit der Amerikaner schon zum Aufschrei der Empörung genügt. Wenn ich der Verteidigungsminister Stuart oder General Kane wäre, würde ich selbstverständlich einen sofortigen Angriff auf Sebaco anordnen.«

»Um so dringlicher«, schnitt ihm Kalinin das Wort ab, »ist es, daß der Jäger sofort von dort abgezogen wird! Es ist zu spät für lange Debatten. Ich habe Oberst Maraklow bereits instruiert, daß er volle Handlungsfreiheit hat, alles zu tun, um das Flugzeug zu sichern. Und ich möchte, daß ihm von hier aus der klare Befehl erteilt wird, es in die Sowjetunion zu bringen. Und dazu möchte ich ihm jede mögliche militärische Unterstützung verschaffen. Wenn wir noch länger zögern, fordern wir, wie Sie selbst sagen, die Niederlage nur heraus. Wenn wir aber jetzt sofort handeln, können wir das Unternehmen auch erfolgreich –«

Rund um den Konferenztisch herrschte Schweigen. Der Generalsekretär starrte Kalinin an, und dieser bemühte sich, diesem Blick standzuhalten. Ihm war klar, daß der Generalsekretär versuchte, Tage und Wochen vorauszudenken und alle möglichen Konsequenzen eines Fehlschlags oder einer Niederlage für sie beide abzuwägen. Aber er hatte ja gar keine Wahl mehr.

»Also gut«, sagte der Generalsekretär schließlich, »dann führen Sie dies so durch wie vorgeschlagen. Ich möchte jedoch ganz klarstellen: Ich bin nicht davon überzeugt, daß dieses Jagdflugzeug eine größere Konfrontation mit den USA wert ist. Seien Sie deshalb darauf gefaßt, daß die ganze Operation jederzeit wieder gestoppt werden kann und daß Sie entsprechenden Anweisungen des *Kollegija* selbstverständlich unverzüglich Folge zu leisten hätten. Habe ich mich klar genug ausgedrückt?«

»Ja, gewiß«, sagte Kalinin und triumphierte innerlich.

Über der Karibischen See

Sonntag, 21. Juni,
21.00 Uhr CDT

»Hallo, Tegucigalpa, hier *Sun Devil* Drei-Zwei auf Fluglevel eins-acht-null, Position eins-null, null nautische Meilen Nord La Cieba. Kommen.«

Der honduranische Militärfluglotse sah auf seinen Monitor und fixierte seinen Datenblock und die Radarmeldung des amerikanischen Flugzeugs, das sich aus hundert Meilen Entfernung nördlich des Militärflugplatzes gemeldet hatte. Er verglich die Meldung mit dem Flugplan. Daraus ersah er, daß es sich um eine umgebaute McDonnell-Douglas DC-10 der US-Air Force handelte.

Er war es zufrieden und antwortete in seinem Englisch mit starkem Latino-Akzent: »Hallo, *Sun Devil* Drei-Zwei, hier Tegucigalpa. Radarkontakt. Frei für Anflug und Leitweg Bravo acht-acht-eins bis über Flugplatz Goloson. Folgen Sie dann Luftweg Alpha sieben-fünf-vierzig bis Toncontin International, halten Sie Flughöhe eins-acht-null. Kommen.«

Der Kopilot des Tankerflugzeugs KC-10 *Extender* der 161. Luftauftankeinheit kontrollierte auf seinem Flugcomputer nach und nickte dann seinem Piloten zu. Es war die erwartete Landeerlaubnis. »*Sun Devil* Drei-Zwei, *Roger*. Ende.«

Der Pilot ging auf den Zerhackerfunk auf Kanal zwei. »Hallo, *Sturm* Null-Zwei, wir haben Kontakt zu Tegucigalpa. Landeerlaubnis.«

»*Roger*, Mike«, antwortete J. C. Powell. »Genau in der Zeit.«

Der Kopilot in der KC-10 sagte: »Wieso, haben Sie etwas anderes erwartet?«

McLanahan blickte aus der Kanzel des *Gepard* auf den riesigen grau-grünen Tanker hinunter. Eine massive Silhouette im zunehmenden Zwielicht. Das Tankerflugzeug war nun auf seinem dritten Einsatz für ihn und J. C. in knapp ebensovielen Tagen. Inzwischen kannten sie sich bereits ganz gut, vor allem über die Sitzungen per Videophon über die Flugvorbereitungen. Obgleich Tegucigalpa und alle anderen Radarbeobachter in Mittelamerika nur von einem Flugzeug auf diesem Flugplan wußten, waren es tatsächlich zwei Flugzeuge. McLanahan hatte sich die Taktik der Russen zu eigen gemacht und benutzte den Tanker als Glucke, in dessen Radarschatten sie sich verstecken konnten. Alle Schirme rundum gaben nur ein Radarsignal ab.

Der *Gepard* hielt sich direkt neben der linken Flügelspitze des Tankers. Sie hatten zwei genormte *FAST PACK*-Zusatztanks für Langstreckenflug angehängt bekommen und vier *Scorpion*-Raketen AIM-120, die in halben Rumpfeinbuchtungen hingen. Außerdem waren sie mit vier infrarotzielgelenkten Luftkampfraketen an den Tragflächen und fünfhundert Schuß für die 20-mm-Bordkanone ausgerüstet. Ferner hatten sie einen kombinierten Infrarot- und Laser-Sucher unter der Nase vorne, mit dem Steuerungssignale für die AIM-120 ohne Einsatz des verräterischen Angriffsradars möglich waren.

Das Ganze war für einen vorsorglichen Erstschlag gegen den KGB-Stützpunkt Sebaco gedacht. Zusätzlicher Sinn der Sache war der Versuch, den *Dream Star* aufzuscheuchen und zu einem letzten Luftgefecht zu provozieren.

Doch ebendies war der springende Punkt. Der *Gepard* durfte nur eingreifen, wenn der *Dream Star* oder ein anderes hochentwickeltes Flugzeug ihn angriff… Gegen den ursprünglich von

General Elliott vorgeschlagenen Plan, daß der *Gepard* sowohl als Luftkampf- wie Bodenangriffs-Jäger ausgerüstet werden sollte, hatte J. C. ganz überraschend Einspruch erhoben – überraschend deshalb, weil er sich noch nie einer direkten Konfrontation entzogen hatte und weil er ein ganz ausgezeichneter Pilot für die sogenannten »Dreck-Angriffe« auf Bodenziele war. Sein Argument war, daß der *Gepard* zu schwer beladen sei, wenn man ihm konventionelle Bomben oder komplizierte Infrarotzielgeräte aufpacke. Er führte die Möglichkeit ins Feld, daß die Russen den *Dream Star* zur direkten Verteidigung von Sebaco einsetzen könnten, und wollte für diesen Fall die volle Kraft und Manövrierfähigkeit des *Gepard* zur Verfügung haben. »Ich will ihn erwarten können, falls er aufsteigt.«

Überraschend war ein dritter Teilnehmer bei der Satellitenkonferenz über den Angriff dabeigewesen – ein Projektdirektor von HAWC. Bis zu J. C.s Widerspruch hatte er kein Wort gesagt, dann aber seine Vorstellungen und Einschätzungen der Erfolgsaussichten erläutert. General Elliott hatte sie rasch und knapp als Anweisungen übernommen, und wenig später war auch die Zustimmung des Staatssekretärs der Air Force dagewesen.

Es war, als hätten der Präsident und das Pentagon sich darauf geeinigt, daß die HAWC-Leute die Angelegenheit mit dem Verräter aus den eigenen Reihen selbst in Ordnung bringen sollten. HAWC war zuständig für die geheimsten High-Tech-Waffen des Landes und, nicht zuletzt, imstande, schneller eine schlagkräftige, hochqualifizierte Angriffsaktion durchzuführen als jede normale militärische Einheit.

McLanahan und J. C. saßen stumm in ihrem Cockpit. J. C. konzentrierte sich auf seine enge Flugformation mit der KC-10, und McLanahan betrachtete den Sonnenuntergang hinter den niedrigen Maya-Bergen nahe der Küste von Belize. Die Kette der *Islas de la Bahia* zog links vorbei und setzte winzige Lichtpünktchen in das dämmerige Zwielicht über der Karibik. Ein wunderschöner, romantischer Anblick – solange man die unter den Tragflächen hängenden AIM-132 nicht im Blickfeld hatte. Aber die vordere Stabilisierungsflosse der Rakete zerschnitt die *Isla de Roatan* fast in zwei Hälften.

»Wie geht's Ihnen da hinten, Sir?« fragte Powell und brach damit das angestrengte Schweigen. »Sie sind so still.«

»Ich bin okay.«

»Frequenz ist frei. Möchten Sie vielleicht noch mal mit dem Kommandoposten reden?«

»Nein, jetzt nicht.« Seit sie am Nachmittag in *Traumland* gestartet waren, hatte er einmal über UHF mit dem HAWC-Kommando gesprochen, um sich nach Wendy zu erkundigen. Sie wurde gerade operiert, sagte man ihm. Das letzte, was er gehört hatte, war, daß sie einen Spender für einen Lungenflügel für sie suchten. In den letzten Jahren waren einige hundert Lungentransplantationen durchgeführt worden, und nicht mehr als eine Handvoll der Empfänger lebten noch.

»Sie kommt schon wieder in Ordnung«, sagte J. C.

McLanahan antwortete nicht.

Sie erreichten die Küste von Honduras. Die kleine Stadt La Cieba kam in Sicht.

»Meinen Sie, daß wir James hier oben zu sehen kriegen?« fragte J. C.

»Maraklow, meinen Sie.«

»Kann mir nicht helfen, für mich ist er nach wie vor Ken James.«

»Egal wie er heißt, er ist ein Mörder. Ich schieße ihn ohne Hemmungen weg.«

Elliotts Plan zufolge sollten sie direkt gegen den *Dream Star* anfliegen, mit Langstreckenraketen zuerst, dann mit Mittelstreckenraketen oder auch auf kurze Entfernung mit direktem Bordkanonenbeschuß.

»Sieht so aus«, sagte J. C., »als sei Ken... Maraklow noch immer voll drauf. Die Knaben von der *Air National Guard* hat er nach Strich und Faden fertiggemacht. Den einen täuscht er mit einem Raketenschuß, folgt ihm mit Horizontalanstieg und schnappt ihn sich dann, als der auf ihn runterstoßen will. Den anderen holt er sich –«

»Ich will nicht über ihn reden.«

Was eigentlich nicht stimmte. In Wirklichkeit war McLanahan nach wie vor fasziniert von diesem Mann. Nicht nur wegen dieser objektiv gesehen ziemlich tollen Spionageleistung über all die Jahre, sondern auch von seiner Person selbst. Der Mann war Russe, ein sowjetischer Agent, mußte also jeden einzelnen Tag besorgt gewesen sein, daß man ihn enttarnte! Und er hatte es trotzdem geschafft, in das allergeheimste Forschungslabor des Landes zu kommen – und nicht nur das: Er war auch noch der einzige und Top-Pilot des weitestentwickelten Flugzeugs aller Zeiten und der Welt geworden.

»Er ging in den ANTARES-Computer rein, als wäre er für ihn persönlich gemacht worden«, sagte J. C., als habe er eben genau das gleiche gedacht wie McLanahan. »Andererseits auch logisch. Wenn er ein Russenmaulwurf ist, dann mußte er auch vollkommen vergessen, daß er ein Russe war, und sich vollständig in einen Amerikaner verwandeln. Anders wäre es gar nicht gegangen. Also besitzt er die Fähigkeit, sich in eine Sache total reinzudenken – Voraussetzung für ANTARES, nicht?«

»Und wie soll man so einen Burschen erfolgreich bekämpfen?« fragte McLanahan. »Ich habe nun wirklich eine Menge hochgezüchtete Jäger geflogen, aber jeder verlangt vollste Konzentration allein fürs einfache Gradeausfliegen. Wie kann da so ein Schizo-Typ einen *Dream Star* problemlos fliegen?«

»Übung hilft viel«, sagte J. C. »Maraklow hat im *Dream Star* Hunderte von Stunden gesessen. Und außerdem, da beißt die Maus keinen Faden ab – der Mann ist gut. Der ist auch ohne *Dream Star* ein Top-Pilot. Ich bin kein Psychologe, also kann ich nicht viel über seinen mentalen Zustand sagen. Aber ich meine, dafür, ob man normal oder sogar überdurchschnittlich funktioniert, spielt es keine Rolle, ob man ein Schizo ist oder nicht. Letztlich entscheidend ist doch ANTARES, oder? Wenn Sie einen ständig funktionierenden Hochgeschwindigkeitscomputer zur Verfügung haben, der Ihnen in jeder Sekunde genau sagt, was zu tun ist, können Sie alles fliegen. Unser Problem, meins und Ihres, ist lediglich, daß wir den Kontakt zu ANTARES nicht schaffen. Maraklow kann mittlerweile kaum noch ohne ANTARES existieren. Er fühlt sich nur noch wohl, wenn er an der Maschine hängt. Wahrscheinlich ist er ohne ANTARES gefährlicher. Er ist ANTARES ausgeliefert.«

»Wie meinen Sie das?«

»Na ja, ganz egal, wie weit wir mittlerweile mit dem ganzen Zeug gekommen sind, integrierte Hochgeschwindigkeits-Schaltkreise, mikrominiaturisierte Computer, neuronische Interfaces und was noch alles, letztlich ist die Informationsmenge, die man in ein Flugzeug packen kann, auch nicht unbegrenzt. Wir nennen ANTARES künstliche Intelligenz, und in gewisser Weise stimmt das ja auch, aber die kritische Differenz zwischen meinem Gehirn und dem ANTARES-Computer ist doch, daß ANTARES nicht lernfähig ist. Und erst die Lernfähigkeit schafft den unbegrenzten Pool von Info, auf den man sich im Kampf verlassen kann. Der *Dream Star* ist mit einer Riesenmenge Info vollgepackt, aber eben nicht mit einer unbegrenzten. Und der springende Punkt ist, daß wir dieses Limit kennen. James – Maraklow – könnte seine eigene Erfahrung und seine Ausbildung mitverwerten, um den Informationspool noch zu vergrößern. Aber das tut er nicht, wie wir schon mehrfach erlebt haben. Er verläßt sich blind auf ANTARES, wenn es wichtige Entscheidungen zu treffen gibt. Seine Vorteile könnten sich also auch zu seinem Nachteil auswirken, wenn man sie kennt. Hier im *Gepard* kann ich mit einer Menge Möglichkeiten jonglieren. Das ist bei ihm nicht der Fall.«

»Ja, aber vergessen Sie nicht, ANTARES hat Hunderte Alternativmöglichkeiten vorrätig und ist imstande, sie sehr viel schneller in die Tat umzusetzen als Sie.«

»ANTARES schlägt ein Manöver vor, weil der Gegner etwas tut«, antwortete J. C., »und berechnet, was er vorhat. ANTARES denkt und manövriert im voraus, um das abzublocken oder zu verhindern, was der Gegner nach seiner ›Meinung‹ ausführen möchte. Wenn diese Annahme aber nun falsch ist?«

»Die Chancen, daß sich das System bei dieser Vorausberechnung irrt, sind äußerst gering«, wandte McLanahan ein. »Es berechnet ständig Dutzende, manchmal sogar Hunderte Kombinationen zu jeder Situation.«

»Aber ausführen kann es doch nur eine!« rief J. C. »Und diese eine basiert eben auf dem, was gegenwärtig passiert, und der weiteren Wahrscheinlichkeit! Zugegeben auf der Basis überaus intensiver und akkurater mathematischer Statistik und Erfahrungswerte. Aber letztlich eben doch auf Chancenberechnung: auf Vermutung.«

»Wenn Sie wirklich etwas anderes machen, dann rechnet es die ganze Geschichte in Windeseile neu durch – auf der Basis Ihrer letzten Entscheidung, und so fort. ANTARES berechnet auch dafür gleich wieder Dutzende möglicher Situationen...«

»Ja, sicher. Aber wenn es dann aufhört und nachdenkt – von mir aus so schnell es will –, bin ich im Vorteil. Wenn es denkt statt kämpft, ist das nur gut für mich.«

McLanahan pulsierte das Blut heftig in den Schläfen. »Mann, das Ding ist eine Maschine, die schneller denken und reagieren kann als ein Mensch. Und zwar sehr viel schneller. Wo wollen Sie da Ihren Vorteil hernehmen?«

»Daher, daß ich weiß, wie es programmiert ist!«

»Der *Dream Star*«, sagte McLanahan, »ist ein Jagdflugzeug. Es ist also für den Kampf programmiert. Für den Angriff. ANTARES berechnet pro Sekunde ein paar Dutzend Möglichkeiten für einen Angriff. Wo ist da Ihr Vorteil?«

»Was würden Sie tun«, sagte J. C., »wenn Sie ein Bogey jagen, sagen wir, auf zwölf Uhr, und sie sind schneller, aber beide habt ihr eine Menge Schlagkraft? Gehen Sie da auf Max-Nachbrenner, hauen rein, was geht, und ran an ihn und Angriff?«

»Könnte ich machen, aber sehr klug wäre es nicht.«

»Und warum?«

»Na, wenn ich zu schnell würde, könnte mein Bogey sich leichter zurückfallen lassen, und im Handumdrehen wäre ich in der Defensivsituation.«

»Eben. Aber der *Dream Star* denkt nicht so. Er ist nicht darauf programmiert, sich auch mal zurückfallen zu lassen, Tempo und Schlagkraft aufeinander abzustimmen, Abstand zu halten, nach einer Lücke zu spähen. Er ist programmiert, direkt den entscheidenden Todesstoß zu suchen, sobald er sein Ziel vor sich hat. Er wird immer den direkten Angriff suchen. Darauf können Sie sich fest verlassen. Erinnern Sie sich an unseren letzten Flugtest?«

»Na sicher. James ist fast gegen die Berge gerast.«

»Weil der *Dream Star* in einer Stituation, die wir bereits kritisch nennen würden, weiterhin nur seine Attacke im Auge hat, praktisch ohne Rücksicht auf Verluste. Solange noch die leiseste Chance besteht, wird seine Rechnung unter dem Strich immer nur ›Attacke‹ lauten.«

»Ich hatte mit der Programmierung der Computer im *Dream Star* zwar nichts zu tun«, sagte McLanahan, »aber so leuchtet mir das trotzdem nicht ein. Defensive ist doch mindestens genau so sehr Teil des Kampfes wie Offensive, oder? Es ist doch nicht einzusehen, warum die Programmierer das völlig außer acht gelassen haben sollten.«

»Wer weiß? Vielleicht war der Programmierer ein Computergenie, das den Fehler hatte, noch nie in einem Cockpit gesessen zu sein?«

»Wenn man den *Dream Star* also Verteidigung spielen ließe...«

»Eben das tut er nicht!« rief J. C. und schlug zum Nachdruck sogar mit der Faust auf die Kanzelkonsole. »Das einzige Verteidigungsmanöver, das seinem System überhaupt einprogrammiert ist, heißt: Abhauen mit Höchstgeschwindigkeit. Und das auch nur für den einen Fall, daß der ANTARES-Kontakt unterbrochen oder beschädigt ist. Solange er jedoch voll funktioniert, kommt der Gedanke ›Defensive‹ überhaupt nicht auf. Der *Dream Star* denkt immer nur: Attacke. Immer. Zwingt man ihn in eine Defensivrolle, weiß man zugleich, daß er schon wieder darüber nachdenkt, wie er zurück in seinen Angriffsmodus kommt. Schön, das mag nur eine Sekunde oder zwei dauern. Aber in dieser Zeit hat man seinen Vorteil. Und genau da kann man ihn kriegen.«

»Sie scheinen ziemlich lange über all das nachgedacht zu haben, wie?«

»Na ja, immerhin ist das Ding ja eine phantastische Maschine. Man muß den schwachen Punkt suchen. Unsereins fliegt unberechenbar, in allen drei Dimensionen, mit Instinkt statt nach Buch oder Computer. ANTARES hat seine Schwierigkeiten, damit fertig zu werden.«

Die KC-10 zog eine Schleife. J. C. folgte ihr.

»Hallo *Sturm* Zwei, *Sun Devil* jederzeit bereit für letztes Auftanken«, sagte der Kopilot der KC-10 durch. »Geschwindigkeit aufbauend. Klar für Vorbereitung Kontaktposition.«

»Roger, Sun Devil«, bestätigte J. C. »Gehen in Kontaktvorbereitungsposition.« Er nahm das Gas auf achtzig Prozent zurück und beobachtete, wie die KC-10 langsam nach vorn ging. Auf ihrem Überflug von Honduras war noch ein Auftanken vorgesehen. Danach sollte *Sun Devil* planmäßig in Tegucigalpa landen und selbst wieder Treibstoff auffüllen, während der *Gepard* auf seiner Einsatzroute weiterflog.

Das Auftanken ging problemlos vonstatten. Sie blieben noch in Kontaktposition, bis die KC-10 Landeerlaubnis für Tegucigalpa, International Airport Toncontin, bekam.

Der *Gepard* hatte nun genug Treibstoffreserven für den Rest des Anflugs, den Angriff und die Rückkehr nach La Cieba – wo er dann ebenfalls landen sollte.

»Okay, Jungs, jetzt habt ihr noch mal zehntausend Pfund mit schönen Grüßen von der Bevölkerung des großartigen Staates Arizona gekriegt«, sagte ihnen der Pilot der KC-10 durch, als sie fertig waren und er nach Tegucigalpa abdrehte. »Und daß ihr mir ordentlich aufpaßt. Ich möchte nichts über euch in der Zeitung lesen!«

»Gleichfalls«, antwortete J. C. »Also dann bis in drei Stunden. Falls wir euch dann noch brauchen.«

»Wir warten und werden bereit sein. Ende.«

Die Verbindung brach ab. J. C. kommandierte über den Stimmerkennungs-Computer die Rückschaltung in die Ernstfallfrequenzen, Kommandoradio auf Einsatzfrequenz Air Force. Zusätzliche Bereitschaft auf allen UHF- und VHF-Frequenzen auf die Aktivitäten der Boden-Abwehrkontrollen in Nicaragua. Gleichzeitig ging er in weitem Bogen auf Kurs Ost mit rascher Höhenverminderung auf knapp tausend Fuß über den üppig mit Bäumen bestandenen Bergen im Nordwesten von Nicaragua. Sie überflogen die Grenze, blieben aber tief im Tal des *Cordillera Entre Rios,* um dem nicaraguanischen Hauptradar zu entgehen, das sich auf einem 5700 Fuß hohen Berg bei Cuyali im Zentrum des Landes befand.

»Hätten wir nicht schon von ihnen hören sollen?« frage J. C. nach ein paar Minuten. Er hatte sich ein Nachtsichtgerät aufgesetzt, damit er die aufragenden Gipfel und die Täler ringsherum in der rasch zunehmenden Dunkelheit besser erkannte.

»Paar Minuten noch«, antwortete McLanahan. Er hatte auf Satellitenempfang geschaltet, wie in *Traumland* vereinbart worden war. Aber wegen des hohen Terrains um sie herum kam kein UHF oder VHF durch. »Der Zirkus geht früh genug los.«

Das ist nicht mehr wie in den alten Tagen, dachte Major Kelvin Carter.

Er saß in – nun, am besten beschrieb man das als das Innere eines Computers. Rundherum Multifunktions- und Multifarben-Computermonitore, LED-Projektionen, synthetisierte Stimmen... Die Windschutzscheibe des Cockpits zeigte massenhaft wellige Projektionen von allen möglichen Daten und Graphiken. Suchradar. Terrain- und Flugdaten. Die großen zweiendigen Steuerjochbögen und der massive Mittelgashebel waren weg – ersetzt durch Side-Sticks mit Statik und einen eigenen Steuerknüppel, der sich nicht selbst bewegte, sondern nur noch den Druck, den man auf ihn ausübte, mit Sensoren wahrnahm, übertrug und in Flugkommandos umsetzte. Auch die Gashebel waren elektronische Mini-Hebel.

Das hier war das höchstentwickelte elektronische Cockpit, das es bis jetzt gab – den *Dream Star* ausgenommen –: das Cockpit des Oberdecks des *Dog Null Zwei* – des zweiten Modells einer B-52 M *Megafestung Plus.*

Die Maschine war eine verbesserte Version ihrer Vorgängerin, des legendären *Old Dog.* Sämtliche Systeme waren computer-kontrolliert, von den Flugkontrollen bis zur Navigation und den Waffen, und eine ganze Anzahl davon konnten durch Stimmkommando aktiviert und überwacht werden, was zur weiteren Verringerung der reinen Handarbeit beitrug. Das Flugzeug war vom bloßen Gerippe aus neu aufgebaut – mit dem neuesten Material, das es gab und das noch leichter und stärker war als Fiberstahl.

Doch das Sensationellste waren die Waffensysteme. Die Maschine war so umgestaltet worden, daß sie praktisch mit sämtlichen Raketen oder Bomben, die es in der Air Force gab, ausgerüstet werden konnte. In ihrer Funktion als nicht mehr nur defensives »Super-Geleitschutz-Schlachtschiff« (wie jetzt bei diesem Einsatz) hatte sie genug Waffen an Bord, um ein Dutzend taktischer Flugzeuge damit bestücken zu können. Und diese ganze Ausrüstung konnte es ohne Auftanken achttausend Meilen weit fliegen.

Zur Selbstverteidigung hatte die *Megafestung Plus* fünfzig Nachbrenner-*Stinger* an Bord, »Luftminen«-Raketen mit einer Reichweite von zwei Meilen, die vom Radar des Bordschützen steuerbar waren, dazu sechs Luft-Luft-Raketen *Scorpion* AIM-120 gegen Jägerangriffe, drei unter jeder Tragfläche, weiter ein ganzes *Jammer*-Sortiment gegen Radarerkennung und -fixierung, elektronisch und als Störmaterial zum Auswerfen. Zu den Selbstverteidigungsinstallationen zählte auch die »Geländefolge«-Fähigkeit, die auf automatisch stets gleichbleibenden Bodenabstand programmierbar war.

Um feindliches Radar und Waffenstellungen zu zerstören, besaß die *Old Dog Zwei* vier Anti-Radar-»Drohnen« AGM-136 *Tacit Rainbow* – zwei an jeder Tragfläche –, die aus großer Entfernung auf Radarstellungen abgeschossen werden konnten. Sie waren für die bekannten vier Radar-Verteidigungsstellungen entlang der Flugroute bestimmt. Für unvorhergesehene Fälle waren sechs Hochgeschwindigkeits-Antiradarraketen AGM-88 HARM auf einer Revolverlafette im Heck-Bombenschacht gegen mobile Flak oder Raketen-Stationen.

Für den Angriff auf den KGB-Stützpunkt selbst waren vier Gleitbomben *Striker* AGM-130 im Bug-Bombenschacht vorgesehen, die bereits aus zwölf Meilen Entfernung auf die Flugzeughangars oder andere wichtige Ziele in Sebaco abgeschossen werden konnten. Zwei Abwurf-»Drohnen« für Bombentrauben, ebenfalls im Heck als Revolverlafetten, dienten der Zerstörung der Parkrampen und Anroll- und Startbahnen. Sie waren Tragflügel-Gleiter, die bis zu einer vorprogrammierten oder festgelegten Stelle flogen und dort ihre jeweils hundert 10-Kilo-Bomben über eine weite Fläche schrapnellartig ausschleuderten und so eine weitgefächerte Zerstörungswirkung gegen alles besaßen, was sich zu diesem Zeitpunkt in ihrem Streubereich befand.

Zweiundzwanzig Angriffswaffen und noch die fünfzig Mini-Raketen im Heck – die Waffenausrüstung des *Old Dog Zwei* wog die von vier oder fünf modernen Jägern F-15 oder Jagdbombern F-111 auf.

»Eine Minute bis Start Gegenmaßnahmen«, meldete der Navigator, Captain Alicia Kellerman. Die Durchsage schreckte Carter aus seinen Träumereien. Wenn man dieses Baby hier flog, geriet man nur zu leicht in eine Art hypnotischer Trance. Es war ruhig wie eine Linienmaschine und so komfortabel wie sein Lederliegesessel zu Hause.

Er kontrollierte die Radarwarnungs-Projektion. Sie flogen nur hundert Fuß über der Karibik. Die grüne Panoramaprojektion signalisierte nicht weit entfernt ihre erste elektronische Barriere: das Überwachungsradar von Puerto Cabezas, der großen gemeinsamen sowjetisch-nicaraguanischen Luftbasis an der Nordostküste Nicaraguas. Sie hielten direkt darauf zu. Nur die Interferenzen von den Sanddünen und Sümpfen von Punta Gorda ermöglichten es, daß sie trotzdem knapp unter der Radarerkennung blieben – allerdings nur noch eine Minute.

Carter drückte den Stimmerkennungsknopf auf seinem Steuer. »Gegenmaßnahmen einschalten«, sagte er.

»Gegenmaßnahmen Pilot eingeschaltet«, bestätigte der Computer und wiederholte das für die übrige Besatzung noch über den Gesamtbordfunk.

Kellerman meldete: »Hallo Besatzung, SCM-Punkt kurz vor Erreichen.«

Und der Computer kam: *»Achtung, Vorsicht, Radarnavigator frei.«*

»Bißchen früh dran, mein Lieber«, sagte der elektronische Waffenoffizier, Captain Robert Atkins.

»Ja, aber wenn es losgeht«, sagte Carter und blickte auf den grünen Radarhimmel an seiner Kanzelscheibe, der immer größer wurde, »will ich nicht mit Schaltern rumfummeln müssen.«

»Amen«, sagte der Radarnavigator, Captain Paul Scott.

Da kam bereits die nächste Computeransage. *»Achtung, Vorsicht, elektronische Waffen frei. Achtung, Warnung, Waffenfreigabe vollständig.«* Die letzte Sicherungsbarriere bei Robert Atkins war aufgemacht.

Sie befanden sich sechzig Meilen vor der Küste und etwa fünfundsiebzig nordöstlich von Puerto Cabezas. Neben der eigentlichen Angriffsphase war dies der kritischste Teil des ganzen Fluges. Die nächsten hundertzwanzig Meilen bis zu den *Cordilleras Isabelia*-Bergen im Norden von Zentral-Nicaragua waren gefährlich, falls sie angegriffen wurden. Keine Berge, in denen sie sich verstecken konnten, nichts als plattes Sumpf- und Flachland, und die ganze Strecke obendrein im direkten Suchbereich des Radars von Puerto Cabezas. Sie wußten zwar nicht genau, wie stark die Luftverteidigung hier war, aber man hatte sie darauf vorbereitet, auf Luftabwehrraketen SA-10 und MiG-29 und MiG-23 zu treffen. Sie hatten immerhin keinen Geleitschutz und auch nicht den Vorteil, über befreundetem Gebiet zu fliegen. Im übrigen zielte dieser Einsatz mindestens ebensosehr wie auf handfeste Resultate auf Effekt. Ein großes amerikanisches Angriffsflugzeug, das ungehindert quer über Nicaragua einflog und ein stark geschütztes Zielobjekt angriff – das war nicht nur den tatsächlichen Erfolg wert, sondern eignete sich auch sehr zur Demoralisierung und Verwirrung.

Der grüne Suchradarbereich hatte sie fast erreicht. »Muß jede Sekunde Kontakt anzeigen«, sagte Carter durch. »Waffen feuerbereit! Stationscheck! Einzelmeldung, sobald fertig!«

Nancy Cheshire machte den Stationscheck des Piloten und verließ sich dabei lieber nicht nur auf den Computer, sondern führte auch visuelle Kontrollen durch. Sie war die erste weibliche Testpilotin bei HAWC. Die öffentliche Aufmerksamkeit, die ihr diese Tatsache vor drei Jahren eingebracht hatte, als sie beim Programm *Megafestung Plus* anfing, hatte sich eher nachteilig auf ihren Ehrgeiz ausgewirkt, bester Pilot zu werden.

»Offensive fertig«, meldete Scott.

»Defensive fertig«, meldete Atkins.

»Stationscheck komplett. Kel, Warnlicht kommt«, meldete

Nancy, als sie den Schleudersitzknopf prüfte, der der letzte Punkt der Checkliste war.

Carter sah der kleinen, rothaarigen Frau einen Moment lang ins Gesicht. »Wie geht's denn so da drüben?« fragte er.

Sie erwiderte seinen prüfenden Blick. »Ich fürcht' mich zu Tode!« sagte sie sarkastisch. »Warum fragen Sie nicht auch alle anderen, ob Sie sich fürchten?«

»Weil Sie mein Kopilot sind, Doofie!« knurrte Carter zurück. »Mein Gott, bei Ihnen weiß man aber auch nie, wie man dran ist!«

Für eine Fortsetzung des Geplänkels war keine Zeit. Die grüne Projektion schien wie ein unirdischer Nebel über das ganze Flugzeug niederzusinken.

»Achtung, Vorsicht, Suchradar, zehn Uhr«, sagte der Computer an.

»Ich habe ein zweites auf zehn Uhr, schätzungsweise sechzig Meilen«, kam auch Atkins. »Sucher und Höhenfinder... sieht aus wie unsere SA-10 *Shoreline*. Hat uns aber noch nicht.«

»Schaffen Sie's uns vom Hals«, sagte Carter. »*Jammen* Sie das Suchradar. Hier draußen auf dem Wasser möchte ich von niemandem angepeilt werden. Kory, schicken Sie eine Warnmeldung an das HAWC-Satellitennetz. Sagen Sie, daß wir kommen.«

»Roger«, bestätigte Master Sergeant Kory Karbayjal, der Bordschütze und Abwehrsysteme-Offizier. Er kippte den SATCOM-Schalter herunter und gab Sendebefehle für den Satellitenkanal ein.

»Kel?«

»Was ist?« Carter wandte sich Nancy Cheshire zu.

»Dank der Nachfrage.« Sie wackelte ein klein wenig mit dem Kontroll-Knüppel.

Carter nickte kurz, nahm seine Sauerstoffvisiermaske und kontrollierte sie. »Aufsetzen.«

Sie setzte ihre Maske auf.

»Achtung, Besatzung, fertig zum Raketenabschuß«, sagte Atkins. »Radarprogrammierung komplett. Pilot, ich brauche hundert Fuß.«

»*Roger.*« Carter zog am Knüppel und manövrierte die *Megafestung* manuell hundert Fuß höher. »Erledigt.«

»*Rainbow* ist raus«, sagte Atkins durch.

Die Luft-Boden-Rakete AGM 136 *Tacit Rainbow*, eine Unterschall-»Drohne« mit Flügeln und kleinem Jet-Triebwerk, konnte feindliches Radar suchen und zerstören. War es an, fand es die Rakete zielgenau und zerstörte es mit einem hochexplosiven Sprengkopf von 45 kg. Fand sie kein aktives Radar, kreiste sie so lange in zehn Meilen Abstand um das Objekt, bis sie ein Signal fand, und flog dann zielgenau an. Selbst also, wenn das Radar zum Schutz abgeschaltet oder sogar weggefahren wurde, konnte die Rakete weitersuchen und das Ziel schließlich zerstören.

Carter schirmte seine Augen gegen die plötzliche grelle Helligkeit der Rückstoßflamme der AGM 136 ab, als sie davonzischte, dann nach links kurvte und in der Dunkelheit verschwand. Die Radarwarnung auf der grünen Projektion wurde nun gelb.

»Radar«, rief Atkins über die computerisierte Warnstimme hinweg, »SA-10, zehn Uhr. Ich kriege Warnungen auf UHF und VHF.« Der gelbe Radarhimmel auf der Windschutzscheibenprojektion schien zu flackern, verschwand, kam in immer größeren Intervallen wieder und bewies so die Wirksamkeit des *Jammens* von Atkins.

Alicia Kellerman aktivierte ihr Navigationsradar. »Land in zwei Minuten. Erstes Terrain fünfzehn Meilen, kein Faktor in dieser Höhe. Erstes Höhenterrain fünfundzwanzig Meilen, Start Erfassung.« Sie stellte die Position auf einer Karte dar, kontrollierte mit der GPS-Satelliten-Navigation und ging auf Bereitschaft mit dem Radar.

Carter ließ mit dem Druck auf den Steuerknüppel nach und gab so dem Terrainfolgegerät die Möglichkeit, die B-52 wieder auf hundert Fuß über der Karibik zu bringen. Die Radarwarnung wurde wieder stetig gelb, verfärbte sich kurz auf Rot und verschwand dann.

»Was ist, haben die eine Rakete geschossen, EW?« rief Nancy Cheshire.

»Hab' kein Signal«, antwortete Atkins. »Wir sind am äußersten Reichweitenrand der SA-10. Ich glaube nicht, daß sie –«

»Da, ich sehe sie!« rief Nancy Cheshire und deutete nach links. Direkt über dem Horizont zeigte sich eine kurz aufglühende, in einem Kreis rotierende Feuerlinie. Sie wurde sehr rasch größer und größer.

Carter riß den Steuerknüppel nach links, von wo die Rakete kam. »Späne raus, Konfetti!«

Atkins schlug auf den Auswurfknopf für das Metallspäne-Störmaterial und die Hitzeablenkungs-»Konfetti«. Sie fielen in Bündeln hinaus.

Carter ging inzwischen in den Stimmerkennungs-Computer. »Flugzeug fünfzig Fuß, fertig.«

»Flugzeug fünfzig Fuß seitlich, bereit, Achtung, Warnung Niedrighöhe, Flugzeug frei hundert Fuß.«

Carters Haken war so eng, daß das Flugzeug, hätte der Computer die Bodenfreiheit nicht selbst nachgebessert, mit der Flügelspitze ins Wasser getaucht wäre.

»Kommt weiter auf uns zu«, rief Nancy Cheshire, während Carter noch weiter wegzog. Sie sanken tiefer.

»Ich kann den Leitstrahl nicht finden. Irgendwas leitet sie, aber ich find's nicht...«

Die Helligkeit nahm zu. Carter hätte schwören können, daß er sogar das Donnern der Rakete hörte, während sie immer näher kam. Das *Jamming* half offenbar nichts...

»*Jamming* stop!« rief er plötzlich. »Zielt offenbar auf die *Jamming*-Quelle!! Schnell, abschalten!«

Das Resultat war praktisch augenblicklich sichtbar. Die kerzengerade und schnell fliegende Rakete begann auf einmal zu taumeln und zu trudeln, ihre Treibstoff-Flamme wurde länger und brannte aus. Carter drückte die Maschine so weit nach unten, wie es überhaupt nur ging. Es war zu spät für eine Kurve, zu spät sogar für weitere Ablenkmanöver...

Etwas knallte gegen den Rumpf. Danach war Stille. Die B-52 wurde durchgerüttelt wie von einem riesigen Hammerschlag.

»Vorbeigeflogen!« schrie Nancy Cheshire. »Es war nur der Überschallknall! Sie ist vorbeigeflogen!«

»Muß eine SA-15 SAM gewesen sein«, meinte Atkins. »Die Dinger setzen die Russen erst seit kurzem ein. Haben die sie tatsächlich schon hier in Nicaragua?«

Carter zwang sich zur Ruhe und schluckte. »Also macht euch auf was gefaßt. In unseren Informationen sind offensichtlich ein paar Kleinigkeiten nicht erwähnt worden.«

Atkins war noch immer durcheinander. »SA-15... tut mir leid, habe ich nicht erkannt... die dürfen sie doch überhaupt nicht hier in Nicaragua haben... verdammt, die hätte uns alle wegblasen können...«

»Okay, Bob, ist ja gut.« Carter verstand jedoch, was Atkins durchmachte. Niemand von dieser Besatzung, ihn eingeschlossen, hatte je einen echten Kampfeinsatz geflogen. Mehr noch, als dieser *Old Dog Zwei* vor zwei Monaten flugbereit war, hatte seit Monaten nicht einer seiner Besatzung auch nur eine Militärmaschine von innen gesehen. Sie waren alle zusammen jahrelang in *Traumland* so gut wie ausschließlich an den Schreibtischen gesessen und eher Ingenieure gewesen als Kampfsoldaten. Und jetzt sahen sie sich auf einmal dem Beschluß der weitestentwickelten Boden-Luft-Rakete der Sowjets ausgesetzt... Er hatte keinen Zweifel, daß die gesamte Besatzung ihre Panik nur mühsam verbarg. Atkins war lediglich der erste, der sie gezeigt hatte.

»Nun mal Ruhe und Beherrschung, alle zusammen!« rief er über Bordfunk. »Gut, sie haben geschossen. Aber nicht getroffen! Wir fliegen diesen Einsatz weiter nach Plan. Nehmt euch zusammen. Jeder weiß, was er zu tun hat, und jetzt ist der Moment, es tatsächlich zu tun. Okay. Alle Stationen Check. Minimum Elektronik-Emission. Nancy, noch ein Kraftwerkcheck.«

Die Radarkuppelprojektion wurde wieder gelb. Carter blieb noch einige Sekunden auf seinem Kurs, dann schwenkte er nach rechts und ließ den Autopiloten weiterfliegen.

»Sollen wir wirklich auf den alten Kurs zurück?« fragte Scott. »Damit sie uns gleich wieder finden?«

»Nicht, bevor wir über die Berge sind«, sagte Carter. »Und je schneller wir ins Binnenland kommen, desto besser. Aber davon abgesehen ist es bestimmt kein großes Geheimnis mehr, wo wir hinfliegen. Vermutlich erwartet uns die gesamte Luftwaffe von Nicaragua schon längst.«

»Überflug Küste«, meldete Alicia Kellerman. Carter sah aus der Cockpit-Kanzel. Er kontrollierte noch einmal für alle Fälle das Terrainfolgesystem. Aber das arbeitete einwandfrei und hatte sie bereits auf zweihundert Fuß über Grund gehoben.

»Neue Radarspur«, sage Atkins nervös. Der gelbe Kuppelhimmel auf der Projektion schien nur kurz wieder auf und verschwand gleich wieder völlig.

»Haben die schon wieder geschossen?«

»Glaub' nicht«, sagte Atkins. »Die *Rainbow* meldet Einschlag. Wir haben sie!«

Nancy Cheshire schlug auf ihre Armlehne. »Prima!«

»Damit ist die Feier zu Ende, Kopilot«, sagte Carter. »Wir haben noch einen langen Weg vor uns.«

Von einer Minute zur anderen war der Militärflugplatz Puerto Cabezas in Nicaragua ein einziges Chaos. Den einen Moment war alles noch ruhig und friedlich, ein warmer, träger Sommerabend mit einer kleinen Andeutung eines kommenden Sturms. Im nächsten heulten die Alarmsirenen, russische Raketen wuchsen wie von Geisterhand aus Betonschächten hervor, und das Geheul von Düsenjägern zerschnitt die Luft, die sich mit Kerosingestank füllte.

Die erste der SA-15 – diese waren im Zuge der fortschreitenden Aufrüstung Nicaraguas durch die Russen erst vor einem Monat an der Küste installiert worden – zischte keine zwanzig Sekunden später von ihrer Startrampe und hinterließ eine ätzende Abgaswolke. Die Besatzungen der Raketenstellungen – Nicaraguaner unter dem Befehl russischer Offiziere – sahen ihr nach, wie sie in der Nacht verschwand, bis einer der sowjetischen Offiziere Befehle zum Nachladen der Rampe brüllte. Die zweite Rakete glitt in ihre Startbucht. Die nicaraguanischen Soldaten waren stur darauf gedrillt, immer nur eine nach der anderen abschußklar zu machen…

…Diese Trägheit rettete der Besatzung der *Megafestung Plus* das Leben. Gerade als die zweite Rakete abschußfertig war, erhellte eine mächtige Explosion den kleinen Hügel, auf dem sich die Raketenstellung mit ihrer Radar-Ziel- und Leitanlage befand. Diese flog in die Luft wie ein geplatzter Luftballon, und die Teile ihrer Antennen regneten noch im Umkreis von Hunderten von Metern herab.

Von seiner Beobachtungsstation in einem Betonbunker in der Erde beobachtete Maraklow, wie der Radardom explodierte und seine Trümmer in alle Himmelsrichtungen davonflogen. Soldaten rannten auf das Rollfeld, aber ihm war klar, daß dieser Angriff auf die Radarstation der Raketenstellung nur das Vorspiel für einen wirklichen Angriff war. Falls sie mit einer *Tacit Rainbow* kamen, dauerte es vermutlich noch ein paar Minuten, weil diese AGM-136 eine Reichweite bis zu hundert Meilen hatte. Eine AGM-88 HARM allerdings konnte jede Sekunde dasein. So oder so, der Hauptangriff kam noch, das war klar. Offenbar hatten sie gewartet, bis die SA-15 abgeschossen war, um die Radarstation zu erledigen, weil dann praktisch die gesamte Nordostküste Nicaraguas für Luftangreifer offen war.

Er nahm einen tiefen Schluck aus einer Flasche mit destilliertem Wasser und ließ kein Auge von der brennenden Radarstation. Ganz klar, als nächstes nahmen sie sich nun Sebaco vor. Und beschränkten sich dort nicht auf die Radarstation. Wer immer den Angriff auch flog.

Aber der *Dream Star* war ja in Sicherheit. Maraklow saß in ihm, noch immer in seinem Fliegeranzug, den Helm immerhin auf dem Schoß. Es war keine Stunde her, daß er nach einem Tiefflug von Sebaco in Puerto Cabezas gelandet war. Weil er gewußt hatte, daß die Amerikaner mit ihren AWACS-Flugzeugen ein Sebaco mit Hochgeschwindigkeit verlassendes Flugzeug suchten, war er mit weniger als zweihundert Stundenmeilen und so tief wie möglich durch die Bergtäler und entlang der Flußläufe im Dschungel geflogen, um nicht entdeckt zu werden. Und offensichtlich war seine Rechnung aufgegangen, daß niemand in diesem Flugprofil einen Düsenjäger vermutete.

Um ja nicht entdeckt zu werden, war er auf der Zufahrtsrollbahn gelandet statt auf der eigentlichen Start- und Landebahn und sofort in den fast völlig in die Erde versenkten Betonbunker-Hangar gerollt, wo er jetzt mit laufendem Triebwerk wartete. Doch es tat sich nichts, was ihn betraf. Er stellte die Maschine schließlich ab, ließ aber ANTARES in Betrieb und blieb selbst angeschnallt, um in Sekundenschnelle startbereit zu sein. Doch auch weiterhin kam nichts. Er merkte, daß er erschöpft war, und bedeutete dem Bodenpersonal, mit dem Auftanken seines Flugzeugs zu beginnen.

Aber er war gerade eine Viertelstunde von ANTARES abgeschaltet, als der Angriff begann.

Der *Dream Star* war indessen gerüstet. Er hatte wieder zwei Llujka-Zusatztanks unter den Tragflächen, ferner zwei radargelenkte Raketen, ebenfalls unter den Flügeln, und dazu zwei infrarotgelenkte Raketen unter dem Rumpf. Die zwei IR waren allerdings mehr eine Belastung als nützlich. Wenn die *Canard*-Flossen der Maschine in ihrer Hochmanövrierstellung waren, konnten die Raketen sie beim Abschuß vielleicht wegreißen. Trotzdem hielt man sie angesichts seines geplanten Langstreckenflugs für unerläßlich. Auch die 20-mm-Bordkanone wurde neu geladen. Und damit hatte der *Dream Star* Höchstgewicht: gute 50 Tonnen.

Maraklow selbst war viel weniger vorbereitet als das Flugzeug für diesen Flug – oder gar für einen Luftkampf mit amerikanischen Jägern. Zum ersten Mal hatte er zwei *Dream Star*-Flüge hintereinander absolviert. Der physische wie mentale Streß war enorm.

Das Jaulen von Hochgeschwindigkeitstriebwerken auf der Rollbahn dröhnte in seinem Kopf. Er schaute auf die Startbahn, wo vier MiG-23 eben zur Startposition rollten. So kurzfristig war die sowjetische Regierung nicht imstande gewesen, Flugzeuge und Piloten zu schicken. Also flogen diese vier Maschinen nicaraguanische Piloten. Die MiG-23 waren zwanzig Jahre alt, ihre blutjungen Piloten nur schlecht für Nachtluftkämpfe ausgebildet. Zerstörten die Amerikaner die Such- und Kontrollradars am Boden, mußten die MiG-Piloten praktisch blind fliegen und sich auf ihre eigenen Augen und die Puls-Doppler-Radars ihrer Flugzeuge verlassen, um damit Tausende von Quadratmeilen Luftraum abzusuchen.

Er trank wieder einen Schluck Wasser. Na und, dachte er, was geht es mich an. In ein paar Stunden hatte er dieses unterentwickelte Land verlassen. Und wer weiß, vielleicht hatte eine von diesen MiG ja auch Glück... Es passierten ja die seltsamsten Sachen.

Ein Soldat erschien, zeigte seinen Ausweis und kam auf die Plattform neben seiner Kanzel. Er zögerte an der Leiter, doch Maraklow winkte ihn her, weil er einen Zettel hatte, offenbar mit einer Nachricht. Er ließ ihn sich geben. Eine Satellitenmeldung aus Moskau. Sowjetische Luftstreitkräfte waren in fünf Stunden einsatzbereit, um ihm aus der Karibik heraus Geleitschutz über den offenen Atlantik zu geben. Die letzten Frequenzen und ihre Änderungen waren mit angegeben. Na großartig! Wenn die Amerikaner ihre Breitbandhorcher in Betrieb hatten, bekamen sie das alles brühwarm mit und brauchten nur noch ihre Jäger zu schicken! Als beruhte bei einer derartigen Aktion nicht alles auf Geheimhaltung und Funkstille und nicht auf sekundären und tertiären Frequenzen!

Er runzelte die Stirn. Im Moment war der *Dream Star* in Sicherheit, das war das einzige, was von Bedeutung war. Hätten die Amerikaner ihn hier entdeckt – ganz Puerto Cabezas wäre längst in Rauch und Flammen aufgegangen.

Er trank seine Wasserflasche leer.

Sein Problem bestand darin, daß er eine Zukunft für sich wollte, daß ihn jeder Schritt aber nur weiter davon entfernte. Sein Leben war der *Dream Star,* das hatte er nie so klar erkannt wie jetzt. Seine gesamte Existenz war damit verknüpft. Der Gedanke, das Flugzeug würde zerlegt oder, schlimmer noch, völlig zerstört, kam ihm genauso obszön vor wie der, daß eine Mutter ihr Neugeborenes umbringt. Nun war er natürlich auch Soldat, gehalten, Befehle zu befolgen. Und sein Befehl lautete, den *Dream Star* nach Rußland zu bringen. Konnte er diesen Befehl aber wirklich befolgen, wo er doch genau wußte, was sie dort mit seinem Flugzeug machen würden? Nicht zu reden davon, was sie mit ihm selbst machen würden? Er war doch bereits verdächtig »veramerikanisiert«.

Diese ganzen Gedanken machten seine Kopfschmerzen nur

noch schlimmer. Er warf einem der nicaraguanischen Posten am Tor des Hangar-Bunkers seine Wasserflasche zu. *»Agua, por favor!«*

»*Rainbow* Zwei, Einschlag«, meldete Atkins. Die Anzeige auf der grünen Scheiben-Laserprojektion vor Carter im Cockpit war verschwunden. Die *Tacit-Rainbow*-Rakete hatte die Radarstellung Cuyali zerstört, die das größte Suchradar vor Sebaco war.

»Achtung, Besatzung«, sagte Alicia Kellerman, »nähern uns I. P.« Sie befanden sich tief im Tal des Rio Tuma, der sich durch die *Cordillera Dariense*-Berge nördlich von Managua schlängelte und in den Managua-See mündete. Ihr I. P. hieß, ausgerechnet, Los Angeles, ein kleiner Ort dreißig Meilen flußaufwärts von Sebaco.

»Bombencheck«, sagte Paul Scott, der Radarnavigator, durch. »Wir erreichen Sebaco von Nordosten her, und zwar die militärischen Anlagen im Flußtal. Dort gibt es eine SA-10-Stellung auf dem Berg Iinotega auf unserer Position ein Uhr. Aber Powell und McLanahan im *Gepard* zufolge ist es eine mobile Stellung.«

»Das System kann IR für seine Zielansprache benützen«, ergänzte Atkins. »Obwohl es Leitradar benötigt, können sie mit IR-Azimutenkommandos schießen und erst, wenn die Rakete schon fliegt, mit der Leitführung beginnen. Wir sehen dann nur ein einfaches Abschußprofil, und unsere Warnempfänger melden lediglich eine Raketenstart-Warnung, keine tatsächliche Meldung RAKETENSTART.«

Carter war erleichtert, daß Atkins sichtlich wieder voll auf dem Posten war.

»Der letzte Gefahrenpunkt ist die Stadt Matagalpa. Dort könnten Sowjettruppen stationiert sein. Paßt auf Dreifach-A-Radars auf. Auch mit von der Schulter abgeschossenen Handraketen SA-14 oder SA-7 könnten wir es eventuell zu tun bekommen. Wenn wir aber tief und schnell genug fliegen, müßten wir mit einer SA-14 eigentlich auskommen können. Also, wir erreichen Sebaco an der Südostseite des Flugplatzgeländes. Powell und McLanahan haben dort eine Flakbatterie an jedem Ende der Startbahn ausgemacht. Die müßten wir mit einer HARM oder vielleicht sogar einer *Striker* erledigen können, falls sie zu ballern anfangen. Auch Kampfhubschrauber haben sie gesehen. Die könnten Luft-Luft-Hitzesuchraketen haben. Unsere Ziele sind die drei Hangars an der Südwestseite und das unterirdische Kommandozentrum dreihundert Meter südlich der Hangars. Aber am wichtigsten sind die Hangars. Auf die Rollbahn und die Startbahn werfen wir unser Schrapnellbombensortiment, vor allem natürlich auf Flugzeuge, falls dort welche stehen. Wenn die Verteidigung nur minimal ist, können wir im Norden oder Nordosten umdrehen und noch einmal anfliegen. Nach dem Angriff machen wir uns nach Nordosten aus dem Staub, mit Bodenfolgung durch die *Cordillera-Isabelia*-Berge und die honduranische Grenze entlang. Kriegen wir was ab und werden auseinandergejagt, ist Fluchtkurs für alle Norden oder Nordwesten auf Honduras zu, mit Endziel Tegucigalpa, auf welche Transportart auch immer. Jeder kennt die Sammelpunkte in Nicaragua, wo Contadora-Sympathisanten für Hilfeleistungen bereitstehen. Wir benützen dann die Rettungs-Notfrequenz Charlie.«

Es war noch Zeit für jeden, die Details durchzusehen und sich darüber abzusprechen, was im Falle eines Abschusses oder sonstiger erzwungener Trennung am besten sei. Das war zwar alles gewohnte Routine, doch diesmal trotzdem etwas anderes. Dies war ein Ernstfall und keine Übung. Sie befanden sich über feindlichem Territorium und wurden mit Soldaten zweier Länder konfrontiert. Alles war plötzlich sehr real.

»Suchradar J-Band auf sechs Uhr«, rief Atkins. »Fledermaussymbol. Ein Jäger ist oben und sucht uns.«

»I. P. voraus«, meldete Alicia Kellerman. Sie zogen eine leichte Linkskurve eng an der Flanke der bewaldeten Berge entlang.

Auf Carters Windschutzscheibe erschien plötzlich eine grüne Pilzprojektion. *»Achtung, Warnung, Suchradar, zwölf Uhr.«*

»Wir kriegen Besuch!« rief Carter.

»Sieht wie Triple-A aus«, sagte Atkins, der sein Warnradar nicht aus den Augen ließ. Der Computer bestätigte es Sekunden später, indem ein kleines Kanonensymbol unter den Pilz schrieb: »Ich habe eine HARM dagegen.« Doch da wurde der Pilz bereits gelb.

»Achtung, Warnung, Radarfix, zwölf Uhr.«

»Weichen wir aus?« fragte Carter.

»Kein Platz«, verneinte Nancy Cheshire. »Wir müßten fünftausend Fuß steigen, um über diese Berge zu kommen.«

»Runter und schneller!« sagte Atkins. »Achtung, Raketenabschuß – jetzt!«

Die gelben Lichter der Anzeige BUCHTTÜREN OFFEN gingen an. Der Computer meldete: *»Vorsicht, Bombentüren offen. Warnung. HARM-Rakete Abschußkommando. Raketenstart. Bombentüren zu.«*

»Rakete weg«, vollendete Atkins. Die Halbtonnenrakete HARM donnerte als gelber Strich durch die Dunkelheit. Sekunden später am Horizont eine Feuersäule, Flammen. Der gelbe Pilz erlosch.

»Achtung, Warnung, Warnradar Luft, sechs Uhr.«

Karbajal aktivierte sein Feuerkontrollradar und hängte es an das Warnradar, damit der Strahl des Zielfixradars am Heck direkt auf das drohende Objekt gerichtet war. Die Anzeige, die daraufhin kam, ließ ihn in seine Sauerstoffmaske schreien: »Jäger auf sechs Uhr, fünf Meilen, rasch niedrigkommend!« Er drückte den Stimmerkennungsknopf auf seiner Armlehne. »Radarfixierung. Luftmine eins Start. Zwei Start. Drei Start.«

Ein Warnton kam über den Bordfunk. Ihm folgten die kurzen, harten Geräusche der Luftminen-Raketen, die abgeschossen wurden.

»Radarfix automatisch«, sagte der Computer, *»Warnung, Abschußkommando. Luftmine Start, Zwei Start, Drei Start.«*

Doch der Jäger war weiter hinter ihnen her. Alle drei Luftminen hatten ihn verfehlt. »Kommt weiter. Fertig für IR-Raketenangriff«, rief Karbajal. »Zwei Meilen, eine Meile – ab links jetzt!«

Carter riß die *Megafestung* scharf nach links, und der Bodenfolge-Computer befahl unmittelbar darauf Steigen, um Geländefreiheit zu gewinnen. Zur gleichen Zeit warf Karbajal rechts zwei Bündel Metallspäne und Stanniolstreifen aus.

»Eine Meile... halbe Meile... kommt noch näher.« Nichts lenkte den Burschen ab, keine Metallspäne, kein Stanniol, kein *Jammer* und nicht einmal Luftminen...

Das Feuerkontrollradar zielfixierte ihn zwar, als er näher und näher kam, aber schon ein paar Sekunden später wurde klar, warum er gar so waghalsig nahe herankam. Er flog im weiten Bogen abwärts, immer weiter abwärts, bis Karbajals Kontrollhöhenmesser für ihn auf Null stand.

»Er ist abgestürzt!« rief Karbajal. »Er –«

Da kam über die geheime Zerhackerfrequenz eine Meldung. »Hallo *Dog* Zwei, hier Sturm Zwei. Ihr habt ihn los hinten.«

»Das sind Powell und McLanahan«, rief Nancy Cheshire. »Dann kann's ja losgehen.«

Carter atmete aus. Er schmeckte Blut und merkte, daß er sich fast die ganze Zeit schon in die Unterlippe gebissen hatte. Er steuerte zurück auf Kurs und meldete sich. »Danke, Jungs.«

J. C. hob die Nase des *Gepard,* bis er auf gleicher Höhe mit den bewaldeten Bergen war, kurvte mehrmals links und rechts ganz eng an ihnen vorbei, um sich den Rücken freizuhalten. Er suchte nach einem zweiten Jäger. McLanahan, der sein Nachtsichtgerät aufgesetzt hatte, suchte den Himmel nach hinten hinaus ab. »Visuell alles frei«, sagte er, »Warnradar ohne Anzeige.«

»Der MiG-Bursche hatte Mumm«, sagte J. C. »Kommt da einfach kopfüber aus zwanzigtausend Fuß runter. Hätte leicht klappen können.«

»Wo hat er seine Kameraden gelassen?« fragte McLanahan.

J. C. stieg weitere fünftausend Fuß höher, und damit hoch über die Berge, und flog weiter seine Suchschleifen. Er benutzte sein Radar nur ganz spärlich und verließ sich mehr auf Sicht, um den Suchradars der anderen nicht allzuleicht seine Position zu verraten. »Weit und breit nichts«, sagte er. »Eine einsame MiG ganz allein? Ungewöhnlich.«

»Es heißt nur, daß sie nicht hier oben sind«, sagte McLanahan. »Also treiben sie sich unten herum, im gleichen Flußtal wahrscheinlich wie der *Old Dog.* Entweder suchen wir sie mit dem Radar...«

»...oder trudeln selber runter und buddeln sie aus. Daß Sie das sagen«, sagte J. C., »darauf habe ich gewartet.« Aber dabei drückte er den *Gepard* bereits nach unten und jaulte fast senkrecht auf das Dschungeldurcheinander dort unten zu.

Sie mußten natürlich sehr weit nach Süden kurven, im großen Bogen, um viele Goldminen und kleine Dörfer herum, um nicht die Stelle zu überfliegen, wo eine der HARM-Raketen des *Old Dog* die Flakstellung zerstört hatte. Carter gab fünfhundert Fuß im Flugplan zu, um größeren Abstand zu haben, als sie durch ein schluchtartiges Tal rauschten, südlich der Stadt Metagalpa an einer Berglinie entlang.

»Allmählich müßten wir an dieser SA-10-Stellung angekommen sein«, sagte Atkins nervös. Die Ruhe, die er nach dem Schlag gegen die SA-15-Stellung einigermaßen wiedergewonnen hatte, war nach dem Intermezzo mit dem Jäger wieder beim Teufel. Er murmelte so laut vor sich hin, daß der stimmansprechende Bordfunk anging. Karbajal mußte herübergreifen und Atkins an der Schulter rütteln, um ihn wieder zu beruhigen. Die Navigatoren waren stumm. Alicia Kellerman hatte den Auftrag bekommen, das Bodenfolgeradar einzuschalten und zu überwachen. Scott beobachtete seinen Laser, der den Angriff vorbereiten sollte. Doch dieser zeigte nichts an.

»Hallo, Nav, geben Sie uns die Angriffsachse«, sagte Carter, der versuchte, seine Besatzung wieder zu motivieren, gleich wie. »Wie war das, fünf Meilen Süd vom Kurs? Wie ändert sich da der Plan?«

»Was?«

»Alicia, kümmern Sie sich mit darum«, sagte Carter. »Sagen Sie uns das Angriffsprofil.«

Nach einer etwas angestrengten Pause meldete sie sich: »Wir kommen jetzt eher gerade auf die Startbahn zu statt lotrecht.« Ihre Stimme war etwas kratzig. »Eine Triple-A wird auf unser zwölf Uhr zukommen. Könnte aus dieser Richtung schwieriger anzuvisieren sein.«

»Haben Sie das gehört, Paul?«

»Ja.«

»Noch was, Alicia?«

»Die CBUs«, sagte Alicia Kellerman. »Wir sollten die erste Ladung erst auf die Startbahn abladen, wenn wir die Triple-A-Stellung erledigt haben.«

»Ich kann aber auf diesem Anflug die Hangars anvisieren«, meldete sich Scott. Er blickte auf seinen gyro-stabilisierten Laser-Scanner, auf dem er bis zu fünf Einzelmonitore überblicken konnte. Welchen Kurs die B-52 auch immer flog, stets konnten die anvisierten Ziele wieder aufgerufen und jederzeit angegriffen werden, sobald sie wieder in Reichweite lagen.

»Der Rauch und das Feuer verbergen uns, wenn wir zurückkommen«, ergänzte Nancy Cheshire.

Carter lächelte in seine Sauerstoffmaske hinein. »Na denn«, sagte er, »das klingt alles schon wieder eher wie eine Kampfbesatzung, Leute. Also ran an den Speck und wieder weg.«

General Tretjak stand im Kontrollturm seines kleinen Flugplatzes und überwachte die Verteidigungsvorbereitungen Sebacos. Er hatte sich vorgenommen, die Verteidigung von Sebaco als symbolisch für die sowjetische Machtstellung in der westlichen Hemisphäre zu betrachten und also jeden Eindringling auf seinen fünfundzwanzig Quadratkilometer großen Flugplatz mit blutiger Nase wieder heimzuschicken.

Seine Truppen waren bereit und entschlossen zum Kampf, als die Nachricht von Puerto Cabeza eingetroffen war. Die exakte Anzahl der Angreifer ließ sich allerdings nicht feststellen. Tretjak hatte sich auf ein ganzes Bombergeschwader eingerichtet. Doch es war keine Meldung über eine amerikanische Luftflotte im Raum Sebaco gekommen. Das hieß also, daß eine kleinere, nicht so bedeutende Streitmacht unterwegs war. Vielleicht überhaupt nur ein paar Flugzeuge! Um so besser. Damit wurden sie fertig.

Um sich den amerikanischen Angreifern entgegenzuwerfen, warteten am Nordwestende der Startbahn vier MiG-23 mit laufenden Motoren. Jede hatte vier Raketen AA-8 unter dem Rumpf hängen und zwei IR-gelenkte Kurzstreckenraketen AA-11 unter den Flügeln, dazu eine Zwillings-Bordkanone GSh-23 und einen Mittel-Zusatztank. Zwei weitere Maschinen, aus denen Ersatzteile ausgebaut gewesen waren und die er nun eiligst hatte reparieren und einsatzfähig machen lassen, standen noch in Reserve.

Zusätzlich zu seinen Jägern konnte Tretjak über eine Boden-Luft-Raketenbatterie SA-8 verfügen, die ihm aus Managua bereitgestellt worden war und die er etwa einen Kilometer hinter der Mitte der Startbahn auf einem kleinen Hügel stationiert hatte. Die SA-8 war eine kleine, aber schnelle Rakete. Sie konnte die amerikanischen *Hornet*-Jagdbomber F/A-18 der Marine selbst bei einem überschallschnellen Bombenangriff treffen. Die Raketenstellung der SA-10 hingegen hatte er noch einmal verlegt – von den Hügeln über Sebaco herunter in das Tal des Rio Tuma. Dort schien sie geradezu perfekt hinzupassen. Jedes Flugzeug auf dem Weg von Puerto Cabezas nach Sebaco mußte hier durch – und damit den SA-10 in den geöffneten Rachen! Die SA-10 war vor allem eine Langstreckenrakete, die Angreifer aus einer Höhe gerade über den Bäumen bis hinauf zu achtzigtausend Fuß treffen konnte. Für kürzere Entfernungen standen aber auch an den Enden der Startbahn noch die beiden 57-mm-Flakgeschütze bereit, die auf zwei Meilen einen Eisenwall vor Sebaco aufrichten konnten!

Außerdem hatten sie noch nicaraguanische Flakbatterien an drei Punkten rund um Sebaco in Stellung, eine davon ebenfalls im Tal des Rio Tuma, auch diese in perfekter Verteidigungsposition gegen die amerikanischen Invasoren.

Tretjak war gerüstet.

»Nachricht von Volksmiliz Gruppe Sieben«, meldete eine Ordonnanz.

»Von wem?«

»Die nicaraguanischen Milizstreitkräfte nordöstlich von uns in Matagalpa, Genosse General!« antwortete der meldende Offizier. »Sie berichten, daß sie angegriffen werden. Eine Flakbatterie ZSU-23 zerstört, neun Gefallene, zehn Verwundete durch Raketenangriff.«

»Ich brauche Einzelheiten, Leutnant«, sagte Tretjak. »Was für Raketen? Welche Geschwindigkeit? Aus welcher Richtung?«

Während der Leutnant beim Funker war, besah sich Tretjak seine Landkarte und sprach dann den leitenden Fluglotsen des Towers an: »Sergeant, lassen Sie die Jäger starten. Schicken Sie sie zum Rio Tuma. Sie sollen die Eindringlinge in niedriger Höhe angreifen.«

Der Lotse nickte, griff sich das Mikro und sagte auf spanisch: »Sebaco Viererstaffel, Ziel auf Kurs null-neun-fünf, zwanzig Meilen, frei zum Start –«

Ein Lichtblitz vom Norden der Startbahn unterbrach ihn. Feuer flammte auf. Eine der Sa-8-Raketen hob sich von ihrer Rampe und flog nach Südosten davon, in einer so flachen und geraden Flugbahn, daß man Angst haben mußte, sie würde einen der Hangars rammen. Die ersten beiden MiG-23, die bereits die Nachbrenner gezündet und den Start begonnen hatten, brachen verblüfft ab und bremsten, während die SA-8 quer über das Ende der Startbahn davonsauste.

»Raketenstellung zwei gegen Niedrigflugziele«, meldete ein Funker. »Auf eins-sechs-null, zwanzig Kilometer.«

»Man sieht's!« sagte Tretjak ärgerlich. »Vielleicht steigen jetzt diese Jäger endlich auf.«

»Raketenstellung Zwei meldet Mehrfachziele, General! Sie empfiehlt Startverzögerung, bis sie –«

»Nichts da«, winkte Tretjak unwirsch ab. Um dennoch auf Nummer Sicher zu gehen, fügte er jedoch hinzu: »Sagen Sie Raketenstellung Zwei, daß sie mit dem Abschuß warten sollen, bis die Jäger gestartet sind. Jäger Eins und Zwei, Start. Jäger Drei und Vier bleiben in Position. Fünf und Sechs bereithalten zum Start.«

Der Funker gab die neuen Anweisungen durch. Die beiden ersten Mig-23 zündeten erneut ihre Nachbrenner und donnerten die Startbahn entlang.

»Nachbrenner aus an Jäger Zwei«, rief sein Ordonnanzleutnant. Am Nachthimmel war tatsächlich nur ein Feuerschein zu sehen. Tretjak hielt die Luft an, weil der zweite Jäger knapp über die Bäume hinter der Startbahn kam und nur allmählich Tempo gewann. Doch dann stiegen beide zusammen hoch und drehten nach Nordosten ab, auf der Suche nach den Angreifern.

»Raketenstellung Zwei kann jetzt weiterschießen«, befahl Tretjak. »Falls noch weitere Ziele gemeldet werden, schicken wir Drei und Vier nach Süden.«

Seine Worte gingen im Gedröhn einer weiteren davonzischenden SA-8 unter, die genau den gleichen Kurs flog wie die erste, nur fast noch flacher. Kaum hatte sich ihr Rauch verzogen, als von der 57-mm-Triple-A-Stellung ein Lichtblitz aufleuchtete.

»Was schießen die denn da?« Aber seine Frage wurde bereits wieder unterbrochen von einem zweiten Feuerblitz und einer Explosion in der Raketenstellung. Der Donner rollte über den ganzen Flugplatz weg und prallte gegen die Fenster des Kontrollturms. Doch diesmal flog keine Rakete davon.

Tretjak starrte verblüfft auf die Reste der SA-8-Stellung auf dem kleinen Hügel über der Startbahn. Der Hügel war nur noch zur Hälfte vorhanden, Soldaten und Fahrzeuge lagen überall herum. Die Szene der Zerstörung wurde von dem Feuerschein des brennenden Treibstofftanks auf dem Berg erhellt.

»Die anderen Jäger rauf!« rief Tretjak. »Drei und Vier sofort gegen das Flugzeug, das diese Raketen schießt! Fünf und Sechs ebenfalls starten –«

Das 57-mm-Geschütz schoß eine weitere Salve, gleich darauf gab es eine Explosion und einen Feuerball keinen halben Kilometer vor dem Ende der Startbahn. Fast der ganze Flugplatz wurde davon erhellt. Die Druckwelle der Explosion warf Tretjak um. Es folgten ganze Serien von Explosionen überall, in den Wäldern um Sebaco herum brachen Brände aus.

»Wir haben einen!« rief der Kontrollturm. »Einen Amerikaner, Flugzeug!«

Das Triumphgeschrei wurde sofort von einer neuen Salve des 57-mm-Geschützes überdonnert. Tretjak, der sich wieder aufgerappelt hatte, starrte auf die Granatspuren in der Nacht. Und dann erst traf ihn mit einem Schlag die volle Bedeutung dessen, was er da sah. »Wieso schießt die Flak Spurmunition?« schrie er. »Sie hat doch Radarleitsystem, und es ist Nacht! Wozu brauchen sie Spurmunition? Das verrät doch nur ihre Stellung! Veranlassen Sie sofort –«

Zu spät. Vor Tretjaks Augen flog die ganze Stellung in die Luft. Nach dem ersten blendenden Lichtblitz erkannte er, daß auch die Radarführung der Geschützeinheit in einem Bunker in etwa fünfzig Metern Entfernung getroffen worden war. Das Geschütz war zwar beschädigt, jedoch nicht außer Gefecht.

»Antiradarraketen!« stellte er wütend fest. »Sie schießen Antiradarraketen! Das Geschütz der Nordstellung soll sofort Infrarot und elektro-optische Leitsysteme benützen! Und schicken Sie die Sanitäter zu Stellung Süd.«

»Neue Rakete!« schrie irgendwer und deutete nach Südosten. Im Widerschein der Waldbrände und der in Flammen stehenden Radarstation sah Tretjak sie. Eine große, schlanke, fast gemächlich fliegende Rakete mit Flügeln. Sie segelte ganz gemächlich an den brennenden Bäumen und der zerschossenen Flakstellung vorbei. Soldaten deuteten zu ihr hinauf, aber die Flak kam nicht dazu, sie anzuvisieren oder gar zu schießen. Wie zu einem normalen Landeanflug senkte sich die Rakete auf die Rollbahn herunter, zum Südende der Anrollbahn und dann direkt zum Nordende der Parkrampen. Sobald sie über dieser war, begann es von ihren beiden Seiten Gegenstände zu regnen, die wie kleine Kästchen aussahen.

Und dann schossen in Abständen von zehn bis fünfzehn Metern überall Feuersäulen empor. Die Hauptanrollbahn wurde fast genau in der Mitte getroffen und mit Kratern übersät. Dem nördlichen Teil der Parkrampen ging es nicht besser. Überall brach der Beton auf, als ereigne sich ein Erdbeben. Auch die beiden vollgetankten und startbereiten MiG-23 an der Rampe wurden von Bomben getroffen. Auf der ganzen Parkrampe herrschte das Chaos. Brennende Raketen der MiG jagten wie fehlgezündetes Silvesterfeuerwerk über die Startbahn hin. Vom Kontrollturm prallten sirrend Geschosse der 23-mm-Bordkanonen ab, die losgegangen waren, und fetzten Löcher in die bruchsicheren Glasscheiben. Tretjak, die Fluglotsen und Funker warfen sich auf den Boden. Die Streubomber-»Drohne« flog weiter und lud weiter ihre Fracht ab. Allerdings verfehlte sie die beiden an der Startbahn wartenden MiG um mehrere Meter. Die Jäger bekamen lediglich einen Regen von Betonstücken ab.

Tretjak rappelte sich wieder hoch und griff sich ein Mikro. »Sebaco Drei und Vier, sofort starten!« Obwohl er es nicht auf spanisch sagte, verstanden ihn die Piloten und befolgten den Befehl auf der Stelle. Der Pilot Drei zündete voll auf Nachbrenner, röhrte die Startbahn entlang und zog steil hoch, so schnell es nur ging. MiG Vier rollte an, wartete aber mit dem Start noch, bis Drei in der Luft war, ehe sie ebenfalls voll die Nachbrenner zündete, die Bremsen löste und den Startlauf begann. Als der Pilot am Ende der Startbahn gerade noch hochkam, riß ihm eine Explosion das Leitwerk weg. Die Maschine schoß aufwärts und fiel dann nach unten. Der Pilot stieg mit dem Schleudersitz aus, während sich sein Flugzeug etwa eine Meile hinter dem Ende der Startbahn in den Grund bohrte.

Ein Alptraum! dachte Tretjak. Der reine Alptraum; aber Realität! Eine nach der anderen waren die Verteidigungskräfte von Sebaco außer Gefecht gesetzt worden. Und dabei war noch nicht einmal ein einziges feindliches Flugzeug zu sehen gewesen – bis zu diesem Augenblick. Denn jetzt tauchte wie aus dem Nichts eine riesige dunkle Silhouette auf, dicht über dem Boden, kaum höher als der zehnstöckige Kontrollturm. Sie flog diagonal über das Südende der Startbahn, keine halbe Meile vom Kontrollturm entfernt. Ein riesiger Kasten. Eines der größten Flugzeuge, die Tretjak je gesehen hatte. Der Lärm der Triebwerke war wie das Rumpeln eines Güterzugs in voller Fahrt.

Das Flugzeug zog scharf nach links, bis es parallel zur Front der Gebäude und Hangars entlang der Parkrampe war. Ein paar Soldaten nahmen ihre Gewehre und schossen auf die Spukerscheinung, aber das erschien Tretjak ungefähr so, als ginge man mit Luftgewehren auf Walfang.

Das Flugzeug donnerte über die Startbahn hinweg. Es gab ein Rauschen wie von einem gigantischen Wasserfall. Im Widerschein der Flammen war zu erkennen, daß dieses Monster von Flugzeug eine lange zugespitzte Nase hatte und gewaltige Tragflächen, unter denen ganze Raketensortimente verschiedenster Größen hingen. So etwas hatte Tretjak noch nicht gesehen.

So schnell es gekommen war, so rasch war es wieder verschwunden. Wolkenwirbel von Staub und Rauch fegten hinter ihm her. Als habe es auch sämtliche Geräusche mit sich gerissen, herrschte auf einmal seltsame Stille. Tretjak stand im Kontrollturm und starrte durch die durchlöcherten Glasscheiben auf die Szene. Vor ein paar Minuten war dies hier noch eine wichtige sowjetische Militärbasis gewesen. Jetzt war es ein Chaos.

»Was, um alles in der Welt, war das?« fragte der leitende Fluglotse und schüttelte einige Glassplitter von seiner Uniformjacke. »So etwas wie das habe ich noch nie gesehen!«

»Es muß eine Art Bomber gewesen sein«, murmelte Tretjak kopfschüttelnd. »Aber ich habe noch nie einen so niedrigen Bomberanflug erlebt. Offensichtlich war es das Flugzeug, das auch die Raketen geschossen hat und diesen Segler, der uns die Kraterlandschaft da unten bescherte.«

»Vielleicht hat es auch unseren vierten Jäger erledigt?«

»Das kann nicht –«, begann Tretjak und brach ab. Ein Bomber mit Luft-Luft-Raketen? Ja, warum auch nicht? Der, der hier grade vorbeigedonnert war, hatte offensichtlich ein ganzes Waffenarsenal bei sich. Er sagte nur noch: »Irgendwelche Meldungen von den Radarstationen? Meldungen aus Managua?«

»Nein, General, nichts. Noch nicht. Die Verbindungen müssen gleich wieder funktionieren.«

Tretjak wandte sich an den Nachrichtenoffizier. »Schicken Sie eine Rettungsmannschaft zum Piloten der vierten MiG. Und lassen Sie die Rampe, so schnell es geht, aufräumen. In spätestens einer Stunde müssen die anderen Jäger wieder landen können.«

Tretjak versuchte die Moral zu stärken: »Wir sind getroffen worden, aber nicht außer Gefecht. Die Startbahn scheint noch brauchbar zu sein, die Treibstofftanks und die Hangars sind offensichtlich alle noch intakt, und die Parkrampen sind lediglich zur Hälfte zerstört. Wir sind nach wie vor in Betrieb.«

»Wir haben Glück gehabt, General«, sagte der Leiter der Flugsicherung. »Dieser Bomber sah groß genug aus, um hundert Bomben abzuladen. Er hätte sehr viel größere Zerstörung anrichten können...«

Tretjak setzte bereits zu einer Entgegnung an, als ihm das

Wort im Hals steckenblieb. Er sah wieder die ganzen Raketen und Bomben unter den Tragflächen des Riesenbombers vor sich. Und hier über dem Flugplatz hatte er keine davon abgeworfen...

Er fuhr abrupt herum. »Rampen sofort frei machen, alle Lichter löschen!«

»Ja, aber die Feuerwehr...«

»Dieser Bomber kommt wieder! Er ist nicht abgezogen. Er hat sich nur umgesehen! Die Flakstellungen sollen –«

Und wieder war es zu spät. Die Flakstellung Nord flog in diesem Augenblick in einer gewaltigen Explosion in die Luft. Er brauchte kein Fernglas mehr, um das festzustellen. Es war eindeutig genug. »Die Südstellung soll das Feuer eröffnen! Zum Teufel mit der Radarführung, sie sollen einfach Richtung Norden schießen. Sperrfeuer! Und ein bißchen plötzlich!«

Der Funker saß jedoch nur da wie erstarrt und riß die Augen auf. Tretjak wollte ihm gerade das Mikro aus der Hand reißen und die Durchsage selbst machen, als auch er wie angewurzelt stehenblieb. Die riesige Silhouette war wieder da, kam aus dem Dschungel herausgedonnert wie ein vorsintflutlicher Vogel – so niedrig über den Baumwipfeln, daß sie sie jeden Augenblick abzurasieren schien. Der Flugwind der Flügel und der Triebwerke wehte Äste und Zweige nieder wie ein Sturm und teilte den Wald. Vor dem Wald fiel sie noch weiter herunter und war höchstens noch zwanzig Meter über dem Boden. Sie flog schnurgerade auf den Kontrollturm zu. Tretjak hatte das Gefühl, als ziele ihre Nasenspitze genau zwischen seine Augen.

Rasch nacheinander fuhren vier Leuchtblitze aus der Silhouette. Der erste zischte geradeaus und bohrte sich in die zwei Kilometer lange Startbahn. Die Explosion verhüllte den Bomber sekundenlang, bis er dann direkt aus der Rauchwolke heraus auf den Turm zukam.

Die zweite Rakete verfehlte den Turm nur um ein paar Meter und schlug in eines der Gebäude weiter hinten ein. Tretjak dachte sofort an seine Kommandozentrale, die sich dort befand. Diese Raketen schienen Riesenbomben mit Flügeln zu sein. Mehr fliegende Wale als Raketen. Die dritte und vierte Explosion trafen die Hangars links, die nach allen Seiten auseinanderflogen wie Spielzeugteile. Stahlplatten und Betontrümmer wirbelten durch die Luft. Nachfolgende Explosionen deckten das Dach eines anderen Hangars ab und gossen buchstäblich Öl ins Feuer. Die ganze Startrampe brannte lichterloh.

Das Riesenflugzeug flog eine scheinbar unmöglich enge Linkskurve nach Südosten. Der Lärm donnerte so laut, daß der Kontrollturm einzufallen schien – die restlichen Glasscheiben platzten. Tretjak legte es einfach um, er war sekundenlang blind und taub. Als sei ein Hurrikan vorbeigefegt... Tische, Bücher, Stühle und alle möglichen anderen Teile wirbelten durcheinander.

Tretjak war eine Weile keiner Bewegung fähig. Er fühlte sich, obwohl im Vollbesitz seiner Sinne und Kräfte, wie amputiert und auseinandergeschnitten. Schließlich gelang es ihm doch, die Trümmer von sich abzuschütteln und wieder auf die Füße zu kommen. Der Tower war voller Rauch von den Bränden in den benachbarten Hangars. Die unterirdischen Treibstofftanks mit ihren vierzigtausend Dekalitern Jet-Kerosin waren in Gefahr, falls sich das Feuer nicht eindämmen ließ.

Er drängte seine Leute vor sich her ins Freie. Der Zustand seines Stützpunktes war entmutigend. Die Startbahn hatte genau in der Mitte einen Riesenkrater. Damit blieben gerade je neunhundert Meter Landestrecke auf beiden Seiten davon übrig; zu wenig für die MiG-23. Schneller als in einem Tag war das nicht zu reparieren. Die Jäger mußten auf Sandino International, in Bluefields oder Puerta Cabezas landen. Die Anrollbahn war völlig kaputt, die Parkrampe ebenfalls nicht mehr zu gebrauchen. Beide 57-mm-Flaks und eine SA-8-Stellung außer Gefecht. Und die Stellung der SA-10 im Tal des Rio Tuma war offensichtlich genauso zerstört. Gar nicht zu reden von dem unmittelbar nach dem Start abgestürzten MiG-Jäger.

Die weitere Inspektion ergab, daß die zweite amerikanische Gleitbombe das Dach der unterirdischen Kommandozentrale getroffen, ansonsten dort aber keine weiteren Schäden oder Feuer verursacht hatte.

Und das alles hatte ein einziges Flugzeug angerichtet! In weniger als zehn Minuten! Dabei hatte er sich darauf eingerichtet gehabt, es mit einem ganzen Bombengeschwader aufzunehmen!

Er mußte so schnell wie möglich nach Moskau berichten! Der entführte amerikanische Jäger war zwar in Sicherheit, aber die Yankees hatten den Preis dafür in einsame Rekordhöhen geschraubt!

Der Rückflug aus Nicaragua war keineswegs ein Spaziergang für die *Megafestung* und ihre Besatzung, wenn auch für die MiG-Piloten der Verlust ihrer Bodenkontrolle in ganz Nicaragua und ihr unterbrochener Kontakt mit Sebaco ein schweres Handicap war und ihre Kampfkraft und Kampfeslust doch beträchtlich zu verringern schienen. Eine ihrer Maschinen war von einer *Stinger* zerstört worden, als sie den Bomber im Tiefflug zu attackieren versuchte, eine zweite war einer AIM-132 des *Gepard* zum Opfer gefallen. Da gaben die anderen dann Fersengeld und retteten sich auf den Sandino International Airport. Powell und McLanahan begleiteten die B-52 danach über die Karibik, bis sie von der über den Cayman-Inseln kreisenden E-5 AWACS in Empfang genommen wurde.

»Erst mal das Wichtigste«, sagte Elliott, als sie Radiokontakt über die abhörsichere Frequenz hatten. »Patrick, Wendy ist operiert. Offiziell ist sie noch immer in kritischem Zustand. Mehr Information kriege ich nicht aus den Klinikleuten raus. Wenn Sie wollen, arrangieren wir Ihnen in Georgetown einen Airlift, dann können Sie in vier Stunden in San Antonio sein.«

»Ist nicht nötig, solange sie in guter Obhut ist. Ich werde hier noch gebraucht.«

»Wir haben ja noch andere Beiflieger für Powell.«

»Ich bin sein Begleiter. Und früher oder später muß Maraklow aus seinem Schlupfloch heraus. Und ich muß dann dasein. Selbstverständlich wäre ich gern bei Wendy, aber andererseits ist ja klar, daß ich nichts für sie tun kann. Jedenfalls jetzt noch nicht.«

Elliott in der E-5 AWACS überlegte zwar noch immer, ob er McLanahan nicht doch noch überreden sollte; wenn auch nicht wegen Wendy. McLanahan war richtig darauf versessen, die Sache selbst mit Maraklow ausmachen zu müssen. Soldaten, die persönliche Vendetta im Kopf hatten, waren nicht mehr die kühlsten Jagdflieger. Aber natürlich stimmte, daß er der qualifizierteste Mann für den *Gepard* war und daß überhaupt nur der *Gepard* eine kleine Hoffnung bot, den *Dream Star* in einen Luftkampf zu verwickeln. Obendrein war jetzt auch der richtige Zeitpunkt, wirklich das Team Nummer Eins im Einsatz zu haben. Denn tatsächlich war der neue Versuch des *Dream Star,* aus Nicaragua herauszukommen, jetzt fällig.

»Also gut, Patrick«, sagte er. »Einverstanden. Zumindest für jetzt.« Er schaltete um. »Hallo, Kelvin, gute Arbeit von Ihnen und Ihrer Besatzung. Radar zeigt an, daß euch keiner hinten dranklebt. Steigt auf zwei-sechs-null. Ihr Tanker kreist über Grand Cayman auf zwei-sieben-null. Alles okay bei Ihnen?«

»Richtig«, bestätigte Carter über die UHF-Zerhackerfrequenz. »Wir sind fix und fertig, aber sonst alle okay. Kann sein, daß wir vom letzten Angriffsanflug was abbekommen haben. Wir waren ein bißchen arg nah dran, als wir eine *Striker* auf die Startbahn runterließen. Die Buchttüren waren noch auf, da könnten wir uns ein paar Löcher im Tank eingefangen haben. Aber ich denke schon, daß wir allein nach *Traumland* kommen. Den Tanker könnten wir gut gebrauchen, über CONUS vielleicht. Falls wir doch ein Leck haben.«

»Wir kümmern uns gleich darum«, sagte Elliott.

»Wenn Sie schon dabei sind«, meinte Nancy Cheshire, »vielleicht könnten Sie uns auch Landeerlaubnis in Georgetown für ein paar Tage verschaffen?«

»Daran habe ich selbst schon gedacht, Nancy«, antwortete Elliott. »Aber wir hatten einige Mühe, die Regierung dort davon zu überzeugen, daß sie unsere F-16, die KC-10 und meine AWACS reinlassen. Jetzt noch einen *Buff,* das wäre ein bißchen viel verlangt. Ganz abgesehen davon, daß die *Megafestung Plus* ja offiziell noch immer Geheimsache ist. Kurz und gut, eine kleine Erholungspause da unten, das ist wohl zu machen. Aber mehr nicht.« Er schaltete wieder zurück. »Hallo, J. C. und Patrick, habt ihr irgendwelche Probleme mit dem *Gepard*?«

»Nein«, sagte McLanahan, »uns geht's gut. Alles, was mir fehlt, ist unser Freund. Der muß endlich kommen!«

»Na, Sie wissen ja selbst, Patrick, das ist ein wenig wie die Stecknadel im Heuhaufen. Auf fünfzigtausend Quadratmeilen können sie unseren Vogel versteckt haben. Nach dem, was wir über den Funkverkehr rausgekriegt haben, könnte er in Puerto Cabezas hocken. Aber sicher ist das nicht.«

»Einen Versuch ist es allemal wert.«

»Aber, aber«, mischte sich J. C. ein, »Patrick, wir haben nichts für Luft-Boden geladen! Mehr als ihm zuwinken könnten wir also nicht, falls wir ihn dort stehen sehen. Außerdem würden wir den SA-15, die sie dort haben, in den offenen Rachen fliegen.«

»Nun«, sagte Elliott, »wir haben ohnehin schon viel mehr gemacht, als uns das Weiße Haus erlaubt hat. Also setzen wir unsere Überwachung fort, bis sie wirklich rausfliegen wollen. Wir ändern den Flugplan, weil wir neue Erkenntnisse haben. Wir haben Landerechte in Puerto Lempira in Honduras, das ist ein Armeestützpunkt der Honduraner, siebzig Meilen nördlich von Puerto Cabezas. Wir versuchen, jetzt vom Weißen Haus die Genehmigung zu kriegen, einen Fotoaufklärer nach Puerto Cabezas zu schicken, ähnlich wie ihr es in Sebaco gemacht habt. Treibstoff und Waffen für euch können wir dorthin schaffen. Georgetown ist es zwar nicht gerade, aber ihr seid auf jeden Fall näher dran, falls sie es versuchen.«

»Klingt nicht schlecht«, sagte McLanahan. »Ich will auf jeden Fall dabeisein, wenn er losfliegt.«

Kreml, Moskau, UdSSR
Montag, 22. Juni,
09.32 Uhr OEZ (01.32 Uhr EDT)

General Tscherkow, militärischer Stabschef der Sowjetunion, hatte dem Generalsekretär und dem KGB-Chef Wladimir Kalinin soeben Bericht erstattet. Der Generalsekretär hatte ihm danach zugenickt, und Tscherkow war sich nicht sicher gewesen, ob das das Zeichen der Entlassung gewesen sein könnte, und einfach sitzen geblieben. Keiner der beiden anderen hatte ausdrücklich Einspruch dagegen erhoben, also war es dabei geblieben.

»Ich bin mit General Tscherkows Analyse nicht einverstanden«, sagte Kalinin. »Zuerst erklärt er uns, der amerikanische Experimentaljäger ist in Puerto Cabezas sicher versteckt und wird von KGB-Einheiten und nicaraguanischen Truppen bewacht. Und gleich darauf sagt er, daß das Flugzeug in Gefahr ist. Das ist doch widersprüchlich. Natürlich ist Tretjak nach diesem Präventivschlag der Amerikaner etwas durcheinander –«

»Ihre Argumentation, Kalinin«, unterbrach ihn der Generalsekretär jedoch, »ist das einzige, was widersprüchlich ist. Die Amerikaner haben eine unserer Militärbasen zerstört, zwei von vier Jägern abgeschossen und unsere Verteidigung dezimiert. Aber Sie erklären nach wie vor, daß alles nach Plan läuft – nach Ihrem Plan – und alles in bester Ordnung ist und keinerlei Anlaß zur Beunruhigung besteht!«

»Vorerst kennen wir doch das genaue Ausmaß der Schäden noch gar nicht«, widersprach Kalinin. »Außerdem ist das, was in Sebaco geschieht, für unsere Pläne ohnehin ganz irrelevant. Relevant ist, daß sich diese XF-34 in Sicherheit befindet, nach wie vor einsatzfähig ist und den Flug nach Ramenskoje unternehmen kann. In zwei Stunden starten unsere Geleitmaschinen aus Kuba, während die Maschine, die das Täuschungsmanöver unternimmt, von Managua aus nach Norden startet, nämlich nach –«

»Ihr Plan ist klipp und klar fehlgeschlagen!« unterbrach ihn der Generalsekretär erneut. »Geben Sie es zu, bevor noch mehr Menschen umkommen und wir noch mehr Flugzeuge oder sogar Stützpunkte verlieren!« Er schüttelte den Kopf. »Es ist doch ohnehin nur eine Frage der Zeit, bis sie das Flugzeug auch in Puerto Cabezas entdecken. Und dann werden sie auch diesen Flugplatz zusammenbomben –« Er wies mit dramatischer Geste auf den Bericht »– mit einem einzigen Bomber! Einem einzigen! Was tun wir da erst, wenn sie einen ihrer Flugzeugträger auffahren lassen oder ein ganzes Bombergeschwader losschicken?«

»Der Angriff auf Sebaco war doch zu erwarten gewesen«, entgegnete Kalinin ungerührt. »Das war ja der Grund, warum wir das Flugzeug von dort weggeschafft haben! Tretjak hat uns einen neuartigen Bomber beschrieben, der sowohl Anti-Luftverteidigungswaffen hatte wie Luft-Boden-Waffen, und wahrscheinlich war er auch mit Luft-Luft-...« Kalinin unterbrach sich mitten im Wort. »Das *Krjepast Esometjelna*«, murmelte er vor sich hin.

»Das was?«

»Ihr Projekt *Megafestung*!« sagte Kalinin. »Natürlich! Dieses auf den letzten technischen Stand gebrachte Programm für den Bomber B-52 in ihrer geheimen Forschungsanlage in Nevada! Ebendort, wo auch diese XF-34 gebaut wurde! General Bradley Elliott hat doch vor acht Jahren diesen Angriff auf unsere strategische Verteidigungs-Laseranlage in Kawaschnija geflogen! Und damals schon hatte er dieses ungewöhnliche Waffensortiment dabei, mit dem sie auch jetzt unsere Verteidigung ausgeschaltet und Sebaco angegriffen haben!« Er schlug mit der Hand auf den Tisch. »*Parasetjelna!* Wilisertschew sagte doch, daß Elliott bei der Konferenz im Weißen Haus war! Wir hätten uns denken müssen, daß er auch diesmal mit einem Angriffsplan beauftragt würde...«

»Was denn, Sie meinen, Sie wußten, daß dieser Mann den Angriff leiten würde?« unterbrach ihn der Generalsekretär zum dritten Mal und starrte ihn zornig an. »Sie wußten von dieser Konferenz – in Ihrem Bericht findet sich davon keine Erwähnung und in dem von Wilisertschew ebenfalls nicht... Sie wußten, daß dieser Elliott an der Planung zumindest beteiligt war, und haben trotzdem keine Konsequenzen daraus gezogen und vor allem nichts unternommen, unseren Stützpunkt vor Schaden zu bewahren? Ich werde diesem Wahnsinn ein Ende –«

»Das können Sie nicht. Jetzt läßt sich nichts mehr stoppen. Alles ist in Bereitschaft und in den Startlöchern –«

»Dann werden sie eben wieder aus den Startlöchern herausgehen!« erklärte der Generalsekretär. »Was wollen Sie denn noch alles riskieren, Kalinin? Die Amerikaner möchten ihr Flugzeug zurück haben, und solange es sich in Mittelamerika befindet, haben sie auch die Mittel und Wege, jeden Versuch von unserer Seite, es von dort herauszuschaffen, zu unterbinden!«

»Lassen Sie uns noch einen Versuch machen!« beschwor ihn Kalinin. »Ich verlange nur noch einen Versuch! Alle unsere Streitkräfte sind in Bereitschaft. In zwei Stunden kann es losgehen...«

»Abgelehnt.«

»Wenn sie das Flugzeug entdecken und abzufangen versuchen, gebe ich sofort Befehl, umzukehren und nach Nicaragua zurückzufliegen. Kampflos«, beharrte Kalinin. »Doch wenn wir die XF-34 stark genug mit Jagdflugzeugen eskortieren, haben die Amerikaner, selbst wenn sie die Formation entdecken, gar keine andere Wahl, als uns ziehen zu lassen.«

»Der Meinung bin ich nicht«, meldete sich Tscherkow wieder. »Ich habe gar keinen Zweifel daran, daß die Amerikaner auch dann angreifen werden. Selbst wenn sie keinen offenen Kampf einleiten – auch über der Karibik bei Ihrem ersten Versuch haben sie das nicht getan –, ist das Risiko eines Fiaskos einfach zu groß. Das Resultat wäre mit an Sicherheit grenzender Wahrscheinlichkeit eine veritable Luftschlacht. So etwas kann ich unmöglich gutheißen.«

»Na, daß Sie alles tun, nur um Ihre Pension und Ihre Datscha zu retten, ist ja wohl –«

»Also bitte, Kalinin, das geht zu weit!«

»Nicht nötig, Genosse Generalsekretär, daß Sie mich verteidigen«, sagte Tscherkow. »An ihren Taten sollt ihr sie erkennen.

Und die Taten unseres jungen Freundes Kalinin beweisen eindeutig genug, welch taktisches Genie er ist.«

Mit seinem ergebensten und ernstesten Gesicht wandte sich Kalinin erneut an den Generalsekretär. »Erlauben Sie mir wenigstens, das Flugzeug auf einem unserer Flugzeugträger wegzuschaffen. Wir könnten in einer Stunde einen der Kreuzer der Kiew-Klasse aus Havanna mit Geleitschutz nach Puerto Cabezas beordern. Die XF-34 kann problemlos darauf landen. Und einen Flugzeugträger werden die Amerikaner nicht angreifen.«

»Eine einzige ihrer *Megafestungen* könnte ein paar der Geleitschiffe auf den Meeresgrund der Karibik schicken«, wandte der Generalsekretär ein. »Hören Sie zu, ich habe schon keinen Überblick mehr darüber, was wir an Jägern, Transportern, Männern und Ausrüstung bereits verloren haben. Nur bei dem Versuch, ein einziges Flugzeug aus Nicaragua herauszuschaffen. Selbst wenn zutrifft, was Sie mir erzählen, selbst wenn dieser *Dream Star* zehn unserer besten Jäger wert ist, sind wir bereits im Minus. Wir haben sechs MiG-Jäger auf der Verlustliste, das Iljuschin-Radarflugzeug – das allein, wenn ich recht informiert bin, zehn oder gar zwanzig Jagdflugzeuge wert ist! –, und dazu noch den Transporthubschrauber und seine Besatzung. Und das Versorgungspersonal in Mexiko! Wenn wir auch noch ein großes Schiff mit 20000 BRT in einem weiteren Scharmützel mit den Amerikanern verlieren, werden wir alle vom Politbüro amtsenthoben. Was ohnehin auch jetzt schon passieren kann...«

Er griff zum Telefon und rief seinen persönlichen Referenten herein. »Ich werde Wilisertschew Anweisung erteilen, mit den Amerikanern zu verhandeln, auf welche Weise das Flugzeug an sie zurückgegeben werden kann. Sie, Kalinin, werden das Flugzeug von seinem augenblicklichen Standort nicht entfernen und nicht beschädigen oder demontieren. Sie haben den Auftrag, so viel Informationen über das Flugzeug zu sichern wie nur möglich, aber ohne es in seiner Funktionsfähigkeit zu beeinträchtigen. Wir können nur noch zusehen, mit möglichst heiler Haut aus diesem Abenteuer herauszukommen.«

»Genosse, Sie müssen sich das noch einmal überlegen!« rief

Kalinin. »Wenn wir zurückweichen, wenn wir jetzt den Versuch einfach aufgeben, dieses Flugzeug ins Land zu bringen, dann sind alle bisherigen Anstrengungen sinnlos gewesen – und auch alle Opfer.«

»Alle Ihre Anstrengungen, Kalinin, meinen Sie damit wohl«, konterte der Generalsekretär. »Und Ihre Pläne! Ich muß Sie wohl daran erinnern, daß ich von Anfang gegen dieses ganze Unternehmen war. Ich habe Ihnen vorausgesagt, daß es nicht gutgehen kann. Ich habe keinerlei Absicht, die Verantwortung für eine Operation zu übernehmen, die ich niemals gebilligt habe und die weitgehend ohne meine Mitwirkung und ohne mein Wissen inszeniert worden ist!«

Sein Referent kam mit Notizblock und Bleistift ins Zimmer. »Und jetzt sorgen Sie dafür, daß diese XF-34 gesichert und rückgabefertig gemacht wird.«

»Ich ersuche Sie noch einmal –«, drängte Kalinin hartnäckig. Der Generalsekretär hatte sich bereits von ihm abgewandt. »Wenn wir Erfolg haben, und darauf verwette ich meinen Kopf, wird das für uns beide von unschätzbarem Wert sein, Genosse, das versichere ich Ihnen!«

»Ihre Karriere hier steht auf dem Spiel, Kalinin!« sagte der Generalsekretär. Und meine ja auch, dachte er im stillen düster. »Ich werde mich darauf konzentrieren, den Schaden zu reparieren, den Sie mit Ihrem wenig durchdachten Plan angerichtet haben! Und jetzt tun Sie, was ich angeordnet habe!«

Draußen blickte Molokow, sein Adjutant, Kalinin fragend an. Kalinin erteilte ihm seine Instruktionen.

»Zurück zum KGB-Hauptquartier«, wies Molokow den Fahrer an. Kalinin fragte er: »Wie sieht es aus?«

Kalinin hatte das Bedürfnis, sich auszusprechen, und erklärte es seinem Adlatus: »Ich habe keine Vollmachten mehr in dieser Sache. Ich darf nur noch Informationen sammeln. Und dann soll ich die *Rückgabe an die Amerikaner vorbereiten*!«

Sie fuhren schweigend durch die Straßen Moskaus, bis sie am KGB-Hauptquartier angekommen waren, wo Molokow sagte: »Maraklow wird das wenig gefallen. Nach allem, was er für die Sache getan hat.«

Kalinin fiel etwas ein, und seine Miene hellte sich zusehends auf: »Maraklow, richtig... ja... vielleicht kann er uns das Flugzeug sichern...«

»Wie?«

»Maraklow...! Stellen Sie eine sichere Satellitenverbindung nach Puerto Cabezas her. In weniger als einer Stunde wird der Generalsekretär mit Wilisertschew reden, und dieser wird dann beim amerikanischen Präsidenten um ein Gespräch nachsuchen. Ich muß sofort mit Maraklow sprechen!«

»Es steht eine Transponderverbindung mit dem Kommandoposten in Puerto Cabezas«, sagte Maraklow. »Was wollen Sie tun?«

»Noch läuft diese Operation, mein Freund«, sagte Kalinin. »Vielleicht ist es doch möglich...«

Achtes Kapitel

Militärflugplatz Puerto Lempira, Honduras
Sonntag, 21. Juni,
06.12 Uhr CDT (15.12 Uhr OEZ)

Patrick McLanahan und J. C. Powell hatten den Eindruck gehabt, sie befänden sich in einer Kulisse zu einem Billig-Film über den Vietnamkrieg. Sie saßen an einem Plastikklapptisch in einem muffelnden grünen Zelt und aßen kalte Rühreier und Dosenschinken aus Blechgeschirren. Draußen war es warm und feucht. Gelegentlich prasselte Regen nieder, der ohne jede Ankündigung wie aus Eimern herunterzukommen schien und nach ein paar Minuten nicht minder abrupt wieder aufhörte. Ihre verschwitzten Fliegermonturen, die sie nun schon den zweiten Tag trugen, klebten ihnen am Leib und rochen ungefähr wie die Salzwassersümpfe rund um diesen honduranischen Militärflugplatz.

»Flugplatz« war ohnehin eine etwas hochstaplerische Bezeichnung für das, was Puerto Lempira darstellte. Viel mehr als ein geebneter Landestreifen, mitten in einem Sumpfgelände in der Nähe des Meeres und nur vierzig Meilen von der Grenze zu Nicaragua entfernt, war es nicht. Zwar war die Start- und Landebahn immerhin betoniert und neuntausend Fuß lang, aber allenfalls sechstausend davon konnte man wirklich benützen. Die restliche halbe Meile hatte sich der Sumpf am Ostende schon wieder zurückgeholt. Ständig waren Arbeiter am Werk, um das Ende der benützbaren Bahn mit Sandsäcken abzuschotten und trockenzulegen. Eine kleine zementierte Parkzone für Flugzeuge gab es immerhin. Dort war in Eile ein Hangar aus Fertigbauteilen für den *Gepard* aufgestellt worden. Vor der Rampe war eine Fläche halb aus Sand-, halb aus Felsboden, auf der die Unterkunftszelte und der eigens eingeflogene Nachrichtenwagen aufgestellt waren. Das ganze Gelände ohne die Start- und Landebahn war kaum größer als zwei Hektar.

Fast das gesamte Personal bestand aus den Wachtruppen für den *Gepard* und die speziell für ihn herbeigeschaffte Wartungsausrüstung. Puerto Lempira selbst hatte sich mit den Jahren mehr zu einem Stützpunkt der Schmuggler und Drogenhändler entwickelt, als daß es wirklich als Militärflugplatz genutzt worden wäre. Jetzt jedoch standen vier Posten vor dem Hangar des *Gepard.* Zwei weitere bewachten den Nachrichtenwagen, und dreißig andere waren rund um das ganze Gelände aufgestellt.

»Was meinen Sie, wann wir hier wieder wegkommen, Colonel?« fragte J. C. Er stocherte mißmutig in seinem Dosenschinken herum und schob ihn dann beiseite.

»Keine Ahnung«, sagte McLanahan. Er blickte auf das Gerät, das man ihm auf dem Picknicktisch aufgebaut hatte. »Wir werden es bald wissen.«

Das Gerät war eine Art Feldtelefon, das an einem Stromgenerator und der Elektronik im Nachrichtenwagen hing. Immerhin waren sie mit diesem kleinen Kästchen über Satellit, UHF, VHF und HF praktisch mit der ganzen Welt verbunden.

Ein neuer Regenschauer begann, zuerst noch dünn, dann aber mit großen, fetten Tropfen, die die Zeltplanen zu durchschlagen schienen. Auf das Metalldach des Hangars für den *Gepard* trommelte es ohrenbetäubend. Der *Gepard* war ganz neu für den Luftkampf ausgerüstet worden: Kurz- und Langstreckenraketen. Doch weil man erfahren hatte, daß sich der *Dream Star* vermutlich in Puerto Cabezas befand, also in ziemlicher Nähe, stand auch eine Mannschaft bereit, die gegebenenfalls die Aufklärungs-Fotoapparatur wieder auf das Flugzeug montieren konnte – oder ein Sortiment Luft-Boden-Waffen, je nachdem...

Das Rauschen des Regens übertönte fast die zirpenden Geräusche des Satellitenempfängers. McLanahan ging hin und drückte die Knöpfe ZERHACKER/ENTHACKER. Es knackte und summte, dann verschwand die Statik, und aus weiter Ferne war eine Stimme zu hören.

Er meldete sich. »McLanahan.«

»Hallo, Patrick. Elliott.«

Sein Herz begann auf einmal heftig zu schlagen. Es kam selten vor, daß der General ihn beim Vornamen nannte. Das tat er selbst bei engen Freunden und den Offizieren seiner unmittelbaren Umgebung kaum. Und wenn, signalisierte es etwas Unangenehmes oder Schlechtes.

»Ja, Sir?«

»Ich habe Ihnen eine F-15 geschickt, die Sie abholen soll. Wird wohl so in einer Stunde dasein.«

»Geht es um Wendy?«

»Es ist angeordnet worden, daß Sie zurückkommen.«

Ihm wurde trotz der Hitze und Feuchtigkeit eiskalt. Er zwang sich zu der Frage: »Und was ist mit dem *Dream Star*?«

Eine Weile kam gar nichts. Dann sagte Elliott: »Bis jetzt wissen wir noch nichts. Mit der F-15 kommt Ihre Ablösung, einer vom taktischen Bombergeschwader aus Luke. Er wird im *Gepard* mitfliegen, falls der *Dream Star* wirklich abzuhauen versucht. Die F-15 bringt Sie direkt nach Brooks.«

Er versuchte diesmal nicht, verstandesmäßig seine Anwesenheit beim *Gepard* hier in Honduras zu begründen. Wendy hatte stundenlange Operationen hinter sich und mittlerweile auch schon wieder einen Tag danach auf der Intensivstation. Und General Elliott befahl ihm, zurückzukommen...

»Wie geht es J. C. und Ihrem Vogel?« fragte Elliott.

»Alles okay und jederzeit einsatzbereit.«

»Gut. Wir haben einen weiteren Foto-Aufklärungsflug beschlossen, über Puerto Cabezas. Vielleicht können wir feststellen, daß der *Dream Star* dort ist, obwohl es unwahrscheinlich ist. Immerhin können wir sie damit vielleicht glauben machen, es sei wieder das Vorspiel zu einem Angriff. Und das könnte sie eventuell doch dazu bringen, ihn uns intakt zurückzugeben.«

Stille.

»Hallo, Patrick, sind Sie noch da? Also wegen Wendy. Was soll ich sagen? Ich wünschte nur, sie wäre nicht in diesem Flugzeug gewesen...«

»Hören Sie, General, ich habe es satt, daß alle sie aufgeben. Und im übrigen bin ich der Meinung, wir sollten aufhören, die Russen mit Samthandschuhen anzufassen! Schluß mit diesen blöden Botschaften und Schluß mit allen Warnungen, sage ich! Verdammt, wenn wir der Meinung sind, daß der *Dream Star* in Puerto Cabezas steht, zum Teufel, dann los – und holen wir ihn uns! Wenn wir jetzt noch einmal drüber wegfliegen und fotografieren, wissen sie doch nur, daß es Zeit ist, ihn wieder woanders hinzuschaffen! Holen wir uns den Flugzeugträger her, die *George Washington*, und Schluß mit dem Rumgetue!«

Es kam so lange keine Antwort, daß er schon glaubte, die Verbindung sei abgebrochen. Doch dann sagte Ellis schließlich: »Halten Sie uns auf dem laufenden über Wendy, Patrick. Ende.«

Er legte den Hörer hin. J. C. sah ihn sorgenvoll an.

»Ich fliege sofort los, sobald die Maschine hier ist«, sagte McLanahan.

Weißes Haus, Washington, D. C.

Sonntag, 21. Juni,
08.15 Uhr EDT

»Alles, was ich von Ihnen wissen will, Herr Botschafter«, sagte Präsident Taylor zu Wilisertschew, kaum daß dieser das *Oval Office* betreten hatte, »ist, wo sich unser Flugzeug befindet und wann wir es zurückbekommen.«

Botschafter Sergej Wilisertschew fühlte sich einigermaßen überrumpelt und ging erst einmal wortlos weiter. Hinter ihm kam auch Außenminister Danahall herein, der sich mit dem Botschafter der Sowjetunion schon am Hintereingang des Weißen Hauses getroffen hatte. Verteidigungsminister Stuart, Air Force-Staatssekretär Curtis, Marine-Staatssekretär John Kemp, die Vorsitzende des Nationalen Sicherheitsrats Deborah O'Day, Kongreßpräsident Van Keller und Justizminister Benson saßen bereits im *Oval Office*. Sie waren unmittelbar nach Bekanntwerden der überstürzten russischen Bitte um eine neue Unterredung zusammengerufen worden.

Der Russe verbeugte sich. »Erfreut, Sie wiederzutreffen.«

»Ich habe Sie was gefragt!« knurrte Taylor. »Ich will dieses Jagdflugzeug endlich zurück. Und zwar sofort.«

»Mr. President«, erklärte Wilisertschew ganz ungerührt und ignorierte das grobschlächtige Poltern des Präsidenten einfach, »ich bin hier, um den schärfsten Protest meiner Regierung gegen den Angriff auf unseren Militärstützpunkt in der vergangenen Nacht zu übermitteln. Drei Piloten und vier Männer am Boden sind getötet worden, Sachwerte und Installationen in Millionenhöhe zerstört. Der Überfall war eine unentschuldbare –«

»Mr. Curtis!« schnitt ihm der Präsident einfach das Wort ab.

Wilbur Curtis schaltete einen hochauflösenden Videomonitor an und spielte ein Band ab. »Diese Aufzeichnung wurde uns vor nicht einmal zehn Minuten überspielt, Herr Botschafter«, sagte er.

Das Bild zeigte einen an beiden Enden offenen Betonbunker auf einer abgesenkten und regendurchnäßten Flugzeugparkrampe. Soldaten standen ringsherum. Einige zielten erkennbar mit ihren Gewehren in den Himmel, offensichtlich auf das Flugzeug, das die Bildaufzeichnung machte. In dem offenen Hangar waren im Schein der frühen Morgensonne unverkennbar die vorwärtsgerichteten Flügel des *Dream Star* sichtbar.

»Sie haben unser Flugzeug auf einen anderen Flugplatz verlegt, wo wir es indessen auch gefunden haben«, schnarrte der Präsident. »Wenn ich von Ihnen jetzt und hier nicht die Antwort erhalte, auf die ich warte, greife ich sofort zu diesem Telefon und gebe Befehl an die Marine, diesen Flugplatz genauso dem Erdboden gleichzumachen, wie es mit Sebaco geschehen ist. Und in fünfzehn Minuten ist dann alles vorbei. Das garantiere ich Ihnen!«

»Dieser Angriff wird ein Fehlschlag werden«, sagte Wilisertschew. »Er wird erwartet, und entsprechende Maßnahmen sind getroffen worden. Die Küstenverteidigung ist gerüstet für einen solchen Überfall.«

»Die Besatzung dieses Aufklärungsflugzeuges«, erklärte Curtis, »meldet, daß nirgends Verteidigungsstreitkräfte zu sehen sind. Wir haben auch Fotos der zerstörten Raketenstellungen. Möchten Sie sie sehen, Herr Botschafter?«

»Außerdem, Sir«, erklärte Wilisertschew und ignorierte auch dies total, »habe ich Ihnen zu übermitteln, daß die sowjetischen Streitkräfte der Region für einen Vergeltungsschlag bereitstehen. Sollten amerikanische Bomber noch einmal die Grenze überfliegen, treten sofort Anweisungen in Kraft, Flugplätze in Honduras durch sowjetische Überschallbomber aus Kuba anzugreifen. Sie werden für jeden zerstörten Flugplatz in Nicaragua einen militärischen oder zivilen in Honduras zerbomben. Die Bomber sind auch mit Überschallraketen ausgerüstet, die immun gegen Abfangmaßnahmen sind. Sollten Marinestreitkräfte angetroffen werden, gilt auch für diese die Angriffsanweisung. Soviel ich weiß, befindet sich unter anderem auch Ihr neuer Flugzeugträger *George Washington* in der fraglichen Region. Wollen Sie ernsthaft ein drei Milliarden Dollar teures Schiff wegen eines Flugzeugs riskieren? Stolz ist kein sehr überzeugender Kriegsgrund, Sir.«

»Und Dummheit genausowenig«, entgegnete der Präsident. »Ich muß Sie sicher nicht daran erinnern, was passieren würde, wenn die Sowjetunion versuchen sollte, in der Karibik einen heißen Krieg anzuzetteln.«

Stuart ergänzte sofort: »Wir haben zwei Flugzeugträger-Gruppen, drei strategische und neun taktische Luft-Divisionen bereitstehen, die jederzeit in die Region beordert werden können. Mit anderen Worten: zwanzig große Schiffe und eintausendzweihundert Flugzeuge. Die wir dort haben können, noch ehe Sie in Ihrem Büro zurück sind.«

»Und alles, Mister«, polterte der Präsident weiter, jede übliche diplomatische Etikette außer acht lassend, »was ich dafür brauche, ist eine einzige russische Rakete. Nur eine. Die muß nicht einmal was treffen. Eine Rakete oder ein einziger russischer Bomber, die amerikanische Streitkräfte angreifen, und wir beenden die sowjetische Präsenz in der Karibik ein für allemal. Ich radiere alles aus, was nur einen roten Stern hat!«

Wilisertschew stand schockiert vor ihm. »*Mr. President*«, sagte er, »Sie reden sich hier in einen Krieg hinein! Sie bedrohen uns mit Krieg wegen dieses... wegen eines bloßen Flugzeugs!«

»Ich drohe Ihnen wegen Ihrer Lügen und Doppelzüngigkeit! Und Ihrem Mord! Sie haben uns doch unser Flugzeug gestohlen! Sie haben doch zuerst unsere Soldaten getötet – alles nur wegen eines Flugzeugs! Sie haben doch mit dem, was Sie taten, den Vereinigten Staaten tatsächlich den Krieg erklärt! Und ich fange jetzt an, darauf zu antworten, indem ich Puerto Cabezas zerstöre!« Er griff sich das Telefon und drückte zwei Knöpfe.

»Hier spricht der Präsident. Öffnen Sie die Akte neun-sechs-null-sechs Bravo, lassen Sie von Charlie-Charlie gegenzeichnen, und führen Sie die Order unverzüglich durch. Berichten Sie laufend in den Lageraum. Ich bin dort in zehn Minuten.« Er legte wieder auf und zeigte auf Wilisertschew. »Guten Tag, Sir.«

»Sie meinen, Sie wollen nicht verhandeln, *Mr. President*?«

In diesem Moment begannen zwei Summer zu tönen. Wilisertschew fuhr herum, als seien Gewehrschüsse gefallen. Kemp und Curtis holten beide kleine Kärtchen mit Flüssigkeitskristallmonitoren aus der Tasche, die wie Kreditkarten aussahen, und lasen die Nachricht ab.

»Gegencheck zum Befehl, *Mr. President*«, sagte Curtis. »Die Besatzungen melden sich. Ich würde das gern in den Lageraum legen lassen.«

»Gut. John und Wilbur, Sie können gehen...«

»Warten Sie doch, *Mr. President*, Mr. Curtis, Mr. Kemp, bitte«, sagte Wilisertschew. »Wir müssen das doch besprechen...«

Doch Curtis und Kemp wandten sich wortlos ab, um zu gehen.

»Dennis und Paul«, befahl der Präsident seinem Außenminister und seinem persönlichen Referenten, »begleitet den Botschafter hinaus. Deborah, rufen Sie Ihren Stab in zehn Minuten im Lageraum unten zusammen.«

»Mr. President!« rief Wilisertschew laut. »Ich bin doch autorisiert, Ihnen das Flugzeug herauszugeben!«

Alle erstarrten mitten in der Bewegung. Der Präsident aber zeigte auf den Marine-Staatssekretär und erklärte: »Gehen Sie schon, John. Das sind doch nur verzweifelte Versuche... Ihre Flugzeuge auf der *George Washington* sollen starten. Sobald ich unten bin, möchte ich über den Einsatzplan informiert werden. Wilbur, bleiben Sie noch dran.«

Kemp machte den Mund auf, als wollte er etwas sagen, überlegte es sich aber und ließ es bleiben.

»Ich bin hier«, sagte Wilisertschew, »um über die Übergabemodalitäten für das Flugzeug mit Ihnen zu sprechen, *Mr. President.*« Er starrte auf die Tür, hinter der Paul Kemp verschwunden war. »Der Generalsekretär hat Anweisung gegeben, daß Ihnen das Flugzeug unverzüglich zurückgegeben werden soll.«

»Ah? Und wozu dann der ganze Quatsch mit dem Vergeltungsschlag, den Bombern und den Raketen?« fragte Deborah O'Day. »Was sollte das dann sein? Ein Bluff?«

»Kaum ein größerer als Ihr Bluff mit dem Angriff auf Puerto Cabezas!«

»Das ist keineswegs ein Bluff, Mr. Wilisertschew«, sagte der Präsident. »Ich habe Angriffsalarm auf diesen Stützpunkt für alle Bomber auf der *George Washington* erteilt, und zwar ganz gleich, ob sich der *Dream Star* dort befindet oder nicht. Unmittelbar nach dem Luftangriff, lautet der Befehl, geht eine Kompanie *Marines* an Land, besetzt den Flugplatz und übernimmt das Kommando dort. Findet sie das Flugzeug nicht, zieht sie weiter nach Bluefield und macht auch diesen Stützpunkt dem Erdboden gleich. Und nach Bluefield rückt sie weiter landeinwärts vor bis nach Managua!«

»Es handelt sich wirklich um keinen Bluff, Herr Botschafter«, versicherte Curtis. »Wenn die Flugzeuge einmal gestartet sind, gibt es kein Zurück mehr.«

»Der Präsident hat die volle Ermächtigung des Kongresses«, ergänzte Van Keller. Aber er hatte Schweißperlen auf der Stirn. »Der Plan wurde heute morgen dem Senat und den Ausschußvorsitzenden des Repräsentantenhauses vorgelegt. Der Präsident hat unsere einmütige Rückendeckung.«

»Also schön«, sagte Wilisertschew. »Das mit den Bombern, den Raketen und den Angriffen auf Honduras habe ich – erfunden... um meine Verhandlungsposition zu stärken.«

»Zu spät für diplomatische Gesichtswahrungsmanöver«, sagte der Präsident. »In fünf Minuten startet die Aktion.«

»Und ich habe Anweisung, mit Ihnen Modalitäten über die Rückgabe des Jagdflugzeugs auszuhandeln«, entgegnete Wilisertschew. »Ohne Bedingungen. Der Generalsekretär hat befohlen, daß dies sofort geschehen soll.«

»Ist die Maschine in flugfähigem Zustand?« fragte Curtis.

»Ja. Sie befindet sich in Puerto Cabezas, wie Sie ja bereits wissen. Dorthin wurde sie geflogen, um sie dem Angriff auf Sebaco zu entziehen.«

»Und der Pilot? Was ist mit James?«

»Er ist ein KGB-Agent. Die ganze Aktion war ein Unternehmen des KGB. Der Generalsekretär hat erst davon erfahren, nachdem das Flugzeug schon in Nicaragua gelandet war. Er hat dem Vorhaben, es dort festzuhalten, niemals zugestimmt und auch nichts von den Plänen gewußt, es außer Landes zu schaffen. Die ganze Sache ist wie gesagt eine Idee des KGB gewesen, genauer gesagt, des KGB-Chefs Kalinin.«

»Und warum ist der KGB jetzt bereit, uns das Flugzeug wieder herauszugeben?« fragte Deborah O'Day.

»Es befindet sich nicht mehr in seinen Händen, sondern in denen der sowjetischen Armee. Oberst Maraklow hat Befehl erhalten, sich nach Sebaco zu begeben und dort auf seine Rückkehr nach Moskau zu warten. Die Armee hat Befehl erteilt, die Maschine zum Ausfliegen aus Nicaragua vorzubereiten.«

Deborah O'Day sah den Präsidenten an. »Sir, wenn das so ist...«

»Langsam«, wehrte der Präsident ab. »Gut, ich ziehe den Befehl zum Luftangriff zurück. Aber die *George Washington* bleibt, wo sie ist, und in Alarmbereitschaft. Ich traue diesen Leuten nicht. Jetzt nicht mehr. Wilbur, kommen Sie mit in den Lageraum zur Konferenz. Der Luftangriff wird erst einmal zurückgestellt.«

Curtis nickte mit einem Anflug von Lächeln, das jedoch niemand sehen konnte, und ging.

»Dann schlage ich vor«, sagte der Verteidigungsminister, »daß wir ein Wachkommando für das Flugzeug hinschicken, bis wir genau wissen, wie wir es herausschaffen.«

Deborah O'Day sagte: »General Elliott befindet sich auf den

Cayman-Inseln und kommandiert dort die Luftstreitkräfte. Er hat einen Mann, der den *Dream Star* fliegen kann. Dieses Flugzeug können überhaupt nur speziell dafür ausgebildete Piloten fliegen. Er kann auch eine Sicherheitstruppe mitschicken und ein paar Techniker, die das Flugzeug inspizieren können. Wie der *Dream Star* dann tatsächlich heraustransportiert werden soll, können wir ihm überlassen.«

Der Präsident nickte sein Einverständnis und sah dann den Botschafter an.

Wilisertschew verstand den Blick. »Ich kann Ihnen versichern, daß der Generalsekretär sehr daran interessiert ist, diesen... Zwischenfall aus der Welt zu schaffen.«

»Bill«, sagte der Präsident, »gehen Sie doch runter in den Lageraum. Kemp soll die zweite Luftflotte erst mal stoppen. Aber sie soll in Alarmbereitschaft bleiben.«

Verteidigungsminister Stuart nickte und ging.

»Deborah, lassen Sie mir eine Satellitenverbindung mit Elliott in den Konferenzraum machen. Wir planen das zusammen, damit der Botschafter genau weiß, was wir von seinen Leuten und von den Nicaraguanern wollen. Wir treffen uns dann gleich dort wieder.«

Van Keller, Danahall und Wilisertschew verließen das *Oval Office*, Paul Cesare führte sie hinaus. Deborah O'Day blieb.

»Ja, Debbie, ist noch was?«

»Habe ich das richtig verstanden? Sie waren tatsächlich drauf und dran, mit der zweiten Luftflotte eine Invasion Nicaraguas anzufangen?«

»Das müssen Sie wohl richtig gehört haben«, sagte der Präsident mit einer Andeutung von Lächeln. »Kemp und Curtis haben es ja auch so gehört.«

Sie sagte: »Bomberflugzeuge mit schweren Bomben müssen in aller Regel ihre Fracht abladen, bevor sie zu ihrem Flugzeugträger zurückkehren können. Das irritiert mich etwas. Ich habe noch nie etwas von so einem Invasionsplan gehört. Haben Sie diesen Plan zusammen mit John und –« Sie brach abrupt ab und starrte den Präsidenten an. »... oder soll das heißen, Sie haben sich das aus den Fingern gesogen?«

»Nur um Wilisertschew daran zu hindern, mir noch ein paar Lügen zu erzählen«, rechtfertigte sich der Präsident. »Da habe ich eben die Hindernisse etwas höher gelegt. Er hatte doch nichts in der Hand! Aber mich herausfordern! Mumm hat der Bursche ja. Stellt sich ohne jede Ermächtigung und ohne wirklich etwas Konkretes vor mich hin und droht *uns* mit Krieg, wenn *wir* nicht zurückweichen!«

»Na, und was wollen Sie machen, wenn sie uns den *Dream Star* nun doch nicht herausrücken? Dann tatsächlich in Nicaragua einmarschieren?«

»Sicher! Er hat mich natürlich dazu gezwungen, ob es ihm nun bewußt war oder nicht. Jetzt müssen wir mit der Drohung eben alle beide leben. Verdammt, wenn ich die Zustimmung des Kongresses zu der Invasion nur hätte! Aber Van Keller ist auch kein schlechter Pokerspieler, wie? Prima mitgespielt. Wie Sie und Wilbur übrigens auch. Tja, so ist die Lage also. Wenn die Russen querschießen, bleibt nichts übrig als Puerto Cabezas zusammenzubomben und die *Marines* hinterherzuschicken. Ob wir dann mit den anderen Flugplätzen wirklich weitermachen oder nicht, müssen wir natürlich noch klären.«

Militärflugplatz Sebaco, Nicaragua
Sonntag, 21. Juni,
11.32 Uhr CDT (10.32 Uhr EDT)

»Stehe ich unter Arrest?« fragte Andrej Maraklow und machte sich von den KGB-Grenzposten los, die ihn in die Kommandantur geführt hatten.

General Tretjak wandte sich ihm zu und winkte die Wachen hinaus. »Arrest? Nicht doch, Oberst, Sie stehen doch nicht unter Arrest. Wie kommen Sie darauf?«

»Weil mich ein russischer und ein nicaraguanischer Soldat links und rechts gepackt, aus dem *Dream Star* herausgezogen, in einen Hubschrauber gestoßen und mich hierhergeschafft haben, deshalb!« sagte Maraklow. »Was geht hier eigentlich vor? Ich kann es nicht zulassen, daß der *Dream Star* unbeaufsichtigt bleibt! Außerdem will ich meine Fliegermontur wiederhaben. Das ist ein sehr empfindliches Stück Ausrüstung –«

»Damit sind Sie nicht mehr befaßt. Sie sehen übrigens nicht sehr gut aus, Oberst Maraklow. Offenbar bekommt Ihnen Mittelamerika nicht.«

Maraklows Gesundheitszustand war in der Tat angegriffen. Zwar litten die meisten von Tretjaks Leuten, wenn sie hierher nach Nicaragua kamen, infolge des schlechten Wetters und der scharf gewürzten Speisen an Gewichtsverlust. Doch Maraklow war gerade erst eine Woche hier und sah schon ziemlich ausgemergelt aus. Der elastische Gürtel an seiner Fliegermontur war so eng geschnallt, daß er schon fast doppelt herumging, und seine Augen waren tief eingesunken. Hier in dem grellen Oberlicht der Kommandantur sahen sie geradezu gespenstisch aus. Auch sein Haar schien sich schon zu lichten. Nahm er etwa Drogen? Nein, ausgeschlossen. Er wurde doch Tag und Nacht überwacht. In seinem Zimmer waren geheime Kameras installiert. Falls er also wirklich Drogen nahm, wußte er dies überaus geschickt zu verbergen.

Maraklow fuhr aufgebracht hoch. »Kümmern Sie sich nicht um meinen Zustand, General. Und was soll das heißen, damit bin ich nicht mehr befaßt?«

»Was es heißt. Die Armee hat den Befehl bekommen, sich um das Flugzeug zu kümmern. Mit sofortiger Wirkung.«

»Und was macht sie damit?«

»Weiß ich nicht. Interessiert mich auch gar nicht. Ich habe nur die Aufgabe, diesen Stützpunkt wieder in Ordnung zu bringen. Mit Ihnen oder Ihrem Jagdflugzeug habe ich nichts mehr zu tun.«

»Aber mein Auftrag lautete, dieses Flugzeug zum Testzentrum Ramenskoje in Moskau zu fliegen!« sagte Maraklow. »Und ich bin ermächtigt, mich zu diesem Zweck der Hilfe sämtlicher sowjetischer oder verbündeter Streitkräfte zu bedienen. Sie also eingeschlossen.«

»*Njet!* Meine letzte Anweisung, Sie betreffend, lautet, mich darum zu kümmern, daß Sie ein Aeroflot-Flugzeug in Managua nach Moskau besteigen, sobald Sie den entsprechenden Befehl erhalten, was in den nächsten zwei oder drei Tagen der Fall sein wird. Inzwischen haben Sie auf keinen Fall nach Puerto Cabezas zurückzukehren oder sonst irgendwie in die Nähe dieses *Dream Star* zu kommen. Sie stehen nicht unter Arrest, vorausgesetzt, ich kann mich auf Sie verlassen und Sie tun, was Ihnen befohlen wird.«

»Das ist doch alles Unfug! Wieso gibt der KGB jetzt plötzlich den Plan auf? Wir können den *Dream Star* noch immer nach Rußland bringen! Wieso wird das einfach alles aufgegeben?«

»Das weiß ich auch nicht«, sagte Tretjak. »Die KGB-Truppen unter meinem Kommando sind nicht mehr zur Sicherung dieses Jagdflugzeugs eingesetzt. Diese Aufgabe ist inzwischen der Armee übertragen worden. Wer weiß, vielleicht ist etwas mit den Amerikanern ausgehandelt worden, wegen der Rückgabe...« Er musterte Maraklow intensiv. »Vielleicht genießen Sie nicht mehr das Vertrauen ganz da oben?«

»Was wollen Sie damit sagen?«

»Damit will ich sagen, Oberst Maraklow: Wo waren Sie, als Sebaco angegriffen wurde? Sie hatten vier Raketen und Extratreibstoff an Bord Ihres Jägers. Aber Sie sind in Puerto Cabezas geblieben und haben sich in Ihrem Betonbunker versteckt und keinen Finger gerührt, während mein Flugplatz von einer amerikanischen B-52 zusammengebombt wurde. Sie –«

»Was war das? Eine B-52? Sagten Sie: eine?«

»Sagte ich, ja. Sie war vollbepackt mit Luft-Luft-Raketen und Luft-Boden-Raketen, und was es alles so gibt. Ihr Wunderflugzeug hätte die doch mit Leichtigkeit runterholen können, oder? Vorausgesetzt, Sie hätten sich die kleine Mühe gemacht, an dem Kampf teilzunehmen.«

»Woher sollte ich das wissen? Und daß es nur ein einziges Flugzeug war? Wir haben doch alle mit einem Großangriff gerechnet, oder? Und ich habe mich in den Bunker zurückgezogen und stillgehalten, bevor sie mich entdecken konnten. Außerdem hat mich niemand informiert –«

»Es war doch nie Ihre Absicht, sich an der Verteidigung dieses Stützpunkts zu beteiligen, nicht wahr?« sagte Tretjak. »Ein Flugzeug oder hundert Flugzeuge – Sie hatten jedenfalls grundsätzlich keine Absicht, uns zu helfen.« Er rieb sich gereizt die Augen und hob dann die Hand, ehe Maraklow etwas sagen konnte. »Ihr Spezial-Metall-Fluganzug ist in Verwahrung genommen worden. Sie brauchen ihn ja nicht mehr. Er wird mit nach Moskau geschickt, wenn Sie fliegen. Leutnant Zajkow hat gebeten, Ihnen bis zu Ihrer Abreise wieder als Adjutantin zugeteilt zu werden. Das ist genehmigt worden. Abtreten.«

»Ich will mit Moskau sprechen, um Klarheit über meine Instruktionen einzuholen.«

Tretjak winkte zu seinem Büro hinüber. »Tun Sie doch, was Sie wollen. Das KGB-Hauptquartier wollte ohnehin mit Ihnen reden, sobald Sie aus Puerto Cabezas zurück sind. Die Leitung steht bereits. Aber solange ich keine gegenteiligen Befehle habe, wird Leutnant Zajkow Sie morgen früh als erstes nach Managua begleiten und dafür sorgen, daß Sie sich ins Flugzeug nach Moskau setzen. Leben Sie wohl, Oberst.«

Maraklow stürmte in Tretjaks Büro und befahl, sofort mit dem KGB-Hauptquartier in Moskau verbunden zu werden. Tretjak war wirklich naiv, wenn er glaubte, Moskau würde es wirklich riskieren, den *Dream Star* zu gefährden, nur um seinen kleinen Stützpunkt zu verteidigen. Nicht nur Sebaco, auch Puerto Cabezas, Bluefields und sogar Managua selbst konnten doch zum Teufel gehen, solange der *Dream Star* in Sicherheit war! Irgend etwas war offenbar geschehen, was Moskaus Meinung geändert hatte. Offenbar hatte die B-52 sie das Fürchten gelehrt. Kalinin hatte wohl kalte Füße bekommen.

Blieb also die Frage für ihn: Was konnte er tun, um damit fertig zu werden? Um die Katastrophe noch zum Guten zu wenden?

Die Satellitenübertragung gelang nach einigen erfolglosen Versuchen. Der amerikanische Bombenangriff hatte auch den Transformatoren und unterirdischen Kabeln zugesetzt, und der Betrieb lief nur mit notdürftig geflickten Installationen. Der Gedanke an die eine B-52, die Sebaco ruiniert hatte, verwunderte ihn. Das mußte wieder eine von Elliotts Spielsachen sein – eine neue *Megafestung Plus.* Oder vielleicht die wiederauferstandene, die er abgeschossen hatte? Ließen ihn denn die Geister von *Traumland* nie mehr los?

»Towarisch Polkownik, dobre vjetsche«, meldete sich eine Stimme am anderen Ende der Leitung.

»Generalmajor Kalinin.«

O Gott, der KGB-Direktor persönlich. Das verhieß nichts Gutes.

»Ich nehme an«, sagte Kalinin, »Sie haben inzwischen Ihre Instruktionen von General Tretjak erhalten?«

»Jawohl.«

»Und, was denken Sie darüber?«

»Über meine Befehle?«

»Ja, sicher.«

Was, zum Teufel, ging da vor? Der Direktor des KGB fragte ihn, ob er mit seinen Befehlen einverstanden war? Was er auch antwortete, er saß in der Tinte. Aber es war ohnehin nichts zu ändern... »Ich bin nicht mit Ihnen einverstanden, Genosse Direktor. Wir dürfen das Flugzeug den Amerikanern nicht zurückgeben. Wir haben schon einen zu hohen Preis dafür bezahlt... schon deshalb gehört es jetzt uns.«

Zu seiner noch größeren Überraschung antwortete Kalinin, daß dies auch seine Meinung sei.

Es gab eine lange Pause. Was war da los? Handelte Kalinin gegen seine eigenen Befehle? Wollte er den *Dream Star* doch nach Rußland bringen lassen? Oder war das alles ein Spiel mit gezinkten Karten, um ihm damit, sobald er wieder in der Sowjetunion war, den Prozeß zu machen?

»Oberst«, sagte Kalinin, »ich werde Ihnen eine vertrauliche Nachricht übermitteln. Nur für Sie persönlich, nicht für Tretjak. *Vi ponemajo?*«

»Nein, ich verstehe nicht, Genosse Direktor...«

»Sie erhalten neue Befehle, die Sie ausführen sollen, wenn es Ihnen möglich ist. Es ist dringend. *Doswidanja.*«

Brooks Medical Center, San Antonio, Texas
Sonntag, 21. Juni,
13.05 Uhr CDT (14.05 Uhr EDT)

»O Gott, in deiner himmlischen Macht, der du durch die Kraft deiner Werke alle Krankheit und Mühsal von dem Leibe der Menschen nimmst, wende dich nicht in deiner Güte von dieser deiner Dienerin, auf daß ihre Schwäche weiche und ihre Stärke wiederkehre und auf daß ihre Gesundheit danach wiederhergestellt sei und sie deinen heiligen Namen preisen kann. Durch Christus unseren Herrn, Amen.«

Patrick und J. C. – der mitgekommen war, um gleich wieder zurückzukehren – standen etwas hinter dem kleinen Kreis. Sie hatten noch nicht einmal Zeit gehabt, ihre Fliegermonturen zu wechseln. Nachdem sie den nach wie vor schwerbewaffneten *Gepard* in einem gesicherten Hangar zurückgelassen hatten, waren sie direkt von der Parkrampe in einen wartenden Air Force-Wagen gestiegen und in die Militärklinik gefahren worden. McLanahan hatte sich nur kurz neben das Bett seiner Frau gekniet und war dann rasch wieder zurückgetreten, als er die anwesenden Leute – und ihre Blicke – wahrgenommen hatte. Er fühlte sich nun noch ausgeschlossener und isolierter denn je.

Der Priester, hatte er erfahren, war schon zwölf Stunden da. Anfangs seien seine Gebete erhebend und optimistisch gewesen, aber jetzt klangen sie ergeben und hoffnungslos.

Der Arzt beendete seine Visite, machte sich Notizen über die Anzeigen der Monitore, ließ die Nährlösung am Tropf erneuern und ging wieder. McLanahan sah, daß der Priester den Arzt am Arm ergriff. Sie wechselten einige Worte. Hatte der Arzt den Kopf geschüttelt? Nein, nicht diese Gedanken! Er sprach den Arzt direkt an.

»Wie sieht es aus, Doktor?«

»Die rechte Lunge scheint jetzt frei zu sein. Das Ödem haben wir wohl zum Stehen gebracht. Sie ist allerdings sehr schwach. Wir müssen auf ein Atmungsversagen gefaßt sein.«

»Nein!«

»Die Schädigungen waren sehr massiv, wissen Sie. Sie ist eine sehr starke Frau, Oberst. Aber jetzt macht ihr Organismus für jeden Schritt vorwärts zwei rückwärts. Sie hat sich sehr gewehrt, aber jetzt...«

McLanahan ertrug es nicht mehr, den Arzt anzusehen. Er blickte auf Wendy. Die größeren Schläuche aus ihrem Hals waren entfernt worden, nur noch die Nasenkanülen zur Sauerstoffversorgung waren übrig. Die Handbandagen waren auch zum großen Teil schon entfernt, und die Brandwunden im Gesicht und am Hals sahen schon sehr viel besser aus. Wendys Mutter hatte ihr sogar das Haar gebürstet. »Mir scheint sie aber besser auszusehen«, sagte er zum Arzt, der nicht darauf antwortete. »Wieso hängt sie nicht an einem Atmungsgerät? Wenn, wie Sie sagen, ein Atemkollaps zu befürchten ist, wieso machen Sie das nicht?«

»Künstlich können wir sie ewig am Leben halten, Oberst, aber würden Sie das wirklich wollen?«

»Ja!«

»Denken Sie an den Schmerz, den Sie Ihrer Familie zufügen würden –«

»Ihre Familie – das bin ich schließlich auch!« Er ignorierte die Blicke ringsum. »Hören Sie schon auf, *uns* Schmerz zu ersparen, verdammt, und helfen Sie lieber *ihr*! Und zwar hier und jetzt!«

Der Arzt nickte verständnisvoll, legte ihm die Hand auf die Schulter und ging. Auch die Verwandten und Freunde wandten sich ab, einige gingen auch, aber niemand sah ihn an oder sagte etwas. Nach ein paar Minuten spürte er eine Hand auf seiner Schulter. Hal Briggs war gekommen. »Ich bin gekommen, so schnell es ging...«

»Danke, Hal. Bin Ihnen sehr dankbar dafür. Ist der General auch hier?«

»Nein, er ist noch immer... weg«, sagte Hal. McLanahan war klar, was gemeint war: die Cayman-Inseln, wo Elliott nach wie vor den Luftkordon um Nicaragua befehligte.

McLanahan sagte, zu Powell und Briggs gewandt: »Ich bin

wirklich froh, daß ihr beide mit hier seid.« Briggs hatte ständig seinen Sender-Hörknopf im Ohr. Er war auch mit seiner unvermeidlichen Uzi-MP bewaffnet. Er nickte nun, deutete mit den Augen zur Tür, und sie gingen alle drei hinaus, wo sie sich im Korridor eine ruhige, abgelegene Ecke suchten.

»Wie geht's ihr?«

»Der Doktor sagt, es geht bergab. Aber wer, zum Teufel, will das schon so genau wissen? Hal, was ist los?«

»J. C. muß postwendend zurück nach Puerto Lempira«, sagte Briggs. »Die Russen haben etwas vorgeschlagen. Sie wollen uns den *Dream Star* zurückgeben – morgen früh vielleicht. Sie sagen, daß er flugtüchtig ist. Der General will, daß J. C., Dr. Carmichael und Butler, der Master Sergeant, nach Puerto Cabezas fliegen und ihn inspizieren. J. C. kann ihn dann vielleicht nach *Traumland* zurückfliegen.«

»Das läßt sich hören. Eine wirklich gute Nachricht. Aber was ist mit Ken James?«

»Sie meinen, Oberst Andrej Maraklow! Die Russen haben bestätigt, daß er tatsächlich KGB-Agent ist«, sagte Briggs. »Soll man das für möglich halten? Fast zwei Jahre lang haben wir da bei uns in *Traumland* einen gottverdammten hochklassigen KGB-Agenten sitzen gehabt! Mein lieber Mann, da rollen wohl noch ein paar Köpfe. Ganz speziell meiner.«

McLanahans Zorn wallte bereits wieder auf. »Na, und was soll mit dem Kerl geschehen?«

»Das Weiße Haus sagt, daß er auf dem Weg zurück nach Rußland ist. Wenn wir ihn das nächste Mal sehen, steht er vermutlich auf dem Podium bei der Großen Oktoberparade.«

Briggs faßte plötzlich an seinen Ohrknopf und meldete sich: »Ja? Briggs. Was ist?«

Der Ohrknopf war sowohl Hörer wie Mikro und übertrug problemlos Sinus- und Osteo-Wellen, ganz wie ein konventionelles Radiogerät.

Briggs lauschte kurz und antwortete dann: »Verstanden. Ende.« Er wandte sich an McLanahan. »Da ist es schon, Colonel. Das Flugzeug steht auf dem Stützpunkt Puerto Cabezas in einem sicheren Betonbunker. Morgen früh um sechs haben wir Erlaubnis, vier Leute einzufliegen und die Maschine zu inspizieren. Das heißt konkret: Carmichael, Butler, J. C. und ich. Wenn wir es schaffen, dürfen wir sie auch rausfliegen, wenn nicht, lassen Sie uns einen Tieflader reinfahren und sie holen. J. C., der General will Sie auf der Stelle zurückhaben. Und ich muß in *Traumland* alles vorbereiten.«

McLanahan blickte den Korridor entlang. Eben rollten einige Schwestern und Techniker zusammen mit Wendys Arzt eilig ein großes Gerät in die Intensivstation. »Augenblick«, sagte er.

Von Wendys Körper-Monitor kam ein sehr hohes und schnelles Signal. Alle Verwandten drängten sich wieder um ihr Bett und verstellten dem Arzt und den Technikern den Weg. Der Priester kniete neben ihr...

»Macht, daß ihr hier wegkommt!« schrie McLanahan und bahnte sich wütend einen Weg durch die Leute. Der Arzt, der angesichts der Szene wie gelähmt dagestanden hatte, eilte nun zum Monitor. »Was soll das? So gehen Sie doch zurück, und lassen Sie die Ärzte hin!«

»Atmung arhythmisch«, sagte der Arzt zu einem der Techniker. »Aber noch habe ich einen Herzschlag. Hängt sie an den Respirator und schafft sie ins Cardio-Labor.«

Man versah Wendy mit einer Trachealröhre und begann ihr die Lungen aufzupumpen.

McLanahan schob den Priester zur Seite und stellte sich neben den Arzt. »Kann ich etwas helfen?«

Der Arzt reagierte nervös. »Ich weiß es doch auch nicht, verdammt!« Er beobachtete angespannt die Techniker, die in aller Eile die Körperfunktionsleitungen auf ihre tragbaren Geräte umsteckten. »Das Atemsystem ist zusammengebrochen.« Er deutete auf die EKG-Anzeige an dem mobilen Respirator. »Aber eben das könnte ihre Rettung sein. Stark wie ein Pferd, das Mädchen. Könnte sein, daß er reicht.« Er sprach die versammelten Leute an, während eine Bahre auf Rädern hereingerollt wurde. »Bitte, machen Sie Platz, gehen Sie alle raus.« Man hob Wendy auf die Bahre, und sie eilten mit ihr davon.

McLanahan sah, daß Wendys Eltern ihn anstarrten, als sei er verrückt geworden. »Sie kommt durch«, sagte er.

»Warum tun Sie das, Patrick?« fragte ihn Betty Tork mit leiser Stimme.

»Weil das meine Frau ist, verdammt, und ich will, daß sie weiterlebt! Aber ihr steht hier nur herum und wartet darauf, daß sie stirbt! Und ich kann euch nicht mehr sehen!« Er drehte sich um, stieß die anderen Leute weg und stürmte hinaus, zurück zu Briggs und Powell.

»Ich fliege mit J. C. zurück nach Honduras«, sagte er. Die beiden starrten ihn verständnislos an. »Wir fliegen mit dem *Gepard* zurück. Hal, schaffen Sie J. C.s Montur für den *Dream Star* ran, und kommen Sie zusammen mit Carmichael und Butler zu uns nach Puerto Lempira.«

J. C. fragte ganz sanft: »Halten Sie das wirklich für eine gute Idee?«

»Wendy hängt am Atemgerät. Ich glaube, sie schafft es. Aber ich muß dabeisein, wenn wir den *Dream Star* kriegen.«

»Glauben Sie, Sie sind okay?« fragte Briggs. »Wäre es nicht besser, Sie würden noch mal darüber nachdenken?«

»Nein. Je länger ich hier herumhocke, desto mehr fühle ich mich wie auf einer Totenwache. Ich muß daran glauben, daß sie es schafft. Also los jetzt, gehen wir.«

Militärflugplatz Sebaco, Nicaragua

Sonntag, 21. Juni,
21.41 Uhr CDT (22.41 Uhr EDT)

Von den ursprünglich rund hundert in Sebaco stationierten Soldaten waren keine zwanzig mehr übrig, und diese mußten nun alle Aufräumungs- und Reparaturdienste leisten. Nachdem keine Flugzeuge mehr vorhanden waren, die hätten bewacht werden müssen, hatte General Tretjak auch den Wachdienst auf einige wenige Mann reduzieren können. Tagsüber wurde zwölf bis sechzehn Stunden hart gearbeitet, und folglich war um neun Uhr abends alles still und wie ausgestorben.

Um so leichter, überlegte Maraklow, sich ungesehen von Sebaco zu entfernen. Er hatte sich einen Plan zurechtgelegt, auf den sicher niemand kommen würde: Zurück nach Puerto Cabezas und den *Dream Star* von dort entführen!

Während des Tages hatte er sich einen vollgetankten Dienstwagen samt Schlüssel beiseite geschafft und versteckt. Bis Puerto Cabezas waren es weniger als zweihundert Meilen. Allerdings ging es das erste Drittel nur über bergige Schotterstraßen, die schon am Tag sehr gefährlich waren. Und er mußte mitten in der Nacht fahren. Insgesamt konnte er es vielleicht in fünf Stunden schaffen, mit etwas Glück noch schneller. Kalinin hatte ihm gesagt, daß die Amerikaner kurz nach Morgengrauen kämen, um sich den *Dream Star* zu holen. Er mußte ihnen zuvorkommen.

Nun waren nur noch zwei Dinge zu erledigen. Von Musi Zajkow brauchte er seinen Spezialfliegeranzug samt Helm zurück; sie hatte alles in Verwahrung, um es im gleichen Flugzeug, mit dem auch er flog, nach Moskau zu schicken. Und das zweite ergab sich logisch aus dem ersten. Musi selbst mußte ausgeschaltet oder direkt eliminiert werden. Laut Plan sollte sie ihn um sechs Uhr morgens nach Managua fahren und in das Aeroflot-Flugzeug um neun nach Moskau setzen. Vielleicht reichte es, sie nur ruhigzustellen – fesseln und knebeln und im Dschungel aussetzen, wo sie später gefunden werden konnte. Dann glaubte man vielleicht, sie seien zum Sandino International Airport unterwegs. Erst beim Abflug um neun würde man bemerken, daß sie weg waren. Zu der Zeit aber mußte er mit dem *Dream Star* in der Luft sein.

Er zog sich spät am Abend einen dunklen Fliegeranzug und Stiefel an, in die er sich ein Jagdmesser mit Scheide steckte, und verließ sein Zimmer. Die Überwachungskamera dort, die ihm selbstverständlich nicht entgangen war, hatte er schon längst außer Betrieb gesetzt. Mit einiger Sicherheit war anzunehmen, daß noch keine Zeit gewesen war, sie zu reparieren. Er schlüpfte durch eines der Hinterfenster nach draußen, holte sich das versteckte Auto und fuhr zu Musi Zajkows Baracke.

Er stellte den Motor schon in einiger Entfernung ab und rollte bis fast vor Musis Hintertür. Er überlegte, ob er sich ins Haus schleichen sollte. Doch dann erschoß sie ihn wahrscheinlich sofort, weil sie einen Eindringling vermutete. Es war doch klüger, ganz normal zur Vordertür zu gehen und anzuklopfen.

»*Kto tam?*«

»Andrej.«

Nach einer kurzen Pause rief sie, mit unverkennbar leiser Erregung: »Komm rein, Andrej.«

Sie stand mitten im Raum und trug ein dünnes T-Shirt, das ihre Brüste deutlich nachzeichnete, kurze Tropenshorts und französische Tennisschuhe. Sie kam sofort auf ihn zu und küßte ihn leicht auf die Wange. Sie zog ihn mit sich. »Nimm doch Platz. Wie fühlst du dich?«

»Körperlich gut, aber sonst schlimm. Es will mir nicht in den Kopf, daß wir den *Dream Star* einfach so wieder aufgeben sollen. Nach allem, was war!«

»Befehl ist Befehl«, sagte sie und rollte sich wie eine Katze auf dem Sofa neben ihm zusammen. »Niemand kann etwas dagegen unternehmen.«

»Das macht es auch nicht besser.«

»Nein, aber wir sind schließlich beide Soldaten«, sagte sie. »Was soll's? Freust du dich nicht wenigstens, wieder nach Hause zu kommen? Es ist immerhin lange her, seit du dort warst.«

Maraklow mußte seine wahren Empfindungen im Zaum halten. »Sicher«, sagte er. »Aber schöner wäre es, wenn du mitkämst.«

»Es dauert ja nicht lange, dann sehen wir uns in Moskau wieder«, sagte sie. Sie deutete auf ihre kleine Bar. »Machst du uns was zu trinken? Ich habe da etwas ganz Interessantes.«

Er stand auf. Gläser und Eis waren da. Er sah sich die Flaschen an. Eine sah besonders ungewöhnlich aus. »Nanu«, sagte er, »sieh an! Glenkinchie. Schottischer Edelwhisky! Wo hast du den denn her? Hier, an diesem gottverlassenen Ort?«

»Versuch ihn ruhig«, sagte Musi Zajkow. »Meine Lieblingsmarke.« Als er Eiswürfel in die Gläser warf, fügte sie noch hinzu: »War auch Janets Lieblingsmarke.«

»Wessen?«

»Janets. Janet Larson. Ihr wirklicher Name war Katrina Litkowka. Die Frau, die du vor elf Jahren umgebracht hast.«

Er erstarrte mitten in der Bewegung. Er zwang sich, seine Muskeln zu bewegen und sich umzudrehen.

Musi Zajkow stand wieder mitten im Zimmer und hielt eine 9-mm-Pistole mit Schalldämpfer in der Hand. Ihr verführerisches Lächeln war verschwunden.

»Was in aller Welt soll das, Musi?« Er stellte die Gläser hin, behielt aber die Flasche in der Hand und ließ sie an seinem Bein hinuntersinken, um sie, so gut es ging, zu verbergen. »Leg das Ding weg!«

»Du bist verhaftet, Oberst Maraklow«, sagte Musi Zajkow sehr amtlich. »Wegen Mordes.«

»Wovon sprichst du eigentlich? Soll das ein Scherz sein? Dann ist es aber ein ziemlich geschmackloser!« Locker! befahl er sich. Rausfinden, was sie wirklich weiß... Er zwang sich zu einem breiten Lächeln. »Was soll das alles bedeuten, Musi? Nun leg doch das Ding weg! Ich bedrohe dich doch nicht!«

»Rühr dich nicht vom Fleck!« Sie griff in die Tasche und holte ein Blatt heraus. »Das hier ist die Kopie einer Nachricht für dich aus Moskau, mit dem Befehl, heimlich nach Puerto Cabezas zu fahren und von dort das Flugzeug erneut zu entführen. Was hat das zu bedeuten?«

»Genau, was es besagt, Musi! Ich habe den Befehl erhalten, das verdammte Ding noch einmal zu klauen und es auf eine geheime Basis in Costa Rica zu fliegen.« Während er sprach, benützte er die Gelegenheit zu einem halben Schritt auf sie zu. »Nachdem ich das erste Mal so erfolgreich war, wollten sie wohl sehen, ob ich es noch einmal fertigbringe.«

»Ist nicht sehr komisch, Andrej«, sagte Musi Zajkow. »Meine letzten Anweisungen von General Tretjak lauteten, dafür zu sorgen, daß du bis morgen diesen Flugplatz hier nicht verläßt.«

»Und ich habe meinerseits meine Befehle, Musi. Und die meinigen stammen von Kalinin persönlich. Zweifellos hast du die Möglichkeit, das nachzuprüfen. Viel Zeit habe ich nicht mehr zu verlieren.«

»Ich muß mit General Tretjak sprechen. Sollten deine Angaben stimmen, dann würde das früheren Anordnungen widersprechen. Befehle müssen nachgeprüft werden.«

»Es ist aber keine Zeit, irgend etwas nachzuprüfen. In zehn Stunden, vielleicht noch weniger, ist der *Dream Star* nämlich weg.«

»Und du bist gekommen, um dir deinen Fluganzug und den Helm zu holen«, sagte sie. »Und dann hattest du noch etwas zu tun. Nämlich mich umzubringen. Du mußt ja die Leute glauben machen, daß wir auf dem Weg nach Managua sind.«

»Ich wollte dich nicht töten! Das könnte ich gar nicht. Dazu mag ich dich viel zu sehr... das weißt du genau...« Er blickte sie an, aber viel Erfolg hatten seine Versicherungen nicht. »Aber du kannst mir helfen, Musi. Wenn du mir einen Hubschrauber nach Puerto Cabezas verschaffst...«

»Das kann ich nicht. Selbst wenn diese Befehle für dich voll bestätigt wären, würde ich es nicht tun.«

Da war also noch etwas. »Weshalb, Musi? Was ist?«

Sie ließ das Blatt zu Boden fallen und holte ein zweites heraus. »Ich habe einige Nachforschungen angestellt, als du in Puerto Cabezas warst. Am Morgen nach deinem vergeblichen Versuch, nach Kuba zu fliegen, hast du in deinem dehydrierten Zustand phantasiert. Und einen Namen gerufen. Janet.«

»Janet? Ich kenne keine Janet.«

»O doch, du kanntest sehr wohl eine Janet, Andrej – oder soll ich sagen: Kenneth James? Und ich kannte ebenfalls eine Janet. Janet Larson. Wir waren befreundet. In der *Connecticut Academy*.«

»Ja, richtig... Janet Larson. Aber was hat sie mit meinen Befehlen zu tun?«

»Vielleicht gar nichts«, sagte sie, »aber vielleicht auch alles. Janet Larson alias Katrina Litkowka wurde bei einem Autounfall getötet. Es hieß, sie hätte getrunken und sei mit ihrem Wagen von der Straße abgekommen. Aber sie hatte auch die Angewohnheit, Affären mit vielen Schülern der Academy anzufangen. Eine davon war die mit dir.« Sie schwieg kurz, dann ergänzte sie: »Und eine auch mit mir.«

»Wie? Ihr hattet was miteinander? Janet und du?«

»Die Kurtisanen-Ausbildung in der Academy schloß auch die Unterweisung ein... Frauen zu befriedigen«, sagte sie. »Es gehörte dazu. In erster Linie waren Janet und ich allerdings einfach nur befreundet. Ja, verdammt, Freundinnen. Sie hatte offensichtlich einen ziemlich teuren schottischen Whisky getrunken. Zwar war ihr Alkoholspiegel im Blut nicht besonders hoch, aber trotzdem galt die Sache als Unfall infolge von Alkoholgenuß. Verdächtig blieb dieser Whisky. Ein Lieferfahrer der Academy gestand, daß er mit ausländischen Schmuggelspirituosen oft Geschäfte mit Schülern und Angestellten gemacht habe. Einer der Namen, die er nannte, war deiner.«

Sie umfaßte ihre Waffe fester. »Die Untersuchung erstreckte sich auf alle Liebhaber Katrinas. Alle wurden offiziell entlastet. Bis auf dich. Die Ermittlungen gegen dich wurden aber nicht weitergeführt, weil du kurz zuvor ja in die Vereinigten Staaten eingeschleust worden warst und in die Air Force Academy. Und nach einiger Zeit schlief das Interesse an dem Fall auch ein. Katrina Litkowkas Mörder wurde nie gefunden.«

»Ich weiß wirklich nicht, was das alles mit mir zu tun haben soll«, sagte Maraklow. »Beschuldigst du tatsächlich mich, sie ermordet zu haben? Jetzt, nach all den Jahren, willst du einen Mord aufklären, der vor über einem Jahrzehnt und zehntausend Meilen weit weg von hier geschehen ist – oder sein soll?«

»Es gibt keine räumlichen Beschränkungen für die Fahndung nach einem Mörder«, sagte sie und hielt das Blatt hoch. »Ich habe noch mehr ermittelt, Mr. Kenneth James. Da gibt es beispielsweise einen Bericht eines KGB-Agenten, der dir bei der Ermordung des echten Kenneth James in Hawaii behilflich war. Er hat berichtet, daß der sterbende Amerikaner noch zwei Morde beichtete: den an seinem kleinen Bruder und den an seiner High-School-Freundin.«

Maraklow trat einen Schritt vorwärts. Die Pistole zitterte nicht einmal. »Musi, ich verstehe noch immer nicht. Was hat das alles mit dem zu tun, was hier vor sich geht? Ja, natürlich, der echte Kenneth James hat seinen Bruder umgebracht, das hat er zugegeben. Er war nur noch Sekunden vom Tod entfernt, als er auch noch gestand, seine Freundin in der Schule ermordet zu haben. Doch da war er schon im Delirium.«

»Das mag schon sein. Meine Freundin Katrina Litkowka hat mir viel über dich erzählt, seinerzeit. Auch darüber, was du alles für Geschichten erfunden hast, die völlig realistisch klangen. Oder daß du ihr erzählt hast, wie James seine Freundin umgebracht hat, lange bevor er nach Hawaii kam. Und daß du sie selbst, Katrina, fast umgebracht hättest. Ist doch seltsam, nicht? Der echte Kenneth James beichtet das Verbrechen, von dem du, ehe du ihn je gesehen hast, wußtest.«

Musi Zajkow ließ auch ihr zweites Blatt zu Boden fallen und holte noch ein drittes hervor. »Ich nehme dich fest, damit wir mit General Tretjak sprechen können, aber zugleich eröffne ich die Ermittlungen über Katrina Litkowkas Mord wieder.«

Sie musterte ihn kühl. »Motiv. Sie erzählte mir einmal, du hättest gedroht, sie umzubringen, wenn sie Headmaster Roberts von deinem Benehmen erzählen würde. Was automatisch deine Chancen, nach Amerika zu gehen, zerstört hätte. Kein anderer Gedanke als dieser beherrschte dich. Weiter: Gelegenheit. Der Whisky, den du zwei Tage vor dem Unfall gekauft hattest. Die Wache bestätigte, daß Katrina vor dem Verlassen der Academy nicht betrunken war. Du hast den Unfall arrangiert und es so aussehen lassen, als hätte Katrina getrunken, sie dann umgebracht, Kenneth James...«

»Ich bin nicht Kenneth James«, sagte Maraklow. »Ich bin Oberst Andrej Maraklow, ausgebildeter Geheimagent, genau wie du. Und ich bin kein Mörder...«

Musi Zajkow hielt das letzte Blatt in die Höhe. Es war ein Foto. Sie warf es ihm hin. Er trat einen Schritt vor, um es aufzuheben, aber sie wich sofort zurück, um außerhalb seiner Reichweite zu bleiben. »Sieh es dir an.«

Er spürte, wie ihm Schweißperlen auf die Stirn traten, als er es ansah. Es war eine alte Fotokopie eines Fotos von Kenneth James – des echten Kenneth James –, aufgenommen in Hawaii – offenbar mit einer verborgenen Kamera des KGB.

»Musi, was soll das alles? Wir verschwenden hier nur unsere Zeit!«

Sie deutete zum Spiegel. »Sieh mal da rein.«

Er ließ die Fotokopie fallen und ging zum Spiegel. Er starrte auf das Gesicht, das er erblickte. Kenneth Francis James. Wie auf diesem Foto dort.

»Ich verhafte dich wegen des Mordes an Katrina Litkowka«, wiederholte Musi Zajkow. »Du kommst mit –«

Da hatte er, ungeachtet der auf seine Brust gerichteten Pistole, bereits die Flasche in den Spiegel geschleudert und die Schrecksekunde ausgenützt, um sich auf Musi zu stürzen. Er drehte ihr die Hand mit der Pistole um und versetzte ihr einen Tritt mit dem rechten Bein. Sie sank zu Boden, hielt aber instinktiv die Pistole umklammert. Noch im Fallen rollte sie sich herum, hielt die Pistole nach oben und drückte ab.

Der Schuß ging los, und er spürte, wie seine linke Schulter zurückgerissen wurde. Es dröhnte unheimlich laut in seinen Ohren, und alles Blut schien aus seinem Kopf zu weichen. Seine Knie knickten ein, er taumelte rückwärts und fiel. Er verspürte keinerlei Schmerz – noch nicht –, nur den ständigen Blutstrom zwischen seinen Fingern. Das Schwindelgefühl vermischte sich mit Angst. Er war wie in einem Kreisel, sein Kopf wurde ganz leicht. Wie im Rausch, dachte er.

Musi Zajkow kroch auf Händen und Knien zu ihrer Pistole, die ihr aus der Hand gefallen war, Maraklow bekam sie jedoch zuerst zu fassen. Sie grub ihre Fingernägel in seine linke Hand und zog ihm die der rechten mitten durchs Gesicht. Er ließ die Pistole los, die sie erneut zu fassen versuchte. Doch der heiße Lauf des Schalldämpfers verbrannte ihr die Finger, und noch bevor sie zugreifen konnte, war Maraklow über sie gefallen. Er rollte sie auf den Rücken und setzte sich auf sie. Er versuchte, ihr die Arme auf den Boden zu drücken.

»Musi, nicht...«

Von seiner Schulter rann Blut und tropfte auf ihr T-Shirt, auf ihre Brust, ihr Gesicht und ihre Hände. Er drückte ihr eine Hand auf den Mund und versuchte den Schmerz zu ignorieren, als sie ihn biß. Mit der anderen Hand holte er das Jagdmesser aus seinem Stiefel. »Musi, ich will doch nur den Fliegeranzug...!«

Es gelang ihr, den rechten Arm zu befreien, mit dem sie ihn

auf die linke Schulter und dann auf den Kiefer schlug. Er rutschte von ihr. Sie rollte sich sofort nach rechts, ergriff die Pistole, schwang sie hoch und schoß.

Die Kugel verfehlte sein linkes Ohr nur ganz knapp. Bevor sie noch einmal schießen konnte, hatte er ihr die Pistole aus der Hand geschlagen, fuhr herum, und, ehe er selbst begriff, was er tat, stieß er ihr das Messer bis zum Heft in den Leib. Er zerschnitt ihr Zwerchfell und traf noch die rechte Lungenspitze. Sie holte noch einmal Atem, dann schoß Blut in Stößen aus ihrem Mund. Ein Zittern durchlief sie, sie blickte ihn starr an, irgendwie überrascht, und lag dann reglos unter ihm.

Er rollte sich von ihr herunter und starrte eine Weile in ihre leblosen Augen.

Das Ganze also noch einmal. Zuerst Janet Larson, und jetzt ihre Freundin...

Er schüttelte sich, zog ihr die Pistole aus der Hand, kroch zum Fenster und spähte nach draußen. Nichts. Er sah auch durch die Seitenfenster, die im Schlafzimmer und die der Hintertür. Nichts. Der Knall der Schüsse war nicht über ihr abgelegenes Quartier hier hinausgedrungen.

Er ging zurück ins Wohnzimmer. Er mußte sich zwingen, zu ihr zurückzukehren und sie anzufassen, dann zerrte er sie ins Schlafzimmer und versteckte sie in ihrem Einbauschrank. Sie blutete kaum noch. Ihr Herz hatte fast augenblicklich zu schlagen aufgehört. Es war wenig wahrscheinlich, daß sie vor morgen früh gefunden wurde.

Seine Schulterwunde schmerzte heftig. Zum Glück war es nur ein glatter Muskeldurchschuß. Er suchte Verbandszeug, Wundsalbe und Pflaster und versorgte sich selbst, so gut es ging. Die Wunde begann jetzt zu schmerzen, doch er wollte keine schmerzstillenden Mittel nehmen. Er hatte eine lange Fahrt vor sich, und Tabletten behinderten ihn bei dem Kontakt mit ANTARES im *Dream Star.* Außerdem würde der Schmerz ihn anstacheln und ihm helfen, einen klaren Kopf zu bekommen. Nur gut, dachte er mit einem müden Lächeln, daß er zum Fliegen des *Dream Star* seinen linken Arm entbehren konnte.

Seine beiden Aluminiumkoffer fand er in einem Verschlag. Er

prüfte rasch, ob alles da war: Fliegeranzug, supraleitender Helm... Beides war noch genauso, wie er es gestern eingepackt hatte. Er steckte die Pistole ein, nahm die beiden Koffer und ging zur Hintertür. Erst nachdem er sich vergewissert hatte, daß alles ruhig war, ging er zum Wagen und startete.

Er fuhr über die Zufahrtsstraße vom Südwestende der Startbahn auf die zerstörte Flakstellung zu, bog dort auf einen Schotterweg, der zur Umgehungsstraße führte – nirgends waren Patrouillen oder Wachen zu sehen –, und folgte dieser, bis er zu einem seit langem nicht mehr benützten Tor kam, das nur mit einer Kette und einem rostigen Vorhängeschloß versperrt war und das er leicht aufdrücken konnte. Nach zehn Minuten war er auf der Isabelia-Autostraße nach Puerto Cabezas.

Militärflugplatz Puerto Lempira, Honduras
Montag, 22. Juni,
05.15 Uhr CDT (06.15 Uhr EDT)

Powell und McLanahan hatten aufgetankt und den *Gepard* wieder in seinem gesicherten Hangar abgestellt. Direkt daneben wurde aus Fertigteilen ein zweiter Hangar aufgebaut – für den *Dream Star,* sobald sie mit ihm zurückkamen. Vor dem Weiterflug nach *Traumland* in Nevada – über Houston – sollte er hier gründlich inspiziert werden.

Nach wie vor war der *Gepard* gefechtsbereit ausgerüstet.

»Die Russen haben einen Weg gefunden, externe Zusatztanks unter den *Dream Star* zu hängen«, sagte Powell. »Da sollten wir das doch auch fertigbringen. Mit Außenzusatztanks könnte ich ihn sicher nonstop nach *Traumland* fliegen.«

»Sicher. Aber es wäre trotzdem zu riskant. Erstens mal sagen Sie ja selbst, daß Sie für den Flug an die äußerste Grenze Ihres fliegerischen Könnens gehen müßten. Schließlich ist es auch immerhin fast zwei Jahre her, daß Sie zuletzt im *Dream Star* saßen, J. C. Die Russen haben sich vermutlich gar nicht erst die

Mühe gemacht, ihn mit den Außenzusatztanks zu testen. Sie haben sie einfach hingeklebt und gehofft, daß es gutgehen wird. Ich weiß ja nicht, wie Sie denken, aber ich würde schon lieber ein paar Zwischenlandungen einlegen, als mich auf diese Zusatztanks zu verlassen.«

»Gewiß. An sich bin ich ja auch nicht grade wild darauf, das Ding über ganz Mittelamerika nach Nevada zu fliegen. Vier Stunden ohne Unterbrechung an ANTARES zu hängen – da kriege ich Kopfschmerzen, allein, wenn ich daran denke.«

»Nicht die beste Zeit für Kopfschmerzen«, sagte McLanahan. »Die Maschine soll heute noch raus.«

»Na, warum fliegen Sie sie dann nicht selbst? Immerhin haben Sie zumindest Simulatorpraxis. Wahrscheinlich wären Sie besser als ich. Ich könnte Ihnen ja mit dem *Gepard* Gesellschaft leisten.«

»Das wäre eine Möglichkeit, ja. Aber Sie wissen auch, was passierte, als ich das letzte Mal im Simulator war. Ich bin abgestürzt und verbrannt – in mehr als einer Hinsicht. Aber wenn Sie meinen, Sie schaffen es nicht, dann rufen wir eben Elliott an, und die Marine soll ihn mit dem Tieflader abholen. Ach, lieber doch nicht. Sie sollen nicht um das Vergnügen kommen, den *Dream Star* zu fliegen. *Ich* leiste *Ihnen* Geleit-Gesellschaft mit dem *Gepard.*«

Powell schaute ihn an. »Ich bin schon froh, wenn ich ihn wenigstens geradehalten kann.«

Nach einigen Minuten hörten sie das gleichmäßige Knattern von Hubschrauber-Rotorblättern. Über die Salzwassermarschen näherte sich ein *Delphin*-Hubschrauber HH-65A der Startbahn und ging vor der asphaltierten Parkrampe herunter, wo ihn ein Lotse mit beleuchteten Schilderkellen auf seinen Platz dirigierte. Noch während die Rotorblätter langsamer wurden, kam das Bodenpersonal zum Auftanken und zur allgemeinen Wartung. Die Passagiere stiegen aus. Powell und McLanahan waren bereits unterwegs, um sie zu begrüßen.

Der erste, der herauskam, war der gute alte Master Sergeant Ray Butler. »Die Dinger«, sagte er, deutete mit dem Daumen rückwärts auf den Hubschrauber und gab ihnen dann die Hand,

»mögen ja ihre Vorteile haben. Aber wenn Sie mich fragen, ein paar solide Flügel und Turbotriebwerke sind mir allemal lieber. Wie geht es Ihnen, Sir?«

»Ich bin okay, Ray.«

»Tut mir leid wegen Dr. Tork«, murmelte Butler.

Inzwischen umarmte Dr. Carmichael McLanahan, ehe er sagte: »Ich habe noch in Brooks angerufen, Patrick, bevor wir von La Cieba abflogen. Wendys Zustand ist unverändert. Nach wie vor voll am Beatmungsgerät. Aber sie ist eine Kämpferin, wie Sie wissen. Ich glaube schon, daß sie es schafft.«

»Ich auch. Danke, Alan.«

Als nächstes kamen einige Wachsoldaten und Kisten mit Nachschub, bis als letzter Major Hal Brigg ausstieg. »Hallo, Patrick – J. C.! Sieht alles schon etwas besser aus inzwischen«, sagte er. »Wendy steht das durch, und wir hier kriegen unser Baby wieder.« Er sah auf die Uhr. »Wir brauchen keine Stunde bis Puerto Cabezas. Wir fliegen in einer dreiviertel Stunde los. Okay?«

»Nein, gar nicht«, sagte McLanahan. »Lassen Sie nur rasch auftanken. Wir sollten in spätestens einer Viertelstunde weg sein.«

»Aber sie wollen uns frühestens um acht Uhr da haben.«

»Na, dann drängen Sie sie. Erbitten Sie sofortige Einfluggerlaubnis nach Nicaragua und Puerto Cabezas. Wenn sie uns nicht vor acht an unser Flugzeug ranlassen wollen, schön. Aber dort sein möchte ich jedenfalls so rasch wie möglich.«

»Na schön, Colonel«, sagte Briggs. Er steckte den Kopf in die Hubschrauberkanzel und gab dem Piloten die entsprechenden Anweisungen.

»Haben Sie alles, was wir brauchen?« fragte McLanahan Sergeant Butler.

»Ich habe zwei tragbare Testgeräte mit und alle möglichen Werkzeuge und Ersatzteile. Das läppert sich bereits auf eine halbe Tonne Gewicht zusammen. Aber unser bestes Testgerät ist trotzdem Captain Powell hier. Wenn wir ihn erst in ANTARES haben, ist der Rest kein Problem mehr«, meinte Butler.

»Gut.«

McLanahan fand Carmichael zusammen mit J. C. Powell allein in einem der Zelte. Powell lehnte am Zeltmast, den Kopf auf der Brust, als schlafe er. Carmichael war nahe an seinem Ohr und redete mit ihm. Als McLanahan eintrat, hielt er ihm abwehrend die Hand entgegen. Dann holte er ein Stethoskop hervor und legte dessen elektronischen Sensor auf Powells Brust. Erst dann stand er auf und kam zu McLanahan.

»Ich habe es vom ersten Augenblick an gesehen«, sagte er, »daß er nervös ist.«

»J. C.? Mir ist nichts aufgefallen. Für mich war er wie immer.«

»So ist es eben. Der introvertierteste Bursche, den ich kenne. Äußerlich merkt man kaum etwas. Aber ich habe schließlich in den ersten Stadien des ANTARES-Programms acht Monate lang mit ihm gearbeitet. Ich weiß, wann er nervös ist. Ich habe ihn jetzt in einen leichten hypnotischen Zustand versetzt, damit er sich entspannt. Er hat es sogar selbst vorgeschlagen.«

»Schafft er den Kontakt mit ANTARES?«

»Das wird sich zeigen. Aber ich habe ein ganz gutes Gefühl. Er hat gerade eben den Alpha-Status mit einer Leichtigkeit zuwege gebracht, als sei das seit Jahren Routine für ihn. Da kann es eigentlich kaum ein Problem werden, daß er auch Theta-Alpha schafft. Die andere Frage ist natürlich, ob er damit bis zum ANTARES-Kontakt durchhält. Wir werden sehen.«

»Und schneller, als Sie dachten«, meldete sich Briggs, der gerade hereingekommen war. »Alles klar, Colonel, wir können. Wir dürfen sofort über die Grenze und bis in die Kontrollzone von Puerto Cabezas. Die letzte Genehmigung kriegen wir dann von ihrem Kontrollturm. In fünf Minuten können wir los.«

Militärflugplatz Puerto Cabezas, Nicaragua
Montag, 22. Juni,
06.05 Uhr CDT (07.05 Uhr EDT)

Für General Tretjak war es eine der schwersten Belastungen, denen er sich je in Friedenszeiten gegenübergesehen hatte. Der Befehl des *Kollegija,* des obersten politischen Gremiums in Moskau, dieses *Dream Star*-Flugzeug zurückzugeben, war nichts im Vergleich zu der bedrückenden Tatsache, es dulden zu müssen, daß die Amerikaner hier landeten und es sich abholten!

Das Flugzeug war genau dort, wo Maraklow es vor zwei Tagen nachts abgestellt hatte.

Tretjak wartete mit zwei bewaffneten KGB-Posten vor dem Bunker, in dem der *Dream Star* stand. Sämtliche nicaraguanischen Truppen waren aus dieser Zone fortgeschickt worden. Wenigstens ihnen sollte die Peinlichkeit erspart werden, mit anzusehen, wie die Amerikaner einflogen und sich das Flugzeug abholten. Aber natürlich waren mindestens ebensosehr Sicherheitsgründe dafür maßgeblich. Innerhalb der mit einem drei Meter hohen Zaun abgesperrten Sicherheitszone lag auch der vorgesehene Landestreifen für die Amerikaner. Tretjaks Leute hatten den Zaun noch inspiziert. Er war zwar schadhaft, aber als Ganzes intakt.

»Warum müssen wir überhaupt hier sein, Genosse General?« fragte einer der Wachtposten. »Sollen die Amerikaner sich ihr Flugzeug doch allein holen!«

»Wir sind hier«, antwortete Tretjak, »weil ich die Leute, die es gebaut haben, persönlich kennenlernen will.« Er musterte die erstaunliche Form des *Dream Star* wohl zum zehntenmal, seit sie hier angekommen waren. »Ein Meisterstück der Aeronautik ist das!« Der Posten zog eine Grimasse, doch Tretjak wies ihn zurecht. »Nein, nein, mein Lieber. Ein solches Flugzeug zu bauen ist eine Kunst, auch wenn Sie es nicht glauben können. Und es gibt Fälle, wo Kunst jede Politik nebensächlich macht.«

Kurz danach hörten sie das rhythmische Knattern eines näher

kommenden Hubschraubers. Der amerikanische Transporthubschrauber HH-65 senkte sich auf die Landebahn herab. Er verringerte seine Geschwindigkeit während des Anflugs auf das westliche Ende der Bahn und flog schließlich nur noch im Schrittempo. Tretjak gab einem seiner Leute ein Zeichen, und dieser begann den Hubschrauber mit einer Signalkette auf seinen vorgesehenen Landeplatz einzuweisen.

Der erste Mann, der ausstieg, war ein großer, hagerer Farbiger. Einer von Tretjaks Wachposten lächelte. »Da haben Sie Ihren Künstler, Genosse General!«

»Ruhe!« wies ihn der KGB-General zurecht. »Der Mann ist bewaffnet, also offenbar ein Bewacher.«

Aus dem Hubschrauber kamen rasch nacheinander die anderen Passagiere – ein Zivilist, ein Offizier in dunkelgrüner Dienstuniform und zwei weitere Offiziere der US-Air Force in ihren grünen Fliegeranzügen. Während die Rotorblätter ausliefen, kamen die fünf Männer auf Tretjak zu. Der kleine, muskulöse Offizier im Fliegeranzug ging voran, die anderen vier folgten ihm in zehn Schritt Abstand.

Er salutierte knapp und sagte: »Ich bin Lieutenant Colonel McLanahan, United States Air Force.« Er sprach langsam auf englisch. In zögerndem, aber offensichtlich eingeübtem Russisch fragte er: *»Vi gawaratje angleski?«*

»Ja, ich spreche englisch«, antwortete ihm Tretjak. »Ich bin Generalmajor Tretjak, leitender KGB-Kommandeur für Nicaragua.« Er blickte über McLanahans Schulter auf die anderen. »Es sind mir nur vier Personen avisiert worden.«

»Das ist mein Fehler, und ich trage dafür die Verantwortung«, sagte McLanahan und drehte sich um. »Major Briggs, mein Sicherheitsoffizier. Dr. Alan Carmichael, Chefingenieur. Sergeant Butler, leitender Wartungs-Unteroffizier. Und Captain Powell, leitender Testpilot.«

»Und Ihre Funktion, Colonel?«

»Leitender Offizier des *Dream Star*-Programms.«

»Ah! Der vorgesetzte Offizier von Captain Ken James also.«

McLanahans einzige Reaktion war, daß er die Brauen zusammenzog und sein Mund schmal wurde.

Tretjak nickte den vieren zu und sagte: »Na gut, also Sie sind hier, bringen wir es rasch hinter uns. Sie können hineingehen.«

McLanahan nickte und winkte den anderen zu, ihm zu folgen.

Butler war der erste, der reagierte, als er die XF-34 erblickte. »O Mann«, murmelte er und lief voraus. Carmichael und Powell folgten ihm. McLanahan betrachtete erst noch die beiden Llujka-Tanks und die Raketen, die unten angehängt waren. »Wie ich sehe, haben Sie ein paar Änderungen vorgenommen.«

»Außenzusatztanks für einen Jäger, Möglichkeiten für das Luftauftanken und ausländische Waffen, das ist keine Kleinigkeit. Aber unsere Geräte funktionieren sehr gut.«

»Um nach Kuba zu fliegen, hätte es keiner Zusatztanks bedurft.«

»Aber nach Rußland, was ja unser ursprüngliches und eigentliches Ziel war.«

»Dieses Flugzeug und sein Pilot haben zwei amerikanische Jäger abgeschossen – nachdem *Sie* es gestohlen haben!«

»Ach, kommen Sie, Colonel, was soll das? Alles Teil des üblichen Spiels. Wir haben es beide gespielt, nicht wahr?«

McLanahan schüttelte den Kopf. Keine Diskussionen, befahl er sich selbst. Dazu sind wir nicht da.

Butler hatte seine erste überschlägige Inspektion beendet und kam zu ihm. »Sie haben offenbar zwei Festpunkte unter den Tragflächen zum Aufhängen dieser Zusatztanks benützt. Sind ganz einfache elektronisch-pyrotechnische Abwurfdinger. Die Raketen genauso. Wir können sie gleich hier abwerfen, aber weiß der Teufel, was das möglicherweise anrichtet.«

»Dann lassen Sie sie dran«, sagte McLanahan. »Ich will das Ding schnell wegkriegen, sonst nichts.«

Butler nickte und ging zum Hubschrauber, um sein Gerät zu holen. McLanahan wandte sich wieder Tretjak zu.

»Wo ist Maraklow?«

»Auf dem Weg nach Moskau. Dort wird er vernommen. Auch wenn er nun nicht mehr die Gelegenheit hatte, das Flugzeug selbst heimzufliegen, so besitzt er doch eine große Menge Wissen. Die Gespräche werden sicher aufschlußreich sein.«

»Und danach?«

»Da fragen Sie mich zuviel, Colonel. Er ist ein schwieriger Mann. Aber wenn ich der Generalsekretär unseres *Kollegija* wäre, würde ich den Obersten Maraklow zum Helden der Sowjetunion ernennen. Bei uns werden Loyalität, Mut und Initiative hoch geschätzt.«

»Vielen Dank für das Kompliment, General«, sagte eine Stimme hinter ihnen.

Sie fuhren beide herum.

Aus dem Schatten der Betonwand kam Andrej Maraklow auf sie zu.

Sie standen da wie angewurzelt. Die beiden Posten hatten die Pistole in Maraklows Hand gesehen. Sie rissen ihre Gewehre von den Schultern und wollten anlegen. Aber so schnell konnten sie gar nicht reagieren, wie es bereits zweimal trocken und dumpf aus der 9-mm-Waffe knallte. Sie fielen beide tot um.

Im nächsten Augenblick hatte Maraklow schon auf Briggs angelegt, der nicht weiter kam als mit der Hand zu seiner Uzi an der Hüfte. »Tun Sie's nicht, Hal. Schnallen Sie mit der linken Hand ihr Halfter ab, und werfen Sie es mir herüber.«

Briggs zögerte und hielt die Hand immer noch an der Uzi.

»Sonst schieße ich Sie nieder«, ergänzte Maraklow kühl.

Briggs entschloß sich. Er hatte keine andere Wahl.

Maraklow hob die Uzi auf und entsicherte sie.

»Das ist wohl ein Umweg auf dem Weg nach Moskau?« sagte McLanahan.

»Ganz recht, Colonel. Planänderung. Kommt zuweilen vor.«

Tretjak fand die Sprache wieder. »Wo ist Leutnant Zajkow?«

Maraklow schien zu überlegen. »Sie hat unseren Plan aufgedeckt.«

»Unseren Plan?« fragte McLanahan und wandte sich Tretjak zu. »Also hatten Sie nie die Absicht, uns den *Dream Star* zu übergeben!«

»Ich weiß von nichts«, versicherte Tretjak. »Er hat offenbar den Offizier beseitigt, der den Auftrag hatte, ihn nach Managua zu eskortieren.«

»Es zählt allein«, sagte Maraklow, »daß der *Dream Star* mir gehört. Er hat immer mir gehört. Ich entscheide, was mit ihm geschieht.« Es war ihm zwar klar, daß es sich objektiv nicht ganz so verhielt, aber so empfand er es jedenfalls. »Er kommt nicht in die Vereinigten Staaten zurück. Und auch in der Sowjetunion wird er nicht auseinandergenommen. Ich werde ihn von hier wegfliegen, und zwar an einen sicheren Ort.« Er steckte die Pistole ein und hob die Uzi, die er auf die beiden richtete.

Hinter dem Hubschrauber erschien Sergeant Butler mit seinem Computertestgerät, das er wie einen Schild vor sich hielt. Er lief auf Maraklow zu, Maraklow wirbelte herum, ließ sich auf ein Knie nieder und schoß.

Die Uzi war auf Einzelschuß eingestellt gewesen. Maraklow drückte zweimal, dreimal ab, fluchte und griff nach dem Automatikhebel. Inzwischen hatte Butler fast schon die ganze Entfernung bis zu Maraklow zurückgelegt. Endlich feuerte Maraklow eine Garbe, doch Butler rammte ihn mit seinem Koffer, noch ehe ihn eine der Kugeln ins Bein traf und umriß. Er ließ sich mit seinem ganzen Gewicht auf Maraklow fallen.

Butler lag auf Maraklow und versuchte den Gerätekoffer hochzustemmen, um ihm damit den Schädel zu zerschmettern. Doch er hatte keine Chance mehr. Maraklow hatte ihm die Mündung der Uzi schon in den Leib gerammt und drückte ab. Butler wurde nach hinten geschleudert, und seine Eingeweide quollen aus einer klaffenden Wunde. Er war tot.

McLanahan schrie: »In Deckung!« und begann auf den Hubschrauber zuzuspringen. Der Pilot hatte inzwischen geistesgegenwärtig den Motor angelassen, und Powell und Carmichael, die im Bunker beim *Dream Star* gewesen waren, rannten los.

Briggs stürzte sich auf Maraklow, doch zu seiner Überraschung trat ihm General Tretjak in den Weg und schob ihn in Richtung Hubschrauber davon. Während Briggs rückwärts taumelte und auf die betonierte Rollbahn stürzte, drehte sich Tretjak zu Maraklow um. »*Echtat ja svenjena mo sam!* Dieses Schwein gehört mir!«

Aber auch er hatte nicht die geringste Chance. Er kam Maraklow keine drei Schritte näher, als dieser bereits die Uzi hochriß und das Magazin leerschoß.

»Los, Hal!« brüllte McLanahan. Die Rotorblätter des *Delphin* begannen sich bereits auf Startgeschwindigkeit zu drehen. Briggs rappelte sich auf und lief auf die offene Tür zu.

Maraklow war inzwischen auf den Knien, zielte auf Briggs und drückte ab. Es klickte nur. Er warf die MP weg und zog wieder seine Pistole. Briggs hatte eben die Tür erreicht und sprang hinein. Maraklow nahm statt dessen die anderen beiden, die noch auf den Hubschrauber zurannten, ins Visier.

Alan Carmichael griff sich an die rechte Brustseite und taumelte vornüber. J. C. Powell kniete sich neben Carmichael, packte ihn und schleifte ihn hinter sich her zum Hubschrauber. Maraklow zielte noch einmal und schoß erneut, ehe McLanahan oder Briggs reagieren konnten. Powell stürzte und lag reglos am Boden.

»Du Bastard!« schrie McLanahan. »Du verdammter Bastard!« Er sprang wieder aus dem Hubschrauber und stürmte auf Maraklow zu. Kaum war er draußen, hob der Pilot den Hubschrauber knapp über den Boden und flog auf Maraklow zu. McLanahan, den er dabei einfach über den Haufen gestoßen hatte, kroch auf Händen und Füßen zu Powell und Carmichael. Er hielt sich den Arm vor das Gesicht gegen den Sand und die Steinchen, die der Hubschrauber aufwirbelte.

Maraklow zielte auf die Kanzel des Hubschraubers und feuerte wieder. Der Schuß verfehlte den Piloten nur um Zentimeter, sauste aber hinter ihm in eine Instrumentenkonsole, die zersplitterte. In der Kanzel sprühten Funken. Der Motor stotterte und wurde langsamer, fing sich aber dann wieder. Maraklow versuchte noch einmal zu schießen, doch jetzt zwang ihn der Wind der Rotorblätter in die Knie. Er mußte wegkriechen. Der Rotorwind fegte ihn geradezu vor sich her.

Briggs war inzwischen herausgesprungen und rannte zu Carmichael. McLanahan stützte Powell. Gemeinsam schleppten sie nun die beiden zum Hubschrauber.

Der Pilot hielt an der Stelle, wo Sergeant Butler lag. McLanahan und Briggs hievten Carmichael und Powell durch die Seitentür und danach Butler. Ihre Gesichter und Uniformen waren blutverschmiert. Sie sprangen als letzte in die Maschine. McLanahan schrie dem Piloten zu: »Weg!«, und dieser zog die Maschine hoch und drehte ab.

Maraklow war bis zum Bunker des *Dream Star* zurückgekrochen, als der Hubschrauber aufstieg. Noch einmal zielte er und schoß, aber bei diesem Aufwärtswinkel richtete er nichts mehr aus. Die Kugeln prallten ab, ohne den Rumpf oder die Kanzel zu durchschlagen. Er feuerte noch einen Schuß ab. Der Motor des Hubschraubers begann eindeutig wieder zu stottern. Irgend etwas Wichtiges hatte er also getroffen. Auf keinen Fall kamen sie zurück nach Honduras. Er würde weit weg sein, ehe McLanahan Gegenmaßnahmen organisieren konnte. Und Powell war sowieso außer Gefecht gesetzt.

Nur eine Sorge hatte er noch: die Nicaraguaner. Sollte irgend jemand vom Flugplatz hierherkommen, war sein Spiel aus.

Er rannte zurück zur Anrollbahn und zog die beiden toten KGB-Wachsoldaten und General Tretjak außer Sicht in den Flugzeugbunker. Dann prüfte er, wieviel Munition er noch in der Pistole hatte. Gerade noch drei Schuß. Zwei für eventuelle Neugierige und vielleicht den letzten für sich selbst.

Er setzte sich vor das Vorder-Fahrwerkrad des *Dream Star* und spähte zum Rand des halb zurückgesetzten Parkstreifens. Nach zehn Minuten war immer noch keinerlei Aktivität erkennbar. Entweder hatte niemand die Schüsse gehört, oder aber niemand hatte Lust, sich einzumischen.

Er spürte Erregung in sich aufsteigen. Ein weiteres Mal hatte er den Amerikanern den *Dream Star* vor der Nase weggeschnappt! Dieses Flugzeug war einfach für ihn bestimmt. Ja...! Mehr denn je war er davon überzeugt.

Er lief zur Rückseite des Bunkers und von dort bis zum Abgrenzungszaun, um nachzusehen, ob sich irgend etwas tat. Dann ging er zu der Stelle, wo er seine beiden Koffer mit seinem Fliegeranzug und dem Helm versteckt hatte, und brachte sie rasch in den Bunker. Noch einmal ein spähender Blick bis zum Zaun. Sobald er einmal in seinem Fluganzug war, hatte er keine Möglichkeit mehr zur Selbstverteidigung. In zwei Stunden, vielleicht sogar früher, konnte er in der Luft sein, weg von diesem verdammten Landstrich.

Er schleppte seine Aluminiumkoffer zur Service-Plattform neben dem Cockpit hinauf und öffnete sie. Er begann mit seinen Atemübungen zur Entspannung von Körper und Geist, was ja Voraussetzung für den Kontakt mit ANTARES war. Nach fünf Minuten hatte er sich ausgezogen, die dünne Baumwoll-Fliegerunterwäsche übergestreift und begonnen, die fiberoptischen elektrischen Anschlüsse zwischen Helm, Anzug und Cockpit herzustellen. Bald spürte er das vertraute Gefühl der vibrierenden Wellen über sich hinfluten, als er in das erste Stadium des Alpha-Zustands eintrat, die erste selbsthypnotische Phase der mentalen Entspannung. Er merkte, daß der Alpha-Zustand ihm auch zugleich half, den pochenden Schmerz in seiner Schulter abzublocken und auszublenden, und spürte das zitternde Vibrieren der Muskeln, während sein Blutkreislauf Adrenalin auszustoßen begann.

Er öffnete die Pilotenkanzel und kletterte hinein. Da er die Plattform nun nicht mehr benötigte, stieß er sie weg, soweit es ging. Die Leiter rollte ein Stück, knallte gegen die Bunkerwand.

Als nächstes stellte er die interne Batteriestromversorgung an und veranlaßte einen raschen Selbsttest der Systeme. Alles funktionierte ordnungsgemäß und befand sich im richtigen Status, von den Instrumenten bis hin zu allen Türen und Abdeckplatten. Die Treibstoffanzeige meldete volle Tanks, das 20-mm-Magazin war gefüllt. Alle Verbindungen zu den vier noch vorhandenen Luft-Luft-Raketen waren einwandfrei. Sobald der ANTARES-Kontakt hergestellt war, konnte er die Triebwerke starten.

Zum Schluß schlüpfte er in den Fluganzug. Er hatte bisher immer geglaubt, dies sei ohne Hilfe ganz unmöglich, doch nun stellte er fest, daß es ein geringeres Problem war, als er befürchtet hatte. In zwanzig Minuten war er fertig und richtete sich den fast dreißig Kilo schweren Panzer ein letztes Mal zurecht, ehe er sich vorsichtig in seinen Sitz gleiten ließ und so viele Anschnallgurte festzurrte, wie er konnte. Der Anzug war ja nicht für freie Bewegung gedacht und praktisch eine starre Schale. Aber es gelang ihm dennoch, sich ausreichend festzuschnallen.

Nach einigen Augenblicken der Konzentration hatte er seine

Atmung wieder im Normalzustand und bald auch erheblich beruhigt. Er erreichte den ersten Alpha-Hypnosezustand. Doch noch verspürte er kein Anzeichen des sich aufbauenden Kontakts. Er schloß die Augen und ließ sich weiter in die tieferen Bereiche seiner Selbsthypnose einsinken.

Ein weiteres Mal gehörte der *Dream Star* ihm! Und bald war er wieder eins mit ihm…

»*Mayday, Mayday, Mayday!* Air Force… Hubschrauber Triple Echo Drei-Vier auf Notfrequenz, zwanzig Meilen Ost von Flughafen Lecus Südost auf zweitausend Fuß! Wir sind ein Militärflugzeug der *United States Air Force.* Drei an Bord plus drei Verluste, siebentausend Pfund Treibstoff, Kurs zwei-neun-null magnetische Grad auf Airport Buena Vista bei hundert Knoten. Motor- und Elektroschaden, unkontrollierbarer Treibstoffverlust. Erbitten Suche und Rettung entlang südlicher Hondurasgrenze südlich Puerto Lempira. Dies ist ein Notruf. Bitte kommen. Kommen!«

Niemand antwortete. Der Pilot wiederholte seinen Notruf auf den Notruffrequenzen von UHF und VHF.

»Meldet sich denn das nicaraguanische Militär nicht?« fragte McLanahan.

»Als wären sie alle vom Erdboden verschluckt«, sagte der Pilot. »Beim Einfliegen haben sie uns keine Sekunde aus den Augen gelassen. Jetzt reagieren sie nicht mal auf einen Notruf.«

»Vielleicht hören sie überhaupt nichts«, sagte Briggs, der noch einmal das zerschossene Instrumentenbrett betrachtete. »Sieht so aus, als würde das Dings hier gar nicht mehr funktionieren.«

Der Pilot versuchte es trotzdem weiter. Briggs rückte nach vorn zu McLanahan, der eine Karte studierte und den Kurs prüfte.

»Patrick, J. C.! Er ist…«, rief Briggs.

McLanahan fiel die Karte aus der Hand. Sein Mund wurde trocken, seine Finger zitterten. »O mein Gott, nein…« Er schloß die Augen. »Verdammt, J. C.! J. C.…« Maraklow, dieser Schweinehund, sollte ihm das büßen… Das und alles andere.

Ein Klopfen, das ihn wie ein elektrischer Schlag durchfuhr, schreckte ihn auf. Der Pilot hatte ihm auf die Schulter getippt. »Hinter Ihrem Sitz, in dem Notkasten! Da ist ein Handsprechgerät! Wir sollten uns doch, wenn was ist, des Notkanals Alpha bedienen! Versuchen Sie, ob Sie auf dem was reinkriegen!« Noch ehe Briggs ihm das Gerät herausholen konnte, fielen sie heftig nach unten durch. Der Pilot mußte arbeiten wie verrückt, um den Hubschrauber abzufangen und in der Luft zu halten.

»Kann ihn nicht mehr lange halten«, sagte er, »wir müssen runter.«

McLanahan griff sich die Karte wieder und versuchte ihre Position zu bestimmen. »Versuchen Sie, ob wir noch über den Rio Coco kommen, dann sind wir wenigstens in Honduras! Auf keinen Fall möchte ich Bruch in Nicaragua machen!«

Der Pilot schüttelte den Kopf. »Versuchen kann ich es ja, aber ich habe keine Ahnung, wie weit wir es wirklich noch schaffen. Sie schnallen sich beide besser an.«

McLanahan steckte die Karte ein. Briggs holte den Notkasten hervor.

Dem Piloten gelang es, noch zehn Minuten in der Luft zu bleiben. McLanahan dirigierte ihn westlich auf eine nach Nordosten führende Straße zu. Der Pilot fand sie gerade noch, als das gelbe Warnlicht aufleuchtete. »Gibt den Geist auf«, schrie er. »Zwischen den vielen Bäumen komme ich nicht runter. Entweder landen wir jetzt auf der Stelle, oder wir fallen runter.«

Er folgte der Straße, so gut es ging, schwebte gerade noch über die Baumwipfel hin und suchte verzweifelt nach einer Lichtung. Eine Biegung der Straße kam in Sicht, der Pilot hielt darauf zu. Und keine Sekunde zu früh. Sie schlugen hart auf der Straße auf, als das Sicherungssystem in der Transmission automatisch den Rotor abstellte.

»Raus!« schrie der Pilot, drehte den Treibstoffhahn zu, würgte den Motor ab und stellte das automatische Feuerlöschsystem an. »Vorne auf und raus!« Sie sprangen alle drei hinaus und rannten hundert Meter weit, ehe sie sich umdrehten und darauf warteten, daß der Hubschrauber explodierte oder zu brennen begann. Der Motor und auch der Generator hinter dem

Cockpit rauchten zwar, aber nichts geschah. Sie sanken alle drei am Straßenrand zu Boden.

Erst nach einigen schweigenden Minuten faltete McLanahan wieder seine Karte auseinander, die er aus seiner Tasche holte, und deutete auf die Straßenbiegung. »Hier sind wir, glaube ich. Das ist drei oder vier Meilen von der Stadt Auka entfernt. Nach Puerto Lempira sind es auf dieser Straße noch an die fünfundzwanzig Meilen. Hal, sehen Sie mal zu, ob Sie irgendwen mit diesem Handsprechgerät reinkriegen.«

Briggs holte das Gerät aus seiner Tasche, schaltete den Notkanal Alpha ein und begann seine Notrufe.

Schon nach einigen Augenblicken rief er: »Ich hab' Puerto Lempira! Hallo, Sturm-Kontrolle, hier Air Force-Hubschrauber Triple Echo Drei-Vier. Ich höre Sie nur schwach und kaum verständlich. Wir sind am Boden, drei-null Meilen südlich der Stadt Auka. Erbitten Abholung, drei Mann und drei Verluste. Kommen.« Er lauschte angestrengt, antwortete noch einige Male, gab Anweisungen über die nötigen Hilfen und schaltete dann ab.

»Sie sagen, sie haben keinen Hubschrauber mehr in Puerto Lempira. Aber sie wollen einen aus La Cieba kommen lassen. Vielleicht kriegen sie auch einen privaten, meinen sie. Aber vor einer Stunde können sie auf keinen Fall hier sein, wahrscheinlich sogar erst in eineinhalb Stunden. Wir müssen nach Auka und sie einwinken.«

»Viel zu lang«, knurrte McLanahan. »Bis dahin ist Maraklow mit dem *Dream Star* über alle Berge. Wir müssen Elliott herkriegen und ihm Bescheid sagen. Er muß den Sperrkordon wieder zumachen.«

»Und was ist mit Jägern aus Puerto Lempira?« sagte Briggs. »Habt ihr denn dort keine F-15 mehr stehen?«

»Die sind heimbeordert worden, als die Russen ihre Abmachung angeboten haben. Bedingung war, daß wir den ganzen Luftkordon aufheben und von den Cayman-Inseln abziehen; als Geste des guten Willens. Sichern wir rasch noch den Hubschrauber und dann los!«

Auf dem Weg zurück zum *Delphin* fragte McLanahan Briggs,

ob General Elliott nicht inzwischen sowieso auf dem Weg nach Puerto Lempira sein müßte.

»Sicher.«

»Meinen Sie, wir könnten über Puerto Lempira eine Verbindung mit ihm kriegen? Dann kann er den Sperrkordon von Nicaragua sofort wieder einrichten – zumindest die AWACS raufbeordern, um Maraklow mit dem *Dream Star* zu beobachten.«

»Ich kann's probieren. Die Verbindung ist zwar ziemlich mies, aber auf jeden Fall könnten wir Kontakt herstellen.«

Er begann, während sie gingen, wieder Puerto Lempira zu rufen. Am Hubschrauber sperrten der Pilot und McLanahan die Türen zu. Briggs war im offenen Gelände geblieben, um den Radiokontakt mit dem Flugplatz in Honduras herzustellen.

»Klappt nicht«, sagte er, als die beiden wieder bei ihm waren. »Wir müssen warten, bis wir in Auka sind und ein Telefon finden. Oder es kommt noch mal eine Lichtung mit einer geraden Luftlinie nach Puerto Lempira.«

McLanahan schimpfte auf dem Weg nach Auka mißmutig vor sich hin. »Nach allem... J. C.... und da soll dieser Maraklow mit dem *Dream Star* noch einmal davonkommen? Und nichts und niemand soll den Kerl aufhalten können?«

Über der Karibischen See
Montag, 22. Juni,
07.48 Uhr CDT

»Was war das?« fragte General Elliott. Er saß in einem Militär-Learjet C-21 B auf dem Weg von Georgetown bei den Cayman-Inseln nach La Cieba, von wo aus er mit einem Hubschrauber nach Puerto Lempira weitertransportiert werden sollte.

Noch als sie von Grand Cayman gestartet waren, war er erleichtert darüber gewesen, daß er den *Dream Star* nun bald wiedersehen würde. Doch dem folgte nun die große Ernüchterung. »Wiederholen Sie das letzte noch einmal!«

»Nachricht von einem Major Briggs von der Besatzung des Air Force-Hubschraubers Triple Echo Drei-Vier«, sagte der *Radio Operator.* »Hat sofortige Notrettung erbeten. Sein Hubschrauber ist am Boden, vier Meilen südlich Auka, ungefähr dreißig Meilen südlich Puerto Lempira. Er meldete drei Überlebende, drei Verluste.«

»O mein Gott«, murmelte Elliott, ehe er antwortete: »Wann ist der Rettungshubschrauber gestartet?«

»Wir haben Ihren HH-3 aus La Cieba unmittelbar danach gerufen«, war die Antwort. »ETA bis Auka ist 8.15 Ortszeit.«

»Aus La Cieba? War das der einzige verfügbare Hubschrauber?«

»Korrekt, Sir.«

Elliott schlug mit der Faust auf die Instrumentenkonsole. »Hat der Major berichtet, was genau passiert ist?«

»Wir haben kurz hinterher den Kontakt verloren, Sir«, meldete der *Operator.* »Der Ruf kam auf der Notfrequenz und offenbar mit einem Handsprechgerät, das nur schwach durchkam. Ich nehme an, er hat es seitdem noch weiter versucht, aber wir kriegen ihn nicht mehr rein.«

Elliott schaltete aus und ging in den Bordfunk, um Major Marcia Preston vom *Marine Corps,* Adjutantin der Nationalen Sicherheitsberaterin Deborah O'Day und im Augenblick Pilotin dieses Flugzeugs, zu informieren. »Major, Kursänderung. Wir fliegen statt nach La Cieba nach Puerto Lempira. So schnell Sie können. Wir versuchen, zur Absturzstelle zu fliegen und festzustellen, was los ist.«

»Ja, Sir.« Die C-21 ging in eine Linkskurve. Marcia Preston begann auf der Trägheitsnavigation die Koordinaten von Puerto Lempira aufzurufen und La Cieba von der Änderung des Flugplans zu verständigen.

Elliott stand von seinem Sitz auf und ging nach hinten zu Curtis und Deborah O'Day. Sie waren aus Washington auf die Cayman-Inseln gekommen, als die Vereinbarung zur Rückgabe der XF-34 geschlossen worden war, und Elliott hatte sie auf ihrem Weiterflug nach Honduras eigentlich nur begleiten wollen.

»Wir haben ein ziemliches Problem«, sagte er. »Mein Sicherheitschef Major Briggs sitzt in Honduras mit zwei anderen Überlebenden und drei Verlusten unserer Rückholmannschaft am Boden. Noch keine weiteren Informationen. Ein Hubschrauber ist unterwegs, wird aber frühestens in einer Dreiviertelstunde dort sein.«

»Was tun wir?« fragte Deborah O'Day.

»Ich will erst einmal Kontakt mit Briggs haben. Er sendet auf einer Notfrequenz mit Handgerät, und unsere Leute in Puerto Lempira kriegen ihn nicht mehr rein. Ich habe Marcia schon angewiesen, den Kurs zu ändern und direkt die Absturzstelle zu überfliegen. Vielleicht können wir Briggs dort hören.«

»Und was hat das zu bedeuten?« fragte Curtis.

»Keine Ahnung, dazu wissen wir noch zu wenig. Aber wir werden uns verhalten, wie es für den Fall vorgesehen ist, den ihr Burschen ›das Schlimmstfall-Szenario‹ nennt. Sie wollten den *Dream Star* abholen, vielleicht haben die Russen doch nicht mitgespielt und sie abgeschossen. Und Major Briggs und die anderen – wer immer sie sind – haben es zwar noch über die Grenze, aber nicht mehr ganz bis nach Hause geschafft.«

»Das würde also bedeuten, die Russen haben den *Dream Star* immer noch«, sagte Deborah O'Day. »Und wenn sie die getroffene Abmachung gebrochen und sogar unsere Leute angegriffen haben, dann versuchen sie auch, das Flugzeug doch noch so rasch wie möglich außer Landes zu bringen.«

»Und wir können praktisch gar nichts dagegen unternehmen«, ergänzte Elliott. »Wir haben nichts, was nahe genug wäre, um eingreifen zu können! Die AWACS und ein paar von den F-16 sind zwar noch auf den Caymans, aber wir müßten erst noch einen Tanker aus Puerto Rico oder Florida für sie herbeischaffen. Was mindestens ein paar Stunden dauert. Die beiden Jäger F-15E für Bodenangriffe, die wir nach Honduras geholt haben, sind schon wieder auf dem Weg zurück nach Arizona. Wir könnten zwar ersatzweise ein paar honduranische Bodenangriffsjäger kriegen, aber wenn sie wirklich eingreifen, bedeutet das Krieg in Mittelamerika. Das wird der Präsident niemals genehmigen.« Er schwieg einen Augenblick. Dann murmelte er: »Der *Gepard*...«

»Was?«

»Der *Gepard.* Mein weiterentwickelter Jäger F-15F. Er ist in Puerto Lempira. Powell und McLanahan sind mit ihm heimgeflogen und dann wiedergekommen. Mit ihm ist sowohl Luft-Luft- wie Bodenangriff möglich.«

»Ja, aber sagten Sie nicht, die beiden sind nach Nicaragua geflogen? Das hieße doch –«

»Es hieße«, vollendete Deborah O'Day den Satz von Curtis, »einer oder alle beide könnten tot sein. Kann sonst niemand diese Maschine fliegen?«

Elliott rieb sich sein schmerzendes rechtes Bein. »Nur ein paar Leute können den *Gepard* wirklich so fliegen, wie es nötig ist, um eine Chance gegen den *Dream Star* zu haben.« Er blickte düster vor sich hin. »Und fast alle – meine besten Testpiloten – befinden sich zweitausend Meilen von hier in *Traumland.* Und Powell und McLanahan selbst – nun, die liegen vielleicht tatsächlich jetzt schon tot im Dschungel von Honduras. Bleibt nur noch einer übrig, der in Frage käme. Aber der hat sich als gottverdammter russischer Spion erwiesen...«

»General, hier Pilot«, meldete sich Marcia Preston über den Bordfunk. »Wir haben die Küste erreicht, ETA bis Puerto Lempira neun Minuten. Wir haben Genehmigung, bis zur nicaraguanischen Grenze zu fliegen, aber für mehr als zehn Minuten Suche reicht der Sprit nicht. Dann müssen wir zum Auftanken nach Puerto Lempira runter.«

»Okay, Major. Gehen Sir runter auf zweitausend Fuß und südlich von Puerto Lempira. Fragen Sie dann Sturm-Kontrolle, auf welcher Frequenz sie mit Major Briggs gesprochen hat. Auf dieser suchen wir dann, zusammen mit der offiziellen Notfrequenz. Vielleicht schnappen wir ihn wieder auf.«

Marcia Preston ließ ihm Zeit, sich wieder anzuschnallen, ehe sie rasch erst bis auf fünftausend Fuß herunterging und dann Kontakt mit Puerto Lempira aufnahm. Kurz danach war sie auf den UHF-, VHF- und *Air Force*-Not-Kanälen. Elliott setzte sich den Kopfhörer mit Mikro auf.

»Hallo, *Air Force*-Hubschrauber Triple Echo Drei-Vier, hier Sturm-Kommandeur auf Alpha. Hören Sie mich?«

Sie brauchten weniger als eine Stunde, aber ihre Hoffnung, ein Telefon zu finden, war schnell dahin. Die »Stadt« war wenig mehr als ein paar verlassene alte Hütten, vom Dschungel schon wieder halb zugewuchert. Die Straße war zwar breit und asphaltiert – sie gehörte zur Hauptküstenstraße, die durch Mittelamerika führt –, aber es herrschte so gut wie kein Verkehr. Nur ein paar Reiter tauchten auf, und einige Hütejungen auf widerspenstigen Ziegen. Alle hatten sie keine Lust, mit ein paar abgerissenen, schmutzigen Fremden zu reden.

Kurz hinter Auka im Norden der Stadt führte eine Abzweigung nach Westen. Die Gabelung lag genau auf einer lichten Anhöhe. Dort stand eine kleine Marienkapelle. Von dieser Stelle aus reichte der Blick an die fünf Meilen im Umkreis, bis die Wälder wieder begannen. »Das sieht mir am besten als Suchpunkt aus«, sagte McLanahan. »Hal, versuchen Sie es doch mal durchzusagen und –«

»Warten Sie!« sagte Briggs. Er hielt sein Handsprechgerät hoch und drückte dann sofort auf seinen Sprechknopf. »Hallo, Sturm-Kommandeur, hier Hal Briggs! Ja, ich höre Sie laut und deutlich! Kommen!« Er stieß McLanahan aufgeregt an: »Der General. Er ist unterwegs zu uns!«

»Klasse.«

Briggs gab das Gerät McLanahan. »Hallo, General, hier Colonel McLanahan.«

»Mann, Patrick, ist das gut, Sie zu hören!« Dann erst wurde ihm bewußt, daß der dritte Überlebende der Hubschrauberpilot sein mußte. »Patrick, wen haben Sie verloren?«

»J. C., Carmichael und Ray Butler.«

Elliott sank in seinen Sitz zurück. O nein! Powell also tot – ihre letzte Hoffnung. Der einzige Mann, der den *Gepard* gut genug fliegen konnte, um den Kampf mit dem *Dream Star* aufnehmen zu können...

»Wie ist es passiert? Beim Absturz?«

»Nein. Andrej Maraklow – Ken James – hat sie erschossen.«

»James? Ich denke, der ist schon in Moskau?«

»Er lebt und hat den *Dream Star.*«

»Was ist mit dem Abkommen? Der Übergabe?«

»Er tauchte plötzlich wie aus dem Nichts auf. Kein Mensch hat ihn erwartet. Nicht einmal der russische General. Den hat er übrigens auch erschossen, und zwei russische Wachsoldaten, und wer weiß, wen noch alles. Nur, um sich den *Dream Star* unter den Nagel zu reißen. Wer weiß, für wen er wirklich arbeitet, wenn nicht nur für sich selbst. General, der *Dream Star* ist in flugfähigem Zustand. Wir haben keine Viertelstunde mehr Zeit, um ein Abfangkommando zusammenzustellen, bevor er weg ist.«

»Ich sehe Sie!« rief Briggs dazwischen und deutete zum Himmel.

»General, wir haben Sichtkontakt zu Ihnen. Etwa drei Meilen. Kommen Sie zwanzig Grad rechts. Da ist eine Ost-West-Straße seitlich Ihrer rechten Tragfläche. Folgen Sie ihr bis zum Ende. Wir stehen genau auf ihrer Einmündung, in der Lichtung.«

Marcia Preston vollzog die Kurskorrektur und sah die Straßengabelung sofort. »Ich habe sie«, sagte sie.

Elliott wandte sich ihr zu. »Major, wie ist das? Könnten Sie…?«

Aber sie sagte bereits: »Alle festhalten. Bremsen fahren aus…«

Sie sahen zu, wie der blauweiße Learjet C-21 hart links wegzog, hörten, wie die Turbine nur noch leise flüsterte und die Maschine umkehrte, bis sie parallel zur Straße war, die von Auka herkam. McLanahan hörte das Winddonnern in der Luft. »Bremst ab«, sagte er.

»Fahrwerk kommt raus!« schrie der Hubschrauberpilot. »Die landen!«

Die C-21 kam direkt hinter den letzten Bäumen herunter, Nase hoch, Geschwindigkeit gerade noch, daß sie nicht abschmierte, ließ sich fast herunterfallen und landete präzise auf der Straße. Die Bremsklappen standen hoch, und die Flappen waren ausgefahren, um soviel Druck wie möglich auf die Bremsen auszuüben. Dieses Jet-Modell besaß keinen Umkehrschub, aber Marcia Preston vollführte die Technik der Kurzbahnlandung so perfekt, daß das auch gar nicht nötig war. Sie mußte lediglich einige Male kurz auf die Bremsen treten, um ihre Maschine so ausrollen zu lassen, daß sie fast genau an der Gabelung zum Stehen kam. Bei noch laufenden Triebwerken ging die Seitentür auf, und die drei kletterten hinein.

Deborah O'Day hielt den Atem an beim Anblick von Briggs und McLanahan, die über und über mit Blut verschmiert waren. Sie setzten sich auf die freien Sitze des für acht Passagiere eingerichteten Jets.

Elliott kam zu ihnen nach hinten. »Deborah, setzen Sie sich noch mal nach vorn, bitte?« Sie tauschten die Plätze, Elliott schnallte sich an, und als Staatssekretär Curtis die Tür wieder verschlossen hatte, sagte er Marcia Preston durch, daß sie wieder starten konnte. »Nach Puerto Lempira, so schnell wir können. Rufen Sie durch, daß sie Sanitäter und Ärzte bereithalten sollen.«

Marcia Preston drehte das Flugzeug fast auf der Stelle und startete ohne jedes Problem.

McLanahan sagte: »Sanitäter und Ärzte brauchen wir keine mehr. Was wir brauchen, ist ein Angriff auf Puerto Cabezas. Schnellstens. Oder es ist zu spät.« Jetzt erst erkannte er den Staatssekretär. »O Mr. Curtis, Sir! Ich glaube, Ken James – Maraklow, meine ich – versucht, mit dem *Dream Star* abzuhauen, so schnell es geht. Er hat J. C. und weitere fünf Mann niedergeschossen. Der Mann läuft Amok, man muß ihn stoppen.«

»Wir denken ja schon die ganze Zeit darüber nach, Colonel, was wir tun könnten. Aber wir haben nichts zur Verfügung. Alles ist zurückgezogen worden, als die Abmachung getroffen wurde.«

»Wir haben den *Gepard* noch«, sagte McLanahan. »Ich fliege ihn und schnappe mir den Burschen.«

Curtis und Elliott sagten nichts und lehnten sich nur beide schweigend in ihre Sitze zurück.

»Ich kann ihn fliegen. Ich habe ihn schließlich im Simulator geflogen und Praxis genug.«

»Ich habe auch Praxis im F-15F-Simulator«, sagte der Staatssekretär, »aber das heißt doch noch lange nicht, daß ich einen

Kampfeinsatz fliegen könnte, schon gar nicht gegen eine Maschine wie die XF-34. Es wäre ein Risiko für Sie und das Flugzeug. Mit einer Chance gleich Null.«

»Er hat recht«, stimmte Elliott bei. »Nicht mal in der Hälfte aller Testflüge konnte J. C. gegen den *Dream Star* und James irgend etwas ausrichten, wie Sie wissen. Sie, Patrick, hätten überhaupt keine Chance. Ich kann da einfach nicht zustimmen.«

»J. C. hat mir den Schlüssel verraten, wie der *Dream Star* zu schlagen ist.«

»Mit einer Theorie aus zweiter Hand ist es doch nicht getan.«

»Und außerdem hat sich James selbst auch verändert. Sie hätten ihn sehen sollen. Er sieht aus, als hätte er fünfzehn Kilo Gewicht verloren und wäre um zwanzig Jahre gealtert. Ich weiß selbst gut genug, wie ANTARES an einem zehren kann. ANTARES hat ihn verändert. Er ist ein anderer geworden.«

Hal Briggs mischte sich ein. »Aus dem Mann ist ein kaltblütiger Mörder geworden. Ein Amokläufer. Er hat zwei KGB-Posten einfach so niedergeknallt und dann J. C. und Dr. Carmichael, als wären sie nur Pappkameraden.«

»Er handelt wie unter Zwang und so, als sei der *Dream Star* sein persönliches Eigentum. Seine ganze Existenz ist inzwischen unlösbar mit diesem Flugzeug verbunden. Nur eins ist er nicht mehr – ein Flieger mit kühlem Kopf. Er ist eine andere Person geworden.«

»Ja, aber Sie sind kein Jagdflieger, Colonel«, sagte Curtis.

»Nein, bin ich nicht. Aber ich bin die einzige Chance, die wir noch haben. Wenn Sie was Besseres wissen...«

Elliott sah Curtis an. »Was meinen Sie? Wo er recht hat, hat er recht.«

»Es hieße doch, den *Gepard* und McLanahan blindlings zu opfern. Noch einen toten Offizier, noch ein Flugzeugverlust. Und wir hätten nicht nur das eine, sondern dann sogar unsere beiden weitestentwickelten Flugzeuge nicht mehr. Und alles am selben Morgen.«

»Sir, das ist, entschuldigen Sie, Blödsinn, und das wissen Sie auch«, ereiferte sich McLanahan. »So, wie die Dinge stehen, ist jetzt nur eines sicher. Tun wir nichts, dann ist Ken James – Maraklow – mit dem *Dream Star* ein für allemal weg. Abgesehen von militärischen und finanziellen Erwägungen können wir James nicht ungeschoren davonkommen lassen. Er hat Dutzende Amerikaner auf dem Gewissen, nur um sich den *Dream Star* anzueignen! Und jetzt hat er sogar noch eigene Leute vor unseren Augen niedergeknallt. Sir: ich will den Mann haben.«

Schweigen herrschte, in das hinein Marcia Preston die Landung in Puerto Lempira ansagte. Doch keiner reagierte darauf. Als sie bereits gelandet waren und ausrollten, sagte Elliott ganz ruhig: »Ich fliege als Ihr Waffenoffizier mit.«

»Kommt überhaupt nicht in Frage«, protestierte Curtis.

»Ich fliege allein«, erklärte McLanahan. »Der *Gepard* ist als Kampf-Einsitzer gedacht.«

Sie hielten an der Parkrampe.

»Keiner von Ihnen beiden fliegt«, erklärte Curtis. »Es wäre der reine Selbstmord. Und eine Verletzung aller Vorschriften obendrein.«

»Dann fliege ich«, sagte eine Stimme hinter ihnen. Major Marcia Preston stand im Mittelgang. »Das löst alle Probleme, Sir. Ich bin ausgebildet und qualifiziert für hochentwickelte Zwillingstriebwerksmaschinen. Und geprüfte Ausbilder-Pilotin. Wenn mich General Elliott offiziell zu sich abkommandiert, ist es zumindest ein legaler Flug. Genau nach Vorschrift, keiner kann was sagen.«

»Topp«, sagte Elliott sofort. Er flüsterte mit Briggs.

»Und als Leitender Offizier kann ich Sie ebenfalls als qualifiziert für die F-15F erklären«, ergänzte McLanahan rasch. »Nach dem Augenschein, wie Sie diesen Learjet hier geflogen haben, kann ich erklären, die F-15 ist ein Kinderspiel für Sie. Ich kann Sie auch für waffen-qualifiziert erklären. Und als Ihr Fluginstrukteur, der qualifiziert ist für die F-15F, kann ich dann auch legal im Vordersitz des *Gepard* Platz nehmen. Wie Sie schon sagen, einwandfrei nach Vorschrift.«

»Sie sind kein Pilot, McLanahan! Sie sind nicht für Kampfeinsatz qualifiziert!«

»Ach was, ich habe Hunderte Stunden Praxis im *Gepard*, Sir, einschließlich Kampfmanövern.«

»Und ich«, sprang ihm Marcia Preston gleich wieder bei, »ich habe Hunderte Flugstunden in der F/A-18 *Hornet.* Luft-Luft, Luft-Boden, Flugzeugträgerstarts. Und sogar Gefahreneinsätze. Was Sie wollen. Mit dem Colonel haben Sie die Erfahrung da oben. Und mit mir, was er am dringendsten nötig hat: zwei zusätzliche kampferfahrene Augen im hinteren Sitz. Sie haben alles, was Sie brauchen, Sir!«

»Es ist trotzdem ein Himmelfahrtskommando, verdammt! Ich muß es zumindest vom Weißen Haus genehmigen lassen, Leute!«

McLanahan stand auf. »Wir verschwenden kostbare Zeit. Los.«

Marcia Preston stieß die Seitentür auf und stieg aus. McLanahan folgte ihr, hinter ihnen her Hal Briggs und der Hubschrauberpilot. Sie eilten im Laufschritt zum *Gepard*-Hangar und riefen dabei dem Bodenpersonal Anweisungen zu.

»McLanahan!« schrie ihm Curtis nach. »Bewegen Sie sofort Ihren Hintern wieder hierher! Das ist –«

Elliott legte ihm die Hand auf den Arm. »Lassen Sie ihn, Wilbur. Die Entscheidung ist gefallen.«

»Und wie!« sagte Deborah O'Day, die inzwischen zu ihnen gekommen war. »Ich habe das Kommando der Operation, wenn ich daran erinnern darf. Und *mein* Hintern hängt da drin. Genauso wie Ihrer, General.«

»Der meine«, sagte Elliott, »ist schon lange nichts mehr wert. Auf den brauchen wir keine Rücksicht zu nehmen. Die Bonzen in Washington sind mir egal. Ich sage: Laßt sie fliegen.«

»Und als eine von den Bonzen pflichte ich dem General bei«, sagte Deborah O'Day. »Curtis, Sie sind überstimmt.«

»Ihr seid verrückt!« sagte Curtis. »Wenn ihr auf die Aussicht scharf seid, nebeneinander im *Oval Office* zu stehen und das alles dem Präsidenten zu erklären, ich nicht! Ich ziehe es vor, zuerst die Genehmigung einzuholen. Daß mir dieses Flugzeug nicht startet, ehe das erledigt ist!« Er ging zur Tür, zögerte jedoch und rang sichtlich mit sich. Draußen war bereits das Singen der anlaufenden Triebwerke zu hören.

»Vor acht Jahren«, beschwor ihn Elliott, »haben Sie mal eine

Entscheidung getroffen, die mein ganzes Leben verändert hat. Sie haben entschieden und das Kommando übernommen und getan, was getan werden mußte. Und es hat geklappt. Tun Sie es jetzt noch einmal. Lassen Sie sie fliegen.«

Curtis musterte ihn schweigend. Aus dem Steuerbordfenster sah er, daß Marcia Preston bereits im hinteren Sitz des *Gepard* war und sich anschnallte. McLanahan stand auf der Einstiegsleiter, schon mit Helm und Flughandschuhen. Aber noch saß er nicht im Cockpit.

»Er hat eine verdammte Menge durchgemacht, Wilbur«, sagte Elliott. »Er hat in den acht Jahren bei mir mehr Blut und mehr Tote gesehen als andere in ihrem ganzen Leben. Und er hat nun mal eine Rechnung zu begleichen, eine Art Blutrache. Der bleibt auf dieser Leiter bis zum Jüngsten Tag stehen, wenn Sie ihm kein Zeichen geben. Das wissen Sie doch alles ganz genau.«

»Hol euch der Teufel«, sagte Curtis. Aber er nickte und schloß die Augen. »Major Briggs, veranlassen Sie, daß der *Gepard* startet. Sofort.«

Neuntes Kapitel

Über Nicaragua

Der Steuerknüppel des *Gepard* fühlte sich an wie lebendig, wie vor Kraft pulsierend. Anders als in den meisten Jagdflugzeugen von früher war er nicht in der Mitte, sondern rechts im Cockpit montiert und fast starr. Winzige Drucksensoren in ihm reagierten auf die Handbewegungen des Piloten und übertrugen sie als Impulse auf die dreifach redundanten Flugkontroll-Computer, die ihrerseits die jeweilige Anweisung an die Hydrauliksysteme weitergaben, welche die Flappen, Klappen und Leitwerkstabilisatoren und die Minihydraulik in den Tragflächen bewegten.

Das System war ultra-empfindlich und sehr schnell. Der leichteste Druck bewirkte bereits ein rasches Hochziehen oder Sinken.

McLanahan bemühte sich, den Knüppel lockerer und nicht so hart zu halten, aber die alten Gewohnheiten zu vergessen, war nicht so leicht. Dabei hatte J. C. schon die niedrigste Empfindlichkeit eingestellt.

Zu allem Überfluß projizierten sich auf die Scheibe vorne ganze Gebirge von Informationen, die noch dazu so rasch wechselten, daß er kaum Zeit hatte, sie abzulesen, bis schon wieder neue Zahlen- und Symbolreihen aufschienen. Es war ihm jetzt unbegreiflich, wie J. C. mit all dem so leicht hatte fertig werden können.

Auf seiner Schulter erschien plötzlich ein Handschuh.

»Übrigens, mein Name ist Marcia Preston«, sagte seine Beifliegerin. Es wurde ihm bewußt, daß er bisher außer »Klar zum Start« noch kein Wort mit ihr gesprochen hatte.

Er hatte die Höhe von fünftausend Fuß erreicht und erneut Kurs auf Puerto Cabezas genommen. Bei vollem Schub blieb er knapp unter Mach 1 und fegte über die üppigen tropischen Wälder und Salzmarschen des Nordostens von Nicaragua hinweg. Er drückte den Stimmerkennungsknopf und sagte mit deutlicher Artikulation: »Autopilot an, Höhe halten.« Der Computer wiederholte den Befehl. Es erinnerte McLanahan an den Gegencheck für die Indikatoren des Autopilot-Status. Das Stimmerkennungs-System im *Gepard* war zwar grundsätzlich für jeden Piloten eingerichtet, aber schon die kleinsten Unterschiede in der Stimmlage, im Akzent und in der Lautstärke irritierten den Computer zuweilen doch.

»Marcia«, sagte er danach, »ich hätte eine Frage. Wieso haben Sie sich für das hier freiwillig gemeldet?«

»Weil Sie mich brauchen. Aber vor allem, weil ich dabeisein wollte.«

»Es besteht immerhin die Möglichkeit, daß wir nicht zurückkommen.«

»Ich will mich ja nicht selbst loben, Sir, aber jetzt sind Ihre Chancen, zurückzukommen, doch sehr viel größer.«

»Den ›Sir‹ können wir sein lassen.«

»Okay. Und wohin jetzt?«

»Ich rate mal nur. Vielleicht unwahrscheinlich, aber es könnte sein, daß er noch immer unten ist. Wir müssen im Bunker in Puerto Cabezas nachschauen.«

Mit einer Fluggeschwindigkeit von sieben Meilen pro Minute waren sie nach knapp zehn Minuten über Puerto Cabezas. McLanahan nahm den Schub auf achtzig Prozent zurück. »Ich fliege direkt vorbei, so daß sie nach rechts hinaus gut sehen können«, sagte er. »Der Bunker liegt ziemlich tief, aber es müßte zu erkennen sein, ob ein Flugzeug drinsteht.«

Ihre Ankunft über dem nicaraguanischen Militärflugplatz wurde begleitet von einer Kakophonie englischer, spanischer und russischer Warnrufe und Aufforderungen, abzudrehen und sich zu entfernen. Patrick ignorierte alles. Es gab in der ganzen Umgebung ja keine Radarwarnung mehr. Um einen guten Blick in den Bunker zu haben, flogen sie nun langsamer als fünf Meilen pro Minute. Beim Anflug kommandierte McLanahan vorsichtshalber über den Stimmcomputer: »Waffen, Bordkanone, Modus, Tiefflugangriff.«

»Achtung, Warnung. Bordkanone feuerbereit, Tiefflugangriffmodus, fünfhundert Schuß verbleibend.« Ein holographisches Zielrechteck erschien auf der Scheibenprojektion vor McLanahan. Er schaltete den Autopiloten aus, ging auf tausend Fuß hinunter und begann den Anflug auf den Bunker.

»Sie gehen in Feuerbereitschaft?«

»Ja, wenn der *Dream Star* noch drin ist, will ich schießen, bevor er aufsteigen kann.« Er drückte auf den Kommandoknopf. »Zielselektion.« Das Rechteck begann zu blinken. Er bewegte den Kopf, bis das Zielrechteck, das automatisch den Kopfbewegungen des Piloten folgte, genau auf das Tor des Bunkers gerichtet war, und drückte dann wieder den Stimmerkennungsknopf. »Jetzt.« Das Rechteck hörte zu blinken auf, und eine Anzahl Linien zeichneten sich über die ganze Projektion auf der Scheibe. Wie die Leitstrahlen bei einer Instrumentenladung. Sobald er sie zentrieren würde, zersiebte die Bordkanone das Ziel in Stücke.

»Ziel definiert, Zielselektion aus.«

»Passen Sie auf Ihre Flughöhe auf«, riet Marcia Preston. »Sie sind keine fünfhundert Fuß hoch, und der Autopilot ist aus.«

»Ja, danke.« Er schaltete den Autopilot für gleichmäßigen Bodenabstand ein.

Auf dem Flugplatz sahen sie überall, selbst auf der Startbahn, rennende Männer und herumkurvende Fahrzeuge. Viel zuviel Hin und Her, als daß normaler Flugbetrieb möglich gewesen wäre. Zudem blockierte eine Anzahl Noteinsatzfahrzeuge die Rampe mit den Bahnen zu den Bunkern.

Zwei Meilen vor diesen rief Marcia Preston: »Die nehmen wahrscheinlich an, wir wollen Bomben schmeißen!«

»Ein paar Salven reinzujagen, wäre auch gar nicht schlecht!«

»Wäre doch nur Munitionsverschwendung.«

»Aber besser würde ich mich dann fühlen.« Doch statt zu feuern, drückte er wieder den Stimmerkennungsknopf. »Ziel aus. Bordkanone sichern.«

Der Computer wiederholte und vergewisserte sich, dann führte er die Kommandos aus, McLanahan zog die Maschine leicht hoch und brachte sie auf vollen Schub.

»Längst weg«, sagte Marcia Preston. »Wohin jetzt?«

»Weiß auch nicht.« Er stieg bis auf zehntausend Fuß, gut über die höchsten Berge Zentral-Nicaraguas weit im Westen. »Sein ursprünglicher Plan war, nach Kuba zu fliegen. Sicherer als Nicaragua. Und dann weiter nach Rußland.« Er ging in die Frequenz von Puerto Lempira. »Hallo, Sturm-Kommandeur, hier Sturm Zwei. Hören Sie mich?«

»Laut und deutlich, Sturm Zwei«, meldete sich General Elliott sofort.

»Unser Zielobjekt war nicht in Puerto Cabezas. Ist die AWACS oben?«

»Korrekt«, bestätigte Elliott. »Mit vollem Überblick über die ganze Karibik nördlich von Nicaragua. Hat eine F-16 bei sich. Noch nichts gemeldet.«

»Zielobjekt muß südwärts fliegen, zurück nach Sebaco vielleicht oder Managua.« McLanahan rief über die Trägheitsnavigation Managua auf und schaltete den Autopiloten wieder ein. »Fliegen nach Sebaco zur Überprüfung, dann Managua.«

»*Roger.* Halten Sie uns auf dem laufenden. Ende.«

Nach einigen Minuten fragte ihn Marcia Preston über den Bordfunk: »Colonel, Sie sagten, wir fliegen nach Sebaco und dann noch nach Managua. Was für eine Luftverteidigung hat Sebaco? Managua, das weiß ich, ist stark verteidigt. Ist Sebaco nicht dieser KGB-Stützpunkt, auf den der *Dream Star* zuerst gebracht wurde?«

»Ja.« Sie hatte ihn mit ihren Fragen aus seinen Gedanken gerissen. »Sebaco hatte zwei 57-mm-Flakbatterien und SA-10-Raketen und ein paar MiG-29. Haben wir alles weggeputzt vor ein paar Tagen.«

»Und? Ist das ersetzt?«

»Weiß ich nicht.«

»Und Managua? Was haben die alles?«

»Ähnlich wie Puerto Cabezas, nehme ich an. SA-15, MiG-29 oder MiG-27 und wahrscheinlich ein paar taktische Flakbatterien. Warum?«

»Warum? Na ja... ich meine, die Nicaraguaner werden uns doch nicht einfach so bei sich herumkurven lassen, oder? Glauben Sie nicht, sie schicken uns alles, was sie haben, auf den Hals?«

»Na wenn schon. Ist mir ziemlich egal. Wir haben das außerdem schon mal gemacht, und –«

»Nein, Sir. Ganz so war es nicht. J. C. Powell und Sie haben es gemacht. Und Sie saßen da, wo ich jetzt sitze, nämlich hinten.«

»Was soll das heißen?«

»Es soll heißen«, sagte sie ganz kühl und sachlich, »daß Sie nicht so mir nichts, dir nichts nach Managua oder Sebaco fliegen können, ohne zumindest irgendeinen Plan zu haben, Sir! Wir haben in Puerto Cabezas Glück gehabt. Sie können nicht einfach drauflosfliegen!«

Keine Antwort.

»Damit wir uns recht verstehen, ich will mich keineswegs drücken. Ich fliege mit, wohin Sie fliegen, und helfe Ihnen, dieses Flugzeug hier so gut zu verteidigen, wie es nur geht. Aber ein bißchen mit Überlegung sollten wir schon vorgehen, damit sie uns nicht runterschießen, bevor wir Ken James auch nur gesehen haben.«

»Ja. Sie haben ja recht. Ich bin in Puerto Lempira tatsächlich losgeflogen, ohne eine Ahnung zu haben, was nach der Erkundung in Puerto Cabezas geschehen sollte. Und wir haben Informationen erhalten, daß die Startbahn in Sebaco bereits wieder repariert worden ist. Es kann also durchaus sein, daß dort ein neues MiG-Geschwader steht, das uns aufs Korn nimmt. Es ist wirklich idiotisch. Verdammt idiotisch...«

»Schön, bleibt also die Frage: Was tun wir? Kreise fliegen können wir nicht gut.«

»Wir müssen uns erst mal orientieren.« Aber wie...? Er kommandierte dem Stimm-Computer, eine freie Frequenz im UHF-Bereich Zwei zu suchen.

»Hallo, Sandino Tower, hier Sturm Null-Zwei auf eins-eins-acht Komma eins. Kommen.«

»Hallo, Sturm Null-Zwei, hier Tower Augusto Cesar Sandino International Airport«, sagte ein Fluglotse mit starkem spanischen Akzent. »Geben Sie Ihre Position, Höhe, Flugzeugtyp, Abflugort und Bestimmungsort. Zu Ihrer Information, wir haben keinen Flugplan für Sie. Sie verletzen möglicherweise die Luftfahrtbestimmungen Nicaraguas. Antworten Sie.«

»Hallo, Tower, Sturm Null-Zwei ist ein amerikanisches Militär-Jagdflugzeug. Ich befinde mich auf der Verfolgung eines amerikanischen Militärflugzeugs, das von einem russischen Gesetzesbrecher geflogen wird. Ich habe die Absicht, auf der Suche nach diesem Flugzeug Sebaco und Managua zu überfliegen. Erbitte Unterstützung. Kommen.«

»Hallo, Sturm Null-Zwei, Überflug Nicaraguas durch amerikanische Militärflugzeuge ist untersagt. Sie verletzen nationales und internationales Recht. Landen Sie unverzüglich auf Sandino International, andernfalls wird ohne weitere Warnung auf Sie geschossen. Kommen.«

»Hallo, Sandino Tower, ich wiederhole. Bin auf Verfolgung Gesetzesbrecher, der amerikanisches Flugzeug fliegt. Er ist für Sie ebenso eine Gefahr wie für die Vereinigten Staaten. Ich erbitte noch einmal Unterstützung bei der Verfolgung dieses Flugzeuges. Ich habe keine feindlichen Absichten gegen Nicaragua. Bitte helfen Sie. Kommen.«

»Das funktioniert nicht«, sagte Marcia Preston. »Auf diese Weise ermöglichen wir es ihnen doch nur, unsere Position zu trigonometrieren! Wir müssen hier weg. Fliegen Sie uns über die honduranische Grenze zurück.«

»Hallo, Sturm Null-Zwei, hier Sandino Tower. Bleiben Sie auf Empfang für wichtige Nachricht. Bestätigen Sie.«

McLanahan bestätigte nicht. Auf seiner Windschutzscheibenprojektion leuchtete die Anzeige auf, daß er in der Nähe eines Suchradars war. Marcia Preston sagte von hinten: »Da haben Sie's. Wir nähern uns dem Suchradar von Managua.«

»Hallo, Sturm Null-Zwei, kontaktieren Sie Frequenz VHF eins-drei-eins Komma fünf. Wichtig. Sandino Tower Ende.«

McLanahan begann eine weite Linkskurve weg von Managua und wechselte den Kanal. Marcia Preston fragte: »Wollen Sie sich wirklich auf dieser Frequenz melden? Da könnte ein bodenkontrollierter Abfangsucher sein. Sobald Sie reingehen, können die sofort unsere exakte Position feststellen, ohne daß sie noch ein Radar dazu brauchen.«

»Kann sein. Glaube ich aber nicht.« Er drückte auf den Sprechknopf. »Hier Sturm Null-Zwei auf eins-drei-eins Komma fünf. Kommen.«

»Hallo, Sturm Null-Zwei, hier spricht Generalleutnant Viktor Tscharin, stellvertretender Kommandeur der sowjetischen Militärbasis für Zentralamerika Sebaco. Mit wem spreche ich?«

»Verdammt, ein Russengeneral«, zischte Marcia Preston. »Was will der denn?«

McLanahan antwortete nicht, sondern meldete sich: »Hallo, General Tscharin, hier spricht Lieutenant Colonel McLanahan, *United States Air Force.* Teilen Sie mit, was Sie wollen. Kommen.«

»McLanahan... McLanahan...« Dann, es klang, als lese er von einem Manuskript ab: »Ah ja. Leitender Projektoffizier Mitternachtshimmel. Codename für das Programm XF-34, genannt *Dream Star,* hochentwickelter taktischer Jäger, technologisches Experimentalprojekt. Alter einundvierzig, weiß, männlich. *Otschin karascho.* Sehr gut. Colonel McLanahan, ich glaube, wir wollen beide dasselbe. Sie wollen die XF-34. Wir wollen Oberst Andrej Maraklow. Vielleicht könnten wir uns arrangieren?«

»General Tscharin, ich will beide. Die XF-34 und Maraklow. Wissen Sie zufällig, welchen Kurs er genommen hat?«

»Ja, wir verfügen über einschlägige Informationen«, sagte Tscharin. »Wir haben ihn auf unserem Radar. Wir haben allerdings keine fliegerischen Mittel, ihm zu folgen. Sie haben dem nicaraguanischen Tower gemeldet, daß Sie ein Jagdflugzeug fliegen. Haben Sie die Absicht, Oberst Maraklow anzugreifen?«

»Ja.«

»Wir besitzen Informationen, die Ihnen nützlich sein könnten. Als Gegenleistung dafür möchten wir jedoch, daß Sie uns Oberst Maraklow ausliefern, sollte er überleben. Können Sie sich damit einverstanden erklären, Colonel McLanahan?«

»Ich treffe keine Vereinbarungen mit Ihnen«, antwortete McLanahan. »Wenn Sie mir sagen, wohin er geflogen ist, und er überlebt, sichere ich Ihnen zu, ihn nicht selbst zu erledigen. Was mit ihm dann geschieht, ist Sache meiner Regierung. Was sagen Sie dazu?«

Nach einer Pause kam die Antwort: »Gut, einverstanden. Oberst Maraklow hat Anweisung erhalten – er weigert sich zu sagen, woher –, das bewußte Flugzeug nach Süden zu fliegen, auf einen abgelegenen Landeplatz in Costa Rica. Er wurde vor etwa zehn Minuten vierzig nautische Meilen westlich Bluefield in Süd-Nicaragua entdeckt. Weitere Informationen haben wir nicht. Er flog in Höhe zwanzigtausend Fuß mit fünfhundert nautischen Stundenmeilen.«

»Notieren Sie das, Marcia«, sagte McLanahan, ehe er weitersprach: »Woher weiß ich, daß Sie mir die Wahrheit sagen? Er könnte auch genau entgegengesetzt nach Kuba fliegen. Oder nach Osten. Oder sogar in Sebaco oder Managua gelandet sein.«

»Colonel, Sie haben um Unterstützung gebeten. Ich habe sie Ihnen gegeben. Wenn Sie mir nicht trauen, hat Ihre Bitte ohnehin keinen Sinn.«

»Wieso können Sie Maraklow nicht selbst jagen? Bringt er die XF-34 nicht zu Ihnen?«

»Es ist nicht klar, wessen Anweisungen Oberst Maraklow befolgt. Unsere letzten, von unserem *Kollegija* direkt stammenden Anweisungen lauteten auf Rückgabe der XF-34 an Sie in Puerto Cabezas. Warum er das Flugzeug von dort erneut entführt hat, entzieht sich meiner Kenntnis. Wir wollen jedenfalls von ihm wissen, warum er zwei sowjetische Offiziere und zwei Soldaten getötet hat. Meine gegenwärtige Order lautet, Oberst Maraklow festzunehmen, aber ich habe keine Möglichkeit dazu.«

Falls ihm dieser sowjetische General Märchen erzählte, bedeutete jede Meile, die er nach Süden flog, ebensoviel Vorsprung für Maraklow. Aber was hatte er schon für eine Wahl?

»Marcia?«

»Es wird nicht viel anderes übrigbleiben. Was haben wir schon in der Hand? Unsere AWACS sichert die Nordkaribik. Also ist der Süden nicht schlecht. Versuchen wir es.«

McLanahan zog eine Schleife nach rechts und antwortete: »Also gut, General Tscharin. Ich verspreche Ihnen, falls wir Maraklow lebend kriegen, bekommen Sie Ihre Gelegenheit, ihn wegen der Morde zu befragen. Ich war Augenzeuge von dreien in Puerto Cabezas.«

»Gut«, sagte Tscharin, »damit haben wir jetzt erst einmal eine Abmachung. Also, Colonel McLanahan: Die XF-34 ist ausgerüstet mit 20-mm-Geschossen, zwei radar- und zwei infrarotgelenkten Raketen – nicht die modernsten sowjetischen Waffen, aber trotzdem gegen Ihre F-16 über der Karibik recht erfolgreich. Noch etwas: Maraklow ist verletzt. Wir haben bei Überprüfungen hier in Sebaco Blutspuren von ihm und einem seiner Opfer gefunden. Sie haben hiermit die Erlaubnis, den nicaraguanischen Luftraum westlich und südlich Bluefields zu überfliegen. Die Anflug-Kontrollfrequenz zum Grenzüberflug im gesperrten Bereich MRR Drei in Costa Rica ist eins-eins-neun Komma sechs in El Coco.«

Damit wurde der Kanal abgeschaltet.

McLanahan gab die Frequenz in den Computer ein, kontrollierte die Daten noch einmal und vor allem auch die Fluginformationen für Costa Rica. Tscharins Informationen stimmten mit allem überein.

»Na, Sie wollten doch einen Plan?« sagte er zu Marcia Preston. »Da haben Sie ihn. Wenn ich auch nie im Leben erwartet hätte, daß wir ihn ausgerechnet von den Russen kriegen.«

Schmerz. Intensiv. Brennend.

Zumindest im letzten Jahr war es Andrej Maraklow immer möglich gewesen, die Schmerzen, die sich stets einstellten, wenn der ANTARES-Kontakt zustande kam, zu beherrschen und zu kompensieren. Die Konzentration und das Hochgefühl, eine Maschine wie den *Dream Star* zu fliegen, hatten dazu immer ausgereicht. Doch diesmal funktionierte das nicht mehr. Es lag offensichtlich an der Schulterwunde. Sooft er an diesen tobenden Schmerz nur dachte, empfing sein Körper eine Art elektrischen Schlag vom ANTARES-System.

Bisher schien es immerhin seine Fähigkeit, den *Dream Star* zu fliegen und die dazu nötigen Handgriffe auszuführen, nicht zu beeinträchtigen. Trotz der großen Beanspruchung in der vergangenen Woche funktionierte das Flugzeug perfekt. Die automatischen Monitore meldeten zwar höhere Metallpartikelanteile im Öl als gewöhnlich, was auf die Notwendigkeit einer Motorinspektion oder zumindest eines Ölwechsels hinwies. Andere Systeme meldeten Klumpenbildungen im Treibstoff und Feuchtigkeit in manchen Computerbereichen oder auch einige lose Deckplatten. Er ließ per Gedankenkommando dies alles für die nächste fällige Überholung vormerken und rief es zur Erinnerung noch einmal auf, ehe er es endgültig abspeicherte. Die Liste war lang, aber er war sicher, Zeit genug zu bekommen, um alles erledigen zu lassen. Es handelte sich auf jeden Fall nur um lauter kleinere Mängel, die das Flugverhalten des *Dream Star* nicht beeinträchtigten.

Er flog in den Bergtälern der Cordillera de Guanacaste im Nordwesten Costa Ricas, wo er sich so niedrig hielt wie nur möglich, um nicht von den Radars des International Airport Santa Maria im Osten und des Lomas Guardia International im Westen entdeckt zu werden. Costa Rica hatte zwar eine Luftwaffe, die auf dem Flughafen Santa Maria und einigen kleineren Militärübungsplätzen stationiert war, aber sie bestand im wesentlichen nur aus einigen altersschwachen amerikanischen Tagjägern F-5 VFR, die in erster Linie dazu benützt wurden, Drogenschmuggler zu verscheuchen, und dazu noch einigen einmotorigen Propellermaschinen für Patrouillenflüge. Die gesamten Bundesstreitkräfte des Landes waren sehr gering.

Den Flugplatz – ein geheimer KGB-Stützpunkt – zu finden war kein Problem. Schwierig dagegen war, bei Tag dort anzufliegen und zu landen, ohne gesehen zu werden. Er mußte ohnehin schon einer ganzen Anzahl über das San-Juan-Tal und den Dschungel im Norden Costa Ricas verstreuter privater Flugplätze ausweichen, um außer Sicht zu bleiben. Sein Plan war, über den Nordostkamm der Guanacaste zu kommen, tief im Tal zu bleiben, die Täler im Südwesten zu umfliegen und dann erst knapp vor Venado von Westen her aufzutauchen. So blieb er fast bis zur Landung im Schutz der Berge.

Als er im Tiefflug dicht an die Berge herankam, braute sich über dem Pazifik gerade ein Sommersturm zusammen, der nach Westen zog. Seine holographische Projektion zeigte ihm, daß rings um ihn herum überall Beobachtungs-Radar war. Doch die Berge von Zentral-Costa Rica schirmten das meiste davon ab.

Er nahm die Energie so weit zurück, wie es ging, um weniger Lärm zu machen, ohne jedoch so langsam zu werden, daß ihn jemand am Boden genauer wahrnehmen konnte.

Der Trägheitsnavigations-Computer warnte, die Flugpräzision sei nicht exakt genug, um Venado mit weniger als der üblichen Viertelmeilen-Genauigkeit zu finden. Er empfahl, das Angriffsradar im Geländemodus einzuschalten, das ihm genauere Daten liefern konnte. Jegliche Radaremission war zwar gefährlich, aber er hatte keine andere Wahl.

Er schaltete also notgedrungen dem Computer das Radar zu, das sich fünf Sekunden lang in dreißig Meilen Umkreis umsah und dann wieder abschaltete. Er flog einige Meilen West-Südwest, bis die Ufer eines schönen Bergsees in Sicht kamen. Dort drehte er nach rechts ab, direkt den Bergkamm entlang und auf Venado zu. Nach einer schnellen Gedankenanfrage wußte er, daß er exakt 4,1 Meilen seitlich der Landebahn war. Ein schneller Überflug genügte, um das Radar das Gelände abtasten und genug Landedaten sammeln zu lassen. Der Computer konnte dann den Rest besorgen. Er nahm den Schub auf fünfundsiebzig Prozent zurück, die *Canard*-Flossen gingen nach oben, und die Tragflächen senkten sich auf Landeanflugsstellung –

»Hallo, *Dream Star,* hier ist *Gepard* auf *GUARD*-Frequenz. Wir haben Sie.«

Diese plötzliche Radiobotschaft schrillte in Maraklows Gehirn wie eine Sirene. Instinktiv steigerte er den Schub auf neunzig Prozent mit den entsprechenden Korrekturen an Tragflächenwinkel und Flossenstellung bis in die Position Hochmanövrierbarkeit, in der er sonst einen Raketen- oder Beschußangriff erwartete, um ihnen auszuweichen. Das Angriffsradar aktivierte augenblicklich drei Sekunden lang den Luft-Luft-Suchmodus, ehe er es wieder in den Bereitschaftszustand schaltete. Bei dieser niedrigen Höhe erkannte das Radar nur sehr wenig, seine eigene Radaremission jedoch war für jedes höher fliegende Flugzeug meilenweit sichtbar. Er warf in Erwartung des Kampfes die Llujka-Zusatztanks ab. Irgendwie würde er später Kalinin schon dazu bringen, ihm zwei neue zu verschaffen. Der *Gepard* war erheblich im Vorteil, nachdem er selbst mit dem *Dream Star* keine Langstrecken-Bewegungsmöglichkeiten hatte.

Maraklow konnte es trotzdem kaum glauben. Der *Gepard*? Der *Gepard* hier? Wie war das möglich? Und wer flog ihn?

»Ich hab' ihn«, rief Marcia Preston. »Luft-Suchradar auf Position eins Uhr. Teufel auch. Der Russe hat nicht gelogen.«

McLanahan befahl über den Stimm-Computer: »Waffen, Raketen, Bordkanone.«

»Achtung, Warnung, alle Waffen scharf, Selektierung ausgeführt für alle Waffen Feuerbereitschaft.«

»Waffen, Selektieren, Radar, Raketen.«

Der Computer wiederholte auch dies, und die entsprechenden Projektionsanzeigen gingen an.

»Radar, Modus, Luft, Reichweite, Maximum. Radar ein.« Das Angriffsradar ging in Betrieb, zeigte aber innerhalb hundert Meilen kein Ziel.

»Prüfen Sie Ihr Radar«, sagte Marcia Preston. »Es war immerhin zwanzig Sekunden bei voller Stärke an.«

»Ich will ihm zeigen, daß wir da sind«, sagte McLanahan.

»Sir«, tadelte Marcia Preston erneut, »er braucht nicht auch noch Ihre Hilfe, um uns runterzublasen!«

»Wenn er schlau gewesen wäre«, sagte McLanahan, »wäre er gelandet. Wäre ich meinem Ziel so nahe, würde ich mich möglichst geräuschlos anschleichen und verstecken und jedem offenen Luftkampf ausweichen. Wenn wir aber gar zu verlockend dahocken, übermannt ihn vielleicht der Drang zu kämpfen.«

»Sie müssen doch keine unnötigen Risiken eingehen!« mahnte sie. »Gut, vielleicht locken Sie ihn raus. Aber dann haben Sie ihn erst mal am Hals. Warum sind Sie so wild auf das Duell? Es kommt schon früh genug!«

Er lächelte. Sie klang fast wie J. C. Powell. Powell war ein erfahrener Fluglehrer gewesen; mit unerschöpflicher Geduld auch bei ganz idiotischen Fehlern. Marcia Preston schien ihm sehr zu ähneln.

»Achtung, Radar in Bereitschaft«, kommandierte er. »Danke, Marcia.«

»Elektronische *Jammer* sind an«, meldete sie. »Bleiben Sie mit Ihrem Schub oben. Denken Sie dran, Sie sind der *Power Fighter,* er ist der Hakenschläger-*Fighter.* Er mag hin und her fetzen können wie ein geölter Blitz. Dafür haben Sie Tempo und *Power*! Sie fliegen übrigens schon zu lange auf diesem direkten Kurs. Machen Sie ein paar Zickzacklinien. Und sehen wir uns ein wenig um –«

»Bandit, drei Uhr, niedrig. Rechts weg!«

Er drückte hart nach rechts. Der *Gepard* vollzog eine volle Rolle und dann noch eine halbe dazu, bis er ihn wieder unter Kontrolle hatte. Als er wieder klar sah, kam ihm der *Dream Star* direkt von vorne entgegen, keine hundert Meter entfernt, die Nase hoch in der Luft. Er folgte jeder kleinsten Bewegung des *Gepard,* als bestünde eine Verbindung mit Übersetzung zwischen ihnen. Und in gewisser Weise war das ja so; mehr als nur in einer Weise sogar… Die Nase des *Dream Star* blitzte auf, als er schoß.

McLanahan drückte den Steuerknüppel vor, und der *Gepard* sauste heulend im Sturzflug nach unten. Er ließ fast sofort wieder los, aber die Maschine zog nicht wieder hoch.

»Ziehen Sie doch hoch!« schrie Marcia Preston. Er zerrte am Knüppel, aber der reagierte nicht. Es war, als seien sämtliche Funktionen des *Gepard* blockiert. McLanahan zog noch hektischer und wilder am Steuerknüppel. Es wurde ihm klar, daß ebendies der Grund für ihren Sturzflug war. Der starre Knüppel hatte kein Spiel. Schließlich riß er den *Gepard* in eine ebenso steile Kurve nach oben. Er gewann zweitausend Fuß Höhe, verlor aber dabei auch zweihundert Knoten wertvoller Fluggeschwindigkeit. Endlich schaffte er wieder die Horizontale und holte erst einmal tief Atem; seiner Erinnerung nach überhaupt zum erstenmal, seit der Angriff begonnen hatte.

»Er ist genau über uns«, meldete Marcia Preston, »nach wie vor auf zehntausend Fuß. Seien Sie bloß vorsichtig. Er wußte ganz genau, wie wir fliegen würden. Halten Sie Ihr Tempo. Das ist Ihr einziger Vorteil!«

Er sah sich die Position des *Dream Star* an. »Ich versuche, in Schußposition zu kommen. Halten Sie sich fest.« Er zog wieder am Knüppel und zielte mit der Nase auf den *Dream Star*. Er wartete darauf, daß das Radar Zielfixierung meldete. Als der Ton kam, drückte er mit dem Daumen auf den Raketenabschußknopf.

»*Achtung, Warnung, Minimalreichweite unterschritten*«, meldete der Computer jedoch. Seine *Scorpion* AIM-120 war ihrem Ziel zu nahe, um ihren Sprengkopf aktivieren zu können. Der Computer hatte den Abschuß daher automatisch blockiert.

McLanahan drückte nun mit dem rechten Zeigefinger auf den Auslöser der Bordkanone, doch im gleichen Augenblick begann der *Dream Star* sich wie in einer Luftpirouette zu drehen und so schnell und steil im Sturzflug nach unten zu fallen, daß er verschwand.

»Ich sehe ihn«, meldete Marcia Preston. Sie klammerte sich an ihren Schleudersitz, um sich umdrehen und beobachten zu können. »Vier... fünf... sechs Uhr, er kommt wieder auf uns zu. Heiliger Himmel, ich habe noch nie ein Flugzeug gesehen, das derart herumsausen kann!«

Und dann spürten sie plötzlich einen Krach und ein Schütteln und Vibrieren durch den ganzen *Gepard*. Die Laserprojektion zeigte ein halbes Dutzend Ausfälle an. »Rechter Ruder-Aktivator aus«, sage McLanahan. »Rechter Radarwarnungsempfänger und ECM-Antennen ebenfalls. Er scheint uns das rechte Ruder weggeschossen zu haben.«

»Fox Vier, auf Ihrem sechs Uhr!« hörten sie in ihren Kopfhörern. Es war eine kalte, mechanische, monotone Stimme, so hohl, als käme sie aus einer Höhle.

»Was, zum Teufel, war das?« fragte Marcia Preston.

»Das war er«, sagte McLanahan. »Seine Stimme wird computersynthetisiert.«

»Er ist genau hinter uns, exakt hinter dem Leitwerk!«

»Wer fliegt den *Gepard*?« fragte die hohle Stimme auf dem *GUARD*-Kanal. »McLanahan? Oder Elliott?«

Bevor McLanahan noch antworten konnte, rief Marcia Preston: »Er ist genau neben uns!«

McLanahan warf den Kopf herum. Tatsächlich. Der *Dream Star* flog neben seiner rechten Flügelspitze, in perfekter Formation. Ganz wie gewohnt, *Gepard* vorneweg, *Dream Star* gleich neben der Flügelspitze… Monatelang hatten sie das geübt, die Manöver diskutiert, geflogen, Manöverkritik geübt und sich an die Besprechung des nächsten Fluges gemacht.

Doch dies war nicht *Traumland.* Und nicht mehr Ken James.

»Marcia, rechts von Ihnen ist ein Satellitensender. Schon mal mit einem umgegangen?«

»Ja. Wir haben im NSC-Büro sogar ein größeres Gerät als das hier.«

»Dann schicken Sie eine offene Nachricht an Sturm-Kontrolle und an die Chefs der Vereinten Stäbe mit unserer Position. Sagen Sie, daß wir den *Dream Star* in Costa Rica gefunden haben.« Dann ging er auf den Sprechkanal. »Maraklow, landen Sie. Ich hatte Kontakt mit Ihren russischen Vorgesetzten. Was Sie tun, ist nicht einmal von Ihrer eigenen Regierung autorisiert. Sie haben es geschafft, daß alle beiden Regierungen Ihren Kopf auf dem Silbertablett serviert haben wollen, die unsere und die Ihre. Geben Sie auf.«

»Colonel McLanahan, ich werde den *Dream Star* nie aufgeben. Ich fordere Sie auf, augenblicklich die Grenze zu überfliegen. Andernfalls mache ich Ihnen den *Gepard* gnadenlos stückweise kaputt, ehe ich Ihnen die letzte Rakete verpasse. Also tun Sie, was ich sage.«

»Maraklow, es gibt keinen Ort, an dem Sie sich verstecken könnten. Der KGB kennt Ihren Landeort in Costa Rica, und wir auch bald.«

Während er noch sprach, fiel der *Dream Star* zurück.

»Er setzt sich hinter uns!« rief Marcia Preston.

Also, das war's dann wohl, dachte McLanahan. Ken James schießt mich vom blauen Himmel, wie er will. Keine Fluchtmöglichkeit. Der *Dream Star* hatte bereits einen Angriffsplan für jedes Auf oder Ab, das er noch veranstalten konnte. Wer wußte das besser als er. Es war Zeit zu handeln…

Nein. Stop.

J. C. Powells Worte fielen ihm ein. *Der Dream Star denkt nicht in Begriffen von Verteidigung. Unvorhersehbar handeln. Ihn in eine Defensivsituation manövrieren und dann davon profitieren, daß er so programmiert ist, nie die Defensive zu suchen, sondern immer nur die Offensive...*

Die computerisierte Stimme des ANTARES-Computers kam wieder. »Sie sind gewarnt worden, Colonel. Das ist jetzt Ihre letzte Gelegenheit. Ich eröffne das Feuer, wenn Sie nicht –«

McLanahan wartete den Rest nicht mehr ab. Er nahm abrupt allen Schub weg. Leerlauf. Auf dem Gashebel-Quadranten links war ein gesicherter Schalter: RÜCKWÄRTS. Er riß die Schutzfolie ab, ging in vollen Umkehrschub auf den zweidimensionalen Strahlturbinen und gleichzeitig auf vollen Schub. Das Anzeigerechteck für den Triebwerkauspuff ging auf den kleinsten Umfang zurück, sämtliche beweglichen Abluftöffnungen über und unter den Triebwerken gingen auf und bliesen die Abgase nach vorne. Als der volle Schub kam, verringerte sich die Fluggeschwindigkeit des *Gepard* binnen Sekunden um die Hälfte.

Es war wie eine Vollbremsung bei Höchstgeschwindigkeit auf der Autobahn. Der ganze Flugzeugrumpf quietschte und kreischte und schien sich zusammenzuschieben. So gut wie sämtliche Warnlichter blinkten auf, und in den beiden Flughelmen tobte der Lärm. Sie wurden hart nach vorn geschleudert, ihre Anschnallgurte gruben sich tief ins Fleisch.

McLanahan stemmte sich mit aller Macht gegen die G-Kräfte, wartete, bis er wieder auf gleicher Höhe mit dem *Dream Star* war und rollte dann hinüber zu ihm, um ihn zu rammen...

Nicht einmal der ANTARES-Computer hatte Maraklow vor dem völlig unerwarteten Abbremsen des *Gepard* warnen können. Maraklow hatte zwar noch gesehen, wie sich Auspufföffnungen des *Gepard* schlossen und die Vorderdüsen aufgingen, und konnte darauf reagieren. Doch was er überhaupt nicht erwartet hatte, war diese selbstmörderische Ramm-Rolle hinterher. Noch ehe er etwas begriffen hatte, war der *Gepard* an seiner rechten Tragfläche gewesen und direkt auf Kollisionskurs gegangen.

Maraklows erste Reaktion war, mit dem *Gepard* mitzurollen und ihm so zu entkommen. Das Radar jedoch informierte ihn sogleich, daß kein Platz dazu da war, sondern er bei einer gemeinsamen Rolle die Tragfläche des *Gepard* streifen würde; so nahe war er. Er war fast hypnotisiert von diesem Anblick, wie McLanahan sich einfach auf ihn stürzte. Kein Platz zum Ausweichen. Nur noch ein paar Meter...

Und mit einem Schlag war der Schmerz, der ihn schon seit seinem letzten Kontakt mit ANTARES nicht mehr ganz verlassen hatte, in voller Stärke wieder da; so intensiv, daß er nahezu blind war. Seine Schulter tobte. Der Schmerz schien sich im ganzen Körper auszubreiten und den elektrischen Schock, den sein metallischer Fluganzug bewirkte, nur noch zu verstärken. Die Kopfschmerzen waren auf einmal wie schneidende Messer wieder da. Er wußte, daß er nicht ohnmächtig werden würde – noch stand sein Sitz aufrecht, und noch kamen keine automatischen forcierten Sauerstoffstöße, um seine Atmung zu unterstützen. Aber er hatte nicht mehr die volle Kontrolle, um darüber nachzudenken, wie er dem Rammversuch des *Gepard* entgehen konnte.

Dann, an einem bestimmten Punkt, übernahm automatisch ANTARES die Kontrolle. Der Computer veranlaßte das volle Hinuntergehen der vorderen Klappen und vollen Abwärtsschub der Auspuffgase sowie die volle Gegenrichtung der Leitwerksflappen. Der Effekt war ein rapider Fahrstuhleffekt bei negativen 7 G, was bis hart an die Grenze der Belastbarkeit der Rumpfkonstruktion des Flugzeugs ging und, von noch größerer Bedeutsamkeit, das Doppelte der normalerweise noch sicheren G-Belastung des menschlichen Körpers darstellte. Die rechte Flügelspitze des *Gepard* verfehlte den Rumpf des *Dream Star* um einige knappe Meter. Hätte der Rumpf des *Dream Star* nicht aus hochstrapazierfähigem ultrastarken Polymer-Plastik bestanden, die hurrikanartigen Kräfte der von den Flügelspitzen des *Gepard* erzeugten Luftwirbel hätten ihn zerrissen wie Papier.

Maraklow, den allein schon die heftigen Schmerzen fast besinnungslos gemacht hatten, sah sich nun auch noch der ungeheuren Belastung der negativen G-Kräfte ausgesetzt. Er überschritt rasch den *Redout,* bei dem Blut ins Gehirn gepreßt wird. Äderchen platzten in seinen Augen und in der Nase und auch eines der Trommelfelle. Der Computer spürte Maraklows Zustand, senkte sofort seinen Schleudersitz nach hinten und ließ reinen Sauerstoff in seine Atemmaske einströmen. Das hatte allerdings auch zur Folge, daß das Blut in seiner Nase in die Kehle zurückgedrückt wurde und er fast daran erstickte.

Sobald das Rundumradar des *Dream Star* festgestellt hatte, daß es der Rolle des *Gepard* entkommen war, fing es den steilen Sturzflug ab, ging auf volle Nachbrenner und veranlaßte einen extremen Steilflug, um wieder einigermaßen komfortable Höhe zu gewinnen. Das Flugzeug flog nach wie vor unter Computerkontrolle, weil Maraklow seinen Fast-Ohnmachtszustand noch nicht überwunden hatte. Seine Schmerzen hatten sich schlagartig gelegt, aber er mußte noch die Nachwirkungen der Negativ-G-Kräfte verarbeiten. Inzwischen stieg der *Dream Star* bis auf dreißigtausend Fuß, ehe er wieder in die Horizontale ging.

ANTARES ließ einen Selbsttest durchlaufen und erstellte eine Übersicht über die Funktion aller Systeme, die projiziert wurden, sobald Maraklow das volle Bewußtsein wiedererlangt hatte.

Doch den Piloten selbst schloß die Funktionsübersicht nicht ein.

»Colonel, was tun Sie, verdammt?« rief Marcia Preston. »Kommen Sie zu sich, zum Teufel noch mal!«

McLanahan lockerte sofort den Knüppeldruck und ermöglichte es dem Flugzeug, seine wilden automatischen Rollen allmählich zu beenden. Als er wieder klare Sicht hatte, korrigierte er leicht nach links nach.

»Wo ist er? Wo ist er hin?«

Sie stand noch immer unter dem Schock seines unvermuteten Manövers, fing sich aber rasch wieder. »Mein Gott, ist das ein Flug. Ich sehe ihn nirgends.«

»Ich muß das Radar riskieren.« Er ging in den Sprecherkennungsmodus und suchte inzwischen den Himmel rundherum mit dem bloßen Auge ab. »Radarsuche, übermitteln, Stimmwarnung.«

»Angriffsradar Übermittlung«, wiederholte der Computer.

»Stimmwarnung aktiviert, fünfzig Meilen selektiert. Kein Zielobjekt.«

»Wir müssen höher rauf«, sagte Marcia Preston. »Als er über uns war, hatte er die Oberhand. Sie können unsere Power effektiver einsetzen, wenn wir über ihm sind.«

Er zog rasch hoch. »Aber vergessen Sie nicht, der *Dream Star* ist eine neue Art Jäger. Das kann man schwer erklären. J. C. brauchte Jahre, bis er es wirklich kapiert hat, und Monate, um es mir zu erklären. Es gibt überhaupt nur einen Weg, ihn zu kriegen, und den habe ich Ihnen gerade vorgeführt.«

»Ah? Indem Sie uns fast umgebracht hätten? Mit einem Kamikazemanöver? Wenn das Ihr einziger Weg ist, dann möchte ich doch lieber weg von hier.«

Die Computer-Stimme kam wieder: *»Ziel zwanzig Meilen, auf zehn links.«*

»Da ist er«, rief sie. »Elf Uhr oben, gerade und horizontal.«

»Horrido! Ich schau', ob ich ihn vors Visier kriege.« Er drückte den Stimmknopf. »Radar-Zielbestimmung...« Der blinkende Ziel-Kreiscursor erschien auf der Projektion genau über dem Symbol des *Dream Star* als einzigem Zielobjekt ringsum. »Jetzt.«

»Radarfix.«

Er drückte auf den Raketenabschußknopf. Eine der *Scorpion* AIM-120 zischte mit langer Fahne unter dem Rumpf hervor und auf ihr Ziel zu.

»Rakete zielt selbst«, sagte Marcia Preston hinten und beobachtete ihren Monitor. Die *Scorpion*-Raketen brauchten nur so lange Zielführung, bis ihr eigenes eingebautes Zielradar auf das Ziel angesprochen hatte. Danach konnte man sie sich selbst überlassen und sich nach neuen Zielen umsehen. »Versuchen Sie einen Linksbogen, um hinter ihn zu kommen, falls er der Rakete ausweichen kann.«

»Was er unter Garantie kann«, sagte McLanahan und befahl dem Computer: »Selektion Radarrakete. Rakete scharf machen.«

»Achtung, Warnung, Radarrakete scharf.«

Er schoß die zweite *Scorpion* ab.

Maraklow sprang mit dem *Dream Star* förmlich zur Seite und wendete so eng, daß die automatische Nahdetonation der *Scorpion* nach Zielverfehlung ihn sogar über 100 Fuß verfehlte. Die Nahdetonationsschaltungen der Rakete konnten es nicht mit der bemerkenswert schnellen Wendigkeit des *Dream Star* aufnehmen. McLanahan sah es und war wieder wie gebannt, als er den *Dream Star* direkt auf sich herabkommen sah; er verringerte die Entfernung mit wahrhaft rasender Geschwindigkeit, ehe er selbst auch nur eine Chance hatte, die zweite Mittelstrecken-Rakete überhaupt aus ihrer Halterung zu bekommen. McLanahan warf die Maschine nach rechts und zog nach oben, selektierte gleichzeitig volle Nachbrenner in Zone fünf und versuchte unter dem *Dream Star* wegzutauchen, dessen Zielvisier zu irritieren und davon zu sein, bevor Maraklow seinen Überfall noch beendet hatte.

Maraklow hatte sich gerade noch rechtzeitig von den Nachwirkungen der Negativ-G-Kräfte erholt, um die neue Radarfixwarnung und Raketenzielansprache zu sehen: Eine *Scorpion* kam auf ihn zu. Diesmal verspürte er keinerlei Schmerzen. In Lidschlagschnelle waren Position und Kurs des *Gepard* ermittelt, alle seine drei Bewegungsachsen verwertet und eine Gegenoffensive errechnet, einschließlich mehrerer Alternativmanöver. Schon den Bruchteil einer Sekunde später selektierte er die erste Wahl. Sie funktionierte perfekt, die *Scorpion* rauschte vorbei und detonierte erst außerhalb der tödlichen Reichweite.

Zugleich hatte ANTARES selbst eine IR-gelenkte Rakete selektiert und gerade von deren Suchkopf das Zielfixierungssignal erhalten, als eine neue Warnung kam. Der *Gepard* hatte eine zweite Rakete abgeschossen und kam direkt hinterher im frontalen Angriff; und mit Höchstgeschwindigkeit. Das waren zwei Gefahren auf einmal.

ANTARES befahl den Abschuß der AA-11 und zugleich eine enge Rechtsrolle mit anschließendem scharfem »Haken« samt ganzer Wende, um so wieder parallel zum *Gepard* zu stehen.

»Raketenschuß! Direkt voraus!«

McLanahan schlug auf den Stimmknopf. »Störstreifen!«

Während das radar- und IR-ablenkende Störmaterial noch ausgeworfen wurde, riß er den Knüppel nach rechts, sauste einige hundert Fuß abwärts, zündete dann die Nachbrenner und stieg steil wieder hoch.

Nicht schnell genug. Die AA-11 des *Dream Star* folgte ihm trotz aller Manöver wie ein Schatten. Ihr Sprengkopf von 90 Pfund detonierte im gleichen Augenblick, als McLanahan bei 6 G war, keine drei Meter rechts und etwas schräg hinter dem rechten Triebwerk, dessen Gehäuse aufgerissen wurde. Splitter und Turbinenblätter stoben in alle Richtungen davon.

Zur selben Zeit hatte ANTARES aber auch die zweite Rakete des *Gepard* entdeckt, die noch immer im Anflug war. Die zwei oder drei Sekunden, die es gedauert hatte, seine sowjetische Behelfsrakete abzuschießen, hatten genügt, der großen Hochgeschwindigkeits-AIM-120 Zielfixierung zu ermöglichen und volles Tempo zu erreichen. Das Rundum-Radar entdeckte sie beim Näherkommen.

Das Kenntnisnahmesignal veränderte sich in ein schrilles Warnpfeifen, das direkt in Maraklows schon sehr erschöpftes Gehirn kreischte. ANTARES hatte keine Wahl mehr, als dieser Rakete auszuweichen. Die *Jammer* des *Dream Star* richteten gegen das *Gepard*-Radar oder das in die *Scorpion* eingebaute nichts mehr aus. Sie hatten bereits andere Frequenzen außerhalb der ursprünglichen Vorausberechnungen von ANTARES für diesen Kampf programmiert – mit der Folge, daß angesichts der anfliegenden Rakete die Ausweichmöglichkeit nach rechts zur weiteren Verfolgung des *Gepard* blockiert war.

Nachdem Maraklow die ganze Selektion und alle Flugmanöver und -gegenmanöver ANTARES überlassen mußte, veränderte das System die Flugrichtung, zündete die Nachbrenner und stellte das Flugzeug frontal zur Rakete. Im letzten Augenblick sprang der *Dream Star* mit einem Satz nach oben, und die Rakete zischte unter ihm vorbei.

»Feuer im Triebwerk rechts«, meldete Marcia Preston. McLanahan nahm es in den Leerlauf zurück und stellte es dann ganz ab. Dem Stimm-Computer meldete er: »Feuer Triebwerk rechts, löschen.«

Der Computer übernahm, setzte die Sprinkler in Betrieb und schloß die Treibstoffzuleitungen.

»Treibstoffzuführung zu, Feueranzeige aus«, meldete Marcia Preston. Sie drehte sich nach hinten, um sich den Schaden selbst zu besehen. »Könnte ein Tankleck hinten verursacht haben. Der Rauch verzieht sich.«

»Wo ist er? Hinter uns?«

Sie suchte den Horizont ab und hätte sich nicht gewundert, dieses ganz und gar unwirkliche Flugzeug wieder an irgendeiner unvermuteten Stelle auftauchen und aus allen Rohren spukkend auf sie herabstoßen zu sehen. Doch weit und breit war nichts. »Ich sehe nichts.«

»Ich kriege wieder Höhe, und die Power steigt ebenfalls wieder«, sagte McLanahan. Mit einem verbrannten Triebwerk und dem Risiko, daß durch Überlastung auch links etwas passieren könnte, war der Gebrauch der Nachbrenner unklug, wenn es nicht unbedingt sein mußte. »Ich habe nach wie vor volle Flugkontrolle.« Die Triebwerke in der F-15 lagen nahe genug beieinander, daß es kein besonderes Problem war, auch ordentlich weiterzufliegen, wenn eines ausfiel. Die Klappen-, Flappen- und Auspuffsysteme sowie die Tragflächenstellung waren imstande, den Verlust der Leitwerkkontrolle und den asymmetrischen Schub auszugleichen.

»Fluggeschwindigkeit unter fünfhundert Knoten«, meldete Marcia Preston und suchte weiterhin den Himmel nach dem *Dream Star* ab. »Und wir steigen so gut wie gar nicht. Das wär's dann wohl. Wir können nicht mal mehr daran denken, uns auf einen Luftkampf mit ihm einzulassen.«

»Ich gebe nicht auf. Ich sage Ihnen was, da stimmt etwas nicht. Wenn Maraklow voll auf dem Posten wäre, wären wir inzwischen schon längst Hackfleisch. Aber er greift nicht an. Vielleicht ist er an seinem Limit angekommen.«

Er kehrte um und aktivierte das Luft-Luft-Radar.

Und der Computer reagierte sofort. *»Radarziel, zwölf Meilen, rechts.«*

Er drückte den Stimmknopf. »Selection Radarrakete. Abschuß. Abschuß.«

Die Schmerzen, die Maraklow peinigten, waren zurückgekehrt und blieben konstant. Sie tobten in jeder Nervenzelle wie ein außer Kontrolle geratenes Buschfeuer. Die Taubheit in seiner linken Schulter hatte sich in den Arm bis zum Ellbogen ausgebreitet. Zum erstenmal waren ihm im Zustand der neuralen Verbindung mit dem Computer während der Flüge seine Gliedmaßen bewußt. Diese sensorische Gabelung bewirkte eine momentane Verwirrung. Er wurde sich auch seiner anderen rein körperlichen Probleme bewußt. Er war unglaublich durstig und schlapp. Er hatte Blutgeschmack im Mund. Blut tropfte von seinem Kopf und rann in die Sauerstoffmaske. Geschmack, Gefühl, das waren Wahrnehmungen, die ihm sonst während des Kontakts mit ANTARES fremd waren.

ANTARES warnte auch noch vor hundert anderen Dingen. Der *Gepard* kam in einer Linksschleife zu ihm zurück. Sein Treibstoffzustand war kritisch. Kaum noch für zwanzig Minuten Sprit. Und keine Reserve. Der Sauerstoff ging zur Neige. Der letzte Beinahetreffer der *Scorpion* war nicht völlig harmlos abgegangen. ANTARES meldete inzwischen kleinere Beeinträchtigung der Bauchfinnenbeweglichkeit und einige nicht mehr einwandfrei funktionierende Bereiche des supraleitenden Radars auf der Rumpfunterseite.

Es war Zeit, den *Gepard* ein für allemal außer Gefecht zu setzen.

Doch kaum hatte er selbst gewendet, um dem *Gepard* entgegenzufliegen, als zwei weitere Raketenwarnungen aufleuchteten. Und das in dieser Situation – frontal gegeneinander! Er begann eine Serie Hochgeschwindigkeits-Zickzackmanöver, um die Raketen zu immer weiteren Folgebögen zu zwingen. Gleichzeitig entfernte er sich immer weiter seitlich vom *Gepard,* gewann jedesmal etwas mehr Kurvenausschlag und wartete auf die günstigste Gelegenheit eines Feuerüberfalls auf die F-15.

Diesmal, dachte er, gab es kein Verfehlen mehr. McLanahan war schon träge geworden. Er würde ihn lehren, daß sein oberstes Gebot hätte sein müssen: Niemals frontal gegen den *Dream Star*!

»*Scorpion* Zielfixierung. Bleiben Sie dran, Patrick, er versucht wegzuschwingen.«

McLanahan zwinkerte sich Schweißperlen aus den Augen. Er drückte den Steuerknüppel nach rechts. Auf seiner Projektion oben war eine Dauer-JOKER-Anzeige. Das bedeutete: keine Viertelstunde Sprit mehr, gerade noch genug, um nach La Cieba oder Puerto Lempira zurückzukehren. Wenn er dieses Herumkurven noch lange fortsetzte, verringerte sich die Zahl der möglichen Landeorte in Honduras oder Panama allmählich bis auf Null, und dann blieb nichts, als irgendwo in Costa Rica herunterzugehen.

»Vorsicht, Patrick! Er kommt!«

Er hatte sich im ungeeignetsten Moment von anderen Dingen ablenken lassen. Und dieser Lapsus hatte es Maraklow ermöglicht, ihn erneut anzugreifen, genau im rechten Winkel von rechts her. Abdrehen, wohin auch immer, setzte ihn nur noch größerer Verwundbarkeit aus.

Es blieb nichts übrig, als den linken Nachbrenner zu zünden und steil hochzuziehen. Marcia Preston hing an den Handgriffen vor ihrem Sitz und stemmte sich gegen die G-Kräfte, während sie sich bemühte, den *Dream Star* nicht aus den Augen zu verlieren.

»*Achtung Warnung, Raketenabschuß«*, belferte der Warncomputer. »*Achtung Warnung, Fluggeschwindigkeit niedrig. Warnung Absturz. Warnung Absturz.«*

»Er schneidet uns! Raketenstart. Weg hier!!«

McLanahan kommandierte bereits: »Störstreifen!« Er mußte die Worte über dem gewaltigen Druck auf die Lungen förmlich herauspressen. Auf der Projektion wurde der Auswurf des Störmaterials angezeigt.

»Wo ist er?« schrie er nach hinten.

»Fünf Uhr unten, steigt mit uns mit. Kommt noch immer!«

Er riß noch härter am Knüppel. Unter dem Druck vibrierten seine Nacken- und Kiefermuskeln. Er machte eine Rolle einwärts, warf weitere Metallspäne und Stanniolstreifen zur Raketenablenkung aus und stieß den *Gepard* hart erdwärts. Wieder waren sie sich frontal gegenüber, diesmal aber nicht horizontal, sondern vertikal, der *Gepard* im Steilsturzflug mit rapide zunehmendem Tempo, der *Dream Star* singend fast senkrecht aufwärts, direkt auf ihn zu...

ANTARES bot seine letzten Flugkontrolldaten und jedes letzte Pfund zweidimensionalen Schubs auf, um den *Gepard* nicht aus dem Fadenkreuz zu verlieren. Mit Hilfe der Präzision des Millimeterwellenradars und der mehrmals pro Sekunde nachgebesserten Computerrechnungen konnte Maraklow das Feuer Sekunden früher eröffnen, als McLanahan seinen Finger überhaupt an den Abzug brachte; mit exakter Zielgenauigkeit.

Seine Bordkanone meldete Zielfixierung und Feuer – und klemmte dann.

Mehrere Tage unsachgemäßen Gebrauchs, unsachgemäßer Behandlung und mangelnder Routinewartung – und die Tatsache, daß die russische Munition nicht mit letzter Genauigkeit für die amerikanische 20-mm-Bordkanone kompatibel war, verursachten, nachdem er gerade fünf Schuß abgefeuert hatte, eine Ladehemmung. Die automatische Ladehemmungsbeseitigung versuchte die Munition rückwärts wieder herauszutransportieren, um die Blockierung zu lösen, hinter den Punkt des Munitionsgurtes zurück, an dem die Ladehemmung erfolgt war, um dann neu einzuziehen, doch während des Fluges war keine Blockierungslösung möglich.

Mit Gedankenschnelligkeit übertrug ANTARES daraufhin Datenbits in Maraklows müdes Gehirn. Die Ladehemmung wurde ihm in allen Einzelheiten blitzschnell »überspielt«. Er wußte damit ganz genau, wo sie sich ereignet hatte, daß die Versuche, die Blockierung zu lösen, gescheitert waren und daß folglich auch sämtliche Variationen des Angriffskonzepts, die den Einsatz der Bordkanone vorsahen, erledigt waren. Er kannte des weiteren seine Entfernung vom *Gepard,* dessen

Doppler-gemessene Fluggeschwindigkeit und vor allem, daß er in todesgefährlicher Reichweite war. Außerdem erfuhr er bis auf ein Zehntel Knoten genau seinen eigenen Geschwindigkeitsverlust einschließlich des Anstellwinkels der Tragflächen und der Flossen zur Überwindung seines Tempo-Defizits. Er schoß mehr verzweifelt aufs Geratewohl als gezielt seine letzte AA-11 mit lediglich einer oder zwei Sekunden Leitzeit und auch mit einem sehr viel höheren Abschußwinkel als für diese russische Rakete vorgesehen.

Als ihm klarwurde, daß seine letzte Option nur noch eine Defensivwendung und ein Fluchtsturzflug war, um sich vor dem *Gepard* zu retten, kehrten schlagartig und mit voller Wucht seine Schmerzen in sein ohnehin bereits strapaziertes Nervensystem zurück. Und jetzt wurden sie unerträglich. Er nahm nicht mehr wahr, daß das Stabilisierungssystem von ANTARES automatisch die immer kritischer werdende Absturzgefahr korrigierte. Er hatte auch nicht mehr den klaren Kopf, um zu bemerken, daß das Flugzeug mehrere Treffer in den Tragflächen und oben im Rumpf erhalten hatte und ANTARES es in die Horizontale zurückdirigierte.

Von überallher kamen nun Warnanzeigen wie Sturzbäche, von so gut wie sämtlichen Systemen. Maraklow nahm sie kaum mehr wahr. Er befand sich im Delirium und war nicht mehr imstande, sie zu registrieren. Der ANTARES-Computer übernahm notgedrungen die gesamte Flugkontrolle und sämtliche Funktionen. Er entdeckte auch das Feuer im Triebwerksbereich, schaltete die Turbine vorübergehend ab, löschte das Feuer und nahm die Turbine wieder in Betrieb – alles in nur wenigen Sekunden. Die Treibstoffzufuhr wurde umgeleitet, um den Sprit in den leckenden Tanks zuerst zu verbrauchen, ehe sie leerliefen. Die Flügelanstellwinkel änderten sich automatisch, um den Ausfall eines Teils der Hydraulik durch das Feuer zu kompensieren.

Am Rande der Ohnmacht nahm Maraklow das alles noch wahr. Tatsache war freilich: Ohne ihn, und mochte ANTARES noch so funktionieren, war der *Dream Star* auf jeden Fall nicht mehr kampffähig.

McLanahan ging vom militärischen Schub auf achtzig Prozent. Vor ihm blinkte die Treibstoffwarnung wie verrückt: keine zehn Minuten Sprit mehr! Er ignorierte es immer noch.

»Er ist *was*??« schrie er nach hinten.

»Fertig!« brüllte Marcia noch einmal. »Fertig! Aus seinem Auspuff kommen Rauchwolken! Nicht sehr stark, aber deutlich sichtbar! Er fliegt geradeaus und gleichmäßig. Keinerlei Manövrieren. Patrick, Sie haben ihn!«

McLanahan blickte nach rechts aus der Kanzel und sah ihn. Er wendete und flog auf ihn zu.

»Sie haben noch zweihundert Schuß«, sagte Marcia Preston, »und zwei Raketen. Riskieren Sie es! Gleich geht uns ohnehin der Sprit aus.«

Er setzte sich in Position, selektierte eine IR AIM-132 und visierte. Doch dann kommandierte er auf einmal: »Alle Raketen sichern. Bordkanone sichern.«

»Achtung, alle Waffen gesichert.«

»Was ist los? Patrick? Sie müssen ihn erledigen! Es gibt doch gar nichts anderes! Er oder wir...!«

McLanahans Antwort bestand darin, auf den Notkanal zu gehen. »Hallo, *Dream Star*, hier *Gepard*. Ich bin auf Ihrem sechs, fünf Meilen. Ich komme rechts neben Sie. Hören Sie mich?«

»Bleiben Sie weg.« Selbst durch die Verzerrung über den synthetisierenden Computer waren seine Schmerzen noch durchzuhören. »Kommen Sie nicht näher.«

»Es ist vorbei, ich komme neben Sie. Wenn Sie mich sehen, bleiben Sie an meinem Flügel. Wir landen. Verstanden?«

Er manövrierte sich neben den *Dream Star* und setzte sich dann sogar vor ihn. »Ich führe. Komme rechts. Sie sind an meinem Flügel. Bleiben Sie dort.« Und er ging in eine Rechtskurve.

»Ich gebe dieses Flugzeug nicht auf«, sagte die computerisierte Stimme. »Ich werde den... *Dream Star* nicht ausliefern...«

»Es ist aus, Junge. Der *Dream Star* ist beschädigt, und Sie sind schwer verletzt. Sie werden den *Dream Star* selbst kaputtmachen. Noch haben Sie eine Chance, zu überleben. Ergreifen Sie sie!«

Marcia Preston schrie: »Er setzt sich hinter uns!«

Doch das war nur noch eine momentane Abweichung. Im nächsten Moment schob sich der *Dream Star* mit größter Präzision neben ihre Flügelspitze.

»So ist's brav. Bleiben Sie so. Marcia, holen Sie alles an Luftverkehrsfunk rein, was Sie kriegen können. Sagen Sie, daß wir schnell Leitstrahlen zum Landen brauchen.«

Dann holte er Luft und sprach ins Mikro: »Zwei amerikanische Militärflugzeuge landend, beide assistenzbedürftig.«

Epilog

Militärlazarett Brooks, San Antonio, Texas
Donnerstag, 25. Juni,
20.37 Uhr PDT (23.37 EDT)

»Bemerkenswertes Mädchen«, sagte der Arzt. »Sie haben recht gehabt. Sie hat sich einfach geweigert, aufzugeben.«

McLanahan beugte sich über Wendy und küßte sie. »Sie ist zäh, wissen Sie.«

Wendy erwiderte den Kuß, hob die Hand und suchte sein Gesicht, fuhr mit den Fingern seine Schläfen entlang. »Colonel, Sie scheinen ein paar graue Haare gekriegt zu haben die letzten Tage.« Als sie aber seine Augen sah, verschwand ihr Lächeln wieder. Sie erinnerte sich. »Tut mir leid, daß ich nicht beim Begräbnis von J. C. morgen dabeisein kann. Er wird mir fehlen, der Kerl...«

Er nickte. »Nie habe ich mich in einem Flugzeug so sicher gefühlt wie hinter ihm. Und er war ein Freund.« Er schwieg eine Weile. »Aber dich so zu sehen, das schlägt einfach alles. Wie fühlst du dich?«

»Wie man so sagt: Hauptsache, man lebt. Und wahnsinnig müde. Der Doktor sagt, daß ich in ein paar Wochen raus darf und ein paar Monate Genesungsurlaub machen muß. Das ist wohl übertrieben. Vier oder fünf Wochen müßten doch reichen.« Sie nahm seine Hand und drückte sie. »Sie... haben mir erzählt, was du hier aufgeführt hast, ehe ihr wieder nach Honduras zurückgeflogen seid. Und daß alle anderen mich praktisch schon aufgegeben hatten. Ich...«

Er legte ihr den Finger auf den Mund. »Hör auf. Das habe ich aus reinem Egoismus gemacht. Ich bleibe doch nicht allein hier – ohne dich!«

In dem tausend Quadratmeilen großen Gelände von *Traumland* gab es einen Bereich, der nicht geheim und allgemein zugänglich war. Aber er war sehr schwer zu erreichen und von einem einfachen Drahtzaun umgeben. Er glich einer grünen Oase in der meilenweiten bergigen Wüste. Es war der Friedhof. Auf ihm waren einige der hervorragendsten Flieger und Techniker von *Traumland* begraben.

In den letzten Tagen war dieser den Toten des geheimsten Luftwaffen-Forschungs- und Entwicklungszentrum Amerikas gewidmete Friedhof häufiger als üblich in Anspruch genommen worden. Die Begräbnisse für die umgekommenen Wachen und die Besatzung des *Old Dog* hatten stattgefunden. Die Blumen und Kränze auf diesen Gräbern waren noch frisch. Auf Granitplatten standen die Namen der Toten und wie sie gestorben waren. Doch sie waren unter schwarzen Plastikfolien verborgen. Denn der ganze Vorfall war als streng geheim klassifiziert; die Ermittlungen waren noch nicht abgeschlossen. Und nun waren noch drei Gräber hinzugekommen, auch sie mit gleichen Granitplatten, die ebenfalls von schwarzen Plastikfolien verhüllt blieben: Alan Carmichael, Raymond Butler, Roland Powell.

Wie sehr er auch darauf vorbereitet war, die Salutschüsse über den offenen Gräbern trieben McLanahan die Tränen in die Augen. Das Echo der dreimal sieben Schüsse hallte von den Groom-Bergen in der Nähe wider, rollte und schien sich ohne Ende fortzupflanzen.

Dann blies ein Trompeter den Zapfenstreich, und oben donnerten Flugzeuge vorüber. Das Bewußtsein, die drei Männer nie mehr zu sehen, traf ihn mit voller Wucht. Sie waren ein so selbstverständlicher Teil seines Lebens geworden, daß ihr Verlust ihm buchstäblich den Atem raubte. Er fühlte sich völlig taub und leer. Er sah über die Gräber hinweg und erinnerte sich auch an die anderen Toten: Ormack, Angelina Pereira. Und die anderen von der Besatzung des neuen *Old Dog*... Es tat weh. Gab es denn jenseits dieses Ortes keine Zukunft? Auch seine Zukunft schien hier, zu seinen Füßen, zu liegen...

Nach dem Ende der Feierlichkeiten, und als sich die Trauergemeinde entfernte, wandten sich Elliott und McLanahan noch einmal den drei frischen Gräbern zu. »Irgendwie«, sagte McLanahan, »scheint alles hier zu enden.«

»Nicht ganz.« Elliott deutete noch einmal zum Himmel. McLanahan sah hinauf. Dort hatte die ungewöhnliche Maschine, die der B-1 so stark glich, ihre Flügelposition völlig verändert: Von ganz nach hinten wie zuvor waren sie nun nach ganz vorne gezogen, wie die Hochmanövrierbarkeitsflügel des Jägers XF-29. Das verblüffende »Doppelflugzeug« löste sich nun aus seiner Formation, zündete die Zwillingsnachbrenner mit donnerndem Lärm und vollführte einen spektakulären Aufwärtslooping, nach dem es mit wachsender Geschwindigkeit rasch verschwand.

»Der neue *Tracer* XFB-5«, sagte Elliott leise. »Erste Generation, bestimmt für strategischen Geleitschutz der *Megafestung* und dergleichen. Wir haben dafür die Technologie der F-29 und der B-1 zusammengeworfen. Herausgekommen ist ein Flugzeug, das zweimal so gut ist wie die Summe aller seiner Einzelteile. Schnell und wendig wie ein Jäger, und fast die gleiche Ladefähigkeit und *Power* wie ein Überschallbomber.«

Der Offizier der Ehrenkompanie übergab die gefalteten Sternenbanner von den drei Särgen an Air Force-Staatssekretär Curtis, der sie seinerseits an die Witwen und Familien weiterreichte.

Elliott sagte: »Kommen Sie morgen nachmittag um drei in mein Büro.« Dann ging er mit Deborah O'Day und Briggs zu Curtis, um gemeinsam den Familien ihr Beileid auszusprechen.

Am nächsten Tag ging McLanahan wie befohlen in Elliotts Büro in der HAWC-Zentrale. Elliott, Deborah O'Day, Marcia Preston und Hal Briggs waren ebenfalls da und hielten alle Cognacschwenker in der Hand. Hal reichte auch McLanahan einen.

»Auf unsere Freunde«, sagte Elliott und erhob sein Glas. Er nippte kurz daran und stellte es dann hin. »Fiel mir eigentlich nie auf, wie jung Powell tatsächlich noch war. Als ich gestern seine Eltern sah...«

»Ihm verdanken wir alles«, sagte McLanahan. »Er hat mir den

Schlüssel gegeben, wie dem *Dream Star* beizukommen war. Ganz gleich, wie hochentwickelt ein System ist, menschliche Unvorhersehbarkeit und Flexibilität bleiben ihm überlegen. Es ist wirklich seltsam. Eben das, was den *Dream Star* vermeintlich unschlagbar macht, hat zu seiner Niederlage geführt. Die Ausschließlichkeit, mit der er allein auf Angriff programmiert ist, bedeutet, daß er keine Ahnung hat, was Rückzug oder Vorsicht bedeuten. Aber J. C. war intelligent und weitsichtig genug, um genau das herauszufinden.«

»Er hat Ihnen diesen Schlüssel zum Glück gerade noch rechtzeitig gegeben«, sagte Elliott. Er wandte sich an Deborah O'Day. »Es war sehr großzügig von Ihnen, zu erlauben, daß James beim Begräbnis dabeisein durfte.«

»Sehr«, betonte Briggs.

McLanahan sagte nichts. Seine Gefühle brauchte er nicht zu erklären. Es ging um seinen Freund.

»Mein Leutnant sagt mir, daß Maraklow einen Handel abschließen will«, sagte Briggs. »Asyl gegen Information. Ich werde mit ihm darüber reden. Aber offen gesagt, am liebsten würde ich ihn gleich den Russen ausliefern. Da wäre jedenfalls sicher, daß er sein Fett kriegt.«

»Ich habe schlechte Nachrichten für euch, Leute«, sagte Elliott. »Wie Sie wissen, führen sowohl der militärische DIA wie der CIA und das Pentagon eigene Ermittlungen in dieser Sache. Gegen uns, heißt das. Ich weiß nicht, wie sich das auf die Zukunft von *Traumland* auswirkt. Aber die ersten Verluste stehen jedenfalls schon fest. Wie erwartet, sind Hal und ich unserer Posten enthoben worden. Nicht sofort, aber zum Jahresende.«

»So ein Scheiß!« knurrte McLanahan. »Das können die doch nicht machen.«

»Noch einer steht bereits auf der Verlustliste.« Er sah McLanahan an. »Tut mir leid, Patrick. Aber sie wollen Nägel mit Köpfen machen, wie man so sagt...«

Doch McLanahan sah weder überrascht noch schockiert aus.

Elliott fuhr fort: »Wenn jemand es nicht verdient hat, dann doch Sie. Sie haben sich doch in der ganzen Geschichte über jede Kritik erhaben erwiesen.«

»Das hat J. C. auch. Oder General Ormack. Vielleicht verdiene *ich* es also wirklich. Ihr anderen jedenfalls verdient es ganz bestimmt nicht.«

»Es ist nicht das Ende der Welt«, tröstete Elliott und wandte sich an Deborah O'Day, die an ihrem Cognac nippte und aufstand.

»Nein, das ist es nicht«, bekräftigte sie. »Tatsache ist, in ebendiesem Raum hier befindet sich bereits die Kerntruppe einer ganz neuen Sache. Wir haben Teams, die sich auf alle möglichen Einzeloperationen spezialisieren und alle direkt dem Präsidenten zuarbeiten. Sie werden in unterschiedlicher Intensität vom Kongreß kontrolliert. Das hier versammelte Team, einschließlich Marcia Preston, wird die Arbeit, die sie bereits in den vergangenen Jahren taten, weiterführen; der einzige Unterschied künftig ist, daß Sie direkt für das Weiße Haus arbeiten und nur ihm verantwortlich sind. Natürlich versteht sich von selbst, daß das ganze Projekt leider in sich zusammenkracht, wenn Lloyd Taylor nicht wiedergewählt werden sollte. Doch zumindest das hängt nicht von uns ab.« Sie hob ihr Glas. »Meine Damen und Herren, alle hier Anwesenden, die daran interessiert sind, mehr Stunden für geringes Gehalt und vermutlich auch weniger öffentliche Anerkennung zu arbeiten, dafür aber die Erfüllung ihres Lebens zu finden, geben dies hiermit kund und sagen ›aye‹!«

Das *Aye* war einstimmig.

»Und damit auf die Gründungsmitglieder der Firma *Future Flight*! Der Himmel erbarme sich der *bad guys*!«

Der ganze Oberstock des kleinen Arrestgefängnisses von *Traumland* war in einen einzigen Hochsicherheitstrakt verwandelt worden. Posten standen an jeder Treppe und in jedem Korridor. Jeder Besucher wurde sorgfältig und mehrmals überprüft, und zwar bei jedem Kommen und Gehen.

Der einzige Insasse des Oberstocks war Andrej Maraklow. Er hatte einen Raum für sich allein direkt in der Mitte, der im Gebäude und draußen pausenlos von Soldaten und Geheimagenten des CIA beobachtet wurde. Alles in allem waren an die zwanzig Leute damit beschäftigt, ihn rund um die Uhr zu bewachen.

Selbst für andere Agenten war es schwierig, an ihn heranzukommen. Sobald er den Boden des *High Technology Advanced Weapons Center* betrat, wurde DIA-Agent Anthony Scorcelli jun. peinlichst genau durchsucht, mußte seine Identität genau überprüfen lassen und wurde elektronisch nach Waffen abgesucht, obendrein auch vom Sprengstofftrupp. Er mußte einen Metalldetektor am Eingang passieren, einen vor dem Aufzug und noch einen vor Maraklows Zimmer. Ehe er dann endlich eintreten durfte, mußte er sich auch noch von einem »Sprengstoffhund« beschnüffeln lassen, während sein Name und sein Ausweis ein letztes Mal kontrolliert wurden.

»Kein Schießeisen?« fragte der Air Force-Soldat an der Tür. »Ich denke, ihr vom DIA tragt Waffen?«

»Ich jage ja keine *bad boys*«, sagte Scorcelli. »Ich warte immer, bis sie eingesperrt sind. Wozu da eine Kanone?«

»Von wegen«, sagte einer der anderen. »Er spricht ja an!« Sie stürzten sich auf ihn. Allerdings kamen als Ursache für das Ansprechen des Metalldetektors lediglich zwei Füller zum Vorschein. Aber die Posten nahmen es genau, schraubten sie sogar auf und kritzelten einige Wörter damit. Und außer einer Kreditkarte hatten auch ein paar Münzen in Scorcellis Brieftasche den Geräte-Aufruhr mitverschuldet.

Die Posten beruhigten ihn. »Er ist okay.«

»Was machen Sie so spät noch hier?« fragte einer, während er Kaffee trank und Scorcelli seinen Tascheninhalt wieder einsteckte.

»Es ist die erste Gelegenheit für uns vom DIA, mit ihm zu sprechen«, erläuterte Scorcelli, und der erste Wachsoldat sah gleich in seinem Buch nach, ob dies auch wirklich stimmte. Richtig. Er war der erste vom DIA. »Die Geschichte«, fuhr Scorcelli fort, »betrachten der CIA und die Air Force als ihr ganz eigenes Bier. Wir wollen lediglich wissen, was der Knabe zu sagen hat. Man behauptet, daß er einen Handel machen will.«

»Also, gehen Sie rein«, sagte der Wachthabende. »Aber höchstens zwanzig Minuten. Anweisung vom Doktor.«

Scorcelli ging hinein und schloß die Tür hinter sich. Sofort packte ihn ein anderer Wachtposten dort.

»Mein Gott, Sie erschrecken einen ja zu Tode!« beschwerte sich Scorcelli.

»Tut mir leid«, sagte der Posten, ließ ihn jedoch nicht los. Erst als sein Walkie-Talkie zweimal summte, summte er ebenfalls zweimal zurück, ließ los und sagte: »Ist in Ordnung, Sir.«

»Meine Herren«, sagte Scorcelli, »ist das ein Aufwand. Darüber habe ich jetzt sogar vergessen, was ich den Mann überhaupt fragen wollte.«

Der Posten lächelte und ging zurück zu seinem Stuhl ganz hinten an der Tür.

»Wo ist unser Freund?«

»Der ist mal für kleine Jungs«, sagte der Posten, stand noch mal auf und klopfte an die Tür zum Bad. »Besuch für Sie.«

»Augenblick, bin gleich da«, rief Maraklow von drinnen.

»Der klingt aber nicht wie ein Russe«, sagte Scorcelli.

»Ist er aber. Er sagt, sie haben ihn zum Amerikaner ausgebildet. Ulkig, was? Glauben Sie das?«

»Klingt eigenartig«, sagte Scorcelli. Er knöpfte sich die Jacke auf und holte einen kleinen Notizblock und einen seiner Füller heraus. Er wollte eben zu schreiben beginnen, als er zum Boden neben dem Sofa blickte. »Mann, hier drin sind ja Ratten!«

Als der Posten herbeikam und nachsah, stach ihm Scorcelli die Spitze des Füllers ins Genick. Der Mann war nur noch so lange bei Bewußtsein, bis er sich ganz automatisch mit der Hand an die Stelle gefaßt hatte. Dann fiel er betäubt zusammen. Scorcelli legte ihn flach auf den Boden, zog ihn außer Sicht und holte ihm die Pistole aus dem Schulterhalfter. Dann stellte er sich neben die Tür zum Bad, holte seinen zweiten Füller hervor, schraubte die Kappe ab und drückte auf die Einsteckklammer.

Maraklow kam aus dem Bad, und noch ehe er den Mann hinter der Tür bemerkt hatte, hatte Scorcelli ihn von hinten am Kinn gefaßt, drehte ihm den Kopf zur Seite und stach ihm die Federspitze in den Hals. Beim ersten Druck fuhr eine Nadel aus der Feder hervor und injizierte eine Flüssigkeit direkt in Maraklows Halsschlagader.

Maraklow konnte sich noch befreien und Scorcelli wegstoßen, doch das Gift begann bereits zu wirken. Er sank in die Knie und versuchte vergeblich um Hilfe zu rufen. Er strengte seine Augen an, um Scorcelli zu erkennen. »Wer... sind Sie?«

»Erkennst du mich etwa nicht, Kumpel?« sagte Scorcelli. »Aber, aber!«

Maraklow schüttelte den Kopf.

»Na, du bist doch ein intelligenter Junge, Ken! Natürlich erinnerst du dich! Ich geb' dir mal eine Hilfe. Wir sind alte Schulfreunde.« Maraklows Augen weiteten sich plötzlich, er versuchte sich aufzurichten. Scorcelli aber legte ihm eine Hand auf die Schulter und hielt ihn fest. Maraklow war bereits so geschwächt, daß er wenig Mühe hatte, ihn unten zu halten.

»Ja, ich bin dein alter Kumpel Tony Scorcelli«, sagte der angebliche DIA-Agent. »Erinnerst du dich? Wir haben immer Baseball gespielt. Besonders unser letztes Spiel, Ken, vergesse ich nie. Wir hatten diesen Streit wegen des Anrempelns am dritten Base! Ich wollte damals ja noch unbedingt zum juristischen Studium nach Amerika. Aber nach dieser Geschichte damals strich mich Roberts von der Liste. Und ich endete in einem kleinen Job im DIA mit Bürokram.«

Maraklow versuchte noch einmal, auf die Füße zu kommen, aber er war schon zu schwach. »Nun habe ich neulich einen interessanten Anruf von meinem Kontaktmann erhalten, und was glaubst du? Der KGB will meinen alten Kumpel Ken James tot haben. Man sagt, er hätte sich den Amerikanern an den Hals geworfen. Ken wollte tatsächlich so was wie überlaufen oder so. Hat sich unsterblich in ein Flugzeug verliebt, stell dir mal vor. Und irgendwas wird da auch getuschelt, daß er damals diese Nymphomanin in der Academy, die Sekretärin, um die Ecke gebracht hat. Als ich das alles gehört habe, bin ich gleich von Washington hergekommen...«

Er zerrte ihn hoch und setzte ihn auf einen Stuhl. »Tut mir leid, daß ich nicht warten kann, bis das Ei gelegt ist, alter Kumpel. Du hast jetzt gleich einen Termin in der Hölle, und ich muß rasch heim in mein kleines Häuschen am Schwarzen Meer. Zu der Jahreszeit ist es dort sehr schön.«

In diesem Augenblick ging die Tür auf. McLanahan und Briggs kamen herein. »He«, rief McLanahan, als sie Scorcelli über Maraklow gebeugt sahen, »was machen Sie da?«

Briggs hatte bereits gezogen, als Scorcelli nach der Waffe griff, die er dem betäubten Posten abgenommen hatte. Briggs stieß McLanahan zur Seite und streckte Scorcelli mit einem Schuß in die Brust nieder. Er untersuchte ihn und den betäubten Posten, während andere Wachen herbeiliefen. McLanahan war inzwischen bei Maraklow.

»Blausäure«, brachte Maraklow noch hervor. Er war kaum noch imstande, zu atmen. »Übliche KGB-Routine. Scorcelli ist vom KGB. Geheimagent, wie ich.«

McLanahan drückte den Rufknopf für den Arzt. »Ruhig...«

»Nein, nein. Hören Sie zu. Wandsafe in meiner Wohnung... hinter dem Bücherregal... Vorsicht... Verdrahtet. Namen von KGB-Kontaktleuten und Absolventen der Academy... Nicht viel, aber ein wenig hilft es...«

Und als er starb, sah es aus, als wäre er eingeschlafen.

GLOSSAR

Alle in diesem Glossar aufgeführten Ausdrücke und Begriffe sind, sofern sie nicht ausdrücklich mit dem Hinweis »fiktiv« versehen sind, tatsächlich existierende und gebräuchliche Begriffe, Waffen- oder sonstige Systeme.

AA-11	Nato-übliche Bezeichnung für »Archer«, eine hochentwickelte sowjetische Kurzstrecken-, wärme- oder radargeleitete Luft-Luft-Rakete für die MiG-29 (Höchsttragkraft sechs), MiG-23 (Höchsttragkraft zwei) und für Jäger des Typs Su-27 (Bestückung: vier).
AAA	Anti-Aircraft-Artillery. Flak. Auch Triple-A genannt.
ADIZ	Air Defense Identification Zone, Luftverteidigungs-Identifizierungszone. Der genau fixierte Bereich vor dem Territorium der USA, in dem von außerhalb anfliegende Flugzeuge erst die Einfluggenehmigung der US-Luftsicherung einholen müssen, bevor sie weiterfliegen dürfen.
AEROFLOT	Die sowjetische nationale Fluggesellschaft, die jedoch auch bei der militärischen Planung und Strategie der UdSSR eine bedeutende Rolle spielt. Sämtliche Aeroflot-Flugzeuge sind dafür vorgesehen, im Kriegsfall militärisch verwendet und eingesetzt zu werden.
AGL	Above Ground Level. Die tatsächliche Entfernung zwischen Flugzeugrumpf unten und Boden. Üblicherweise von einem Radar-Höhenmesser gemessen.
AGM-88 HARM	»Harm« ist ein Kürzel für High-Speed Anti-Radiation Missile, Hochgeschwindigkeits-Anti-Ausstrahlungs-Rakete. AGM-88 ist eine luftge-

startete Anti-Radar-Rakete der Firma Texas Instruments Inc., die mit einer Reichweite bis zehn Meilen auf Boden- oder Schiffsradar niedergeht und es zerstört.

AGM-130 Eine luftgestartete raketengetriebene Gleitbombe der Firma Rockwell International, infrarot- oder fernsehauge-gesteuert und sowohl mit automatischer wie daten-handgesteuerter Zielfixierung. Ausgerüstet mit 2000 Pfund hochexplosivem Sprengstoff. Gleitfähigkeit von zwei bis fünf Meilen, selbst bei Start aus sehr niedriger Höhe.

AGM-132 C TACIT RAINBOW (Stiller Regenbogen) Eine luftgestartete Antiradar-Rakete mit Flügeln und Leitstrahl von der Firma Boeing Aircraft. Kann auf bestimmte Feind-Radar-Systeme vorprogrammiert und aus großen Entfernungen gestartet werden. Fliegt ihr Ziel an und umkreist es dann so lange, bis das feindliche Radar sie erfaßt, das sie dann zielgenau ansteuert und zerstört.

AIM-9 R SIDEWINDER Auf Wärmeziele ansprechende Luft-Luft-Rakete vorwiegend in US-Gebrauch von den Firmen Rayton Company und Ford Aerospace mit einer Geschwindigkeit von Mach 2 (= doppelte Schallgeschwindigkeit) bei einer Reichweite von über zehn Meilen.

AIM-120 C AMRAAM Kürzel für Advanced Medium-Range Air-to-Air-Missile, hochentwickelte Luft-Luft-Mittelstreckenrakete, gebaut von den Firmen Hughes Aircraft und Raytheon. Hat an der Spitze ihren eigenen Radarsucher. Anders als andere radargelenkte Raketen benötigt sie deshalb keine Leitsignale vom Startflugzeug, um ihr Ziel exakt zu treffen. Höchstgeschwindigkeit mehr als Mach 4.

AIM-132 B ASRAAM Kürzel für Advanced Short Range Air-to-Air-Missile, hochentwickelte Luft-Luft-Kurzstreckenrakete. Die vorgeschlagene europäische Nachfolgerin der AIM-9 Sidewinder.

ALPHA — steht für »Angle of Attack«, Angriffs-/Ansatzwinkel: der in Grad gemessene Winkel zwischen der Luftströmung, die auf die Tragfläche eines Flugzeugs trifft, und der Tragfläche selbst. Ein Flugzeug, dessen Alpha einen bestimmten Neigungswinkel überschreitet, »schmiert ab« (= fliegt nicht mehr). Die meisten Hochleistungsflugzeuge schmieren bei Alpha-Winkeln über 18, maximal 20 Grad ab; künftige hochgezüchtete Jagdflugzeuge sollen noch bei gut über Alpha 50 fliegen und angreifen können.

ANTARES — (fiktiv) Advanced Neural Transfer And Response System, hochentwickeltes Neurologisches Übermittlungs- und Reaktions-System. Methode der Digitalisierung und Übermittlung von Nervenimpulsen des menschlichen Körpers an einen Computer und umgekehrt.

ATF — Advanced Tactical Fighter, verbessertes taktisches Jagdflugzeug. Ein Programm zur Spezifizierung, Darstellung und für den Bau der nächsten Generation von Jagdflugzeugen ab 1992 bis weit hinein ins 21. Jh. Das ATF (X-22 oder X-23) sieht nichtmetallische Baumaterialien vor, soll weitgehend auf sog. künstlicher Intelligenz und fortgeschrittener Computergraphik aufgebaut sein, unkonventionelle Flugeigenschaften besitzen, ohne Nachbrenner Überschallgeschwindigkeit erreichen und mit 300 m langen Start-/Landebahnen auskommen.

AWACS — Airborne Warning And Control System, Luft-Warn-/Kontrollsystem. Ein Radargerät in einem Flugzeug, das mit einer umfangreichen Kommunikationsgeräte-Ausrüstung auf jeder beliebigen Flughöhe mit einer Reichweite bis zu 200 Meilen Flugzeuge erkennen und Luft-Luft-Abfangaktionen oder auch -angriffe mit feindlichen Streitkräften steuern kann.

BIG CHICKEN DINNER, BCD für Bad Conduct Discharge, Rausschmiß wegen schlechter Führung.

BOGEY Jagdpilotenslang für unidentifiziertes Flugzeug.

BRECHEN (BREAKAWAY) Kommando beim Auftanken in der Luft, wenn irgendein Umstand es erfordert, daß die beiden Flugzeuge sich eiligst trennen. Das Tankerflugzeug beschleunigt umgehend und steigt 500 Fuß höher, das betankte Flugzeug verringert hingegen seine Geschwindigkeit und geht 500 Meter tiefer.

BUS In der Elektronik die Schnittstelle, von der aus mehrere oder viele andere Geräte oder Systeme mit Strom versorgt werden.

C-21 B Die militärische Version des Gates Learjet 35 A; ein zehnsitziger schneller Transport-Jet, wie ihn die US-Air Force benützt; läßt sich auch variieren für acht Passagiere und ca. 1250 kg Fracht oder für den Abtransport Kranker bzw. Verletzter.

CANARDS s. Flossen.

CAP Combat Air Patrol, Luftkampfpatrouillenflug. Bestimmte Flugformationen von Jagdflugzeugen in verschiedenen Flughöhen zur Verteidigung und Abwehr im Falle feindlicher Bedrohungen.

CAYMAN (ISLANDS) Cayman-Inseln, kleine Inselgruppe südwestlich von Kuba in der Karibik; Selbstverwaltung unter britischer Oberhoheit.

CBU Cluster Bomb Unit, Streubombenpaket. Ein von Jagd- oder Bomberflugzeugen mitgeführter Kanister, der kleine Sprengbomben über weite Flächen verstreut. Wird gegen Truppenkolonnen, geparkte Flugzeuge am Boden oder leichtbewaffnete Fahrzeuge eingesetzt.

CHAFF Störmaterial (»Spreu«). Flitterkleine oder lamettaartige Metallstückchen, die Radarstrahlen reflektieren und feindliches Radar oder radargelenkte Raketen täuschen und ablenken.

CDT — Central Daylight Time, Zentralamerikanische Sommerzeit.

CONNECTICUT ACADEMY (fiktiv) Ein KGB-Ausbildungszentrum, in welchem junge russische Agenten wie »gebürtige Amerikaner« handeln und sprechen lernen.

CV-22 OSPREY Ein Spezialhubschrauber der Firmen Boeing und Bell mit zwei beweglichen Rotoren, mit denen Start und Landung auf Hubschrauberart, aber Streckenflug wie bei einem normalen Flugzeug möglich sind.

DIA — Defense Intelligence Ageny, eine Spezialeinheit des Pentagon, die Sicherheitsüberprüfungen von Personal durchführt und außerdem auch Spionage- und Abwehrmaßnahmen für das Verteidigungsministerium koordiniert.

E-3B SENTRY Umgebaute Boeing 707-320 B mit über dem Rumpf montiertem rotierendem Radarschirm von 10 m Durchmesser und zusätzlichem umfangreichem Computer- und Kommunikationssystem. Bedeutendstes US-/westliches Aufklärungs-, Überwachungs- und Kontroll-Flugzeug. Kann in jeder Flughöhe Hunderte Flugzeuge oder Schiffe gleichzeitig erkennen, sich bis zu tausend Meilen von seinem normalen Operationsgebiet entfernen und dann noch sechs Stunden lang patrouillieren.

EDT — Eastern Daylight Time, amerikanische Ostküsten-Sommerzeit.

EEG — Elektro-Enzephalograph. Mißt die Gehirnströme und die des zentralen Nervensystems.

EST — Eastern Standard Time, amerikanische Ostküsten-Normalzeit.

FLOSSEN — (CANARDS) Bewegliche Flossen oder Stabilisatoren vorne an Flugzeugen zur Steigerung des

Auftriebs, der Wendigkeit oder zur Unterstützung/Verbesserung der aerodynamischen Leistung der Tragflächen.

F-15 E Umgebaute McDonnell-Douglas F-15 (Luftüberlegenheitssicherungs-Jagdflugzeug) mit zusätzlichem Waffensystem-Offizier und umfangreicher Luft-Boden-Angriffsausrüstung.

F-16 F FIGHTING FALCON Leichtgewichtiger einmotoriger einsitziger Abfang- und Abwehrjäger der Firma General Dynamics. Besonders konstruiert für hohe Manövrierfähigkeit und Wendigkeit bei großer Variabilität der Waffenausrüstung.

F-16 CRANKED ARROW Spezialausführung des »Fighting Falcon«, ähnelt einem großen Nurflügel-Jäger in Deltaform. Die vergrößerten Flügel erlauben größere Treibstofftanks und mehr Bordwaffen und erhöhen außerdem die Stabilität.

F-20 TIGERSHARK Umgebauter Northrop-Jäger F-5F, einmotorig einsitzig. Betonung auf Einfachheit und niedrige Wartungskosten.

F/A-18 HORNET Abfangjäger der US-Navy auf Flugzeugträgern der Firma McDonnell-Douglas. Kann während des Fluges von Luft-Luft-Attacke auch auf Luft-Boden-Angriff wechseln.

FAST PACK Kürzel für Fuel Armament Storage Tank Packs (Spezial-Zusatztanks). Leicht gebogene Zusatztanks, die über dem Rumpf von F-15-Jägern angebracht werden können und Zusatztreibstoff und -ausrüstung ohne wesentlichen Geschwindigkeitsverlust erlauben.

FEUERWERK (FLARE) Pyrotechnische Feuerwerkskörper aus Magnesium oder Phosphor, die aus Flugzeugen im Einsatz geschossen werden, um wärmegelenkte Raketen abzulenken.

FOX ONE Warnruf eines angreifenden Jägers an alle Streitkräfte der eigenen Seite vor radargelenkten Raketen.

FOX TWO — dito; vor wärmegelenkten Raketen.

G — Gravitation/Schwerkraft. 1 G entspricht der Normalschwerkraft (Gewicht), 2 G sind verdoppeltes Gewicht usw. 0 (= Zero) G bedeutet Schwerelosigkeit. »Negativ G« verursacht die Umkehr der normalen Blutzirkulation im menschlichen Organismus oder auch in den Treibstoffleitungen von Flugzeugen. Ein trainierter Mensch kann bis zu 6 G aushalten, bevor ihm schwindlig bzw. schwarz vor den Augen wird (»Grayout« bzw. »Blackout«), und bis zu negativ 3 G, ehe er die gleichen Symptome wegen Blutstaus erleidet (»Redout«). Darüber hinausgehende G-Werte, positiv oder negativ, verursachen volle Bewußtlosigkeit.

GCI — Ground Controlled Interception, Bodengesteuerte Flugabwehr. Bodenstationierte Radar- und andere Steuerungsstationen für Jagdflugzeuge beim Einsatz gegen angreifende Feindflugzeuge.

GEOSTATIONÄRER UMLAUF — Umlaufbahn eines Satelliten in ca. 50000 km Höhe über der Erde mit erdgleicher Umlaufzeit. Steht der Satellit genau über dem Äquator, scheint er sich bewegungslos immer am gleichen Himmelspunkt zu befinden.

GPS — Global Positioning System, globales Positionierungssystem. Ein Satellitensystem rund um die Erde, das für Flugzeuge, Schiffe, Fahrzeuge und Bodentruppen Informationen von hoher Präzision über Position, Bewegung und Zeit bietet – mit einer Genauigkeit bis zu einem Meter (Position), einer Viertelmeile pro Stunde (Bewegung) und einer hundertstel Sekunde (Zeit).

GRAYOUT — Der Zustand vor dem »Blackout« bei zunehmender G-Belastung (s. »G«).

GUARD — International vereinbarte Radio-Notfrequenzen. VHF-Guard ist 121,5, UHF-Guard 243,0.

HF — Hochfrequenzradio. Wird für extrem lange Fernverbindungen benützt (bei der USAF durch SATCOM ersetzt).

HH-3 JOLLY GREEN GIANT Umgebauter Sikorsky-Hubschrauber des Typs CH-3 »Sea King«, vorwiegend eingesetzt für Rettungseinsätze in heftig verteidigtes Gebiet mit Anflug tief hinter die feindlichen Linien.

HH-65 A DOLPHIN Hubschrauber SA-366G-1 »Dauphin«/(Delphin) der frz. Aerospatiale für Mittelstrecken-, Passagier- und Frachttransport sowie Rettung.

HIGH-G YO-YO Ein Luftkampfmanöver, in welchem ein weniger manövrierfähiger, aber stärkerer Verfolger einen Gegner mit größerer Manövrierfähigkeit attackieren kann, indem er einen Sturzflug vollführt, unmittelbar danach steil nach oben zieht und wieder herabkommt, um in eine günstige Schußposition zu gelangen, statt zu versuchen, den Gegner auf übliche Weise auszumanövrieren.

HOTAS Hands On Throttle And Stick. In modernen Jagdflugzeugen sind die meisten Funktionsknöpfe und Schalter so am Steuerknüppel angeordnet, daß die dadurch vereinfachte Bedienung dem Piloten vor allem in Kampfsituationen zugute kommt.

HUD Heads-Up Display, Instrumentenblick. Üblicherweise eine große Glasscheibe über der Instrumententafel von Kampfflugzeugen, die die Instrumentenanzeigen so reflektiert, daß der Pilot sie in seinem normalen Blickfeld hat, ohne den Kopf verdrehen oder nach unten senken zu müssen.

I. P. Initial Point, Beginn des Bombenabwurfanflugs. Üblicherweise hat in einem Bomber vom I. P. an bis ins Ziel der Waffenoffizier das Kommando.

IFF Identification Friend oder Foe, Freund-Feind-

Identifizierung. Radiosystem, das auf Anforderung über kompatible Radar-Radio-Systeme Daten liefert, welche das System »vorschriftsmäßig« fragen. Die Daten sind normalerweise solche über Identifizierung, Höhe und Geschwindigkeit. Wird zivil und militärisch genützt.

ILS — Instrument Landing System, Instrumentenlandesystem. Präziser Landeanflug mit Leitstrahlhilfe, heute zivil und militärisch allgemein üblich, vor allem bei Schlechtwetterlandungen. Bombercomputer simulieren gelegentlich ein ILS, wenn kein Boden-ILS zur Verfügung steht.

ILJUSCHIN-76 — Ausdruck, für den in der Nato MAINSTAY üblich ist. Sowjetische Version des amerikanischen Radarflugzeugs E-3 für AWACS.

IMMELMANN — Luftkampfmanöver (später auch Kunstflugfigur, benannt nach dem deutschen Weltkrieg-1-Kampfflieger Max I.), bei dem ein Flugzeug die Richtung rasch ändern oder total wechseln kann, ohne dazu einen weiten Bogen fliegen zu müssen: Kombination aus halbem Looping und halber Rolle.

INS — Inertial Navigation System, Trägheitsnavigation. Präzise Navigation mit Hilfe von Beschleunigungsmessern (elektronische Präzisionspendel) zur Feststellung und Quantifizierung sämtlicher Flugbewegungen sowie Computerauswertung der exakten Position und Geschwindigkeit.

IR — Infrarot-(Wärme)-Energie.

IRSTS — Infrared Search and Track System, Infrarot-Suchsystem. Von der Sowjetunion in Kombination mit GCI-Suchradar in ihren Jagdflugzeugen verwendet; zur Datensammlung für Luft-Luft-Langstreckenraketen, ohne daß dabei Radardaten, die entdeckt werden könnten, benötigt werden.

JP-4 — Standardtreibstoff für US-Militärjets.

JUDY — Codewort für die Flugkontrolle am Boden oder in

der Luft von Jägerpiloten, daß ein vorgegebenes Ziel entdeckt ist (entweder durch Radar oder Direktsicht) und der Pilot den Angriff nun allein weiterfliegt.

KC-10 EXTENDER Umgebautes Verkehrsflugzeug DC 10 von McDonnell-Douglas für Luftauftanken und schwere Frachten.

KC-135 Umgebautes Verkehrsflugzeug Boeing 707 für Luftauftanken und leichte bis mittlere Frachten.

KGB Komitet Gosudarstwennoj Besopasnosti, sowjetischer Staatssicherheitsdienst.

KOLLEGIJA Militärischer Sicherheitsrat des sowjetischen Verteidigungsministeriums, zuständig für die militärische Umsetzung der Beschlüsse des Politbüros und des ZK.

KOMPOSIT (COMPOSITE) Material aus metallischen und nichtmetallischen Substanzen zur Verstärkung des Materials ohne zusätzliche Gewichtsbelastung.

LUFTSTRASSE (AIRWAY) Die festgelegten Verkehrswege der Zivilluftfahrt, die unter ständiger Aufsicht der Luftsicherung stehen. Es werden drei Grade unterschieden: A-Routen aus dem Ausland und »Überwasserpunkten«, B-Routen für niedrige Flughöhen sowie J-Routen für Flüge in großen Höhen.

LLUYKATANKS Spezial-Zusatztreibstofftanks für an sich nicht luftauftankbare Flugzeuge, die dadurch luftauftankbar werden.

M-16/M 203 Standard-Automatikgewehr der US-Infanterie. M 203 ist ein leichter 40-mm-Granatwerfer unter dem Lauf des M-16-Gewehrs, mit dem man hochexplosive Geschosse bis zu einer Entfernung von 400 m abfeuern kann, ohne das eigentliche Gewehr zu benützen.

MAW Mission-Adaptive Wing, veränderbarer Flügel. Tragflächen, deren Anstellwinkel sich je nach

Zweck verändern lassen, ohne daß dabei »hängende« Teile wie Klappen und Lamellen erforderlich sind.

MFD Multi-Functional Display, Vielzweck-Monitor. Computer-Bildschirme in einem Flugzeug, die die konventionellen Instrumente ersetzen oder verbessern. Die meisten MFD-Anlagen lassen sich auf eine große Menge Informationen in Text- oder Graphikform programmieren.

MIKOYAN-GUREWITSCH MiG Eines von vielen regierungseigenen Flugzeugkonstruktionsbüros der Sowjetunion. (Andere sind z. B. Sukoi – Su –, Iljuschin – Il–, Jakowlew – Jak –, Tupolow – Tu –, Berjew – Be –, Antonow – An – oder Mil – Mi –.)

MIL Militärische PS-Nutzungs-Norm. Entspricht normalerweise 100 Prozent oder mehr der garantierten Triebwerksleistung.

MODES AND CODES Ein Flugzeug, das ordnungsgemäß empfangene kodierte IFF-Daten an eine geeignete Boden- oder Luftkontrolle rückmeldet.

NACHBRENNER (Afterburner), dient in hochentwickelten Düsenmaschinen zum Einspritzen zusätzlichen Brennstoffs zwecks Schuberhöhung. Der Einsatz der Nachbrenner kann den Brennstoffverbrauch bis zu 500 Prozent erhöhen und den Schub des Flugzeugs verdoppeln bis verdreifachen.

NRTS Near-Room-Temperature Superconductors, Superleiter von etwa Raumtemperatur. Ein Speziallegierungsmaterial, das ungewöhnlich hohe elektrische Leitfähigkeit bei »normalen« oder zumindest erträglichen Temperaturen entwickelt. Die meisten Materialien entwickeln Superleitfähigkeit nur bei extrem tiefen Temperaturen. NRTS-Geräte können hohe Energiemengen leiten, ohne daß dafür riesige Generatoren oder sonstige umfangreiche Werksanlagen nötig sind.

NSC National Security Council, Nationaler Sicherheitsrat. Berät den amerikanischen Präsidenten in allen Fragen der Sicherheitspolitik des Landes.

OEZ — Osteuropäische Zeit.

PDT — Pacific Daylight Time, amerikanische Westküsten-Sommerzeit.

POLITBÜRO — Das maßgebliche und zentrale Entscheidungsgremium des ZK der Sowjetunion, das die Geschäfte der Partei zwischen den alle zwei Jahre stattfindenden Plenarsitzungen des ZK führt. Besteht aus jeweils höchstens 15 Personen, die von den 307 stimmberechtigten Mitgliedern und 107 (nicht stimmberechtigten) »Kandidaten« des ZK gewählt werden.

PULSE-DOPPLER — Langstrecken-Radarsuchsystem, das Veränderungen der relativen Bewegung eines Ziels feststellt.

RAMENSKOJE — Führendes Flugzeugkonstruktions- und Test-Zentrum der Sowjetunion in West-Zentralasien nahe Moskau.

RAPIER — Britisches Grund-Luft-Raketenverteidigungssystem von British Aerospace Dynamics. Selbständig, mobil, für niedrige und mittlere Flughöhen bis zu einer Reichweite von fünf Meilen.

ROE — Rules of Engagement. Einsatzregeln. Verhaltensmaßregeln für Luftkämpfe, die exakt festlegen, wann und wie ein Jagdflieger einen Angriff beginnen und durchführen darf.

SA-7 — Nato-Codename »Grail«. Sowjetische panzerfaustartig von der Schulter abgeschossene wärmegelenkte Rakete, die hauptsächlich gegen Hubschrauber und niedrig fliegende langsame Jets eingesetzt wird. Reichweite 30–1600 m Höhe und 5–6 Meilen Entfernung, Geschwindigkeit bis zu Mach 1,5.

SA-8 — NATO-Codename »Gecko«. Sowjetische Kurzstrecken-Grund-Luft-Rakete. Äußerst mobil, Allwetter-Einsatz möglich von 30 m bis 7 km Höhe und bis zu 8 Meilen Entfernung. Geschwindigkeit Mach 2.

SA-10 NATO-Codename »Grumble«. Strategische, feststationierte hochwirksame sowjetische Grund-Luft-Rakete. Für jede Höhe und Allwettereinsatz gegen Flugzeuge, Flugraketen, taktische ballistische Raketen sowie auch einige strategische Interkontinentalraketen.

SA-15 Hochmobile verbesserte Version der SA-8.

SAC Strategic Air Command, das strategische Luftkommando der USA, das in ständiger Einsatzbereitschaft für die atomare Abwehrstrategie, das Luftauftanken und die Luftaufklärung verantwortlich ist (Flugzeuge, landstationierte interkontinentale ballistische Flugraketen).

SATCOM Satellite Communications. Ein Datennetz, das codierte Informationen an Relaissatelliten schickt, die sie zur Erde zurücksenden. Ermöglicht schnelle und sichere globale Kommunikation.

SCHERE (SCISSORS) Ein Luftkampfmanöver, das das unbeabsichtigte Überholen eines verfolgten Flugzeugs verhindern soll. Verringert ein verfolgtes Flugzeug seine Geschwindigkeit oder vollführt scharfe Zickzackmanöver, damit der Verfolger an ihm vorbeifliegt, kann dieser dem vorbeugen, indem er in mehreren weiten Bögen ausschert und so das Überholen vermeidet, ohne seine eigene Geschwindigkeit vermindern zu müssen.

SMTD STOL Maneuverability Technology Demonstrator, STOL-Manövrierfähigkeits-Technologie-Nachweis. Ein Programm zur Entwicklung neuer Technologien für verkürzte Start- und Landestrecken sowie verbesserter Manövrierfähigkeit hochentwickelter Jagdflugzeuge mit Hilfe von Canards, MAW, verstellbarer Triebwerke, Com-

	puter und hochgezüchteter Motoren. Die F-15 SMTD war eines der ersten High-Tech-Jagdflugzeuge dieser Art (Vorläufer der *Cheetah*).
SR-71	Strategisches Aufklärungsflugzeug für extreme Höhen (bis 35 000 m) und Geschwindigkeiten (bis Mach 3); das schnellste Düsenflugzeug der Welt. Pro Stunde kann man mit ihm bis zu 250 000 qkm Erdoberfläche fotografieren.
STALL	»Abschmieren«, der Zustand, in dem eine Tragfläche nicht mehr imstande ist, Auftrieb zu produzieren. Tritt normalerweise ein, wenn oben auf einer Tragfläche die Luftströmung unterbrochen wird oder ganz abreißt – wegen zu geringer Geschwindigkeit, zu wenig Schub oder zu hohem Alpha.
STOL	Short Takeoff and Landing, kurze Strecken für Start und Landung. Eine Kombination stark tragender Flügel und verstellbarer Triebwerke, womit sehr kurze Strecken für Start und Landung möglich werden (= unter 300 m, das sind 300–500 Prozent weniger als üblich).
SUPERCOCKPIT	Eine Kombination von Computergraphik, multifunktioneller Darstellung, Hochgeschwindigkeitscomputern, Stimmerkennungs- und Sichtfeldveränderungs-Geräten im Cockpit eines modernen Kampfflugzeugs, das dem Piloten viel Arbeit abnimmt, die Effizienz erhöht und auf zahlreiche Kampfsituationen und sonstige Aktionsabläufe vorprogrammiert reagieren kann.
TACAN	Tactical Air Navigation, Taktische Luftnavigation. Hauptsächlich militärisch verwendetes Funksystem zum Austausch von Entfernungs- und allgemeinen Fluginformationen zwischen zwei Flugzeugen oder einem Flugzeug und einer Bodenstation.
TOW	Tube-launched/Optically tracked/Wire-guided, Rohrabschuß über Kanal, optisch gezielt. Eine

Panzerfaustrakete, die von Luft- oder Bodenfahrzeugen aus abgeschossen wird.

TR-1 Verbesserte Version der U-2 R (= des strategischen Extremhöhen-Aufklärer-Jets). Bleibt unterhalb der Schallgrenze, kann aber Höhen bis 80000 Fuß erreichen. Hauptsächlich eingesetzt für Signalübermittlungs-Aufklärung, elektronische Lauschangriffe und Datenübermittlung von sowjetischen Weltraumstarts und Raketentests.

TRAUMLAND (DREAMLAND) Übliche – inoffizielle – Bezeichnung für das geheime Air Force-Versuchsgelände im südlichen Zentral-Nevada, wo das Verteidigungs- und das Energieministerium sowie der CIA (Central Intelligence Agency) Spezialwaffen entwickeln und testen.

ÜBERSCHALLRAKETE Einfache, billige Rakete ohne Sprengkopf-Bestückung, die zur Zerstörung von Zielobjekten allein durch die Eigengewalt ihres Aufpralls/Einschlags dient. Die Geschwindigkeit solcher Raketen kann mehr als eine Meile pro Sekunde erreichen. Die Raketenspitze besteht üblicherweise aus hochverdichtetem ausgebrannten Uranmaterial, das die Einschlagshärte verstärkt.

VERSTELLBARE TRIEBWERKE Ausströmungsöffnungen und Vorsätze spezieller Jagdflugzeuge, mit denen die Auspuffgase in alle möglichen Richtungen gelenkt werden können – auch parallel, abwärts und nach vorne. Damit lassen sich Start und Landung und die allgemeine Manövrierfähigkeit verbessern, und auch Bremshilfen und Schleppvorrichtungen sind damit möglich.

X-29 Ein experimentelles Flugzeug der Grumman Aircraft Corp. In den frühen 80er Jahren mit vorwärtsgestellten Tragflächen, Canards, Plankenklappen und luftelastischen, computerkontrollierten Flügeloberflächen anstelle konventioneller Klappen und Querruder. Demonstrationsobjekt für die Probleme und Vorteile von Flugzeugen mit vorwärtsgestellten Flügeln, bei denen die Luftströmung am Rumpf entlanggeleitet wird, was die Manövrierfähigkeit und die allgemeinen Flugeigenschaften gegenüber konventionellen Flugzeugen verbessert.

XF-15 F — (fiktiv) Umgebauter zweisitziger Jäger vom Typ McDonnell-Douglas F-15 E, der der Prototyp des Programms der US-Air Force für Jagdflugzeuge mit hochgezüchteter Technik war. Erster Jäger, der SMTD, MAW und Supercockpit, in einem Kampfflugzeug vereint. Kann Luft-Luft- und Luft-Boden-Einsätze fliegen.

XF-34 A — (fiktiv) Erstes Jagdflugzeug, das die vorwärtsgestellten Flügel von X-29, die verstellbaren Triebwerke, MAW und Computersysteme mit künstlicher Intelligenz und ANTARES in sich vereinigt.

ZSU-23 — Hochmobile sowjetische Flugabwehrartillerie-Waffe aus vier radargelenkten 23-mm-Kanonen auf schnellbeweglicher Lafette. Reichweite 1 Meile, Feuergeschwindigkeit 800 Schuß pro Minute gegen niedrigfliegende Flugzeuge aller Art.

Dieses Buch ist zwei besonderen Menschen gewidmet, die mir über die Jahre viel geholfen haben:
Meiner Großmutter Ruby Normandin, für ihre menschliche Wärme und Vitalität, ihren Charme und Humor, für ihre Geduld, als ich noch klein war, und ihren Stolz auf mich, als ich nicht mehr so klein war; ich möchte einfach alle wissen lassen, was für ein sympathischer Mensch du bist und wie sehr ich dich liebe;
und meinem Onkel Leo Brown in ganz spezieller Zuneigung. Ich habe eine Menge deiner Zeit, deines Könnens und deiner Geduld in Anspruch genommen – ja, selbst deinen Namen. Ich wollte, ich hätte mir jemals die Zeit genommen, dir meinen Dank auszudrücken.

Danksagungen

Mein besonderer Dank für unschätzbare Hilfe zum Thema amerikanische Kampfflugzeuge der Zukunft gilt der United States Air Force Aeronautical Systems Division (ASD), Wright-Patterson AFB, Ohio. ASD ist für einen ehemaligen Air Force-»Nav«(igator), hingebungsvollen Piloten und jetzigen Romanautor nichts Geringeres als ein wahr gewordener Traum.

Leider ist es mir nicht möglich, jeden einzelnen der hervorragenden Männer von ASD, denen zu begegnen ich bei meinen Recherchen das Vergnugen hatte, namentlich zu erwähnen, doch ausdrücklich nennen möchte ich Lt. General William E. Thurman, kommandierender General von ASD, der mir die privilegierte Erlaubnis zu einem persönlichen Besuch erteilte; Lt. Col. George H. Peck, Helen Cavanaugh, Capt. Brian Hoey, Jo Ann Rumple und Capt. Jamie Scearse vom Büro für Public Affairs, die meinen Besuch vorbereiteten und mich durch unzählige Büros und Labors geleiteten; Capt. Myers N. Drew, Manager des AFTI/F-16-Programms von den Flight Dynamics Laboratories, die mir zeigte, wie ein Jagdflugzeug wirklich seitlich fliegen kann; ferner Mr. James Pruner. Leiter des X-29-Programms, Mr. Ron DeCamp, Geschwader-Einsatzleiter des MAW-Programms, Mr. James Kocher, Leiter des ICASS-Programms (Integrated Close Air Support System), alle vom Flight Dynamics Laboratory der Wright Aeronautical Laboratories. Mein spezieller Dank gilt des weiteren Dr. Wayne L. Martin, geschäftsführender Leiter der Visual Displays Systems Branch des Armstrong Aerospace Research Laboratory, dafür, daß er mir die Erlaubnis gab, selbst einige der unglaublichen »Buck Rogers«-Supercockpit-Systeme auszuprobieren, die unsere Jagdflieger in fünf oder zehn Jahren benützen werden. Ich hoffe, den Zeitaufwand, den er mir widmete, gerechtfertigt zu haben.

Eine unerschöpfliche Quelle technischer Beschreibungen und Details von Flugzeugen, Waffensystemen und den Streitkräften anderer Nationen war mir das United States Naval Institute Military Database in Arlington, Virginia. Weitere Informationen lieferten mir u. a. das Western Union InfoMaster Research Database (medizinische Artikel, Forschungsarbeiten, wissenschaftliche Aufsätze), der CompuServe Information Service (Enzyklopädien, Datenbanken, Computerhilfen) sowie der Dow Jones News/Retrieval Service (Zeitungsausschnitte, historische Daten, amtliche Statistiken).

Bei allen Recherchen und Interviews hat mir Dennis T. Hall unschätzbare Hilfe geleistet.

Und mein besonderer Dank geht schließlich noch an George Wieser, der mir bei der Erarbeitung der tatsächlichen Hintergründe und Fakten über den *Gepard* half, sowie an Donald I. Fine, der mir als Verleger und Lektor seine Erfahrung und sein Können zur Verfügung stellte.

Und wie immer natürlich Dank an Jean. Ich bin glücklich, dich zu haben.